Anne Holt

Was niemals geschah

Anne Holt

WAS NIEMALS GESCHAH

Roman

Aus dem Norwegischen
von Gabriele Haefs

Büchergilde Gutenberg

Die Originalausgabe erschien 2004 unter dem Titel
»Det som aldri skjer« im Pantagruel Forlag AS, Oslo.
Die Übersetzung wurde von NORLA,
Norwegian Literature Abroad, Oslo, gefördert.

Lizenzausgabe für die Büchergilde Gutenberg,
Frankfurt am Main, Zürich, Wien
www.buechergilde.de
Mit freundlicher Genehmigung
des Piper Verlags, München

Satz: Uhl + Massopust, Aalen
Druck und Bindung: GGP Media GmbH, Pößneck
Printed in Germany 2006
ISBN 3-7632-5659-8

Es gibt für die Menschen, wie sie heute sind,
nur eine radikale Neuheit – und das ist immer die gleiche:
der Tod.

Walter Benjamin, Zentralpark

Sie wußte nicht mehr, wie viele sie schon umgebracht hatte. Es spielte auch keine Rolle. Qualität war in den meisten Bereichen wichtiger als Quantität. Das galt auch für sie, selbst wenn der Genuß, den eine originelle Wendung ihr bereitete, im Laufe der Jahre doch an Glanz verloren hatte. Mehr als einmal hatte sie mit dem Gedanken gespielt, sich eine andere Beschäftigung zu suchen. Das Leben sei voller Möglichkeiten für eine wie sie, hatte sie dann und wann gedacht. Gelogen. Sie war zu alt. Erschöpft, das spürte sie. Das hier war das einzige, was sie wirklich konnte. Und sie arbeitete in einer lukrativen Branche. Der Stundenlohn war schwindelerregend hoch, aber alles andere wäre ja auch noch schöner gewesen. Sie brauchte schließlich Zeit, um sich von einem Einsatz zu erholen.

Das einzige, wobei sie sich wirklich wohlfühlte, war, nichts zu tun. Dort, wo sie sich jetzt aufhielt, gab es nichts zu tun. Trotzdem fühlte sie sich nicht wohl.

Vielleicht war es gar nicht schlecht, daß die anderen nicht mitgekommen waren.

Sie war sich nicht so sicher.

Der Wein wurde jedenfalls überschätzt. Er war teuer und sauer.

1

Gleich im Osten Oslos, dort, wo die Hügel zum Bahnhof am Nitelv abflachen, waren die Autos im Laufe der Nacht eingefroren. Die Leute, die zu Fuß unterwegs waren, zogen die Mützen über die Ohren und banden sich die Schals fester um den Hals, während sie zur Bushaltestelle stapften, die einen schweinekalten Kilometer entfernt an der Hauptstraße lag. Die Häuser in der kleinen Sackgasse hatten sich vor dem Frost verschlossen und die Vorhänge vorgezogen, Schneewehen versperrten die Zufahrten. Bei einer alten Villa ganz hinten am Wald hingen meterlange Eiszapfen wie bevorstehende Katastrophen an den Dachvorsprüngen über dem Eingang.

Das Haus war weiß.

Hinter der Haustür mit Bleiglas und gegossener Messingklinke, links am Ende der ungewöhnlich großen Diele, in einem von minimalistischer Kunst und überreichverzierten Möbeln geprägten Arbeitszimmer, saß hinter einem majestätischen Schreibtisch zwischen Kartons voller ungeöffneter Briefe eine Tote. Ihr Kopf war in den Nacken gekippt, ihre Unterarme ruhten auf den Armlehnen. Ein breiter Streifen aus geronnenem Blut zog sich von der Oberlippe über ihren entblößten Hals hinab, teilte sich bei den Brüsten und floß über einem beeindruckend festen Bauch wieder zusammen. Auch die Nase war blutig. Im Licht der Deckenlampe schien sie auf das düstere Loch zu zeigen, das früher ein Mund gewesen war. Nur ein Stumpf war noch von der Zunge übrig, die offenbar mit behutsamer Hand entfernt worden war, mit scharfem, sauberen Schnitt.

Es war warm im Zimmer, fast schon heiß.

Sigmund Berli, Kommissar bei der Kriminalpolizei, schaltete endlich sein Mobiltelefon aus und schaute aus zusammengekniffenen Augen auf ein Digitalthermometer, das gleich vor dem Panoramafenster nach Südosten angebracht war. Draußen ging es auf sechsundzwanzig Grad unter Null zu.

»Komisch, daß solche Fensterscheiben nicht platzen«, sagte er und klopfte vorsichtig gegen das Glas. »Siebenundvierzig Grad Unterschied zwischen drinnen und draußen. Schon seltsam.«

Niemand schien ihm zuzuhören.

Die Tote war nackt unter dem seidenen Schlafrock mit goldenem Revers. Der Gürtel lag auf dem Boden. Ein jüngerer Polizist vom Polizeidistrikt Romerike wich beim Anblick der gelben Schnur einen Schritt zurück.

»Verdammt«, sagte er und keuchte auf, ehe er sich verlegen mit der Hand über den Kopf fuhr. »Ich dachte schon, das ist eine Schlange.«

Der fehlende Körperteil der Frau lag kunstfertig in Papier verpackt vor ihr auf der Schreibunterlage. Die Spitze lugte aus dem roten Gehäuse heraus. Eine fette, exotische Pflanze; bleiches Fleisch mit noch bleicheren Geschmackspapillen und blauroten Spuren von Rotwein in Furchen und Falten. Ein halbleeres Glas balancierte auf einem Papierstapel am Tischrand. Nirgendwo war eine Flasche zu sehen.

»Können wir nicht wenigstens den Busen bedecken«, sagte der Oberwachtmeister und räusperte sich.

»Es ist zu übel, daß sie hier so ...«

»Damit warten wir noch«, sagte Sigmund Berli und steckte das Mobiltelefon in seine Brusttasche.

Er kniete sich auf den Boden und betrachtete die Tote aus zusammengekniffenen Augen.

»Da geb ich mich nicht geschlagen«, murmelte er. »Das wird Yngvar interessieren. Und seine Freundin natürlich auch.«

»Was?«

»Nichts. Wissen wir etwas über den Zeitpunkt?«

Berli unterdrückte ein Niesen. Die Stille im Raum rauschte in seinen Ohren, steif erhob er sich und wischte sich nicht vorhandenen Staub von der Hose. Bei der Tür zur Diele stand ein uniformierter Kollege. Er hatte die Hände im Rücken verschränkt, verlagerte ruhelos immer wieder sein Gewicht von einem Fuß auf den anderen und starrte von der Leiche fort, aus dem Fenster. Eine Tanne war noch immer weihnachtlich geschmückt. Hier und dort waren die Lichter zu ahnen, an Stellen, die der Tag nicht ganz erreichte, unter Zweigen und festem Schnee.

»Weiß hier eigentlich irgendwer irgendwas?« fragte Berli gereizt. »Habt ihr nicht mal einen vorläufigen Todeszeitpunkt?«

»Gestern abend«, sagte endlich der andere. »Aber es ist zu früh ...«

»... um das eindeutig zu sagen«, vollendete Sigmund Berli. »Gestern abend. Reichlich vage also. Wo sind ...«

»Die sind dienstags nie hier. Ihre Familie, meine ich. Ihr Mann und ihre sechsjährige Tochter. Falls es das ist, was Sie ...«

Der Oberwachtmeister lächelte unsicher.

»Ja«, sagte Berli und ging halb um den Schreibtisch herum.

»Die Zunge«, sagte er dann und betrachtete das Papiergehäuse auf dem Schreibtisch aus zusammengekniffenen Augen. »War sie noch am Leben, als die rausgeschnitten worden ist?«

»Weiß nicht«, sagte der Oberwachtmeister. »Ich hab hier die Unterlagen für Sie, und da die Untersuchungen jetzt beendet sind, und alle Leute auf der Wache sitzen und Sie vielleicht ...«

»Ja«, sagte Berli, aber der Oberwachtmeister wußte nicht so recht, wozu er da seine Zustimmung gab. »Wer hat sie gefunden, wo die Familie doch aushäusig ist?«

»Der Hausgehilfe. Ein Philippino, der jeden Mittwoch um sechs Uhr morgens kommt. Er fängt hier unten an, sagt er, und arbeitet sich dann nach oben vor, um die Leute nicht unnötig früh zu wecken. Die Schlafzimmer liegen oben. Im ersten Stock.«

»Ja«, wiederholte Berli gleichgültig. »Jeden Dienstag weg?«

»Das hat sie doch erzählt«, sagte der Oberwachtmeister. »In Interviews und so. Daß sie Mann und Kind jeden Dienstag aus dem Haus schickt. Und daß sie alle Briefe selbst liest. Daß es für sie eine Ehrensache ist ...«

»Ich kann's mir lebhaft vorstellen«, murmelte Berli und tippte mit einem Kugelschreiber einen Karton voller Briefe an. »Es ist doch einfach unmöglich, daß ein einziger Mensch das alles durchsieht.«

Wieder musterte er die Tote.

»Sic transit gloria mundi«, sagte er und schaute in ihren verstümmelten Schlund. »Jetzt nutzt ihre Prominenz ihr ja nicht mehr viel.«

»Wir haben schon eine Menge Zeitungsausschnitte gesammelt, und alles liegt bereit ...«

»Ja, ja.«

Berli winkte ab. Wieder wurde es auffällig still. Kein Mensch war von der Straße her zu hören, keine Uhr tickte. Der Computer war ausgeschaltet. Ein Radio auf einer Vitrine neben der Tür starrte ihn stumm mit einem einsamen roten Auge an. Auf dem breiten Kaminsims balancierte eine Kanadagans in steifem Flug. Der eiskalte Tag zeichnete ein farbloses Viereck auf den Teppich vor dem Südostfenster. Sigmund Berli spürte das Blut gegen seine Trommelfelle schlagen. In dem unangenehmen Gefühl, hier in einem Mausoleum zu stehen, fuhr er sich mit dem Zeigefinger über den Nasenrücken. Er wußte nicht so recht, ob er irritiert oder verlegen war. Die Frau saß noch immer mit gespreizten Beinen, bloßen Brüsten und zungenlos klaffendem Rachen in ihrem Sessel. Die Schändung schien ihr nicht nur ein wichtiges Organ geraubt zu haben, sondern überhaupt jegliche Menschlichkeit.

»Ihr seid doch immer sauer, wenn ihr zu spät dazugeholt werdet«, sagte der Oberwachtmeister schließlich. »Also haben wir alles so gelassen, wie es war, auch wenn wir, wie gesagt, mit fast allem fertig ...«

»Wir werden nie fertig«, sagte Berli. »Aber danke. Sehr umsichtig von euch. Vor allem, wo es um diese Dame geht. Weiß die Presse schon ...«

»Noch nicht. Wir haben den Philippino mitgenommen und werden ihn vernehmen, so lange es irgend geht. Und wir haben uns hier so vorsichtig bewegt, wie wir nur konnten. Spurensicherung ist ja wichtig, vor allem bei diesem Schnee und so, und da machen die Nachbarn sich sicher ihre Gedanken. Aber bisher hat wohl noch keiner die Zeitungen alarmiert. Bestimmt sind alle viel zu sehr mit der neuen Prinzessin beschäftigt.«

Sein rasches Lächeln schlug in Ernst um:

»Aber natürlich ... ›Fiona in Fahrt‹ höchstpersönlich ist ermordet worden. In ihrem eigenen Haus, und dann auch noch so ...«

»So«, sagte Berli. »Erwürgt also?«

»Das meint der Arzt. Keine Stichwunden, kein Schuß. Spuren am Hals, das sehen Sie ja ...«

»Mmm. Aber seht euch doch das hier an.«

Berli musterte die Zunge auf dem Schreibtisch. Der Papierbogen war wirklich raffiniert gefaltet, wie eine stumpfe Vase, mit einer Öffnung für die Zungenspitze und eleganten symmetrischen Flügeln.

»Sieht fast aus wie ein Blütenblatt«, sagte der jüngere Polizist und rümpfte die Nase. »Mit einem ekelhaften Mittelpunkt. Ziemlich ...«

»Auffällig«, murmelte Berli. »Der Betreffende muß das schon vorher gemacht haben. Kann mir nicht vorstellen, daß irgendwer zuerst so einen Mord durchführt und sich dann Zeit für Origami läßt.«

»Ich glaube nicht, daß hier Verdacht auf ein Sexualverbrechen vorliegt.«

»Origami«, wiederholte Sigmund Berli. »Japanische Papierfaltekunst. Aber das hier ...«

»Was?«

Berli beugte sich noch tiefer über das abgeschnittene Organ. Der Oberwachtmeister tat es ihm nach. Die beiden Polizisten verharrten in dieser Haltung, Schädel an Schädel, mit Atemzügen, die bald denselben Rhythmus annahmen.

»Die ist nicht einfach abgeschnitten worden«, sagte Berli endlich und richtete sich wieder auf. »Die Spitze ist gespalten. Irgendwer hat sie eingeschnitten.«

Der Uniformierte an der Tür wandte sich ihnen zu, zum ersten Mal, seit Sigmund Berli am Tatort eingetroffen war. Sein Gesicht war nackt, wie das eines Teenagers, mit Pickeln und einer Zunge, die wieder und wieder über die Lippen fuhr, während sein Adamsapfel über dem engen Kragen auf und ab hüpfte.

»Kann ich jetzt gehen«, fragte er kleinlaut und jämmerlich. »Kann ich jetzt gehen?«

»Throndärme«, sagte das Mädchen und lächelte.

Der halbnackte Mann fuhr sich langsam mit der Klinge über den Hals, dann spülte er den Rasierer ab und drehte sich um. Das Kind saß auf dem Boden und zog seine Haare durch die Löcher in einer ramponierten Badehaube.

»So kannst du nicht rumlaufen«, sagte er. »Zieh die aus. Wir holen die Mütze, die du zu Weihnachten bekommen hast. Du willst doch fein sein, wenn du zum ersten Mal deine Schwester siehst.«

»Throndärme«, wiederholte Kristiane und zog die Badehaube fester über ihren Kopf.

»Sondrabin. Kroppzarin.«

»Du meinst vielleicht Thronerbin«, sagte Yngvar Stubø und spülte sich die Schaumreste aus dem Gesicht. »Das ist eine, die irgendwann später mal Königin wird.«

»Meine Schwester wird Königin«, sagte Kristiane. »Eigentlich bist du sicher der größte Mann auf der Welt.«

»Glaubst du?«

Er hob die Kleine hoch und setzte sie auf seine Hüfte. Ihre Blicke irrten vage umher, als seien Blickkontakt und Berührung zugleich einfach zuviel. Sie war schmächtig für ihre fast zehn Jahre.

»Thronerbin«, sagte Kristiane in Richtung Zimmerdecke.

»Genau. Wir sind nämlich nicht die einzigen, die heute ein Baby bekommen haben. Außerdem hat ...«

»Mette-Marit ist so hübsch«, fiel das Kind ihm ins Wort und klatschte energisch in die Hände. »Sie ist im Fernsehen. Wir haben zum Frühstück Käsebrote gegessen. Leonards Mama hat gesagt, daß eine Prinzessin geboren worden ist. Meine Schwester!«

»Ja«, sagte Yngvar, stellte sie auf den Boden und versuchte, sie von der Badehaube zu befreien, ohne ihr gar zu sehr an den Haaren zu ziehen. »Unser Baby ist eine schöne Prinzessin. Aber eine Thronerbin ist sie wohl doch nicht. Wie soll sie heißen, was meinst du?«

Endlich löste die Badehaube sich von Kristianes Kopf. An ihrer Innenseite klebten lange Haare, aber Kristiane ließ sich den Schmerz nicht anmerken, als er ihr die Gummikappe abnahm.

»Abendgebet«, sagte sie.

»Das ist Deutsch«, sagte er und übersetzte. »So heißt sie gar nicht. Das Mädchen über deinem Bett, meine ich. Es erklärt, was das Kind auf dem Bild macht, wenn es ..«

»Abendgebet«, sagte Kristiane.

»Wir können Mama fragen«, sagte Yngvar und zog sich Hose und Hemd an. »Lauf und hol deine Kleider. Wir müssen los.«

»Los«, sagte Kristiane und lief hinaus auf den Flur. »Los mit dem Lotsen. Und Kühen und Pferden und kleinen Miezekatzen. Jack! König von Amerika! Willst du mitkommen und das Baby ansehen?«

Ein riesiger Köter mit gelbbraunem Fell, dem die Zunge aus dem lächelnden Maul hing, kam aus dem Kinderzimmer gestürzt. Er fiepte aufgeregt und rannte im Kreis um das Kind herum.

»Jack muß zu Hause bleiben«, sagte Yngvar. »Wo steckt bloß deine Mütze?«

»Jack soll mitkommen«, sagte Kristiane freundlich und band dem Hund einen roten Schal um den Hals. »Die Thronerbin ist auch seine Schwester. In Norwegen haben wir Gleichberechtigung. Mädchen können machen, was sie wollen. Das sagt Leonards Mama. Und du bist nicht mein Papa. Isak ist mein Papa. Das sage ich.«

»Das stimmt ja alles«, lachte Yngvar. »Aber ich hab dich sehr lieb. Und jetzt müssen wir gehen. Jack bleibt hier. Hunde sind im Krankenhaus verboten.«

»Krankenhaus ist für Kranke«, sagte Kristiane, als er ihr den Mantel anzog. »Das Baby ist nicht krank. Mama ist nicht krank. Trotzdem sind sie im Krankenhaus. Hausenkrank.«

»Du bist eine kleine Logikerin, du.«

Er gab ihr einen Kuß aufs Mäulchen und zog ihr die Mütze über die Ohren. Plötzlich blickte sie ihm in die Augen. Er erstarrte, das passierte ihm immer in diesen seltenen Momenten der Offenheit, wenn er plötzlich einen Blick in ein Dasein tun durfte, zu dem niemals jemand wirklich Zutritt erhielt.

»Eine Thronerbin ist geboren worden«, sagte sie feierlich, dann holte sie tief Luft und zitierte weiter aus den Nachrichtensendungen des Morgens. »Ein Ereignis für das Land, für das Volk, aber vor allem natürlich für die Eltern. Und wir alle freuen uns ganz besonders darüber, daß es eine junge Dame ist.«

Sie hörten ein halbersticktes Klingeln von den Kleiderhaken her.

»Mobiltelefon«, sagte sie mechanisch. »Dam-di-rum-rum-dam.«

Yngvar Stubø erhob sich und tastete wütend die chaotisch aufgehängten Jacken und Mäntel ab, ehe er das Gesuchte fand.

»Hallo«, sagte er zögernd. »Hier Stubø.«

Kristiane zog sich in aller Ruhe wieder aus. Erst die Mütze, dann die Jacke.

»Moment mal«, sagte Yngvar ins Telefon. »Kristiane! Nicht ... warte doch!«

Die Kleine hatte schon fast alles ausgezogen. Jetzt trug sie noch rosa Unterhose und Unterhemd und zog sich die Strumpfhose über den Kopf.

»Kommt nicht in Frage«, sagte Yngvar Stubø. »Ich habe vierzehn Tage Vaterschaftsurlaub. Ich bin seit mehr als vierundzwanzig Stunden auf den Beinen, Sigmund. Herrgott, mein Kind ist vor weniger als fünf Stunden auf die Welt gekommen und jetzt ... «

Kristiane arrangierte die Strumpfhosenbeine zu einem langen Zopf auf ihrem Bauch.

»Pippi Langstrumpf«, sagte sie zufrieden. »Hulahop, hulahei.«

»Nein«, sagte Yngvar mit so scharfer Stimme, daß Kristiane zusammenzuckte und in Tränen ausbrach. »Ich habe frei. Ich habe ein Kind bekommen. Ich ... «

Kristianes Weinen schlug in ein gedehntes Jaulen um. Yngvar würde sich wohl nie an das grobe Schluchzen des schmächtigen Kindes gewöhnen.

»Kristiane«, sagte er verzweifelt. »Ich bin nicht böse auf dich. Ich spreche mit ... hallo? Ich kann nicht. Egal, wie sensationell dieser Fall vielleicht auch ist, ich kann meine Familie jetzt einfach nicht allein lassen. Bis dann. Viel Glück.«

Er klappte das Telefon zu und setze sich auf den Boden. Sie hätten schon längst im Krankenhaus sein müssen.

»Kristiane«, sagte er noch einmal. »Meine kleine Pippi. Kannst du mir nicht Herrn Nilsson zeigen?«

Er wußte, daß er sie jetzt nicht umarmen durfte. Statt dessen fing er an zu pfeifen. Jack legte ihm den Kopf auf den Schoß und schlief ein. Ein feuchter Fleck breitete sich unter der sabbernden, schnarchenden Schnauze auf seiner Hose aus. Yngvar pfiff und trällerte und summte alle Kinderlieder, die ihm einfielen. Nach vierzig Minuten wurde das Weinen des Kindes leiser. Ohne ihn anzusehen zog Kristiane ihre Strumpfhose vom Kopf und fing langsam an, sich anzuziehen.

»Zeit, die Thronerbin zu besuchen«, sagte sie tonlos.

Das Mobiltelefon hatte siebenmal geklingelt.

Er schaltete es zögernd aus, ohne die Mailbox abzuhören.

Acht Tage waren vergangen, und die Polizei war offenbar keinen einzigen Schritt weitergekommen. Das überraschte sie gar nicht.

Die Internetzeitungen sind erbärmlich schlecht, dachte die Frau mit dem Laptop. Da sie sich nicht die Mühe gemacht hatte, einen Festnetzanschluß zu buchen, war das Surfen außerdem schweineteuer. Es machte ihr arg zu schaffen, daß das Geld nur so verflog, während sie auf Antwort über eine träge analoge Leitung aus Norwegen wartete. Natürlich hätte sie sich ins »Chez Net« setzen können. Dort nahmen sie pro Viertelstunde fünf Euro, hatten aber Breitband. Leider war dieses Lokal selbst jetzt im Winter unangenehm geprägt von betrunkenen Australiern und lärmenden Briten. Sie verzichtete auf einen Besuch dort, jedenfalls bis auf weiteres.

Während der ersten Tage erregte der Mord erstaunlich wenig Aufsehen. Die frischgeborene Landesmutter in spe füllte den Zirkus auch allein. Die Welt will eben wahrlich betrogen werden.

Jetzt aber kam endlich Schwung in die Berichterstattung.

Die Frau am Laptop hatte Fiona Helle ganz einfach nicht ausstehen können. Es war unangenehm politisch korrekt, so zu denken, aber darauf mußte sie es ankommen lassen. Die Zeitungen benutzten das Wort »volkstümlich«, wie sie hier las. Und das stimmte, da diese Sendung Samstag für Samstag von reichlich einer Million Zuschauern gesehen wurde, und das nun schon in der fünften Staffel. Sie selbst hatte sich nur zwei davon angesehen, kurz bevor sie von zu Hause losfuhr. Aber das war mehr als genug, um feststellen zu können, daß sie ausnahmsweise der wie üblich unerträglich arroganten Charakteristik zustimmen mußte, die die Kulturelite für diese Art von Unterhaltung bereithielt. Es war übrigens eine solche aggressive Analyse gewesen, in Gestalt eines Artikels in der Zeitung *Aftenposten*, verfaßt von einem Professor der Soziologie, die sie dazu gebracht hatte, sich eines Samstagabends vor den Fernseher zu setzen und anderthalb Stunden mit »Fiona in Fahrt« zu vergeuden.

Obwohl es ja nicht ganz vergebens gewesen war. Sie hatte sich schon seit einer Ewigkeit nicht mehr so provoziert gefühlt. Die Teilnehmer waren entweder Trottel oder zutiefst unglückliche Menschen. Beides konnte man ihnen ja wohl kaum zum Vorwurf machen. Fiona Helle dagegen war erfolgreich, berechnend und nicht einmal konsequent in ihrer Volkstümlichkeit, wenn sie in Kreationen ins Studio getänzelt kam, die sie unendlich weit entfernt von Hennes & Mauritz erstanden hatte. Sie lächelte schamlos in die Kamera, während diese armen Geschöpfe ihre hoffnungslosen Träume, falschen Hoffnungen und nicht zuletzt ihre höchst begrenzte Intelligenz entblößten. *Prime time.*

Die Frau, die sich jetzt von dem Schreibtisch am Fenster erhob und durch das fremde Wohnzimmer wanderte, ohne so recht zu wissen, was sie wollte, nahm nicht an der öffentlichen Diskussion teil. Aber nach einer Episode von »Fiona in Fahrt« hatte sie wirklich Lust dazu gehabt. Mitten in einem wutschnaubenden Leserbrief hatte sie dann über sich lächeln müssen und danach den Brief gelöscht. Für den Rest des Abends war sie reichlich aufgekratzt gewesen. Sie fand keinen Schlaf, und zu allem Überfluß gestattete sie sich den Konsum von zwei elenden Nachtfilmen, und zwar mit einer gewissen Ausbeute, wie sie sich zu erinnern glaubte.

Sich provoziert zu fühlen, war doch immerhin eine Art von Empfindung.

Und ihre Ausdrucksform waren keine Leserbriefe an *Dagbladet*.

Morgen würde sie nach Nizza fahren und dort nach norwegischen Zeitungen suchen.

2

Es war Nacht in dem Zweiparteienhaus in Tåsen. An der kurzen Straße hinter dem Lattenzaun am Ende des Gartens standen drei triste Straßenlaternen. Die Glühbirnen waren schon längst von vorwitzigen Kindern mit harten Schneebällen zerschossen worden. Die Nachbarschaft schien die Aufforderung zum Stromsparen ernst zu nehmen. Der Himmel war klar und schwarz. In Richtung Nordosten, über Grefsenåsen, konnte Inger Johanne ein Sternbild sehen, das sie zu erkennen glaubte. Es gab ihr das Gefühl, ganz allein auf der Welt zu sein.

»Stehst du schon wieder hier«, sagte Yngvar resigniert.

Er stand in der Tür zur Diele und kratzte sich schläfrig im Schritt. Die Boxershorts spannten um seine Oberschenkel. Die nackten Schultern waren so breit, daß er den Türrahmen fast ganz ausfüllte.

»Wie lange willst du noch so weitermachen, Liebes?«

»Weiß nicht. Geh du nur zurück ins Bett.«

Inger Johanne drehte sich wieder zum Fenster um. Nach einem Leben im Wohnblock fiel ihr die Eingewöhnung in dieses Villenviertel schwerer, als sie erwartet hatte. Sie war gewöhnt an rauschende Wasserleitungen, an das Weinen von Säuglingen, das sich durch die Wände fortpflanzte, und an den Fernseher der schwerhörigen Frau aus dem Parterre, die oft bei späten Sendungen einschlief. In einem Wohnblock konnte man mitten in der Nacht Kaffee kochen. Radio hören. Man konnte sogar ein Gespräch führen, wenn man das unbedingt wollte. Hier wagte sie kaum, den Kühlschrank zu öffnen. Jeden Morgen hing der Geruch von Yngvars Nachtpisse über dem Badezimmer, sie hatte ihm verboten, die Nachbarn vor sieben Uhr morgens durch die Toilettenspülung zu stören.

»Du schleichst durch das Haus«, sagte er. »Kannst du dich nicht wenigstens hinsetzen?«

»Red nicht so laut«, sagte Inger Johanne leise.

»Jetzt hör aber auf. So schlimm ist das nun auch wieder nicht. Du bist doch an Nachbarn gewöhnt, Inger Johanne.«

»Ja. An viele. Die mehr oder weniger anonym sind. Hier haben wir alles so dicht auf dem Leib. Wenn es nur uns und diese wenigen anderen gibt, dann ist alles so … ich weiß nicht.«

»Wir verstehen uns doch so gut mit Gitta und Samuel. Von dem kleinen Leonard ganz zu schweigen. Ohne ihn hätte Kristiane kaum ein …«

»Sieh dir das mal an!«

Inger Johanne streckte einen Fuß aus und lachte zaghaft.

»Das sind die ersten Pantoffeln meines Lebens. Ich wage kaum, ohne sie aus dem Bett aufzustehen.«

»Die sind niedlich. Sehen aus wie Fliegenpilze.«

»Die sollen auch wie Fliegenpilze aussehen. Hättest du sie nicht zu etwas anderem überreden können? Kaninchen? Teddybären? Oder am liebsten ganz normalen braunen Schluffen?«

Das Parkett knarrte bei jedem Schritt, als er auf sie zukam. Sie schnitt eine Grimasse, ehe sie sich abermals zum Fenster umdrehte.

»Kristiane ist nicht so leicht zu überreden«, sagte er. »Und du darfst nicht immer solche Angst haben. Es passiert schon nichts.«

»Das hat Isak auch gesagt, als Kristiane noch klein war.«

»Das ist etwas anderes. Kristiane …«

»Niemand weiß, was mit ihr los ist. Niemand kann wissen, ob vielleicht auch mit Ragnhild etwas nicht stimmt.«

»Wir haben uns also auf Ragnhild geeinigt?«

»Ja«, sagte Inger Johanne.

Yngvar legte die Arme um sie.

»Ragnhild ist ein kerngesundes acht Tage altes Kind«, flüsterte er. »Sie wacht jede Nacht dreimal auf, bekommt Milch und schläft sofort wieder ein. So, wie sich das gehört. Möchtest du einen Kaffee?«

»Sei doch still.«

Er wollte etwas sagen. Er öffnete den Mund, schüttelte dann aber unmerklich den Kopf, hob einen Pullover vom Boden auf und zog ihn über, während er zur Küche ging.

»Setz dich«, sagte er. »Wenn du ums Verrecken die ganze Nacht wachbleiben willst, dann können wir auch etwas Sinnvolles tun.«

Inger Johanne zog den Barhocker in den Küchenbereich hinüber und schloß ihren Morgenrock fester. Ihre Finger blätterten zerstreut in dem dicken Ordner, der in der Küche eigentlich nichts zu suchen hatte.

»Sigmund läßt nicht locker«, sagte sie und rieb sich ein Auge hinter der Brille.

»Nein. Aber er hat recht. Es ist ein faszinierender Fall.«

Er fuhr so plötzlich herum, daß das Wasser aus dem Kaffeekocher schwappte.

»Ich war eine Stunde im Büro«, sagte er wie zur Verteidigung. »Von dem Moment, als ich hier losgegangen bin, bis ich wieder hier war, hat es genau ...«

»Reg dich nicht auf. Ist schon gut. Ich verstehe ja, daß du ab und zu vorbeischauen mußt. Ich muß auch zugeben ...«

Vorn im Ordner lag ein Bild, ein schmeichelhaftes Portrait des späteren Mordopfers. Das schmale Gesicht wirkte durch den Mittelscheitel noch schmaler. Ansonsten hatte Fiona Helle nicht viel Altmodisches an sich. Ihr Blick war herausfordernd, die fülligen Lippen lächelten selbstsicher in die Kamera. Die Augen waren dick geschminkt, wirkten aber nicht vulgär. Das Bild hatte überhaupt etwas Hinreißendes, etwas offen Erotisches, das einen starken Kontrast bildete zu dem volkstümlichen, familienfreundlichen Programmprofil, das sie mit großem Erfolg entwickelt hatte.

»Was mußt du zugeben?« fragte Yngvar.

»Daß ...«

»Daß du diesen Fall verdammt interessant findest«, sagte Yngvar grinsend und klapperte mit den Tassen. »Ich ziehe mir nur schnell eine Hose an.«

Fiona Helles Vergangenheit war nicht weniger faszinierend als das Portrait. Magister in Kunstgeschichte, notierte Inger Johanne beim Lesen. Mit nur zweiundzwanzig Jahren den Klempner Bernt Helle geheiratet, sie übernahmen das Haus der Großeltern in Lørenskog und lebten dort dreizehn Jahre kinderlos. Klein-Fiorellas Geburt im Jahre 1998 hatte offenbar weder Ehrgeiz noch

Karriere bremsen können. Eher im Gegenteil. Als sie mit der für ein kleineres Publikum interessanten Sendung »Coole Kunst« Kultstatus erlangte, wurde sie in die Unterhaltungsabteilung geholt. Nach zwei Staffeln einer Talkshow am späten Donnerstagabend hatte sie endlich ihre Heimat gefunden. So jedenfalls drückte sie sich aus, in den zahllosen Interviews, die sie während der vergangenen drei Jahre gegeben hatte. »Fiona in Fahrt« war einer der größten Erfolge des öffentlich-rechtlichen Fernsehens seit den sechziger Jahren, in denen die Menschen kaum eine andere Beschäftigung gehabt hatten, als sich vor dem einzigen Sender am Bildschirm zu versammeln und gemeinsam den Samstagabend in Norwegen zu erleben.

»Dir haben diese Sendungen gefallen! Du hast dabei geheult, du ausgewachsenes Mannsbild.«

Inger Johanne lächelte Yngvar an, der wieder da war, jetzt in knallrotem Fleecepullover, grauer Trainingshose und orangen Wollsocken.

»Ich hab überhaupt nicht geheult«, protestierte Yngvar und goß Kaffee in die Tassen. »Ich war gerührt, das muß ich ja zugeben. Aber geheult? Nie im Leben.«

Er schob seinen Barhocker dichter an ihren heran.

»Da war diese Folge mit dem Deutschenkind«, sagte er leise. »Man muß doch ein Herz aus Stein haben, um von dieser Geschichte nicht bewegt zu sein. Nachdem die Kleine ihre ganze Kindheit hindurch schikaniert und schlecht behandelt worden war, ging sie als Teenie in die USA. Putzte im World Trade Center seit dem Tag seiner Fertigstellung die Fußböden und hatte sich am 11. September zum allerersten Mal in ihrem Leben krank gemeldet. Hat sich immer nach dem kleinen norwegischen Nachbarsjungen gesehnt, der ...«

»Ja, schon gut«, sagte Inger Johanne und nippte vorsichtig an dem kochendheißen Kaffee. »Pst!«

Sie erstarrte.

»Das ist Ragnhild«, sage sie angespannt.

»Nicht«, begann er und wollte sie festhalten, ehe sie ins Kinderzimmer stürzte.

Zu spät. Fast lautlos jagte sie durch das Zimmer und war verschwunden. Nur ihre Angst hing noch in der Luft. Ein saures Aufstoßen veranlaßte ihn, mehr Milch in seinen Kaffee zu gießen.

Seine Geschichte war schlimmer als ihre. Ein Vergleich wäre nicht nur schäbig gewesen, er war unmöglich. Schmerzen können nicht bemessen werden, Verlust ist nicht abwägbar. Trotzdem konnte er es sich nicht ganz verkneifen. Seit sie sich in einem dramatischen Frühling vor nun fast vier Jahren zum ersten Mal begegnet waren, hatte er sich ein wenig zu oft dabei ertappt, daß ihn Inger Johannes Trauer über Kristianes Anderssein ärgerte.

Inger Johanne hatte immerhin ein Kind. Ein Kind, das lebte, das voller Hunger auf das Leben war. Ein sehr eigenartiges Kind, das schon, aber auf ihre Weise war Kristiane liebevoll und überaus präsent.

»Ich weiß«, sagte Inger Johanne plötzlich, sie war wieder hereingekommen, ohne daß er es bemerkt hatte. »Du hast mehr zu tragen als ich. Dein Kind ist gestorben. Ich müßte dankbar sein. Das bin ich auch.«

Ein Beben seiner Unterlippe, das im Halbdunkel nur zu ahnen war, ließ sie verstummen. Sie legte sich die Hand über die Augen.

»War mit Ragnhild alles in Ordnung?« fragte Yngvar.

Sie nickte.

»Ich hab einfach solche Angst«, flüsterte sie. »Wenn sie schläft, habe ich Angst, sie könnte tot sein. Wenn sie aufwacht, glaube ich, daß sie sterben muß. Oder daß etwas nicht stimmt.«

»Inger Johanne«, sagte er resigniert und klopfte neben sich auf den Sitz. »Komm her. Setz dich.«

Langsam ließ sie sich neben ihn sinken. Seine Hand streichelte ihren Rücken, auf und ab, ein wenig zu schnell.

»Alles ist gut«, sagte er.

»Du bist genervt«, flüsterte sie.

»Nein.«

»Doch.«

Seine Hand hielt inne, schloß sich um ihren Nacken.

»Nein, sage ich. Aber jetzt ...«

»Laß mich doch einfach ...«

»Weißt du was«, fiel er ihr betont munter ins Wort. »Wir sind uns darüber einig, daß es den Kindern gut geht. Wir können beide nicht schlafen. Jetzt widmen wir uns eine Stunde lang diesem hier …«

Seine kurzen Finger tippten auf Fiona Helles Gesicht.

»Und danach sehen wir, ob wir noch eine Mütze voll Schlaf kriegen können. Okay?«

»Du bist lieb«, sagte sie und fuhr sich mit dem Handrücken unter der Nase entlang. »Und dieser Fall ist schlimmer, als ihr befürchtet.«

»Ach.«

Er leerte seine Kaffeetasse, schob sie zurück und steckte die Bögen in den Ordner auf dem breiten Tisch. Das Bild lag zwischen ihnen. Er strich mit dem Zeigefinger über Fiona Helles Nase, umkreiste den Mund, überlegte einen Moment, hob dann das Foto hoch und kniff die Augen zusammen.

»Was weißt du eigentlich darüber, was wir befürchten?«

»Keine Spur *what so ever*«, sagte sie gelassen. »Ich habe schon alles überflogen.«

Sie suchte nach einem Dokument, konnte es aber nicht finden.

»Erstens«, sagte sie und schniefte, »sind die Spuren im Schnee so gut wie unbrauchbar. Ihr habt zwar auf der Auffahrt Abdrücke gefunden, die vermutlich vom Täter stammen, aber die Temperaturverhältnisse, der Wind und der starke Schneefall am Dienstagabend begrenzen ihren Wert doch weitgehend. Das einzige, was feststeht, ist, daß der Betreffende sich Socken über die Schuhe gezogen hatte.«

»Nach diesem verdammten Orderudfall greift doch jeder beschissene Fahrraddieb zu diesem Trick«, murmelte er.

»Hüte deine Zunge.«

»Die schlafen.«

»Die Schuhgröße liegt irgendwo zwischen 41 und 45. Das trifft auf neunzig Prozent der männlichen Bevölkerung zu.«

»Und einen kleinen Teil der weiblichen«, sagte er lächelnd. Inger Johanne zog die Füße weiter unter den Barhocker.

»Außerdem ist der Trick mit den zu großen Schuhen inzwischen sehr gut bekannt. Es ist auch nicht möglich, aufgrund der Tiefe der Spuren etwas über das Gewicht des Täters zu sagen. Er hat einfach Glück mit dem Wetter gehabt.«

»Oder sie.«

»Vielleicht sie. Aber ehrlich gesagt, es war ziemliche Kraft vonnöten, um Fiona Helle zu überwältigen. Durchtrainierte Frau in den besten Jahren.«

Wieder sahen sie sich das Bild an. Das Aussehen der Frau paßte durchaus zu ihrem Alter, die zweiundvierzig Jahre hatten sich um ihre Augen deutlich abgezeichnet. Auch über dem Mund waren die Runzeln lesbar; schmale Pfeile, die sich durch die Schminke zogen. Dennoch lag über ihrem Gesicht etwas Frisches, in dem direkten Blick, in der Haut, die straff um den Hals und die Wangenknochen saß.

»Die Zunge wurde herausgeschnitten, als sie noch lebte«, sagte Yngvar. »Wir gehen jetzt davon aus, daß sie durch den Würgegriff das Bewußtsein verloren hat, danach wurde ihr die Zunge herausgeschnitten. Es hat ziemlich kräftig geblutet, sie kann also nicht tot gewesen sein. Vielleicht hat der Täter sich ganz bewußt für diese Vorgehensweise entschieden, oder vielleicht ...«

»Fast unmöglich, so was zu berechnen«, sagte Inger Johanne und runzelte die Stirn.

»Sie bis zur Bewußtlosigkeit zu würgen, statt sie umzubringen, meine ich. Er hat sie sicher für tot gehalten.«

»Erwürgen ist jedenfalls die Todesursache. Er muß das alles mit den Händen gemacht haben. Nach der Sache mit der Zunge.«

Yngvar bekam eine Gänsehaut und fügte hinzu:

»Hast du das hier gesehen?«

Er fischte einen braunen Umschlag aus dem Ordner und musterte ihn einen Moment lang, dann schien er sich die Sache anders zu überlegen und ließ ihn ungeöffnet liegen.

»Nur ganz kurz«, sagte Inger Johanne. »Normalerweise machen Bilder vom Tatort mir nichts aus. Aber jetzt, nach Ragnhild, da ...«

Ihre Augen flossen über, und sie schlug die Hände vors Gesicht.

»Ich weine wegen gar nichts«, sagte sie laut und fast schrill, ehe sie sich zusammenriß und flüsterte: »Solche Bilder machen mir wirklich nichts aus. Normalerweise. Ich habe gesehen …«

Rasch und verzweifelt wischte sie sich über die Augen und lächelte angespannt.

»Der Ehemann«, sagte sie. »Der hat ein hieb- und stichfestes Alibi.«

»Kein Alibi ist hieb- und stichfest«, sagte Yngvar.

Wieder lag seine Hand in ihrem Rücken. Die Wärme durchdrang die dünne Seide.

»Dieses schon«, sagte Inger Johanne. »Fast, jedenfalls. Er war mit Fiorella bei seiner Mutter. Mußte mit Fiorella im selben Zimmer schlafen, weil auch seine Schwester und ihr Mann dort übernachteten. Die Schwester hatte zu allem Überfluß Magen-Darm-Grippe und war fast die ganze Nacht wach. Außerdem …«

Abermals fuhr sie sich mit der rechten Hand über die Augen. Yngvar lächelte und hielt den Daumen unter ihre Nase, dann wischte er ihn an seinem Oberschenkel ab.

»Außerdem weist absolut nichts auf andere als ganz normale eheliche Konflikte hin«, fügte sie hinzu. »Nicht auf Gefühlsebene, und finanziell schon gar nicht. Sie scheinen sich da ziemlich die Waage zu halten. Er verdient mehr als sie, ihr gehört der größere Teil des Hauses. Und seine Firma macht einen soliden Eindruck.«

Sie griff nach seiner freien Hand. Die Haut war grob, die Nägel kurz geschnitten. Ihr Daumen begegnete seinem, in kreisenden Bewegungen.

»Außerdem sind acht Tage vergangen«, sagte sie. »Und ihr habt nicht mehr geschafft, als zwei offenkundig Unverdächtige von der Liste zu streichen.«

»Das ist doch immerhin ein Anfang«, sagte er kleinlaut und zog seine Hand zurück.

»Aber ein überaus schwacher.«

»Was denkst du also?«

»Viel.«

»Was denn?«

»Die Zunge«, sagte sie und stand auf, um mehr Kaffee zu holen.

Ein Auto fuhr langsam durch den Hauges vei. Das leise Brummen ließ die Gläser im Eckschrank klirren. Der Lichtkegel brach sich an der Zimmerdecke, eine flüchtige Lichtwolke in dem großen halbdunklen Raum.

»Die Zunge«, wiederholte er niedergeschlagen, als habe sie ihn an eine unangenehme Tatsache erinnert, die er lieber vergessen hätte.

»Ja. Die Zunge. Die Methode. Der Haß. Die Überlegung. Die Tüte ...«

Inger Johanne malte Gänsefüßchen in die Luft.

»Die muß er schon vorher gemacht haben. Im ganzen Haus gab es kein rotes Papier. Und man braucht acht Minuten, um eine solche Tüte zu falten, das geht aus deinen Unterlagen hervor. Aber auch das nur, wenn man sehr viel Übung hat.«

Zum ersten Mal kam sie ihm wirklich eifrig vor. Sie öffnete einen Schrank und nahm zwei Stück Würfelzucker aus einer Silberschale. Der Löffel klirrte in der Steinguttasse, als sie umrührte.

»Kaffee, wenn wir nicht schlafen können«, flüsterte sie. »Genial.«

Sie schaute auf.

»Einem Menschen die Zunge herauszuschneiden ist eine symbolische Handlung, so brutal und so grausam, daß sie wohl kaum einen anderen Grund haben kann als Haß. Einen ziemlich intensiven Haß.«

»Und Fiona Helle war ein Mensch, der geliebt wurde«, sagte Yngvar trocken. »Du hast den Zucker jetzt wirklich gut verrührt, meine Liebe.«

Sie leckte den Löffel ab und setzte sich wieder.

»Das Problem, Yngvar, ist, daß es unmöglich ist zu wissen, wer sie gehaßt hat. So lange ihre Familie, ihr Bekanntenkreis, ihre Kollegen ... alle in ihrer Nähe dabei bleiben, daß sie diese Frau gemocht haben, mußt du den Mörder vermutlich dort draußen suchen.«

Ihr Zeigefinger richtete sich auf das Fenster. Irgendwer hatte im Badezimmer der Nachbarn eine nächtliche Lampe angezündet.

»Die habe ich nicht gemeint«, lächelte sie. »Sondern die Öffentlichkeit.«

»Herrgott«, murmelte Yngvar.

»Fiona Helle gehörte zu den profiliertesten Fernsehgesichtern im Land. Es gibt kaum einen Menschen, der keine Ansicht über das hatte, was sie so machte. Und damit auch über die Person, für die sie, ob nun zu Recht oder zu Unrecht, gehalten worden ist.«

»Das bedeutet über vier Millionen Verdächtige.«

»Tja.«

Sie nippte am Kaffee, ehe sie ihre Tasse wieder hinstellte.

»Du kannst alle unter fünfzehn, alle über siebzig und die gute Million Leute abziehen, die sie ganz einfach toll fanden.«

»Und wieviel bleiben dann noch, was meinst du?«

»Keine Ahnung. Zwei Millionen vielleicht ...«

»Zwei Millionen Verdächtige ...«

»Die möglicherweise nie auch nur mit ihr gesprochen haben«, fügte sie hinzu. »Es braucht keine einzige direkte Verbindung zwischen Fiona Helle und ihrem Mörder zu geben.«

»Oder ihrer Mörderin.«

»Oder ihrer Mörderin«, nickte sie. »Viel Glück. Und außerdem, was die Beschaffenheit der Zunge angeht... psst!«

Aus dem frischrenovierten Kinderzimmer war leises Weinen zu hören. Yngvar sprang auf, ehe Inger Johanne reagieren konnte.

»Sie braucht nur etwas zu essen«, sagte er und hielt sie zurück. »Ich hol sie dir. Setz dich aufs Sofa.«

Sie versuchte, sich zusammenzureißen. Die Angst war rein physisch zu spüren, wie eine Injektion mit einem belebenden Mittel. Ihr Puls beschleunigte sich, ihre Wangen glühten. Als sie die Hand hob und ihre Handfläche musterte, sah sie, wie das Lampenlicht den Schweiß in der Lebenslinie glitzern ließ. Sie wischte sich die Hände an ihrem Morgenmantel ab und ließ sich aufs Sofa fallen.

»Hat Mullemäuschen Hunger?« hörte sie Yngvar gegen das Köpfchen der Kleinen murmeln. »Kriegt gleich was von ihrer Mama, weißt du. So, ja ...«

Vor Erleichterung über den Anblick der plinkernden Augen und des suchenden Mundes mußte Inger Johanne gleich wieder weinen.

»Ich glaube, ich bin verrückt«, sagte sie und schob ihre Brust besser zurecht.

»Nicht verrückt«, sagte Yngvar. »Nur ein bißchen verstört und ängstlich.«

»Die Zunge«, murmelte Inger Johanne.

»Über die reden wir jetzt nicht mehr. Entspann dich einfach.«

»Daß die gespalten war.«

»Schhht.«

»Lügner«, schniefte sie und schaute auf.

»Lügner?«

»Du doch nicht.«

Sie flüsterte dem Kind etwas zu, ehe sie seinen Blick erwiderte.

»Gespaltene Zunge. Kann eigentlich nur eins bedeuten. Daß irgendwer Fiona Helle für eine Lügnerin hielt.«

»Wir lügen doch alle ab und zu«, sagte Yngvar und fuhr behutsam mit dem Finger über den flaumweichen Babykopf. »Sieh nur! Der Puls ist in der Fontanelle zu sehen.«

»Irgendwer hat Fiona Helle für eine Lügnerin gehalten«, sagte Inger Johanne noch einmal. »Und geglaubt, sie habe so nachdrücklich und brutal gelogen, daß sie dafür den Tod verdient hatte.«

Ragnhild ließ die Brust los. Eine Grimasse, die leicht mit einem Lächeln verwechselt werden konnte, ließ Yngvar auf die Knie fallen und sein Gesicht an die warme, feuchte Wange schmiegen. Die Saugblase an Ragnhilds Oberlippe war mit Flüssigkeit gefüllt und rosa. Ihre winzigen Augenwimpern waren fast schwarz.

»Dann muß es aber eine verdammt üble Lüge gewesen sein«, murmelte Yngvar. »Ich glaube, eine so große Lüge kann ich mir gar nicht vorstellen.«

Ragnhild machte ein Bäuerchen und schlief ein.

Sie hätte sich diesen Ort niemals selbst ausgesucht.

Die anderen, die notorisch schlecht bei Kasse waren, hatten es sich plötzlich in den Kopf gesetzt, drei Wochen an der Riviera auszuspannen. Was man im Dezember an der Riviera wollte, war ja an sich schon ein Rätsel, aber dennoch hatte sie sich bereit erklärt, mitzukommen. Es wäre immerhin eine Abwechslung.

Ihr Vater war nach dem Tod der Mutter einfach ungenießbar geworden. Quengelte und jammerte und klammerte sich an sie. Er stank nach altem Mann, nach einer Mischung aus schmutziger Kleidung und fehlender Blasenkontrolle. Seine Finger, die ihr bei höchst unwillkommenen Abschiedsliebkosungen über den Rücken kratzten, waren abstoßend mager geworden. Die Pflicht zwang sie dazu, einmal im Monat oder so bei ihm vorbeizuschauen. Die Wohnung in Sandaker war noch nie ein Palast gewesen, doch seit ihr Vater allein lebte, sah es dort einfach unmöglich aus. Sie hatte es nach mehreren Briefen, wütenden Anrufen und allerlei Scherereien endlich geschafft, ihm eine Haushaltshilfe zu besorgen. Das brachte aber nicht viel. Noch immer war die Unterseite der Klobrille kotbespritzt. Noch immer blieben die Lebensmittel weit über das Verfallsdatum hinaus im Kühlschrank stehen und machten es unmöglich, die Tür zu öffnen, ohne sich erbrechen zu müssen. Es war unfaßbar, daß die Gemeinde einem alten, treuen Steuerzahler nichts Besseres anzubieten hatte als eine unzuverlässige Göre, die kaum gelernt hatte, eine Spülmaschine in Gang zu setzen.

Die Aussicht auf ein Weihnachtsfest ohne den Vater war ihr verlockend erschienen, auch wenn sie sich auf die Reise nicht gerade freute. Vor allem, da die Kinder mitkommen sollten. Es ärgerte sie, daß Kinder heutzutage allergisch gegen jegliche Form gesunder Kost zu sein schienen. »Mag nicht, mag nicht«, quengelten sie die ganze Zeit. Ein Mantra vor jeder einzelnen Mahlzeit. Kein Wunder, daß sie als kleine Kinder klapperdürr waren, um dann in der Pubertät bis zur Unförmigkeit auseinanderzugehen, geplagt von modernen Eßstörungen. Die Kleinste, die drei oder vier Jahre alt war, besaß noch immer einen gewissen Charme. Auf ihre Geschwister dagegen konnte die Frau am Laptop definitiv verzichten.

Aber das Haus war groß und das ihr zugedachte Zimmer wirklich imponierend. Die anderen hatten ihr voller Begeisterung den Prospekt gezeigt. Sie hatte den Verdacht, daß sie darauf hofften, sie werde mehr als ihren gerechten Anteil an der Miete bezahlen. Sie wußten, daß sie Geld hatte, auch wenn sie natürlich keine Ahnung hatten, wieviel.

Um ehrlich zu sein, hatte sie die meisten ihrer Bekanntschaften einschlafen lassen. Diese Leute kullerten durch ihre kleinen Leben, mit aufgeblasenen Problemen, die außer ihnen selbst niemanden zu interessierten vermochten. In der sozialen Bilanz, die aufzustellen sie sich schließlich gezwungen gesehen hatte, schrien ihr die roten Zahlen entgegen. Sie gab soviel mehr, als sie erhielt. Ab und zu, wenn sie genauer darüber nachdachte, ging ihr auf, daß sie höchstens eine Handvoll Menschen kannte, die wirklich Format besaßen.

Besagte Familie wollte mit ihr zusammen verreisen, und ein weiteres Weihnachtsfest bei ihrem Vater hätte sie nicht ertragen.

Und dann hatte sie dort gestanden. Auf dem Flughafen, die Tickets in der Hand, als das Telefon klingelte. Die Jüngste, dieses kleine Mädchen, war plötzlich ins Krankenhaus eingeliefert worden.

Sie war wütend. Natürlich konnten ihre Bekannten ihr kleines Kind nicht allein lassen, aber hatten sie denn wirklich bis fünfundvierzig Minuten vor dem Abflug warten müssen, um ihr Bescheid zu sagen? Das Kind war immerhin schon drei Stunden vorher ins Krankenhaus gebracht worden. Und da hätte sie noch eine Wahl gehabt.

Sie flog allein ab.

Die anderen sollten schön ihren Anteil an der Miete bezahlen, das hatte sie gleich bei diesem Telefongespräch klargestellt. Im Grunde hatte sie sich sogar ein wenig auf die drei Wochen zusammen mit den Menschen gefreut, die sie immerhin seit ihrer Kindheit kannte.

Nach neunzehn Tagen hatte der Hausbesitzer ihr angeboten, bis März zu bleiben. Er hatte für den Winter keine weiteren Mieter und wollte das Haus nur ungern leer stehen lassen. Es half sicher auch, daß die Frau unmittelbar vor seinem Eintreffen geputzt hatte. Sicher war ihm auch aufgefallen, daß nur ein Bett benutzt wurde, als er von einem Zimmer zum anderen wanderte und so tat, als überprüfe er die elektrischen Anlagen.

Ihr Laptop konnte ebensogut hier stehen wie zu Hause. Und sie wohnte gratis.

Die Riviera wurde überschätzt.

Villefranche war eine Quasistadt für Touristen. Es fehlte ihr längst an jeglicher Form von Wirklichkeit, fand sie; sogar die mehrere hundert Jahre alte Burg am Meer sah aus wie aus Pappe und Plastik. Wenn französische Taxifahrer brauchbares Englisch sprachen, konnte mit diesem Ort doch irgendwas nicht stimmen.

Es ärgerte sie grenzenlos, daß die Polizei auf der Stelle trat.

Andererseits war es ja ein schwieriger Fall. Die norwegische Polizei war noch nie besonders leistungsfähig gewesen; provinziell waren sie, unbewaffnete Eunuchen.

Sie dagegen war eine Expertin.

Die Nächte waren lang geworden.

3

Seit dem Mord an Fiona Helle waren siebzehn Tage vergangen, und der Kalender zeigte den 6. Februar.

Yngvar Stubø saß in seinem Büro in Oslos nichtssagendstem Osten und versuchte, den Sandkörnern im Stundenglas mit dem Blick zu folgen. Das schön geformte Glas war ungewöhnlich groß und das Gestell handgemacht. Yngvar hatte immer angenommen, es sei aus Eiche, aus urnorwegischem Holz, das im Laufe der Jahrhunderte zu einer dunklen, abgenutzten Patina gealtert war. Ein zu Besuch weilender französischer Kriminaltechniker hatte sich vor Weihnachten die Antiquität mit einem gewissen Interesse angesehen und danach den Kopf geschüttelt, als Yngvar erzählte, daß dieses Instrument seine seefahrende Sippe vierzehn Generationen lang begleitet hatte.

»Das da«, sagte der Franzose in tadellosem Englisch, »dieses kleine Teil ist irgendwann zwischen 1880 und 1900 hergestellt worden. Wahrscheinlich ist es nie an Bord eines Schiffes gewesen. Damals wurde das in Massen produziert, als Ziergegenstand für die Häuser der Wohlhabenden.«

Dann zuckte er mit den Schultern.

»*But by all means*«, fügte er hinzu, »*pretty little thing.*«

Yngvar beschloß jedoch, lieber der Familienüberlieferung zu glauben als einem zufällig hereingeschneiten Franzmann. Das Stundenglas hatte bei seinen Großeltern auf dem Kaminsims gestanden, unberührbar für alle unter einundzwanzig; ein geliebtes Kleinod, das der Vater ab und zu vor den Augen des Jungen umgedreht hatte, worauf die Sandkörner silbergrau in dem feinen, mundgeblasenen Glas funkelten, während sie durch das Loch strömten, das nach Aussage der Großmutter dünner war als ein Haar.

Die Ordner, die an den Wänden und zu beiden Seiten des mitten auf dem Schreibtisch stehenden Stundenglases aufgereiht waren, erzählten eine andere und viel bodenständigere Geschichte.

Die Geschichte des Mordes an Fiona Helle hatte einen grotesken Anfang, aber nichts, was einem Schluß auch nur geähnelt hätte. Hunderte von Vernehmungen, zahllose technische Analysen, Aktennotizen, Fotografien und endlose taktische Überlegungen führten überall und damit nirgends hin.

Yngvar konnte sich nicht erinnern, jemals mit dermaßen leeren Händen dagestanden zu haben.

Er ging auf die Fünfzig zu. Mit zweiundzwanzig hatte er sich für den Polizeiberuf entschieden. Er war mit der Ordnungspolizei durch die Straßen gewandert, hatte als Wachtmeister Penner und betrunkene Autofahrer eingebuchtet, aus purer Neugier die Hundestreife ausprobiert und sich an seinem Schreibtisch bei der Wirtschaftspolizei absolut unwohl gefühlt, ehe er dann durch einen Zufall bei der Kripo gelandet war. Das schien jetzt zwei Leben her zu sein. Natürlich konnte er sich nicht an alle Fälle erinnern. Schon lange hatte er den Versuch aufgegeben, darüber eine Art Erinnerungsarchiv zu führen. Es waren einfach zu viele Morde, zu brutale Vergewaltigungen. Nach und nach verloren die Zahlen ihre Bedeutung. Eins war jedoch klar und unwiderlegbar: Manchmal ging einfach alles schief. So war es eben, und Yngvar Stubø war keiner, der seine Zeit mit dem Wiederkäuen von Niederlagen verschwendete.

Das hier aber war trotzdem anders.

Dieses eine Mal hatte er das Opfer nicht gesehen. Dieses eine Mal war er nicht von Anfang an dabeigewesen. Er war in den Fall hineingestolpert, verspätet und desorientiert. In gewisser Weise hatte das seine Sinne nur geschärft. Das merkte er vor allem bei den Besprechungen mit ihrer wachsenden kollektiven Frustration, bei denen er meistens die Klappe hielt: Er dachte anders als die anderen.

Die anderen ließen sich von Spuren verführen, die es im Grunde gar nicht gab. Sorgfältig und akribisch versuchten sie, ein Puzzle zu legen, das sie niemals vollenden würden, einfach weil alle Stücke knallblauen Himmel zeigten und die Polizei nach dunklen Schatten in einem Nachtstück suchte. Obwohl sie insgesamt vierunddreißig Fingerabdrücke in Fiona Helles Wohnung gefunden hatten, wies nichts darauf hin, daß der Mörder auch nur einen einzigen davon hinterlassen hätte. Auch eine unerklärliche Kippe an der Haustür wies in keine bestimmte Richtung; den letzten Analysen zufolge war sie mehrere Wochen alt. Die Spuren im Schnee konnten sie ohnehin mit dickem Rotstift abhaken, jedenfalls so lange sie sich nicht mit irgendwelchen anderen Informationen über den Täter kombinieren ließen. Das am Tatort verschmierte Blut half ihnen auch nicht weiter. Es stammte ausschließlich von Fiona Helle. Die Speichelreste auf dem Tisch, die Haare auf dem Teppich und der fette hellrote Abdruck auf dem Weinglas erzählten eine überaus normale Geschichte von einer Frau, die in aller Ruhe in ihrem Arbeitszimmer gesessen hatte, um die in dieser Woche eingegangene Post durchzusehen.

»Ein Geistermörder«, sagte Sigmund Berli, der grinsend in der Tür stand. »Langsam glaub ich wirklich noch an das Gemecker der Leute aus Romerike. Darüber, daß es sich hier um Selbstmord handeln muß.«

»Das wäre wirklich eine Leistung«, erwiderte Yngvar lächelnd. »Zuerst hat sie sich halb zu Tode gewürgt, danach hat sie sich die Zunge herausgeschnitten, um sich dann ordentlich hinzusetzen, damit sie verbluten konnte. Um sofort für einen Moment wieder zum Leben zu erwachen und die Zunge in ein hübsches kleines Behältnis aus rotem Papier zu verpacken. Wäre ja immerhin originell. Wie läuft es eigentlich? Mit der Zusammenarbeit, meine ich?«

»Sind schon in Ordnung, die Jungs aus Romerike. Großer Bezirk, weißt du. Natürlich müssen die ab und zu ein bißchen die Muskeln spielen lassen. Aber ich habe doch den Eindruck, sie sind eigentlich ganz zufrieden damit, daß der Fall bei uns gelandet ist.«

Sigmund Berli setzte sich und rückte den Besucherstuhl näher an den Schreibtisch heran.

»Snorre ist am Wochenende für ein großes Eishockeyturnier der Zehnjährigen ausgewählt worden«, sagte er und nickte vielsagend. »Erst acht Jahre alt, aber er spielt schon zusammen mit den Zehnjährigen in der ersten Mannschaft.«

»Ich dachte, in den unteren Altersklassen würden die Mannschaften noch nicht nach Rang eingeteilt.«

»Das ist nur so ein Unfug, den der Sportverband sich ausgedacht hat. So darf man einfach nicht denken, weißt du. Der Junge lebt doch für sein Eishockey… neulich ist er mit Schlittschuhen eingeschlafen. Wenn die jetzt nicht begreifen, wie wichtig Konkurrenz ist, dann geraten sie nur ins Hintertreffen.«

»Ja, ja. Es ist dein Sohn. Ich würde ja nicht…«

»Wie machen wir bloß weiter«, fiel Sigmund ihm ins Wort und ließ seinen Blick über die vielen Ordner und Papierstapel schweifen. »Wie zum Teufel sollen wir mit diesem Fall nur weitermachen?

Yngvar gab keine Antwort. Er schnappte sich das Stundenglas, drehte es noch einmal um und versuchte, die Sekunden zu zählen. Der Sand brauchte eine Minute und vier Sekunden, um den gläsernen Hals zu passieren, das hatte er schon als Junge gewußt. Eine Fehlkonstruktion, nahm er an und sagte laut:

»Zweiundfünfzig. Dreiundfünfzig. Und jetzt ist es leer. Ich kriege es nie hin.«

Noch einmal drehte er das Glas um.

»Eins. Zwei. Drei.«

»Yngvar! Hör auf damit. Hast du vor lauter Schlaflosigkeit den Verstand verloren, oder was?«

»Nein. Ragnhild ist wunderbar. Neun. Zehn.«

»Wie machen wir weiter, Yngvar?«

Sigmunds Stimme klang jetzt eindringlich, er beugte sich zu seinem Kollegen vor und fügte hinzu:

»Es gibt keine einzige verdammte Spur. Keine technische. Und meines Wissens auch keine taktische. Gestern und heute bin ich alle Vernehmungen durchgegangen. Fiona Helle war sehr beliebt. Bei den meisten. Witzige Frau, sagen die Leute. Vielseitig. Oft wird behauptet, daß sie vor allem deshalb interessant war, weil sie so viele Seiten hatte. Sie war belesen und interessierte sich noch für die abseitigsten kulturellen Ausdrucksformen. Zugleich aber mochte sie Comics und liebte den ›Herrn der Ringe‹.«

»So erfolgreiche Leute wie Fiona Helle haben immer…«

Yngvar suchte nach Worten.

»Feinde«, schlug Sigmund vor.

»Nein. Nicht unbedingt. Aber Leute, die sie nicht mögen. Es gibt immer welche, die das Gefühl haben, daß solche Menschen ihnen etwas wegnehmen. Sie in den Schatten stellen. Trotzdem fällt mir die Vorstellung schwer, daß irgendein beleidigter Fernsehfuzzi, der gern die Samstagsunterhaltung moderieren würde, dermaßen drastische Schritte ergreift, um ...«

Er nickte zur Pinnwand hinüber, von der das Bild einer die Beine spreizenden, barbusigen Fiona Helle ihnen plakatgroß entgegenschrie.

»Da glaube ich doch eher, daß die Antwort hier liegt«, sagte Yngvar und zog etliche sorgfältig aneinandergereihte Briefkopien aus einem roten Umschlag. »Ich habe zwanzig Stück ausgewählt. Eigentlich einfach so. Um mir einen Eindruck davon zu verschaffen, was für Menschen an Fiona Helle geschrieben haben.«

Sigmund runzelte fragend die Stirn und griff zum ersten Blatt.

»*Liebe Fiona*«, las er vor. »*Ich bin eine zweiundzwanzig Jahre alte Frau aus Hemnesberget. Vor drei Jahren habe ich erfahren, das mein Vater ein Seemann aus Venezuela war. Meine Mutter sagt, das er ein Arsch war, der sie verlassen und sich nie meer gemeldet hat ...*«

Sigmund kratzte sich im Ohr.

»Die kann ja nicht mal richtig schreiben«, murmelte er, dann las er weiter:

»*... nachdem er gehört hatte, das sie schwanger war. Aber eine Frau hier im Supermarkt sagt, das Juan Maria ein toller Typ war und das Mama nicht mehr wollte, weil ...*«

Sigmund musterte seine Fingerspitzen. Ein schmutziggelber Klumpen schien ihn zu faszinieren, er betrachtete ihn mehrere Sekunden lang, dann wischte er sich die Finger an der Hose ab.

»Sind die alle so unbeholfen wie der?« fragte er.

»Als unbeholfen würde ich den ja nun nicht bezeichnen«, sagte Yngvar. »Sie hat doch immerhin was unternommen. Fehlende Kenntnisse in Orthographie und Grammatik haben sie nicht daran gehindert, auf eigene Faust eine ziemliche detektivische Arbeit zu leisten. Sie weiß sogar, wo ihr Vater lebt. Der Brief bittet ›Fiona in Fahrt‹, den Fall zu übernehmen. Die Kleine hat schreckliche Angst davor, abgewiesen zu werden, und sie glaubt, die Chance, daß ihr Vater etwas von ihr wissen will, ist größer, wenn alles im Fernsehen zur Sprache kommt.«

»Herrgott«, sagte Sigmund und griff zu einem weiteren Brief.

»Der hier ist von einem ganz anderen Kaliber«, sagte Yngvar, während die Augen des Kollegen das Papier überflogen. »Ein beredter Zahnarzt, der sich dem Pensionsalter nähert. Während des Krieges war er noch ein kleiner Junge, lebte im Osten von Oslo und wurde mager, blutarm und elternlos 1945 aufs Land geschickt, um dort aufgepäppelt zu werden. Dort begegnete ihm ...«

»Fiona Helle hat mit dem Feuer gespielt«, fiel Sigmund ihm ins Wort und blätterte in den übrigen Briefen. »Das hier ist doch ...«

»Das sind Schicksale«, sagte Yngvar kurz und breitete die Arme aus. »Jeder einzelne Brief, den diese Frau bekommen hat – und das waren wirklich nicht wenige – schildert ein Leben voller Sehnsucht und Trauer. Voller Verzweiflung. Aber sie hat ja auch allerlei einstecken müssen. Die Diskussion war am Ende doch ziemlich typisch. Auf der einen Seite intellektuelle Snobs, die sich mit schlecht verhohlener Herablassung von dieser Methode distanzierten, die ignorante Volksmasse auszunutzen. Auf der anderen Seite stand das VOLK ...«

Dabei zeichnete er ein großes V in die Luft.

»... das fand, die Snobs sollten die Klappe halten und den Fernseher ausschalten, wenn ihnen nicht paßte, was sie da sahen.«

»Womit sie vielleicht nicht ganz unrecht haben«, murmelte Sigmund.

»Ein wenig recht hatten wohl beide Seiten, aber aus der Debatte ist einfach nichts herausgekommen. Außer Geheul und Geschrei und noch höheren Einschaltquoten für die Sendung, natürlich. Und zu Fiona Helles Verteidigung muß gesagt werden, daß sie sehr streng ausgesiebt hat und nur ganz wenige tatsächlich ins Fernsehen kamen. In der Redaktion hatten sie nicht weniger als drei Psychologen, und alle Kandidaten mußten eine Art *screening* durchlaufen. Ziemlich umfassend war das alles, wenn ich das richtig verstanden habe.«

»Und was ist mit denen, die ausgesiebt wurden?«

»Genau. All die Leute, die ihr ganzes Leben in einen Brief an Fiona Helle gepackt haben. Viele haben ihre Geschichte vorher noch nie einem Menschen erzählt. Es muß ziemlich schmerzhaft gewesen sein, abgewiesen zu werden, was ja den meisten von ihnen passiert ist. Vor allem, da die Redaktion einfach nicht allen antworten konnte. Einige Kritiker haben denn auch darauf hingewiesen, daß ...«

Aus seiner Brusttasche fischte Yngvar eine Zigarrenhülse aus mattem Aluminium. Er öffnete sie vorsichtig, zog eine Zigarre hervor und hielt sie sich unter die Nase.

»Daß Fiona Helle zur Göttin geworden war«, sagte er schnaufend. »Zu einer Göttin, die für die Gebete der Verzweifelten nur taube Ohren hatte.«

»Ziemlich dramatisch.«

»Oder eher melodramatisch. Ja, sicher.«

Vorsichtig schob er die Zigarre wieder in die Hülle.

»Aber auch ein ganz kleines bißchen wahr, wie Kristiane immer sagt, wenn wir sie bei einer Lüge erwischen.«

Sigmund lachte laut.

»Meine Jungs streiten einfach alles ab. Sogar, wenn ich sie auf frischer Tat ertappe und turmhohe Beweise vorlegen kann. Steinhart sind sie. Jedenfalls Snorre.«

Er fuhr sich verlegen über den Schädel.

»Das ist der Jüngere«, erklärte er. »Der, der Ähnlichkeit mit mir hat.«

»Dann haben wir also«, sagte Yngvar und seufzte, »eine unbekannte Anzahl von Menschen, die allen Grund haben können, um von Fiona Helle zumindest enttäuscht zu sein.«

»Enttäuscht«, wiederholte Sigmund. »Das reicht wohl kaum ...«

Wieder sahen beide zu dem Bild der Toten hinüber.

»Nein. Deshalb habe ich auf eigene Faust eine kleine Untersuchung eingeleitet. Ich will genau wissen, was aus denen geworden ist, denen Fiona tatsächlich geholfen hat. Die ihre fünfzehn Minuten Ruhm genießen konnten und ihre leibliche Mutter in Südkorea, ihren verschwundenen Vater in Argentinien, ihre zur

Adoption freigegebene Tochter in Drøbak und Gott weiß wen sonst noch alles getroffen haben … alle, deren Leben zur besten Sendezeit auf den Kopf gestellt worden ist.«

»Ist so was nicht schon längst gemacht worden?«

»Nein. Erstaunlicherweise nicht.«

»Aber hat der NRK denn nicht verfolgt, was dann später …«

»Nein.«

Sigmund ließ sich im Sessel zurücksinken. Er starrte die Zigarrenhülse an, die jetzt wieder in Yngvars Brusttasche steckte.

»Hast du nicht aufgehört?« fragte er müde.

»Was? Ach, das meinst du. Ich rieche nur daran. Alte Gewohnheit. Rauche nie mehr. Ist so anstrengend, jedesmal auf den Balkon zu müssen. Vor allem bei Zigarren. Dauert ja seine Zeit, bis man da am Stummel angekommen ist.«

»Sag mal …«

»Ja?«

»Hältst du die vielen Untersuchungen der technischen Spuren für vergeudete Mühe?«

Yngvar lachte heiser und hielt sich die Hand vor den Mund, ehe er hustete.

»Reste«, erklärte er. »Reste von der verdammten Raucherei.«

Er schnitt eine Grimasse, schluckte und fügte hinzu:

»Natürlich nicht. Technische Untersuchungen sind niemals vergeudete Mühe. Aber jetzt, wo alles in dieser Hinsicht trübe aussieht, bisher jedenfalls, finde ich, wir sollten am anderen Ende anfangen. Statt uns vom Tatort nach draußen vorzuarbeiten, sollten wir besser da draußen anfangen. Und uns zurücktasten. Wenn wir Glück haben, finden wir irgendwen, der ein Motiv hat. Ein ausreichend starkes Motiv, meine ich.«

»Gehst du? So früh schon?«

Yngvar hatte sich erhoben und stand schon bei seinem Mantel, der schlaff und verwaschen am Garderobenständer neben dem Fenster hing.

»Ja«, sagte er ernst und zog den Mantel an. »Ich bin ein moderner Vater. Von jetzt an habe ich vor, jeden Tag um drei Feierabend zu machen, um bei meinem Kind sein zu können. Jeden Tag.«

»Hä?«

»Sollte ein Witz sein. Idiot.«

Yngvar schlug dem Kollegen auf die Schulter und rief, als er den Gang hinunter verschwand:

»Schönes Wochenende, allesamt!«

»Was zum Teufel mache ich hier eigentlich«, murmelte Sigmund und schaute zur Tür hinüber, die hinter Yngvar geräuschvoll ins Schloß gefallen war. »Das ist doch nicht mal mein Büro.«

Dann sah er auf die Uhr. Die zeigte bereits halb sechs. Er konnte nicht begreifen, wo der Tag geblieben war.

Die blonde Frau in Armanikostüm und Turnschuhen war zufrieden, als sie aus dem Taxi stieg. Es war noch immer eine gute halbe Stunde bis Mitternacht, und sie war fast nüchtern. In dem Portraitinterview, das am nächsten Tag in der Zeitung erscheinen sollte, würde stehen, daß Vibeke Heinerback erst begriffen hatte, daß sie erwachsen war, als sie anfing, aus Rücksicht auf die Produktivität des folgenden Tages von Festen früh nach Hause zu gehen. Dieser Ausdruck gefiel ihr: »Die Produktivität des folgenden Tages«. Diesen Ausdruck hatte sie geprägt. Er sagte etwas über sie aus, politisch und persönlich.

Ihre Turnschuhe paßten wirklich nicht zu ihrem Kostüm. Aber mit einer gebrochenen Zehe hatte sie nicht gerade die große Auswahl, was Fußbekleidungen anging, und zum Glück hatten die Fernsehproduzenten nicht den Teil der abendlichen Talkshow weggeschnitten, in dem sie ihren Mangel an Eleganz kommentiert und damit kokettiert hatte, daß sie schließlich erst sechsundzwanzig war. Und daß sie sich die Zehe beim Spielen mit ihrem Neffen gebrochen habe. Was natürlich nicht ganz stimmte, aber in kleinen Dingen war so ein Bluff erlaubt. Das Publikum im Studio hatte jedenfalls beifällig gelacht, und Vibeke Heinerback lächelte, während sie versuchte, den Schlüssel in das Haustürschloß zu stecken.

Es war eine gute Woche gewesen.

Politisch. Persönlich. In jeder Hinsicht.

Trotz der wehen Zehe.

Es war ärgerlich dunkel. Sie schaute hoch. Die Lampe über der Tür brannte nicht, sie konnte die zerbrochene Birne gerade noch ahnen. Ängstlich warf sie einen Blick über die Schulter. Auch die Laterne am Gartentor war dunkel. Sie versuchte, ihr Gewicht auf den unversehrten Fuß zu verlagern, während sie das Schlüsselbund dicht vor ihre Augen hielt, vielleicht hatte sie ja den falschen Schlüssel erwischt.

Ob es so war, sollte sie nicht mehr erfahren.

Am folgenden Morgen wurde Vibeke Heinerback von ihrem Freund gefunden, der sich vom Junggesellenabschiedsabend seines Bruders schwankend und stolpernd per Frühbus und Taxi nach Hause geschleppt hatte.

Sie saß im Bett. Nackt. Ihre Hände waren am Kopfende an die Wand genagelt. Sie hatte die Beine weit gespreizt, und es sah aus, als habe jemand versucht, ihr ein Buch in die Vagina zu stopfen.

Vibeke Heinerbacks Freund achtete zunächst nicht auf dieses Detail. Er riß ihre Hände los, erbrach sich gründlich auf die ganze Szenerie und zerrte danach die Leiche auf den Boden, als sei es das Bett selbst, das so brutal zum Angriff übergegangen war. Erst eine gute halbe Stunde später kam er einigermaßen zu sich und rief die Polizei an.

Inzwischen hatte er das grüne Buch entdeckt, das zwischen Vibeke Heinerbacks Oberschenkeln klemmte.

Spätere Untersuchungen sollten ergeben, daß es sich um ein in Leder eingebundenes Exemplar des Koran handelte.

4

Die Frau auf Platz 16 A machte einen sympathischen Eindruck. Sie hatte Kaffeedurst und las britische Zeitungen. Dem Steward fiel es schwer, ihre Herkunft zu bestimmen. Die meisten Fluggäste waren Schweden, nur eine lärmende dänische Familie mit Kindern in der vorletzten Reihe verdarb den anderen Passagieren den Flug. Außerdem hatte er mehrere Norweger registriert. Es war noch längst keine Hochsaison, und trotzdem war der Direktflug nach Nizza ausgebucht, kein Wunder bei den spottbilligen Preisen.

Eigentlich wollte er ja aufhören. Sein Gewicht war immer schon ein Problem gewesen, und jetzt hatten die Kollegen begonnen, Bemerkungen darüber zu machen. Egal, wie sehr er sich auch abmühte und wie wenig er aß; die digitalen Ziffern auf der Badezimmerwaage konnten jederzeit ins Dreistellige umschlagen.

Es tat gut, auf solchen Flügen Leute wie die Frau auf 16 A an Bord zu haben.

Sie war dunkler als die meisten Skandinavierinnen. Sie hatte braune Augen, und auch sie war vermutlich unzufrieden mit ihrem Gewicht. Groß und ziemlich füllig, vor allem aber sah sie stark aus. Kräftig, dachte er nach einer Weile. Sie ist eine kräftige Frau.

Und sie trank jedenfalls sehr gern Kaffee.

Außerdem war sie kinderlos, was ja schon ein Segen war, und sie beklagte sich auch nicht.

Die Leiche war noch warm.

Zumindest glaubte der Wärter im Parkhaus Gallerian, daß es kaum mehr als zwei Stunden her sein konnte, seit die Prostituierte ihren Geist aufgegeben hatte. Aber vielleicht irrte er sich ja. Er war kein Experte. Das mußte er zugeben, obwohl er nun schon zum zweiten Mal innerhalb von drei Monaten die Polizei rufen mußte, weil so ein armes Frauenzimmer sich den letzten Schuß gesetzt hatte, geschützt vor dem bitteren Winterwind, der durch

Stockholms Straßen fegte und die Menschen dazu brachte, sich wie Polarfahrer einzupacken. Im Treppenhaus war es verhältnismäßig warm, von daher war das schwer zu sagen.

Aber sie konnte unmöglich schon lange dort liegen.

»Wenn du weder vorwärts noch rückwärts sehen kannst – dann sieh im Leben nach oben!«

Diese weisen Worte leuchteten in roter Filzstiftschrift an der Wand. Die Nutte hatte diese Aufforderung wortwörtlich genommen. Sie lag auf der Seite, hatte den Kopf auf den rechten Arm gestützt und die Knie angezogen, so als habe irgendwer sie in die stabile Seitenlage gebracht, um den Tod schonend eintreten zu lassen. Ihr Gesicht aber war trotzdem nach oben gewandt, mit offenen Augen und leicht überraschtem, fast glücklichem Ausdruck.

Friede, dachte der Wärter und zog sein Mobiltelefon aus der Tasche. Die Frau sah aus, als habe sie Ruhe gefunden. Der Mann hatte es zwar satt, Nutten aus dem riesigen Parkhaus scheuchen zu müssen, aber im tiefsten Herzen war er auf ihrer Seite. Ihr gequältes Dasein erinnerte ihn an die Freuden seines eigenen Lebens. Seine Arbeit war langweilig und monoton, aber er verstand sich gut mit seiner Frau, und die Kinder waren brav. Er konnte sich freitags ein Bier leisten, und es war für ihn Ehrensache, alle Rechnungen pünktlich zu bezahlen.

Das Mobiltelefon fand hier unten kein Funknetz.

Er erkannte sie wieder, sie war eine der Festen. Sie schien hier zu wohnen, unten im Treppenhausschacht, in einem Raum von knapp fünf Quadratmetern, wo die blauen und roten Streifen an der Wand sicher für Leben und Licht sorgen sollten. Eine Tasche lag in der Ecke, drei Zeitungen und eine Illustrierte waren unter einen zusammengerollten Schlafsack direkt unter der Treppe geschoben worden. Hinter ihrem Rücken war eine Flasche Mineralwasser umgekippt.

Der Parkhauswärter ging die Treppen hoch. Das Asthma machte ihm zu schaffen, und er blieb einen Moment stehen, um wieder zu Atem zu kommen. Endlich war er oben und öffnete die unscheinbare Tür, die zum Brunkebergs Torg führte.

Die Kolleginnen der Frau waren schon im Dienst. Er entdeckte zwei von ihnen, verfroren und klapperdürr, die eine stieg gerade in einen BMW, der sofort in Richtung Sergels Torg davonraste.

Endlich erreichte er die Polizei. Sie versprachen, im Laufe einer halben Stunde bei ihm zu sein.

»Ja klar«, murmelte er sauer und beendete das Gespräch; beim letzten Mal war er über eine Stunde mit der Frauenleiche allein gewesen.

Er zündete sich eine Zigarette an. Die zweite Frau, in dünnen Strümpfen und Webpelz, fand auf der anderen Seite des Platzes einen Freier.

Die tote Nutte war nicht gerade klein. Im Gegenteil, dachte er und nahm einen tiefen Zug aus der Zigarette. Sie war eher von der üppigen Sorte. Solche wie sie waren selten. Die Prostituierten schrumpften normalerweise im Laufe der Jahre; sie wurden mit jedem Schuß und mit jeder Pille kleiner und magerer. Vielleicht hatte diese Nutte das Essen nicht vergessen, zwischen den Kunden und dem Drogenkonsum.

Er müßte wieder nach unten gehen, um auf sie aufzupassen.

Statt dessen steckte er sich noch eine Zigarette an und blieb in der Kälte stehen, bis endlich die Polizei eintraf. Sie brauchten einige Sekunden, um das festzustellen, was der Wärter bereits wußte: Die Frau war tot. Ein Krankenwagen wurde angefordert und die Leiche fortgeschafft.

Drei Tage später wurde Katinka Olsson eingeäschert, und niemand fand es der Mühe wert, einen Grabstein über die sterblichen Überreste der fast vierzig Jahre alten Prostituierten zu errichten. Die vier Kinder, die sie noch vor ihrem dreißigsten Lebensjahr in die Welt gesetzt hatte, sollten niemals erfahren, daß ihre leibliche Mutter in ihrer ansonsten leeren Brieftasche Babybilder von ihnen allen aufbewahrt hatte; vergilbte Fotografien mit abgenutzten, eingerissenen Rändern. Sie waren Katinka Olssons einziges Vermögen gewesen.

Sie war an einer Überdosis gestorben, und niemand sollte jemals nach ihr fragen. Niemand betrauerte Katinka Olsson, und niemand würde sich jemals die Frage stellen, warum eine tote

Straßennutte duftendsauber gewesen war und frischgewaschene, wenn auch ziemlich verschlissene Kleidung getragen hatte.

Niemand.

Vibeke Heinerbacks Haus verblüffte ihn.

Dort, wo er stand, mitten in dem verhältnismäßig großen Wohnzimmer, hatte er den Eindruck, daß sie ein weitaus vielschichtigerer Mensch gewesen war, als die Medien auch nur ansatzweise hatten zeigen können.

Wenn er sich die Sache genauer überlegte, konnte er sich an keine Reportage über Vibeke Heinerbacks Zuhause erinnern. Yngvar Stubø hatte die Morgenstunden benutzt, um einen ansehnlichen Stapel Interviews und andere Zeitungsausschnitte durchzublättern, eine knallbunte Hochglanzdarstellung eines scheinbar erfolgreichen Lebens:

Nachdem der Freund ihr einen Heiratsantrag gemacht hatte, war das Paar mit einer Illustrierten nach Paris gereist. Die Bilder der beiden, immer eng umschlungen, vor dem Eiffelturm, unter dem Triumphbogen, vor den eleganten Boutiquen der Champs Elysées und in den Straßen von Montmartre erinnerten an Reklameposter aus den siebziger Jahren. Vibeke und Trond waren blaßblond und auf nichtssagende Weise gepflegt. Sie trugen Ringe aus Selbstvertrauen und dazu passende psychedelisch gemusterte Hemden in Pastell. Nur die Weingläser, die sie auf zwei Fotos in die Höhe hielten, brachen diese Illusion. Es hätten Colaflaschen sein müssen.

Als Vibeke Heinerback zur jüngsten Parteivorsitzenden Norwegens gewählt worden war, hatte die versammelte Presse sie nach dem Parteikongreß zu Bett bringen dürfen. Zeitungen und Illustrierte konzentrierten sich voller Begeisterung auf ihr abendliches Bad. Das linke Bein lag glatt und wohlgeformt auf dem Badewannenrand, in einem Meer aus rosa Schaumblasen, und Vibeke hob für die Leser ihr Champagnerglas. Der Bildunterschrift zufolge war sie zu Tode erschöpft.

Diese Szene stammte aus einem Hotelzimmer.

Vibeke Heinerback war der Inbegriff jungen skandinavischen

Erfolgs. Zwei Jahre Betriebswirtschaft, das war die Ausbildung, die sie geschafft hatte, ehe sie vollständig von der Politik verschlungen worden war. Sie lief auf Stöckelschuhen durch den Schneematsch auf Karl Johan, ließ sich aber auch in Gummistiefeln auf einer Waldwanderung abbilden. Im Parlament war sie immer korrekt gekleidet. Bei den Debatten, die vom Fernsehen übertragen wurden, hielt sie sich an eine strenge Kleiderordnung, aber wenn sie in etwas seichteren Sendungen auftrat, dann bewies sie einen Geschmack, der ihr ein Jahr zuvor Platz drei auf der Liste der bestangezogenen Frauen des Landes eingebracht hatte. Sie hat soviel Sinn für freche Details, wie die Jury voller Bewunderung gesagt hatte. Und Kinder wollte sie natürlich auch haben. Später, sagte sie lächelnd zu unverschämten Presseleuten und stieg immer weiter auf in einer Partei, die bei Meinungsumfragen an guten Tagen eine Nasenlänge vor allen anderen lag.

Yngvar spürte einen Hauch von schlechtem Gewissen wegen seiner Vorurteile, als er zum dritten Mal seine Blicke durch dieses Zimmer schweifen ließ. Sie blieben an einem prachtvollen Lampenschirm aus milchweißem Glas hängen. Drei dünne Stahlröhren trugen den Kolben und ließen die Einrichtung einem UFO aus einem Film der fünfziger Jahren ähneln. Das Zimmer war wirklich sehenswert. Ein cremeweißes und rechtwinkliges Sofa stand hinter einem Tisch aus Stahl und Glas. Die Sessel waren von intensivem Orange, einer Farbe, die sich auch in kleinen Einsprengseln auf dem riesigen, non-figurativen Gemälde an der gegenüberliegenden Wand wiederfand. Alle Flächen waren rein. Im Zimmer gab es keine anderen Ziergegenstände als eine Alvar-Alto-Vase auf dem glatten Büfett. Ein bunter Tulpenstrauß schien gerade zu verdursten.

Der Zeitungskorb aus geflochtenem Stahl quoll über vor Illustrierten und Boulevardzeitungen. Yngvar zog ein Exemplar eines Klatschblattes heraus. Zwei Scheidungen, ein Künstlerjubiläum und der tragische Kniefall eines Schlagersängers vor dem Alkohol zierten die Titelseite.

Soweit Yngvar sich überhaupt für Vibeke Heinerback interessiert hatte, hatte er sie widerwillig für ihre instinktive Erkenntnis des allgemeinen Hangs zu einfachen Lösungen bewundern müssen. Echtes politisches Verständnis oder einen ethischen, übergeordneten Standpunkt hatte er dagegen nie bei ihr entdeckt. Vibeke Heinerback meinte, die Benzinpreise müßten gesenkt werden und die Zustände in der Altenpflege seien eine Schande für die Nation. Sie wollte die Steuern senken und die Polizei stärken. Daß die Leute zum Einkaufen in Scharen ins billigere Schweden fuhren, hielt sie für verständlichen Protest; da die Politiker nun einmal beschlossen hatten, die höchsten Benzinpreise in Europa einzuführen, dürften sie sich nicht wundern.

So hatte er sie gesehen: schlicht, seicht und ausgestattet mit politischer Bauernschläue. Unbelesen, hatte er geglaubt, in einem Interview hatte sie Ayn Rand als »ihren Lieblingsautor« bezeichnet und also für einen Mann gehalten.

Aber dieser Fehler schien auf den Journalisten zurückzugehen, dachte Yngvar, als er sich das Wohnzimmer genauer angesehen hatte. Und nicht auf Vibeke Heinerback.

Langsam ließ er seine Finger an den Buchrücken in den gutgefüllten Regalen entlang wandern, die zwei Wohnzimmerwände von der Decke bis zum Parkett verdeckten. »The Fountainhead« stand zerfleddert und vielgelesen neben einer Taschenbuchausgabe von »Atlas shrugged«. Eine umfangreiche Biographie der exzentrischen Architektin und Autorin war in einem so kläglichen Zustand, daß mehrere Bögen sich lösten, als Yngvar sich das Ex Libris ansehen wollte.

Jens Bjørneboe und Hamsun, P. O. Enquist, Günter Grass und Don DeLillo, Lu Xun und Hannah Arendt. Neues und Altes nebeneinander, aufgereiht in einer Weise, die entfernt an ein System erinnerte, ein Liebesmuster, das Yngvar plötzlich verstand.

»Sieh dir das an«, sagte er zu Sigmund Berli, der eben aus dem Schlafzimmer zurückkam. »Sie hat ihre Lieblingsbücher in Hüft- bis Kopfhöhe. Die fast unberührten Bücher stehen entweder ganz unten oder ganz oben.«

Er reckte sich und zeigte auf eine Anthologie chinesischer Autoren, von denen er noch nie gehört hatte. Dann ging er in die

Hocke, zog ein Buch aus dem untersten Fach, blies Staub herunter und las laut den Autorennamen vor:

»Mircea Eliade.«

Er schüttelte den Kopf und stellte das Buch wieder zurück.

»So was liest Inger Johannes Schwester. Frau Heinerback hätte ich das nicht zugetraut.«

»Hier gibt's aber auch jede Menge Kriminalromane.«

Sigmund Berli ließ seine Finger über das Regal neben der Küchentür wandern. Dort standen sie alle. *The grand old ladies* der britischen Literatur und von sich eingenommene Amerikanerinnen der achtziger Jahre. Hier und dort tauchten französisch klingende Namen auf. Den Umschlägen nach zu urteilen, die riesige Autos und tödliche Waffen zeigten, stammten sie wohl aus den fünfziger Jahren. Klassiker wie Chandler und Hammett standen in Prachtausgaben aus den USA neben einer fast kompletten Sammlung der norwegischen Kriminalliteratur des letzten Jahrzehnts.

»Ob die wohl ihrem Verlobten gehören?« fragte Sigmund.

»Der ist gerade erst eingezogen. Die stehen aber schon eine Weile hier. Ich wüßte ja gern, warum… warum hat sie das nie erwähnt?«

»Was denn? Daß sie gelesen hat?«

»Ja. Ich meine, heute habe ich einen Haufen Interviews gelesen, die das Bild einer ziemlich uninteressanten Person zeichnen. Einer Vollblutpolitikerin, das vielleicht, aber doch eher interessiert an ganz banalen Einzelheiten, statt die Dinge in einen Zusammenhang zu bringen. Sogar in diesen…«

Yngvar zeichnete ein Quadrat in die Luft, ehe er hinzufügte:

»…diesen Boxen, heißen die nicht so? Diesen Kästen mit Standardfragen hat sie nie etwas über… das hier gesagt. Zeitungen, sagte sie, wenn sie gefragt wurde, was sie liest. Fünf Zeitungen pro Tag und keine Zeit für anderes.«

»Vielleicht hat sie ja früher gelesen. Vor der Politik, meine ich. Und dann reichte die Zeit eben nicht mehr.«

Sigmund war inzwischen in die Küche gegangen.

»Nun sieh dir das an!«

Die Küche war eine seltsame Mischung aus Alt und Neu. Die schrägen Hängeschränke mußten aus der Nachkriegszeit stammen. Als Yngvar eine Tür öffnete, glitt sie lautlos und leicht auf modernen Schienen aus Plastik und Metall zur Seite. Die Spüle war riesig, mit Armaturen wie aus einem Film der dreißiger Jahre. Die Porzellanknöpfe, mit roter und blauer Schönschrift als »warm« und »kalt« gekennzeichnet, waren fast bis zur Unleserlichkeit abgegriffen. Die Arbeitsflächen waren dunkel und matt.

»Schiefer«, sagte Yngvar und klopfte mit den Fingerknöcheln auf den Stein. »Sie hat also vieles von dem Alten restaurieren lassen. Und es mit neuen Elementen vermischt.«

»Sieht gut aus«, sagte Sigmund zögernd. »Oder findest du nicht?«

»Ja. Und teuer.«

»Wieviel verdienen die denn so im Parlament?«

»Nicht genug«, sagte Yngvar und kniff sich in den Nasenrücken. »Wann war die Polizei hier?«

»Heute morgen gegen sieben. Ihr Typ, Trond Arnesen heißt er, hatte den Tatort verwüstet. Alles vollgekotzt und durchgewühlt. Hatte die Frau aus dem Bett gezerrt und so. Hast du das Schlafzimmer gesehen?«

»Mmm.«

Yngvar trat ans Küchenfenster. Die nachmittägliche Dunkelheit setzte sich im Osten fest, eine kompakte Wolkendecke lag über Lillestrøm und drohte für die Nacht mit Schnee. Er schob vorsichtig einen geschwungenen Küchentisch beiseite und näherte sein Gesicht der Fensterscheibe, ohne sie zu berühren. Eine Weile blieb er so stehen, in Gedanken versunken, ohne auf Sigmunds Kommentare zu antworteten, die von immer weiter her kamen, da der Kollege durch das Haus wanderte.

Yngvar schaute auf den Kompaß in seiner luxuriösen Armbanduhr. In Gedanken zeichnete er eine Karte. Dann trat er einen Schritt zurück und kniff ein Auge zu, um mit dem anderen die Aussicht zu überprüfen.

Wenn man die drei Tannen hinten im Garten fällen, den kleinen Hügel im Nordosten einebnen und die kleine, einige hundert Meter entfernt gelegene Wohnsiedlung sprengen würde, könnte man das Haus sehen, in dem Fiona Helle nur siebzehn Tage zuvor ermordet worden war.

Die beiden Tatorte konnten nicht weiter als einen halben Kilometer auseinander liegen.

»Besteht denn überhaupt eine Möglichkeit? Für einen Zusammenhang, meine ich.«

Yngvar Stubø lud sich den Teller voll Bratkartoffeln, dann streckte er die Hand nach der Heinz-Flasche aus.

»Mußt du denn wirklich zu absolut allem Ketchup nehmen?«

»Glaubst du das? Das mit dem Zusammenhang, meine ich.«

»Jetzt gehe ich«, schrie Kristiane aus dem Flur im Erdgeschoß.

»Herrgott«, sagte Inger Johanne und lief mit Ragnhild auf den Armen zur Treppe. »Sie schläft nicht.«

Kristianes Nasenspitze klebte an der Haustür. Der Reißverschluß ihrer roten Daunenjacke war hochgezogen. Der Schal war fest um ihren Hals gewickelt, die Mütze fiel ihr über die Augen. Der linke Stiefel saß am rechten Fuß und umgekehrt. Jede Hand der Kleinen umklammerte einen Fausthandschuh. Jetzt preßte sie ihren ganzen Körper an die geschlossene Tür und erklärte:

»Ich geh raus.«

»Nicht jetzt«, sagte Inger Johanne und reichte Yngvar den Säugling. »Es ist viel zu spät. Es ist schon nach neun. Du warst doch schon im Bett und … willst du Ragnhild nicht ein bißchen auf den Arm nehmen? Ist sie nicht niedlich?«

»Fies«, fauchte Kristiane. »Mieses Gör.«

»Kristiane!«

Yngvar Stubøs Stimme klang so scharf, daß Ragnhild zu schreien begann. Frustriert wiegte er sie hin und her und murmelte etwas in die weiche Decke, in die sie gewickelt war. Kristiane heulte los. Sie wackelte von einem Fuß auf den anderen und schlug mit der Stirn gegen die Tür. Ihr Geheul schlug in verzweifeltes, gurgelndes Röcheln über.

»Papa«, knurrte sie ab und zu. »Mein Papa. Will zu meinem Papa.«

Inger Johanne ließ resigniert die Arme sinken und drehte sich zu Yngvar um, der auf halber Höhe der Treppe stand.

»Das wäre vielleicht das beste«, sagte sie unsicher. »Ich glaube schon, daß …«

»Kommt nicht in Frage«, fiel Yngvar ihr ins Wort. »Sie war eine Woche bei Isak. Jetzt bleibt sie bei uns. Es ist wichtig, daß sie das Gefühl hat, dabeizusein. Daß sie dazugehört. Daß es …«

Endlich hatte das Baby aufgehört zu weinen. Ein Storchenbiß zog sich dunkelrot über die rosa Wange. Flaumige Haare bedeckten ihren Schädel. Plötzlich öffnete sie die Augen, widerwillig, wie nach langem Schlaf. Eine Grimasse entblößte ihre zahnlosen Kiefer.

»Daß es ihre Schwester ist«, sagte Yngvar leise und streifte die Haut des Kindes mit den Lippen. »Kristiane muß bei uns sein. In ein paar Tagen kann sie dann wieder zu Isak.«

»*Papa! Ich will zu meinem Papa!*«

Yngvar ging zu dem kleinen Windfang im Erdgeschoß hinunter. Die Fußbodenheizung brannte durch seine Socken hindurch, er fürchtete, die Elektriker könnten bei der Renovierung einen Fehler gemacht haben. Die Götter mochten wissen, wann er die Zeit finden würde, um das zu untersuchen. Behutsam reichte er Inger Johanne den Säugling.

»Hier kommt die Kaulquappe Fabilius«, sagte er und legte sich Kristiane mit Feuerwehrgriff über die Schulter, ehe er die Treppe hochmarschierte.

»Nicht«, kicherte Kristiane widerwillig, als er ihr den einen Stiefel auszog und in einen Blumentopf steckte. »Nicht!«

»Das gibt in ein oder zwei Wochen eine Stiefelblume! Und den hier …«

Er warf den anderen in den Papierkorb.

»Den brauchen wir nicht«, sagte er und packte Kristiane noch fester. »Kaulquappen haben keine Schuhe.«

Mit einem geräuschvollen Tritt öffnete er die Tür zum Kinderzimmer. Dann zog er ihr blitzschnell die Kleider aus. Glücklicherweise trug sie unter der Daunenjacke noch immer den Schlafanzug.

»Schnell«, keuchte er. »Sonst schwitzt die Kaulquappe sich tot. Und jetzt zähle ich.«

»Nicht«, heulte Kristiane begeistert und vergrub sich in der Decke.

»Eins«, sagte er. »Zwei, drei. Jetzt wirkt der Zauber. Jetzt schläft Fabilius.«

Dann zog er die Tür ins Schloß und zuckte mit den Schultern.

»So.«

Inger Johanne stand mit ausdruckslosem Gesicht vor ihm und drückte Ragnhild an ihre Schulter.

»So machen wir das oft, wenn wir allein sind«, sagte er und schien sich dafür entschuldigen zu wollen. »Schnell und effektiv. Glaubst du an einen Zusammenhang? Zwischen den Morden an Fiona Helle und Vibeke Heinerback?«

»So bringst du das Kind ins Bett?«

Inger Johanne starrte ihn ungläubig an.

»Das ist doch jetzt egal. Sie schläft schon. Zauber. Komm.«

Er stapfte ins Wohnzimmer und fing an, den Eßtisch abzuräumen. Die Essensreste landeten im Müll, abgesehen von den Bratkartoffeln, die er beim Aufräumen verschlang. Das Fett tropfte von seinen Fingern, und als er sich Wein nachschenkte, wäre ihm die Flasche fast aus den Fingern gerutscht.

»Huch … willst du? Jetzt ist es nicht mehr gefährlich, weißt du. So ein Gläschen kann Ragnhild nicht schaden.«

»Nein, danke. Doch …«

Vorsichtig legte sie Ragnhild in die Wiege. Yngvar hatte sich endlich bereit erklärt, sie ins Wohnzimmer zu holen, wenn sie sich dort aufhielten. Jetzt stand sie neben dem Sofa.

»Vielleicht ein kleines Glas«, sagte sie und setzte sich an den leeren Eßtisch.

»Wischst du das kurz ab, bitte?«

Mit alltäglicher, fast gleichgültiger Miene griff sie nach den Papieren, die Yngvar beim Nachhausekommen auf den Tisch geworfen hatte. Der Ordner war dünn. Diesmal gab es keine Bilder. Zwei Tatortberichte, zwei handgeschriebene Notizen und eine

Karte von Lørenskog, auf der Vibeke Heinerbacks Haus rot angekreuzt war, Inger Johanne konnte darin jedoch kein System erkennen.

»Ist ja nicht gerade viel, woran ihr euch halten könntet, wie ich sehe.«

»Wir haben den Mord erst heute morgen entdeckt!«

»Und du hast die Mappe zusammengestellt. Wolltest du mir die Bilder ersparen?«

»Nein.«

Er wirkte aufrichtig, und er setzte sich und kratzte sich dabei am Kopf.

»Wir haben noch nicht genug Kopien hergestellt«, fügte er hinzu und gähnte. »Aber du hast nichts verpaßt. Schrecklicher Anblick. Vor allem, daß ...«

»Danke, danke.«

Sie hob die Handflächen und schüttelte den Kopf.

»Du warst am Telefon wirklich detailliert genug. So gesehen gibt es immerhin eine Gemeinsamkeit. Ziemlich groteske Liquidationen. Beide Leichen verstümmelt, ganz einfach.«

Yngvar runzelte die Stirn. Er schüttelte den Kopf, seine Lippen bewegten sich, als wolle er etwas sagen und wisse nicht so recht, was.

»Verstümmelt«, wiederholte er endlich. »Jemandem die Zunge herauszuschneiden, ist zweifellos eine Verstümmelung. Und was Vibeke Heinerback angeht ...«

Wieder machte er dieses skeptische Gesicht. Er kniff die Augen zusammen und schüttelte fast unmerklich den Kopf, als könne er dieses ganze Szenario mit einem Mörder, der Jagd auf prominente Frauen machte, einfach nicht richtig an sich heran lassen. Er schielte zur Wiege hinüber.

»Du glaubst nicht, daß sie etwas davon mitbekommt?«

»Sie ist noch keine drei Wochen alt.«

»Aber das Gehirn ist ein Schwamm, weißt du. Vielleicht nimmt sie unbewußt alles wahr und speichert es. Und wird davon beeinflußt. Später.«

»Dussel!«

Sie streckte den Arm über den Tisch aus und legte die Hand an seine Wange.

»Du hast Angst, die Presse könnte recht haben«, sagte sie. »Hast du die Sonderausgaben der Zeitungen gesehen?«

Er schüttelte den Kopf. Sie ließ ihn nicht los.

»Die veranstalten eine Galavorstellung. Es muß doch tödlich für sie sein, daß der Mord erst heute morgen entdeckt und noch viel später bekanntgegeben worden ist. Die Sonderausgaben sind ein entsetzliches Machwerk. Vollgestopft mit Spekulationen, wahnsinnig ungenaue und teilweise falsche Informationen, wenn ich von dem Wenigen ausgehen kann, was ich von dir erfahren habe. Promimörder, so wird er jetzt genannt. Der Täter.«

»Oder die Täterin«, sagte Yngvar und griff nach ihrer Hand.

Er berührte ihren Handrücken mit den Lippen und küßte ihn.

»Oder die Täterin«, sagte sie. »Sei nicht so pedantisch. Die Fernsehnachrichten waren glücklicherweise nüchterner, aber auch da wird darüber spekuliert, ob ein Irrer es auf gutaussehende, erfolgreiche Frauen abgesehen hat. VG hat zu allem Überfluß einem anerkannten Psychologen das Profil eines von seiner Mutter abgewiesenen, sexuell frustrierten Frauenhassers abgeluchst, der noch dazu behindert ist.«

Sie lachte leise und nippte an ihrem Glas.

»Weißt du, erst jetzt sehe ich ein, wie lecker das eigentlich ist. Nachdem ich zehn Monate lang keinen Wein mehr getrunken habe, meine ich.«

»Du bist …«

»Schön«, fügte sie hinzu und lächelte noch breiter. »Was glaubst du?«

»Über dich?«

»Über den Zusammenhang. Ganz fern kann dir diese Vorstellung doch nicht sein. Du und Sigmund und noch andere arbeiten an beiden Fällen. Beide …«

»… sind in Lørenskog passiert, beide Opfer sind Frauen, beide sind prominent, beide sind markante Medienpersönlichkeiten, beide …«

»Sehen gut aus. Sahen jedenfalls gut aus.«

Sie drehte das Glas zwischen ihren Händen und sagte dabei:

»Und in beiden Fällen hat der Täter eine Nachricht hinterlassen, eine stark symbolgeladene Schändung der Leiche.«

Sie sprach jetzt langsamer. Ihre Stimme wurde tiefer, als fürchte sie sich vor ihrer eigenen Schlußfolgerung.

»Die Presse weiß noch nichts über das Buch«, sagte er. »Über den Koran. Er klemmte zwischen ihren Oberschenkeln. Kann sein, daß er ihr eigentlich in die Muschi geschoben werden sollte, aber ...«

»Benutz nicht solche Ausdrücke.«

»Dann eben in die Vagina. Das Buch war mit Klebeband an der Vagina befestigt.«

»Oder dem Anus.«

»Oder dem Anus«, wiederholte er überrascht. »Vermutlich hat er das so gemeint. *Up yours,* sozusagen.«

»Kann schon sein. Mehr?«

Er nickte, und sie goß den Rest Wein aus der Flasche in sein Glas. Noch immer hatte sie an ihrem nur genippt.

»Wenn man wirklich nach Gleichheitszeichen suchen will, außer den offenkundigen, die ja auch Zufall sein können, dann staune ich über die Symbolstärke«, sagte sie. »Jemandem die Zunge herauszuschneiden und sie dann zu spalten, ist als Symbolik so offenkundig, daß man fast meinen könnte, der Täter hat zuviele Indianerbücher gelesen. Eine muslimische Bibel im Hintern ist auch keine sonderlich feinsinnige Botschaft.«

»Ich glaube, unsere neuen Landsleute fänden es nicht so toll, daß du den Koran als Bibel bezeichnest«, sagte Yngvar und faßte sich in den Nacken. »Würdest du ...?«

Mit resigniertem Lächeln erhob sie sich und trat hinter ihn. Sie lehnte den Rücken an die Küchenschränke und griff nach seinen Nackenmuskeln.

Er war so breit. So massig, seine Muskeln fühlten sich unter der überraschend weichen Haut an wie harte Knoten. Seine Größe hatte sie damals zuerst fasziniert, sie hatte sich in einen Mann verliebt, der hundertfünfzehn Kilo wiegen konnte, ohne fett zu wirken. Als sie zusammengezogen waren, hatte sie sofort versucht, ihn zum Abnehmen zu bewegen. Aus Rücksicht auf die Gesundheit, sagte sie und gab nach drei Wochen auf. Yngvar wurde nicht sauer, wenn er fasten mußte. Er verzweifelte. Als er eines Nachmittags über einem Teller mit einem Stück gekochtem Kabeljau ohne Fett, einer Kartoffel und einem Löffel gedämpfter Möhren etwas abwischte, was Tränen gewesen sein mochten, um danach ins Badezimmer zu gehen und bis zum Ende der Mahlzeit dort zu bleiben, war das Projekt gestorben. Er nahm zu allem Butter und zu fast allem Soße und vertrat die Ansicht, eine richtige Mahlzeit müsse immer mit einem Nachtisch enden.

»Es ist natürlich noch zu früh, um das zu sagen«, sagte Inger Johanne und bohrte ihre Daumen in die Muskulatur zwischen Schulterblättern und Rückgrat. »Aber ich möchte doch davor warnen, es für selbstverständlich zu halten, daß es sich um denselben Mörder handelt.«

»Natürlich halten wir das nicht für selbstverständlich«, stöhnte er. »Mehr. Weiter oben. Ehrlich gesagt macht mir der bloße Gedanke schon eine Scheißangst. Ich meine … oooh! Genau da.«

»Du meinst, wenn hier wirklich die Rede von einem einzigen Mörder ist, dann könnt ihr mit weiteren rechnen«, sagte Inger Johanne. »Opfern, meine ich. Weiteren Morden.«

Seine Muskeln erstarrten unter ihren Händen. Yngvar machte den Rücken gerade, schob sie behutsam weg und zog sein Hemd zurecht. Vom Sofa her hörten sie Ragnhild leise schnaufen, und draußen vor dem Haus ging offenbar ein Kater auf Freiersfüßen. Das Gejammer zerriß die abendliche Stille, und Inger Johanne bildete sich ein, die Katzenpisse bis hier herauf in den ersten Stock riechen zu können.

»Ich hasse diese halbwilden Tiere«, sagte sie und setzte sich.

»Kannst du mir helfen«, fragte Yngvar, seine Stimme klang jetzt eindringlich, fast beschwörend. »Kannst du aus alldem überhaupt irgend etwas herauslesen?«

»Ich habe zu wenig. Das weißt du. Ich muß mir … ich brauche …«

Dann lachte sie resigniert und hob die Hände.

»Herrgott. Natürlich kann ich euch nicht helfen. Ich muß mich um ein neugeborenes Kind kümmern. Ich bin beurlaubt! Sicher können wir darüber reden und ...«

»Niemand hierzulande kennt sich damit so gut aus wie du. Es gibt hier keine wirklichen *profilers,* und wir ...«

»Ich bin keine *Profilerin*«, sagte sie wütend. »Wie oft muß ich dir das noch sagen? Ich habe es satt, daß ...«

»Okay«, fiel er ihr ins Wort und hob die Handflächen zu einer Friedensgeste. »Aber dafür weißt du verdammt viel über Profilierung. Und du bist die einzige in meiner Bekanntschaft, die bei einem der bedeutendsten FBI ...«

»Yngvar!«

Am Abend vor ihrer Hochzeit hatte er endgültig, hoch und heilig und Hand aufs Herz, versprochen, nie nach Inger Johannes Vergangenheit beim FBI zu fragen. Sie hatten sich gestritten, wütend und auf eine ihnen beiden fremde Weise, Inger Johanne mit Wörtern, von denen er nicht gewußt hatte, daß sie sie überhaupt kannte, er voller ehrlichem Zorn darüber, daß eine wichtige Zeit ihres Lebens im dunkeln bleiben sollte.

Aber sie wollte nicht teilen. Niemals und mit niemanden. Als blutjunge Psychologiestudentin in Boston hatte sie die Möglichkeit gehabt, an einem *profiler course* des FBI teilzunehmen. Kursleiter war Warren Scifford, mit fünfzig bereits legendär, sowohl wegen seiner Fähigkeiten als auch wegen seines hemmungslosen Konsums junger Studentinnen. Er wurde *The chief* genannt und Inger Johanne hatte blindes Vertrauen zu dem fast dreißig Jahre älteren Häuptling gehabt. Sie hatte sich damals für etwas Besonderes gehalten, für eine Auserwählte, auserwählt von ihm und dem FBI, und daß er sich natürlich scheiden lassen würde, wenn seine Kinder erst ein wenig älter wären.

Alles ging schief, und das hatte sie fast das Leben gekostet. Sie hatte sich in das erstbeste Flugzeug nach Oslo gesetzt, ein paar Wochen darauf mit dem Jurastudium begonnen und in Rekordzeit ihr Examen abgelegt. Warren Scifford war ein Name, den sie jetzt seit fast dreizehn Jahren zu vergessen suchte. Die Zeit beim FBI, die Monate mit Warren und das katastrophale Ereignis, das dem *chief* eine sechsmonatige Strafrunde im Büro einbrachte, bis die großen Jungs alles wieder vergessen hatten, waren ein Kapitel in ihrem Leben, das sie in Gedanken bisweilen streifte, immer widerwillig und mit leichter Übelkeit, worüber sie aber niemals und unter gar keinen Umständen sprechen mochte.

Das Problem war, daß Yngvar diesen Warren Scifford kannte. Sie waren sich erst letzten Sommer begegnet, als Yngvar an einem internationalen Polizeikongreß in New Orleans teilgenommen hatte. Als er nach Hause kam und diesen Namen nannte, ganz beiläufig beim Abendessen, hatte Inger Johanne in einem heftigen Wutanfall zwei Teller zerbrochen. Dann war sie ins Gästezimmer gerannt, hatte die Tür abgeschlossen und sich in den Schlaf geweint. Drei Tage lang konnte er ihr nur einsilbige Antworten entlocken.

Jetzt war er wieder gefährlich nahe daran gewesen, sein Versprechen zu brechen.

»Yngvar«, sagte sie noch einmal mit scharfer Stimme. »*Don't even go there.*«

»Reg dich ab. Wenn du nicht helfen willst, dann willst du eben nicht helfen.«

Er ließ sich im Sessel zurücksinken und lächelte gleichgültig.

»Das ist ja schließlich auch nicht dein Problem.«

»Sei doch nicht so«, sagte sie resigniert.

»Wie denn, so? Ich stelle nur fest, was auf der Hand liegt. Es ist nicht dein Problem, daß prominente Frauen in Osloer Vororten ermordet und verstümmelt werden.«

Er leerte sein Glas und stellte es auf den Tisch, ein wenig zu hart.

»Ich habe Kinder«, sagte Inger Johanne inständig. »Ich habe eine anstrengende Neunjährige und ein zwei Wochen altes Baby und mehr als genug zu tun, auch ohne eine umfassende Rolle in einer schwierigen Mordermittlung auf mich zu nehmen.«

»Geschenkt. Schon gut, hab ich doch gesagt.«

Er sprang auf und holte zwei Dessertschüsselchen aus einem Hängeschrank.

»Obstsalat«, sagte er. »Möchtest du?«

»Yngvar, jetzt mal ehrlich. Setz dich hin. Wir können ... ich bin absolut bereit, über deine Fälle zu sprechen. Abends, wenn die Kinder schlafen. Aber wir wissen beide, daß eine Profilierungsarbeit sehr viel erfordert, so umfassend ist, daß ...«

»Weißt du«, unterbrach er sie und knallte die Plastikschüssel mit der Schlagsahne so energisch auf den Tisch, daß die Sahne überschwappte, »Fiona Helles Tod ist das eine. Tragisch. Mutter eines kleinen Kindes, Ehefrau, viel zu jung zum Sterben. Vibeke Heinerback war zwar kinderlos, aber ich finde, auch mit sechsundzwanzig ist es ein bißchen zu früh, um den Löffel abzugeben. Aber gut. Menschen sterben. Menschen werden ermordet.«

Er fuhr sich über den Nasenrücken, über seine gerade, wohlgeformte Nase, deren Flügel zitterten, wenn er ein seltenes Mal wirklich wütend war.

»In diesem Land wird verdammt noch mal jeden zweiten Tag ein Mensch umgebracht. Was mich empört, was mir ... angst macht ...«

Überrascht über seine Wortwahl stutzte er, dann wiederholte er sich:

»Angst. Ich habe Angst, Inger Johanne. Ich begreife das alles nicht. Es gibt so viele Gleichheitszeichen, da kann ich nur denken, wann ...«

»Wann das nächste Opfer an der Reihe ist«, half Inger Johanne, da er es wieder nicht schaffte, diesen Satz zu beenden.

»Ja. Und deshalb bitte ich dich um Hilfe. Ich weiß, daß es viel verlangt ist. Ich weiß, daß du genug zu tun hast, mit Kristiane und Ragnhild und deiner Mutter und dem Haus und ...«

»Okay.«

»Was?«

»Einverstanden. Ich werde sehen, was ich überhaupt tun kann.«

»Meinst du das wirklich?«

»Ja. Aber dann brauche ich alle Fakten. Über beide Fälle. Und um eines von vornherein klarzustellen: Ich kann jederzeit aussteigen.«

»Jederzeit«, er nickte energisch. »Soll ich ... ich kann gleich mit dem Taxi ins Büro fahren und ...«

»Es ist fast halb elf.«

Ihr Lachen klang matt. Aber immerhin ist es ein Lachen, dachte Yngvar. Er suchte ihr Gesicht nach Irritationen ab, nach einem leisem Zucken der Unterlippe, nach dem Schatten eines Muskels, der sich vielleicht über dem Wangenknochen strammte. Er sah aber nur Lachgrübchen und ein ausgiebiges Gähnen.

»Ich seh mal nach den Kindern«, sagte sie.

Er liebte ihren Gang. Sie war schlank, ohne mager zu sein. Selbst jetzt, nur zwei Wochen nach ihrer Niederkunft, bewegte sie sich mit einer knabenhaften Schnelligkeit, die ihn lächeln ließ. Ihre Hüften waren schmal, ihre Schultern gerade. Als sie sich über Ragnhild beugte, fielen ihr die Haare ins Gesicht, weich und verwuschelt. Sie strich die Strähne hinter ihr Ohr und sagte etwas. Ragnhild schnarchte leise.

Er folgte ihr in Kristianes Zimmer. Vorsichtig öffnete sie die Tür. Das Kind schlief mit dem Kopf am Fußende, auf der Bettdecke und mit der Daunenjacke zugedeckt. Sie atmete regelmäßig. Ein leichter Duft von Schlaf und sauberer Bettwäsche füllte den Raum, und Yngvar legte die Arme um Inger Johanne.

»Er hat jedenfalls gewirkt«, flüsterte er und konnte sie lächeln hören.

»Der Zauber hat gewirkt.«

»Danke«, flüsterte er.

»Wofür?«

Inger Johanne blieb wortlos stehen. Yngvar ließ sie nicht los. Eine Unruhe, die sie während des ganzen Nachmittags zu verdrängen versucht hatte, holte sie jetzt ein. Als sie diese Unruhe bemerkt hatte, bei Yngvars Anruf gegen ein Uhr, als er ihr erklärt hatte, warum er sich gewaltig verspäten werde, hatte sie sie verdrängt. Sie war immer so besorgt. Um die Kinder, um ihre Mutter, die beim dritten Herzinfarkt des Vaters durcheinandergeriet und seitdem nicht immer wußte, welcher Tag gerade war, um die Forschung, von der sie nicht wußte, ob sie sie wieder aufnehmen wollte. Um das Darlehen für das Haus und die schlechten Bremsen des Autos. Um Isaks Unfähigkeit, Kristiane Grenzen zu setzen, und um den Krieg im Mittleren Osten. Immer gab es etwas, um das sie sich Sorgen machen konnte. Am Nachmittag hatte sie in einem ihrer zahllosen medizinischen Ratgeber nachgeschlagen, ob die weißen Flecken an Kristianes Vorderzähnen auf zuviel Milch oder irgendeine Fehlernährung hinweisen könnten. Angst, schlechtes Gewissen und das Gefühl, ihre Sache nicht gut genug zu machen, waren zu einem Normalzustand geworden, mit dem zu leben sie inzwischen gelernt hatte.

Aber das hier war doch etwas anderes.

Im Dämmerlicht, mit Yngvars Wärme im Rücken und dem kaum hörbaren Atem des schlafenden Kindes als Erinnerungen an Alltagsglück und Geborgenheit, war es unmöglich, ihr Unbehagen zu definieren, dieses Gefühl, etwas zu wissen, auf das sie einfach nicht kam.

»Was ist los«, flüsterte Yngvar.

»Nichts«, sagte sie leise und schloß vorsichtig die Tür zum Kinderzimmer.

Sie hatte schon seit vielen Jahren nicht mehr die Kühnheit besessen, im Flugzeug Kaffee zu trinken. Diesmal aber war ein so herrliches Aroma durch die Kabine gezogen, daß sie einen Moment überlegt hatte, ob sich an Bord wohl ein Barista befand.

Der Steward, der für ihre Reihe zuständig war, hatte sicher einiges über hundert Kilo gewogen. Er schwitzte wie ein Schwein. Normalerweise hätte sie sich über die unappetitlichen Schweißringe auf seinem hellen Hemd geärgert. An sich hatte sie nichts gegen Stewards. Aber ehrlich gesagt zog sie doch den feminineren Typ vor, überlegte die hochgewachsene Frau, die jetzt aus ihrem Panoramafenster auf dem Hügel oberhalb von Villefranche nach Südosten starrte. In der Regel hatten Flugbegleiter einen leichten Homoknick im Handgelenk, und sie benutzten außerdem Rasierwasser, das eher an frühlingsleichtes Parfüm erinnerte als an maskulinen Moschus. Dieser Eber mit seinen roten Strubbelhaaren war also eine auffällige Ausnahme. Normalerweise hätte sie ihn ignoriert. Aber der Kaffeeduft hatte sie einfach entwaffnet. Sie hatte sich dreimal nachschenken lassen und gelächelt.

Auch der Wein schmeckte ihr jetzt.

Inzwischen hatte sie festgestellt, daß die Preise, die in Norwegens staatlichen Alkoholgeschäften verlangt wurden, nachdem die Ware behutsam und sicher kostenintensiv nach Norwegen geschafft worden war, nicht höher waren als in irgendeinem Laden in der Altstadt. Unverständlich, dachte sie, aber trotzdem wahr. Nachmittags hatte sie eine Flasche geöffnet, die fünfundzwanzig Euro gekostet hatte, und ein einziges Glas getrunken. Sie konnte sich nicht erinnern, jemals einen besseren Wein gekostet zu haben. Der Mann im Laden hatte ihr versichert, der Wein werde sich zwei Tage in der offenen Flasche halten. Sie hoffte, daß er recht hatte.

Diese vielen Jahre, dachte sie und strich sich über die Haare. Diese vielen Projekte, die ihr niemals etwas anderes einbrachten als Geld und Unbehagen. Dieses ganze Wissen, das nur dazu diente, andere zufriedenzustellen.

Am Morgen hatte sie in der Luft einen Hauch von Winter gespürt; der Februar war der kälteste Monat an der Riviera. Das Meer war nicht mehr azurblau. Grau und schmutzig schäumend bleckte es vor ihr die Zähne, wenn sie den Strand entlang spazierte und die Einsamkeit genoß. Die meisten Bäume hatten endlich ihre Blätter verloren. Nur der eine oder andere immergrüne Nadelbaum prangte noch moosgrün am Straßenrand. Sogar der Weg nach St. Jean, auf dem gutangezogene Kinder mit gertenschlanken Müttern und steinreichen Vätern normalerweise jede Idylle zerkreischten, war menschenleer und öde. Sie blieb oft stehen. Hin und wieder steckte sie sich eine Zigarette an, obwohl sie schon vor vielen Jahren mit dem Rauchen aufgehört hatte. Ein vager Teergeschmack klebte an ihrer Zunge. Das war ein gutes Gefühl.

Sie hatte angefangen zu wandern. Die Unruhe, die sie gequält hatte, so lange sie zurückdenken konnte, kam ihr jetzt anders vor. Sie schien sich endlich selbst in den Griff bekommen zu haben, sich und ein Dasein, in dem sie allzu lange in einem Vakuum des Wartens existiert hatte. Jahre ihres Lebens hatte sie damit vergeudet, auf das zu warten, was niemals geschieht, dachte sie, als sie am Fenster stand und die Handfläche gegen das kühle Glas legte.

»Darauf, daß Dinge einfach so eintreffen«, flüsterte sie und sah kurz ihren grauen Atem auf der Scheibe.

Noch immer verspürte sie die Rastlosigkeit, die vage Spannung im Körper. Aber dort, wo die Unruhe sie früher nach unten gezogen hatte, nahm sie jetzt eine belebende Furcht wahr.

»Furcht«, flüsterte sie zufrieden und ließ die Handfläche langsam das Glas liebkosen.

Sie hatte sich dieses Wort sorgfältig ausgesucht. Eine gute, mitreißende, wache Furcht, das war es, was sie empfand. Es war wie Verliebtheit, bildete sie sich ein.

Wenn sie früher niedergeschlagen gewesen war, ohne zu weinen, müde, ohne Schlaf zu finden, so nahm sie jetzt ihre Existenz so stark wahr, daß sie immer wieder auflachte. Sie schlief gut, auch wenn sie oft geweckt wurde, von einem Gefühl, das sich verwechseln ließ mit ... Glück.

Sie wählte das Wort Glück, auch wenn es vorläufig noch zu groß war.

Manche hätten sie sicher als einsam bezeichnet. Davon war sie überzeugt, aber es interessierte sie kaum. Die anderen hätten nur ahnen sollen, was sie eigentlich von allen hielt, die glaubten, sie zu kennen und zu wissen, was sie so machte. Viele von ihnen ließen sich vom Erfolg blenden, auch wenn sie in einem Land lebte, in dem Bescheidenheit eine Tugend war und Souveränität die tödlichste aller Todsünden.

Ein unklarer, fremder Zorn loderte in ihr auf. Sie bekam eine Gänsehaut, fuhr sich mit der kalten Hand über den linken Arm und fühlte, wie kompakt sie war, wie dicht das Fleisch an ihrem Körper saß, hart und eingesperrt, als sei die Haut eine Spur zu klein.

Sie hatte schon lange keinen Gedanken mehr an die Vergangenheit verschwendet. Die war der Mühe nicht wert. Aber in den letzten Wochen hatte sich alles so geändert.

Sie war an einem verregneten Sonntagabend im November 1958 geboren worden. Gleich beim ersten Umgang mit dem halbtoten Kind, das schon nach zwanzig Lebensminuten mutterlos geworden war, hatte Norwegen energisch klargestellt, daß niemand in diesem Land sich einbilden sollte, etwas Besonderes zu sein.

Ihr Vater war im Ausland. Großeltern hatte sie nicht. Eine

Krankenschwester wollte sie zu ihrer Familie mit nach Hause nehmen, als es ihr endlich besser ging. Die Schwester glaubte, das Kind brauche mehr Liebe und Fürsorge, als die drei Schichten im Krankenhaus ihm geben könnten. Aber in dem egalitären Land, dessen Staatsbürgerin dieses Kind nun mal war, wollte man von solchen Sonderregeln nichts hören. Sie blieb in einer Ecke der Kinderstation liegen, wurde zu den festgesetzten Zeiten gewikkelt und gefüttert und ansonsten sich selbst überlassen, bis ihr Vater drei Monate später endlich nach Hause kam und sie in ein Leben holte, in dem schon eine neue Mutter vorhanden war.

»Verbitterung liegt mir nicht«, sagte die Frau laut zu ihrem vagen Spiegelbild in der Fensterscheibe. »Verbitterung liegt mir nicht!«

Sie hätte niemals den Ausdruck »flammende Wut« verwendet. Trotzdem war es dieses Klischee, das ihr plötzlich in den Sinn kam, als sie der Aussicht den Rücken kehrte und sich auf das viel zu weiche Sofa legte, um besser atmen zu können. Langsam hob sie die Hände an ihr Gesicht. Große, plumpe Hände mit schweißnassen Handflächen und kurzgeschnittenen Nägeln. Sie drehte sie um, und ihr fiel eine Narbe auf dem Handrücken auf. Der Daumen hatte einen seltsamen Knick. Sie versuchte, eine Geschichte hervorzuholen, von der sie wußte, daß sie irgendwo vorhanden war. Eifrig und rasch schob sie die Pulloverärmel nach oben, wand sich und berührte ihre Haut. Es war jetzt heiß, sie konnte nicht schlucken; abrupt setzte sie sich auf und maß ihren Körper mit Blicken, als gehöre er einer Fremden. Sie fuhr sich mit den Fingern durch die Haare, und ihre Fingerspitzen fühlten das Fett auf ihrer Kopfhaut. Sie kratzte sich feine Streifen über den Kopf, bis Blut herausquoll.

Begierig lutschte sie an ihren Fingern. Ein leichter Eisengeschmack saß unter ihren Nägeln, sie biß sie ab, riß Fetzen aus ihrer Haut und schluckte. Alles kam ihr jetzt so viel klarer vor. Es war wichtig, rückwärts zu blicken, es war entscheidend, die eigene Geschichte zu einem Ganzen zusammenzusetzen.

Das hatte sie schon einmal versucht.

Als sie sich endlich eine Kopie ihrer Epikrise erstritten hatte, einen fachlich-trockenen Bericht über ihre Geburt, war sie fünfunddreißig Jahre alt und hatte noch keine Tatkraft. Sie hatte die vergilbten Blätter überflogen, die nach verstaubten Archiven rochen, und die Bestätigung gefunden, die sie gefürchtet, ersehnt und erwartet hatte. Ihre Mutter hatte sie nicht geboren. Die Frau, die sie als Mama gekannt hatte, war eine Fremde. Ein Eindringling. Eine, der sie keine Gefühle entgegenzubringen brauchte.

Weder Zorn noch Sehnsucht hatten sich ihr aufgedrängt. Als sie die handgeschriebenen Bögen vorsichtig wieder zusammenfaltete, hatte sie nur Mattigkeit empfunden. Oder vielleicht eher eine vage und beinahe gleichgültige Irritation.

Sie hatte die Alten nicht einmal mit ihrer Entdeckung konfrontiert.

Sie hatte keine Lust dazu gehabt.

Ihre falsche Mutter war kurz darauf gestorben.

Das war jetzt zehn Jahre her.

Vibeke Heinerback war ihr immer auf die Nerven gegangen.

Vibeke Heinerback war eine Rassistin gewesen.

Natürlich nicht offen und erklärtermaßen. Die Dame hatte ja immerhin politische Intuition und ein fast beeindruckendes Verständnis für die Funktion der Medien besessen. Ihre Parteigenossen dagegen warfen immer wieder mit stupiden, durch und durch stumpfsinnigen Charakterisierungen der Zuwanderer um sich. Für sie waren Somalier und Chinesen ein und dasselbe. Absolut integrierte Sri Lankesen wurden mit Schurken aus Somalia über einen Kamm geschoren. Für Vibeke Heinerbacks Partei war ein gewissenhafter Pakistani mit einem Gemüseladen dieselbe Belastung für die Gesellschaft wie ein Glücksjäger aus Marokko, der nach Norwegen kam und glaubte, bei Frauen und bei staatlichen Mitteln unbegrenzt zulangen zu dürfen.

Natürlich trug Vibeke Heinerback auch dafür Verantwortung.

Die Frau, die den Winter allein an der Riviera verbrachte, stellte die Füße auf den Boden und sprang auf. Sie schwankte ein wenig, eine Welle des Schwindels zwang sie dazu, sich festzuhalten.

Alles machte sich so gut, wirklich alles. Es klappte.

Sie lachte vor sich hin, überrascht, wie stark dieses Schwanken war.

Das Zuhause eines Menschen sagt mehr als tausend Interviews, dachte sie, als die Übelkeit sich gelegt hatte.

Es ging auf den Abend zu, und sie wollte sich noch ein Glas von dem guten Wein aus der Altstadt einschenken. Das Licht des Leuchtturms auf Cap Ferrat traf sie mit seinen pulsierenden Schwüngen, als sie wieder auf die Bucht hinaus starrte. Im Norden brannten Laternen an den Straßen, die das steile Gelände durchschnitten.

Sie war eine Meisterin in ihrem Fach, und von nun an würde sie nicht mehr von anderen bewertet werden, sondern nur von sich selbst.

5

Der Besuch in Vibeke Heinerbacks Wohnung hatte Yngvar nicht zu einem weniger vorurteilsvollen Menschen werden lassen, aber er hatte sich immerhin ein Bild davon machen können, wie die Trauerfeier verlaufen würde. Er parkte ein Stück weit entfernt. Die Wagen drängten sich am Straßenrand und machten die schmale Straße unpassierbar.

Der ehemalige Parteivorsitzende hatte großzügig Haus und Heim zur Verfügung gestellt. Die riesige Villa am Wasser, nur wenige hundert Meter vom Rollfeld des stillgelegten Flughafens Fornebu entfernt, hatte nach der ersehnten Verlegung des Flughafens Schmutz und Flugzeuglärm abgeschüttelt. Mit fast einem Dutzend Erkern, großen Terrassen und dazu noch zwei ionischen Säulen am Eingang war das eingesunkene, unbewohnbare Holzhaus wie ein Phönix in einem Garten auferstanden, der bisher noch aus nichts als Lehm und Geröll bestand und aschgrau und schneelos am Hang hinunter zum Fjord lag.

Es waren beeindruckend viele schwarzgekleidete Trauergäste gekommen.

Yngvar Stubø reichte in der Tür einer Frau die Hand und murmelte sicherheitshalber etwas von Beileid. Er hatte keine Ahnung, wer diese Frau sein mochte. Im Foyer wäre er fast über einen Schirmständer gestolpert. Mindestens fünfzehn Menschen warteten darauf, ihre Mäntel ablegen zu können. Plötzlich merkte er, daß jemand ihn am Ärmel zupfte, und ehe er sich umdrehen konnte, hatte ein junger Mann mit dünnem Hals und schlampig geknotetem Schlips ihm den Mantel abgenommen und schob ihn freundlich in Richtung eines der Salons, von denen es mehrere zu geben schien.

Ehe Yngvar wußte, wie ihm geschah, hielt er auch schon ein halbvolles Glas in der Hand. Da er mit dem Auto gekommen war, schaute er sich ratlos nach einer Stelle um, wo er es absetzen könnte.

»Das ist alkoholfrei«, flüsterte eine Stimme.

Er erkannte die Frau sofort wieder.

»Danke«, sagte er verwirrt und trat einen Schritt zur Seite, um die Tür nicht zu blockieren. »Auch hier, wie ich sehe.«

Diesen Satz hätte er gern sofort wieder verschluckt, und ihm war heiß.

»Ja«, sagte die Frau freundlich und noch immer leise, trotz des Stimmengewirrs. »Wir sind hier, die meisten von uns. Das ist ja keine politische Angelegenheit. Das ist eine Tragödie, die uns alle berührt.«

Sie trug ein engsitzendes schwarzes Kostüm, das sie, im Kontrast zu den kurzen hellen Haaren, blasser wirken ließ als im Fernsehen. Yngvar schlug die Augen nieder, vor allem aus Verlegenheit, und ihm fiel auf, daß die Begräbnisstimmung die Vorsitzende der Sozialistischen Linken nicht daran gehindert hatte, einen kurzen Rock anzuziehen, für den sie strenggenommen mindestens zehn Jahre zu alt war. Aber an ihren Waden war nichts auszusetzen, und plötzlich fiel ihm ein, daß er den Blick besser wieder heben sollte.

»Und Sie waren mit Vibeke befreundet?« sagte die Frau in fragendem Tonfall.

»Nein.«

Er räusperte sich und streckte die Hand aus. Sie nahm die Hand.

»Yngvar Stubø, Kripo«, sagte er. »Zentrale der Kriminalpolizei. Freut mich sehr.«

Ihr Blick war blau und wach, und die Art, wie sie den Kopf schräg legte, während sie das Glas von der einen Hand in die andere wandern ließ, verriet eine gewisse Neugier. Dann riß sie sich zusammen und nickte kurz.

»Hoffentlich können Sie den Fall aufklären«, sagte sie und schaute in den Salon hinüber, wo der ehemalige Parteivorsitzende Kjell Mundal auf ein Podium gestiegen war, das sie vermutlich aus einem in der Nähe gelegenen Hotel ausgeliehen hatten.

»Liebe Freunde«, sagte er nach einem Aufmerksamkeit heischenden Räuspern. »Seid herzlich willkommen hier bei mir und Kari, zu dieser Gedenkstunde, die wir für richtig und wichtig halten.«

Wieder hüstelte er, diesmal lauter.

»Verzeihung«, sagte er und fuhr fort: »Erst zwei Tage sind vergangen, seit wir die entsetzliche Nachricht erhalten haben, daß Vibeke Heinerback uns auf so brutale Weise entrissen worden ist. Sie ...«

Yngvar hätte schwören können, daß dem alten Mann Tränen über die Wangen liefen. Echte Tränen, dachte er verwundert. Es waren echte, salzige Tropfen, die in aller Öffentlichkeit das scharf geschnittene Gesicht des Mannes benetzten, der sich über drei Jahrzehnte hinweg als zähester, schlauester und überlebensfähigster Politiker Norwegens erwiesen hatte.

»Es ist kein Geheimnis, daß Vibeke ...«

Der Mann unterbrach sich. Holte tief Atem, als wolle er Anlauf nehmen.

»Ich will nicht sagen, daß sie für mich wie eine Tochter war. Ich habe vier Töchter, und Vibeke war keine von ihnen. Aber sie war ein Mensch, der mir sehr nahestand. Politisch natürlich, trotz ihres jungen Alters arbeiteten wir schon seit Jahren zusammen, aber auch persönlich. Soweit man in der Politik überhaupt ...«

Wieder verstummte er. Die Stille war kompakt. Niemand trank. Niemand scharrte mit einem Stuhl oder einem Schuh über den dunklen Boden aus Kirschbaumholz. Kaum jemand wagte überhaupt, Atem zu holen. Yngvar ließ seinen Blick durch den Raum schweifen, ohne den Kopf zu bewegen. Bei einer Sitzgruppe, eingeklemmt zwischen einem gewaltigen Ohrensessel und zwei Männern, die Yngvar nicht kannte, stand der Vorsitzende des Außenpolitischen Ausschusses und hatte die Hände tief in den Taschen vergraben. Mit erwartungsvoll gerunzelter Stirn und zusammengekniffenen Augen starrte er aus dem Fenster, als hoffe er, Vibeke Heinerback werde sie alle dadurch überraschen, daß sie ihnen vom Deck des kleinen Bootes zuwinkte, das sich dem Steg hinter dem Haus näherte. Vor einem Arrangement aus weißen Lilien in einem großen chinesischen Krug stand eine der jüngsten Abgeordneten der Sozialdemokraten und weinte offen, aber lautlos. Sie gehörte dem Finanzausschuß an und kannte deshalb Vibeke Heinerback besser als die meisten anderen, vermutete

Yngvar. Der Finanzminister stand hocherhobenen Hauptes gleich neben dem Podium. Er rückte diskret seine Brille gerade. Der Parlamentspräsident hielt die Hand einer Frau, und Yngvar wandte den Blick ab und kam zu dem Schluß, daß diese Villa im Teistvei im Moment vermutlich das am schlechtesten bewachte Terrorziel in ganz Europa war. Er bekam eine leichte Gänsehaut. Ein einziger Streifenwagen draußen auf der Straße war alles, was er bei seinem Eintreffen hier an Sicherheitsmaßnahmen gesehen hatte.

»... soweit die Politik überhaupt ein Ort für Freundschaften ist«, endete der Alte endlich. »Und das kann sie sein. Ich bin froh, daß ...«

Yngvar nickte der Blonden mit den Waden kurz zu, und sie antwortete mit einem raschen, traurigen Lächeln. Langsam wich er zurück, während der Mann mit seiner Trauerrede fortfuhr.

»Verzeihung«, flüsterte er den irritierten Gesichtern zu, während er sich der Tür näherte. »Entschuldigen Sie. Ich muß nur ...«

Endlich stand er im Foyer. Dort war es menschenleer. Er schloß die Doppeltür vorsichtig hinter sich und atmete tief durch.

Es war vielleicht doch keine so gute Idee gewesen, hier zu erscheinen. Er hatte mit seinem Kommen etwas verbunden, die Vorstellung, daß die Trauerfeier ihm zu einem deutlicheren Bild von Vibeke Heinerback verhelfen könnte. Sie war offenbar nicht die gewesen, für die sie sich ausgegeben hatte. Auf jeden Fall war sie mehr. Obwohl ihm keine Sekunde lang der Gedanken gekommen wäre, das Bild einer öffentlichen Person könne jemals echt, wahr oder vollständig sein, so, wie es für die Allgemeinheit mit breitem, grobem Pinsel gemalt wurde, hatte der Besuch am Tatort zwei Tage zuvor einen tieferen Eindruck auf ihn gemacht, als er das wirklich zugeben mochte. Früher an diesem Tag, als er ein sauberes weißes Hemd suchte, hatte er gedacht, daß die Menschen in Vibeke Heinerbacks Umkreis mehr von sich und vielleicht auch mehr von ihr preisgeben würden, bei einer kurzfristig arrangierten Trauerfeier so bald nach dem Tod der jungen Frau. Doch schon jetzt, nach wenigen Minuten, sah er ein, daß er es besser hätte wissen müssen. Das hier war ein

Tag für Huldigungen. Für gute Gedanken und schöne Erinnerungen, für Trauer und Gemeinschaft über alle Parteigrenzen hinweg.

Yngvar kehrte dem Salon den Rücken zu und fragte sich, wie er seinen Mantel finden könnte. Die Rede des ehemaligen Parteivorsitzenden, mit eingeschobenen Pausen und dem einen oder anderen Hüsteln, wurde durch das Holz der soliden Türblätter um einiges gedämpft.

Von links, wo die Tür zu einem Raum, bei dem es sich wohl um die Küche handeln mußte, einen Spalt offenstand, war eine weitere Stimme zu hören. Eine Frau flüsterte angestrengt und erbost, so, als würde sie am liebsten schreien, hielt es aber unter diesen Umständen für unangebracht. Yngvar wollte sich gerade bemerkbar machen, als er hörte:

»Das kann dir ja wohl scheißegal sein!«

Eine Männerstimme, tief und aggressiv.

Das Klirren eines Glases, das auf den Tisch geknallt wurde, gefolgt von einem deutlichen Schnauben der Frau. Danach sagte sie etwas. Yngvar bekam nur einige Wortfetzen mit, die keinen Sinn ergaben. Vorsichtig machte er zwei Schritte auf den Lichtkegel zu, der durch die halboffene Tür fiel.

»Nimm dich in acht«, hörte er die Frau sagen. »Du solltest dich jetzt wirklich in acht nehmen, Rudolf.«

Sie kam so plötzlich heraus, daß Yngvar unwillkürlich einen Schritt zurücktrat.

»Herrje«, sagte er und lächelte. »Jetzt haben Sie mich wirklich erschreckt. Yngvar Stubø.«

Die Frau ließ einen Mann hinter sich heraustreten, schloß sorgfältig die Tür, nahm Yngvars Hand und erwiderte sein Lächeln. Sie war kleiner, als er angenommen hatte, fast auffällig klein. Ihre Taille war gertenschlank, was der engsitzende, etwas über knielange schwarze Rock noch betonte. Die graue Seidenbluse hatte Rüschen am Hals und auf der Brust, und die Frau konnte durchaus wie eine Miniaturausgabe von Margaret Thatcher wirken. Die Nase war groß und krumm, das Kinn spitz. Ihre Augen hätten absolut einer eisernen Lady gehören können. Gletscherblau und hellwach, auch wenn ihr Gesicht ansonsten entspannt und entgegenkommend wirkte.

»Kari Mundal«, sagte sie leise. »Freut mich. Und willkommen, muß ich wohl sagen. Trotz der Umstände. Sie kennen Rudolf Fjord vielleicht?«

Der Mann wirkte doppelt so groß und halb so alt wie sie. Er war offenbar nicht so geübt darin, seine Gedanken zu verbergen. Sein Händedruck war feucht. Sein Blick jagte einige Sekunden lang hin und her, bis er sich endlich zusammenreißen und grüßen konnte. Gleichzeitig nickte er, verbeugte sich fast, als habe er bemerkt, daß sein Händedruck etwas verunglückt war.

»Kann ich Ihnen irgendwie behilflich sein?« fragte Kari Mundal. »Die Toilette? Die ist in dieser Richtung.«

Sie zeigte auf eine andere Tür.

»Im Anschluß an die Trauerstunde«, fügte sie hinzu, »wird es einen kleinen Imbiß geben. Wir hatten natürlich nicht mit solchem Andrang gerechnet. Aber es ist nur gut so. Vibeke war doch ...«

Sie strich sich rasch über die Haare.

Kari Mundal kam dem Bild der guten alten Hausfrau so nahe, wie das überhaupt nur möglich war. Ihre ganze Ehe hindurch war sie zu Hause geblieben, mit vier Töchtern, drei Söhnen und einem Ehemann, der durchaus keinen Hehl daraus machte, daß seine getreue Gattin die Hauptursache für seine politische Überlebensfähigkeit war.

»Alle sollten zu Hause eine Kari haben«, hatte er oft in Interviews gesagt, stets immun gegen die wütenden Vorwürfe jüngerer Frauen. »Eine Kari zu Hause ist besser als zehn im Büro.«

Kari Mundal kümmerte sich seit über vierzig Jahren um Haus und Kinder und bügelte Hemden. Sie ließ sich bereitwillig von Illustrierten interviewen und trat in Unterhaltungssendungen im Fernsehen auf, und seit ihr Ehemann sich aus der Politik zurückgezogen hatte, war sie zu einer Art Maskottchen der Nation geworden, einem politisch unkorrekten, freundlichen und scharfsinnigen Großmütterchen.

»Sie haben doch die Toilette gesucht, oder?« fragte sie und zeigte noch einmal den Weg.

»Ja«, sagte Yngvar, »schade, daß ich die Rede Ihres Mannes nicht zu Ende hören kann, aber …«

»Was sein muß, muß sein«, fiel Kari Mundal ihm ins Wort. »Rudolf, gehen wir hinein?«

Rudolf Fjord verbeugte sich ein weiteres Mal, steif und sichtlich verlegen. Er folgte der älteren Frau, die die Tür zum Salon öffnete. Lautlos glitt sie hinter den beiden zu.

Yngvar war allein.

Die Stimme im Salon klang jetzt fast salbungsvoll. Yngvar überlegte, ob die Gemeinde bald mit Singen anfangen würde. Vibeke Heinerbacks Leichnam würde noch lange nicht zur Bestattung freigegeben werden. So gesehen hatte diese Trauerfeier nichts Aufsehenerregendes. Trotzdem kam ihm zum ersten Mal seit seinem Eintreffen der Gedanke, daß es auch ein klein wenig geschmacklos war, sie hier zu veranstalten, in einem Privathaus, eine plötzlich einberufene, aber offenbar gut geplante Versammlung.

Als er einen Blick in den Raum warf, in dem Rudolf Fjord und Kari Mundal ihren geflüsterten Streit geführt hatten, bestätigte sich seine Vermutung. Die Küche war riesengroß, sie schien für solche Anlässe gebaut worden zu sein. Silberne Platten mit Schnittchen, kleinen Gerichten und delikaten Hors d'œuvres standen auf Arbeitsflächen und Tischen dicht an dicht, gesäumt von Schüsseln voller farbenfroher Salate. An der Wand stapelten sich die Mineralwasserflaschen. Auf der Fensterbank, die einen halben Meter tief und sicher zwei Meter breit war, hatte die Gastgeberin eine ganze Batterie von Weinflaschen aufgestellt, rote wie weiße. Einige waren bereits geöffnet.

Yngvar hob vorsichtig die Plastikfolie über einer Platte an und schob sich drei Bissen Hähnchenfleisch in den Mund.

Dann zog er sich zurück.

Hinten im Foyer entdeckte er eine Garderobe. Während er eifrig kaute und versuchte, in der Menge von Mänteln, Jacken, Hüten und Schals seine eigenen Sachen zu finden, ging ihm auf, daß Frau Mundal nicht gefragt hatte, wer er war und was ihn hergeführt hatte. Sie konnte ihn unmöglich erkannt haben; Yngvar hatte sich nur einmal von landesweiten Medien interviewen lassen. Am nächsten Tag hatte er sich selbst und seinen Chefs versprochen, daß es niemals wieder vorkommen würde.

Endlich fand er seinen Mantel. Er ging hinaus.

Ein Streit, dachte Yngvar, als ihm die rauhe Seeluft entgegenschlug.

Ein Streit an so einem Tag. Zwischen der kleinen Frau Mundal und Rudolf Fjord, dem stellvertretenden Parteivorsitzenden und den Zeitungen zufolge Vibeke Heinerbacks Nachfolger. Ihre Meinungsverschiedenheit war offenbar so gravierend gewesen, daß sie es nicht einmal geschafft hatten, bei Kjell Mundals Rede im großen Salon anwesend zu sein.

Ein Windstoß ließ die Mantelschöße von hinten gegen seine Waden knallen. Yngvar zog den Kopf ein und lief mit schweren Schritten über den groben Kies.

Das mußte natürlich nichts zu bedeuten haben.

Als er sein Auto erreichte, hörte er die Hubschrauber. Es waren zwei, der eine hing über einer Anhöhe im Osten, der andere flog einige hundert Meter vom Strand entfernt in niedriger Höhe über das Wasser. Das Boot am Steg war ebenfalls von der Polizei, wie er jetzt sah. Am Straßenrand zählte er fünf uniformierte Männer, alle bewaffnet.

Die Trauergemeinde konnte sich also sicher fühlen.

Soweit überhaupt irgendwer das kann, dachte er und ließ den Motor an.

Er spuckte Petersilie aus und mußte fünfzig Meter weit zurücksetzen, ehe er wenden konnte.

Die körperlichen Schmerzen waren nicht das schlimmste. Daran war sie inzwischen gewöhnt. Ihr Körper wurde jetzt seit über zwanzig Jahren von Multipler Sklerose zerstört. Sie war zwar erst siebenundsechzig, aber sie wußte, daß es dem Ende entgegen ging. Nichts funktionierte mehr. Die wundgelegenen Stellen schmerzten und näßten. Yvonne Knutsens Körper war eine Schale um etwas, das kaum noch einem Leben ähnelte. Sie lag ausgestreckt auf einem Bett in einem ungemütlichen Zimmer in einer

Institution, die sie noch nie hatte ausstehen können. Die Trauer war dabei, ihr die letzten Kräfte zu rauben.

Bernt war natürlich lieb. Er brachte Fiorella mit, wirklich jeden Tag. Blieb lange bei ihr sitzen, obwohl sie immer wieder einnickte. Die Medikamente waren jetzt stärker.

Sie wollte sterben. Aber Gott weigerte sich ganz einfach, sie zu sich zu holen.

Das schlimmste am Stilliegen war die Zeit. Die wuchs, wenn man nichts tun konnte. Sie ging im Kreis, in Schleifen, in langgestreckten Bögen, um sich dann wieder ihrem Ausgangspunkt zu nähern; und das wollte Yvonne nicht. Ihr Verweilen auf Erden hätte jetzt vorüber sein müssen, schon längst; und die Trauer machte das Leben, an das sich ihr gebrechlicher Körper so krampfhaft klammerte, nur noch unerträglicher.

Fiona war eine gute Tochter gewesen. Natürlich hatten sie sich gestritten, wie Mütter und Töchter das eben tun. Zeitweise war ihr Verhältnis abgekühlt, aber etwas anderes wäre ja auch nicht zu erwarten gewesen. Es dauerte nie lange, bis alles wieder so war wie vorher. Fiona war lieb. Yvonnes Freundinnen hatten das gesagt, früher, als sie noch allein zurechtkam und Kaffee oder an einem guten Tag sogar ein Essen servieren konnte.

»Du hast Glück, Yvonne.«

Fiona hatte sie nie im Stich gelassen.

Und die beiden teilten ein Geheimnis.

Das Geheimnis war so groß, daß es unsichtbar geworden war.

So, wie die Zeit aufquoll, wenn sie keinen Sinn hatte, so konnten Geheimnisse dermaßen wachsen, daß sie unsichtbar wurden. In der ersten Zeit hatte das Geheimnis zwischen ihnen gestanden wie ein Dornbusch. Als es keinen Weg zurück mehr gab, hatten sie sich aber trotzdem überraschend schnell einigen können:

Das hier vergessen wir.

Yvonne Knutsen konnte noch immer ihre eigene Stimme von damals hören, als sie energisch und mütterlich und mit einer guten Portion tatkräftigem Beschützerinnendrang gesagt hatte:

»Das hier vergessen wir.«

Und sie hatten vergessen.

Jetzt war Fiona tot, und die Einsamkeit hatte dem Geheimnis neues Leben gegeben. Es suchte sie heim, vor allem nachts, dann glaubte sie, es als Schatten am Fenster sehen zu können, als stillen Rächer, der endlich einen Grund gefunden hatte, sie zu quälen, jetzt, wo es keine mehr gab, mit der zusammen sie vergessen konnte.

Wenn Gott ihr nur erlaubte, Fiona zu folgen!

»Lieber Gott«, flüsterte sie vor sich hin.

Aber ihr Herz in dem mageren Brustkasten schlug weiter stur vor sich hin.

Das Tageslicht verschwand langsam. Es war vier Uhr nachmittags am 9. Februar. Ein Mann von siebenunddreißig Jahren war im Begriff, vielleicht verbotenerweise, auf einen Baukran zu steigen. Gelb und über zwanzig Meter hoch ragte er über einem Chaos aus Baumaterial und Baumaschinen auf. Schon auf den ersten Metern spürte der Mann, wie der bissige Wind durch seine Kleidung drang. Seine Handschuhe waren zu dünn. Sein Kumpel hatte ihn gewarnt, das Metall sei wie Eis. Trotzdem hatte er nicht mehr anziehen wollen, es war doch immer noch besser, Kontrolle über seine Finger zu haben.

Es ging nicht schnell genug. Der Kumpel war schon auf halber Höhe angekommen. Aber er war auch jünger und besser durchtrainiert.

Vegard Krogh versuchte, positiv zu denken.

Eigentlich hatte er für so etwas keine Kraft. Widerstrebend ging er auf die Vierzig zu, und nie hatte er die Anerkennung und die Verbreitung gefunden, die er verdient hatte. Er schrieb durchaus zugängliche Bücher, fand er, aber eben mit literarischem Dreh und hoher Qualität. Die Rezensenten, falls Vegard Krogh überhaupt Gegenstand irgendeiner zufälligen Besprechung in seiner heimatlichen Lokalzeitung wurde, waren sich im Grunde einig. Vegard Krogh habe seine eigene Stimme, hatte einer von ihnen gesagt, eine originelle, ironische Feder. Man hatte ihn ein Talent genannt. Seit damals war er nicht nur älter geworden, sondern auch ein bedeutender Autor. Das wußte er gut; er hatte wichtige

Dinge zu erzählen. Sein Talent hatte bereits geblüht; er hätte jetzt etabliert sein müssen, einer, mit dem zu rechnen war. An seiner Pinnwand zu Hause hing eine Rezension aus dem *Morgenbladet*, die seinem dritten Roman galt. Nicht besonders groß, nur zwei Spalten, abgenutzt und vergilbt nach einigen Jahren in der Küche, aber dort war die Rede von »stark, vital und bisweilen von technischer Brillanz«.

Das Publikum dagegen ließ ihn einfach im Stich.

Nicht denken. Klettern.

Er hätte einen Overall anziehen sollen. Zwischen Pullover und Hosenbund war ein Spalt entstanden. Die Kälte bohrte sich wie Eiszapfen in sein Kreuz. Mit der einen Hand versuchte er, den Pullover in die Hose zu stopfen. Das half nur für einige Sekunden.

Es mußte es darauf ankommen lassen. Er wußte nicht, woher er die Energie nahm. Ohne an die Kälte zu denken, ohne auf die wachsende Höhe zu achten, ohne daran zu denken, daß dieses Projekt, das er hier unbedingt in die Tat umsetzen wollte, doch lebensgefährlich war, konzentrierte er sich darauf, einen Fuß über den anderen zu setzen. Er hob die eine Hand zur nächsten Sprosse, während die andere sich an das Metall klammerte. Wieder und wieder. Das Tempo halten. Nicht nachlassen.

Dann war er oben.

Der Wind war so kräftig, daß er spürte, wie der Kran schwankte. Er schaute nach unten. Schloß die Augen.

»Nicht nach unten sehen«, rief sein Kumpel. »Noch nicht nach unten sehen, Vegard! Sieh mich an.«

Seine Augenlider klebten an der Iris.

Er wollte schauen, wagte es aber nicht. Die Übelkeit überkam ihn in heftigen Stößen.

»Du machst das doch nicht zum ersten Mal«, hörte er die Stimme seines Kumpels, viel näher jetzt. »Das geht schon gut, glaub mir.«

Eine Hand schloß sich um seinen Unterarm. Und drückte zu.

»Das ist genau wie im Sommer«, sagte die Stimme. »Der einzige Unterschied ist das Wetter.«

Und daß es verboten ist, dachte Vegard Krogh und versuchte, nicht zurückzudenken.

Klassekampen war eine Sackgasse gewesen. Er war zu lange dort geblieben. Vielleicht weil er ja immerhin schreiben durfte, was er wollte. Klassekampen war wichtig. Diese Zeitung ergriff Partei. Zeitungen sollten Partei ergreifen, auf klarer und politischer Grundlage, und Vegard Krogh hatte dort nach Herzenslust wüten dürfen. Wenn die Aggression nur in die richtige Richtung ging, wie es von Seiten der Redaktionsleitung hieß. Da Klassekampen und der junge Vegard Krogh die norwegische Kulturszene ungefähr gleich einschätzten, hatte er volle redaktionelle Rückendeckung für seine giftigen, scharf formulierten Rezensionen, seine wütenden Analysen und seine überaus beleidigenden Kommentare. Er machte mehrere Jahre so weiter, bis er ziemlich erschöpft einsehen mußte, daß Klassekampen nur von sehr wenigen gelesen wurde.

Er wurde nie verklagt.

Als er eine Stelle im Kulturprogramm von TV 2 bekam, schien alles sich zum Besseren zu wenden. Ein knappes Jahr lang war er eine Kultfigur für die anklagenden, manteltragenden jungen Männer gewesen, die wußten, was Sache war und in welche Richtung Norwegen sich bewegen mußte. Vegard Krogh war einer von ihnen gewesen, ein wenig zu alt vielleicht, aber unbedingt einer von ihnen. Erst wurde er als Stuntreporter in »Jung und urban« bekannt, danach durch seine eigene zehnminütige Ecke jeden Donnerstag in »Absolute Unterhaltung«.

Und dann, nach ein wenig zu zahlreichen Beinahe-Klagen, die dank eines viel zu jovialen und entschuldigungsbereiten Intendanten niemals vor Gericht landeten, wurde er aus dem Programm genommen. TV 2 war nicht so offen wie Klassekampen für das, was sie in ihrer Ignoranz bei einem internen Aufwasch als Clownerien bezeichnet hatten. Aber genaugenommen war es Vegard Krogh eigentlich egal. TV 2 war ein durch und durch kommerzieller Sender von schlimmster amerikanischer Machart.

Endlich wagte er, nach unten zu blicken.

»Siehst du es«, rief der Kumpel. »Auf der orangen Scheibe?«

Vegard Krogh schaute nach unten. Der Wind verwandelte seinen Anorak in einen Ballon, eine große Blase, die ihm die Sicht versperrte.

»Mach schon«, fauchte er.

»Wir müssen ein Stück weiter auf den Kranarm hinaus«, brüllte sein Kumpel und ließ ihn los. »Schaffst du das?«

Endlich war er dort, wo er hin sollte. Er versuchte sich zu entspannen. Ignorierte die Kälte. Vergaß die Höhe. Richtete seinen Blick auf das Buch dort unten, ein kaum erkennbares Viereck inmitten einer großen orangen Zielscheibe. Seine Tränen strömten, er machte den Wind dafür verantwortlich und versuchte, seine eigene Stärke zu spüren. Links, auf einem Stapel Hohlblocksteinen, stand die Filmkamera. Der Kameramann hatte sich die Kapuze über den Kopf gezogen. Vegard Krogh hob den Arm. Ein scharfes Licht blendete ihn, und er brauchte mehrere Sekunden, bis er die Zielscheibe wieder erkannte. Die Seile waren befestigt. Der Kumpel überprüfte sie ein letztes Mal.

»So«, sagte er laut. »Jetzt kannst du springen.«

»Und du bist sicher, was das Seil angeht?« schrie Vegard Krogh unnötigerweise zurück.

»Aufs Gramm genau«, rief der Kumpel. »Ich hab dich dreimal gewogen, ehe ich ein Seil ausgesucht habe, Mann! Und den Kran hab ich gestern noch ausgemessen. Spring endlich! Sonst frier ich mir den Arsch ab!«

Vegard Krogh warf einen letzten Blick auf den Kameramann. Die Kapuze mit dem Rand aus Wolfsfell bedeckte die halbe Kamera. Die Linse richtete sich auf sie beide hier oben. Aus der Ferne war eine Sirene zu hören. Sie kam näher.

Vegard Krogh peilte das Buch an, seine letzte Essaysammlung, einen fast unsichtbaren Fleck auf der orangen, kreisrunden Platte.

Er sprang.

Der Fall war zu langsam.

Er konnte dabei denken. Er konnte dabei zuviel denken. Er dachte daran, daß er fast vierzig war. Er dachte daran, daß seine Frau nicht übermäßig fruchtbar zu sein schien, sie versuchten jetzt seit drei Jahren, ein Kind zu machen, ohne weitere Ergebnisse als die monatliche Enttäuschung, über die nicht mehr laut gesprochen wurde. Er dachte daran, daß sie noch immer in einer Zweizimmerwohnung in Grønland wohnten, und daß sie es nie schafften, mehr als Kleingeld auf die hohe Kante zu legen.

Auf halber Fallhöhe hörte er auf zu denken.

Es ging zu schnell.

Zu schnell, dachte der Kameramann; die Linse folgte dem Sturz des Mannes zu Boden.

Vor Vegards Augen wuchs das Buch. Er konnte nicht zwinkern, er konnte nur den weißen Umschlag sehen, der immer größer wurde, er streckte die Arme aus und nach unten, er fiel auf den Boden zu und dachte endlich: Das geht zu schnell.

Die Mütze war ihm vom Kopf gerissen worden, und die blonden Haare, dünn und strähnig über der Stirn, streiften ganz leicht die orange Scheibe, als Vegard Krogh einsah, daß alles vorüber war. Behutsam, als habe er alle Zeit der Welt, griff er nach seinem Buch und drückte es an sein Herz; seine Stirn nahm eine winzige Berührung festen Bodens wahr, sein Schopf küßte die leuchtfarbenen Holzplanken.

Das Seil spannte sich. Die Bewegung pflanzte sich durch seinen Körper fort, ein heftiger Ruck von den Fußsohlen her, ein drückendes Pochen von den Waden hinauf in die Oberschenkel; es war, als ob seine Wirbelsäule von diesem heftigen Ruck auseinandergezerrt wurde.

Er lachte.

Er brüllte, während er hin und her pendelte, mit dem Kopf nach unten. Er schluchzte vor Lachen, als die Polizei den Streifenwagen auf das Baugelände bugsierte und der Kameramann in aller Hast seine Sachen zusammenraffte und Kurs auf das Loch im Zaun nahm, der das Gebiet absperrte.

Vegard Krogh hatte sich nie so lebendig gefühlt wie jetzt. Hauptsache, der Film war im Kasten, dann wäre die Sache perfekt. Der Sprung war genauso abgelaufen, wie er sollte, so, wie auch das Buch war, so, wie Vegard Krogh sich selbst immer gesehen hatte: wagemutig, gefährlich und herausfordernd, hart an der Grenze des Erlaubten.

Er starb nicht an diesem Montag Mitte Februar, er kam sich im Gegenteil unsterblich vor, wie er da kopfüber unter einem knallgelben Hebekran hing, über einer orangen Holzplatte, im blauen, kräftigen Rampenlicht des Streifenwagens, der ihn vom Boden her anheulte. Vegard Krogh schwebte zwischen grellen Farben und dem Grau dieses windigen Nachmittags, und er klammerte sich an das erste Exemplar seines neuen Buches:

»Bungeesprung.«

Vegard Kroghs Tod war um eine Woche und drei Tage aufgeschoben, aber davon hatte er natürlich keine Ahnung.

Inger Johanne konnte Sigmund Berli eigentlich nicht leiden. Der Mann war durch und durch unappetitlich. Er bohrte sich hemmungslos in der Nase. Er furzte immer wieder, ohne sich jemals dafür zu entschuldigen. Er stocherte in den Ohren herum, er knabberte vor aller Augen an seinen Nägeln, und im Moment zerriß er eine schmutzige Papierserviette, ohne daran zu denken, daß die Fetzen vom Luftzug erfaßt wurden und auf dem Boden landeten.

»Er ist ein netter Kerl«, sagte Yngvar immer wieder, verzweifelt angesichts von Inger Johannes Mangel an Begeisterung. »Nur ein bißchen unerzogen. Sigmund war außerdem der einzige, der nach dem Tod von Elisabeth und Trine wirklich mit mir gesprochen hat.«

Das letzte Argument duldete keinen Widerspruch. Nachdem Yngvars erste Frau und die erwachsene Tochter durch einen schrecklichen Unfall ums Leben gekommen waren, war er fast zugrunde gegangen. Er war dabei, aus dem Arbeitsleben hinaus und in eine ernste, zerstörerische Depression hineinzugleiten, als Sigmund ihn mit plötzlicher Tatkraft und rührender Fürsorge zurück in eine Art Dasein gezogen hatte, das erst wieder Form annahm, als er zwei Jahre nach der Tragödie Inger Johanne kennenlernte und einen neuen Anfang machen konnte.

»Was ist ein Popel auf der Hose schon im Vergleich zu echter Loyalität«, hatte Yngvar gefragt, und die Folge war, daß der Mann jetzt bei Inger Johanne zu Hause auf einem Barhocker saß und eben drei Portionen Hähnchen mit Ruccolasalat verputzt hatte.

»Leckeres Essen, was du hier kochst«, sagte er mit breitem Lächeln.

Dabei sah er Yngvar an.

»Danke«, sagte Inger Johanne.

»Ich habe immerhin die Soße angerührt«, schmunzelte Yngvar. »Die Soße ist das wichtigste. Aber du hast recht. Inger Johanne ist hier im Haus die Köchin. Ich bin nur ... der Feinschmecker. Ich kümmere mich um die Details. Um das, was eine normale Mahlzeit erhebt über ...«

Er lachte, als sie ihn mit einem Küchenhandtuch angriff.

»Sie kann keinen Spaß vertragen«, sagte er und zog sie an sich. »Aber im Grunde hat sie ein gutes Herz.«

Er küßte sie und wollte nicht loslassen.

»Dieser Streit in der Küche«, setzte Sigmund an und knüllte verlegen seine Serviette zusammen, ehe er sie wegschob, ohne zu wissen, was er mit den Fetzen anfangen sollte. »Dabei kann es um eine Bagatelle gegangen sein.«

»Ja«, sagte Yngvar und ließ Inger Johanne los. »Ich glaube aber trotzdem, wir sollten im Hinterkopf behalten, daß da irgend etwas faul sein könnte. Nicht nur, daß Kari Mundal und Rudolf Fjord sich mächtig in den Haaren hatten, ihr Streit war noch dazu so wichtig, daß sie Kjell Mundals so gut einstudierte Trauerrede verpaßt haben. Es sieht Kari überhaupt nicht ähnlich, sich eine so schöne Gelegenheit zur Unterstützung ihres Mannes entgehen zu lassen. Und Rudolf Fjord schien ziemlich außer sich zu sein.«

»Politik«, sagte Inger Johanne, »ist bekanntlich keine Sonntagsschule. Wenn heftige Diskussionen hinter den politischen Kulissen gleich zu Mordverdacht führen müßten, dann hättet ihr alle Hände voll zu tun.«

»Trotzdem ...«

Yngvar zog den anderen Barhocker zur Kücheninsel und machte es sich darauf bequem. Mit gespreizten Beinen, die Unterarme auf die Tischplatte gelegt.

»Da war etwas an der ganzen Situation«, sagte er leise. »Etwas ...«

Dann schüttelte er den Kopf.

»Ich hab es registriert«, sagte er leichthin. »Aber wir lassen es erst mal auf sich beruhen. Wir haben andere Dinge, um die wir uns kümmern müssen. Vorläufig.«

»Vorläufig haben wir so gut wie nichts«, sagte Sigmund mürrisch. »In keinem dieser Fälle. *Nada.*«

»Jetzt übertreibst du«, sagte Yngvar. »Etwas haben wir immerhin.«

»Etwas«, wiederholte Sigmund.

»Aber das paßt alles nicht zusammen«, sagte Yngvar. »Nichts führt uns irgendwie weiter. Da bin ich ganz deiner Meinung. Wir finden keine weiteren Verbindungen zwischen diesen Frauen als die, die ohnehin auf der Hand liegen, als das, was uns sofort klar war. Und was wir nun schon tausendmal durchgegangen sind. Die Brutalität dieser Morde. Das Geschlecht der Opfer. Ihr Status als Prominente. Ihr Wohnort.«

Er gähnte ausgiebig und fügte dann hinzu:

»Aber wir können wohl bezweifeln, daß wir einen Mörder suchen, der einen besonderen Groll gegen Lørenskog hegt. Vibeke und Fiona haben sich nicht gekannt, sie hatten keine gemeinsamen Freunde oder Bekannten über das Maß hinaus, von dem man in einem kleinen Land wie unserem immer ausgehen muß. Beruflich hatten sie nichts miteinander zu tun. Sie führten überaus unterschiedliche Leben. Die eine war Single und feierte gern, die andere widmete sich der Familie und ihrer kleinen Tochter. Mir kommt es so vor, als ob ...«

»... wir es hier trotz allem mit zwei voneinander unabhängigen Fällen zu tun haben«, sagte Inger Johanne, die gerade den Wasserkocher unter den Hahn hielt. »Aber beide Mörder müssen stark gewesen sein. Vibeke wurde vor ihrem Haus getötet und in ihr Schlafzimmer getragen. Fiona wurde überwältigt.«

»Redet ihr oft so?« fragte Sigmund.

»Wie denn?«

»Daß ihr gegenseitig eure Sätze beendet. Wie die Zwillinge meiner Schwester.«

»Wir sind ja auch seelische Zwillinge«, sagte Inger Johanne und lächelte, als Sigmund die Ironie nicht begriff. »Wir denken gleich, fühlen gleich. Die ganze Zeit. Kaffee?«

»Ja, bitte. Aber wenn ...«

Er hielt sich die Hand vor den Mund, um ein kräftiges Rülpsen zu dämpfen.

»... wenn das also zwei Fälle sind, wäre es dann möglich, daß Mörder Nummer zwei, also der, der Vibeke Heinerback auf dem Gewissen hat, es wie einen Serienmord aussehen lassen wollte?«

»Zwei Morde sind aber noch keine beeindruckende Serie«, sagte Yngvar. »Ganz schön jämmerlich. Aber zu allererst müssen wir uns darüber einigen, ob wir es hier mit demselben Täter zu tun haben.«

»Das können wir natürlich nicht«, sagte Inger Johanne. »Noch nicht. Aber ich stimme dir zu. Auch wenn es viele Parallelen gibt, sind sie doch nicht von der Sorte, daß ... die Morde schreien nicht gerade: Serienverbrechen!«

»Ich hab mir überlegt«, setzte Sigmund an und errötete wie ein Junge, dem der Kopf von unbeantworteten Fragen zum Sex überläuft.

Er kratzte sich am Oberschenkel und legte unbeholfen den Kopf schräg. Für einen Moment sah er niedlich aus, fand Inger Johanne. Sie goß heißes Wasser in die Stabfilterkanne, füllte einen Topf mit Milch und stellte eine Schale mit braunem Zucker auf den Tisch.

»Ich frage mich nur«, Sigmund machte einen weiteren Versuch, »wie so eine Profilierung, *profiling* ...«

Er konnte sich zwischen Norwegisch und Englisch nicht entscheiden und drückte Daumen und Zeigefinger gegen seinen Nasenflügel.

»Du kannst gern Profilierung sagen«, sagte Inger Johanne. »*Profiling* klingt ... klingt so sehr nach Fernsehkrimi. Findest du nicht?«

Er schenkte sich zuviel Kaffee ein und mußte den Mund an die Tasse halten und die glühendheiße Flüssigkeit wegschlürfen, ehe er wagte, die Tasse zu heben.

»Au. Au.«

Er rieb sich heftig die Oberlippe und nuschelte dann:

»Wir können auch etwas. Sogar eine ganze Menge. Aber wo du das doch beim FBI gelernt hast und so, von diesem Obermacker, da dachte ich ...«

»Milch?« unterbrach ihn Yngvar und füllte unaufgefordert Sigmunds Tasse, die daraufhin überlief. »Zucker? Hier!«

»Profilierung kann so vieles bedeuten«, sagte Inger Johanne und reichte Sigmund einen Lappen. »In der Regel gibt es bei jedem Mord Elemente, die auf die Charakterzüge des Schuldigen hinweisen. Deshalb erfolgt eigentlich bei jeder Ermittlung eine Profilierung. Nur wird diese Bezeichnung nicht immer verwendet.«

»Du meinst«, sagte Sigmund und wischte hektisch mit dem Lappen auf dem Tisch herum; der Milchkaffee verteilte sich in alle Richtungen. »Wenn wir einen Mann in seiner zugemüllten Wohnung mit einem Messer im Bauch vorfinden, während der Typ, der die Polizei angerufen hat, sturzbesoffen und weinend in der Ecke steht, dann zeichnen wir uns ein Profil? Aus dem hervorgeht, daß der ›Täter unter Alkoholeinfluß mit einem nahen Verwandten in Streit geriet, und dann lag da eben ein Messer herum, und er wollte den anderen ja gar nicht umbringen und ist außer sich vor Reue und hätte bestimmt gleich Hilfe geholt‹?«

Inger Johanne lachte herzlich und wischte mit Papier die Reste der hellbraunen Flüssigkeit auf.

»Du nimmst mir das Wort aus dem Mund«, sagte sie. »Und das Profil, das du eben beschrieben hast, ist so normal und leichtkonstruierbar, daß ihr ziemlich genau dreißig Sekunden braucht, um zu dem Schluß zu kommen, daß es sich bei dem Suffkopp in der Ecke um den Täter handelt. Aber so viele Fälle von der Sorte habt ihr ja wohl nicht, du und Yngvar. Die Kripo beschäftigt sich doch sicher mit kniffligeren Rätseln?«

»Aber Inger Johanne«, sagte Sigmund jetzt eifrig. »Ich gehe davon aus, daß du jeden Fall analysierst, durch das Zerlegen von ...«

»Man analysiert den Modus«, half Inger Johanne ihm weiter. »Man zerlegt, wie du sagst, die verbrecherische Tat in ihre einzelnen Bestandteile. Dann nehmen wir eine Deduktion vor, die auf den einzelnen Faktoren und dem Gesamteindruck basiert. In der Analyse legen wir Gewicht auf Hintergrund und bisheriges Verhalten des Opfers, sowohl subjektiv als auch objektiv, und auf das eigentliche Mordgeschehen. Eine ziemliche Arbeit. Und ...«

Die Tasse dampfte, ihre Brille beschlug.

»... es gibt kaum eine Wissenschaft, die so unsicher, so schwierig und so unzuverlässig ist wie das Profilieren.«

»Was du beschreibst, ist im Grunde dasselbe wie taktische Ermittlung«, sagte Sigmund und runzelte skeptisch die Stirn.

»Kann schon sein.«

Inger Johanne nickte und fügte hinzu:

»Der Unterschied ist vor allem, daß die taktische Ermittlung sich in höherem Grad als die Profilierung an ... wie soll ich sagen ... unbestreitbare Tatsachen hält. Profilierer sind oft auch Psychologen. Während ein taktischer Ermittler das Ziel verfolgt, einen Täter zu finden, ist es die Aufgabe des Profilierers, ein psychologisches Modell des Verbrechers zu entwickeln. So gesehen ist die Profilierung nur ein Hilfsmittel in der taktischen Ermittlung.«

»Wenn du also nur über den Mord an Fiona Helle etwas sagen solltest«, sagte Sigmund, dessen Wangen sich jetzt hektisch gerötet hatten, »und Vibeke Heinerback für den Moment einfach vergessen könntest, was würdest du dann sagen?«

Inger Johanne schaute Sigmund über den Tassenrand hinweg an.

»Ich weiß nicht so recht«, sagte sie langsam. »Das alles kommt mir überaus ... unnorwegisch vor. Dieses Wort gefällt mir zwar nicht, schließlich ist die Zeit vorbei, in der wir uns einbilden konnten, von dermaßen grotesken Mordtaten verschont zu sein. Aber trotzdem ...«

Sie holte tief Luft und trank einen Schluck.

»Ich würde wohl sagen«, fuhr sie nach einigen Sekunden fort, »... daß es hier möglich ist, die Konturen von zwei ziemlich unterschiedlichen Profilen zu sehen. Um zuerst die Gemeinsamkeiten zu nehmen: Der Mord an Fiona Helle war sorgfältig geplant. Es ist ganz klar, daß wir es hier mit einer vorsätzlichen Tat zu tun haben, also mit einer Person, die imstande ist, den Tod eines anderen Menschen bis ins Detail zu planen. Dieses aus Papier gefaltete Häuschen kann wohl kaum eine andere Funktion gehabt haben, als eben die abgeschnittene Zunge zu beherbergen. Dazu paßte es perfekt. Die Möglichkeit, daß irgendwer planen könnte, seinem Opfer die Zunge aus dem Mund zu schneiden, ohne das Opfer zu töten, können wir vermutlich außer acht lassen. Auch der Zeitpunkt des Mordes ist wichtig. Dienstagabend. Alle wußten, daß Fiona Helle dienstagabends immer allein war. Sie hatte außerdem in mehreren Interviews Lørenskog als ›friedliche Oase außerhalb der lärmenden Großstadt‹ bezeichnet ...«

Mit zwei Fingern zeichnete sie Anführungszeichen in die Luft.

»Komischer Ausdruck«, sagte Yngvar.

»Und ziemlich idiotisch, aller Welt zu erzählen, daß es keinen Grund gebe, die Türen in der kleinen Sackgasse abzuschließen, weil doch alle aufeinander aufpaßten und alle lieb waren.«

Sigmund schnaubte und fügte hinzu:

»Dieser Ausspruch hat die Jungs in Romerike veranlaßt, die Frau anzurufen. Sie ganz einfach zu warnen. Aber die Tür stand trotzdem offen. Sie hatte irgendwas in der Art gesagt, daß sie ›den bösen Kräften nicht nachgeben‹ wollte. Herrgott ...«

Er murmelte etwas Unverständliches in seine Kaffeetasse.

»Jedenfalls«, sagte Inger Johanne und griff zu einem Zeichenblock, den Yngvar in Kristianes feuerrotem Spielzeugkasten gefunden hatte. »Es war vorsätzlicher Mord. Das bringt uns doch schon ein Stück weiter.«

Sie stützte die Ellbogen auf den hohen Tisch.

»Und wir haben Grund zu einer weiteren relativ sicheren Schlußfolgerung. Ich möchte behaupten, daß aus einem Mord wie diesem hier ein intensiver Haß spricht. Das sehen wir aus dem Vorsatz, also der festen, verbrecherischen Absicht, die der Täter unter Beweis gestellt hat, und der Methode ...«

Inger Johanne verstummte. Sie runzelte die Stirn, fast unmerklich, und drehte ihr Ohr in Richtung Diele.

»Da war nichts«, sagte Yngvar. »Nichts.«

»Einen Menschen zu erwürgen, zu fesseln, ihm die Zunge herauszuschneiden ...«

Inger Johanne sprach jetzt leise, angespannt, sie lauschte noch immer.

»Haß«, schloß sie. »Aber dann setzen die Probleme ein. Die

Dramatik, die gespaltene Zunge, das Origami… die ganze Szenerie, eigentlich…«

Der rote Stift bewegte sich in langsamen Kreisen über das Papier.

»Das kann eine Tarnung sein. Schauspiel. Kamouflage. Die Symbolik ist so himmelschreiend banal, so…«

»…kindisch«, schlug Sigmund vor.

»Von mir aus. So schlicht jedenfalls, daß es fast wie ein *cover-up* wirken kann. Möglicherweise, um Verwirrung zu stiften. Und dann haben wir es mit einer ungewöhnlich raffinierten Person zu tun. Die Fiona Helle also ziemlich intensiv gehaßt haben muß. Und dann sind wir wieder…«

»Am Ausgangspunkt angelangt«, sagte Yngvar resigniert. »Aber was, wenn die Symbolik wirklich ernst gemeint war?«

»Meine Güte… ist das nicht eigentlich ein Ausdruck, den die Indianer benutzt haben? ›Bleichgesicht reden mit gespaltener Zunge‹? Wenn wir also annehmen, daß der Mörder diese Leichenschändung vorgenommen hat, um der Umwelt etwas zu erzählen, dann muß das bedeuten, daß Fiona Helle nicht die war, für die sie sich ausgegeben hat. Sie war eine Lügnerin. Eine Verräterin. Findet er also. Der Mörder. Der sich in diesem ziemlich vagen und damit komplett unbrauchbaren Profil auf unangenehme Weise… dem puren Irrsinn nähert.«

»Schade«, sagte Sigmund und gähnte laut und unverhohlen, »…daß wir in ihrem Leben nur Kleinkram finden können. Keine großen Konflikte. Hier und da ein wenig Mißgunst, schließlich war sie eine erfolgreiche Frau. Vor zwei Jahren Streit mit der Steuerbehörde. Eine Auseinandersetzung mit den Nachbarn um eine Tanne, die Fionas Arbeitszimmer das Licht wegnahm. Belanglosigkeiten. Der Baum wurde übrigens gefällt. Ohne, daß die Sache vor Gericht gelandet wäre.«

»Auffällig ist das nicht«, setzte Inger Johanne an, unterbrach sich dann aber. »Und jetzt?«

Ihre Angst war deutlich, als sie Yngvar ansah.

»Da ist nichts«, sagte er noch einmal. »Beruhige dich doch. Sie schläft.«

Inger Johanne hatte sich dazu bereit erklärt, Ragnhild ins Schlafzimmer zu legen, jedenfalls, wenn sie Besuch hatten.

»Es ist auffällig«, sagte sie noch einmal zögernd. »Daß ihr in Fiona Helles Leben keine anderen trüben Stellen findet. Überaus auffällig. Sie ist zweiundvierzig. Ihr müßt etwas übersehen haben.«

»Versuch's doch selbst«, sagte Sigmund, deutlich vergrätzt. »Wir haben jetzt seit Wochen fünfzehn Mann darauf angesetzt, und das Resultat ist gleich Null. Könnte doch möglich sein, daß die Frau ganz einfach die Tugend in Person war?«

»Tugend in Person gibt's nicht.«

»Aber was ist mit dem Profil?«

»Mit welchem Profil?«

»Dem, das du anfertigen solltest«, sagte Sigmund.

»Ich kann kein Profil von Fiona Helles Mörder erstellen«, sagte Inger Johanne und leerte ihre Kaffeetasse in einem Zug. »Jedenfalls keines mit Substanz. Das könnte niemand. Aber ich kann euch einen guten Rat geben. Sucht nach den Lügen in ihrem Leben. Findet die Lüge. Dann braucht ihr vielleicht gar kein Profil. Dann habt ihr den Mann.«

»Oder die Frau«, sagte Yngvar mit einem leichten Lächeln.

Inger Johanne ließ sich zu keiner Antwort herab. Statt dessen schlich sie zum Schlafzimmer.

»Ist sie immer so ängstlich?« flüsterte Sigmund.

»Ja.«

»Könnt ich nicht ertragen.«

»Du siehst deine Familie ja so gut wie nie.«

»Laß das. Ich bin mehr zu Hause als die meisten anderen, die ich kenne.«

»Was ja nicht besonders viel aussagt.«

»Dussel.«

»Idiot«, sagte Yngvar lächelnd. »Noch Kaffee?«

»Nein, danke. Aber das da ...«

Sigmund zeigte auf das Ende des Tisches, wo eine Flasche im Schein des Kerzenleuchters auf der Fensterbank goldbraun funkelte.

»Mußt du nicht fahren?«

»Meine Alte hat das Auto. Irgend so ein Elternkram.«

»Da siehst du's.«

Yngvar holte zwei überdimensionale Cognacschwenker und goß ein.

»Prost«, sagte er.

»Kein großer Grund zum Prosten«, sagte Sigmund und trank.

Jacks Krallen kratzten über das Parkett. Mitten im Raum blieb das Tier stehen, streckte sich und gähnte ausgiebig.

»Meine Güte, der scheint ja zu grinsen«, murmelte Sigmund.

»Ich glaube, er grinst wirklich«, sagte Yngvar. »Über uns, vielleicht. Über unsere Sorgen. Der da denkt doch nur ans Fressen.«

Der Hund wedelte ein wenig mit dem Schwanz und trottete in die Küche. Bei der Tür zum Mülleimer fiepte er leise. Er drückte die Schnauze auf den Boden und leckte begehrlich Fettflecken und Krümel auf.

»Dein Essen ist im Napf«, sagte Yngvar. »Wuff!«

Jack bellte scharf und knurrte die Schranktür an.

»Reg ihn doch nicht auf! Pfui, Jack!«

Inger Johanne war wieder da, sie hielt eine wache Ragnhild in den Armen.

»Ich wußte doch, daß ich etwas gehört hatte«, sagte sie, ohne den Triumph in ihrer Stimme zu verbergen. »Sie ist naß. Du kannst sie neu wickeln. Jack! Leg dich!«

»Papas kleines Kuschelwuschel«, plapperte Yngvar und übernahm behutsam seine Tochter.

»Feines kleines Kuschelwuschel ist naß.«

»Total plemplem«, sagte Sigmund.

»Ein guter Papa, heißt das.«

Inger Johanne lächelte und sah Yngvar nach, als er Richtung Badezimmer verschwand. Jack trottete mit hängenden Ohren hinterher. Bei der Trennwand zum Wohnzimmer blieb er stehen und schaute Inger Johanne noch einmal flehend an.

»Leg dich«, sagte sie, und der Hund verschwand.

Aus dem Erdgeschoß war gedämpfte Musik zu hören. Das halbe Klangbild verschwand in der Isolierschicht des Fußbodens. Nur das Dröhnen der Bässe drang zu ihnen durch, und Inger Johanne rümpfte die Nase, ehe sie anfing, das schmutzige Geschirr in die Spülmaschine zu stellen.

»Hier ist es hellhörig«, stellte Sigmund fest, ohne Anzeichen zum Aufbruch zu machen. »Darf ich, oder?«

Er zeigte auf die Cognacflasche.

»Ja, ja. Natürlich. Greif zu.«

Die Musik wurde immer lauter.

»Bestimmt Selma«, murmelte Inger Johanne. »Teenie. Allein zu Haus, stell ich mir vor.«

Die Musik wurde noch lauter.

Sigmund lächelte und steckte die Nase ins Glas. Er hatte sich entspannt, wie ihm zu seiner Überraschung aufging. Das lag an der Stimmung in diesem Zuhause, an Tonfall, Licht, Möbeln. Und es war irgend etwas an Inger Johanne. Bei der Arbeit wurde getuschelt, sie sei so streng. Diese Tuschler irren sich, dachte Sigmund und tunkte seine schmerzende Lippe in Alkohol. Es brannte angenehm in der Wunde, und er trank.

Inger Johanne war nicht streng. Sie war stark, dachte Sigmund, auch wenn sie, was ihr Baby anging, sichtlich übernervös war. Kein Wunder vielleicht bei der komischen älteren Tochter, einem witzigen und seltsamen Hänfling von Kind, das drei Jahre jünger aussah, als es eigentlich war. Yngvar hatte sie einige Male mit ins Büro gebracht, und sie konnte wirklich jedem eine Höllenangst machen. Im einen Moment verhielt sie sich wie eine Dreijährige, um im nächsten eine Bemerkung fallenzulassen, die man eher von einer Studentin erwartet hätte. Das lag offenbar an ihrem Gehirn. An irgend etwas, wofür es keine Erklärung gab.

Sigmund hatte Yngvar immer gemocht. Er fühlte sich wohl in der Gesellschaft des Älteren. Trotzdem hatten sie in ihrer Freizeit nur selten Kontakt zueinander. Gleich nach dem Unglück, natürlich, als Yngvars Tochter bei dem Versuch, die Dachrinne zu reinigen, auf die Mutter gestürzt war, wodurch beide ums Leben kamen, war Sigmund für Yngvar dagewesen. Er erinnerte sich an das Licht der tiefstehenden Sonne hinter den Baumwipfeln, an die beiden Leichen im Garten, an Yngvar, der nichts sagte, nicht weinte, nicht sprach. Er stand nur da, mit seinem weinenden kleinen Enkelkind auf dem Arm, als sei es das Leben selbst, das er an sich drückte und beinahe zerquetschte.

»Habt ihr an den Wochenenden immer noch Amund hier?« fragte er plötzlich.

»Im Prinzip jedes zweite Wochenende«, antwortete Inger Johanne, überrascht über diese Frage. »Aber jetzt, bei dem Baby und überhaupt, da ... und ursprünglich sollte das doch vor allem Yngvars Schwiegersohn entlasten.«

»Nein«, sagte Sigmund.

»Was?«

Sie drehte sich zu ihm um.

»Das war nicht der Grund«, sagte Sigmund ruhig. »Ich habe damals viel mit Bjarne geredet. Dem Schwiegersohn eben.«

»Ich weiß, wie Yngvars Schwiegersohn heißt.«

»Natürlich. Jedenfalls ... diese Abmachung, die sollte Yngvar helfen. Ihm etwas geben, wofür er leben konnte. Wir haben uns Sorgen gemacht, weißt du. Waren unglaublich besorgt, Bjarne und ich. Es ist schön zu sehen ...«

Er leerte sein Cognacglas in einem Zug und sah sich zufrieden um.

»Das ist ein gutes Zuhause«, sagte er mit überraschend feierlicher Stimme; seine Augen waren feucht.

Inger Johanne schüttelte den Kopf und schmunzelte. Sie stemmte die Hände in die Seiten, legte den Kopf schräg und folgte seinen Händen mit ihren Blicken. Er goß sich einen dreifachen Cognac ein, dann korkte er die Flasche mit dramatischem Knall zu.

»So. Das reicht für heute. Auf dich, Inger Johanne. Du bist eine tolle Frau, das muß ich schon sagen. Ich wünschte, ich könnte auch jeden Tag zu einer Frau nach Hause kommen, die sich für meine Arbeit interessiert. Davon Ahnung hat. So wie du. Du bist schon klasse. Prösterchen!«

»Und du bist ein komischer Vogel, Sigmund.«

»Aber nicht doch. Nur ein wenig beschwipst.«

Er prostete Yngvar zu, der triumphierend die Arme hob und über seinem Kopf in die Hände klatschte.

»Ein Stück Baby, ein Stück Neunjährige, ein Stück Töle schlafen wie die Kieselsteine. Trocken und fein, allesamt.«

Er ließ sich auf den Barhocker sinken.

»Zwitscherst du dir einen, Sigmund? An einem Montag?«

»Ja, sonst komme ich ja kaum dazu«, sagte Sigmund, der jetzt einen Schluckauf bekam. »Aber du, Inger Johanne ...«

»Ja?«

»Wenn du dir die schlimmste Möglichkeit vorstellen solltest... den allerschwierigsten Serienmörder... den du fangen müßtest, meine ich. Wenn du ein Profil des perfekten Serienmörders zeichnen solltest, wie würde der dann aussehen?«

»Habt ihr zwei nicht schon genug Probleme mit den Verbrechern, die es wirklich gibt?« fragte sie und beugte sich über den Tisch.

»Tu es«, sagte Yngvar lächelnd. »Erzähl. Erzähl, wie der aussehen würde.«

Die Kerze auf der Fensterbank brannte jetzt herunter. Sie zischte wütend. Rußflocken schwebten vor dem Spiegelbild in der dunklen Fensterscheibe. Inger Johanne holte eine neue Kerze, bohrte sie in den Halter und zündete den Docht an. Einige Sekunden blieb sie stehen und vertiefte sich in den Anblick der Flamme.

»Es wäre eine Frau«, sagte sie langsam. »Ganz einfach, weil wir uns immer einen Mann vorstellen. Es fällt uns schwer, das personifizierte Böse in Gestalt einer Frau vor uns zu sehen. Komischerweise. Die Geschichte hat uns doch nachdrücklich gelehrt, daß Frauen schlecht sein können.«

»Eine Frau«, sagte Yngvar und nickte. »Und sonst?«

Inger Johanne drehte sich zu ihnen um und zählte blitzschnell an ihren Fingern auf:

»Eine mit großem Wissen, natürlich, und außerdem scharfsinnig, intelligent, raffiniert und skrupellos. Das sind sie ja eigentlich immer. Aber das Schlimmste, das Allerschlimmste wäre ...«

Sie schien an etwas ganz anderes zu denken, als suche sie nach einem Gedanken, der nur ganz flüchtig aufgetaucht war. Die beiden Männer nippten am Cognac, von der Straße her waren grölende Halbstarke zu hören. Im Nachbarhaus wurde ein Licht gelöscht; die Dunkelheit vor dem Küchenfenster wurde dichter, die Reflexe stärker.

»Es ist genau, als ob ...«, sagte sie und schob ihre Brille mit ausgestrecktem Zeigefinger zurecht. »Als ob ... bei diesem Fall habe ich ein Gefühl von ... *déjà vu*. Ich kann nur nicht ...«

Wieder starrte sie in die Kerzenflamme. Sie tanzte im Luftzug der Fenster, die immer noch nicht ausgewechselt worden waren. Ein rasches Lächeln huschte über Inger Johannes Gesicht.

»Vergiß es. Sicher nur Unsinn.«

»Weiter«, sagte Sigmund. »Bisher hast du uns nur Selbstverständlichkeiten erzählt. Was ist noch nötig, damit diese Dame niemals gefaßt wird? Sind die nicht immer mehr oder weniger verrückt?«

»Nicht verrückt.«

Inger Johanne schüttelte energisch den Kopf.

»Gestört, natürlich. Abgestumpft. Ich nehme an, daß sie an irgendeiner Persönlichkeitsstörung leidet. Aber sie ist durchaus nicht verrückt. In strafrechtlichem Sinn sind Mörder eigentlich nur selten unzurechnungsfähig. Aber was die Sache wirklich schwer machen würde ... Was es fast unmöglich machen würde, sie zu finden, wenn sie nicht auf frischer Tat ertappt werden könnte ...«

»Was diese Superfrau natürlich nicht zulassen würde«, fiel Yngvar ihr ins Wort und rieb sich den Nacken.

»Genau«, sagte Inger Johanne und verstummte.

Die Jungen draußen waren weitergezogen. Immer mehr Lichter erloschen in den Häusern am Hauges vei. Im Untergeschoß war endlich Stille eingekehrt. Nur eine der ewigen Katzen jammerte im Garten, um dann zu verschwinden. Inger Johanne ertappte sich dabei, wie sie die Stille auskostete, die Geborgenheit in diesem Haus, zum ersten Mal seit ihrem Einzug fühlte sie sich wirklich zu Hause. Überrascht fuhr sie mit der Hand über die Tischplatte. Eine Kerbe hielt ihren Finger auf. Kristiane hatte in einem unbeobachteten Moment mit einem Messer gespielt. Inger Johanne ließ ihren Blick über die Westwand des Zimmers wandern. Die Scheuerleisten zeigten Spuren von Jacks eifrigen Krallen, das Parkett war von den Kufen von Ragnhilds Wiege zerschrammt. Ein mit Filzstift gezeichneter Wolkenkratzer ragte schwachrot und schief zwischen Boden und Fensterrahmen auf.

Sie schniefte. Es roch nach Essen und ein wenig stickig, dazu nach sauberem Baby und schmutzigem Hund. Ein schwacher Cognacduft schwebte an ihr vorbei, als Yngvar seinen letzten Schluck trank. Sie bückte sich, um ein knallbuntes Säuglingsspielzeug aus der Ecke neben der Spülmaschine zu nehmen, und dabei fiel ihr auf, daß Kristiane in seltsamen, schrägen Buchstaben ihren Namen auf die Fußleiste geschrieben hatte.

Endlich hatten sie sich eingelebt, dachte Inger Johanne. Jetzt war das hier ihr Zuhause.

»Das Schlimmste«, sagte sie und spielte an einem lächelnden Löwenkopf herum, der von Beißringen und bunten Bändern eingerahmt wurde, »das Allerschlimmste wäre eine motivlose Mörderin.«

Sie holte tief Atem, legte das Spielzeug weg und nahm die Brille ab. Mit einem Hemdenzipfel versuchte sie, von Essen und Kinderfingern hinterlassene Fettflecken zu entfernen. Dann richtete sie ihren kurzsichtigen Blick auf Sigmund und fügte hinzu:

»Am schwierigsten ist es, einen Mörder zu fangen, der ohne Motiv mordet. Den qualifizierten, intelligenten Mörder, der ohne irgendeinen Grund seinen Opfern übel will. Alle moderne taktische Ermittlung baut im Grunde darauf auf, daß das Tatmotiv gefunden werden muß. Sogar der ernstlich geisteskranke Serienmörder wird entlarvt werden können, da selbst eine absurde und scheinbar zufällige Auswahl der Opfer irgendeine Form von verborgenem Muster aufweist, eine Konnexität. Wenn es so etwas nicht gibt, keine Ursache, keinen Zusammenhang, keine Logik – wie verschroben die auch sein mag –, dann sind wir schachmatt gesetzt. So ein Mörder wird uns zum Narren halten können … bis in alle Ewigkeit.«

Die Kerze auf der Fensterbank flackerte jetzt heftiger und erlosch dann. Inger Johanne setzte die Brille auf, packte den Fenstergriff und schloß das Fenster richtig.

»Aber von solchen Monstern habe ich eigentlich noch nie

gehört«, sagte sie leichthin. »Ich muß ins Bett. Noch irgendwelche Fragen, ehe ich gehe?«

Keine.

Rudolf Fjord putzte das Badezimmer.

Es war drei Uhr in der Nacht zum Dienstag. Der schlaksige Mann lag auf allen vieren und schrubbte die Fugen im gefliesten Boden. Er benutzte dazu Zahnbürste und Salmiak. Der Gestank machte seiner Nase zu schaffen. Er hustete, würgte, fluchte und spülte mit Wasser nach, das zu heiß für seine nackten Hände war. Er hatte das halbe Zimmer geschafft. Die Fliesen zwischen Waschbecken und Toilette waren jetzt hell eingerahmt, blaßgraue Fugen zwischen stahlblauer Keramik. Seltsam, daß ein Badezimmer in einem halben Jahr dermaßen verschmutzen konnte. Er wollte sich auch die Wände vornehmen, beschloß er, und wischte sich mit dem Ärmel Rotz ab. Er würde die Schränke ausräumen und die Schubladen auswaschen. Sogar den Wasserkasten der Toilettenspülung wollte er auswischen. Noch immer hatte er viele Stunden, ehe er zur Arbeit mußte.

Er konnte nicht schlafen.

Vielleicht würde er auch die Bücherregale ausräumen, die Bücher staubsaugen, eins nach dem anderen. Das würde die Zeit vertreiben.

Die Erleichterung, die er über Vibekes Tod empfunden hatte, die physische, jubelnde Erleichterung am Samstagvormittag, hatte zwölf Minuten gedauert. Dann hatte er eingesehen, daß Vibeke Heinerback absurderweise lebendig eine bessere Versicherung gewesen war als tot, und das hatte ihn ganz einfach umgeworfen. Er hatte versucht, vom Sofa aufzustehen, aber seine Beine hatten unter ihm nachgegeben. Sein Schweiß strömte nur so, fühlte sich aber kalt an. Seine Gedanken wirbelten durcheinander. Endlich hatte er sich in die Dusche schleppen können, um danach einen passenden Anzug für die außerordentliche Sitzung der Parlamentsfraktion zu suchen.

Sie hatten ihn angesehen.

Und nicht gerade freundlich.

Rudolf Fjord hob die Zahnbürste.

Die Borsten waren flach und grau. Unbrauchbar. Mühsam kam er auf die Beine und durchwühlte den Mülleimer auf der Suche nach einer anderen. Der Kloß in seinem Hals wurde immer größer. Er riß eine Schublade im Badezimmer auf und schnitt sich übel, als er versuchte, eine unbenutzte Bürste von ihrer verschweißten Plastikverpackung zu befreien. Der Salmiakgestank war jetzt unerträglich. Er konnte kein Pflaster finden.

Sie hatten ihn wirklich scheel angesehen.

»Gute Parteigenossen«, hatte Vibeke lächelnd gesagt, wenn auch ein wenig gezwungen lächelnd, als die Presseleute etwas zu neugierig versucht hatten, dem Verhältnis zwischen ihr und Fjord auf den Grund zu kommen. »Wir haben eine richtig gute Zusammenarbeit, Rudolf und ich.«

Er versuchte, tiefer zu atmen.

Richtete sich auf. Hob den Brustkasten, zog den Bauch ein, wie am Strand, im vergangenen Sommer, dem wunderschönen Sommer, als das Wetter strahlend und noch nichts entschieden war. Als er sicher gewesen war, zum Parteivorsitzenden gewählt zu werden, sobald der Alte endlich beschloß, daß die Zeit jetzt reif für einen Wechsel sei.

Er bekam ganz einfach keine Luft.

Rote Sterne tanzten vor seinen Augen. Er stand kurz vor einer Ohnmacht. Schwankend, die Hände an die Wände gestützt, schleppte er sich aus dem Badezimmer. Auf dem Gang ging es besser, er würgte, ohne sich zu übergeben, er taumelte weiter, ins Wohnzimmer, zur Terrassentür. Die war verschlossen. Er versuchte, ruhig zu bleiben, etwas stimmte mit den Angeln nicht, er brauchte die Tür nur ein wenig anzuheben, so. Das Blut zeichnete seltsame Figuren an den Türrahmen. Die Tür ging auf.

Die eiskalte Luft schlug ihm belebend entgegen.

Er öffnete den Mund und atmete.

Sie hatten ihn so seltsam angesehen.

Auffällig, hatten sie sicher gedacht. Komisch, daß Rudolf Fjord von Vibeke Heinerbacks brutalem Tod am meisten betroffen zu sein schien.

Kari Mundal war die Schlimmste.

Die Leute hatten einfach keine Ahnung, wie sie war. Eine witzige, winzige und scharfsinnige Hausfrau, dachten alle.

Scharfsinnig war sie auf jeden Fall.

Bestenfalls würde gar nichts geschehen, dachte Rudolf Fjord und sog gierig die saubere Luft in sich hinein. Er war jetzt ruhiger und knöpfte sich das Hemd mit leicht zitternden Händen zu. Das Blut gerann jetzt schon. Er lutschte vorsichtig an seinem Finger.

Die Salmiakmischung mußte stärker verdünnt werden, das ging ihm jetzt auf.

Bestenfalls würde rein gar nichts passieren.

6

Das Haus am Waldrand war typisch für seine Zeit. Nicht groß, fast eine Hütte, ein Holzkasten aus den fünfziger Jahren mit senkrechten Brettern und einem einsamen Erker mitten in der symmetrischen Fassade. Der Windfang an der Haustür war klein, auf jeder Seite stand eine Bank. Die Treppe war aus Stein, und die mittlere Stufe hätte repariert werden müssen. Ansonsten war das Haus gut erhalten. Yngvar Stubø stand an der Straße, gleich vor dem Tor. Ihm fiel auf, daß das Dach neu und daß der rote Anstrich des Holzes so dick aufgetragen war, daß das Mondlicht sich darin spiegelte.

Die Lampe auf dem einen Torpfosten war zerbrochen. Da alle Spuren längst gesichert waren, beugte er sich über die Glassplitter und hob einen schmiedeeisernen Deckel hoch, um sich die Birne besser ansehen zu können. Auch die war zerbrochen. Nur eine kleine gezackte Glaskante war noch in der Fassung vorhanden. Winzige Splitter aus feinem matten Glas klebten an seiner Haut. Der Glühfaden war unversehrt, stellte er im Lichtstrahl seiner Maglite fest. Er knipste die Taschenlampe aus, zog seinen Handschuh an und blieb einige Sekunden stehen, damit seine Augen sich an die Dunkelheit gewöhnen konnten.

Unter dem Dach des Windfangs, gleich über der Haustür, war ebenfalls eine Lampe angebracht. Sie funktionierte nicht. Es war ein kalter, klarer Abend. Über den nackten Laubbäumen unten im Garten hing der Mond, ein perfekter Halbmond, so, als habe jemand ihn sorgfältig durchgerissen. Der Mondschein erlaubte es, Details des Hauses, des Kieswegs und des ungepflegten Grundstücks zu sehen, obwohl es in der Nähe keine anderen Lichtquellen gab als eine fünfzig Meter entfernt stehende Straßenlaterne.

»Hier ist es ziemlich dunkel«, sagte Trond Arnesen überflüssigerweise.

»Ja«, sagte Yngvar. »Und vor einer Woche war es noch dunkler. Da hat nicht einmal der Mond geschienen.«

Trond Arnesen schniefte. Yngvar legte ihm die Hand auf die Schulter.

»Hören Sie«, sagte er leise; sein Atem hing als blauweiße Wolke zwischen ihnen. »Ich verstehe ja, daß das hier unvorstellbar schwer ist. Ich möchte nur, daß du dieses eine weißt, Trond… darf ich dich Trond nennen?«

Der Mann nickte und feuchtete sich mit der Zunge die Lippen an.

»Du stehst in diesem Fall absolut nicht unter Verdacht, okay?«

Noch ein Nicken, und jetzt biß der andere sich in die Lippe.

»Wir wissen, daß du an dem Abend, als der Mord stattfand, auf einer Zechtour warst. Wir wissen, daß deine Beziehung zu Vibeke sehr gut war. Ihr wolltet im Sommer heiraten, habe ich gehört. Und ich kann dir immerhin sagen, daß…«

Er schaute sich betont verstohlen um.

»Solche Dinge verraten wir sonst nie«, flüsterte er und ließ die Schulter des anderen nicht los. »Aber Vibekes gesamte Familie steht außer Verdacht. Ihre Eltern, ihr Bruder. Du. Du warst sogar der allererste, den wir von unserer Liste gestrichen haben. Der allererste. Hast du gehört?«

»Ja«, murmelte Trond Arnesen und fuhr sich mit der behandschuhten Hand über die Augen. »Aber ich erbe… ich kriege dieses Haus und alles. Wir hatten ein…«

Er konnte vor Weinen nicht weitersprechen, es war ein seltsames, weiches Weinen. Yngvar strich ihm mit der Hand über den Rücken. Er hielt ihn fest. Der Junge war einen Kopf kleiner als er selbst und lehnte sich ein wenig an ihn, als er die Hände vors Gesicht schlug.

»Daß ihr eure Lebensgemeinschaft vertraglich geregelt habt, zeigt doch nur, daß ihr vernünftige junge Menschen wart«, sagte Yngvar leise. »Du darfst nicht mehr solche Angst haben, Trond. Von der Polizei hast du nichts zu befürchten. Nichts, verstehst du?«

Vibeke Heinerbacks Verlobter war bei den Vernehmungen dermaßen verängstigt gewesen, daß der Kommissar sich das Lachen hatte verkneifen müssen, trotz der tragischen Umstände. Der blonde Mann im rosa *Lacoste*-Hemd, fesch und kurzgeschoren, hatte sich an die Tischkante geklammert und Wasser gekippt, als leide er noch immer unter einem höllischen Kater, drei Tage nach dem Junggesellenabschied. Er konnte kaum die Frage nach Geburtsdatum und Adresse beantworten.

»Keine Panik«, sagte Yngvar noch einmal. »Jetzt gehen wir ganz ruhig ins Schlafzimmer. Es ist aufgeräumt. Es gibt kein Blut mehr, okay? Alles ist ungefähr so, wie es war… hast du gehört?«

Trond Arnesen riß sich zusammen. Er hüstelte gegen seine Faust und strich sich danach über die Haare. Zwei tiefe Atemzüge später lächelte er schwach und sagte:

»Ich bin soweit.«

Der Kies, vermischt mit Schnee und Eis, knirschte unter ihren Füßen. Bei der Treppe blieb Trond noch einmal stehen, als müsse er Anlauf nehmen. Für einen Moment wippte er auf den Zehenballen vor und zurück. Dann fuhr er sich noch einmal über den Kopf, mit einer hilflosen, nackten Geste, zog seinen Schal gerade und zupfte an seiner Jacke, ehe er mit einem Schritt die Treppe hochstieg. Ein uniformierter Polizist führte ihn ins Schlafzimmer. Yngvar ging hinterher. Es fiel kein einziges Wort.

Das Bett war leer, abgesehen von zwei Kissen. Das Zimmer war aufgeräumt. Über dem Kopfende des Bettes hing eine riesige Reproduktion von Munchs »Geschichte«. In einem Regal an der einen Wand lagen ordentlich zusammengefaltete Bettwäsche, einige Handtücher und zwei bunte Kissen.

Die Matratze war sauber, keine Spur von Blut. Der Boden war frischgeputzt, noch immer hing der Geruch von grüner Seife in der Luft. Yngvar zog die Fotografien hervor, die er in einem braunen Umschlag bei sich trug. Er fuhr sich nachdenklich über den Nasenrücken, als er sich diese Bilder zwei stumme Minuten lang ansah. Dann drehte er sich zu Trond Arnesen um, der in dem grellen Deckenlicht fahlbleich aussah, und fragte freundlich:

»Bist du soweit, Trond?«

Der junge Mann schluckte, nickte und trat einen Schritt vor.

»Was soll ich tun?«

Bernt Helle war jetzt seit vierundzwanzig Tagen Witwer. Er zählte diese Tage genau. Jeden Morgen strich er den gestrigen mit einem roten Kreuz in einem Kalender durch, den Fiona in die Küche gehängt hatte, damit Fiorella Tage, Wochen und Monate besser verstehen lernte. Über jedem Tag hing ein Wesen aus dem Mumintal. An diesem Morgen hatte er Schnüfferl durchgestrichen, der um den Hals an einer silbernen Kette eine 12 trug. Bernt Helle wußte nicht, warum er das machte. Jeden Morgen ein neues Kreuz. Jede Stunde war ein weiterer kleiner Schritt fort von der Wunde, von der sie ihm gesagt hatten, daß sie mit der Zeit verheilen werde.

Jeden Abend ein leeres Doppelbett.

Heute ist Freitag, der Dreizehnte, dachte er und strich der Schwiegermutter über die Haare.

Fiona war so abergläubisch gewesen. Hatte sich vor schwarzen Katzen gefürchtet. Einen großen Bogen um Leitern gemacht. Glückszahlen gehabt und Rot für eine Farbe gehalten, die Unruhe brachte.

»Du bist ja immer noch hier«, sagte Yvonne Knutsen und öffnete widerstrebend die Augen. »Du mußt jetzt gehen, hörst du.«

»Nicht doch. Fiorella ist heute bei meiner Mutter. Es ist Freitag, weißt du.«

»Nein«, sagte sie verwirrt.

»Doch, es ist Freitag.«

»Das wußte ich nicht. Hier ist ein Tag wie der andere. Kannst du mir einen Schluck Wasser geben?«

Sie saugte begehrlich an ihrem Trinkhalm.

»Hast du irgendwann«, fragte Bernt plötzlich, ohne sich diese Frage eigentlich überlegt zu haben, »daran gedacht, daß Fiona etwas … daß sie irgendwie …«

Yvonne schlief. Jedenfalls hatte sie die Augen geschlossen und der Atem strich regelmäßig über die trockenen Lippen.

Bernt hatte Fionas Hang zu Religiosität nie verstehen können. Wenn es wenigstens um die Kirche gegangen wäre. Die ganz normale norwegisch-lutherische Kirche, in der er selbst aufgewachsen war und bei der er noch immer das Gefühl hatte, aus ehrlicher

Überzeugung Trauungen, Beerdigungen und den ein oder anderen Weihnachtsgottesdienst besuchen zu können. Aber Fiona hatte keine Kirche gehabt. Und zum Glück auch keine Sekte. Keine Gemeinde, keine andere geistige Zugehörigkeit als zu sich selbst, in einem Hang dazu, in etwas ein- und auszugehen, das sie niemals mit ihm teilen wollte. Als sie noch ganz jung gewesen waren, hatte er es faszinierend gefunden, daß sie soviel las. Über Religionen, über östliche Philosophie, über Denker und große Gedanken. Eine Zeitlang, das mußte zu Beginn der neunziger Jahre gewesen sein, vielleicht auch noch früher, hatte sie mit New Age geliebäugelt. Es hatte zum Glück nicht lange gedauert. Aber danach, als das über zehn Jahre lange Suchen nach einer theologischen Verankerung vorüber gewesen war, hatte sie sich noch weiter entfernt. Nicht immer und nicht in allen Lebensbereichen. Als endlich Fiorella geboren wurde, war das Gefühl, zusammenzugehören, so stark gewesen, daß sie fünfzehn Jahre nach der Trauung noch einmal ein großes Hochzeitsfest veranstaltet hatten.

Die unheilbare Einsamkeit der Seele, hatte sie ironisch geantwortet, wenn er sie ein seltenes Mal gefragt hatte. Sie verschloß sich, lächelte zuerst, ohne daß die Wärme jemals die Augen erreichte, danach war ihr Gesicht nur noch abweisend.

Ab und zu hatte er sich gefragt, ob sie wohl ein Geheimnis haben mochte. Doch er konnte es sich kaum vorstellen. Sie hatten einander schon immer gekannt, ihre Elternhäuser hatten knapp zweihundert Schritte auseinander gelegen. Als Teenager hatten sie sich nur selten gesehen, dazu waren sie zu verschieden gewesen. Mit zwanzig waren sie sich in einem Lokal in Oslo begegnet, und er hatte sein Glück kaum fassen können. Er hatte eben seine Gesellenprüfung bestanden und war in die Klempnerfirma seines Vaters eingetreten. Am Tresen hatte er seine Hüfthose hochgezogen; sie durfte auf keinen Fall sehen, daß er seine Arschritze zur Schau trug. Fiona war langhaarig, blond und studierte an der Universität. An diesem Abend wurden sie ein Paar, und Bernt Helle hatte seither keine andere Frau mehr gehabt.

Sie war in gewisser Weise ruhelos, aber zugleich hielt sie sich an alles, was ewig und fest war.

»Ich hätte es nicht tun dürfen«, sagte Yvonne plötzlich und öffnete die Augen. »Wir hätten es nicht tun dürfen.«

»Yvonne«, sagte er und beugte sich über sie.

»Ach«, sagte sie verzagt. »Ich hab geträumt. Wasser, bitte.«

Sie redet schon irre, dachte er müde.

Sie schlief wieder ein.

Es war nicht mehr möglich, ein richtiges Gespräch mit ihr zu führen, dachte er. Aber das machte nichts. Sie teilten eine tiefe Trauer. Das war genug.

Er erhob sich, schaute auf die Uhr. Es ging auf Mitternacht zu. Leise zog er seine Jacke an und deckte Yvonne besser zu. Sie wollte offenbar nicht mehr. Beide gingen sie auf ihre Weise mit ihrem Verlust um, und sie mußte sich wohl mit dem letzten Rest ihrer Kräfte aus dem Leben kämpfen.

Er dagegen hoffte, sich irgendwann wieder hineinkämpfen zu können.

Die Rekonstruktion war vorüber. Die meisten hatten den Tatort verlassen. Yngvar Stubø und Trond Arnesen waren noch da, noch immer im Schlafzimmer. Der junge Mann konnte sich nicht losreißen. Sein Blick wanderte immer wieder durch das Zimmer, er lief umher und strich mit den Fingern über Gegenstände, als müsse er sich davon überzeugen, daß sie noch existierten.

»Finden Sie es seltsam, daß ich weiterhin hier wohnen will?« fragte er, ohne Yngvar anzusehen.

»Absolut nicht. Ganz natürlich, wenn du mich fragst. Das war euer Haus. Es ist noch immer dein Zuhause, auch wenn Vibeke tot ist. Wenn ich das richtig verstanden habe, dann hast du ihr beim Renovieren geholfen?«

»Ja. Auch in diesem Zimmer.«

»Ist es so, wie es in deiner Erinnerung aussieht?«

»Nein.«

»Versuch, dich zu erinnern. So sieht das Schlafzimmer aus.«

Yngvar machte eine ausholende Armbewegung, zögerte und sagte:

»Unsere Leute haben nur… saubergemacht. Bettwäsche und

Decke waren leider nicht zu retten. Sonst ist alles so wie vorher, soviel ich weiß. Und so soll es in deiner Erinnerung aussehen. Du wirst hier wohnen, Trond. Du wirst vielleicht viele Jahre hier wohnen. Den Abend vor einer Woche mußt du auf irgendeine Weise anderswo ablegen. Ich verstehe wirklich, wie dir zumute ist. Und ich kann dir versichern: Es geht. Ich war auch einmal an dem Punkt, Trond. Es geht.«

Der jüngere Mann sah ihn an. Seine Augen waren blau mit grünen Einsprengseln. Erst jetzt bemerkte Yngvar einen roten Schimmer in Trond Arnesens dichten blonden Haaren, und ein leichtes Netz von Sommersprossen, das sich trotz seiner winterlichen Blässe über der Nasenwurzel abzeichnete.

»Wie meinst du das?« fragte Trond.

»Ich habe meine Familie tot im Garten aufgefunden«, sagte Yngvar langsam und ließ seinen Blick nicht los. »Ein Unfall. Ich war sicher, daß ich mich dieser Stelle niemals wieder würde nähern können. Wollte umziehen, hatte aber nicht die Kraft dazu. Eines Tages, es muß zwei Monate später gewesen sein, habe ich die Terrassentür geöffnet und bin hinausgegangen. Habe nicht gewagt, die Augen zu öffnen. Aber dann habe ich angefangen, zu horchen.«

Trond hatte sich aufs Bett gesetzt. Sein Körper war steif und angespannt, er schien sich nicht richtig darauf verlassen zu wollen, daß das Möbelstück ihn trug. Er stützte sich mit beiden Händen auf die Matratze.

»Was hast du gehört?« fragte er.

Yngvar schob die Hand in die Brusttasche und zog eine Zigarrenhülse heraus. Er ließ sie zwischen Daumen und Zeigefinger hin und her gleiten, hin und her, wieder und wieder.

»So viel«, sagte er leise. »Ich habe so viel gehört. Die Vögel waren noch immer da. So wie damals, als wir jungverheiratet dort eingezogen waren, vor langer Zeit. Wir waren erst zwanzig, verstehst du. Haben zuerst gemietet, dann gekauft.«

Er schnappte nach Luft, ganz plötzlich.

»Sie sangen«, wiederholte er, jetzt lauter. »Die Vögel sangen wie immer. Und durch den Gesang hindurch, durch das viele verdammte Gezwitscher, da … habe ich Trine gehört. Meine Tochter. Ich hörte, wie sie mich rief, als sie erst drei war und schrecklich weinte, weil sie von der Schaukel gefallen war. Ich hörte das Klirren von Eiswürfeln im Glas, wenn meine Frau mit Saft kam. Trines Lachen im Spiel mit dem Hund der Nachbarn wurde so deutlich, ich glaubte, spätabends den Grill zischen hören zu können … plötzlich konnte ich sie beide riechen. Meine Frau. Meine Tochter. Ich öffnete die Augen. Es war mein Garten. Es war ein Garten voll der allerbesten Erinnerungen, die ich besitze. Natürlich konnte ich nicht ausziehen.«

»Wohnst du noch immer da?«

Trond entspannte sich jetzt. Sein Rücken krümmte sich, und er stützte einen Ellbogen auf sein Knie.

»Nein. Aber das ist eine andere Geschichte.«

Yngvar lachte kurz und steckte die Zigarrenhülse wieder in die Tasche.

»Es kommen neue Geschichten«, sagte er. »Es kommen immer neue Geschichten, Trond. So ist das Leben. Aber in der Zwischenzeit mußt du dieses Zimmer zurückerobern. Das Haus. Den Ort. Er gehört dir. Und er ist erfüllt von guten Erinnerungen. Denk an diese Erinnerungen. Vergiß den schrecklichen Abend.«

Trond erhob sich, reckte sich, bewegte den Kopf hin und her und zog hinten an seiner Hose. Dann lächelte er matt:

»Du bist ein sympathischer Polizist.«

»Die meisten Polizisten sind nett.«

Der Junge lächelte noch immer. Dann schaute er sich ein letztes Mal um und ging zur Tür.

Trond Arnesen war endlich bereit zum Gehen.

Auf halber Strecke zögerte er, blieb stehen, machte noch einen Schritt, dann drehte er sich um und ging zum Nachttisch, der links neben dem Bett stand. Er zog eine kleine Schublade auf, langsam und zögernd, als rechne er damit, etwas Erschreckendes zu finden.

»Hast du nicht gesagt, daß sonst nichts verändert worden ist?« fragte er. »Daß nur saubergemacht wurde? Nichts entfernt?«

»Ja. Nicht hier drinnen. Wir haben einige Papiere mitgenommen und natürlich ihren Computer, das haben wir dir ja gesagt, und ... «

»Aber nichts hier drinnen?«

»Nein.«

»Meine Uhr. Die lag auf dem Nachttisch. Und das Buch.«

»Ja?«

»Ich habe eine Taucheruhr. Eine dicke Zwiebel. Kann nicht damit schlafen, deshalb lege ich sie abends hier ab.«

Seine Finger klopften auf die Nachttischplatte. Dann legte er sie konzentriert an seinen Nasenrücken.

»Aber du warst ja nicht schlafen gegangen. Du warst mit deinem Bruder ... «

»Genau«, fiel Trond ihm ins Wort. »Ich hatte mich in Schale geworfen. Wir hatten so einen Smoking-Jux vor, und dazu paßte so eine dicke Plastikuhr nicht. Also habe ich sie hier abgelegt ... «

»Bist du sicher?« fragte Yngvar fast scharf.

Trond Arnesen drehte sich zu ihm um, und Yngvar konnte die Irritation in seiner Stimme hören, als er sagte:

»Meine Uhr und mein Buch lagen hier. Auf dem Nachttisch. Vibeke war ... «

Als er ihren Namen nannte, verschwand die Schärfe aus seiner Stimme.

»Vibeke war ein wenig allergisch«, murmelte er. »Sie wollte keine Bücher im Schlafzimmer haben. Ich durfte immer nur das mitbringen, in dem ich gerade las. Das letzte von Bencke. Ich hatte es halb durch.«

»Aha ... Aber ich muß dich noch einmal fragen: Bist du dir ganz sicher?«

»Ja! Meine Uhr ... ich meine, die Uhr war mir wichtig. Ich hatte sie von Vibeke bekommen. Tausend Finessen. Ich hätte niemals ... «

Er riß sich zusammen. Eine fast unmerkliche Röte tauchte unter seinem Haaransatz auf. Zerstreut zupfte er sich am Ohrläppchen.

»Natürlich kann ich mich irren«, sagte er müde. »Ich weiß nicht recht, ich ... «

»Aber du glaubst, dich zu erinnern ...«

»Ich glaube, mich zu erinnern ... das Buch kann ich doch sonst nirgendwohin gelegt haben? Ich lese nur im Bett, ich ...«

Er starrte Yngvar an, sichtlich verwirrt. Das hat wohl kaum mit dem Buch zu tun, dachte Yngvar. Trond Arnesen hatte sich für einen Moment zu dem Glauben verleiten lassen, alles könne wieder so werden wie früher. Yngvar hatte ihm für einige wenige Minuten suggeriert, das Bild der gekreuzigten Vibeke im Bett könne irgendwann ausgewischt werden und verschwinden.

»Das kann doch nicht sein? Nicht das Buch. Die Uhr vielleicht, die kann ja woanders liegen, aber ich ...«

»Laß gut sein«, sagte Yngvar. »Ich werden schon herausfinden, was passiert ist. Du hast sie sicher nur verlegt. Komm, wir gehen.«

Trond Arnesen öffnete ein weiteres Mal die Schublade. Sie war leer. Dann ging er auf die andere Seite des Bettes. Auch dort fand er das Gesuchte nicht. Sein Blick war halb verrückt, als er ins Badezimmer stürzte. Yngvar blieb stehen. Er hörte, wie Schubladen und Schranktüren geöffnet und geschlossen wurden, hörte etwas klappern, bei dem es sich um den Deckel eines Mülleimers handeln konnte, hörte Klatschen, Klirren und Rütteln.

Dann stand der Junge plötzlich in der Türöffnung, mit erhobenen leeren Handflächen.

»Ich hab mir das wohl nur eingebildet«, sagte er mit belegter Stimme.

Er schlug die Augen nieder, als er Yngvar aus dem Schlafzimmer folgte.

»Vibeke hat es immer gesagt. Daß ich so verdammt chaotisch bin.«

Das Böse ist eine Illusion, dachte sie.

Sie stand vor der Bronzebüste von Jean Cocteau. Eine Schmiererei mit verschwimmenden Zügen, fand sie, als habe ein Kind mit geschmolzenem Wachs gespielt, und jemand sei plötzlich auf die Idee gekommen, diese talentlose Übung zu verewigen. Die Skulptur stand am Hafenbecken, einige Schritte von der kleinen Kapelle entfernt, die Cocteau selbst ausgeschmückt hatte. Der

Eintritt dort kostete Geld. Sie hatte deshalb nur einen kurzen Blick auf die Fresken werfen können. Das war zu Weihnachten gewesen, als sie in einem Anfall von Feiertagsnostalgie in einem Gotteshaus hatte vorbeischauen wollen. Die Kirche St. Michel, die ein Stück weiter den Hang hinauf lag, erschien ihr unerträglich mit ihrem katholischen Kitsch und den gemurmelten Litaneien des Geistlichen. Sie war rückwärts wieder hinausgegangen.

Aber für die Begegnung mit einem Gott, an den sie nie geglaubt hatte, bezahlen zu sollen, war noch schlimmer. Sie hätte das fette Weib hinter der Tür zu Cocteaus Kapelle gern an Jesu Wüten im Tempel erinnert. Die übellaunige Kuh saß hinter einem Tisch mit einfachen Souvenirs zu haarsträubenden Preisen und verlangte zwei Euro Eintritt. Ärgerlicherweise reichten ihre Fanzösischkenntnisse nur zu einem leisen Fluchen.

Jetzt war Freitag, der 13. Februar, am späten Abend. Die Springflut vom Nachmittag hatte beträchtliche Schäden hinterlassen. An der Strandpromenade hatte das Meer die Aussichtsfenster der Restaurants eingedrückt. Junge Männer in weißen Hemden liefen fröstelnd hin und her und nagelten so gut es ging Furnierplatten als vorübergehenden Schutz gegen Wind und Wetter an. Stühle waren zu Brennholz zerschlagen worden. Ein Tisch trieb einige Meter vom Ufer entfernt in den Wellen. Die meisten der Boote, die in der Bucht wild auf und ab tanzten, hatten das Unwetter heil überstanden. Schlimmer stand es um die vier, fünf Jollen, die am Anleger vertäut gewesen waren. Im unruhigen, schwarzen Wasser schwammen nur noch Reste von Holz und Tauwerk.

Sie lehnte sich an Jean Cocteau und dachte:

Das Böse ist eine Illusion.

Die Kehrseite der Menschen war ihr täglich Brot. Sie schlampte nie. Im Gegenteil. Sie wußte mehr über Verrat, Bosheit und seelische Kleinheit als die aller-, allermeisten.

Einmal hatte sie deshalb eine Art Stolz empfunden.

Am Anfang, vor neunzehn Jahren, als sie noch in den Zwanzigern gewesen war und entdeckt hatte, wie leicht ihr das alles fiel, welches verborgene und überraschende Talent sie hier urbar machen konnte, hatte sie ab und zu Begeisterung empfunden.

Enthusiasmus. Freude sogar. Jedenfalls kam ihr das in ihrer Erinnerung so vor. Sie war nicht einmal verbittert über die Jahre der Ausbildung, die ihr niemals einen Nutzen eingebracht hatte; die zeitraubende Geschäftigkeit an der Universität, die eigentlich nur das eine Ziel hatte, die Zeit vergehen zu lassen. Vergebliche Liebesmüh das alles, das wußte sie jetzt, aber nichts davon hatte eine Rolle gespielt, als sie endlich, im Alter von sechsundzwanzig Jahren, die richtige Schublade im Leben gefunden hatte.

Sie hatte über diesen Ausdruck gelächelt.

An einem Märzabend im Jahre 1985 hatte sie vor ihrem Kontoauszug gesessen und dabei einen Bierkrug in der Hand gehabt. Sie versuchte damals, ihre Schublade vor sich zu sehen, diesen einzigartigen Aufenthaltsort in einer imaginären Kommode vor der Wand des Lebens. Diese Schublade sollte aus ihr etwas Besonderes und Wertvolles machen, etwas ganz Einzigartiges. Sie hatte laut über diese abgewetzte Metapher gelacht und sich Menschenmengen vorgestellt, die auf der Suche nach einer freien Schublade umherkrochen.

Das Meer war jetzt ruhiger. Die Lufttemperatur war nur wenige Grad über Null. Und das bißchen Wärme verschwand rasch in dem kalten Wind, der noch immer von Süden kam. Die jungen Männer in den Hemden hatten die schlimmsten Löcher abgedeckt und konnten jetzt offenbar nicht mehr. Ein junges, dunkel gekleidetes Paar kam auf sie zu. Die beiden kicherten und flüsterten unverständliche Dinge, als sie an ihr vorübergingen. Sie drehte sich um und schaute ihnen hinterher, als sie über das glatte Pflaster stolperten und in der Dunkelheit verschwanden.

Sie hatten norwegisch ausgesehen. Er trug einen Rucksack.

Glücklicherweise war das letzte Foto von ihr zwölf Jahre alt. Fast auf den Tag genau. Damals war sie schlanker gewesen. Viel schlanker, und sie hatte lange Haare gehabt. Das Bild, auf das sie aus purer Gewohnheit ab und zu einen Blick warf, zeigte eine andere. So mußte sie denken. Jetzt trug sie eine Brille. Lange Haare standen ihr nicht mehr. Im Spiegel konnte sie sehen, wie das Leben erbarmungslos in einem Gesicht gewütet hatte, das einst ganz durchnittlich gewesen war. Die Nase, schon damals klein, sah jetzt aus wie ein Knopf. Die Augen, die niemals groß gewesen waren, aber doch immerhin braun und dadurch nicht wie die aller anderen, verschwanden jetzt fast hinter der Brille und dem viel zu langen Pony.

Die Vorstellung vom Einzigartigen war ein Betrug.

Die Menschen waren einander so verdammt ähnlich.

Sie wußte nicht, wann diese Wahrheit ihr aufgegangen war. Vermutlich war die Erkenntnis schrittweise gekommen, dachte sie. Die vielen Wiederholungen in ihrer Arbeit hatten sie ungeduldig werden lassen, ohne daß sie hätte sagen können, was sie zu verändern wünschte. Natürlich war jeder einzelne Plan etwas Besonderes, jedes einzelne Verbrechen etwas für sich. Die Umstände variierten, kein Opfer glich dem anderen. Sie brauchte ihre Kräfte, nie ging sie bei der Arbeit nachlässig vor. Trotzdem erschien ihr diese Arbeit nur noch als enervierende Reihe von Wiederholungen.

Sie hatte nicht mehr die Macht, die Zeit vergehen zu lassen.

Die verging einfach, ganz von selbst.

Bis jetzt, dachte sie und holte tief Luft.

Alle waren so gleich.

Die Zeit, die zu »füllen« die Menschen so wichtig fanden, war ein inhaltsleerer Begriff, geschaffen, um dem Sinnlosen einen trügerischen Sinn zu geben: am Leben zu sein.

Die Frau zog sich eine Mütze über den Kopf und ging langsam die Treppen hoch, die zwischen uralten Steinhäusern eingeklemmt waren. Die engen Gassen waren ungewöhnlich dunkel. Vielleicht hatte der Sturm die Stromversorgung unterbrochen.

Durch ihre Studien des menschlichen Verhaltens hatte sie irgendwann begriffen, daß Fürsorge, Solidarität und Güte nichts anderes waren als leere Ausdrücke für erwünschtes Verhalten, das abwechselnd durch von Gott geschenkte Steintafeln, die Visionen ewiglebender Mönche, die Prophezeiungen eines kriegerischen Arabers, die Gedankenspinnereien der Philosophen oder die Märchen eines gequälten Juden begründet werden sollte.

Das Böse ist das eigentlich Menschliche, dachte sie.

Das Böse war weder ein Werk des Teufels, ein Kniefall vor der

Sünde noch ein dialektisches Resultat von materieller Not und Ungerechtigkeit. Niemand käme je auf die Idee, eine Löwenmutter als böse zu bezeichnen, wenn sie ihr krankes Junges verläßt, ohne daran zu denken, daß dieses Junge einem qualvollen Tod ohne jegliche Fürsorge entgegengeht. In keiner zoologischen Beschreibung des Alligatorenmännchens, diesem Urtier, das seine eigenen Kinder verschlingt, in dem instinktiven Wissen, daß der Lebensraum keine weiteren Belastungen vertragen kann, fand sich auch nur die Spur eines Vorwurfs.

Sie blieb in der Gasse vor der schlichten Tür von St. Michel stehen. Für einen Moment zögerte sie. Nach den vielen Treppen atmete sie schwer. Vorsichtig legte sie die Hand auf die Türklinke, dann zuckte sie mit den Schultern und ging weiter. Zeit, nach Hause zu gehen. Es regnete jetzt wieder, eine feine, leichte Feuchtigkeit, die sich wie Dampf auf die Haut legte.

Es hatte keinen Sinn, natürliches Verhalten zu stigmatisieren, dachte sie. Deshalb wurden Tiere auch nicht bestraft. Da die Menschen sich ohne Kultur, ohne Gebote, Verbote und der Androhung korrigierender Strafen selber ausrotten würden, wäre es vielleicht trotzdem sinnvoll, denen, die mit den Normen brachen und ihrer Natur folgten, das Kainszeichen in die Stirn zu brennen.

»Bosheit ist es aber trotzdem nicht«, flüsterte sie und rang auf der Place de la Paix nach Luft.

Das kreuzförmige Schild vor der *Pharmacie* blinkte wütend grün zu dem leeren, geschlossenen Café auf der andren Straßenseite hinüber. Sie blieb vor den Fenstern eines Immobilienmaklers stehen.

Ihre Oberschenkel taten ihr weh, es war ein guter, vager Schmerz, auch wenn sie kaum mehr als zweihundert Treppenstufen hinter sich gebracht hatte. Sie leckte sich den Schweiß von der Oberlippe. Eine Blase an ihrer linken Ferse brannte. Sie hatte schon lange keine physischen Anstrengungen mehr angenehm gefunden. Die schwachen Schmerzen gaben ihr ein Gefühl, zugegen zu sein. Sie hob das Gesicht zum Himmel und spürte das Regenwasser in ihren Kragen laufen, über den Hals, über die Haut; sie spürte, wie ihre Brustwarzen sich aufrichteten.

Alles war jetzt anders. Das Leben an sich hatte eine Stofflichkeit gewonnen, eine greifbare Intensität, wie sie sie noch nie empfunden hatte.

Endlich war sie einzigartig.

7

Die Aufgabe war zu groß.

Inger Johanne Vik rümpfte die Nase, als sie den Tee kostete. Er stand schon zu lange und enthielt zuviel Gerbsäure. Sie spuckte die gelbbraune Flüssigkeit zurück in die Tasse.

»Igitt«, murmelte sie und war froh darüber, daß sie allein war, als sie die Tasse wegstellte und den Kühlschrank öffnete.

Sie hätte sich weigern sollen. Die beiden Mordfälle waren schon kompliziert genug für das ganze Team aus professionellen Polizisten, die Zugang hatten zu moderner Technologie, speziellen Computerprogrammen, gesammelten Informationen und jeder Menge Zeit rund um die Uhr.

Inger Johanne hatte nichts davon. Sie hatte alle Hände voll zu tun. Die Tage gehörten den Kindern. Ab und zu hatte sie das Gefühl, auf Autopilot hin und her zu laufen, zwischen der Waschmaschine und Kristianes Spielzeug, zwischen Kochen und erhofften stillen Momenten auf dem Sofa mit dem Kind an der Brust. Sogar die Wochen ohne die ältere Tochter waren vollgestopft mit Arbeit.

Aber die Nächte waren lang.

Die Zeit, in der sie sich über die Kopien beugte, die Yngvar jeden Nachmittag höchst vorschriftswidrig von der Arbeit mitbrachte, wollte nicht vergehen, als finde auch die Uhr, sie habe nach einem anstrengenden Tag Ruhe verdient.

Sie holte sich eine Flasche Mineralwasser, öffnete sie und trank direkt aus der Flasche.

»*Perianale Ruptur*«, sagte sie halblaut, als sie sich wieder an den Tisch setzte und im abschließenden Obduktionsbericht im Fall Fiona Helle blätterte.

Anal verstand sie. Ruptur bedeutete so etwas wie Riß oder Platzwunde. Die Vorsilbe peri war schon eher ein Problem.

»Periskop«, murmelte sie und nagte an ihrem Bleistift. »Peripher. Peri…«

Dann tippte sie sich an die Stirn. Glücklicherweise brauchte sie niemanden zu fragen. Es wäre doch peinlich für eine erwachsene Frau, dieses Wort nicht sofort zu verstehen. Auch wenn ihre beiden Kinder per Kaiserschnitt entbunden worden waren, hatte Inger Johanne doch genug Freundinnen, die ihr dieses Problem mit malerischen Wendungen beschrieben hatten.

Die kleine Fiorella hatte ihre Spuren hinterlassen.

Na gut.

Sie legte die Unterlagen beiseite und konzentrierte sich auf das Protokoll der Rekonstruktion. Darin stand nichts, was sie nicht schon längst wußte. Ungeduldig blätterte sie weiter. Da der Fall inzwischen auf mehrere hundert oder vielleicht sogar über tausend Dokumente angewachsen war, hatte sie natürlich nicht alle bekommen.

Yngvar sortierte und wählte aus. Sie las.

Ohne etwas zu finden.

Die Papiere waren eine endlose Reihe von Wiederholungen, ein Umkreisen dessen, was auf der Hand lag und offensichtlich war. Keinerlei Geheimnisse, die sich offenbart hätten. Es gab keine Stolpersteine, nichts, was sie hätte stutzen lassen, nichts, auf das sie zusätzliche Zeit verwenden könnte, in der Hoffnung, etwas aus einer anderen Perspektive zu sehen als bisher.

Resigniert klappte sie den Ordner zu.

Sie mußte lernen, sehr viel häufiger nein zu sagen.

So wie früher an diesem Tag, als ihre Mutter anrief und die ganze Familie für den nächsten Sonntag zum Essen einladen wollte. Natürlich zusammen mit Isak.

Die Scheidung lag jetzt fast sechs Jahre zurück. Auch wenn sie sich ab und zu ärgerte und ängstigte, weil Isak Kristianes Erziehung viel zu sehr auf die leichte Schulter nahm, ohne feste Schlafenszeiten, mit achtlos zusammengesuchten Mahlzeiten und Süßigkeiten mitten in der Woche, freute sie sich aufrichtig, wenn sie die beiden zusammen sah. Kristiane und Isak sahen sich sehr ähnlich und waren mental auf einer Wellenlänge, trotz des unerklärlichen und undiagnostizierten Handicaps der Tochter. Es war schwieriger zu akzeptieren, daß ihr Exmann noch immer soviel

Kontakt zu Inger Johannes Eltern hatte. Mehr als sie selbst, wenn sie ganz ehrlich sein wollte.

Das verletzte sie, und sie machte ihm Vorwürfe, weil sie sich schämte.

»Reiß dich zusammen!«

Ohne eigentlich zu wissen, warum, nahm sie sich noch einmal den Obduktionsbericht vor.

Erwürgen, stand dort.

Die Todesursache war ihr ja schon bekannt gewesen.

Die Zunge war klinisch beschrieben.

Auch dort nichts Neues.

Blutergüsse an beiden Handgelenken. Kein Hinweis auf sexuelle Übergriffe. Blutgruppe A. Eine Geschwulst im Mund, in der linken Wangenhöhle, erbsengroß und gutartig. Narben an mehreren Stellen. Alle alt. Ursachen: eine Schulteroperation, vier entfernte Leberflecke, ein Kaiserschnitt. Dazu eine fünfzackige, relativ große aber fast unsichtbare Zeichnung auf dem rechten Oberarm. Möglicherweise die Folge einer lange zurückliegenden Stichverletzung. Ein Ohrläppchen war entzündet. Der Nagel des linken Zeigefingers war blau und zum Zeitpunkt des Todes kurz davor gewesen, abgestoßen zu werden.

Der Bericht mit seinen akribisch aufgeführten Details gab ihr noch immer nichts. Nur das vage Gefühl, daß irgend etwas übersehen worden war, hielt sich in ihrem Bewußtsein; irgend etwas hatte sich dort für einen Moment festgesetzt, die Vorstellung, daß hier etwas nicht stimmen konnte.

Ihre Konzentration ließ nach. Sie ärgerte sich über Isak, über ihre Mutter und über die Freundschaft der beiden.

Vergeudete Energie, sagte sie sich. Isak war Isak. Ihre Mutter war wie immer, konfliktscheu, bemüht, es beiden Seiten recht zu machen und extrem loyal allen gegenüber, die sie gern hatte.

Hör auf, dich damit herumzuärgern, dachte Inger Johanne müde, aber das gelang ihr nicht.

»Konzentration«, sagte sie halblaut. »Konzen…«

Da!

Ihr Finger kam ganz unten auf dem einen Blatt zum Stillstand.

Das konnte ja wohl nicht stimmen.

Sie schluckte. Als sie die Hand hob, um weiterzublättern, auf der fieberhaften Suche nach einer Auskunft, nach etwas, das sie eben im Vorübergehen gelesen hatte, merkte sie, daß ihre Hand zitterte. Eine leichte Beschleunigung ihres Pulses ließ sie durch den Mund atmen.

Da.

Sie hatte recht. Das da konnte einfach nicht stimmen. Sie griff zum Telefon und merkte, daß ihre Hand schweißnaß war.

In einer ganz anderen Ecke von Oslo hütete Yngvar Stubø seinen inzwischen fast sechs Jahre alten Enkel. Der Junge saß auf seinem Schoß und schlief. Der Großvater fuhr mit der Nase über den dunklen Kopf. Der Duft der Kinderseife war süß und warm. Der Kleine hätte ins Bett gehört. Sein Schwiegersohn war ein netter, flexibler Bursche, aber er bestand darauf, daß der Junge allein schlief. Yngvar konnte den kugelrunden, schwarzen Augen trotzdem nicht widerstehen. Er hatte heimlich von zu Hause eine von Ragnhilds Fläschchen mitgehen lassen. Amunds Gesicht, als ihm aufging, daß er Klein-Baby mit Nuckelflasche und Schmuserei auf dem Schoß sein durfte, war unbeschreiblich.

Der Junge war seltsamerweise niemals auf Kristiane eifersüchtig gewesen. Im Gegenteil, er war ganz fasziniert von dem vier Jahre älteren, so eigenen Mädchen. Daß er selbst vor sechs Monaten eine Schwester bekommen hatte, war schlimmer. Ragnhilds Ankunft vor drei Wochen wollte er offenbar einfach nicht wahrhaben.

Das Telefon klingelte.

Amund schlief noch immer fest. Der Griff um die Nuckelflasche lockerte sich, als Yngvar sich vorsichtig zum Couchtisch vorbeugte.

»Hallo«, sagte er leise und klemmte sich das Telefon zwischen Kinn und Schulter, während er die Hand nach der Fernbedienung ausstreckte.

»Hallo, Lieber. Geht's gut mit euch Jungs?«

Er lächelte. Ihr kesser Tonfall verriet sie.

»Aber sicher. Wir haben uns amüsiert. Haben ein idiotisches Kartenspiel gespielt und mit Legosteinen gebaut. Aber du rufst doch nicht an, um dir das erzählen zu lassen.«

»Ich will euch nicht lange stören, wo ...«

»Der Junge schläft. Ich habe Zeit genug.«

»Kannst du ... Morgen oder sobald irgend möglich mußt du zwei Dinge für mich herausfinden.«

»Aha?«

Er erwischte die falsche Taste auf der Fernbedienung. Der Nachrichtensprecher verkündete brüllend, daß in Basra vier Amerikaner ums Leben gekommen seien, ehe Yngvar die richtige fand. Amund wimmerte und rieb sein Gesicht an Opas Arm.

»Ich sitze ein bißchen ... Moment.«

»Nur ganz kurz«, beharrte sie. »Du mußt mir den Krankenbericht über Fiorellas Geburt besorgen. Fiona Helles Journal, meine ich. Von der Geburt ihrer Tochter.«

»Ach«, sagte er. »Warum denn?«

»Ich rede am Telefon nicht gern über solche Dinge«, sagte Inger Johanne zögernd. »Aber da du bei Bjarne und Randi übernachtest, mußt du entweder morgen früh vorbeischauen, damit ich dir das genauer erklären kann, oder ...«

»Das werde ich wohl kaum schaffen. Ich habe Amund versprochen, ihn in den Kindergarten zu bringen.«

»Dann glaub mir einfach. Das hier könnte wichtig sein.«

»Ich glaube dir immer.«

»Das will ich dir auch geraten haben.«

Ihr Lachen ließ die Leitung knistern.

»Und was noch?« sagte er. »Du wolltest doch zwei Dinge von mir.«

»Du mußt mir ... aus den Papieren geht hervor, daß Fionas Mutter schwerkrank ist und ...«

»Ja. Ich habe selbst mit ihr gesprochen. MS. Im Kopf glasklar, sonst aber einfach fertig.«

»Sie ist also voll da?«

»Soviel ich weiß, wird das Gehirn von multipler Sklerose nicht angegriffen.«

»Sei nicht so.«

Amund steckte den Daumen in den Mund und drehte sich wieder zu Yngvars Brust um.

»Ich bin nicht so«, sagte er lächelnd. »Ich ziehe dich nur ein wenig auf.«

»Ich muß mit ihr sprechen.«

»Du?«

»Ich arbeite für euch, Yngvar.«

»Aber absolut informell und ohne irgendwelche Befugnisse. Schlimm genug, daß ich Unterlagen mitgehen lasse. Da drückt mein Chef schon beide Augen zu. Aber ich kann dir wohl kaum ...«

»Niemand kann mich als Privatperson daran hindern, eine alte Dame in einem Pflegeheim zu besuchen«, sagte sie.

»Und warum fragst du mich dann?«

»Ragnhild. Ich halte es nicht für eine gute Idee, sie mitzunehmen. Besteht irgendeine Möglichkeit, daß du morgen früher nach Hause kommen kannst?«

»Früher«, wiederholte er. »Was heißt das?«

»Eins? Zwei?«

»Ich kann mich vielleicht gegen halb drei losreißen. Reicht das?«

»Muß es wohl. Danke.«

»Bist du sicher, daß du nichts sagen kannst? Ich muß zugeben, daß ich jetzt mehr als neugierig darauf bin, worum es hier eigentlich geht.«

»Und ich bin ziemlich scharf darauf, es zu erzählen«, sagte sie und trank irgend etwas, ihre Stimme war fast nicht mehr zu hören. »Aber ich habe doch von dir gelernt, am Telefon vorsichtig zu sein.«

»Dann muß ich mich eben in Geduld fassen. Bis morgen.«

»Bring Amund zu Bett«, sagte sie.

»Er liegt im Bett«, sagte er verdutzt.

»Nein. Er schläft auf deinem Schoß, mit Ragnhilds Nuckelflasche.«

»Quatsch.«

»Bring den Jungen ins Bett, Yngvar. Und schlaf gut. Du bist der Beste auf der Welt.«

»Du bist…«

»Warte. Wenn du es schaffst, kannst du dann noch etwas überprüfen? Kannst du feststellen, ob Fiona längere Zeit in der Schule gefehlt hat, als sie aufs Gymnasium ging?«

»Hä?«

»Ob sie Austauschschülerin war oder was auch immer. Sprachreise, lange Krankheit, oder meinetwegen ein Besuch bei einer Tante in Australien. Das kann doch nicht so schwer herauszufinden sein?«

»Du kannst ja die Mutter fragen«, sagte er verzweifelt. »Wo du doch ohnehin zu ihr willst. Sie muß das doch am besten wissen.«

»Ich bin nicht sicher, ob sie antworten wird. Frag den Ehemann. Oder eine alte Freundin. Irgendwen. Machst du das?«

»Na gut. Geh jetzt schlafen.«

»Gute Nacht, Liebster.«

»Es ist mir ernst. Geh schlafen. Sitz nicht länger über diesen Unterlagen. Die laufen dir nicht weg. Gute Nacht.«

Er legte auf und erhob sich so vorsichtig wie möglich von dem weichen Sofa. Er versuchte, sein Gleichgewicht zu finden, und drückte Amund dabei zu fest an sich. Der Junge wimmerte, lag aber noch immer wie ein schlaffer kleiner Sitzsack in seinen Armen.

»Ich begreife nicht, wieso die alle behaupten, daß ich dich verwöhne«, flüsterte Yngvar. »Das begreife ich ganz und gar nicht.«

Er trug das Kind ins Gästezimmer, legte es auf die andere Seite des Bettes, zog sich leise aus, schlüpfte in seinen Schlafanzug und legte sich mit dem Rücken zu dem Kleinen.

»Opa«, flüsterte der Junge im Schlaf, eine Hand streichelte Yngvars Nacken.

Neun Stunden lang schliefen sie tief und fest. Yngvar kam fast eine Stunde zu spät ins Büro.

Trond Arnesen hatte dafür gesorgt, daß die Lampe auf dem Torpfosten und die im Windfang wieder brannten, als er in das Haus zurückzog, das er jetzt erben würde. Trotzdem kam die Dunkelheit draußen ihm gefährlich vor. Sein Bruder hatte angeboten, ihm während der ersten Tage Gesellschaft zu leisten. Trond hatte dankend abgelehnt. Der Übergang zu einem Leben allein durfte nicht schrittweise vor sich gehen. Das hier war sein Zuhause, auch wenn er erst vor zwei Monaten eingezogen war. Vibeke war ein wenig altmodisch gewesen und hatte sich erst zum Zusammenleben bereit erklärt, als sie das Hochzeitsdatum festgelegt hatten.

Er versuchte, den Fenstern auszuweichen. Ehe es wirklich dunkel wurde, hatte er die Vorhänge vorgezogen. Die Spalte dazwischen waren bedrohliche schwarze Löcher voller Leere.

Der Fernseher flimmerte lautlos. Vibeke hatte zu seinem Geburtstag einen zweiundvierzigzölligen Plasmaschirm gekauft. Viel zu großzügig, nach der Renovierung hatten sie sich das gar nicht leisten können. Damit du Fußball sehen kannst, hatte sie gelächelt und einen teuren Champagner geöffnet. Er war an diesem Tag dreißig geworden, und sie hatten beschlossen, im Herbst ein Kind zu machen.

Er wollte nicht fernsehen. Er war zu unruhig, aber die stummen Menschen auf dem Bildschirm gaben ihm das Gefühl, daß freundliche Wesen in der Nähe seien. Stundenlang war er von einem Zimmer ins andere gegangen, hatte Gegenstände berührt, war aufgestanden, weitergegangen, voller Angst davor, was er hinter der nächsten Tür finden würde. Im Badezimmer fühlte er sich sicher. Es hatte keine Fenster und war warm, und gegen sechs hatte er die Tür geschlossen und war eine Stunde dort drin geblieben. Verzweifelt über sich selbst hatte er ein Bad genommen, als müsse er seine Suche nach Sicherheit legitimieren, in einem Haus, von dem er jetzt, um halb elf Uhr abends am Montag, dem 16. Februar, nicht begreifen konnte, wie er dort weiterleben sollte.

Von draußen hörte er ein Geräusch.

Es kam von der Rückseite des Hauses, glaubte er, vom Hang, der zu dem fünfzig Meter tiefer im Garten gelegenen kleinen Bach führte, wo ein Bretterzaun die Grenze zu einem stillgelegten Schrottplatz für Autos markierte.

Wie erstarrt stand er da und lauschte.

Die Stille war total. Er konnte nicht einmal das übliche Klicken des Thermostaten am Heizkörper unter dem Fenster hören.

Einbildung natürlich.

Und so was will ein erwachsener Mann sein, dachte er verärgert und zog irgendein Buch aus dem Regal.

Er musterte das Titelbild. Von dieser Autorin hatte er noch nie gehört. Es war offenbar neu. Er legte es wieder zurück, quer über die anderen Bücher. Vibeke ärgerte sich immer über so etwas, ging ihm plötzlich auf, und er griff wieder zu dem Buch, um es zwischen zwei andere zu schieben.

Das Geräusch hatte sich angehört wie ein Knacken, und jetzt war es wieder da.

Sein Bruder hatte ihn immer schon feige genannt. Das war nicht richtig. Trond Arnesen war nicht feige, er war vorsichtig. Wenn er seinen fünfzehn Monate jüngeren Bruder in allen Bäumen an sich hatte vorbeiklettern lassen, dann einfach, weil die Vernunft gesagt hatte, daß es dumm wäre, höher zu steigen. Mit sieben Jahren war der Bruder vom Dach einer vier Meter hohen Garage gesprungen, mit einem selbstgebastelten Fallschirm aus einem Laken und vier Bindfäden, während Trond unten stand und ihn vor diesem Unternehmen warnte. Der Bruder hatte sich ein Bein gebrochen.

Trond war nicht feige. Er war konsequenzorientiert.

Die Angst, die ihn jetzt überkam, hatte nichts mit Vorausschau zu tun. Ein fremder Eisengeschmack klebte an seiner Zunge, die plötzlich trocken wurde und ihm zu groß vorkam. Als die Angst seine Trommelfelle erreichte, mußte er den Kopf schütteln, um etwas anderes zu hören als seinen eigenen Blutkreislauf.

Blitzschnell jagte sein Blick durch das Zimmer.

Vibekes Möbel.

Vibekes Besitztümer, hier und dort. Eine Modezeitschrift mit einem gelben Klebezettel bei einem Artikel über junge Familien in der Zeitklemme. Ein Feuerzeug aus Stahl und Plastik, das er ihr zu Weihnachten geschenkt hatte, um ihr klarzumachen, daß sie ihre Zigaretten nicht mehr vor ihm zu verbergen brauchte.

Vibekes Habseligkeiten.

Sein Haus.

Er war kein Feigling, und obwohl das Geräusch von der Rückseite des Hauses gekommen war, lief er jetzt zur Haustür, ohne zuvor aus dem Wohnzimmerfenster zu blicken, um festzustellen, ob das Knacken von einem Tier stammen konnte, einem verirrten Elch oder vielleicht einfach von einer der vielen mageren, streunenden Katzen.

Ohne zu zögern riß er die Haustür auf.

»Hallo«, sagte Rudolf Fjord sichtlich überrascht. »Hallo, Trond.«

Er stand vor der Treppe und hatte einen Fuß auf die unterste Stufe gestellt.

»Hallo«, wiederholte er mit kleinlauter Stimme.

»Idiot«, fauchte Trond. »Wieso zum Teufel schleichst du hier im Garten herum? Was zum Henker willst du ...«

»Ich wollte nur nachsehen, ob jemand zu Hause ist«, sagte Rudolf Fjord, seine Stimme war jetzt lauter, aber noch immer dünn, als versuche er ohne größeren Erfolg, sich zu ermannen. »Mein Beileid.«

Trond Arnesen breitete die Arme aus und trat auf die Treppe hinaus.

»Beileid? Kommst du her um ...«

Rasch zog er an seinem linken Pulloverärmel. Die Taucheruhr hatte sich noch nicht wiedergefunden.

»... scheißspät am Montagabend«, fügte er wütend hinzu, »um mir dein *Beileid* auszusprechen? Das hast du übrigens schon getan. Was zum Teufel ... du hast mir angst ... Mach, daß du wegkommst!«

»Jetzt reg dich doch ab.«

Rudolf Fjord hatte sich gefaßt. Er streckte die Hand zu einem versöhnenden Gruß aus, aber Trond schien sie nicht nehmen zu wollen.

»Ich wollte nur nachsehen, ob du zu Hause bist«, Rudolf machte einen neuen Versuch. »Ich wollte dich ja nicht stören, falls du schon schliefst. Du hast doch alle Vorhänge zugezogen, Mann. Erst als ich aus dem Wohnzimmer einen Lichtschimmer gesehen habe, wußte ich, daß du noch wach bist. Ich wollte gerade klingeln, als du …«

»Was willst du? Was zum Henker willst du, Rudolf?«

Trond hatte Vibekes Kollegen noch nie leiden können. Und ihr war es nicht anders gegangen. Wenn Trond sie danach fragte, hatte sie abgeblockt und einfach gesagt, auf den Kerl sei kein Verlaß. Mehr wollte sie nicht verraten. Trond wußte nichts über Rudolf Fjords Zuverlässigkeit, aber es gefiel ihm nicht, wie der Typ Frauen behandelte. Er sah schon gut aus, nahm Trond an; groß, gutgebaut, mit kräftigem Kinn und ziemlich intensiven blauen Augen. Rudolf benutzte Frauen. Verbrauchte sie.

»Wie gesagt, ich wollte nur …«

»Du kriegst noch eine Chance«, rief Trond. »Du bist nicht hergekommen, um mir mitten in der Nacht dein Mitgefühl auszudrücken. Das kannst du irgendwelchen Bauerntrotteln erzählen, aber nicht mir. Warum also bist du hier?«

»Ich hatte auch gedacht«, sagte Rudolf Fjord und sah wirklich aus, als suche er nach vorüberfliegenden Worten, »ich hatte gedacht, ich könnte dich fragen, ob ich nach einigen wichtigen Papieren suchen darf, die Vibeke aus dem Büro mitgenommen hatte. Sie hätte sie am Montag nach dem Mord zurückbringen sollen. Ich meine …«

»Also echt!«

Jetzt lachte Trond Arnesen, ein lautes, freudloses Lachen.

»Bist du denn total … bescheuert? Strohdumm?«

Wieder lachte er, fast verzweifelt.

»Natürlich hat die Polizei alle Papiere mitgenommen. Bist du … kapierst du denn gar nichts? Hast du keine Ahnung, was passiert, nachdem jemand ermordet worden ist? Hä?«

Er trat einen Schritt vor. Am Rand des Treppenabsatzes blieb er stehen. Er legte beide Hände über die Ohren, als sei er soeben Zeuge einer Katastrophe geworden. Dann ließ er die Arme sinken, holte tief Luft und sagte:

»Sprich mit der Polizei. Mach's gut.«

Als er gerade die Tür schließen wollte, sprang Rudolf Fjord mit einem Satz die Treppe hoch. Sein Fuß stand wie eine Sperre auf der Schwelle, seine Wade blockierte die Öffnung zwischen Tür und Rahmen. Trond starrte nach unten. Verwundert registrierte er seine eigene Wut, dann zog er aus voller Kraft zu.

»Au! Verdammt, Trond! Hör auf! Hör ... au!«

»Weg mit dem Fuß«, sagte Trond und ließ für einen Moment die Tür los.

»Aber mein Computer«, sagte Rudolf und schob sein Bein noch weiter hinein. »Und außerdem ...«

Trond Arnesen gab keinen Zoll breit nach. Er hielt die Klinke mit beiden Händen umklammert.

»Bald bricht dein Bein«, sagte er, jetzt ganz ruhig. »Weg da.«

»Ich brauche diese Unterlagen. Und den Computer.«

»Du lügst. Das war ihr privater Computer. Den hatte ich ihr geschenkt.«

»Aber der andere, der ...«

»Es gibt keinen anderen.«

»Aber ...«

Trond wandte alle seine Kraft auf und zog.

»Au! Auuuu! Außerdem hatte sie ein Buch von mir geliehen!«

Das Bein war jetzt stark verdreht. Trond starrte den Stiefel fasziniert an. Das Türblatt schnitt direkt am Knöchel in das Leder.

»Was für ein Buch«, fragte er, ohne aufzublicken.

»Benckes letztes«, stöhnte Rudolf.

Das stimmte immerhin. Trond war das Ex Libris-Zeichen aufgefallen, und er hatte ein wenig darüber gestaunt, daß die beiden sich gegenseitig Bücher liehen.

»Das ist nicht mehr da«, sagte er.

»Nicht mehr da?«

»Verdammt, Rudolf. Das Buch ist weg, und im Moment ist das mein geringstes Problem. Und deins auch. Kauf dir die Taschenbuchausgabe.«

»Jetzt laß doch los!«

Trond gab zwei Zentimeter nach. Rudolf Fjord zog sein Bein zurück. Er stieß ein jämmerliches Stöhnen aus, als er den Fuß an das andere Knie hob und vorsichtig versuchte, das Blut zurück in die Wade zu massieren.

»Dann mach's gut«, sagte er kleinlaut.

Er hinkte die Treppe hinunter. Trond blieb stehen und schaute ihm nach. Auf dem Kiesweg zum Gartentor wäre der Mann zweimal fast gefallen. Rudolf Fjord sah armselig aus, trotz seiner breiten Schultern und des teuren Kamelhaarmantels, als er wimmernd zur Straße hinkte. Sein Auto stand ein ganzes Stück weit entfernt. Trond konnte das Dach unter einer Laterne ganz oben am Hang gerade noch als Silberplatte erahnen. Einen Moment lang tat der Mann ihm leid. Er wußte nicht, warum.

»Jammerlappen«, sagte er und merkte, daß er keine Angst mehr vor dem Alleinsein hatte.

Rudolf Fjord blieb im Auto sitzen, bis die Fenster beschlagen waren. Alles war still. Sein Fuß tat schrecklich weh. Er wagte nicht, den Stiefel auszuziehen und nachzusehen, ob er ernsthaft verletzt war, aus Angst, ihn dann nicht wieder anzubekommen. Vorsichtig trat er auf die Kupplung. Der Schmerz war glücklicherweise nicht unerträglich. Er hatte befürchtet, nicht fahren zu können.

Bestenfalls würde nichts passieren.

Die Papiere waren bei der Polizei. Und die würde nichts finden. Denn nach solchen Dingen suchte sie ja nicht.

Rudolf Fjord wußte nicht einmal sicher, ob es etwas zu finden gab. Vibeke hatte ihm nie erzählt, was sie wußte. Ihre Andeutungen waren versteckt gewesen, die Drohungen vage. Aber etwas mußte sie entdeckt haben.

Rudolf Fjord hatte gehofft, ein leeres Haus vorzufinden. Er konnte nicht begreifen, warum, in diesem Moment kam sein ganzer Ausflug ihm absurd vor. Ein Einbruch wäre nicht in Frage gekommen, nahm er an. Dazu war er weder ausgerüstet noch angezogen. Vielleicht hatte er auf ein ruhiges Gespräch gehofft. Darauf, daß Trond ihm ohne Gegenfragen das Erwünschte gab. Daß es möglich war, einen Schlußstrich zu ziehen, daß diese ganze belastende, brisante kleine Affäre nun endlich ein Ende fand.

Die Müdigkeit drückte von innen gegen seine Augen, die vor Schlaflosigkeit wie ausgedörrt waren.

Er hatte nie gewußt, daß Angst körperlich weh tun konnte.

Vielleicht hatte sie nur geblufft.

Natürlich hat sie das nicht, dachte er.

Sein Fuß wurde immer schlimmer. Die Wade zuckte in kleinen Krämpfen. Wütend wischte er die Windschutzscheibe ab und legte den Gang ein.

Bestenfalls würde nichts passieren.

Drei gottserbärmliche Besprechungen waren endlich überstanden. Yngvar Stubø ließ sich in seinen Schreibtischsessel sinken und starrte mißmutig die Haufen eingegangener Post an. Rasch durchblätterte er Briefe und Notizen. Nichts, was eilig gewesen wäre. Das Stundenglas stand gefährlich nahe an der Tischkante. Vorsichtig brachte er es in Sicherheit. Die Sandkörner bildeten im unteren Glas einen silbrig schimmernden Kegel. Die Körner setzten sich in Bewegung, immer schneller, es wurden immer mehr.

Die Zeit lief ihnen davon.

Das wurde jeden Tag deutlicher. Niemand sagte viel. Noch immer strahlten sie alle eine aufgesetzte Sicherheit aus; einen verschlissenen Enthusiasmus, der sie bisher noch dazu brachte, ohne großen Widerspruch Überstunden zu akzeptieren. Noch immer kam es bei den vielen Ermittlern zu Ausbrüchen von Optimismus. Trotz allem wurden ja jeden Tag neue Funde gemacht, so unbedeutend, wie sie später dann auch sein mochten.

Es konnte nicht mehr lange dauern.

Drei Wochen oder so, dachte Yngvar. Die Unzufriedenheit würde sich rasch ausbreiten, wenn sie sich erst einmal eingestellt hätte. Er kannte diesen Prozeß von früheren Fällen, wo handfeste Spuren auf sich hatten warten lassen. Heute war es genau vier Wochen her, daß Fiona Helle ermordet worden war. Nach achtundzwanzig Tagen intensiver Ermittlung müßten sie jetzt wenigstens die Konturen eines möglichen Verdächtigen ahnen können, müßten einen Hinweis auf einen potentiellen Täter haben, einen Tip, eine Richtung, in die sie gehen könnten.

Aber nichts von alldem versteckte sich in den Ordnern auf Yngvar Stubøs Schreibtisch. Und bald würden die Leute die Sache satt bekommen. Der Mißmut griff leider auch auf den anderen

Fall über, als rechneten sie alle damit, trotz wiederholter Mahnungen, daß Vibeke Heinerback von Fionas Helles Mörder umgebracht worden war, und daß der Mann ganz einfach ungeschoren davonkommen würde.

Die Ermittlungen würden nicht eingestellt werden. Natürlich nicht. Aber das Gemurmel über Vergeudung von Mitteln, fehlende Ergebnisse und belastende Überstunden würde trotzdem nach und nach in scharfen Protest übergehen. Alle wußten, was niemand zugab: Mit jeder Stunde, die verging, rückte die Lösung dieser Mordrätsel weiter in die Ferne. Die Zentrale der Kriminalpolizei mochte zwar über die motivierteste Besatzung im ganzen Land verfügen. Sie war zweifellos Norwegens kompetenteste. Allen betroffenen Ermittlern aber war der traurige Zusammenhang zwischen Zeitverlauf und Aufklärung nur zu peinlich bewußt.

Yngvar sehnte sich nach einer Zigarre.

Er griff zum Telefon und wählte die Nummer, die er auf einen Zettel ganz unten an seiner Pinnwand gekritzelt hatte.

Die Sehnsucht nach der Zigarre war schlimmer als seit Ewigkeiten.

»Bernt Helle? Hier spricht Yngvar Stubø, Kripo.«

»Hallo«, sagte die Stimme am anderen Ende der Leitung.

Und schwieg.

»Ich hoffe, es geht den Umständen entsprechend gut«, sagte Yngvar.

»Doch, ja«, sagte die Stimme.

Erneutes Schweigen.

»Ich rufe an, weil ich eine Frage habe, mit der ich Sie nicht zu lange aufhalten will«, sagte Yngvar und drückte auf den Lautsprecherknopf, ehe er das Telefon auf den Tisch legte und in seine Brusttasche griff. »Eigentlich nur eine Bagatelle.«

»Na gut«, sagte Bernt Helle und hustete. »Ich bin eigentlich gerade auf dem Sprung …«

Kratzen. Ein kräftiges Husten.

»Fragen Sie nur«, sagte er dann endlich. »Worum geht es?«

Die Zigarrenhülse hatte Beulen.

»Ich weiß nicht so recht, ob es eine Rolle spielt«, sagte Yngvar und versuchte sich zu erinnern, wie lange er nun schon mit dieser Hülse durch die Gegend lief. »Aber wissen Sie, ob … war Fiona jemals Austauschschülerin?«

»Austauschschülerin?«

»Ja, Sie wissen, solche Programme, wo …«

»Ich weiß, was eine Austauschschülerin ist«, sagte Bernt Helle resigniert und hustete noch einmal. »Fiona war damals nicht im Ausland. Da bin ich mir sicher. Auch, wenn ich sie in diesen Jahren nicht besonders gut gekannt habe. Sie ging doch aufs Gymnasium und ich auf die Berufsschule. Sie wissen …«

Yngvar wußte.

Er kam sich außerdem wie ein Idiot vor. Wenn er mit diesem Anruf bis zum nächsten Tag gewartet hätte, dann hätte er immerhin gewußt, warum er fragte. Aber Inger Johanne hatte ja darauf bestanden.

Vorsichtig zog er die Zigarre aus der Aluminiumhülse.

»Ja«, sagte er. »Und wenn sie wirklich damals länger im Ausland gewesen wäre, dann hätten Sie natürlich später darüber gesprochen.«

»Das ist doch klar. So seh ich das auch.«

Im Regal hinter Yngvar lag eine silberne Schere; eine Miniaturguillotine. Das Klicken, als er die Zigarre anschnitt, ließ ihm das Wasser im Munde zusammenlaufen. Er zündete das Gasfeuerzeug an und ließ die Zigarre langsam über der Flamme rotieren.

»Gar nicht im Ausland«, sagte er dann langsam. »Keine Sprachreise nach England? In den Sommerferien? Langer Aufenthalt bei Verwandten oder Bekannten im Ausland?«

»Nein … hören Sie …«

Ein heftiger Hustenanfall bellte aus dem Hörer.

»Verzeihung«, schnaufte Bernt Helle.

Die Zigarre schmeckte noch besser, als Yngvar erwartet hatte. Der Rauch war blau und lag trocken auf seiner Zunge, er war nicht zu heiß. Der Duft füllte seine Nase. Bernt Helle fuhr fort:

»Ich weiß natürlich nicht bis in jedes Detail, wo Fiona sich als Gymnasiastin überall aufgehalten hat. Wie gesagt, waren wir damals nicht viel zusammen. Wir haben uns dann etwas später wiedergetroffen, nachdem ...«

Ein heftiges Niesen.

»Tut mir leid.«

»Schon gut. Sie gehören ins Bett.«

»Ich hab meine Firma. Und ein kleines Mädchen, das eben erst seine Mutter verloren hat. Hab nicht gerade Zeit, um mich ins Bett zu legen.«

»Jetzt muß ich Sie um Entschuldigung bitten«, sagte Yngvar. »Ich werde Sie nicht länger aufhalten. Gute Besserung.«

Yngvar beendete das Gespräch. Ein zarter, hellgrauer Nebel füllte jetzt das Zimmer. Er rauchte langsam. Ein Zug in der halben Minute ließ dem Geschmack Zeit, sich festzusetzen, und hinderte die Zigarre am Heißwerden.

Er würde niemals aufhören können. Pausen mußte er einlegen; lange Phasen ohne den Genuß einer guten Zigarre, den Geschmack von Pfeffer und Leder, vielleicht einem Hauch von süßem Kakao. Im tiefsten Herzen fragte er sich, ob es Kindern wirklich schaden konnte, ab und zu am Freitagabend einen Hauch von männlichem Aroma abzubekommen; die Kubanischen waren natürlich die besten, aber er konnte sich auch über eine milde Sumatra freuen, nach dem Essen am Freitag, zu einem Cognac oder noch lieber einem frischen Calvados.

Diese Zeiten waren vorbei.

Er fuhr sich mit dem Zeigefinger über die Unterlippe. Die Zigarre war nach den Wochen in seiner Brusttasche ein wenig trocken. Das spielte keine Rolle. Er fühlte sich schon leichter und ließ sich im Sessel zurücksinken, ehe er drei perfekte Rauchringe blies. Langsam stiegen sie zur Decke hoch und waren verschwunden.

»Wolltest du nicht früh nach Hause?«

Yngvars Füße, die eben noch lässig gekreuzt auf dem Schreibtisch gelegen hatten, knallten auf den Boden.

»Wie spät ist es denn?« fragte er und drückte die Zigarre sorgfältig in einem Becher mit Kaffeeresten aus.

»Halb drei.«

»Verdammt.«

»Es stinkt über den ganzen Flur«, sagte Sigmund Berli und schnupperte mißbilligend in der Luft herum. »Der Chef wird stocksauer sein, Yngvar. Hast du nicht das neue Rundschreiben über ...«

»Doch. Ich muß los.«

Er riß den Garderobenständer um, als er versuchte, seinen Mantel vom Haken zu nehmen.

»Ich müßte jetzt schon zu Hause sein«, sagte er und lief an Sigmund vorbei, ohne den Garderobenständer wieder aufzurichten. »Bin viel zu spät.«

»Warte!« rief Sigmund.

Yngvar drosselte sein Tempo und blieb stehen, während er versuchte, den Arm in einen verdrehten Ärmel zu schieben.

»Das ist eben gekommen«, sagte Sigmund und reichte ihm einen Briefumschlag.

»Oh verdammt«, fauchte Yngvar mit zusammengebissenen Zähnen und halb angezogenen Mantel, während er den Rest schüttelte, »ist dieses Scheißdings kaputt oder was?«

Sigmund grinste. Geduldig, als helfe er einem widerspenstigen, übergroßen Kindergartenkind, zog er den Ärmel gerade, packte den Mantel am Schlafittchen und half Yngvar hinein.

»So«, sagte Sigmund freundlich und hielt Yngvar den Umschlag unter die Nase. »Du hast gesagt, es eilt.«

»Ich muß schon sagen. Schnelle Arbeit.«

Yngvar lächelte kurz, schob den Umschlag in die Tasche und rannte los. Sigmund fühlte, wie der Boden unter seinen bleischweren Schritten vibrierte.

»Eines Tages kriegst du Probleme mit den Papieren, die du hin und herschleppst«, sagte Sigmund halblaut vor sich hin. »Das ist doch nicht richtig so.«

Der Zigarrengestank hing noch immer in der Luft, beißend und unangenehm.

Vegard Krogh trank schales Bier und war glücklich.

Etwas konnte mit der Zapfanlage im Coma nicht stimmen, dem einzigen Restaurant in Grünerløkka, das einen anständigen

Mittagstisch anbot. Er hob das Glas zum Fenster. Der Schaum war tot und dünn. Das Nachmittagslicht konnte das zimmerwarme Bier gerade noch durchdringen. Goldbraune Reflexe spielten vor ihm auf dem Tisch, und er lächelte breit, ehe er trank.

Die Sache mit dem Bungeesprung war in die Hose gegangen.

Der Film war bis kurz nach der Hälfte des Sprungs brauchbar. Aber dann verschwand Vegard Krogh aus dem Bild. Die Linse drehte sich gen Himmel. Fing einen Kran ein. Kippte zu Boden. Plötzlich, für den Bruchteil einer Sekunde, sah man Vegard Krogh mit einem heftigen Ruck nach oben schnellen. Zum Lärm von Sirenen und den Bemühungen des Fotografen, dem Tatort zu entkommen, zeigte der restliche Film Erde, Steine und Baumaterial.

Das spielte jetzt keine Rolle.

Gestern war die Einladung gekommen.

Vegard Krogh hatte gehofft und gewartet. Ab und zu war er ganz sicher gewesen. Sie würde kommen. Er dachte abends an die Einladung. Seine letzte bewußte Vorstellung, ehe er einschlief, war eine schöne Karte mit Monogramm und seinem Namen in eleganter Kalligraphie.

Und dann kam sie.

Seine Hände zitterten, als er den Umschlag öffnete, dick, steif, eierschalenfarben. Die Karte sah genauso aus, wie er sich das vorgestellt hatte. Eine Traumkarte, die im Briefkasten lag, als er sie am allernötigsten brauchte.

Endlich war Vegard Krogh angekommen.

Jetzt zählte er zu denen, die etwas bedeuteten. Von jetzt ab würde er einer von ihnen sein. Einer der Auserwählten, die »kein Kommentar« antworteten, wenn die Klatschpresse anrief, wie sie es immer wieder machte, zur großen Plage der Freunde des Paares.

»Ich werde gequält werden«, murmelte Vegard Krogh und ertränkte sein euphorisches Lächeln in seinem Bierglas.

Die schwedischen Königskinder umgeben sich mit Schickeria, altem Adel und Dekadenz, dachte er. In Norwegen ist alles ganz anders. In Norwegen zählt Kultur. Literatur. Kunst.

Sechs Jahre zuvor hatte er einem jungen Dandy mit Dackelaugen und femininer Kleidung einen Wein ausgegeben. Der Junge saß in einer Ecke und zog die Frauen an. Vegard war blau, aber er hatte trotzdem mitgekriegt, wohin die Mädels unterwegs waren. Der Mann dankte höflich, und man kam ins Gespräch, dann konnte Vegard bei einer Brünetten landen und ging.

Ab und zu liefen sie sich über den Weg. Tranken ein Glas. Tauschten Geschichten aus. Bis vor zwei Jahren, als der Bekanntenkreis aus offensichtlichen Gründen gesäubert werden mußte und Vegard aus der Show verschwand.

Bungeesprung hatte also Eindruck gemacht.

Er hatte ein Exemplar signiert und es hingeschickt. Bisher war das Buch noch mit keiner einzigen Rezension belohnt worden, acht Tage nach Erscheinen. Beim wichtigsten Kritiker aber war es angekommen.

Von einem Bungeespringer für den anderen. Wagen! Dein Freund Vegard.

Er hatte eine Stunde für diese Formulierung gebraucht. Jetzt durfte er nicht zu sehr drängen.

Vegard Krogh leerte sein Bier mit einem einzigen, überaus zufriedenen Schluck.

Anzug: casual & sharp, stand dort.

Er würde zu Kreuze kriechen und seine Mutter um Geld anpumpen.

Diesmal würde sie nicht sauer sein.

»Du hast doch gesagt, daß dieser Stubø in Ordnung ist!«

Bård Arnesen beugte sich über den Schreibtisch und versetzte seinem Bruder einen aufmunternden Klaps auf den Oberarm. Dann kratzte er sich am Kopf, ehe er ein Salatblatt davor rettete, im Dressing ganz unten in der Glasschüssel zu ertrinken.

»Die Bullerei zu belügen ist nicht gerade clever, Trond.«

Trond gab keine Antwort. Er starrte mit vagem Blick vor sich hin. Sein Teller war halbleer. Er schob die Essenreste hin und her, Fleisch und Bratkartoffeln. Träge packte er mit den Fingern ein Stück Spargel, schob es in den Mund und kaute langsam, ohne zu schlucken.

»Hallo! Die Erde ruft! Du siehst aus wie eine Kuh!«

Bård schwenkte seine offene Hand vor dem Gesicht seines Bruders hin und her.

»Es ist viel schlimmer, wenn sie es selbst herausfinden«, sagte er eindringlich. »Eigentlich schon komisch, daß sie nicht längst ...«

»Du mußt doch einfach kapieren«, sagte Trond, »daß ich Stubø nichts darüber sagen kann. Zum einen torpediere ich damit mein Alibi. Zum anderen stecke ich bis hier in der Scheiße ...«

Seine Hand zeichnete einen aggressiven Schnitt über seine Stirn.

»... einfach, weil ich gelogen habe. Damit lande ich doch im Knast, Bård. Und zwar sofort.«

»Aber du sagst doch, sie wissen, daß du unschuldig bist. Dieser Stubø hat ja gesagt, dich hätten sie als ersten von der Liste gestrichen. Du hast gesagt, daß ...«

»Gesagt! Was zum Teufel spielt es schon für eine Rolle, was ich *gesagt* habe!«

Die Faust knallte auf den Tisch. Das Gesicht gab sich alle Mühe, die Kontrolle zu behalten; die Unterlippe zitterte, die Nasenflügel weiteten sich, und die Augen schienen im Schädel verschwinden zu wollen. Er schob seinen Teller zurück, zog ihn wieder zu sich heran, ließ das Messer auf der Gabel balancieren und faltete die Serviette zusammen, bis es nicht mehr ging.

Bård hielt den Mund. Der Bratendampf, der die Küche füllte, zäh und fett, hatte durch die Angst des Bruders einen süßlichen Geruch bekommen. Bård hatte Trond noch nie so gesehen. Ein ängstlicher Waschlappen war er gewesen, so lange Bård zurückdenken konnte. Hatte sich vor allem gefürchtet. Muttersöhnchen. Das losheulte, wenn es ein seltenes Mal auf die Nase fiel.

Aber das hier war weder Besorgnis noch Nervosität.

Der Bruder hatte schreckliche Angst und kaute noch immer auf dem Spargelstück herum, das einfach nicht nach unten wollte.

»Hallo«, sagte Bård freundlich und versetzte ihm abermals einen sanften Stoß. »Kein Mensch wird doch ernsthaft glauben, du hättest Vibeke umgebracht. Ja, verdammt, die war doch so eine tolle Frau. Sah gut aus, nettes Mädchen mit Haus und Kohle und allem. Hättest du nicht einfach ... duuuuh! Trond!«

Resigniert schnippte er mit den Fingern.

»Hör doch zu.«

»Ich höre.«

»Spuck das aus.«

Trond spuckte. Ein graugrüner unebener Klumpen klatschte in den Brei auf dem Teller.

»Du vertraust mir, Trond.«

Diese Behauptung weckte keine Reaktionen.

»Du bist mein Bruder, Trond.«

Immer noch Schweigen.

»Verdammt, Mann!«

Bård sprang so schnell auf, daß sein Stuhl nach hinten kippte. Die Rückenlehne knallte gegen die Schranktür und ließ Farbe abblättern. Verwirrt tippte er mit dem Finger auf den grünen Fleck in der weißen Fläche.

»Ich bring das in Ordnung«, sagte er tonlos. »Ich kann das ja demnächst mal übermalen.«

Auch jetzt zeigte der Bruder keine Reaktion. Er fuhr sich nur rasch mit dem Handrücken über die Augen.

»Was hast du in diesen Stunden gemacht?« fragte Bård. »Kannst du das nicht wenigstens mir erzählen? He? Deinem eigenen Bruder, verdammt nochmal!«

»Das waren anderthalb Stunden.«

»*Whatever.*«

»Du hast ›die Stunden‹ gesagt. Es waren aber nicht mehrere Stunden. Sondern eine und eine halbe. Ganz knapp eine und eine halbe.«

Trond Arnesen hatte sich dazu gezwungen, dieses kleine Stück geheimgehaltener Zeit zu vergessen. Das war leichter gewesen, als er gedacht hatte. Überraschend leicht. Auf dem Heimweg war die ganze Episode verschwunden. Als das Taxi, das ihn am Samstag, dem 7. Februar, um zwanzig vor sieben an der Bushaltestelle aufgesammelt hatte, anhielt, um ihn am Straßenrand kotzen zu lassen, versuchte er eine Weile, seinen Blick auf das Erbrochene im Schnee zu konzentrieren. Zusammengekrümmt, die Hände auf den Knien, erkannte er eine unverdaute Erdnuß im weinroten

Matsch. Als er die darum herumliegenden Fleischfasern sah, übergab er sich gleich ein weiteres Mal. Der Taxifahrer brüllte ungeduldig. Trond blieb stehen. Das war das letzte Mal, dachte er benebelt. Fasziniert musterte er seine Kotze, die widerlichen Reste von allem, was er während der vergangenen vierundzwanzig Stunden zu sich genommen hatte. Jetzt war es vorbei. Weg. Fertig damit.

Nie wieder.

Er bohrte mit der Stiefelspitze im Schnee herum, wollte den Scheiß bedecken, geriet aber aus dem Gleichgewicht. Der Taxifahrer half ihm ins Auto. Brachte ihn nach Hause. Alles war vergessen, und es war das absolut letzte Mal gewesen.

Seither hatte niemand ihn gefragt.

Der Junggesellenabschied, von dem er sich endlich nach Hause geschleppt hatte, hatte sich im Laufe des Abends nämlich ausgeweitet. Um sechs Uhr, am Freitagnachmittag, hatten neunzehn fesche Männer im Smoking sich in die Stadt begeben. Dann waren sie Bårds Fußballmannschaft begegnet, die in schmutzigroten Trikots einen Sieg zu feiern hatte. Nach dem Schwan-kleb-an-Prinzip ging es weiter. Die Menge der Feiernden wuchs. Gegen acht tauchten ungefähr ein Dutzend Kollegen von Bård auf, als der Bräutigam an einem Stand auf Karl Johan Zungenküsse für einen Fünfziger pro Stück verkaufte. Als der Bruder um halb elf nuschelte, daß Trond ihm aufs Klo helfen müsse, um den Druck zu erleichtern, hatte der Abschiedsabend sich bereits in eine sturzbesoffene, zufällig zusammengewürfelte und johlende Männerbande verwandelt; Jungs von Skeid und Betriebswirte von Telenor, eine Clique von Bowlingspielern aus Hokksund, die sich gegen neun an sie gehängt hatten, sowie einige Biertrinker, von denen niemand die geringste Ahnung hatte, wer sie wohl sein mochten.

Sicher mehr als fünfzig Mannsbilder, dachte Trond.

Und niemand hatte etwas bemerkt.

Niemand hatte der Polizei etwas anderes erzählt, als daß Trond mit seinem Bruder an einem Junggesellenabschiedsabend teilgenommen hatte, von Freitagnachmittag um sechs bis zum Samstagmorgen, als irgendwer ihn in den ersten Bus nach Lørenskog verfrachtet hatte.

Alle hatten das gesagt. Alles war vergessen.

»Wie hast du das herausgefunden?« fragte er endlich.

»Kannst du nicht einfach sagen, wo du gewesen bist?«

Die Stimme klang nicht mehr ungeduldig. Der Bruder appellierte jetzt, in einem quengelnden, fordernden Kleiner-Bruder-Tonfall, den Trond aus seiner Kindheit kannte, und über den er sich noch immer schrecklich ärgern konnte.

»Wie hast du das herausgefunden, und warum sagst du es mir jetzt?«

Er war ja immerhin der Ältere.

Bård zuckte mit den Schultern.

»Bei diesem ganzen Drama... hatte eben andere Sachen im Kopf. Aber jetzt, wo alles... du bist doch einfach abgehauen! Ich hab dich gesucht. Nachdem ich auf dem Klo war. Du hast mir geholfen. Weißt du das noch?«

Trond nickte nicht. Sagte nichts.

»Du warst wohl der einzige, der nicht sternhagelvoll war. Ich wollte mir Geld leihen. Hatte über dreitausend verbraucht. Hab eine Runde für alle geschmissen, glaub ich. Du warst nicht da. Konnte dich nirgendwo finden.«

»Hast du irgendwen nach mir gefragt?«

»Alle haben dauernd nach allen gefragt. Weißt du das nicht mehr? Der Laden hat doch sozusagen uns gehört. Das fröhliche Chaos.«

Er lächelte breit, dann riß er sich zusammen.

»Das nächste Mal hab ich dich dann um drei nach zwölf gesehen. Das weiß ich verdammt genau, denn du hast ein großes Geschrei wegen deiner Uhr gemacht, dem Geschenk von...«

»Meiner Uhr? Die hatte ich doch gar nicht um.«

»Doch. Red kein Blech. Du standst auf dem Tresen und wolltest mit diesem Monstrum an deinem Arm die Zeit beim Bierwetttrinken stoppen.«

Trond wurde es heiß. Noch heißer. Er nahm jetzt seinen eigenen Körpergeruch wahr, süßlich und scharf. Seine Blase drückte. Er wollte aufstehen. Er wollte aufs Klo, aber seine Knie weigerten sich, ihm zu helfen.

Warum hab ich das zugegeben, fragte er sich. *Warum hab ich nicht einfach geleugnet? Er kann sich doch irren. Kann die Uhrzeiten durcheinander geworfen haben. Da waren so viele Leute. Alle haben bestätigt, daß ich hin und her gelaufen bin und getrunken habe. Die Show abgezogen. Ich hätte leugnen sollen. Ich hatte alle Möglichkeiten zu leugnen. Ich leugne.*

»Du bringst alles durcheinander«, sagte er und umfaßte die Tischkante mit beiden Händen. »Ich war gar nicht weg. Du bist auf dem Klo eingeschlafen. Weiß nicht, wie lange du ...«

»Was redest du da, zum Teufel? Ich werde ja wohl wissen, wann ich einschlafe. Ich bin erst am nächsten Morgen um acht weggeknackt. Ich war in dieser Nacht ziemlich blau, aber ich hab trotzdem gemerkt, daß ...«

Trond zwang sich zum Aufstehen. Er holte tief Luft. Schob die Brust vor, drückte die Schultern nach hinten. Er war der große Bruder. Auch jetzt war er größer, er überragte den Bruder um fast zehn Zentimeter.

»Ich muß pissen«, sagte er mit scharfer Stimme.

»Na und?«

»Du bist mein Bruder. Wir sind Brüder.«

»Na und?« fragte Bård mit verwunderter, leicht gereizter Miene; als habe Trond seine Energie benutzt, um ihn davon zu überzeugen, daß die Welt rund ist und sich um die Sonne dreht. »Soll heißen?«

»Du irrst dich. Ich war die ganze Zeit da.«

»Hältst du mich für einen Vollidioten oder was?«

Er rannte um den Tisch herum und stellte sich vor Trond. Er ballte die Fäuste. Bård war zwar kleiner als sein Bruder, aber wesentlich kräftiger. Nur eine Handbreit Luft trennte die beiden Gesichter.

»Noch vor zehn Minuten hast du es zugegeben«, zischte er, seine Augen wurden schmal, und Trond spürte auf seiner Haut einen feinen Speichelregen.

»Ich habe gar nichts zugegeben.«

»Du hast gesagt, daß du Stubø nichts erzählen konntest. Du hast gesagt, du hast gelogen. Ist das vielleicht kein Geständnis?«

»Ich muß verdammt dringend pissen.«

»Gib's zu!«

Bård schlug dem Bruder gegen die Schulter. Hart, mit der Faust.

»Gib's zu.«

Plötzlich und überrumpelnd packte Trond ihn um die Taille. Bård kämpfte mit dem Gleichgewicht, klammerte sich mit der linken Hand an das Hemd seines Bruder und versuchte, sich mit der rechten irgendwo abzustützen. Ein wenig zu spät registrierte er, daß Tronds Fuß im Weg stand, als er einen Schritt zur Seite machen wollte. Beide gingen zu Boden. Im Sturz riß Bård das Kabel der Küchenmaschine mit sich. Ein Aufblitzen der bleischweren Kenwood ließ ihn in einem lebensrettenden Reflex den Kopf drehen. Die Stahlkante riß sein Ohr auf. Er schrie und versuchte die Hand zu heben, um die Wunde zu betasten. Er konnte die Arme nicht bewegen. Nur sein Kopf war frei, und er warf ihn hin und her und heulte dabei.

Trond schlug.

Er kniete auf den Armen seines Bruders und schlug auf ihn ein.

Er schloß die Augen und verprügelte seinen Bruder.

Als seine Kräfte erlahmten, erhob er sich rasch. Er fuhr sich mit den Fingern durch die Haare, als könne er nicht so recht glauben, was hier passiert war, und wolle sich nichts anmerken lassen. Der Bruder wimmerte. Blut strömte aus dem Ohr. Seine Oberlippe war aufgesprungen. Sein eines Auge schwoll schon an. Sein Hemd war zerrissen. Über der Leiste war er triefnaß, ein dunkles schmetterlingsförmiges Feld zeichnete sich auf dem Khakistoff ab.

»Du hast mich bepißt«, nuschelte Bård und faßte sich ans Ohr. »Verdammt, du hast mich bepißt.«

Steif und nicht sicher, ob er sich etwas gebrochen hatte, setzte er sich auf. Er musterte seine blutige Hand, dann faßte er sich wieder ans Ohr.

»Ist das Ohrläppchen noch dran?« fragte er; seine Stimme klang heiser und er spuckte etwas Rotes aus. »Hab ich mein Ohrläppchen noch, Trond?«

Der große Bruder ging in die Hocke und besah sich den Schaden.

»Nein. Fiese Wunde. Aber das Ohr ist noch da.«

Bård prustete los. Zuerst glaubte Trond, er weine. Aber der Bruder lachte, er lachte so sehr, daß er husten mußte, er umklammerte seine Knie und schüttelte sich vor Lachen, und dabei spuckte er noch mehr Blut aus.

»Was zum Teufel ist denn los mit dir«, stöhnte er. »Du hast mich noch nie zusammengeschlagen. Du hast mich nie zu Boden werfen können, verdammt. Hast du dich eigentlich überhaupt jemals geprügelt?«

»Hier«, sagte Trond und reichte ihm die Hand.

»Warte. Hab überall Schmerzen. Muß das selbst tun.«

Er brauchte zwei Minuten, um auf die Beine zu kommen. Trond stand hilflos und mit hängenden Armen daneben. Er kratzte sich unsicher am Oberschenkel.

»Das Bepissen ist das schlimmste«, sagte Bård und schüttelte vorsichtig sein eines Bein. »Außerdem hast du noch immer ein hieb- und stichfestes Alibi.«

»Was?«

»Anderthalb Stunden«, sagte Bård und betastete vorsichtig einen Schneidezahn.

»Was?«

»Ich kann auf die Bibel schwören, daß du um halb elf und um Mitternacht mitten in Oslo warst. Und in der Zeit schaffst du es nicht bis hierher und zurück. Nicht ungesehen jedenfalls.«

»Ich hätte ein Taxi nehmen können.«

»Dann hätte der Fahrer sich längst gemeldet.«

»Ich hätte selbst fahren können.«

»Dein Auto stand bei Mama und Papa. Das wissen die Jungs alle, sie haben uns da doch abgeholt.«

»Ich hätte eins stehlen können.«

»Verdammtes Ohr«, sagte Bård und kniff ein Auge zu, während er versuchte, die eine Schulter zu bewegen. »Tut scheißweh. Muß das genäht werden?«

Trond beugte sich über ihn.

»Vielleicht. Ich kann dich ins Krankenhaus fahren.«

»Du hast noch immer ein Alibi, Trond.«

»Ja. Ich war im Smuget. Den ganzen Abend.«

Bård biß sich vorsichtig in seine zerschundene Lippe.

»Na gut«, sagte er und nickte.

Sie sahen einander an. Es ist, als sähe ich mir selbst in die Augen, dachte Trond, obwohl sein Bruder noch immer mißhandelt und blutig aussah. Das gleiche leicht schrägstehende linke Auge. Die Mongolenfalte über den Augenwinkeln, Mutter hatte immer gesagt, die sei hierzulande selten. Sogar die Augenbrauen, so hell, daß die Stirn nackt wirkte, waren die gleichen. Er hätte seinen Bruder halbtot geschlagen. Er konnte nicht begreifen, warum. Noch weniger konnte er begreifen, wie er das geschafft hatte: Bård war immer stärker, schneller und mutiger gewesen.

»Na gut«, sagte Bård und fuhr sich mit dem Handrücken unter der Nase entlang. »Du warst im Smuget. Den ganzen Abend. Von mir aus.«

Dann hinkte er zur Tür.

»Ich werd es dabei belassen«, sagte er und blieb stehen. »Aber …«

Er drehte sich halbwegs wieder um und holte Atem.

»Niemand würde glauben, daß du Vibeke umgebracht hast, Trond. Ich finde, du solltest der Polizei alles erzählen. Ich kann mitkommen, wenn du willst.«

»Ich war den ganzen Abend im Smuget«, sagte Trond. »Das ist also nicht nötig.«

Bård zuckte mit den Schultern und humpelte weiter.

Er war unterwegs ins Schlafzimmer, um sich Tronds allerteuerste Hose unter den Nagel zu reißen. Therese, seine Verlobte, konnte sie kürzen. Die eleganteste Hose war ja wohl das mindeste, was er verlangen konnte.

»Du hast mich windelweich geschlagen«, murmelte er beeindruckt.

Der Besuch bei Yvonne Knutsen war ein Mißerfolg. Inger Johanne wurde schon auf dem Gang gewarnt. Eine Pflegerin flüsterte ihr zu, daß die Schwerkranke fast alle abwies. Nur Schwiegersohn und Enkelin waren immer willkommen.

Die Frau in Weiß hatte recht gehabt. Yvonne Knutsen verschloß sich, als Inger Johanne eintrat. Sie lag steif im Bett, das mitten im Raum stand. Das Zimmer war ansonsten ziemlich nackt. Eine verblaßte Lithographie hing an der einen Wand, schief, mit zerbrochenem Rahmen. Neben dem Bett stand ein Holzstuhl. Die tiefstehende, scharfe Sonne, die Inger Johanne auf der letzten Wegstrecke zum Pflegeheim geblendet hatte, wurde durch das schmutzige, trübe Fenster zu einer matten Scheibe über dem Horizont reduziert. Inger Johanne konnte aus Yvonne Knutsen nicht mehr herausholen als »bitte, gehen Sie«, dann drehte die Kranke das Gesicht zur Wand und schien einzuschlafen.

»Es tut mir wirklich sehr leid«, sagte die Pflegerin und legte ihr eine tröstende Hand auf die Schulter, als sie das Zimmer verließ, als sei es Inger Johannes eigene Mutter, die dort bewegungslos lag und auf den Tod wartete.

Die Rückfahrt wurde zur Qual. Auf der E 18 hatte Inger Johanne eine Reifenpanne. Als sie endlich eine Möglichkeit zum Halten fand, war der Reifen zu Gummifetzen zerrissen. Der Regen glich eher einem Sturm. Noch bevor sie den Wagenheber ansetzen konnte, war sie naß bis auf die Haut.

Endlich war sie dann zu Hause, über eine Stunde zu spät.

»MS ist eine schreckliche Krankheit«, murmelte sie und legte das Stillkissen besser zurecht; sie trug einen Trainingsanzug, und Ragnhild lag im Halbschlaf an ihrer Brust.

»Du findest alle Krankheiten schrecklich«, sagte Yngvar.

»Nein.«

»Doch.«

Er gab einen großen Löffel Honig in ihren Tee und rührte lange um.

»Trink. Ich hab Ingwer hineingetan. Das hilft angeblich.«

»Der ist zu heiß. Was, wenn Ragnhild sich bewegt und ich dann kleckere und …«

»Hier«, sagte er energisch und hob den Säugling hoch. »Sie ist jetzt satt. Trink, dann bleibst du gesund. Vielleicht ein Schuß Alkohol dazu?«

»Nein, danke. Das war wirklich ein grauenhafter Anblick.«

»Stimmt. Ich hab ja gleich nach dem Mord mit ihr gesprochen.«

Inger Johanne hob die Tasse an den Mund.

»Erzähl«, sagte Yngvar und setzte sich auf das Sofa ihr gegenüber.

Sie zog die Füße hoch und schob sich das Stillkissen ins Kreuz.

»Fiona hat zwei Kinder«, sagte sie.

»Fiona hat … sie hat eine Tochter.«

»Ja. Aber sie hat definitiv zwei Kinder geboren.«

Ragnhild machte ein Bäuerchen. Yngvar legte sie an seine Schulter. Er streichelte ihren kleinen Rücken.

»Jetzt kapier ich gar nichts mehr«, sagte er.

»Ich auch nicht«, sagte Inger Johanne. »Bis auf weiteres.«

Sie streckte die Hand nach den Papieren aus, die er ihr gegeben hatte, als sie, triefnaß und sauer, nach Hause gekommen war. Der unterste Bogen war noch immer weich vor Feuchtigkeit.

»Im Bericht über Fionas Schwangerschaft und Niederkunft wird sie konsequent als Erstgebärende bezeichnet. Und ich kann dir versichern …«

Sie warf die Papiere wieder auf den Tisch und setzte sich bequemer hin.

»Ein Arzt oder eine Hebamme kann sehr leicht feststellen, ob eine Frau schon einmal geboren hat. Reine Routine. Trotzdem steht hier nichts in den Papieren. Fiorella wurde durch Kaiserschnitt entbunden, und das war so geplant; wenn ich die Patientinnenakte richtig verstanden habe, litt sie an irgendeiner Form von Gebärangst, die offenbar ernst genommen worden war. Kaiserschnitt am festgesetzten Datum, ohne daß ich dafür andere Gründe sehen kann als rein psychische.«

»Aber …«

Yngvar hatte Ragnhild in die Wiege gelegt, die jetzt wieder im Wohnzimmer stand. Vorsichtig trat er auf die Kufen.

»Das begreife ich nicht«, sagte er.

»Kein Wunder. Alle scheinen Fiorella für Fionas einziges Kind gehalten zu haben. Die Ärzte auch, obwohl sie wissen mußten, daß es nicht stimmte.«

»Aber du«, sagte Yngvar mit skeptisch gerunzelter Stirn. »Du weißt es also besser als alle anderen.«

»Nicht ich. Der Pathologe.«

Sie ging in die Küche und kehrte zurück, mit der Teekanne in der einen und dem Obduktionsbericht in der anderen Hand.

»*Perianale Ruptur*«, las sie vor.

»Was bedeutet?«

»Überleg mal.«

»Ich überlege. Was bedeutet es?«

»Hör dir das Wort an«, sagte sie ungeduldig und nahm sich mehr Tee und Honig. »Ich kriege eine Erkältung. Fang an mit anal.«

»Ach geh«, sagte Yngvar. »Man gebiert doch nicht durch den Hintern! Erklär mir, worum es hier geht. Wie kannst du …«

»Perineum«, fiel sie ihm ins Wort, »ist der medizinische Begriff für den Bereich zwischen Vagina und Anus. Perianale Ruptur ist eine Verletzung, die während der Geburt entsteht, ein Riß von …«

»Hör auf«, sagte er und schnitt eine Grimasse. »Schon verstanden. Aber warum zum Teufel haben wir das nicht gesehen? Wenn es da steht, dann …«

Gereizt beugte er sich über den Couchtisch, nahm den Obduktionsbericht und fing an zu blättern.

»Ihr habt es einfach nicht kapiert«, sagte Inger Johanne. »Habt es schlichtweg übersehen. Ihr habt euch blind daran gestarrt, daß es keine Anzeichen für einen sexuellen Übergriff gab und deshalb …«

»Übersehen«, brüllte Yngvar. »*Übersehen?*«

»Da seid ihr in guter Gesellschaft. Im Knutby-Fall hat sich herausgestellt, daß die schwedische Polizei die Ermittlungen in einem möglichen Mordfall eingestellt hat, weil sie keine Ahnung hatte, was ›toxische Menge‹ bedeutet. Liest du keine Zeitungen?«

»Lieber nicht«, murmelte er und blätterte fieberhaft, ohne das Gesuchte finden zu können. »Aber diese neuen … dieser Bericht, da!«

Sein Zeigefinger tippte auf die Papiere.

»Warum sollten die Ärzte lügen? Sind die Unterlagen gefälscht?«

»Vermutlich nicht. Ich habe Even angerufen. Meinen Vetter. Den Arzt, du weißt schon …«

»Ich weiß, wer Even ist. Was hat er gesagt?«

Yngvar setzte sich wieder ihr gegenüber aufs Sofa.

»Es kann nur einen Grund geben, warum der Bericht keine Angaben enthält, die wichtig und von Arzt und Hebamme leicht festzustellen waren«, sagte Inger Johanne.

»Und das ist?«

»Daß es für die Patientin schwerwiegende Folgen haben könnte, sie aufzunehmen. Schwerwiegende Folgen, sagt Even. Und dazu gehört ganz schön viel, wenn ich das richtig verstanden habe.«

Schweigen kehrte ein. Yngvar kratzte sich im Nacken. Jetzt hatte er wieder Sehnsucht nach einer Zigarre. Er schluckte und starrte abwesend aus dem Wohnzimmerfenster. Der Regen schlug gegen die Scheibe. Ein Auto hatte angehalten. Jugendliche, dachte er, der Motor dröhnte immer wieder auf. Irgendwer rief etwas, andere lachten. Eine Tür knallte ins Schloß, der Wagen schepperte die Straße hinunter und verschwand.

Ragnhild schlief tief. Jack kam aus dem Flur getrottet. Einen Moment blieb er stehen, legte den Kopf schräg und hob die Ohren, als könne er nicht so recht glauben, wie still es war. Dann legte er Yngvar die Schnauze auf die Knie. Seine Pfote kratzte über Yngvars Oberschenkel.

»Nicht das Sofa«, murmelte Yngvar. »Leg dich auf den Boden. Platz!«

Der Hund schien mit den Schultern zu zucken. Dann kroch er geschmeidig unter den Tisch und sprang neben Inger Johanne auf das andere Sofa.

»Kann so eine Verletzung durch eine Vergewaltigung entstehen?« fragte Yngvar endlich, ohne die schlechte Erziehung des schmutziggelben Köters zu kommentieren.

»Ach Yngvar.«

»Aber …«

»Stell dir eine Geburt vor, einen Kinderkopf. Warum werden Frauen aufgeschnitten, was glaubst du?«

Yngvar bohrte sich die Finger in die Ohren.

»Die Antwort ist nein«, sagte Inger Johanne. »Keine Vergewaltigung.«

»Aber«, Yngvar machte noch einen Versuch und schluckte. »Würde ein Mann nicht... hätte Bernt das nicht entdeckt, wenn ...«

»Auch das nicht«, sagte Inger Johanne. »Hat jedenfalls Even gesagt. Weder beim Beischlaf noch bei ... anderen Amüsements.«

Er lächelte.

»Seltsam.«

Sie erwiderte sein Lächeln.

»Aber so ist es eben.«

Jack knurrte im Schlaf.

»Summa summarum«, sagte Yngvar und stand wieder auf; er fuhr sich mit Daumen und Zeigefinger über das Kinn, »können wir folgendes feststellen: Fiona Helle war zweimal schwanger. Das erste Kind wurde unter Umständen geboren, die ihr einen häßlichen Riß eingetragen haben. Es muß sehr lange her sein, denn nichts weist darauf hin, daß Bernt Helle von diesem Kind weiß. Und auch sonst niemand. Fiona hat sich öffentlich und offen über das Glück geäußert, Erstgebärende zu sein. Sie hätte das wohl kaum gewagt, wenn irgendwer gewußt hätte ...«

Er ging zum Fenster. Es zog ziemlich stark. Sein Zeigefinger fuhr über den Fensterrahmen.

»Das weht ja verflixt nochmal durch die Wand«, murmelte er. »Wir müssen das bald reparieren lassen. Das kann doch nicht gut für die Kinder sein.«

»Ein wenig Zug macht die Luft im Zimmer nur frisch und klar«, sagte Inger Johanne und wedelte mit der Hand. »Sprich weiter.«

»Nein ...«

Er zögerte und pulte in dem altmodischen Fensterkitt herum, der dabei war zu zerbröckeln.

»Ich kann mir Bernt nicht als Lügner vorstellen«, sagte er langsam und drehte sich wieder zu ihr um. »Der Mann hat sich während der gesamten Ermittlungen großartig verhalten. Auch wenn er unsere ganze Fragerei, die ja anscheinend doch nie zu einem Ergebnis führt, wohl schon restlos satt hat. Antwortet und steht bereit. Geht ans Telefon. Kommt zu uns, wenn wir ihn darum bitten. Wirkt absolut zurechnungsfähig, durch und durch klar im

Kopf. Er hätte also wissen müssen, daß diese Information für uns wichtig ist. Oder nicht?«

Inger Johanne rümpfte die Nase.

»Doch«, sagte sie. »Vielleicht wäre ihm das klar gewesen. Ich glaube jedenfalls, wir können davon ausgehen, daß dieses Kind nicht geboren wurde, als die beiden schon zusammen waren. In einem kleinen Ort wird geklatscht. Außerdem haben sie sehr früh geheiratet, und ich kann mir irgendwie nicht vorstellen, daß gut angepaßte, wenn auch sehr junge Eheleute im verborgenen eine Schwangerschaft durchmachen würden. Eigentlich glaube ich, daß die Lösung dieses Rätsels sich von selbst ergibt. Es muß sich um eine zutiefst unerwünschte Schwangerschaft in sehr jungem Alter gehandelt haben.«

»Komm mir jetzt nicht mit Inzest«, warnte er. »Inzest ist genau das, was dieser Fall wirklich nicht braucht.«

»Fionas Vater konnte es jedenfalls nicht gewesen sein. Er ist gestorben, als sie neun war. Und dieses Alter können wir wohl mit gutem Gewissen ausschließen. Aber sie muß so jung gewesen sein, daß sie ohne große Umstände eine Zeitlang weggeschickt werden konnte. Fiona war ...«

Ihr Mund formte stumme Zahlen, während sie rechnete.

»... Ende der Siebziger ein Teenager«, sagte sie dann. »Achtundsiebzig war sie sechzehn.«

»So spät«, sagte Yngvar enttäuscht. »Das war damals ja wohl keine Katastrophe mehr.«

»Ha«, rief Inger Johanne und verdrehte die Augen. »Typisch Mann. Mit sechzehn hatte ich eine Höllenangst davor, schwanger zu werden, obwohl das Mitte der Achtziger war.«

»Sechzehn«, sagte Yngvar. »Warst du erst sechzehn ...«

»Vergiß das jetzt«, sagte Inger Johanne wütend. »Können wir uns nicht auf den Fall konzentrieren?«

»Sicher. Aber sechzehn ...«

Er setzte sich und kraulte Jack hinter den Ohren.

»Fiona war damals nicht im Ausland«, sagte er. »Nicht für längere Zeit jedenfalls. Ich habe Bernt gefragt. Und das hätte er ja wohl doch gewußt. Auch wenn nicht alle, die ich kenne, gleichermaßen auskunftsfreudig über ihre Studienaufenthalte im Ausland reden, so bezweifle ich doch, daß Fiona den Mund gehalten hätte, wenn …«

»Laß das«, sagte Inger Johanne und beugte sich zu ihm hinüber.

Sie küßte ihn kurz.

»Es wurde also ein Kind geboren«, sagte sie. »Das braucht für die Ermittlungen durchaus nicht von Bedeutung zu sein. Andererseits erweckt es ja doch Assoziationen zu der Sendung …«

»… die sie seit Jahren mit großem Erfolg und lautem Medienecho gemacht hat.«

»Weggegebene Kinder und trauernde Mütter. Wiedervereinigung und Abweisung. All das.«

Jack hob den Kopf und spitzte ein Ohr. Das Haus ächzte in dem starken Wind. Der Regen schlug gegen die Südfenster. Inger Johanne beugte sich über Ragnhild und packte das Kind, das ungestört schlief, besser ein. Die Stereoanlage klickte einige Male ganz von selbst. Die Lampe über dem Eßtisch flackerte.

Dann wurde es dunkel.

»Verflixt«, sagte Yngvar.

»Ragnhild«, sagte Inger Johanne.

»Bleib ruhig.«

»Deshalb habe ich Yvonne Knutsen besucht«, sagte Inger Johanne in die Dunkelheit hinein. »Sie weiß, was passiert ist. Da bin ich mir ziemlich sicher.«

»Vermutlich«, sagte Yngvar; über sein Gesicht zuckten grobe, flackernde Schatten, als er ein Streichholz entzündete.

»Vielleicht wollte sie deshalb nicht mit mir sprechen«, sagte Inger Johanne. »Vielleicht ist dieses Kind aufgetaucht, vielleicht …«

»Das sind jetzt reichlich viele Vielleicht«, sagte er. »Mach mal eine Pause.«

Endlich fand er eine Kerze.

Sie sah ihm dabei zu. Er war so geschmeidig, trotz seines Umfangs. Beim Gehen trat er fest auf, als wolle er sein Gewicht noch betonen. Als er nun im Halbdunkel vor dem Kamin hockte und eine Zeitung in Streifen riß, ehe er die Hand nach dem Holzkorb ausstreckte und Feuer machte, lag trotzdem in jeder Bewegung unbeschwerte Leichtigkeit, eine faszinierende Weichheit kennzeichnete seinen soliden Körper.

Das Feuer erfaßte das Papier.

Sie applaudierte vorsichtig und lächelte.

»Ich werde sicherheitshalber ein wenig tricksen«, sagte er und legte zwei Anzündebriketts zwischen die Holzscheite. »Ich gehe in den Keller und hole mehr Holz. Der Stromausfall kann bei diesem Wetter ja eine Weile dauern. Wo liegt die Taschenlampe?«

Sie zeigte auf den Flur. Er ging.

Die Flammen knisterten behaglich und tauchten das Zimmer in rotgelbes Licht. Inger Johanne spürte die Wärme schon im Gesicht. Ein weiteres Mal packte sie ihre Tochter besser ein und war froh darüber, daß Kristiane bei Isak war. Eine Wolldecke lag über dem Sofarücken. Sie breitete sie über ihre Beine, ließ sich zurücksinken und schloß die Augen.

Yngvar mußte mit dem Arzt sprechen, der für die Entbindung zuständig gewesen war. Oder mit der Hebamme. Beide würden auf ihre Schweigepflicht pochen, am Ende aber nachgeben. Wie sie es immer mußten, bei Fällen wie diesem.

Es wird dauern, dachte Inger Johanne.

Wenn es wirklich ein lebendes, erwachsenes Kind von Fiona Helle gab, dann näherten sie sich zum ersten Mal etwas, das Ähnlichkeit mit einer Spur haben könnte. Diese Spur war natürlich mager und führte vermutlich nirgendwohin. Dieses Kind wäre nicht das erste Kind in der Geschichte, das in Schande geboren und in Liebe adoptiert worden war. Vermutlich hätten sie es mit einem gut angepaßten Menschen von Mitte Zwanzig zu tun, Studentin, vielleicht, oder Schreiner mit Volvo und zwei Rotzgören. Und nicht mit einem kaltblütigen Mörder, der sich für eine Abweisung rächen wollte, die ein Vierteljahrhundert zurücklag.

Aber Fiona war dem Tod mit herausgeschnittener, gespaltener Zunge entgegengetreten.

Das Kind war Fionas große Lüge.

Vibeke Heinerback war an die Wand genagelt worden.

Zwei Frauen. Zwei Fälle.

Ein illegitimes Kind.

Inger Johanne setzte sich plötzlich auf. Sie war fast eingeschlafen, als sie abermals ein Hauch von Erkenntnis streifte; das unbehagliche Gefühl, daß ein wichtiger Gedanke sich nicht festsetzen konnte. Sie drückte Jack fester an sich und schmiegte ihr Gesicht in das Fell des Hundes.

»Können wir jetzt von etwas anderem reden«, sagte sie, als Yngvar mit einem Armvoll Holz zurückkam.

Er legte die Kienholzscheite hin.

»Natürlich«, sagte er und küßte sie auf den Kopf. »Wir können reden über was immer du willst. Darüber, daß ich mir ein neues Pferd wünsche, zum Beispiel.«

»Ein neues Pferd? Ich hab schon tausend Mal gesagt: kein neues Pferd.«

»Werden sehen«, sagte Yngvar lachend und ging auf die Küche zu. »Kristiane hält zu mir. Ragnhild sicher auch. Und Jack. Macht vier gegen eine.«

Inger Johanne wollte sein Lachen erwidern, aber noch immer hatte sie dieses Gefühl von Unbehagen im Leib; die Reste eines flüchtigen Empfindens von Gefahr.

»Vergiß es«, sagte sie. »Dieses Pferd kannst du vergessen.«

8

Der Sturm hatte sich gelegt. Noch immer wehte ein frischer Wind, aber die Wolkendecke war im Süden zu hellblauen Spalten zerrissen. Der schmutzige Schnee in den Gärten und am Straßenrand war nach dem Regen eingesunken und löchrig. Inger Johanne versuchte den schlimmsten Pfützen auszuweichen, als sie den Kinderwagen über den schmalen Bürgersteig am Maridalsvei bugsierte. Lastwagen und Busse donnerten vorbei. Sie fühlte sich nicht wohl in ihrer Haut und überquerte bei Badebakken die Straße, um zum Akerselv hinunterzugelangen. Jack riß an der Leine und wollte an allem schnuppern.

Die Temperatur sank jetzt. Für den Abend war Schnee gemeldet. Inger Johanne blieb stehen, um ihren Schal zurechtzuziehen, ehe sie weiterging. Ihre Nase fror, und sie schniefte. Sie hätte eine Mütze aufsetzen sollen. Ragnhild hatte es immerhin warm genug, sie steckte in einem Schlafsack aus Lammfell und war mit einer zusätzlichen Wolldecke zugedeckt. Ihr Gesichtchen war gerade noch zu sehen, als Inger Johanne vorsichtig am Schlafsack zupfte. Der Schnuller bewegte sich, und am Flattern der feinen dünnen Augenlider konnte sie sehen, daß Ragnhild träumte.

Vor dem Kindergarten bei Heftyeløkka setzte sie sich auf eine Bank. Jack durfte jetzt losrennen. Er jagte zum Fluß hinunter und bellte die Enten an, die ihn kaum beachteten. Sie paddelten nur ein wenig in der offenen Rinne. Der König von Amerika fiepte und kläffte und hielt vorsichtig eine Pfote ins Wasser.

»Laß das«, murmelte Inger Johanne, sie hatte Angst, Ragnhild zu wecken.

Die Kälte drang durch ihren Dufflecoat, aber es tat gut, so in aller Ruhe hier zu sitzen, mit einer Hand den Wagen zu bewegen, vor und zurück, vor und zurück. Inzwischen war es Dienstag, der 17. Februar, und um zwölf Uhr konnte sie anrufen. In acht Minuten, stellte sie fest, als sie ihr Mobiltelefon hervorzog. Fiona Helles beste Freundin hatte gesagt, sie werde dann wieder im Büro sein. Sie hatte überrascht gewirkt, aber hilfsbereit. Inger Johanne hatte sich nicht als Polizistin ausgegeben. Ihre vagen Formulierungen hatten Sara Brubakk aber doch den Eindruck vermitteln können, daß es sich um eine offizielle Anfrage handelte.

Was nicht gut war.

Es sah ihr überhaupt nicht ähnlich. Eigentlich wollte sie diesen Fall los sein, dachte sie, wollte sich nicht noch mehr hineinvertiefen, schon gar nicht mit Methoden, die am Rande des Akzeptablen lagen.

Inger Johanne putzte sich die Nase. Sie bekam eine Erkältung, wie erwartet.

Der Weg war fast menschenleer. Ein Jogger kam in einer Wolke aus Feuchtigkeit keuchend auf sie zu. Er nickte und lächelte, fuhr aber zusammen, als Jack aus dem Gebüsch sprang und nach seinen Hacken schnappte.

»Nehmen Sie den Köter an die Leine«, brüllte der Jogger und rannte weiter.

»Komm her, Jack.«

Schwanzwedelnd ließ er sich an den Wagen binden und legte sich hin.

Es war zwölf Uhr, sie wählte die Nummer.

»Hier ist Inger Johanne Vik«, sagte sie. »Wir haben heute morgen telefoniert und …«

»Ja, hallo. Ich muß mich nur schnell setzen. Komme gerade zur Tür herein und …«

Scharren. Schrappen. Ein Knall.

»Hallo?«

»Ich bin noch da«, sagte Inger Johanne.

»Jetzt bin ich soweit. Worum geht es denn eigentlich?«

»Ich habe nur eine Frage, die sich auf Fiona Helles Gymnasialzeit bezieht. Die Jugendzeit. Sie waren doch in ihrer Klasse, nicht wahr?«

»Ja, wie ich euch schon bei der Vernehmung erzählt habe, waren Fiona und ich seit dem ersten Schuljahr in einer Klasse. Wir waren unzertrennlich. Dicke Freundinnen. Es war so schrecklich, als … ich konnte erst vor einer Woche wieder zur Arbeit gehen. Mußte mich ganz einfach beurlauben lassen. Mein Chef ist so ...«

»Ich verstehe«, sagte Inger Johanne. »Und ich werde Sie wirklich nicht länger quälen. Ich möchte nur wissen, ob Fiona damals mal... in der Schule gefehlt hat? Über einen längeren Zeitraum, meine ich?«

»In der Schule gefehlt ...«

»Ja. Nicht nur zwei Tage wegen einer Erkältung, meine ich, sondern dauerhaft?«

»Sie war damals in Modum Bad. Als wir auf dem Gymnasium waren. Es hat ziemlich lange gedauert.«

»Was?«

Inger Johanne fror jetzt nicht mehr. Sie nahm das Telefon in die rechte Hand und fragte noch einmal:

»Was haben Sie gesagt?«

»Fiona hatte eine Art Nervenzusammenbruch, glaube ich. Aber darüber wurde nicht gesprochen. Es war am Ende der Sommerferien. Ich war mit meiner Familie in Frankreich gewesen, das weiß ich noch, den ganzen Sommer. Hatte mich auf das Wiedersehen mit Fiona gefreut, und wir... sie kam nicht. War eben in der Klinik.«

»In Modum Bad?«

»Jaaaaa... wissen Sie, ich bin nicht ganz sicher. Hab einfach immer geglaubt, daß es Modum Bad war, aber das kann natürlich daran liegen, daß ich keine andere Klinik kannte, in die man wegen so was kommt. Wegen der Nerven, meine ich.«

»Woher wissen Sie, daß es die Nerven waren?«

Schweigen.

Wieder Scharren, diesmal leiser.

»Wenn Sie mich so fragen«, sagte Sara Brubakk langsam, »dann bin ich mir dessen wirklich nicht mehr sicher. Aber ich weiß genau, daß sie weg war. Lange. Ich glaube mich zu erinnern, daß sie erst Weihnachten wieder da war. Oder... doch, sie kam ein wenig früher zurück. Wir hatten eine Schulrevue und fingen mit den Proben immer Anfang Dezember an.«

»Schulrevue? Gleich nach einem Nervenzusammenbruch?«

Jack knurrte einen übermütigen Erpel drohend an. Der Erpel sträubte sein Gefieder und versuchte, sich ein Stück Brot zu schnappen, das zwei Meter von der Hundeschnauze entfernt lag.

»Aus!« sagte Inger Johanne.

»Was?«

»Verzeihung. Damit war mein Hund gemeint. War Fiona also bei der Revue ... hat sie Ihnen erzählt, warum sie weggewesen war?«

»Ja. Oder nein ... es ist so lange her, wissen Sie.«

Die Stimme klang jetzt ein wenig bedauernd. Zugleich schien die Frau wirklich helfen zu wollen.

»Wir waren wie gesagt die besten Freundinnen. Haben über alles geredet, wie beste Freundinnen das eben tun. Aber ich weiß noch, daß ich ein bißchen sauer war, weil Fiona nicht sagen wollte, was ihr eigentlich gefehlt hatte. Da bin ich mir ganz sicher. Meine Mutter sagte, ich sollte sie damit in Ruhe lassen, das weiß ich noch. Daß es nicht so leicht sei, diese Art von ... Krankheit zu haben.«

»Aber das mit Modum Bad und den Nerven kann auch eine Vermutung sein, zu der Sie damals gekommen sind, und nicht notwendigerweise etwas, das Sie wußten oder wissen«, folgerte Inger Johanne.

»Ja, leider.«

»Können Sie mir sagen, wie sie bei ihrer Rückkehr gewirkt hat?«

»Nein ... gewirkt? Ganz normal eigentlich. Wie früher. Ich hatte sie nicht mehr gesehen seit ... fünf Monate macht das wohl? Von Mittsommer bis Ende November? In dem Alter wird man ja rasch älter. Aber wir waren dicke Freundinnen. Noch immer, meine ich.«

Eine Gruppe Kindergartenkinder kam auf sie zu. Zwei und zwei Hand in Hand, trippelten sie in viel zu großen Overalls den Weg entlang. Ein Knirps, dem die Mütze in die Augen gerutscht und dessen Nase total verrotzt war, weinte bitterlich. Eine Frau nahm ihn auf den Arm und rief:

»Jetzt sind wir bald da, Kinder. Also los!«

»Könnte sie schwanger gewesen sein?« fragte Inger Johanne.

»Schwanger? *Schwanger?*«

Sara Brubakk lachte fröhlich.

»Nein, das können Sie vergessen. Himmel, später hat sich doch gezeigt, daß sie gewaltige Probleme hatte, überhaupt ein Kind zu bekommen. Fiorella ist ein Retortenbaby, wissen Sie.«

Inger Johanne hatte das nicht gewußt. Es gab überhaupt ein wenig zuviel in Fiona Helles Geschichte, das nie den Weg in die umfangreichen Ordner der Kripo gefunden hatte.

»Außerdem«, fügte Sara Brubakk hinzu, »hätte Fiona mir das ganz bestimmt erzählt. Wir waren ja schließlich unzertrennlich. Schwanger? Nein. Auf gar keinen Fall.«

»Aber Sie haben Sie fünf Monate lang nicht gesehen«, wandte Inger Johanne ein.

»Nein. Aber schwanger? Nie und nimmer.«

»Na gut. Dann herzlichen Dank.«

»War das alles?«

»Vorläufig. Danke.«

»Könnt ihr den Fall lösen?«

»In der Regel schaffen wir das«, sagte Inger Johanne ausweichend. »Es dauert nur seine Zeit. Ich verstehe ja, daß das schwer für Sie sein kann. Für Familie und Freundeskreis.«

»Ja. Aber rufen Sie einfach an, wenn Sie noch Fragen haben. Ich möchte so schrecklich gern helfen.«

»Das ist mir klar. Auf Wiederhören.«

Die Kinder hatten inzwischen die Klinkerblocks im Mor Go'hjertas vei erreicht und waren verschwunden. Die Enten beruhigten sich wieder. Sie lagen in kleinen Gruppen auf Eisschollen, die Beine angezogen, den Schnabel auf das warme Brustgefieder gedrückt.

Inger Johanne schlenderte am Flußufer entlang.

Lange war das ein Fall ohne Geheimnisse, dachte sie; Jack trottete gehorsam neben ihr her. *Ein Fall, dem es auf bemerkenswerte Weise an Haß und Geheimnissen fehlte. Und dann taucht es auf. Wie es immer auftaucht, in allen Fällen, nach allen Morden. Lügen. Halbwahrheiten. Verborgene Tatsachen und vergessene, versteckte Geschichten.*

Ragnhild weinte. Inger Johanne schaute in den Kinderwagen. Zahnlose Kiefer waren in einem wütenden Geheul entblößt. Die Mutter dichtete es mit dem Schnuller ab. Es wurde still.

Sie hatte lange darüber nachgedacht. Daß beide Fälle, Fionas und Vibekes, erstaunlich wenig Widersprüche und unter den Teppich gefegte Konflikte aufwiesen.

Sie ging schneller. Der Wind war kalt und scharf. Bald würde Ragnhild endgültig aufwachen. Sie mußten machen, daß sie nach Hause kamen.

Abweisung durch die Mutter hat schon häufiger Mörder geschaffen, dachte sie und kämpfte in der Bergensgate mit dem Bordstein. *Aber warum fast sechsundzwanzig Jahre später? Hatte das Kind, dieses erwachsene Kind, erst jetzt die Wahrheit erfahren? Kann die Entdeckung eines alten Verrats einen solchen Haß heranwachsen lassen? Kann sie zu einem solchen Mord führen, zu einer grotesken und symbolgeladenen Hinrichtung? Oder…*

Sie blieb stehen. Jack schaute sie verwundert an, seine Zunge hing weit aus seinem grinsenden Maul. Ein Bus sauste vorüber. Die Abgase ließen Inger Johanne husten und sich abwenden.

Die Abweisung mußte nicht unbedingt weit zurückliegen.

Dieser Gedanke hatte sie am Vorabend gestreift, als Yngvar sie vor luftigen Spekulationen gewarnt hatte. Fiona Helles verschollenes Kind konnte seine biologische Mutter erst vor kurzer Zeit aufgesucht haben. Welche Ironie, dachte Inger Johanne, wenn Fiona selbst ein Objekt der Sehnsüchte gewesen wäre, deren Unterhaltungswert sie ausgenutzt hat, um ihre Karriere aufzubauen.

Nicht spekulieren. Yngvar hat recht. Das wird zu vage. Und wenn es dieses Kind wirklich gibt…

»Was zum Henker kann so ein Mensch mit Vibeke Heinerback zu tun haben«, fragte sie sich halblaut und schüttelte den Kopf.

Es mußte sich um zwei Mörder handeln.

Oder vielleicht auch nicht.

Doch. Zwei. Oder einen.

Ich muß aufhören, dachte sie. *Das ist doch krankhaft. Unprofessionell. Ein Profiler hat hochspezialisierte Computerprogramme. Arbeitet im Team. Hat Zugang zu Archiven und Spitzenkompetenz. Ich bin keine*

Profilerin. Ich bin eine zufällige Frau, die mit Säugling und Promenadenmischung einen Spaziergang macht. Aber da ist etwas, da ist irgend etwas, das …

Jetzt lief sie. Ragnhild schrie im Wagen, der ruckelte und huckelte und fast umgekippt wäre, als Inger Johanne um die Ecke der Hauges gate bog und dabei auf einem Eisbuckel ausrutschte.

Als sie endlich zu Hause war, schloß sie die Tür ab und legte die Sicherheitskette vor, ehe sie den Mantel auszog.

Trond Arnesen konnte nicht schlafen. Es war zwei Uhr in der Nacht zum Mittwoch. Er war schon mehrere Male aufgestanden, um Wasser zu trinken, sein Mund war wie Sandpapier, ohne daß er sich erklären konnte, warum. Im Fernsehen gab es nichts. Jedenfalls nichts, was sein Interesse geweckt hätte, ihm zehn Minuten Befreiung von den Gedanken geschenkt hätte, die sich in seinem Gehirn wie Mühlsteine drehten und den Schlaf fernhielten.

Er gab auf. Stand zum vierten Mal auf. Zog sich an.

Ein Spaziergang, dachte er. Ein wenig Luft.

Gegen acht war der Schnee gekommen. Er hatte sich wie ein reiner, leichter Schleier über die Erde gelegt, über verfaulendes Laub und Winterabfälle, grauschwarze Schneehaufen und verdreckte Wege. Der Kies knirschte unter seinen Füßen, und das Tor kreischte, als er es öffnete. Aufs Geratewohl ging er den Hang hoch, wie angelockt von der Laterne, die dort oben stand.

Es gab keine Möglichkeit, die Wahrheit zu erzählen.

Er hätte sie nicht einmal sofort sagen können, als er die Möglichkeit noch gehabt hatte, in dem überhitzten Zimmer mit dem Polizisten, der aussah, als könne er jeden Moment loslachen.

Es war an diesem Freitag das absolut letzte Mal gewesen, und es war so einfach gewesen, es zu vergessen.

Dann war Bård gekommen.

Dieser Idiot.

Trond steckte die Hände in die Taschen seiner Daunenjacke. Er ging schnell. Um diese Zeit war niemand mehr unterwegs, und in den dunklen Häusern waren die Menschen längst schlafen gegangen. Eine Katze huschte über den Weg, blieb einen Moment stehen und starrte ihn aus gelben, leuchtenden Augen an, ehe sie in das Gestrüpp auf der anderen Straßenseite schlüpfte und verschwunden war.

Vibeke fehlte ihm. Eine Sehnsucht hatte sich unter seinen Rippen eingenistet, ein Verlangen, wie er sich nicht erinnern konnte, es je empfunden zu haben, das aber Ähnlichkeit hatte mit dem Heimweh nach seiner Mutter, wenn er als Kind im Sommerlager gewesen war.

Vibeke war so stark. Sie hätte Ordnung geschaffen.

Die Tränen hinterließen eiskalte Spuren auf seinen Wangen.

Er schniefte, schneuzte sich burschikos mit den Fingern und blieb stehen. Hier hatte das Taxi gehalten, damit er sich erbrechen konnte. Der Schnee bedeckte jetzt diese Stelle, aber er war sich ziemlich sicher. Probehalber bohrte er die Stiefelspitze in den verharschten Schnee. Hier war es heller, alle fünfzehn Meter stand eine Laterne. Der Schnee glitzerte wie blauweiße Diamanten, als er ihn hochwirbelte.

Und da kam seine Uhr zum Vorschein.

Überrascht bückte er sich.

Es war seine Uhr. Er blies sie an, schüttelte den Schnee ab, hielt sie vor seine Augen. Zwanzig nach zwei. Der Sekundenzeiger tickte treu, und das Datumsdisplay zeigte die Zahl 18.

Der Kunststoff brannte eiskalt auf der Haut, als er die Uhr umschnallte.

Er freute sich und lächelte. Die Uhr erinnerte ihn an Vibeke, und er legte die Hand um den schwarzen Riemen und drückte zu.

Er müßte es sagen.

Nach dem Aufstand, den er wegen der Taucheruhr gemacht hatte, sollte er Yngvar Stubø besser mitteilen, daß sie sich wieder aufgefunden hatte. Trond hatte sich geirrt, ganz einfach. Er hatte sie nicht zu Hause liegenlassen, sondern mit auf das Fest genommen, und sie war heruntergefallen, als er sich im Suff zusammengekrümmt hatte, um zu kotzen.

Vielleicht setzte der Polizist Himmel und Erde in Bewegung, um die Uhr zu finden. Trond wollte aber nicht, daß Himmel und

Erde in Bewegung gesetzt würden. Er wollte seine Ruhe und mit der Polizei so wenig zu tun haben wie möglich.

Eine SMS war die Lösung. Stubø hatte ihm seine Nummer gegeben und versichert, daß er jederzeit anrufen könne. Eine SMS war ganz ungefährlich. Eine Textnachricht war alltäglich und undramatisch, eine moderne Übermittlungsmethode für belanglose Mitteilungen und kleine Bagatellen.

Uhr gefunden. Hatte sie verloren. Bedaure die Aufregung! Trond Arnesen.

Damit war es erledigt. Er machte kehrt. Konnte nicht die ganze Nacht durch die Straßen laufen. Vielleicht fand er ja eine DVD, um sich damit die Zeit zu vertreiben. Er könnte eine von Vibekes Schlaftabletten nehmen. Das hatte er noch nie versucht, und wenn er zwei nähme, würde er vermutlich schlafen wie ein Stein. Das kam ihm verlockend vor.

Das verschwundene Buch war ihm schnurz. Sollte Rudolf Fjord sich doch ein neues kaufen.

»Yngvar.«

Sie stupste ihn an.

»Hmmm …«

Yngvar drehte sich auf die Seite.

»Ich habe Angst.«

»Hab keine Angst. Schlaf.«

»Kann nicht.«

Er seufzte demonstrativ und legte sich das Kissen aufs Gesicht.

»Ab und zu müssen wir schlafen«, sagte er halberstickt. »Nur ab und zu.«

Er lugte hervor und gähnte.

»Wovor hast du denn jetzt schon wieder Angst?«

»Ich bin davon aufgewacht, daß dein Telefon gepiepst hat und …«

»Mein Telefon hat geklingelt? Verdammt, da muß ich doch …«

Seine Hände tasteten nach dem Schalter der Nachttischlampe. Sein Wasserglas fiel um.

»Scheiße«, stöhnte er. »Wo …«

Das Licht traf ihn mitten ins Gesicht. Er schnitt eine Grimasse und setzte sich im Bett auf.

»Es hat nicht geklingelt«, sagte Inger Johanne. »Es hat gepiepst. Und dann ...«

Yngvar machte sich an seinem Telefon zu schaffen. Das grüne Lämpchen blinkte.

»Herrgott«, murmelte er. »Komische Zeit, um eine SMS zu verschicken. Armer Junge. Kann sicher nicht schlafen. Kommt mir ein bißchen weichlich vor, wenn ich ehrlich sein soll.«

»Wer?«

»Trond Arnesen. Vergiß es. Ist nicht wichtig.«

Er erhob sich mit steifen Bewegungen und zog seine Boxershorts an.

»Gut, daß du endlich zuläßt, daß Ragnhild allein schläft. Sonst würden wir sicher allesamt rumlaufen wie Zombies. Als ob wir das nicht ohnehin schon täten.«

»Sei doch nicht sauer. Wo willst du hin?«

»Das Wasser«, sagte er vergrätzt und zeigte darauf. »Muß einen Lappen holen.«

»Laß. Es ist doch nur Wasser.«

Einen Moment zögerte er. Dann zuckte er mit den Schultern und kroch wieder unter die Decke. Er dämpfte das Lampenlicht und streckte den Arm nach Inger Johanne aus. Sie schmiegte sich an ihn.

»Wovor hast du Angst«, sagte er. »Ragnhild geht es doch gut.«

»Das ist es nicht. Es sind diese Fälle ...«

»Ich hab es ja gewußt«, sagte er müde und legte sich bequemer hin.

Das Licht schnitt ihm noch immer in die Augen.

»Ich hätte dich nie in diese Soße hineinziehen dürfen. Ich bin ein Trottel. Kann ich das Licht ausmachen?«

»Mmm. Ich glaube nur, daß ihr nicht mehr sehr viel Zeit habt.«

»Wie meinst du das?«

»Wie ich es sage.«

»Wir wissen alle, daß die Zeit unsere ärgste Feindin ist«, sagte er und gähnte ausgiebig. »Aber andererseits, wo es nun einmal so ist, daß wir keine heiße Spur haben, ist es doch besser, genau zu sein. Stein auf Stein zu legen.«

»Aber was, wenn …«

Abrupt riß er sich los und setzte sich wieder auf.

»Es ist fast drei«, stöhnte er. »Ich will schlafen! Hat das nicht Zeit bis morgen?«

»Und wenn der Täter es auf eins der Opfer abgesehen hatte«, sagte sie langsam. »Wenn es ihm zum Beispiel um Fiona ging, und wenn er Vibeke umgebracht hat, um seine Motive zu tarnen?«

»Hallo«, sagte Yngvar und blies die Wangen auf. »Wir leben in Norwegen. Tarnmorde! Hast du von so was eigentlich schon jemals gehört?«

»Ja. Oft.«

»Aber nicht hier!«

Er schlug die Handflächen mit dumpfem Knall auf die Decke.

»Nicht im kleinen Königreich Norwegen, wo die Leute sich meistens im Suff gegenseitig erstechen. Außerdem ist ein Mord eine jämmerliche Tarnung, das muß ich schon sagen. *Und jetzt muß ich schlafen!*«

»Schhhh!« sagte sie.

»Ich rede so laut, wie ich will.«

»Ich finde ja auch, daß Mord eine schlechte Tarnung ist. Deshalb habt ihr so wenig Zeit.«

Er sprang auf, und der Boden knarrte unter der Last. Das Wasser spritzte hoch, und er fluchte. Langsam kullerte das Glas unter das Bett. Er riß die Decke an sich und ging zur Tür.

»Du kommst mit bewundernswert wenig Schlaf aus«, sagte er, und sie hätte schwören können, daß seine Stimme zitterte, als zwinge er sich, nicht zu weinen. »Aber ich schaffe das nicht. Wenn du Angst hast …«

Er ließ seine Schultern sinken. Und mühte sich mit dem Bettzeug ab. Dann holte er tief Luft und fügte hinzu:

»Dann kannst du mich natürlich wecken. Aber dann mußt du richtige Angst haben. Echte Sterbensangst. Ich leg mich in Kristianes Bett. Gute Nacht.«

Die Tür schlug hinter ihm zu. Ragnhild fing an zu weinen.
»Nein«, war vom Flur her gedämpft zu hören. »Neiiiiin!«

Vegard Krogh mochte das Wäldchen nicht, das er auf dem Weg zum Haus seiner Mutter durchqueren mußte. Als kleiner Junge hatte er sich nur bei hellichtem Tag dorthin getraut, und auch das möglichst nur, wenn er mit anderen zusammen war. Angeblich spukte es zwischen den Bäumen. Früher sollte hier einmal ein Friedhof gewesen sein. Im 18. Jahrhundert war dieser Friedhof eingeebnet worden, ohne jeglichen Respekt für die Ruhe der Toten. Und die rächten sich als Poltergeister, meinten die Kinder in der Neubausiedlung, ruhelos suchten sie alle heim, die es wagten, nach Einbruch der Dunkelheit in den Wald einzudringen.

Unsinn, natürlich, und Vegard Krogh hatte einfach keinen Bock auf einen Umweg. Es war später Abend, am Donnerstag, dem 19. Februar. Der Schnee, der sich an den letzten zwei Tagen wie eine dünne Decke auf die nackten Zweige und auf den Waldboden zwischen den Bäumen gelegt hatte, gab glücklicherweise ein wenig Licht. Immerhin konnte er erkennen, wohin er die Füße setzte.

Er trug zwei elegante Designertüten in der Hand. Seine Mutter hatte ihm fünfzehntausend Kronen geliehen, ohne zu zögern und ohne die obligatorische nörgelnde Ermahnung, daß er jetzt ein erwachsener und verheirateter Mann sei, der gefälligst Ordnung in seine Finanzen bringen sollte. Im Gegenteil; sie hatte ihm das Geld mit schelmischem Lächeln überreicht. Im Gegenzug hatte er ihr versprochen, zwei Abende bei ihr zu verbringen. Was ja auch kein Problem war, wenn gutes Essen auf dem Tisch stand und Wein, für den er nicht zu bezahlen brauchte, sein Glas füllte.

Fünfzehntausend würden natürlich nicht lange reichen. Aber er war zufrieden. Als er den Tagesbericht für sein Weblog verfaßte, hätte er beinahe die Einladung erwähnt. Dann hatte er es aber doch nicht getan. Diskretion, hatte er gedacht, und sich mit einer Beschreibung des Einkaufsbummels begnügt. Es wurde zu einer ironischen Epistel über Boutiquen mit fünf Kleidungsstükken und zwei Angestellten, die lebensmüde genug wirkten, um sich jederzeit eine Kugel in den Kopf schießen zu können.

Die wichtigsten Leser würden vielleicht verstehen, warum er, der normalerweise Jeans und Kapuzenpullover trug, ein Vermögen bei Kamikaze und Ferner Jacobsen gelassen hatte für Klamotten, die seiner Meinung nach *casual* und *sharp* zugleich waren.

Drei der Essays aus *Bungeesprung* waren auf seiner Homepage zu lesen. Er hatte den Verlag nicht gefragt. Der gab sich ja doch keine Mühe, sein Buch zu verbreiten. Aber das konnte ihm auch egal sein. Am nächsten Tag wollte er noch zwei Essays ins Web stellen. Die Leute waren gierig darauf angesprungen. Schon nach wenigen Stunden war die erste Diskussion im Gange. Vor allem der Text über die etablierte Lightkultur hatte die Gemüter erregt. Er benutzte einen Magermilchkarton als Metapher in einer Geschichte über die überflüssigen Massenprodukte des Wohlfahrtsstaats. Sie schmeckten nach nichts, hatten keinen Nutzen und waren überall zu finden, als leicht erkennbare Markenverpackungen, die bis ins Unendliche politisch korrekt recycelt wurden. *Die Magermilch der frommen Denkungsart,* hieß dieser Essay, und nachdem er einen Link zu den Feuilletonseiten der Tageszeitung *Dagbladet* gelegt hatte, war die Lawine sozusagen ins Rollen gebracht.

Vegard Krogh ging mit leichten Schritten. Seine Stiefel waren neu und saßen gut. Die kräftigen Sohlen erlaubten ein sicheres Auftreten auf dem glatten Weg.

Vielleicht sollte er ein wenig mehr Druck machen, um eine Position als fester Mitarbeiter beim Norwegischen Rundfunk zu erlangen. Das »Große Studio« war nicht gerade seine Kiste. Zu oberflächlich, das sowieso, und viel zu seicht. Trotzdem war die Show doch so fetzig, daß sie zu ertragen war, manchmal sogar ziemlich schräg und urban, und außerdem war Anne Lindmo eine gutaussehende Frau.

Er sollte sich ein bißchen mehr anstrengen, um den Job zu kriegen.

Gleich würde er den Wald geschafft haben. Hinter der weiten

Kurve, bei einer kleinen Anhöhe, wo er einmal in einer alten Eiche ein Baumhaus gebaut hatte, lag sein Elternhaus. Essen hatte die Mutter versprochen, auch wenn es spät würde.

Jemand kam hinter ihm her. Die Angst umklammerte seine Kehle, er erkannte das Entsetzen seiner Kindheit wieder, wenn er, die Gespenster auf den Fersen, mit hängender Zunge durch den Wald gehetzt war.

Verstohlen drehte er sich um. Er merkte, daß er seine Einkaufstüten fester packte, so als könne ihm nichts Schlimmeres passieren, als seiner neuen Kleider beraubt zu werden.

Der Verfolger war nicht hinter ihm, das begriff er jetzt. Dieser Mensch kam aus dem Wald heraus, zwischen den Bäumen, wo es keinen Weg gab und wo die Spuren im Neuschnee eine Reihe von schwarzen, unregelmäßigen Löchern bildeten. Es war schwer, mehr zu erkennen als die Umrisse dieser Gestalt. Vegard Krogh wurde von einer kräftigen Taschenlampe fast geblendet.

Die Gestalt war auffällig gekleidet, das sah er.

Ein weißer Overall.

Der knisterte leicht.

Seine Angst legte sich ein wenig.

»Ja, verdammt«, sagte Vegard Krogh und hob den Arm, um sich vor dem kräftigen Licht zu schützen. »Sie machen den Leuten doch angst, wenn Sie so durch die Gegend schleichen.«

Die Lampe wurde gesenkt und gedreht; jetzt strahlte sie das Gesicht der Gestalt an. Von unten, so, wie die frechsten Kinder die Kleinsten erschreckt hatten, an halbdunklen Sommerabenden, wenn sie einander zu ängstlichen Wettläufen über die lebenden Toten anstachelten.

»Du?« sagte Vegard Krogh überrascht und leicht gereizt; er kniff die Augen zusammen und sah sich das Gesicht genauer an. »Du? Bist du …«

Er beugte sich vor und war jetzt wütend.

»Bist du das wirklich? Was … ja, verdammt, du …«

Als die zwei Kilo schwere Taschenlampe mit gewaltiger Kraft seine Schläfe traf, starb er nicht. Er sank nur in sich zusammen und ging in die Knie.

Wieder traf ihn die Lampe, diesmal am Hinterkopf, mit einem knirschenden, fleischigen Geräusch, das ihn vielleicht fasziniert hätte, wenn er es hätte hören können. Aber Vegard Krogh war taub. Er starb, noch ehe sein Körper den glatten, eiskalten Boden erreichte.

9

Das erste, was Yngvar Stubø auffiel, als er am Freitag, dem 20. Februar, morgens früh hinter Sigmund Berli und Bernt Helle durch die Glastüren des gelbgestrichenen Pflegeheims im Osloer Umland ging, war der Anstaltsgestank. Er konnte nicht begreifen, warum pflegebedürftige Menschen im Geruch von zerkochtem Fisch und scharfen Reinigungsmitteln leben mußten. Öffentliche Armut war das eine, frische Luft aber gab es immer noch gratis. Als er das Zimmer betrat, in dem Yvonne Knutsen nun schon im dritten Jahr bewegungslos im Bett lag, konnte er kaum der Versuchung widerstehen, die Fenster aufzureißen.

»Yvonne«, sagte Bernt Helle. »Ich bin's. Ich habe die Polizei mitgebracht. Schläfst du?«

»Nein.«

Sie wandte dem Schwiegersohn ihr Gesicht zu. Ihr Lächeln war reserviert. Bernt Helle legte ihr die Hand auf den Unterarm und küßte sie kurz auf die Wange. Dann zog er den einzigen Stuhl des Zimmers an ihr Bett und setzte sich. Yngvar und Sigmund blieben neben der Tür stehen.

»Ich weiß, daß du nur ungern mit anderen redest«, sagte Bernt Helle und schloß seine große Pranke um Yvonne Knutsens schmale Hand, deren Adern hellblau unter der Haut lagen. »Mit anderen als Fiorella und mir, meine ich. Aber jetzt ist es wirklich wichtig. Daß du redest. Verstehst du ...«

Er strich sich über die Haare und seufzte hörbar.

»Was ist los?« fragte Yvonne.

»Verstehst du, es ist etwas passiert ...«

Wieder fehlten ihm die Worte. Er spielte an einem Zollstock herum, der aus einer Tasche an seiner khakibraunen Zimmermannshose ragte.

Yngvar trat näher.

»Yngvar Stubø«, sagte er und hob die Hand, ohne sie auszustrecken. »Ich war schon einmal hier. Gleich nachdem ...«

»Das weiß ich doch«, sagte Yvonne Knutsen. »Leider bin ich noch nicht senil. Ich glaube auch, mich erinnern zu können, daß Sie versprochen hatten, mich nicht weiter zu belästigen.«

»Das stimmt«, Yngvar nickte. »Aber die Situation hat sich nun also geändert.«

»Für mich nicht«, sagte Yvonne.

»Es ist noch ein Mord geschehen.«

»Aha«, sagte die Kranke.

»Auch diesmal geht es um eine bekannte Persönlichkeit.«

»Wen?«

»Vegard Krogh«, sagte Yngvar.

»Nie von dem Mann gehört.«

»Was heißt schon bekannt. Das ist sicher alles relativ. Es geht darum, daß wir ...«

»Es geht darum, daß ich hier im Sterben liege«, sagte Yvonne Knutsen, ihre Stimme war ruhig, ganz ohne Dramatik oder Selbstmitleid. »Je früher, desto besser. Und während ich darauf warte, möchte ich nicht belästigt werden. Mit niemandem sprechen. Das ist ein bescheidener Wunsch, wenn Sie mich fragen. Wenn man meinen Zustand bedenkt.«

Yngvar ließ seine Blicke über die Steppdecke wandern. Keine Bewegung verriet, daß darunter ein lebendiger Mensch lag, nicht einmal der Brustkasten hob sich sichtbar unter der Decke. Nur im Gesicht waren noch Spuren von früherer Schönheit zu finden, eine hohe Stirn und große Mandelaugen. Der Mund war ein Strich zwischen den eingefallenen Wangen, aber die bleiche Totenmaske verriet doch noch soviel, daß er für einen Moment Yvonne Knutsen so vor sich sehen konnte, wie sie wohl einmal gewesen war: hochgewachsen, selbstsicher und attraktiv.

»Ich verstehe«, sagte er. »Das tue ich wirklich. Das Problem ist, daß ich Ihrem Wunsch leider nicht nachkommen kann. Die Lage ist jetzt so ernst, daß wir jede Spur verfolgen müssen.«

»Wie gesagt, ich kenne keinen Vegard Krag und kann ...«

»Krogh«, sagte Sigmund von seinem Wachtposten mitten im Zimmer her. »Vegard Krogh.«

»Krogh«, wiederholte sie müde, ohne in Sigmunds Richtung zu

schauen. »Ich kenne niemanden, der so heißt. Und ich kann deshalb wirklich nicht begreifen, wie ich Ihnen helfen soll.«

»Ich habe einige Fragen, die sich auf Fionas Kind beziehen«, sagte Yngvar leise.

»Fiorella«, sagte die Frau im Bett überrascht und ließ ihren Blick von Yngvar zu Bernt und wieder zurück wandern. »Was ist mit ihr?«

»Nicht Fiorella«, sagte Yngvar. »Das erste Kind. Ich möchte gern mehr über das Kind wissen, das Fiona als Teenager bekommen hat.«

Yvonne Knutsen wurde zu einer anderen. Ihr Nasenrücken lief rot an. Die Farbe verbreitete sich rasch, zu einem Schmetterlingsmuster auf der blaßgrauen Haut. Sie atmete schneller, tiefer, und sie machte einen vergeblichen Versuch, sich im Bett aufzusetzen. Ihr Mund wuchs. Sie feuchtete ihre Lippen an, sie wurden roter, voller. Die Augen, die noch vor wenigen Sekunden ausgesehen hatten, als wären sie bereits tot, funkelten in tiefer Verzweiflung auf.

Bernt legte ihr vorsichtig die Hand auf die Brust.

»Ganz ruhig bleiben«, sagte er.

»Bernt«, keuchte sie.

»Ist schon gut«, sagte er.

»Aber ...«

»Ganz ruhig.«

Yngvar Stubø trat noch näher. Er preßte die Oberschenkel an das hohe Bett und beugte sich über die Kranke.

»Ich verstehe ja, daß das eine Belastung gewesen sein muß ...«

Bernt Helle schob ihn weg. Zum ersten Mal während der langen, erfolglosen Ermittlungen über den Mord an Fiona wirkte er aggressiv. Er hörte erst auf, als Yngvar einen Meter vom Bett entfernt stand. Dann strich er Yvonne über die Haare.

»Es ist eigentlich eine Erleichterung für mich, das zu erfahren«, sagte er leise, als gingen die Polizisten ihn nichts mehr an. »Fiona war so – suchend, gewissermaßen. Ich habe mich oft gefragt, woran das liegen könnte. Ich begreife nicht, warum es so schrecklich gewesen wäre, darüber zu sprechen, so viele Jahre später, so viele ...«

In seiner Stimme lag jetzt ein Unterton von Wut, er hörte es selbst und schluckte. Yngvar konnte sehen, daß er die Hand seiner Schwiegermutter fester packte, als er nun weitersprach:

»Ich akzeptiere, daß es hier vieles gibt, was ich nicht verstehe. Wir müssen miteinander reden. Richtig, meine ich. Aber im Moment mußt du so gut sein und Herrn Stubøs Fragen beantworten. Das ist wichtig, Yvonne. Bitte.«

Sie weinte lautlos. Die Tränen waren groß wie Wassertropfen; sie blieben ein oder zwei Sekunden im Augenwinkel hängen, dann lösten sie sich und verschwanden gleich unterhalb der Schläfe in den Haaren.

»Ich wollte nicht ... wir dachten ... es war ...«

»Schhhh«, sagte Bernt. »Ganz ruhig jetzt.«

»Ihr Leben wäre zerstört worden«, flüsterte Yvonne. »Sie war knapp sechzehn Jahre alt. Der Vater des Kindes ...«

Ihre Stimme versagte. Ein feiner Steifen durchsichtiger Flüssigkeit sickerte aus dem linken Nasenloch, sie fuhr sich mit dem Handrücken über das Gesicht.

»Er war ein Hallodri«, sagte sie laut. »Und Yvonne fing gerade mit dem Gymnasium an. Der Junge hat sich verdrückt, es war zu spät, um ... ich hätte es natürlich merken müssen, aber wer kann ... Als Teenager haben sie doch Anspruch auf ein Privatleben. Ein wenig Fohlenspeck für eine Übergangszeit ... ich ...«

»Yvonne«, sagte Bernt Helle energisch und versuchte, ihren Blick einzufangen. »Jetzt mußt du mir zuhören. Hör mir zu!«

Sie hatte sich von ihrem Schwiegersohn abgewandt. Sie versuchte, ihre Hand aus seinem festen Griff zu befreien.

»Hör mir zu«, wiederholte er, als spräche er zu einer bockigen Tochter. »Wir zwei können uns später so viel Zeit nehmen, wie wir brauchen. Im Moment ist es wichtiger, die Fragen der Polizei zu beantworten.«

Niemand sagte etwas. Yvonne hatte den Kampf gegen ihre widerwilligen Muskeln aufgegeben. Wieder lag sie hilflos und von allen Kräften verlassen da. Sogar ihre Haare wirkten kraftlos, wie sie grau, dünn und verfilzt auf dem Kissen lagen.

»Er heißt Mats Bohus«, sagte sie plötzlich, ihre Stimme war wieder die alte, gleichgültig und abweisend zugleich.

»Was?«

»Mats Bohus. Er wurde am 13. Oktober 1978 geboren. Mehr weiß ich nicht.«

»Wie kannst du«, setzte Bernt Helle an, ohne seine Frage zu vollenden.

Wieder näherte Yngvar sich dem Bett.

»Dieser Mats hat Fiona kürzlich aufgesucht«, stellte er fest, als sei Yvonnes Bestätigung gar nicht mehr nötig.

Sie murmelte trotzdem bejahend, ohne Yngvar anzusehen.

»Vor oder nach Neujahr?« fragte er.

»Gleich vor Weihnachten«, flüsterte Yvonne. »Er war ... er ist ...«

Der Rotzstrom wollte nicht versiegen. Bernt Helle zog ein Taschentuch aus der Nachttischschublade und drückte es ihr in die Hand. Ihre Kräfte reichten gerade aus, um die linke Hand zu heben und das Stoffstück an ihre Nase zu drücken.

»Ich habe sie weggeschickt«, sagte sie. »Ich habe Fiona zu meiner Schwester nach Dokka geschickt. Die wohnte ziemlich abgelegen. So isoliert, daß die Fragen sich in Grenzen hielten.«

Yngvar schauderte es, als die Frau lachte. Sie hörte sich an wie eine verletzte Krähe, ihr Lachen war heiser, kratzend und absolut freudlos.

»Und dann kam die Geburt zu früh«, sagte Yvonne. »Ich war nicht bei ihr. Niemand war bei ihr. Fast wären sie beide dabei draufgegangen. Dann ...«

Ihr Atem wurde zum Schluchzen, und als sie einen Hustenanfall erlitt, richtete Bernt sie im Bett halbwegs auf. Als sie sich endlich beruhigt hatte, wischte er ihr vorsichtig den Mund ab und legte sie wieder hin.

»Mit dem Jungen stimmte etwas nicht«, sagte sie hart. »Aber das war nicht mehr unsere Sache.«

»Etwas stimmte nicht?« wiederholte Yngvar. »Was denn?«

»Er war zu groß. Plump und riesig und unwahrscheinlich ... häßlich.«

Für einen Moment sah Yngvar Ragnhild vor sich, frisch aus

dem Bauch der Mutter gezogen, rot, schleimig und hoffnungslos unschön. Er legte die Hand vor den Mund und räusperte sich. Seine Augen wurden schmal. Yvonne Knutsen schien seine Mißbilligung nicht zu bemerken.

»Was ist dann passiert?« fragte Bernt Helle fast unhörbar.

»Wir haben vergessen«, sagte Yvonne. »Wir mußten vergessen.«

»Vergessen ...«

Yngvar trat leise einen Schritt vom Bett fort.

»Der Junge wurde weggegeben«, sagte die Frau. »Adoptiert. Ich wußte natürlich nicht, von wem. Es war besser so. Für ihn und für Fiona. Sie hatte ihr Leben noch vor sich. Wenn wir nur vergessen konnten.«

»Habt ihr das geschafft? Hast *du* das geschafft, Yvonne?«

Bernt Helle hatte jetzt ihre Hand losgelassen, und saß auf der Stuhlkante, wie auf dem Sprung. Sein linkes Bein vibrierte. Der Stiefelabsatz tippte auf das Linoleum.

»Ich habe vergessen«, sagte Yvonne. »Fiona hat vergessen. So war es am besten. Verstehst du das nicht, Bernt!«

Ihre Finger kratzten über das Laken, auf dem seine Hand nicht mehr lag. Sein Blick ruhte auf einer schiefhängenden, verblaßten Lithographie. Er ließ sich auf dem Stuhl zurücksinken und legte den Kopf schräg. Seine Augen wollten das Bild nicht loslassen. Er starrte, kniff die Augen zusammen und musterte die nonfigurative Komposition aus verfärbten Kuben und Zylindern.

»Du mußt versuchen zu verstehen«, flehte Yvonne. »Fiona war zu jung. Es war das beste, sie wegzuschicken, das Kind kommen zu lassen und dann einfach zu vergessen. Weiterzumachen, als ob nichts geschehen wäre. Das mußte einfach sein, Bernt. Ich mußte Rücksicht auf Fiona nehmen. Nur auf sie. Ich war für sie verantwortlich. Ich war ihre Mutter. Der Junge würde bei erwachsenen Eltern ein besseres Leben haben, bei Menschen, die ...«

»Wir reden hier nicht über die Vorkriegszeit«, sagte Bernt und wich noch ein wenig weiter vom Bett zurück. »Das ist gegen Ende der siebziger Jahre passiert. Im Jahrzehnt der Frau, Yvonne! Gro Harlem Brundtland und Umweltschutz, selbstbestimmte Abtreibung und Frauenquote, ja verdammt, das war doch ...«

Er sprang auf. In halb drohender und halb verzweifelter Haltung stand er über ihr und hob beide Fäuste, dann wandte er das Gesicht zur Decke und fuhr sich mit den Händen über den Kopf.

»Jahrelang haben wir verzweifelt versucht, ein Kind zu bekommen. Wir waren im Ausland, in allen möglichen Kliniken, wir haben versucht und versucht…«

»Ich glaube«, fiel Yngvar ihm mit scharfer Stimme ins Wort, »wir müssen uns an Ihre eigenen klugen Worte halten, Herr Helle. Daß über dieses Problem gesprochen werden muß, daß das aber Zeit bis später hat.«

Der kräftige Mann schaute ihn verdutzt an, ihm schien erst jetzt aufzugehen, daß Polizei im Zimmer war.

»Ja«, sagte er kleinlaut. »Aber ich glaube, dann werde ich…«

Langsam ging er hinüber auf die andere Seite des Bettes. Die Luft im Raum war stickig. Yngvar spürte, wie ihm in den Achselhöhlen der Schweiß ausbrach und kalt in den Hosenbund lief. Er fuhr sich mit dem Zeigefinger über die Oberlippe.

»Was haben Sie jetzt vor?« fragte er wachsam.

Bernt Helle gab keine Antwort. Er rückte vorsichtig das Bild gerade. Ein wenig zur einen Seite, dann eine Spur zur anderen.

»Ich verstehe ja, daß Sie Antworten brauchen«, sagte er, noch immer zur Wand gedreht. »Und ich will Ihnen wirklich helfen. Aber im Moment kann ich nicht viel tun. Ich dürfte gar nicht hier sein. Deshalb gehe ich jetzt.«

Sigmund vertrat ihm den Weg.

»Ich bin nicht verhaftet«, sagte Bernt Helle; er überragte den untersetzten Polizisten um Haupteslänge. »Aus dem Weg.«

»Laß ihn«, sagte Yngvar Stubø. »Natürlich kann er machen, was er will. Vielen Dank für die Hilfe, Herr Helle.«

Der Witwer gab keine Antwort. Langsam fiel die Tür hinter ihm ins Schloß, und sie hörten seine Schritte, hartes Gummi auf gebohnertem Linoleum, den Flur hinunter leiser werden. Yngvar nahm Helles Platz auf dem Stuhl ein.

»Und jetzt zu uns.«

Der Kranken schien es jetzt noch schlechter zu gehen. Die Rötung war verschwunden. Ihr Gesicht war nicht graubleich, wie vorhin, als sie gekommen waren, sondern wies eine erschreckende bläuliche Färbung auf. Ihr fielen die Augen zu. Die Unterlippe zitterte und war der einzige Beweis dafür, daß Yvonne Knutsen noch lebte.

»Ich verstehe, daß das schwer ist«, sagte er vorsichtig. »Und ich werde Sie nicht mehr lange quälen. Ich muß nur wissen, was passiert ist, als ...«

»Gehen Sie.«

»Ja, ich muß nur noch ...«

»Gehen Sie.«

Ihre Stimme brach.

»Was wollte er?« fragte Yngvar. »Mats Bohus. Was passierte, als er kam?«

»Gehen Sie.«

»Wohnt er hier in ...«

»Bitte. Gehen Sie.«

Ihre Hand tastete nach der Notklingel, die mit Klebeband am Bett befestigt war. Er erhob sich.

»Das alles tut mir leid«, sagte er leise. »Auf Wiedersehen.«

»Aber«, protestierte Sigmund Berli, als Yngvar ihn am Arm packte und auf den Flur hinausführte. »Wir müssen ...«

»Der Mann heißt Mats Bohus, und wir wissen, wann er geboren wurde«, sagte Yngvar und blickte über die Schulter zurück.

Yvonne Knutsen rang nach Luft und drückte immer wieder auf die Notklingel.

»Wie schwer kann es wohl sein, ihn zu finden, wenn wir soviel wissen«, flüsterte Yngvar und blieb in der Türöffnung stehen.

Als ein Mann von Mitte Dreißig, der einen weißen Kittel trug, langsamen Schrittes auf sie zukam, um sich den wütenden Notrufen zu widmen, zupfte Yngvar Sigmund abermals am Ärmel, dann ging er los.

»So schrecklich schwer kann das doch nicht sein«, sagte er, als versuche er, sich selbst zu überzeugen.

Rasch schaute er auf die Uhr.

»Schon Viertel nach zwölf. Wir haben nicht mehr viel Zeit.«

Die frische Luft, kalt und scharf und mit einem Hauch von

Tannenzweigen und verbranntem Holz aus einem nahegelegenen Haus, ließ ihn trotzdem mehrere Minuten stehen bleiben, ehe er sich mit seinem ganzen Gewicht auf den Beifahrersitz sinken ließ.

»Fahr du«, sagte er zu Sigmund, der verdutzt hinter dem Lenkrad Platz nahm und den Zündschlüssel ins Schloß steckte. »Wir haben nicht viel Zeit.«

Es war nicht mehr ganz so schwer, allein zu sein. Im Gegenteil, er gab sich alle Mühe, Besucher abzuschrecken. Sie standen Schlange. Die Eltern, vor allem seine Mutter, riefen jeden Tag mehrmals an. Den Bruder hatte er seit der unbegreiflichen Prügelei zwar nicht mehr gesehen, aber Freunde, Kollegen und sogar eher flüchtige Bekannte schienen sich alle einzubilden, daß Trond Arnesen einfach nicht in der Lage sei, allein zu wohnen. Am Vortag hatten zwei ehemalige Klassenkameradinnen mit selbstgemachter Lasagne vor der Tür gestanden. Und sie hatten beleidigt gewirkt, als er sie nicht hereinließ.

Er hatte gelesen, daß eigentlich das Gegenteil normal wäre.

In den bunten Frauenzeitschriften, die er noch nicht weggeräumt hatte, stand, daß Angehörige nach einem tragischen Todesfall in der Familie zumeist totgeschwiegen wurden. Er hatte über Kinder gelesen, die starben und nur Leere hinterließen, weil die Bekannten der Eltern sich in stummer Verlegenheit zurückzogen.

Ihm ging es nicht so. Die Leute drängten sich auf. Sein Chef hatte gesagt, er solle sich Zeit lassen. Zu Ende trauern, so hatte er sich ausgedrückt, als er ihm morgens den Arm um die Schulter gelegt und ihm angeboten hatte, ihn nach Hause zu fahren. Da Trond dieses Angebot dankend angenommen hatte, war er nahezu gezwungen, den Mann auch ins Haus zu bitten. Er war um die Fünfzig, hatte die verbliebenen Haare sorgfältig auf seinem Kopf verteilt und in seinem kreisrunden Gesicht saß eine neugierige Stupsnase. Der Chef hatte verstohlene Blicke in alle Richtungen geworfen, als sammle er Eindrücke, die er anschließend im Büro zum besten geben konnte. Am Ende war er satt und ging.

Schon wieder war eine bekannte Persönlichkeit ermordet aufgefunden worden.

Trond ließ die Zeitung sinken und ging in die Küche. Der Kühlschrank enthielt alles, was er für das Wochenende brauchte. Seine Mutter hatte darauf bestanden, für ihn einzukaufen. Er öffnete ein Bier. Es war noch nicht mal ein Uhr mittags, aber er hatte die Tür abgeschlossen, das Telefon ausgestöpselt und das Handy abgeschaltet. Er wollte allein sein, bis zum Montag. Dieser Gedanke munterte ihn auf. Zum ersten Mal, seit Vibeke ermordet worden war, empfand er so etwas wie Ruhe.

Die geheimen anderthalb Stunden waren fast vergessen. Er leerte die halbe Dose auf einen Zug, dann setzte er sich mit den Zeitungen des Tages in einen Sessel.

Sogar *Aftenposten* überschlug sich. Große Teile der Titelseite und zwei ganze Seiten im Mittelteil widmeten sich einem Täter, der nach der düsteren Einschätzung der Zeitung eine Mordmaschine war, die in der norwegischen Kriminalgeschichte nicht ihresgleichen hatte. Spekulativ war er über sechs Spalten als dunkle Silhouette gezeichnet. Sie stellten sich ihn offenbar als einen Mann mit markanten Zügen und struppigen Haaren vor. Über seinen Brustkasten waren Fotos von Fiona Helle, Vibeke Heinerback und Vegard Krogh montiert. Jetzt war nicht mehr die Rede von einem Frauenhasser, der von seiner Mutter abgewiesen worden war. Diesmal dachten sie in Richtung eines erfolglosen Strebers. Einem großangelegten Interview mit drei bekannten Psychologen und einem pensionierten Kommissar aus Bergen konnte man entnehmen, daß der Mörder vermutlich unter ausgeschiedenen Robinson-Teilnehmern, mißglückten »Norwegen sucht den Superstar«-Sängern oder letztplazierten Grand Prix-Teilnehmern zu finden sei. Der brutale Mörder hatte wohl seine fünfzehn Minuten Ruhm erlebt und die Entzugserscheinungen, als die Scheinwerfer jäh erloschen, dann nicht ertragen können. Meinten die Experten.

Vegard Krogh wurde als strahlende Begabung beschrieben, als kompromißloser Künstler.

Er war mit einem Kugelschreiber im Auge gefunden worden.

Trond lachte so sehr, daß sein Bier aufspritzte.

Vegard Krogh war der größte Mistkerl auf der ganzen Welt.

Der Typ hatte Vibeke und alles, wofür sie gestanden hatte, verachtet. Das hatten viele getan, aber Vegard Krogh hatte sich nicht mit allgemeiner Uneinigkeit begnügt. Nachdem Vibeke sich über die Unfähigkeit der Kultur geäußert hatte, sich dem Markt anzupassen, war Vegard im Künstlerhaus auf sie zugekommen. Es war Freitag gewesen, es war spät, alle waren dort. Zuerst hatte er lauthals Streit gesucht. Als Vibeke ihm den Rücken zukehrte und für die anderen am Tisch mit dem kleinen Finger unverkennbar ein armseliges Geschlechtsorgan andeutete, hatte er ihr Bier über den Kopf gegossen. Woraufhin ein wilder Streit ausbrach. Trond hatte bei der Polizei Anzeige erstatten wollen.

»Das macht ihn nur wichtiger, als er ist«, hatte Vibeke damals gesagt. »Er will Aufmerksamkeit, und ich denke nicht daran, ihm die zu schenken.«

Seither hatten sie nichts mehr von Vegard Krogh gehört oder gesehen, abgesehen von dem einen oder anderen giftigen Seitenhieb in den Artikeln, die Vibeke über einen Pressedienst zugeschickt bekam. Sie kümmerte sich nicht darum, Trond aber regte sich jedes Mal wieder auf, wenn er auf dieses infame Geschreibsel stieß. Als der Kerl in »Absolute Unterhaltung« einen kurzen Gastauftritt bekam, hatte Trond aufgehört, TV 2 zu sehen.

Arschloch hoch drei, dachte er.

Vegard Krogh hatte um alles in der Welt bekannt werden wollen, und endlich schien es ihm gelungen zu sein.

Trond trank das Bier aus und ging sich ein neues holen.

Er würde das ganze Wochenende allein sein, und er beschloß, sich vollaufen zu lassen. Vielleicht würde er baden. Sich einen Film ansehen. Zwei Pillen aus Vibekes Medizinschränkchen einwerfen und zwölf Stunden schlafen.

Die geheimen anderthalb Stunden waren fast schon vergessen.

»Ein Kugelschreiber«, sagte Sigmund Berli ratlos.

»Montblanc«, sagte der Pathologe. »Typenbezeichnung Bohème. Paßt, nach allem, was ich in den Zeitungen gelesen habe. Ich wollte ihn nicht entfernen, ehe ihr euch die Sache angesehen habt.«

»Wie ist der ...«

Yngvar verstummte und beugte sich über die Leiche. Er betrachtete das entblößte Gesicht aus zusammengekniffenen Augen. Der Mund stand halboffen. Die Nase war zerschrammt. Das unversehrte Auge starrte auf einen Punkt an der Decke. Aus dem anderen ragte ein dicklicher Kugelschreiber. Als Yngvar um den Stahltisch ging, konnte er sehen, daß das Schreibgerät in den Augenwinkel gebohrt worden war. Tief, nahm er an, nur fünf oder sechs Zentimeter des schwarzen Kugelschreibers ragten heraus, perfekt in einem Winkel von neunzig Grad zum Wangenknochen plaziert. Ein kleiner Schmuckstein im Druckknopf funkelte im grellen Licht rubinrot.

»Der Augapfel selbst ist also nicht perforiert«, sagte Yngvar fragend und beugte sich noch weiter vor.

Die rechte Pupille des Toten sah erschreckend lebendig aus, wie sie sich schieläugig dem Fremdkörper im Augenwinkel zuwandte. Vegard Krogh schien noch registriert zu haben, daß sein Lieblingskugelschreiber unterwegs in sein Gehirn gewesen war.

»Na ja«, sagte der Pathologe. »Der Augapfel ist aller Wahrscheinlichkeit nach natürlich zerstört. Aber er… der Täter hat den Stift nicht ins eigentliche Auge gebohrt.«

»Aber er kann es versucht haben«, sagte Yngvar.

»Ja. Der Kugelschreiber kann am Augapfel abgerutscht sein. Hier…«

Er nahm einen Laserstift und ließ den roten Flecken im Augenwinkel umhertanzen.

»…ist es natürlich leichter, einzudringen.«

»Interessant«, murmelte Yngvar.

Sigmund Berli sagte nichts. Er war unbemerkt zwei Schritte zurückgetreten.

»Er war also tot, ehe das hier passiert ist«, sagte Yngvar.

»Ja«, sagte der Pathologe. »Vermutlich. Was ihn getötet hat, war der Schlag in den Nacken. Wie gesagt, ich habe mit der genaueren Untersuchung gewartet, wo ich doch wußte, daß ihr ihn zuerst sehen wolltet. Es scheint aber auf der Hand zu liegen, daß er hier geschlagen wurde…«

Der rote Punkt vibrierte über Vegard Kroghs linke Schläfe. Seine Haare waren verfilzt und dunkel.

»Bewußtlos geschlagen, aller Wahrscheinlichkeit nach. Danach der Schlag in den Nacken.«

Der Pathologe kratzte sich an der Wange und ging halbwegs in die Hocke, so daß sein Gesicht auf gleicher Höhe mit dem Kopf der Leiche war.

»... der hat ihn umgebracht. Das ist nicht so leicht zu zeigen, ohne ihn umzudrehen, und das wollte ich nicht machen, ohne den Kugelschreiber herausgezogen zu haben, und ...«

»Schon gut«, sagte Yngvar. »Ich kann auf den abschließenden Bericht warten. Schlag in den Nacken also. Nachdem er durch einen Schlag gegen die linke Schläfe bewußtlos geworden war. Womit wurde er geschlagen?«

»Mit etwas Schwerem. Aus Metall, nehme ich an. So auf die Schnelle tippe ich auf ein solides Wasserrohr. Wenn wir ihn genauer untersuchen, werden wir in den Wunden vermutlich Partikel finden, die uns präzisere Auskünfte geben.«

»Dann wissen wir, daß wir es aller Wahrscheinlichkeit nach mit einem rechtshändigen Täter zu tun haben«, sagte Yngvar. »Was uns aber auch nicht viel weiterhilft.«

»Rechtshändig?«

»Die linke Schläfe«, erklärte Yngvar abwesend. »Schlag mit der rechten Hand.«

»Nur, wenn die beiden sich gegenüberstanden«, sagte Sigmund, der eine Pastille lutschte und jetzt bei der Tür stand. »Wenn der Täter von hinten kam, kann er ...«

»Sie standen sich von Angesicht zu Angesicht gegenüber«, fiel Yngvar ihm ins Wort. »Das hat jedenfalls die Spurensicherung am Tatort ergeben. Danke für die Hilfe.«

Er gab dem Pathologen die Hand, der den Händedruck erwiderte und sich danach an den Schreibtisch in der Ecke setzte.

»Was ist denn in dich gefahren«, sagte Yngvar und grinste Sigmund an, als die Tür zum Obduktionssaal hinter ihnen ins Schloß fiel. »Du hast doch schon viel Schlimmeres als das hier ertragen.«

»Verdammt, Mann! Ein Kugelschreiber im Auge!«

»Weiß nicht, was schlimmer ist«, sagte Yngvar und suchte in seiner Manteltasche nach dem Notizbuch. »Kugelschreiber im Auge, Zunge in einer Tüte oder der Koran fast in die Muschi gestopft.«

»Kugelschreiber im Auge«, murmelte Sigmund. »Ein beschissener Bonzenkugelschreiber im Gehirn ist verdammt noch mal das Schlimmste, was ich je gesehen habe.«

Ein zufälliger Spaziergänger blieb für einen Moment vor dem prachtvollen Haus im historischen Stadtviertel Quadratur stehen. Er hatte es eilig. Wenn er den Bus verpaßte, würde er eine Stunde warten müssen. Trotzdem blieb er stehen. Drinnen wurde applaudiert. Der Beifall war so stark, daß er zu spüren meinte, wie die Erde vibrierte, als sei der Enthusiasmus hinter den soliden Steinmauern groß genug, um ganz Oslo in Bewegung zu setzen. Der Mann hob den Blick. Er war fünf Jahre lang auf dem Weg zur Arbeit und zurück an diesem Haus vorbeigegangen, fünf Tage in der Woche; fast zweieinhalbtausendmal hatte er ein Gebäude passiert, das lange so baufällig gewesen war, daß die Nachbarn den Abriß verlangten.

Vier Jahreszeiten hindurch hatte er gesehen, wie das Haus zu neuem Leben erwachte. Im vergangenen Winter war es eingerüstet und mit Plastikplanen verkleidet worden, die in den Windstößen vom Fjord zitterten und knallten. Im Frühling wurde es reduziert zu einer Fassade ohne Inhalt, wie eine Hollywood-Kulisse. Noch ehe der Sommer ganz zu Ende gegangen war, wurde aus dem riesigen Loch über vier Etagen wieder ein Haus, mit soliden Treppen und Böden aus Edelholz, schönen Türen und sorgfältig restaurierten Bleiglasfenstern im Erdgeschoß. Im Herbst waren vom Gerüst und den noch immer klaffenden Öffnungen im Haus her polnische und dänische Flüche zu hören, rund um die Uhr. Die Zeitungen berichteten von Budgetüberschreitung, Verspätungen und offenen Streitereien über die Verwendung der Gelder.

Gegen Weihnachten wurde das neue Parteilokal endlich ausgepackt. Ganz nach dem Zeitplan und mit der Uraufführung eines neuen Weihnachtsstücks für Kinder in dem prachtvollen, üppig ausgestatteten Festsaal.

Der Mann ließ seinen Blick über die Fassade wandern.

Es bereitete ihm eine unerklärliche Freude, an diesem Haus vorbeizugehen. Die Farbtöne entsprachen exakt denen, die Ende des 19. Jahrhunderts gewählt worden waren, als das Haus errichtet wurde, als Wohnung und Kontor für den reichsten Bauunternehmer der Stadt. Nachdem dessen Enkelkind 1998 hochbetagt und kinderlos gestorben war, fiel das Grundstück an die Partei. Da sie nicht genug Geld für die kommunalen Abgaben hatte, blieb es leerstehen, bis ein weiterer Neoliberaler, dankbar für die Steuerpolitik der Partei, ihr eine schwindelerregende Summe spendete, die es ermöglichte, das schönste Parteihauptquartier in ganz Skandinavien einzurichten.

Der Applaus wollte kein Ende nehmen.

Der Mann mußte lächeln. Er zog seinen Mantel fester um sich und lief zum Bus.

Wäre er statt dessen die Steintreppe hoch und auf die riesige Eichentür zugegangen, hätte er festgestellt, daß sie offen war. Und wenn er in das Foyer hineingegangen wäre, hätte er sich vermutlich über den Fußboden gefreut. Handgedrechselte Holzstäbe schlängelten sich in einem Spiralmuster um eine Vitrine mitten im Raum, wo hinter Glas das Parteimotto in echtem Gold eingraviert war:

Mensch-Markt-Moral.

Da der Mann, der drei Blocks weiter in Richtung Westen soeben den Bus bestieg, aber ein treuer Sozialdemokrat war, hätte er sich vermutlich über diese banale Botschaft geärgert. Trotzdem hätte die Schönheit des Raumes mit seiner handbemalten Kuppel und den Kronleuchtern aus Kristall und Silber ihn vermutlich veranlaßt, die Treppe nur langsam hochzusteigen. Die dicken Teppiche hätten sich unter seinen Füßen angefühlt wie Sommergras. Vielleicht hätte er sich von dem nicht enden wollenden Applaus in den Festsaal locken lassen. Hinter doppelten Türen am Ende des breiten Korridors, auf der anderen Seite des Raumes, die

Arme zu einer Siegesgeste erhoben auf einer Rednertribüne stehend, hätte er Rudolf Fjord gesehen.

Der Mann, der im Bus saß und sich davor grauste, zu Hause erzählen zu müssen, daß er vergessen hatte, in den Alkoholladen zu gehen, hätte vermutlich über den gewaltigen Jubel gestaunt, den diese außergewöhnliche Parteiversammlung so kurz nach dem Mord an ihrer jungen Vorsitzenden anzustimmen wagte.

Soeben war ein neuer Parteivorsitzender gewählt worden.

Wenn dieser zufällige Passant, der nun die Stirn an das Seitenfenster des Busses lehnte und sich fragte, welcher seiner Freunde ihm möglicherweise drei Flaschen Rotwein ausleihen könnte, statt dessen an den Bankreihen im Festsaal vorbeigegangen wäre, dann hätte er etwas gesehen, was bisher nur Rudolf Fjord bemerkt hatte.

Unter all den johlenden, klatschenden und pfeifenden Menschen hier gab es eine, die weder lächelte noch lachte. Ihre Hände bewegten sich nur langsam aufeinander zu, in einem demonstrativen, lautlosen Protest.

Diese Frau war Kari Mundal. Der Mann im Bus hätte gesehen, daß sie der Rednertribüne den Rücken kehrte und still und gelassen den Festsaal verließ, ehe Rudolf Fjord sich für diesen einzigartigen Vertrauensbeweis bedanken konnte.

Das alles hätte ein scharfer Beobachter registriert.

Aber dieser zufällige Passant hatte seinen Bus nach Hause nicht verpassen wollen. Und jetzt schlief er, den Kopf an die Schulter eines Fremden gelehnt.

Es war ein Uhr in der Nacht auf den Samstag. Kristiane war wieder da. Sie war aufgedreht, wie immer, wenn sie eine Weile nicht bei ihrer Mutter gewesen war, und schlief erst gegen Mitternacht ein. Yngvar hatte sich zur selben Zeit hingelegt. Er versuchte nicht einmal, Inger Johanne zum Mitkommen zu überreden. Sie hatten in dem ganzen Trubel kaum ein Wort gewechselt. Isak war bis spätabends geblieben.

Inger Johanne wußte, daß sie versuchen mußte, sich nicht über ihn zu ärgern. Zugleich war ihr klar, daß ihr das niemals gelingen würde. Vor allem fühlte sie sich durch seine Selbstverständlichkeit provoziert; durch diese lässige Sicherheit, daß es ihnen immer gelegen kam, wenn er sich zu ihnen setzte, daß sie niemals etwas anderes zu tun hatten, als ihm eine Mahlzeit zu servieren und mit ihm zu plaudern, wenn er Kristiane ablieferte. Sogar jetzt, nur einen Monat nach der Geburt, rannte er brüllend im Haus herum und spielte mit Kristiane auf dem Rücken Superman, ohne auch nur eine Sekunde daran zu denken, daß Ragnhild schlief.

»Sei doch froh«, hatte Yngvar vor dem Schlafengehen gesagt, in seiner Stimme hatte ein Hauch von Kritik gelegen. »Kristiane hat einen guten Papa. Er ist ein wenig... er nimmt sich Freiheiten heraus, aber er liebt das Kind. Sei du also ein wenig großzügig.«

Vielleicht lag es vor allem an Yngvar, daß sie es nicht so ganz schaffte, sich mit Isaks Verhalten abzufinden. Yngvar hätte protestieren müssen. Yngvar, ihr Ehemann, hätte diesen Eindringling in seine Schranken weisen müssen, ihren jämmerlichen Exmann, der seinem doppelt so großen Nachfolger immer jovial auf den Rücken klopfte und ihm ein lauwarmes Bier aus dem Sechserpack anbot, den er jetzt jeden zweiten Freitag mitbrachte, zusammen mit Kristianes schmutziger Wäsche. Immer mit schmutziger Wäsche. An ihre Toilettensachen dachte er nie.

»Ich hab doch kaltes Bier«, sagte Yngvar dann immer lächelnd.

Inger Johanne weigerte sich, das als Zeichen der Schwäche zu betrachten.

Als Ausweichen.

Sie sprang vom Sofa auf.

»Was ist denn jetzt?« fragte Yngvar.

Sie blieb stehen und zuckte mit den Schultern.

»Nichts. Geh wieder schlafen.«

Er hatte sich angezogen. Sein beuteliger Fleecepullover und die graue Trainingshose ärgerten sie. Zu Weihnachten hatte sie ihm einen dunkelblauen Nike-Hausanzug geschenkt. Der lag unbenutzt im Schrank.

»Geh wieder schlafen«, wiederholte sie mit scharfer Stimme und ging in die Küche.

»Der Sache müssen wir ein Ende setzen«, sagte er. »Du kannst nicht jeden zweiten Freitag sauer auf mich sein. Das geht nicht.«

»Ich bin nicht sauer auf dich«, sagte Inger Johanne und drehte den Wasserhahn auf. »Wenn ich überhaupt auf irgendwen sauer bin, dann auf Isak. Aber das lassen wir jetzt.«

»Nein, das tun wir nicht …«

»Laß gut sein, Yngvar.«

Und sie ließen es gut sein. Er trottete ins Wohnzimmer. Er hörte, wie sie Wasser in ein Glas laufen ließ. Sie trank in langen Zügen. Das Glas wurde energischer als unbedingt nötig ins Spülbecken gestellt. Dann war alles still.

»Wollen wir ein wenig arbeiten?«

Ihr Lächeln war wenig begeistert. Er griff nach ihrer Hand, als sie an ihm vorbeiging, um sich auf das andere Sofa zu setzen. Sie überließ sie ihm nur einen Moment, dann zog sie ihren Arm zurück.

»Ein Kugelschreiber im Auge«, sagte sie langsam und ließ sich auf die Kissen sinken, sie schien sich zusammenreißen zu müssen, um sich überhaupt mit der Sache zu befassen. »Jedenfalls sehr symbolisch.«

»Mehr als genug«, sagte Yngvar und nickte, er wußte noch immer nicht, wie er in dieser Stimmung mit ihr umgehen sollte. »Und zum ersten Mal können wir mit gutem Gewissen von einem Opfer reden, das Feinde hatte. Vibeke Heinerback hatte Gegner und den einen oder anderen politischen Widersacher. Fiona Helle wurde beneidet und auch ein wenig verleumdet. Vegard Krogh dagegen hatte sich mit aller Welt angelegt. Durch sein Auftreten und durch das, was er geschrieben hat. Vor allem vielleicht durch letzteres.«

»Solche Leute sind einfach schrecklich«, sagte Inger Johanne heftig. »Großkotzig, wenn sie zu Hause an ihrem Computer sitzen, kleinlaut und feige, wenn ihnen ihre Opfer gegenüberstehen. Wenn sie sich nicht ohnehin um Sinn und Verstand gesoffen haben.«

»Du meine Güte«, murmelte Yngvar. »Gibt's noch mehr Wein?«

Sie nickte und zog die Wolldecke fester um sich.

»Ich finde solche *hot heads* eigentlich ganz in Ordnung«, sagte er und stellte ein gutgefülltes Glas vor sich auf den Couchtisch. »Möchtest du?«

Sie schüttelte den Kopf.

»Ich bitte dich«, sagte sie ungewohnt heftig. »Solche Leute ruinieren jede öffentliche Diskussion. In diesem Land ist es *einfach unmöglich, zu ...*«

Sie zuckte angesichts ihrer lauten Stimme zusammen und wurde leiser, ehe sie hinzufügte: »Diskussionen haben einfach keinen Zweck mehr. Jedenfalls nicht in den Zeitungen. Den Leuten ist es wichtiger, ihre Formulierungen auf die Spitze zu treiben und mit eleganten verbalen Hinrichtungen ihrer Gegner zu brillieren, als wirklich über ein Problem zu sprechen. Es zu durchleuchten. Vorurteilslos zu sein. Erkenntnisse zu gewinnen. Wissen zu teilen.«

Yngvar ließ sich zurücksinken und hob sein Glas. Er betrachtete sie. Ihre Haare waren zerzaust, und sie hatte Ringe unter den Augen. Wie alle anderen um diese Jahreszeit war sie blaß, aber er fand, daß ihre Gesichtshaut noch dazu etwas Durchsichtiges hatte, eine Verletzlichkeit, die sie hinter einem Zorn zu verbergen versuchte, der ihm fremd war.

»Komm her«, sagte er sanft. »Nimm das doch nicht so ernst. Laß die Leute doch ein wenig laut werden. Das ist nur selten böse gemeint. Zugespitzte Diskussionen, ein kleiner Streit und hohe Temperaturen sind doch nur unterhaltend. Man darf es nur nie ganz ernst nehmen.«

Inger Johanne zog die Beine unter den Po und fuhr sich mit den Fingern durch die Haare. Ihre Unterlippe zitterte.

»Komm her«, sagte Yngvar. »Komm her, Herzchen.«

»Ich hab mich nur so geärgert«, sagte sie leise. »Und ich möchte lieber allein sitzen.«

»Schön. Gut.«

»Mats Bohus«, sage sie.

»So heißt er.«

»Habt ihr ihn gefunden?«

»Nein.«

»Warum nicht?«

Yngvar fuhr sich mit der Hand durch die hellen Haare, die langsam zu lang wurden. Er wußte, daß es unmöglich aussah, inzwischen waren sie oben arg schütter, und im Nacken und über den Ohren bogen sie sich nach außen. Normalerweise trug er die Haare kurz. Dann sahen sie dicht und jugendlich aus.

»Er ist in Oslo gemeldet«, sagte er. »In Bislett. Louises gate. Da ist er jedoch nicht. Die Nachbarn bezeichnen ihn als komischen Vogel. Selten zu Hause, hat die alte Dame von gegenüber gesagt. Der Junge macht nie Ärger, ist aber oft über lange Zeit verschwunden. Redet mit niemandem mehr, sagt nur auf der Treppe guten Tag. Außerdem haben wir den Eindruck, daß er seltsam aussieht. Kannst du mir morgen die Haare schneiden?«

»Ich kann dir jetzt die Haare schneiden.«

Er lachte und trank mehr Wein.

»Jetzt?«

»Ja. Jetzt haben wir schließlich Zeit.«

Jack wedelte heftig mit dem Schwanz, als Yngvar die Schultern zuckte und sich auf die Suche nach dem Haarschneideapparat machte.

»Kein Spaziergang«, sagte er mürrisch. »Leg dich.«

Der Hund trottet in eine Ecke, drehte sich zweimal um sich selbst und ließ sich dröhnend auf das Parkett fallen.

»Nicht ganz kurz«, mahnte Yngvar und band sich ein Handtuch um den Hals. »Ich meine, keine Kahlschur. Ich will danach noch Haare haben.«

»Sicher. Setz dich.«

Er kam sich vor wie ein Schaf, als der Apparat sich durch seine Nackenlocken fraß. Das Brummen hallte in seinem Schädel wider.

»Es kitzelt in den Ohren«, sagte er lächelnd und wischte sich Haare vom Brustkasten.

»Sitz still.«

»Der Täter hat wirklich eimerweise Glück«, sagte er nachdenklich. »Wenn es sich wirklich um ein und denselben handelt, der sich die Liste der norwegischen Promis vornimmt, dann hat er das entweder ungeheuer gut geplant oder an einer gewissen Stelle goldene Haare.«

»Nicht unbedingt«, sagte Johanne und ließ den Apparat mit sicherer Hand über Yngvars linke Schläfe wandern.

»Doch«, sagte er entschieden. »Er ist noch einmal ungesehen zu einem Tatort gelangt und wieder verschwunden. So sieht es bisher jedenfalls aus, und wir haben dreißig Kollegen aus Asker und Bærum alle Anwohner befragen lassen. Am Tatort gibt es viele Spuren, und die sind immerhin so gut, daß sie uns ein ziemlich klares Bild davon geben, wie die Minuten vor dem Mord verlaufen sind. Der Täter wartete im Wald, ließ Vegard Krogh vorübergehen, lief hinter ihm her, brachte ihn dazu, sich umzudrehen und schlug ihn dann nieder. Aber nichts …«

Die Maschine schnitt in die Haut.

»Au! Sei vorsichtig! Und ich hab doch gesagt, nicht so kurz.«

»Du wirst ganz toll. Was wolltest du gerade sagen?«

»Vorläufig stehen wir so ziemlich mit leeren Händen da. Keine organischen Spuren. Schwierig, aufgrund von Gewicht und Größe der Fußspuren mehr zu sagen, als daß der Täter nicht gerade federleicht ist. Er hat Schwein.«

Sie schaltete den Apparat aus. Einen Moment blieb sie hinter ihm stehen, nachdenklich, mit leerem Blick.

»Schwein muß eigentlich gar nicht sein. Tüchtigkeit und Vorsicht reichen auch. Alle Opfer sind öffentliche Personen, so mehr oder weniger, und es ist überraschend …«

Es wurde still. Beide Kinder schliefen tief. Die Nachbarn unten waren zu Bett gegangen. Von Garten oder Straße her war kein Geräusch zu hören. Keine Katzen. Keine Autos oder betrunkene Jugendliche, die irgendwo noch weiterfeiern wollten. Das Haus war stumm; der neue Anbau hatte sich endlich gesetzt und ächzte nachts nicht mehr. Selbst der König von Amerika schlief tief und lautlos.

»Ich war heute bei Line«, sagte Inger Johanne endlich. »Unser Computer ist einfach hoffnungslos, und Line hat einen Breitbandanschluß. Ich habe nur ein paar Minuten gebraucht, um festzustellen, daß die Opfer, diese …«

Sie legte den Scherapparat weg und ging vor ihm in die Hocke.

»Diese öffentlichen Menschen sind wirklich öffentlich«, sagte sie und legte die Ellbogen auf seine Knie. »Und wie! Vibeke Heinerbacks Homepage ist seltsamerweise seit dem Mord unverändert, das ist ...«

»Ihre Familie hatte sicher andere Sorgen.«

»Das sollte auch keine Kritik sein«, sagte sie rasch. »Es geht darum, daß der Junggesellenabschiedsabend für den Schwager ...«

»Den angehenden Schwager.«

»Unterbrich mich nicht. Der Abend war auf ihrer Homepage angekündigt, mit einem Link zu Tronds Website. Und dort wurde ein detailliertes Programm geboten. Alle Welt konnte also feststellen, daß Vibeke aller Wahrscheinlichkeit nach den Abend allein zu Hause verbringen würde. Daß sie meistens früh schlafen ging, war allgemein bekannt, weil sie in jedem Interview daraus eine große Nummer machte.«

»Jetzt begreife ich nicht so ganz, worauf du hinauswillst. Mein Kopf sieht sicher komisch aus.«

»Der wird toll.«

Sie trat wieder hinter ihn und schaltete den Scherapparat ein.

»Auch Fiona Helle hat großzügig über ihr Privatleben informiert. Sie hatte aller Welt kundgetan, daß sie jeden Dienstag allein war. Vegard Krogh führte ein Weblog, eines dieser unglaublich selbstzentrierten Internet-Tagebücher, deren Schreiber offenbar meinen, für alle Welt wahnsinnig interessant zu sein. Gestern hatte er seinen Lesern erzählt, daß er bei seiner Mutter essen müsse, weil er ihr Geld schuldete. Dieser unerträgliche Kerl war wirklich der totale ...«

»Was machst du denn da?« fragte Yngvar und entzog sich ihr mit dumpfem Aufbrüllen. »Nicht ganz kurz, hab ich gesagt!«

»Huch«, sagte Inger Johanne. »Ist vielleicht ein wenig kurz geraten. Warte mal.«

Rasch fuhr sie mit dem Apparat zweimal vom Nacken zur Stirn.

»So«, sagte sie skeptisch. »Jetzt ist es jedenfalls gleichmäßig. Können wir das nicht einfach als Sommerschur bezeichnen?«

»Im Februar? Laß mal sehen.«

Widerstrebend reichte sie ihm den Spiegel. Seine Miene zeigte zuerst Unglauben, dann Verzweiflung.

»Ich seh aus wie ein Brot«, jammerte er. »Mein Kopf sieht aus wie der Knust von einem riesigen Weißbrot! Ich hatte doch gesagt, du sollst nicht alles wegschneiden!«

»Ich habe nicht alles weggeschnitten«, sagte sie. »Du siehst ganz toll aus. Aber jetzt müssen wir uns konzentrieren.«

»Ich sehe aus wie Kojak!«

»Glaubst du, die lügen oft?« fragte sie und versuchte, die Haare auf ein Kehrblech zu fegen.

»Wer«, murmelte er.

»Die Promis.«

»Lügen?«

»Ja, bei Interviews.«

»Tja ...«

»Ich habe gesehen, daß manche das zugeben. Oder damit prahlen, je nachdem, wie man das sieht. Wenn das stimmt, dann kann ich es verstehen. Sie legen sich ein Pseudoleben zu, an dem alle teilhaben können, während sie ihre eigentliche Wirklichkeit für sich behalten.«

»Du hast eben noch gesagt, daß sie ihr Leben im Internet ausbreiten.«

»Stücke davon, ja. Das, was ungefährlich ist. Das macht die Lüge effektiver, nehme ich an. Weiß nicht. Vielleicht rede ich Unfug.«

Sie stopfte die Haare in eine Plastiktüte, verknotete sie fest und ließ sie in den Mülleimer fallen. Yngvar saß noch immer still auf dem Hocker, das Handtuch um den Hals gebunden. Der Spiegel lag umgedreht auf dem Boden. Aus einem Kratzer hinter seinem Ohr tröpfelte Blut. Inger Johanne feuchtete eines von Ragnhilds schmutzigen Spucktüchern an und drückte es auf die Wunde.

»Tut mir leid«, flüsterte sie. »Ich hätte besser aufpassen sollen.«

»Was meinst du damit, daß Schwein nicht nötig ist«, fragte Yngvar. »Damit, daß dieser Mörder nicht unbedingt einen Mordsdusel gehabt hat?«

»Der reine, schlichte Mord erfordert keine umwerfende Planung«, sagte sie. »Falls du nicht zu denen gehörst, die sofort verdächtigt werden, meine ich. Wenn ich jemanden umbringen wollte, von dem alle wissen, daß ich guten Grund dazu hätte, dann müßte ich mir die Sache sehr genau überlegen. Mir zum Beispiel ein Alibi verschaffen. Das ist die größte Herausforderung.«

»Und was für eine«, sagte Yngvar nickend. »Deshalb gelingt das auch nur wenigen.«

»Genau. Nimm einen Bankraub ... da können wir von Planung sprechen. Geld wird sehr viel besser beschützt als Menschen. Ein guter Banküberfall ist abhängig von ausgiebigen Erkundungen vorher und genau durchdachter Logistik. Spitzenkompetenz. Modernen Waffen und anderer Spezialausrüstung. Aber wir Menschen, wir sind so ...«

Sie legte die Hände um seinen Schädel. Die Haarstoppeln stachen angenehm gegen ihre Handflächen.

»... so verletzlich. Eine dünne Hautschicht. Darunter sind wir verletzlich. Ein Schlag auf den Kopf, ein richtig plaziertes Messer. Ein Schubs oben an einer Treppe. Eigentlich ist es seltsam, daß es nicht häufiger passiert.«

»Für eine gütige Frau, die eben erst entbunden hat, zeichnest du verdammt düstere Bilder«, sagte er und stand auf. »Meinst du das wirklich ernst?«

»Ja. Ich hab es neulich noch gesagt. Als Sigmund hier war. Daß der motivlose Mörder das eigentliche Schreckensbild ist. Wenn er nicht auf frischer Tat ertappt wird oder sich ungeheuer ungeschickt verhält, dann kommt er ungeschoren davon.«

»Da kann ich dir einfach nicht zustimmen«, sagte Yngvar, spuckte Haare aus und versuchte, sich im Nacken zu kratzen. »Auch ein Mord erfordert Planung. Erkenntnisse.«

Sie schaute die Weinflasche an, die noch zu einem Drittel gefüllt war. Sie holte sich ein Glas und schenkte ein.

»Richtig«, nickte sie. »Du hast recht. Man braucht eine gewisse Kompetenz. Das ist aber auch alles. Du brauchst zum Beispiel nicht sehr viel Ausrüstung. Keines der drei Opfer wurde mit einer Schußwaffe getötet, die man sich trotz allem nicht ganz einfach besorgen kann und die außerdem interessante Spuren hinterläßt. Das wichtigste ist, daß du es lassen kannst. Bis zum letzten Moment. Wenn etwas schiefgeht, wenn etwas Unerwartetes und Störendes geschieht, kannst du ganz einfach auf den Mord verzichten. Vor allem, weil du dich zum Morden nicht mit anderen verbünden mußt. Und das ist ein gewaltiger Vorteil. Was einer weiß, weiß keiner, was zwei wissen, wissen alle.«

»Deine Mutter«, sagte Yngvar grinsend und ließ sich aufs Sofa sinken.

»Mhm. Nicht alles, was sie sagt, ist dumm.«

Sie kam hinterher. Diesmal setzte sie sich neben ihn.

»Es macht mir angst, an die Möglichkeit zu denken, daß hier wirklich jemand am Werk ist, der das alles kann. Ein ... Profi.«

»Gibt es die eigentlich?« fragte Yngvar resigniert. »Professionelle Mörder? Ich meine, hierzulande, in unserem Teil von Europa?«

Sie legte den Kopf schräg und schaute ihn an, als habe er gefragt, ob es in Norwegen manchmal schneit.

»Na gut«, murmelte er. »Es gibt sie. Aber brauchen die denn nicht ein Motiv? Eine Sache, für die sie kämpfen? Irgendeine wirre Begründung, sei es nun Geld oder Gottes Wille?«

Für einen Moment begegneten sich ihre Blicke. Dann schmiegte sie sich an ihn. Er umarmte sie fest.

»Was denkst du in Bezug auf diesen Mats Bohus?« fragte sie leise.

»Daß wir ihn finden müssen.«

»Aber glaubst du, er hat etwas mit diesen Morden zu tun?«

Yngvar seufzte hörbar. Inger Johanne setzte sich bequemer hin, zog die Beine auf das Sofa und nippte an ihrem Glas. Seine Finger streichelten über ihren Unterarm.

»Es ist leicht sich vorzustellen, daß er mit dem Mord an Fiona Helle zu tun haben kann«, sagte er. »Er hat jedenfalls ein Motiv. Möglicherweise. Wir wissen zu wenig darüber, was passiert ist, als er sie aufgesucht hat. Aber was zum Teufel sollte der Kerl gegen Vibeke Heinerback und Vegard Krogh haben?«

»Nemo«, sagte die Neunjährige in der Tür. »Sulamit und ich wollen Nemo sehen.«

»Kristiane«, sagte Inger Johanne lächelnd. »Komm her. Er ist Nacht, Liebes. Mitten in der Nacht werden keine Filme gesehen.«

»Doch«, sagte Kristiane, kletterte aufs Sofa und zwängte sich zwischen sie. »Leonard sagt, daß Sulamit keine Katze ist.«

Sie drückte das Feuerwehrauto an sich und küßte es auf die zerbrochene Leiter.

»Du kannst bestimmen, ob Sulamit eine Katze ist«, sagte Yngvar.

»Nur ich«, nickte Kristiane.

»Aber ich glaube, Leonard hält Sulamit für ein Feuerwehrauto. Das ist doch sicher in Ordnung?«

»Nein. Katze.«

»Katze für dich. Feuerwehrauto für Leonard.«

»Und Katze für dich«, sagte Kristiane und hielt das traurige, radlose Auto vor Yngvars Gesicht; er küßte die Kühlerhaube.

»Du mußt wieder ins Bett gehen«, sagte Inger Johanne.

»Mit euch«, sagte Kristiane.

»In dein eigenes Bett«, sagte Yngvar. »Komm jetzt.«

Er hob Kind und Feuerwehrauto hoch und verschwand. Inger Johanne blieb sitzen. Ihre Glieder schmerzten vor Müdigkeit. Sie fühlte sich schwächer als seit langer Zeit. Ihre Kräfte schienen aus ihr herausgesaugt zu werden; der gierige Säuglingsmund nahm ihr das wenige, was ihr nach der Geburt noch geblieben war, alle vier Stunden, rund um die Uhr, das kleine Wesen machte sie ängstlich und schwach, und natürlich müßte sie mehr Zeit für Kristiane haben. Aber mehr Zeit gab es nicht.

Nicht einmal die Nächte gehörten noch ihr.

Mats Bohus konnte seine biologische Mutter natürlich umgebracht haben.

Konnte er auch die beiden anderen ermordet haben?

Sie müßte schlafen.

Sie trank. Sie ließ den Rotwein in ihrem Mund ruhen, ließ ihn über ihre Zunge rollen, kostete und schluckte.

Wenn Mats Bohus den Mord an seiner Mutter tarnen wollte, dann hatte er einen banalen Fehler begangen. Er hatte Fiona Helle zuerst umgebracht. In einer Reihe von Tarnmorden durfte der Mord, auf den es ankam, niemals der erste sein.

Elementar, dachte sie. Anfängerpatzer. Hat keine Ahnung.

Der Mörder aber war Profi. Hatte Ahnung.

Oder vielleicht auch nicht.

Sie mußte schlafen.

Und da war noch etwas. Eine Ähnlichkeit. Irgendwo auf der Festplatte in ihrem Kopf lag eine Geschichte, die sie nicht finden konnte.

Es war so still. Ihr fehlte etwas, aber sie wußte nicht so ganz, was.

Inger Johanne schlief ein. Kein Traum quälte sie.

Sigmund Berli leerte seine vierte bittere Tasse Kaffee in drei Stunden. Jetzt war der Kaffee nicht nur bitter, sondern auch kalt. Er rümpfte die Nase. Neben dem Bildschirm lag eine Tüte Gummibärchen. Er steckte drei in den Mund und kaute langsam darauf herum. Seine Frau regte sich darüber auf, daß er zunahm. Die sollte selber mal versuchen, hier zu sitzen, um vier Uhr morgens, vor einem verdammten Computer, der ihm nichts verraten wollte; das Frauenzimmer sollte doch einfach mal versuchen, sich vierundzwanzig Stunden lang wach zu halten und danach den Spalten, Namen, Zahlen und flimmernden Buchstaben auf einer viereckigen leuchtenden Fläche, die die Augen tränen ließ, einen Sinn zu entnehmen.

Es konnte durchaus schwierig sein, einen Vermißten zu finden. Sogar in einem kleinen Land wie Norwegen gab es Verstecke. Das Schengen-Abkommen hatte eine europäische polizeiliche Zusammenarbeit ermöglicht, die bei Menschenjagden nützlich sein konnte. Aber zugleich waren die Grenzen nun leichter zu passieren, und es gab weitaus mehr Schlupfwinkel. Ein gesuchter Mensch konnte entkommen. Ein normaler Norweger dagegen, ein Mats Bohus, nicht vorbestraft und durch und durch norwegisch, mit festem Wohnsitz und Personenkennummer, müßte doch innerhalb von zwei Stunden aufzuspüren sein.

Sie suchten ihn jetzt seit fast vierundzwanzig.

Verschwunden. Der Mann war spurlos verschwunden.

Als sie endlich festgestellt hatten, daß er zuletzt am 20. Januar in seiner Wohnung in der Louises gate gesehen worden war, wurde die ganze Kripo auf den Kopf gestellt. Yngvar war vermutlich der einzige, der nach Hause durfte. Als frischgebackener Vater und überhaupt.

Ein Stich von Neid. Ein Hauch von Begehren; für einen Moment sah Sigmund Inger Johannes Gesicht auf dem Bildschirm. Er steckte sich drei rote Gummibärchen in den Mund. Das Gelee knirschte zwischen seinen Zähnen. Seine Zunge klebte am Gaumen. Er hob die Tasse, obwohl er wußte, daß sie leer war.

Die Ausländer, diese vielen verdammten Ausländer, die liefen ganz nach Belieben in Norwegen ein und aus, als wollten sie hier nur mal kurz aufs Klo gehen. Sie spielten mit der Polizei. Das hätten die Leute mal wissen müssen. Glücklicherweise dämmerte es jetzt einigen. Ausländer.

Aber Mats Bohus?

Am 20. Januar war Fiona Helle ermordet worden. Seitdem hatte ihn niemand mehr gesehen.

Wo zum Teufel steckte er?

»Verflixt, Sigmund!«

Lars Kirkeland stand in der Türöffnung, mit aus der Hose hängendem Hemd und roten Augen. Er lächelte töricht und schlug mit der Faust gegen den Türrahmen.

»Wir haben den Kerl gefunden!«

Sigmund lachte laut auf, klatschte zweimal in die Hände und stopfte sich danach die restlichen Gummibärchen in den Mund.

»Mmm«, sagte er und kaute wie besessen. »Wir müssen Yngvar anrufen!«

Sie hätte sich ein anderes Hotel suchen sollen, das SAS-Hotel zum Beispiel, mit dem Arne Jacobsen-Design und dem diskreten, weltgewandten Personal. Dort gab es fast alles unter einem Dach, und dann hätte sie das Haus nicht zu verlassen brauchen. Kopenhagen war eine norwegische Stadt, viel zu norwegisch, heimgesucht von biertrinkenden Mannsbildern mit blödsinnigen Kopfbedeckungen und Frauen mit Einkaufstüten und billigen Sonnenbrillen. Wie ein vom Instinkt getriebener Lachsschwarm strömten sie auf dem Rathausplatz hin und her, zwischen Tivoli und Strøget, immer Tivoli oder Strøget, als bestünde Kopenhagen nur aus einem einzigen offenen Platz mit einem Vergnügungslokal am einen und einer verdreckten Einkaufsstraße am anderen Ende.

Sie blieb auf ihrem Zimmer. Selbst jetzt, wo die Februarkälte vom Øresund hereinzog, wimmelte es in Kopenhagen von Norwegern. Sie shoppten und soffen und drängten sich in verräucherten Kneipen zusammen, sie aßen Frikadellen und sehnten sich schon nach ihrem nächsten Besuch, im Frühling, wenn das Bier im Freien genossen werden konnte und der Tivoli endlich für die Saison öffnete.

Sie wollte nach Hause.

Nach Hause. Überrascht erkannte sie, daß Villefranche ihr Zuhause war. Sie mochte die Riviera nicht. Das nun wirklich nicht. Sie hatte sie früher nicht gemocht.

Alles war so neu.

Ich bin wiedergeboren, dachte sie und lächelte über dieses Klischee. Ihre Finger fuhren über ihren Bauch. Der war jetzt straffer oder jedenfalls flacher. Sie lag nackt auf dem Bett, auf der Decke. Die Samtvorhänge waren zurückgezogen. Nur die leichten, halb durchsichtigen Gardinen hingen zwischen ihr und jemandem, der vielleicht dort draußen war. Wenn jemand hereinschauen wollte, wenn auf der anderen Straßenseite jemand stand, hinter einem Fenster im ersten Stock oder im zweiten, wenn jemand sie wirklich sehen wollte, dann wäre sie sichtbar. Es zog vom Fenster her. Sie streckte sich. Die Gänsehaut war unter ihren Fingerspitzen deutlich zu fühlen, als sie über ihren Arm strich. *Braille,* dachte die Frau: Ihr neues Leben stand in Blindenschrift auf ihrer Haut geschrieben.

Sie wußte, daß sie jetzt Risiken einging. Niemand kannte sich damit besser aus als sie, und sie hätte sich den sichersten Weg aussuchen können, um weiterzugehen.

Der Erste war perfekt. Unbestreitbar.

Aber das Sichere wurde bald zu sicher. Das hatte sie begriffen, kaum daß sie in das Haus an der Baie des Anges zurückgekehrt war.

Die Unfreiheit des Langweiligen, das Lähmende des Risikofreien, das war etwas, worüber sie niemals nachgedacht hatte und woran sie deshalb nichts ändern konnte. Das hatte sich erst geändert, als sie endlich aufgewacht war und aus einem mit Routine und passiven Pflichten gepolsterten Dasein ausgebrochen war, wo sie nie mehr als das getan hatte, wofür sie bezahlt wurde. Nie mehr, nie weniger. Langsam türmten die Tage sich auf. Wurden zu Wochen und Jahren. Sie wurde älter. Immer tüchtiger. Sie wurde fünfundvierzig Jahre alt und war dabei, sich zu Tode zu langweilen.

Das Gefährliche gab neues Leben. Die Angst hielt sie jetzt wach. Die Furcht ließ ihren Puls schlagen. Die Tage jagten dahin und verlockten sie dazu, hinterherzulaufen, glücklich und voller Todesangst, wie ein Kind, das einen entlaufenden Zirkuselefanten verfolgt.

Und du stirbst so langsam, daß du glaubst, du lebst, dachte die Frau und versuchte, sich an dieses Gedicht zu erinnern. *Das handelte von mir. Er hat über mich geschrieben, der Dichter.*

The Chief *behauptet, sie sei die Beste. Er irrt sich.*

Ich bin die Basehopperin, die die Ausrüstung testet, an die niemand sich heranwagt. Sie ist die, die auf dem Boden steht und weiß, ob das Eis tragen oder brechen wird. Ich bin die, die in Tiefen hinabtaucht, in denen niemand je gewesen ist. Sie sitzt im Boot und hat ausgerechnet, wann die Lunge bersten wird. Sie ist Theoretikerin, wie ich das einmal war. Jetzt bin ich eine, die handelt. Ich bin die Macherin, und endlich existiere ich.

Ihre Finger glitten zwischen ihre Beine. Ihr Blick suchte die Fenster auf der anderen Straßenseite. Dahinter brannte Licht, und in einem der Zimmer bewegte sich ein Schatten. Er verschwand. Sie fror und drehte sich zum Fenster um. Ihre Beine waren gespreizt. Der Mensch, der den Schatten geworfen hatte, kehrte nie zurück.

Sie könnte Inger Johanne Vik bis in alle Ewigkeit zum Narren halten.

Aber das war kein Sport.

Brachte keine Spannung.

Ragnhild machte ein Bäuerchen. Weißgefleckte blanke Flüssigkeit lief über ihr Kinn, in die tiefen Halsfalten. Inger Johanne wischte sie vorsichtig ab und legte sie sich dann an die Schulter.

»Schläfst du«, flüsterte sie.

»Mmm.«

Yngvar drehte sich bleischwer um und zog sich das Kissen übers Gesicht.

»Ich habe mir etwas überlegt«, sagte sie leise.

»Morgen«, stöhnte er und drehte sich ein weiteres Mal um.

»Obwohl alle Opfer eine starke Bindung an Oslo hatten«, sagte sie, jetzt nicht mehr so vorsichtig, »wurden doch alle Morde außerhalb der Stadt begangen. Hast du darüber schon mal nachgedacht?«

»Morgen. Bitte.«

»Vegard Krogh hat in Oslo gewohnt. Er war am fraglichen Abend nur durch Zufall in Asker. Fiona und Vibeke haben in Oslo gearbeitet. Sie haben viel gearbeitet. Den größten Teil ihrer Zeit verbrachten sie in der Hauptstadt. Trotzdem wurden alle außerhalb der Stadt umgebracht. Seltsam, was?«

»Nein.«

Er stützte sich auf den Ellbogen.

»Du mußt aufhören«, sagte er ernst.

»Bist du schon mal auf die Idee gekommen, daß das einen Grund haben kann?« fragte sie unangefochten. »Hast du dich gefragt, was passiert, wenn ein Mord außerhalb der Stadt geschieht?«

»Das habe ich mich nicht gefragt, nein.«

»Die Kripo«, sagte sie und legte Ragnhild vorsichtig in die Wiege, die Kleine schlief.

»Die Kripo«, wiederholte er träge.

»Der Osloer Polizei müßt ihr in Mordfällen nie beispringen.«

»Doch.«

»Nicht mit taktischer Hilfe.«

»Naja, ich …«

»Jetzt hör mir doch zu!«

Er ließ sich wieder ins Bett sinken und starrte die Decke an.

»Ich höre.«

»Wäre es möglich, daß der Täter sich stärkeren Widerstand wünscht? Einen tüchtigeren Gegner?«

»Ach, verdammt, Inger Johanne. Es muß doch Grenzen für diese Spekulationen geben. Erstens wissen wir noch immer nicht, ob wir es hier mit einem einzigen Mörder zu tun haben. Und zweitens haben wir doch einen möglichen Verdächtigen. Drittens … die Osloer Polizei ist doch wirklich tüchtig. Ich möchte ja wohl meinen, daß die meisten Verbrecher das als ausreichende Herausforderung betrachten.«

»Seit diese Wilhelmsen nicht mehr da ist, heißt es aber, daß dort ein ziemliches Chaos herrscht und …«

»Hör nicht auf Gerüchte.«

»Du willst das einfach nicht an dich heranlassen.«

»Nicht um zehn nach vier Uhr morgens«, sagte er und schlug die Hände vors Gesicht.

»Du bist der beste«, sagte sie leise.

»Nein.«

»Doch. Über dich wird geschrieben. In den Zeitungen. Obwohl du dich nach diesem Patzer nicht mehr interviewen lassen willst …«

»Erinnere mich nicht daran«, sagte er halberstickt.

»Du wirst als der große Taktiker dargestellt. Als der riesige, kluge, sonderbare Außenseiter, der nicht darauf schielt, befördert zu werden, sondern …«

»Hör jetzt auf.«

»Wir müssen eine Alarmanlage installieren lassen.«

»Du mußt aufhören, solche Angst zu haben, Liebes.«

Sein Arm legte sich schlaff über ihren Bauch. Noch immer saß sie halbaufgerichtet im Bett. Sie verflocht ihre Finger mit seinen. Das Telefon klingelte.

»Scheiße!«

Yngvar tastete im Halbdunkel auf dem Nachttisch herum.

»Hallo«, kläffte er.

»Ich bin's, Sigmund. Wir haben ihn gefunden. Kommst du?«

Yngvar setzte sich auf. Seine Füße trafen auf den eiskalten

Boden. Er rieb sich das Gesicht und spürte Inger Johannes warme Hand im Kreuz.

»Ich komme«, sagte er und legte den Hörer auf.

Er drehte sich um und fuhr sich über den ungewohnt nackten Schädel.

»Mats Bohus«, sagte er leise. »Sie haben ihn gefunden.«

10

Der Oberarzt der Psychiatrischen Abteilung begrüßte sie freundlich, wenn auch leicht zurückhaltend. Auch er war zu dieser unchristlichen Zeit aus dem Bett geholt worden. Hinter den Fenstern seines Arbeitszimmers war es noch immer stockfinster, als er Yngvar Stubø und Sigmund Berli Platz auf einem graumelierten Sofa anbot. Eine Frau mit roten Lippen und grünem Krankenhauskittel brachte Kaffee. Als sie ging, hinterließ sie einen Duft von Frühling, der Sigmund dazu brachte, in Richtung Tür zu lächeln. Die Tür schloß sich lautlos hinter der Frau. Das Zimmer war aufgeräumt und beinahe gemütlich. In einem Regal hinter dem Schreibtischsessel standen Skulpturen, die Yngvar an Afrika erinnerten, Masken und fette, kopflose Göttinnen. Eine gerahmte Kinderzeichnung leuchtete in kräftigen Farben.

»Ich verstehe«, sagte der Arzt, als Yngvar erklärt hatte, warum dieses Gespräch nötig war. »Fragen Sie einfach. Ich werde antworten, so gut ich kann. Jetzt, wo die Formalitäten erledigt sind.«

Yngvar nippte an seinem Kaffee. Der war glühendheiß. Er blickte Dr. Bonheur über die Tasse hinweg forschend an. Der Mann war sicher über vierzig, hatte sich aber gut gehalten. Seine Haare waren noch kürzer als Yngvars. Sein Gesicht hatte einen dunklen Teint, seine Augen waren braun. Sein Name konnte darauf hinweisen, daß er eigentlich Ausländer war, er sprach jedoch ohne Akzent. Er war schlank und wirkte geschmeidig, als er zu einem kleinen Kühlschrank ging, Milch in ein Kännchen goß und es ihnen hinhielt. Beide lehnten dankend ab.

»Ich brauch alles Schießpulver, das ich kriegen kann«, sagte Yngvar und schmunzelte. »So früh, wie es noch ist.«

Sigmund gähnte, ohne die Hand vor den Mund zu halten. Ihm kamen die Tränen, und er schüttelte rasch den Kopf.

»War die ganze Nacht wach«, erklärte er.

»Verstehe«, sagte der Arzt und nickte, in seinen engstehenden

Augen blitzte es kurz auf, und Yngvar hatte plötzlich das unangenehme Gefühl, abgeschätzt zu werden.

»Mats Bohus«, sagte er. »Was fehlt ihm?«

»Jetzt im Moment?«

»Tja ... ich hatte den Eindruck, daß er hier schon lange ein und aus geht. Ich bin nicht ganz firm in psychiatrischen Fachausdrücken, ich weiß also nicht, ob diese Krankheiten ... diese Krankheit ... gibt es eine Diagnose?«

»Ja. Ein bipolares Leiden. Er ist manisch-depressiv. Und ja, er geht hier aus und ein, könnte man sagen. Mats Bohus hatte nie Angst davor, um Hilfe zu bitten. So gesehen ist er ein Musterpatient. Traurig ist nur, daß er in der Regel zu spät kommt.«

»Geboren am 13. Oktober 1978«, las Yngvar von seinem Notizblock ab und blätterte weiter. »Stimmt das?«

»Ja. Zum ersten Mal war er mit achtzehn hier. Überwiesen von einem praktischen Arzt, der sich einige Monate mit ihm herumgequält hatte. Seither war er ... recht viel hier.«

»Kommt er, wenn er manisch ist oder wenn er den Depri kriegt?« fragte Sigmund.

»Wenn er ganz unten ist«, sagte Dr. Bonheur lächelnd. »Es kommt nur selten vor, daß Leute in der manischen Phase glauben, Hilfe zu brauchen. Dann können sie die Welt im Sturm nehmen, in der Regel. Jedenfalls kommt es ihnen so vor. Sie müssen wissen, daß er ...«

Wieder spürte Yngvar den Blick des Arztes, forschend, als werde er gemessen und gewogen.

»Mats ist ein sehr intelligenter Junge«, sagte Dr. Bonheur. »Als Kind war er nicht gerade gut in der Schule. Aber seine Eltern waren klug genug, ihn auf eine kleinere Schule zu geben. Eine Privatschule. Zu dieser Problematik will ich mich jetzt absolut nicht äußern ...«

Lächelnd hob er die Handflächen. Yngvar fiel auf, daß der kleine Finger der rechten Hand fehlte. Nur ein Stummel war noch vorhanden, rosa über der ansonsten dunklen Hand.

»... aber für Mats war die Waldorfschule absolut vorzuziehen. Er war ein ...«

Wieder dieses Zögern. Er schien jedes Wort abzuwägen.

»Er ist ein ganz ungewöhnlicher junger Mann. Weiß sehr viel. Spielt Schach wie ein Meister. Geschickt ist er auch.«

Yngvar war das Schachbrett neben der Tür bereits aufgefallen. Es war ein Schachbrettisch, und die in Edelholz eingelassenen Felder bestanden offenbar aus Elfenbein und Ebenholz. Die Figuren waren mitten in einer Partie verlassen worden. Yngvar stand auf und ging hinüber. Das weiße Pferd auf c3 hatte echt wirkenden Schaum vor dem Maul. Seine Hufe waren über den Bauern auf dem Nachbarfeld erhoben, einen krummrückigen Mann mit Wams und Wanderstab.

»Die Eröffnungspartie aus Reykjavik«, sagte Yngvar lächelnd. »Als sie endlich nach allen Problemen in Gang kamen. Spasski hatte die Weißen.«

»Sie spielen Schach«, sagte Dr. Bonheur freundlich und trat an den Tisch.

»Ich habe gespielt. Hab nicht mehr die Zeit. Sie wissen schon … aber die WM in Island war doch etwas ganz Besonderes. Ein gewaltiges Erlebnis. Ich habe sie genau verfolgt. Damals.«

Yngvar hob die Königin hoch.

»Herrlich«, murmelte er und bewunderte den Umhang mit den blauen Steinen und die Krone mit ihrem Kranz aus Kristallen.

»Aber ziemlich ungeeignet zum Spielen«, sagte der Arzt und lachte kurz. »Ich ziehe ein klassisches Holzbrett vor. Das hier habe ich zu meinem Vierzigsten bekommen. Ich benutze es eigentlich nicht. Aber als Zierde macht es sich gut.«

»Ich dachte, eins der Symptome einer bipolaren Krankheit sei die mangelnde Konzentrationsfähigkeit«, sagte Yngvar und stellte die Königin behutsam wieder hin. »Paßt aber nicht zum Schachspielen.«

»Richtig.«

Der Arzt nickte.

»Ich kann es nur wiederholen: Mats Bohus ist ein ganz besonderer junger Mann. Er kann nicht immer spielen. Aber in guten Phasen macht eine Partie ihm große Freude. Er ist besser als ich.

Es kommt vor, daß er auf eine Runde hereinschaut, auch, wenn er nicht bei uns ist. Möglicherweise macht es ihm besonderen Spaß, mich zu schlagen.«

Sie lachten beide ein wenig. Sigmund Berli gähnte und gähnte.

»Worum geht es hier eigentlich«, fragte Dr. Bonheur und sein Tonfall war plötzlich ein ganz anderer. Yngvar riß sich zusammen.

»Das möchte ich lieber noch nicht sagen.«

»Mats Bohus ist in einer sehr verletzlichen Situation.«

»Das weiß ich und das respektiere ich. Aber wir sind auch in einer… verletzlichen Situation. Auf andere Weise, natürlich.«

»Hat Ihr Besuch mit dem Mord an Fiona Helle zu tun?«

Plötzlich wurde Sigmund wieder wach.

»Warum wollen Sie das wissen?« fragte er.

»Ihnen ist sicher bekannt, daß Mats ein Adoptivkind war.«

»Jaa…«

Yngvar dehnte seine Antwort aus.

»Er hat ihre Sendungen geliebt«, sagte Dr. Bonheur jetzt mit schwachem Lächeln. »Hat sie auf Video aufgenommen. Hat sie sich immer wieder angesehen. Von der Adoption hat er erst mit achtzehn erfahren. Dann starb der Adoptivvater, und die Mutter entschloß sich dazu, die Wahrheit zu sagen. Er war bisweilen wie besessen von Geschichten wie denen aus ›Fiona in Fahrt‹. Seine Mutter ist übrigens auch tot. Sie ist vor ungefähr einem Jahr gestorben. Mats sprach immer wieder darüber, daß er herausfinden wollte, woher er kommt. Wer er ist, so hat er sich ausgedrückt.«

»Ist es ihm gelungen?«

»Herauszufinden, wer er ist?«

»Ja.«

Ein rasches Lächeln huschte über Dr. Bonheurs Gesicht.

»Ich habe versucht, ihm begreiflich zu machen, daß der Schlüssel dazu, sich selbst zu verstehen, in seinem Leben bei den Adoptiveltern lag«, sagte er. »Und nicht in der Suche nach einem Menschen, der ihn zufällig auf die Welt gebracht hat.«

»Aber er hat seine biologischen Wurzeln gefunden?«

»Meines Wissens nicht. Einer unserer Sozialarbeiter hatte ihm wohl so ungefähr gesagt, wie er vorgehen sollte, um etwas über seine Herkunft zu erfahren. Aber weiter ist er nicht gekommen, glaube ich.«

»Warum haben Sie dann gefragt, ob unser Besuch etwas mit Fiona Helle zu tun hat?« fragte Sigmund Berli und rieb sich mit den Fingerknöcheln die Augen.

Der Arzt ließ seinen Blick auf Yngvar ruhen, als er antwortete:

»Ich sehe, ich habe den Nagel auf den Kopf getroffen.«

Er hob einen Bauern hoch, überlegte einen Moment und setzte ihn dann zurück auf das Feld, auf dem er gestanden hatte. Yngvar griff danach.

»Wie macht seine Krankheit sich bemerkbar?« fragte er, während er vorsichtig am Wanderstab herumspielte.

»Im letzten Jahr sind die Intervalle zwischen seinen Phasen kürzer geworden«, sagte Dr. Bonheur. »Das ist natürlich anstrengend für ihn. Er war vor Weihnachten eine Zeitlang sehr manisch. Dann folgte eine recht gute Phase. Die ...«

Er ging durch das Zimmer und beugte sich über seinen Schreibtisch. Blätterte in einem Stapel Papiere. Sein Finger wanderte über ein Blatt und hielt dann inne.

»Am 21. Januar morgens ist er hergekommen«, sagte er.

»Früh?«

Der Arzt blätterte um.

»Ja. Sehr früh. Er kam gegen sieben. Und war total niedergeschlagen.«

»Glauben Sie, daß er ...«

Yngvar stellte den Bauern weg und warf einen Blick auf seine Armbanduhr.

»... schon wach ist?«

»Das weiß ich. Er wacht immer gegen fünf auf. Sitzt allein im Aufenthaltsraum, bis die anderen auftauchen. Möchte lieber allein sein. Jedenfalls wenn er so tief unten ist wie im Moment.«

»Können wir?« fragte Yngvar und zeigte auf die geschlossene Tür.

Dr. Bonheur nickte und ging voran. Er schloß hinter ihnen die Tür ab und führte sie zum Fahrstuhl. Niemand sagte ein Wort. Sie gingen hinein.

»Ich muß Sie wohl darauf aufmerksam machen, daß er …«

Der Fahrstuhl kam zum Stillstand. Auf halbem Weg den Gang hinunter drehte der Arzt sich um und begann nochmals:

»Ich muß Sie darauf aufmerksam machen, daß Mats Bohus ein … eigenartiges Aussehen hat.«

»Ach ja?« sagte Yngvar überrascht.

»Er hat ein Stoffwechselproblem, das ihn sehr massig werden läßt. Schwer. Außerdem wurde er mit einer Hasenscharte geboren. Die ist natürlich operiert worden, aber nicht gerade erfolgreich. Wir haben ihm mehrere Male einen neuen Eingriff angeboten. Aber das will er nicht.«

Ohne eine Reaktion abzuwarten, ging er weiter. Er öffnete eine Tür und ging hinein.

»Hallo Mats! Du hast Besuch.«

Mitten im Zimmer, hinter einem Resopaltisch, saß Mats Bohus auf einem Holzstuhl. Seine Hinterbacken quollen über die Sitzfläche hinaus, und er schien seine Oberschenkel nur mit Mühe unter der Tischplatte unterbringen zu können. Er trug einen ausgebeulten Trainingsanzug. Vor ihm standen viele schöne Tiere. Yngvar konnte einen Schwan sehen, als er näher trat. Eine Giraffe. Zwei Löwen, mit wallender Mähne und offenem Maul. Der Elefant war gelb und glänzte, er hatte den Rüssel erhoben und seine Ohren waren groß und durchsichtig.

»Was machst du?« fragte Yngvar leise; er hatte jetzt den Tisch erreicht, die beiden anderen Männer standen noch neben der Tür.

Mats Bohus gab keine Antwort. Seine Finger arbeiteten rasch, mit etwas, das aussah wie Seidenpapier. Yngvar blieb stehen und sah zu, wie ein Pferd entstand, mit allen anatomischen Details bis hinab zu den Hufen und dem gehobenen Schweif.

»Ich bin Yngvar Stubø«, sagte er endlich. »Ich komme von der Polizei.«

Mats Bohus erhob sich. Yngvar staunte darüber, wie leicht er den Stuhl zurückschob, das Pferd zwischen die Löwen und die Giraffe stellte, einen Schritt zur Seite machte und sich zu dem Polizisten umdrehte.

»Ihr mußtet ja kommen«, sagte er, ohne zu lächeln. »Aber es hat gedauert.«

Die Narbe über seiner Lippe war breit und rot. Sie war straff. Ein Vorderzahn war zu sehen, obwohl der Mund geschlossen war. Die Nase war klein, die Kinnpartie unförmig, Hautfalte auf Hautfalte über einem unsichtbaren Hals.

Die Augen waren die von Fiona Helle. Sie standen ein wenig schräg und waren blau, mit langen, dunklen Wimpern.

»Ich bereue nichts«, sagte Mats Bohus. »Glaubt ja nicht, daß ich etwas bereue.«

»Ich verstehe«, sagte Yngvar Stubø.

»Nein«, sagte Mats Bohus. »Das glaube ich nun wirklich nicht. Gehen wir?«

Er hatte die Tür schon fast erreicht.

11

Line Skytter betrat schlurfend ihr Arbeitszimmer. Ihre Pantoffeln waren zu groß. Der Morgenmantel war sicher für eine andere gekauft worden. Die Ärmel waren zwanzig Zentimeter umgekrempelt.

»Du bist zwar meine beste Freundin«, sagte sie und setzte sich aufs Gästebett, »aber ich hoffe doch, du willst es nicht zur Gewohnheit werden lassen, samstags um halb acht aufzutauchen und dich an meinen Computer zu setzen. Und habt ihr übrigens im Moment nicht Kristiane bei euch? Wo habt ihr sie gelassen?«

»Bei den Nachbarn unten im Haus«, murmelte Inger Johanne. »Bei Leonard.«

Ein abgenutzter Notizblock lag neben der Tastatur. Obwohl sie immer wußte, wo er war, hatte sie ihn seit vielen Jahren nicht geöffnet. Dreizehn Jahre, dachte sie. Dreimal war sie seither umgezogen. Dreimal hatte sie den Notizblock in einem Schuhkarton voller kleiner Geheimnisse gefunden: Ein Messingring aus ihrer Kindheit, mit fünf Jahren hatte sie sich mit dem hübschesten Jungen aus der Straße verlobt. Das Plastikband, das Kristiane auf der Wochenstation um den Arm getragen hatte: *Inger Johanne Vik, Tochter.* Ein Liebesbrief von Isak. Die Kameebrosche der Großmutter.

Der Notizblock.

Dreimal hatte sie beschlossen, ihn wegzuwerfen. Dreimal hatte sie sich die Sache anders überlegt. Der gelbe Block mit dem Spiralrücken und einem winzigen Herzen auf der vorletzten Seite sollte sie weiter begleiten. In dieses Herz hatte sie einst ein W geschrieben. Kindisch. Aber sie war damals ein Kind gewesen. Ein Kind von dreiundzwanzig.

»Was suchst du?« fragte Line.

»Das willst du lieber gar nicht wissen. Aber tausend Dank dafür, daß ich wieder hier sitzen darf. Unser Computer ist ein Elend. Virenverseucht und langsam.«

»Ist mir ein Vergnügen. Wir sehen uns ja kaum noch.«

»Ich habe vor einem Monat ein Kind bekommen, Line! Und in den sechzehn Wochen davor bin ich herumgewackelt wie eine Kuh, mit Beckenbänderlösung und Schlafproblemen.«

»Du hattest immer schon Schlafprobleme«, sagte Line fröhlich. »Kannst du heute nicht hierbleiben? Wir könnten in die Stadt fahren, wenn du fertig bist. Ein bißchen einkaufen. In ein Café gehen. Jetzt ist doch fast überall das Rauchen verboten, Ragnhild ist also kein Problem.«

Sie schaute aus dem Fenster. Der Kinderwagen stand gleich unter der Fensterbank.

»Und sie schlafen doch fast die ganze Zeit. In dem Alter.«

»Tun sie nicht«, sagte Inger Johanne. »Und vielen Dank für das Angebot, aber ich muß danach gleich nach Hause.«

»Wo ist Yngvar? Und wie geht es euch eigentlich im Moment? Ist er total verrückt nach Ragnhild, oder was? Ich wette, daß er ...«

Inger Johanne stöhnte laut und schaute Line über den Brillenrand hinweg an.

»Ich bin wirklich ungeheuer froh darüber, daß ich hier sein darf«, sagte sie langsam. »Aber wenn ich mich dafür entscheide, meine kinderlose, feierfreudige Freundin so früh an einem Samstagmorgen zu stören, dann mache ich das, weil ich eine wichtige Arbeit habe. Glaubst du, ich kann hier ein Weilchen ungestört arbeiten, reden können wir dann hinterher?«

»Aber sicher«, murmelte Line und erhob sich. »Herrgott, du bist ja ...«

»Line!«

»Schon gut. Ich setz Kaffee auf. Wenn du welchen willst, dann sag Bescheid.«

Die Tür fiel ein wenig zu laut ins Schloß. Inger Johanne schaute zum Kinderwagen hinüber. Keine Bewegung. Kein Laut. Erleichtert ließ sie sich im Sessel zurücksinken.

Noch immer war sie Wöchnerin und hatte ein Recht auf Ruhe, dachte sie jedesmal, wenn Line anrief, ihre Schwester drängelte oder Yngvar vorsichtig andeutete, es könne doch nett sein, mal Besuch zu bekommen. Zu einem kleinen Abendessen vielleicht, oder zum Sonntagskaffee? Kaum hatte er gefragt und gesehen, wie ihre Schultern sich ein wenig hoben, ließ er das Thema fallen. Sprach von etwas anderem. Dann vergaß sie es. Bis das Telefon wieder klingelte oder irgendwer unbedingt Ragnhild sehen und ihnen allen guten Tag sagen wollte.

Sie mußte zu normalen Nächten zurückfinden.

Sie mußte schlafen.

Ihre Finger huschten über die Tastatur.

www.fbi.gov.

Sie klickte sich zu einem historischen Rückblick durch. Vor allem, weil sie nicht so recht wußte, was sie wollte. Unter einem Bild des wehenden Sternenbanners wurde John Edgar Hoover dargestellt als tüchtiger, demokratischer und politisch vorbildlich neutraler Chef während fast eines halben Jahrhunderts. Noch jetzt, wo das neue Jahrtausend angefangen hatte, mehr als dreißig Jahre, nachdem dieser pervertierte Direktor endlich krepiert war, wurde ihm patriotisch als einem verantwortungsbewußten und visionären Neuschöpfer des modernen FBI gehuldigt, der mächtigsten Polizeiorganisation der Welt.

Sie lächelte. Sie ertappte sich bei einem Lachen.

Enthusiasmus. Selbstsicherheit. Die unerschütterliche und so leicht ansteckende amerikanische Souveränität. Sie war jung und verliebt gewesen und fast eine von ihnen geworden.

Noch immer war der Notizblock geschlossen.

Sie klickte den Link zur *Academy* an. Beim Anblick des Grundstücks, umschlossen von einem schönen Park mit herbstgelben Bäumen, krampfte sich ihr Magen zusammen. Inger Johanne wollte sich nicht an Quantico, Virginia erinnern. Sie weigerte sich, sich Warren vorzustellen, der mit schnellen Schritten durch den Hörsaal ging, sie wollte nicht an die kräftige graue Mähne denken, die ihm in die Augen fiel, wenn er sich über die Studierenden beugte, meistens über Inger Johanne, während er Longfellow zitierte und bei der letzten Zeile mit dem rechten Auge zwinkerte. Inger Johanne hörte ihn lachen, heftig und mitreißend; sogar sein Lachen war amerikanisch gewesen.

Der Notizblock war noch immer ungeöffnet.

Den Notizblock mit den gefährlichen Adressen zu öffnen, hieße, die Zeit zurückzudrehen. Seit dreizehn Jahren hatte sie alles eingekapselt, die Monate in Washington, die Wochen in Quantico, die Nächte mit Warren, die Picknicks mit Wein und Nacktbaden im Fluß, und das katastrophale unaussprechliche Ereignis, das am Ende alles zerstört und sie fast zerbrochen hätte.

Sie wollte das nicht.

Sie hob den gelben Block hoch. Er roch nach nichts. Ihre Zungenspitze berührte die Spirale. Kaltes, süßes Metall.

Das Foto der *Academy* füllte den halben Bildschirm aus.

Das Auditorium. Die Kapelle. Hogans Alley. Anstrengende Tage, abends Bier. Essen mit Freunden. Warren, immer spät daran, unkonzentriert, während er sein *Pint* kippte. Sie gingen getrennt los, mit einigen Minuten Zwischenraum, als hätten die anderen keine Ahnung.

Der Notizblock sollte ungeöffnet bleiben. Er war nicht nötig.

Denn sie erinnerte sich.

Jetzt wußte sie, wonach sie gesucht hatte, seit Yngvar am Abend des 21. Januar nach Hause gekommen war, vor genau einem Monat, und ihr von der zungenlosen Leiche in Lørenskog erzählt hatte. Die Geschichte hatte sie berührt, wenn auch nur schwach und überaus vage, wie Spinngewebe auf einem düsteren Dachboden. Sie hatte sie gequält, als Vibeke Heinerback ums Leben gekommen war, und ihr angst gemacht, als man vor zwei Tagen Vegard Krogh fand, tot, mit dem Designerkugelschreiber in der Augenhöhle.

Und jetzt war sie da.

Ein Blick in den geheimen, vergessenen Raum hatte ausgereicht.

Ragnhild weinte. Inger Johanne steckte den Block in die Tasche, klickte blitzschnell die Netseiten zu, die sie besucht hatte, löschte die Adressen aus dem Browsercache und zog im Hinausgehen ihre Jacke an.

»Nanu«, sagte die inzwischen angekleidete Line. »Willst du schon gehen?«

»Tausend Dank für die Hilfe«, sagte Inger Johanne und gab

ihr einen Kuß auf die Wange. »Ich muß mich beeilen. Ragnhild weint.«

»Aber du kannst…«

Die Tür fiel hinter ihr ins Schloß.

»Herrgott«, murmelte Line Skytter und schlenderte zurück ins Wohnzimmer.

Sie hatte ihre Freundin noch nie so hektisch erlebt.

Die ruhige, freundliche, vorhersagbare Inger Johanne.

Die langweilige Inger Johanne Vik.

Mats Bohus war jetzt seit einem Monat im Krankenhaus. Exakt einem Monat. Er mochte Zahlen. Zahlen fingen keinen Streit an. Daten folgten aufeinander, sittsam und ordentlich, da gab es nichts zu diskutieren. Es war fünf vor sieben, als er endlich den Eingang erreichte. Er war die ganze Nacht durch Oslo gelaufen. Eine Katze hatte ihn auf dem letzten Stück begleitet, von Bislett her, wo er eine Weile gestanden und zu seinem eigenen Fenster hochgeschaut hatte. Dort oben war niemand. Es war ganz dunkel. Natürlich war dort oben niemand, es war seine Wohnung, und er lebte allein. Er war ganz allein, und die Katze war grau. Sie miaute. Er haßte Katzen.

Natürlich würden sie kommen.

Er las keine Zeitungen.

Nicht nachdem alles so geworden war. Der Schnee schien einfach kein Ende nehmen zu wollen. Nachts, wenn die anderen schliefen, saß er oft da und beobachtete den Tanz der Schneeflocken. Eigentlich waren sie gar nicht weiß. Sondern eher grau oder schimmernd blau. Ab und zu kam jemand, um nach ihm zu sehen. Sie behaupteten, daß es gar nicht schneie. Sie sahen es nur nicht.

»Mats Bohus«, sagte der große, breite Mann zu ihm. »Das ist dein Anwalt. Kristoffer Nilsen. Dr. Bonheur kennst du ja gut. Mein Kollege heißt Sigmund Berli. Brauchst du irgendwas?«

»Ja«, antwortete er. »Ich brauche ziemlich viel.«

»Ich meine, möchtest du Kaffee oder so etwas? Tee?«

»Nein, danke.«

»Wasser vielleicht?«

»Ja, bitte.«

Stubø groß Wasser aus einer Karaffe ein. Das Glas war groß, und Mats Bohus leerte es in einem Zug.

»Das ist kein reguläres Verhör«, sagte der Polizist. »Okay? Bisher stehst du nicht unter Anklage.«

»Na gut.«

»Falls später irgendwann Anklage erhoben werden sollte, werden die Umstände deiner … Krankheit berücksichtigt. Mit einbezogen. Im Moment möchte ich nur mit dir reden. Antworten haben.«

»Verstehe.«

»Deshalb ist dein Arzt anwesend, und sicherheitshalber haben wir auch Anwalt Nilsen dazugebeten. Wenn er dir nicht gefällt …«

Yngvar Stubø lächelte.

»… dann bekommst du einen anderen. Später. Falls das nötig sein sollte.«

Mats Bohus nickte.

»Wenn ich das richtig verstanden habe, dann hast du erst ziemlich spät von deiner Adoption erfahren.«

Wieder nickte Mats Bohus. Der Mann, der sich Stubø nannte, setzte sich ihm gegenüber, auf den Platz des Arztes. Hinter den Schreibtisch des Arztes. Das kam ihm unverschämt vor. Es war ein privater Tisch, mit Bildern von Frau und drei Kindern im silbernen Rahmen. Alex Bonheur setzte sich auf die Fensterbank. Das sah unbequem aus. Hinter ihm, durch das Fenster, konnte Mats Bohus den Tag heraufziehen sehen, in einem matten grauen Licht.

»Kannst du ein bißchen darüber erzählen?«

»Warum fragst du?«

»Weil es mich interessiert.«

»Das glaube ich eigentlich nicht.«

Mats Bohus hatte auf dem Weg herein den Turm an sich genommen. Er verbarg ihn in seiner rechten Hand.

»Doch. Das tut es tatsächlich.«

»Na gut. Ich bin adoptiert worden. Hab davon erst mit achtzehn erfahren. Dann ist mein Vater gestorben. Am selben Tag. Meinem Geburtstag. Viel mehr gibt es nicht zu erzählen.«

»Warst du … geschockt? Überrascht? Traurig?«

»Weiß nicht recht.«

»Versuch.«

»Versuch was?«

»Dich zu erinnern. Was du empfunden hast.«

Mats erhob sich. Die Augen der Männer brannten auf seinem Körper, so, wie Blicke ihn überall brandmarkten. Alle starrten, außer Alex, der leicht lächelte und nickte. Mats zog an seinem Pullover. »Ich weiß nicht, wieviel du über meine Krankheit weißt«, sagte er und lief im Zimmer hin und her. »Aber zu deiner Information, mir reichen die Gefühle, mit denen ich im Moment zu kämpfen habe. Die sind mehr als genug. Ich kann nicht sagen, daß ich von dir besonders beeindruckt bin.«

»Nicht, aha. Bist du von etwas Besonderem enttäuscht?«

»Ich weiß nicht, ob ich noch länger hierbleiben möchte.«

Jetzt hatte er die Tür erreicht. Er legte die eine Hand auf die Klinke. Die andere Hand öffnete er langsam. Er musterte den schwarzen Turm.

»Taktik ist mir nicht ganz unbekannt«, sagte er. »Deine Taktik ist mies.«

Stubø lächelte und fragte:

»Hast du einen Vorschlag, wie ich sie bessern kann?«

»Hör auf, mich wie einen Idioten zu behandeln.«

»Das wollte ich nicht. Wenn ich dich wie einen Idioten behandelt habe, dann tut mir das leid.«

»Jetzt machst du es schon wieder.«

»Was denn?«

»In diesem Tonfall sprechen. Diesem ›armes Monstrum‹-Tonfall.«

»Schon gut.«

Stubø erhob sich. Ging zum Schachbrett hinüber. Der Polizist war genauso groß wie er. Er verschob den Läufer.

»Das ist total falsch«, sagte Mats.

»Falsch? Das entscheide ich.«

»Nein, das ist eine vorgegebene Partie. Die Eröffnungspartie in ...«

»Nichts ist vorgegeben, Mats Bohus. Das ist das Faszinierende bei jedem Spiel.«

Mats Bohus ließ die Klinke los. Er hatte Kopfschmerzen. Die stellten sich meistens um diese Tageszeit ein. Wenn das Haus zum Leben erwachte und zu viele Menschen da waren. Dieses Zimmer war überfüllt. Der Anwalt stand in der Ecke, die Hände hinter dem Rücken verschränkt. Er stellte sich auf die Zehenspitzen und ließ sich dann wieder sinken. Hoch. Runter. Er wirkte eher wie ein gestreßter Polizist als wie jemand, dessen Aufgabe es sein sollte, Mats zu helfen.

»Ich weiß, was du machst«, sagte Mats zu Yngvar Stubø.

»Ich versuche, ein Gespräch zu führen.«

»*Bullshit*. Du versuchst, Vertrauen herzustellen. Über harmlose Dinge zu reden. Aber nur als Einleitung. Du willst eine entspannte Stimmung schaffen. Damit ich mich sicher fühle. Damit ich glaube, daß du mir eigentlich helfen willst.«

»Eigentlich will ich dir helfen.«

»Ja, und wie. Du willst mich fertigmachen, das ist doch klar. Du glaubst, dein Kuschelstil wird sich bezahlt machen. Aber nach und nach wirst du dich dem Kern der Sache nähern. Der da ...«

Ein dicker, stumpfer Zeigefinger richtete sich zitternd auf Sigmund Berli, der auf einem Stuhl saß und ein Gähnen nach dem anderen unterdrückte.

»... wird möglicherweise später den *bad guy* geben. Wenn deine freundliche Taktik nicht wirkt. Ziemlich leicht zu durchschauen.«

Der Polizist hatte hinter dem Ohr eine Wunde. Die Kruste darauf sah aus wie ein Y, als habe irgendwer versucht, ihm seinen Namen in den Schädel zu schneiden und sich die Sache dann anders überlegt.

»Das ist doch der pure Unsinn«, sagte Mats Bohus.

Der Turm war um die Schießscharten mit Silber beschlagen. Ein winziger Mann mit einer Armbrust lag dahinter auf den Knien und zielte. Mats spielte vorsichtig an dem Miniatursoldaten herum.

»Weiß du nicht mehr, was ich gesagt habe, als du gekommen bist?«

»Doch.«

»Na und? Was habe ich gesagt?«

Yngvar Stubø musterte den jungen Mann. Jetzt schien er nicht mehr gehen zu wollen. Die Tür war noch immer geschlossen, und Mats Bohus hatte sich zu den anderen Männern umgedreht.

»Du hast gesagt, daß du nichts bereust.«

»Genau. Als was hast du das interpretiert?«

»Als Geständnis.«

»Wovon?«

»Da bin ich mir nicht ganz sicher.«

»Ich habe sie umgebracht. Das habe ich damit gemeint.«

Der Anwalt öffnete den Mund, trat einen Schritt vor und hob warnend einen Arm. Dann blieb er stehen und schloß laut hörbar den Mund. Dr. Bonheur saß mit ausdrucksloser Miene da, die Arme über der Brust verschränkt. Sigmund Berli schien aufspringen zu wollen, überlegte sich die Sache aber stöhnend anders und ließ sich im Sessel zurücksinken.

Niemand sagte etwas.

Mats Bohus ging durch das Zimmer, um sich in den tiefen Besuchersessel zu setzen. Yngvar ließ ihn nicht aus den Augen. Die Art, wie der junge Mann sich bewegte, war auf seltsame Weise ästhetisch. Er wogte. Sein Fett rollte stromlinienförmig vorwärts, wölbte sich, wie ein Wal in der Tiefe.

»Ich habe meine Mutter umgebracht.«

Seine Stimme klang jetzt anders. Der ganze Mann schien eine gewaltige Kraftanstrengung hinter sich zu haben. Die Narbe auf der Oberlippe sah geröteter aus, straffer; er feuchtete sie mit der Zunge an. Seine Arme hingen schlaff herunter.

Noch immer schwiegen alle.

Auch Yngvar setzte sich. Er beugte sich über den Schreibtisch vor.

Mats Bohus wirkte jünger als seine sechsundzwanzig Jahre. Es gab kaum eine Spur von Bartwuchs. Seine Haut war glatt. Keine

Pickel, keine anderen Narben als die breite, rote Spalte über dem Mund. Seine Augen tränten.

»Sie wollte mich nicht«, sagte er. »Sie wollte mich nicht, als ich geboren wurde, und jetzt wollte sie mich auch nicht. In ihren Sendungen … in den Interviews hat sie gesagt, es könne niemals schlimme Folgen haben, eine Familie zusammenzuführen. Allen anderen hat Fiona Helle geholfen. Mir dagegen, ihrem eigenen Sohn, konnte sie einfach den Rücken zukehren. Sie hat gelogen. Sie wollte mich nicht. Niemand will mich. Ich will mich ja selber nicht.«

»Deine Mutter wollte dich«, sagte Yngvar. »Deine richtige Mutter, dein richtiger Vater. Die wollten dich.«

»Die waren nicht echt. Das hat sich ja herausgestellt.«

»Du bist zu klug, um das wirklich zu glauben.«

»Sie sind tot.«

»Ja. Das stimmt.«

Yngvar zögerte eine Sekunde, dann fügte er hinzu:

»Die anderen, was ist mit denen?«

Mats Bohus weinte. Große runde Tränen lagen auf seinen Wimpern, ehe sie sich lösten und zu seinen Nasenflügeln hinunterliefen. Er beugte sich langsam vor, wischte Familienbilder und Papiere vom Schreibtisch und begrub das Gesicht in seinen Armen. Das Wasserglas fiel zu Boden, ohne zu zerbrechen.

»Die anderen«, wiederholte Yngvar Stubø. »Vibeke Heinerback und Vegard Krogh. Was hatten die getan?«

»Ich will mich selbst nicht«, weinte Mats Bohus. »Ich … will … mich … selber … nicht …«

»Jetzt verstehe ich nicht mehr so recht«, sagte Alex Bonheur mit scharfer Stimme. »Erstens muß ich sagen, daß dieses … Verhör jetzt beendet werden muß. Eine Fortsetzung ist einfach nicht anzuraten. Außerdem …«

Er legte Mats Bohus die Hand in den Rücken. Der junge Mann reagierte mit einem lauten Schluchzen.

»Ich verstehe nicht, wieso es einen Zusammenhang …«

»Das verstehen Sie sicher«, sagte Yngvar ruhig. »Auch wenn Mats keine Zeitungen liest, gehe ich doch davon aus, daß Sie das tun. Und wie Sie wissen, ist hier die Rede von mehreren Morden, mit denselben Charakteristika und ...«

»Ausgeschlossen«, sagte Dr. Bonheur und schaute vorwurfsvoll zu dem jungen Anwalt hinüber, der noch immer vor sich hinglotzte, ohne sich daran zu erinnern, was er eigentlich sagen wollte. »Mats Bohus war seit dem 21. Januar die ganze Zeit hier bei uns.«

Sigmund Berli versuchte zu denken. Seine Gehirnzellen schliefen. Er war so müde, daß er fast nicht aufstehen konnte, aber er mußte denken, und er rief:

»Der Mann ist doch freiwillig hier! Und dann kann er doch ein- und ausgehen? Ab und zu ...«

»Nein«, sagte Dr. Bonheur. »Er war die ganze Zeit hier.«

Die Stille, die jetzt folgte, war nicht angenehm. Der Anwalt hatte nun endlich seinen Mund geschlossen. Sigmund hatte noch immer die Hand erhoben, wie im Protest, ohne etwas sagen zu können. Yngvar schloß die Augen. Sogar Mats Bohus' Weinen war verstummt. Auf dem Gang hinter der geschlossenen Tür hatten sie vorhin Schritte kommen und gehen hören, irgendwer hatte gesprochen, jemand hatte laut geschrien. Jetzt war alles still.

Sigmund wagte endlich, die Frage zu stellen:

»Sind Sie ganz sicher? Ganz, ganz sicher?«

»Ja. Mats Bohus ist am 21. Januar um sieben Uhr morgens hierher ins Krankenhaus gekommen. Seitdem hat er es nicht mehr verlassen. Dafür kann ich garantieren.«

Sigmund Berli hatte sich noch nie so wach gefühlt.

Das Fernsehprogramm am Samstagabend war erbärmlich. Inger Johanne war das nur recht. Ab und zu nickte sie ein, wurde aber jäh von ihren eigenen Gedanken geweckt, die sich in absurde Träume verwandelten.

Kristiane schlief bei den Nachbarn. Zum ersten Mal übernachtete sie bei einem Freund. Leonard hatte eine schriftliche Einladung gebracht, einen roten A-4-Bogen mit steilen, riesigen Buchstaben. Inger Johanne dachte an das Bettnässen. Sie dachte an Sulamit, die eine Katze sein mußte, damit Kristiane schlafen konnte. Sie zögerte.

»Das Feuerwehrauto kann gern Katze sein, wenn das wichtig ist«, sagte Leonard.

Gitta Jensen lächelte, sie stand auf halber Höhe der Treppe.

»Das stimmt«, sagte sie. »Leonard wünscht sich das so sehr. Und wo Ragnhild euch nachts wachhält und … wir dachten, es könnte doch auch für euch nett sein.«

»Ich will«, entschied Kristiane. »Ich schlafe im Etagenbett. Ganz oben.«

Kristiane durfte gehen und Inger Johanne bereute.

Das Kind bekam vielleicht Angst. Sie reagierte so empfindlich auf Veränderungen. Sie hatte Monate gebraucht, um sich an das neue Haus zu gewöhnen. Lange Zeit war sie jede Nacht aufgewacht und hatte das Schlafzimmer der Erwachsenen dort gesucht, wo es in der alten Wohnung gelegen hatte. Hier fand sie nur eine Wand, und ihr verzweifeltes Weinen verstummte erst, wenn sie neben Yngvars Bett auf einer kleinen Matratze schlafen durfte.

Kristiane würde ins Bett machen. Sie würde sich schämen und traurig sein. In letzer Zeit fing sie an, ihre Umwelt besser wahrzunehmen, sich ihrer eigenen Andersartigkeit bewußt zu werden. Das war ein Fortschritt, aber es tat unbeschreiblich weh.

Inger Johanne jedenfalls.

Yngvar hatte angerufen. Ganz kurz. Hatte nur gesagt, es werde spät werden.

Inger Johanne schaltete den Fernseher aus. Dann aber war es zu still, und sie schaltete ihn wieder ein. Sie horchte angestrengt auf Geräusche von unten. Dort mußten sie schon schlafen gegangen sein. Am liebsten hätte sie Kristiane geholt. Sie auf den Schoß genommen, über lustige, harmlose Dinge geredet. Der Neunjährigen für die Nacht eine Windel angezogen, die unsichtbar wurde, wenn nur Mama davon wußte. Sie könnten Schach spielen, nach Kristianes System, bei dem das Pferd galoppierte, wohin es wollte, wenn es nur zu Mittag Bauern fressen durfte. Sie könnten einen Film sehen. Gemeinsam wach sein.

Inger Johanne fror. Es half nichts, sich in Decken zu wickeln. An diesem Morgen, in einer Umgebung, die nicht ihre eigene gewesen war, hatte sie es endlich gewagt, in den so lange verschlossenen Raum zu blicken. Als sie nach Hause gekommen war, außer Atem und aufgeregt, hatte sie geweint. Etwas war ihr aufgezwungen worden. Sie hatte das nicht gewollt. Sie fühlte sich elend und gedemütigt; und sie fror.

Wenn nur Yngvar bald käme!

Sie hob Ragnhild an ihre Brust. Die Kleine wog jetzt fast fünf Kilo, und die Haut lag in kleinen Speckfalten auf ihrem Handrücken. Die Zeit verging so schnell. Der dunkle Flaum auf dem Kopf des Kindes war fast verschwunden. Jetzt sah es aus, als würde Ragnhild blond werden. Der Blick des Kindes blieb in ihrem haften, und obwohl alle sagten, es sei zu früh, um das mit Sicherheit erkennen zu können, glaubte Inger Johanne, daß ihre Augen grün werden würden. Im Kinn zeigte sich eine Spur von Yngvars Kerbe.

Jetzt mußte er kommen. Es war schon elf.

Am nächsten Tag waren sie zu einem Familienessen geladen. Inger Johanne wußte nicht, ob sie es schaffen würde, das Haus zu verlassen.

Ein Geräusch von der Tür sorgte dafür, daß sie Ragnhild instinktiv fester an sich drückte. Der Mund rutschte von ihrer Brust, und die Kleine schrie.

Schlüsselklirren. Schwere Schritte auf der Treppe.

Endlich würde sie Yngvar erzählen können, womit er es zu tun hatte.

Mit einem Mörder.

Ein einziger Täter hatte Fiona Helle, Vibeke Heinerback und Vegard Krogh getötet und verstümmelt. Es gab ein Muster, unbegreifliche Konturen eines Planes, der ihr bisher nur sagte, daß ein und derselbe Mensch diese Morde ausgeführt hatte.

Und daß weitere Morde folgen würden.

Yngvar stand in der Tür. Die Schultern unter seinem Mantel hingen nach unten.

»Es war es. Mats Bohus. Er hat gestanden.«

»Was?«

Inger Johanne stand vom Sofa auf. Sie zitterte und hätte ihre

Tochter beinahe fallen gelassen. Langsam ließ sie sich wieder sinken.

»Aber… dann… was für eine gewaltige Erleichterung, Yngvar!«

»Er hat seine Mutter umgebracht.«

»Und?«

»Also Fiona Helle.«

»Und…«

»Kein und. Sonst nichts.«

Yngvar riß sich den Mantel vom Leib und warf ihn auf den Boden. Lief in die Küche. Inger Johanne hörte die Kühlschranktür auf- und wieder zugehen. Eine Bierdose wurde geöffnet.

Yngvar irrte sich, und das wußte sie.

»Er hat die anderen auch umgebracht, ja? Er…«

»Nein.«

Yngvar kam aus der Küche und blieb hinter dem Sofa stehen, eine Hand auf ihre Schulter gelegt, die andere umschloß die Bierdose. Er trank. Schluckte hörbar, fast demonstrativ.

»Es gibt keinen Serienmörder«, sagte er und wischte sich den Mund mit der Hand ab, ehe er den Rest der Dose leerte. »Nur eine verdammte Mordserie. Muß ansteckend sein. Ich gehe schlafen, Liebes. Total kaputt.«

»Aber«, begann sie.

Er blieb in der Türöffnung stehen und drehte sich halb herum.

»Soll ich dir bei Ragnhild helfen?«

»Das ist nicht nötig. Ich werde… Aber, Yngvar…«

»Ja?«

»Es ist doch möglich, daß er lügt? Daß er…«

»Er lügt nicht. Bisher entspricht seine Darstellung voll und ganz dem, was wir in Fionas Haus gefunden haben. Wir haben uns heute abend eine weitere Vernehmung ertrotzt. Sicher nicht ratsam, was seine Gesundheit angeht, aber… er weiß Details, die wir nicht veröffentlicht haben. Er hatte ein starkes Motiv. Fiona wollte nichts mit ihm zu tun haben. Wie du gesagt hast. Sie hat ihn glatt abgewiesen. Mats Bohus behauptet, sie habe nur Abscheu für ihn empfunden. Abscheu, das hat er mehrmals gesagt. Wieder und wieder. Er hat sogar…«

Yngvar rieb sich mit der linken Hand das Gesicht und holte tief Luft:

»... das Messer aufbewahrt. Mit dem er ihr die Zunge abgeschnitten hat. Er hat sie umgebracht, Inger Johanne.«

»Er kann lügen, was die anderen angeht. Er kann die Verantwortung für den einen Mord auf sich nehmen und lügen, wenn ...«

Yngvar preßte die leere Bierdose zusammen.

»Nein«, sagte er. »So ein gutes Alibi hab ich noch nie gesehen. Er hat seit dem 21. Januar das Krankenhaus nicht mehr verlassen.«

Resigniert starrte er die Dose an, er schien vergessen zu haben, daß er sie zerdrückt hatte. Zerstreut blickte er auf und fragte:

»Wolltest du etwas sagen?«

»Was?«

Inger Johanne legte sich Ragnhild an die Schulter und wikkelte sie beide fester in die Decke.

»Als ich gekommen bin, hast du ausgesehen, als ob du etwas sagen wolltest«, sagte Yngvar und gähnte ausgiebig. »Was war das denn?«

Sie hatte viele Stunden auf ihn gewartet, hatte durch das Fenster nach ihm Ausschau gehalten, das Telefon angestarrt, auf die Uhr geschaut; sie hatte sich ungeduldig und ängstlich danach gesehnt, die Last dessen, was sie gesehen und woran sie sich erinnert hatte, mit ihm zu teilen. Aber nun waren es doch nur Zufälle, alles Zufall.

Es konnte kein Zufall sein.

»Nichts«, sagte sie. »Ich wollte nichts sagen.«

»Dann gehe ich schlafen«, sagte er und ging.

Inzwischen war Sonntag, der 22. Februar angebrochen. Die Straßen der Stadt waren ungewöhnlich still. Kaum ein Fußgänger war auf Karl Johan zu sehen, auch wenn die Nachtclubs und die eine oder andere Kneipe noch stundenlang geöffnet sein würden. Wildes, eisiges Schneegestöber kam vom Fjord herein und ließ die meisten von einem Gang zur Tränke zurückschrecken. Sogar der Taxihalteplatz beim Nationaltheater, wo es um diese Zeit sonst zu Rempeleien und lautstarken Auseinandersetzungen kam, war fast menschenleer. Nur eine junge Frau mit viel zu kurzem Rock und schlechtem Schuhwerk stemmte sich gegen den Wind. Sie trat von einem Fuß auf den anderen und redete wütend in ihr Handy.

»Am besten fährst du durch die Dronning Mauds gate«, sagte der eine Polizist und steckte einen Zettel in die Tasche.

»Wäre es nicht besser…«

»Dronning Mauds gate«, wiederholte der andere vergrätzt. »Fahre ich seit Jahren durch diese Straßen oder nicht?«

Der Jüngere gab nach. Es war seine allererste Schicht zusammen mit dem Riesenbullen auf dem Beifahrersitz. Aus Gerüchten wußte er schon längst, daß es sich empfahl, die Fresse zu halten und brav zu tun, wie ihm geheißen. Schweigend fuhren sie weiter.

»Hier«, sagte der Jüngere und lenkte den Wagen in einen Schneehaufen in der Huitfeldts gate. »Besseren Parkplatz find ich nicht.«

»Scheiße«, murmelte der andere, als er sich aus dem engen Auto zwängte. »Wenn wir hier nicht wieder rauskommen, übernimmst du den ganzen Pißkram. Ich ruf mir dann ein Taxi. Nur, damit das klar ist. Ich werde verdammt noch mal nicht…«

Der Rest verschwand in Gemurmel und Wind.

Der Jüngere folgte in den Fußspuren des Kollegen.

»Bingo«, sagte der Ältere und stocherte innerhalb von Sekunden die Tür auf, im Schutze seines breiten Rückens. »Stand die Tür doch wirklich offen. Da brauchen wir keinen Segen von irgendeinem Scheißjuristen. Na los, Wachtmeister Kalvø.«

Petter Kalvø war neunundzwanzig Jahre alt und besaß noch immer eine Art Kinderglauben. Er hatte dichte, kurzgeschorene Haare und war adrett gekleidet. Verglichen mit dem ungepflegten Mann in Jeans und schiefgetretenen Doc Martens-Stiefeln, der vor ihm zum Fahrstuhl ging, sah Petter Kalvø aus wie ein frisch in West Point aufgenommener Kadett. An der Treppe ging er in Habachtstellung und verschränkte die Hände im Rücken.

»Das ist absolut gegen die Vorschriften«, sagte er, dann versagte seine Stimme. »Ich kann nicht…«

»Laß den Scheiß.«

Die Fahrstuhltüren öffneten sich. Der Kollege latschte hinein, Petter Kalvø folgte ihm zögernd.

»Verlaß dich auf mich«, sagte der Ältere grinsend. »Kannst in diesem Job nicht überleben, wenn du nicht ab und zu mal eine Abkürzung nimmst. Wir müssen überraschen, weißt du. Sonst …«

Er zwinkerte dem Jüngeren zu. Sein Blick war beängstigend. Ein braunes und ein blaues Auge, wie bei einem eiskalten Husky.

Sie hatten den dritten Stock erreicht. Der kahlköpfige Polizist donnerte mit der Faust gegen eine grüne Tür, dann sah er noch einmal auf das Namensschild mit der krakeligen Handschrift, das mit einer Heftzwecke am Türrahmen befestigt war.

»Ulrik Gjemselund«, las er vor. »Da sind wir doch richtig.«

Plötzlich trat er zwei Schritte zurück. Mit gewaltiger Kraft rammte er die Schulter gegen die Tür. Aus der Wohnung waren Rufe zu hören. Der Polizist nahm noch einmal Anlauf und trat zu. Die Tür gab nach, riß sich von Rahmen und Angeln los. Wie in Zeitlupe fiel sie in die Diele.

»So machen wir das«, sagte der Polizist grinsend und ging hinein. »Ulrik! *Ulrik Gjemselund!*«

Petter Kalvø blieb auf dem Gang stehen. Unter seinem Burberrymantel strömte der Schweiß. *Der ist verrückt,* dachte er verwirrt. *Der Kerl ist doch komplett verrückt. Die anderen haben gesagt, ich soll ihm gehorchen. Sie haben gesagt, ich soll tun, was er sagt, und mir nichts anmerken lassen. Nach seiner Suspendierung hatte keiner mehr Bock, mit ihm zusammenzuarbeiten. Einen einsamen Wolf, haben sie ihn genannt. Einen, der nichts mehr zu verlieren hat. Aber ich habe noch allerhand zu verlieren. Ich will nicht …*

»Wachtmeister Kalvø!« brüllte der Kollege irgendwo in der Wohnung. »Komm her! Komm sofort her, verdammte Axt!«

Widerwillig ging er weiter. Er konnte in dem, was vermutlich das Wohnzimmer war, einen Fernseher erkennen. Er schlich näher.

»Sieh dir diesen Hänfling an«, sagte der Kollege.

Ein Mann von Anfang zwanzig stand in einer Ecke, neben einer Stereoanlage unter einem Bücherregal, das sich deckenhoch um das ganze Zimmer zog. Er war nackt und klammerte sich an seine eigenen Geschlechtsorgane. Rücken und Schultern waren krumm, und die halblangen Haare standen nach allen Seiten ab.

»Den hätten wir unter Kontrolle«, sagte der Kollege zu Kalvø. »Jetzt kannst du hierbleiben und den Knaben im Auge behalten, während ich mich ein wenig umschaue. Der paßt ja so gut auf seinen Schwanz auf, man könnte denken, er hat Angst, daß ihm den jemand klauen will. Aber das haben wir gar nicht vor. Also reg dich ab.«

Letzteres richtete sich an den Wohnungsinhaber, der sich noch immer in seine Ecke preßte.

»Nehmt, was ihr wollt«, stammelte der. »Nehmt, was ... ich hab Geld in der Brieftasche. Ihr könnt einfach ... «

»Beruhigen Sie sich doch«, sagte Petter Kalvø.

Er trat einen Schritt auf den Nackten zu, der den Arm hob, um sein Gesicht zu schützen.

»Hast du nicht gesagt«, fragte Kalvø, überrascht von der Kraft seines Zorns, »verdammt, hast du nicht gesagt, daß wir von der Polizei sind?«

Der Junge schluchzte auf.

Der Kollege fauchte:

»Reg dich ab. Natürlich hab ich das gesagt. Der Kerl ist garantiert schwerhörig. Laß ihn bloß nicht abhauen.«

Wachtmeister Petter Kalvø versuchte, klar zu denken. Vorsichtig zog er an seinem Revers und rückte seinen Schlips gerade, als ob es jetzt, bei dieser haarsträubenden, ungesetzlichen Hausdurchsuchung umso wichtiger wäre, korrekt gekleidet zu sein. Er sollte etwas unternehmen. Dieser Sache ein Ende setzen. Er müßte sich dem so viel älteren Kollegen widersetzen. Jemanden anrufen. Alarm schlagen. Protestieren. Er könnte zum Beispiel aus dem Haus gehen, zum Wagen, und eine Streife informieren.

»Bleiben Sie ganz ruhig«, flüsterte er statt dessen und versuchte, sich ein Lächeln abzuringen. »Er schlägt schrecklich viel Krach, aber er ist nicht gefährlich.«

Seine Stimme war kleinlaut und absolut ohne Überzeugungskraft. Das hörte er selbst. Wieder trat er einen Schritt auf den Jungen zu, der endlich den Arm gesenkt hatte.

»Wir wollten nur nachsehen, ob ...«

»Amateur«, sagte der Kollege vorwurfsvoll von der Tür her. »Ulrik Gjemselund ist ein echter Anfänger, das weiß ich jetzt immerhin.«

In der Hand hielt er eine kleine Plastiktüte mit weißem Pulver.

»Klospülung«, sagte er und schnalzte mit der Zunge. »Da schauen wir immer zuerst nach, Ulrik. Zu allererst. Zeig mir eine Wohnung, in der ich Stoff vermute, und ich gehe wie blind aufs Klo, nehm den Deckel vom Wasserkasten und schaue hinein. Verdammt, wie langweilig.«

Er fuhr sich über den rostroten Schnurrbart, der in den Mundwinkeln schon graue Einsprengsel aufwies. Er drehte langsam den Kopf hin und her und öffnete die Plastiktüte, steckte einen schmutzigen kleinen Finger in den weißen Inhalt und kostete.

»Kokain«, sagte er und spielte den Überraschten. »Und ich dachte, daß du in deinem Scheißhaus Kartoffelmehl versteckst. Oder Heroin oder so was. Dabei bunkerst du in Wirklichkeit jede Menge Westenddreck. Pfui Spinne. *Still gestanden!*«

Der Junge in der Ecke riß sich zusammen, hatte aber weiterhin schreckliche Angst. Er war jetzt fast in die Hocke gesunken und hielt sich noch immer die Hände vor den Schritt. Jetzt weinte er ganz offen.

»Ganz ruhig, Kleiner. Stehenbleiben. Nicht weggehen.«

Der Polizist zog Schubladen hervor und riß Schränke auf. Er ließ die Hände über Regalfächer und hinter Bücher wandern. Bei einem Computertisch in der Ecke zur Küche blieb er stehen. Auf dem Drucker standen vier IKEA-Aufbewahrungsboxen übereinander gestapelt. Er öffnete die erste und kippte ihren Inhalt auf den Fußboden.

»Da wollen wir doch mal sehen«, sagte er zufrieden. »Hier haben wir ja so allerlei. Fünf Kondome ...«

Er riß eine Packung an der Ecke auf und hielt sie unter die Nase.

»Banane«, schnaufte er. »Du hast ja vielleicht einen Geschmack!«

Seine Finger durchwühlten den Haufen auf dem Fußboden. Er fischte einen trompetenförmigen Joint heraus.

»Wer suchet, der findet«, sagte er. »Ein feines kleines Horn.«

Wieder schnupperte er an seinem Fang.

»Elende Qualität«, sagte er naserümpfend. »Von Marihuana hast du offenbar überhaupt keine Ahnung. Schäm dich.«

Eine weitere Box wurde ausgeleert.

»Nichts von Interesse«, sagte der Polizist und sah ein Kartenspiel durch, ehe er sich der dritten Schachtel zuwandte.

Die war leer, bis auf einen Briefumschlag.

»Trond Arnesen«, las er vor. »Das ist doch mal ein bekannter Name.«

Der Junge in der Ecke vergaß seine Angst. Er machte vier Schritte auf den Polizisten zu, blieb dann stehen und schlug die Hände vors Gesicht.

»Bitte«, weinte er. »Nicht anrühren. Das ist kein Stoff. Das ist … nichts. Nicht …«

»Interessant«, sagte der Polizist und riß den Umschlag auf. »Jetzt bin ich aber neugierig geworden, Mann.«

In dem Umschlag steckten fünf kleinere Umschläge, die mit einem zerrissenen Haargummi zusammengebunden waren. Alle waren an Ulrik Gjemselund adressiert; neutrale Blockbuchstaben, leicht nach links geneigt. Kein Absender. Der Polizist zog aus dem obersten Umschlag einen Bogen und las.

»Ich muß schon sagen«, murmelte er dann und schob den Brief vorsichtig zurück in den Umschlag. »Trond Arnesen, Trond Arnesen … woher kenne ich diesen Namen denn bloß?«

»Also echt«, der Junge weinte jetzt nicht mehr und machte einen Versuch, vernünftig zu reden. »Lassen Sie die Briefe in Ruhe. Das sind Privatangelegenheiten, okay? Sie haben verdammt noch mal kein Recht, einfach hier hereinzuplatzen und …«

Der Polizist war unbegreiflich schnell und gelenkig. Noch ehe Petter Kalvø begriffen hatte, was hier geschah, hatte der Kollege mit vier langen Schritten das Zimmer durchquert, den Nackten mit solidem Griff um die Taille gepackt und ihn zurück in die

Ecke gestellt. Sein Zeigefinger bohrte sich tief in Ulrik Gjemselunds linke Wange.

»Jetzt hör mir mal gut zu«, sagte er leise und bohrte noch energischer.

Er überragte den anderen um anderthalb Köpfe.

»Ich entscheide, was hier interessant ist. Du bleibst gefälligst ganz ruhig und tust, was ich dir sage. Ich wühle seit fast dreißig Jahren in dem Scheiß, den du und deinesgleichen produzieren. Und dreißig Jahre sind lang. Verdammt lang. Ich könnte kotzen, wenn ich mit solchen Snobs von …«

Der Zeigefinger schien sich durch die Wange und in die Mundhöhle zu bohren.

»Ich glaube, wir müssen jetzt gehen«, sagte Petter Kalvø zaghaft. »Ich glaube, wir sollten vielleicht …«

»Fresse!« fauchte der Kollege ihn an. »Trond Arnesen ist nämlich der Typ, den Vibeke Heinerback heiraten wollte. Ich bin ziemlich überzeugt davon, daß die Jungs in Romerike und bei der Kripo sich diese Briefe hier schrecklich gern krallen würden.«

Er ließ los. Ulrik Gjemselund sank in sich zusammen. Ein scharfer Gestank nach Exkrementen breitete sich im Zimmer aus.

»Jetzt scheißt er sich auch noch voll«, sagte der Polizist resigniert. »Geh dich waschen. Zieh dir was an. Du kommst mit uns.«

»Soll ich mitgehen«, fragte Petter Kalvø. »Damit er nicht …«

»Der springt nicht aus dem dritten Stock. Dann krepiert er doch. So blöd ist er nun auch wieder nicht.«

Ulrik Gjemselund entfernte sich breitbeinig. Er tropfte, und Petter Kalvø trat instinktiv einen Schritt beiseite, als der Junge an ihm vorbeiging und im Badezimmer verschwand. Sie hörten halberstickes Weinen und das Geräusch von fließendem Wasser.

»Damit eines klar ist, Petter.«

Der ältere Polizist legte seinem Kollegen mit halb drohender und halb kameradschaftlicher Geste die Hand auf die Schulter.

»Die Tür unten stand offen«, sagte er leise. »Okay? Und was die Notwendigkeit angeht, hier oben tätig zu werden …«

Er nickte zur Wohnungstür hinüber.

»… da haben wir Rufe und Schreie gehört, als ob hier jemand mißhandelt würde. Vergewaltigt, vielleicht. Klar?«

»Aber er … er war doch allein!«

»Das wußten wir aber noch nicht. Die Schreie klangen richtig unheimlich, das weißt du doch noch. Du erinnerst dich daran, nicht wahr? In Wirklichkeit hat der Typ hier gesessen und lautstark gewichst, aber das konnten wir ja nicht ahnen.«

»Ich weiß nicht, wie …«

»Du brauchst überhaupt nichts zu wissen, Petter. Wir haben doch gefunden, was wir suchten, oder? Wir haben eine gute Prise Kokain gefunden, einen miserablen Joint und einen Stapel Briefe, die durchaus Gold wert sein könnten.«

Ulrik Gjemselund kam mit einem Handtuch um die Hüften aus dem Badezimmer.

»Meine Kleider sind im Schlafzimmer.«

»Dann gehen wir da jetzt hin.«

»Aber hören Sie doch! Trond hat nichts mit … Trond nimmt keine Drogen. Ehrenwort. Er weiß nicht, daß …«

»Komm. Los. Zieh dich an.«

Sie folgten Ulrik in ein chaotisches Schlafzimmer und warteten, während er Unterhose, T-Shirt, einen roten Wollpullover, Jeans und Socken anzog. Das ging schnell. Der ältere Polizist fischte ein Paar Stiefel aus einem Schuhregal und warf sie auf den Boden.

»Hier«, sagte er. »Zieh die an.«

»Ich muß schon wieder«, sagte Ulrik und griff sich an den Bauch.

»Dann geh doch.«

Der Junge ging an ihnen vorbei.

Es wurde still. Die Polizisten sahen sich die Verwüstungen an, die sie in der Diele angerichtet hatten. Da die Angeln herausgerissen waren, würden sie die Tür nicht wieder einsetzen können.

»Wir können die Wohnung nicht so unverschlossen zurücklassen«, sagte Petter Kalvø.

Der andere zuckte mit den Schultern.

»Wir nehmen alles mit, was irgendeinen Wert hat«, sagte er. »Wir hängen die Tür so gut ein, wie es eben geht, und damit gut.«

»Aber ...«

»War nur Spaß«, grinste der andere. »Ruf eine Streife an. Die sollen einen Schlosser oder einen Schreiner oder was auch immer besorgen, der den Scheiß reparieren kann.«

Die Klospülung rauschte. Sie hörten, wie Schränke geöffnet und wieder geschlossen wurden.

»Mal ganz ehrlich«, flüsterte Petter Kalvø und sah zum Badezimmer hinüber. »Von was für Briefen ist hier eigentlich die Rede?«

Der andere klopfte sich auf die Brusttasche.

»Von Liebesbriefen«, flüsterte er mit breitem Grinsen. »Wenn diese Briefe die Wahrheit sagen, dann haben Trond und Ulrik emsig gefickt. Und dabei wollte Trond im Sommer doch heiraten. Pfui Spinne, sag ich da.«

»Was machen wir mit der Tür«, jammerte Ulrik der jetzt mit Stiefeln an den Füßen, aus dem Badezimmer kam. »Wir können doch nicht einfach ...«

»Los«, sagte der Polizist und packte ihn am Arm. »Du hast größere Sorgen als eine ruinierte Tür. Und glaub nicht, daß ich nicht wüßte, was du eben gemacht hast. Im Badezimmer. Zum Kacken reißt man keine Schränke auf, weißt du.«

»Ich ...«

»Halt die Fresse. Ein paar Pillen im Magen sind dir doch gegönnt. Wird lange dauern, bis du wieder welche kriegst.«

Dann lachte er dröhnend und stieß seinen Gefangenen in Richtung Fahrstuhl.

Sie hatten das Essen bei den Eltern überstanden, und Inger Johanne mußte widerwillig zugeben, daß es durchaus ein Erfolg gewesen war. Die Mutter war bester Stimmung gewesen, warm, munter und ungeheuer beschäftigt mit den Kindern. Der Vater hatte lange nicht mehr so gesund gewirkt. Er aß gut und rührte ausnahmsweise den Wein nicht an. Isak führte sich zwar irritierenderweise auf, als sei er hier zu Hause, aber Kristiane war wie immer glücklich darüber, daß alle ihre Lieben beisammen waren.

»Meine Menschen«, sagte sie, legte sich mitten in der Mahlzeit auf den Boden und streckte die Arme in die Luft. »Meine Menschen. Dam-di-rum-dam. Ich hab nicht in Leonards Bett gemacht.«

Sogar Marie, die drei Jahre jüngere kinderlose Schwester, hatte sich alle Kommentare zu Inger Johannes Wollpullover und ihrer abgenutzten Cordhose verkniffen. Sie saß zu Tisch in einem tiefgrünen Kostüm, das sie wohl kaum in Norwegen gekauft hatte, und mit einer Frisur, die vermutlich jeden Morgen und jeden Abend eine Stunde für ihre Montage und Demontage erforderte. Inger Johannes Brille dagegen kam nicht ohne einen der zweideutigen Kommentare der Schwester davon.

»Eine ganz schmale Brille würde dir eigentlich sehr gut stehen«, sagte Marie lächelnd und strich sich eine Haarsträhne aus dem Gesicht. »Hast du das schon mal versucht?«

»Ich finde ihre Brille ganz toll«, sagte Yngvar und nahm sich zum drittenmal vom Rinderbraten. »Außerdem ist es Unsinn, dafür Geld auszugeben, wo Ragnhild bald anfangen wird, danach zu greifen. Und die Brille ist eben solide und haltbar.«

Isak alberte mit Ragnhild herum und behauptete, die Kleine lache. Yngvar sagte nur wenig, streifte aber ab und zu mit der Hand Inger Johannes Knie. Ihr Vater zerdrückte eine Träne, als er den Dank für die Mahlzeit sprach. Alles war wie immer. Niemand hatte bemerkt, daß Inger Johanne während des Essens mehrmals den Fußweg vor dem Einfamilienhaus musterte und zusammenzuckte, als das Telefon klingelte.

Es ging auf Mitternacht zu.

Es war, als ließe die bloße Vorstellung, daß die normale Schlafenszeit näherrückte, sie wieder wacher werden. Sie hatte den ganzen Tag gegähnt und war immer wieder eingenickt, aber kaum kam die Nacht, konnte sie keine wirkliche Ruhe finden. In den ersten zwei Wochen nach der Geburt war ihre Angst konkret gewesen: Sie dachte jedesmal, wenn sie das Neugeborene sah, an Kristiane. Sie erinnerte sich an das seltsame Kind mit den Augen, die niemals etwas oder jemanden suchten. Wenn Ragnhild gefüttert wurde, verspannte Inger Johanne sich bei der Erinnerung an ein schlaffes Bündel ohne Appetit, mit Händen, die immer zu Fäusten geballt waren, und Lippen, die sich in heiseren, befremdlichen Weinanfällen blau verfärbten.

Aber Ragnhild war gesund. Sie schrie und war ein kleiner Freßsack, sie ruderte mit Armen und Beinen, sie schlief, wie es sich gehörte, und ihr fehlte nichts.

Aber auch gesunde Kinder konnten sterben. Plötzlich und unerklärlich.

Ich brauche Hilfe, dachte Inger Johanne und griff nach einem Ringbuch. *Man kann verrückt werden, wenn man nicht schläft. Ich rauche nicht, trinke fast nichts. Ich muß mich zusammennehmen. Sie stirbt nicht. Ich werde sie nicht schlaff und leblos im Bett finden; sie nimmt den Schnuller und schläft auf dem Rücken. Genau wie die Ärzte es raten.*

Yngvar hatte aufgegeben. Er versuchte nicht mehr, sie zum Mitkommen zu bewegen, wenn er schlafen ging. Ab und zu stand er nachts auf. Dann saß er eine Weile auf dem Sofa; gähnte und legte sich wieder hin.

Etwas ist verkehrt, dachte Inger Johanne. *Nicht mit Ragnhild. Mit ihr ist alles in Ordnung. Aber etwas stimmt nicht. Irgendwer führt uns an der Nase herum. Solche Zufälle gibt es nicht. Das alles ist zu ähnlich, stimmt zu sehr überein.*

Sie blätterte achtlos in dem Ringbuch, das Notizen über die drei Mordfälle enthielt. Die Trennseiten waren rot. Energisch riß sie die Seiten über Fiona Helle heraus. Im nächsten Moment bereute sie es und versuchte, sie wieder einzuordnen. Das ging nicht. Die Löcher waren zerfetzt. Sie holte aus einer Küchenschublade eine Rolle Klebeband. Wütend versuchte sie, die Löcher zu reparieren, dann warf sie die Rolle auf den Boden und schlug die Hände vors Gesicht.

Ich kann nicht mehr. Da draußen ist jemand!

»Reiß dich zusammen«, fauchte sie verbissen. »Hör auf mit dem Quatsch, Inger Johanne Vik.«

»Gute Idee.«

Yngvar war wieder aufgestanden. Ohne noch mehr zu sagen, ging er in die Küche. Kaffeeduft verbreitete sich, und Inger Johanne schloß die Augen. Yngvar konnte wach bleiben und aufpassen. Wenn sie nur Ragnhild mit ins Bett nehmen könnte, würde sie einschlafen. Aber das Kind könnte zu Tode kommen, wenn es zwischen ihnen lag. Das schrieben die Forscher, in allen Zeitungen, die auf dem Nachttisch lagen, medizinischen Zeitschriften und Magazinen für besorgte Eltern. Ragnhild mußte allein in einem eigenen Bett liegen, und Inger Johanne mußte wachbleiben und aufpassen, denn dort draußen war jemand, der ihnen Böses wollte.

Sie schlief ein.

»Ich habe geschlafen!«

Sie schreckte hoch, als er versuchte, eine Decke über sie zu breiten.

»Weiter so«, flüsterte er.

»Nein. Bin jetzt wach.«

»Du brauchst Hilfe.«

»Nein.«

»Die Gefahr des plötzlichen Kindstodes ist nicht ...«

»Sag dieses Wort nicht!«

»Die Gefahr ist strenggenommen erst vorüber, wenn Ragnhild zwei Jahre alt ist.«

Er ließ sich neben sie sinken. Nur eine Tasse Kaffee stand auf dem Couchtisch, und er schob sie weg, als sie danach griff.

»Und du kannst verdammt noch mal nicht zwei Jahre lang alle Nächte durchwachen.«

»Ich hab etwas gefunden«, sagte sie.

»Und das möchte ich morgen gern hören«, sagte er und fuhr sich über den Kopf, noch immer waren die kurzen Haare ungewohnt für ihn. »Wenn die Kinder im Bett liegen und noch immer ein anständiger Rest von dem übrig ist, was Tag genannt wird.«

Sie zog die Tasse an sich. Er schüttelte den Kopf und ließ sich dann resigniert auf dem Sofa zurücksinken. Sie trank. Er schloß die Augen.

»Diese Reihe von Morden hat absurde Parallelen zu etwas«, setzte sie zögernd an, tastend. »Etwas, das ich …«

Das Sofa war voll von Yngvar. Er hatte die Arme über die Rückenlehne gelegt und die Beine weit gespreizt. Sein Kopf sank nach unten, und er öffnete den Mund, wie im tiefen Schlaf.

»Komm mir ja nicht so«, sagte sie. »Du bist wach.«

Seine Augen öffneten sich. Er schaute zur Decke hoch. Noch immer schweigend.

»Eine Vorlesung«, sagte Inger Johanne rasch und trank noch mehr Kaffee.

»Was?«

»Ich habe in einer Vorlesung von diesen Morden gehört. Vor dreizehn Jahren.«

Er kämpfte sich aus den Kissen hoch.

»Du hast vor dreizehn Jahren von diesen Morden gehört«, wiederholte er. »Aha.«

»Nicht dieselben Morde, natürlich.«

»Das hab ich immerhin verstanden.«

Seine Stimme war jetzt hellwach.

»Aber Morde, die Ähnlichkeit damit hatten«, sagte sie.

»Kann ich meine Tasse wiederhaben, Liebes?«

Er lächelte beruhigend, als sei sie nicht ganz bei Verstand und müsse in der Wirklichkeit verankert werden, durch eine konkrete, alltägliche Handlung. Sie stand auf, die Hände um die Tasse geklammert.

»Gestern war ich bei Line«, sagte sie. »Unser Computer ist …«

»Das weiß ich«, fiel er ihr ins Wort. »Ich hab doch versprochen, das in Ordnung bringen zu lassen. Einer von den Jungs aus dem Büro … es war nur …«

»Ich habe eine Art *sentimental journey* gemacht, könnte man sagen. Abgesehen davon, daß sie nicht sonderlich sentimental war.«

Seine Stirn wies jetzt drei markante Runzeln auf, als er sich vorbeugte.

»Wie meinst du das?«

»Ich hatte schon lange das Gefühl, daß diese Fälle etwas Bekanntes an sich haben. Die Morde an Fiona Helle, Vibeke Heinerback und Vegard Krogh. Ich konnte das nur nicht konkret einfangen. Diesen Gedanken, meine ich. Die Erinnerung. Aber es mußte etwas sein, das …«

Sie schaute in die Tasse. Der Dampf klebte an ihrem Gesicht.

»Etwas, das was?«

»Notwendigerweise mußte es sich um etwas handeln, auf das ich damals in Washington gestoßen bin. Oder in Quantico. Es war so vage. So … vergessen und weit weg. Ich brauchte nicht lange zu suchen. Als ich gesehen habe … allein das Bild von … Vergiß es.«

Sie strich sich die Haare hinter die Ohren und wollte die Wärme der Kaffeetasse nicht hergeben. Jetzt umklammerte sie die Tasse mit beiden Händen und kehrte Yngvar den Rücken zu.

»Meine Liebste«, sagte er und erhob sich.

»*Setz dich!*«

»Schon gut«, sagte er kleinlaut.

»Ich mußte nur das Bild der *Academy* sehen«, sagte sie so leise, daß er sie kaum verstehen konnte. »Dann wußte ich es wieder. Ich konnte mich an den Unterricht erinnern. An die langen Tage, die anstrengenden, ermüdenden, lustigen …«

Sie näherte sich ihrem Spiegelbild in der Fensterscheibe, als sei es sicherer, zu sich selbst zu sprechen.

»Jetzt weiß ich sogar, welche Vorlesungsreihe das war. *Behavioral science.* Warren hat uns mit einer Vorlesung unterhalten, die er *Proportional retribution* nannte.«

Für einen Moment glaubte Yngvar, den Reflex eines Lächelns zu sehen.

»Unterhalten«, wiederholte sie. »Das hat er wirklich. Wir haben gelacht. Alle haben gelacht, wenn Warren das wollte. Es war an einem Tag im Juni. Kurz vor den Ferien. Es war heiß. Entsetzlich heiß und stickig. Die Klimaanlage im Hörsaal funktionierte nicht. Wir schwitzten. Nur Warren nicht. Der wirkte immer kühl, immer … *cool.* In jeglicher Bedeutung dieses Wortes.«

Langsam drehte sie sich um. Sie ließ die Tasse sinken. Die war leer und hing am Henkel von ihrem Zeigefinger.

»Ich brauche soviel Kraft, um zu vergessen«, sagte sie, ohne ihn anzusehen. »Und da ist es vielleicht kein Wunder, daß mir das Erinnern so große Probleme gemacht hat. Obwohl ...«

Ihre Augen füllten sich mit Wasser. Sie legte den Kopf in den Nacken, um die Tränen am Herabfallen zu hindern. Yngvar machte wieder Anstalten aufzustehen.

»Nicht«, sagte sie mit harter Stimme.

Dann lächelte sie plötzlich durch ihre Tränen und fuhr sich mit dem Handrücken über das linke Auge.

»Bei der Vorlesung ging es um Rächer, die das Prinzip ›Auge um Auge, Zahn um Zahn‹ verfolgten«, sagte sie. »Über Verbrecher mit einem übertriebenen Hang zu spiegelverkehrter Strafe. Und zur Symbolik, nicht zuletzt. Warren liebte so was. Er liebte alles, was heftig war. Deutlich. Übertrieben.«

»Setz dich hin, Inger Johanne.«

Yngvar klopfte neben sich auf ein Sofakissen.

»Nein. Ich will stehen. Ich muß das jetzt erzählen. So lange ich die Kraft dazu habe. Oder besser gesagt ...«

Wieder dieses flüchtige, dünne Lächeln.

»... so lange ich die Kraft habe, es nicht lassen zu können«, fügte sie hinzu.

»Ich begreife ehrlich gesagt nicht so recht, wovon du da redest, Inger Johanne.«

»Er hat von fünf Fällen erzählt«, sagte sie, als habe sie ihn nicht gehört. »Der eine war ... es ging um so einen Exzentriker, wie du sie nur in den USA findest. Einen leicht schrulligen, intellektuellen Typen. Mit einem grünen Daumen. Er hatte einen prachtvollen Garten, den er mit Zähnen und Klauen verteidigte. Ich weiß nicht mehr, wovon er lebte, aber Geld muß er gehabt haben, denn der Garten war eine Zierde für die ganze Gegend. Ein Nachbar verklagte ihn, im Zusammenhang mit einer Grenzstreitigkeit. Er meinte, der Zaun stünde einige Meter zu weit auf seinem Grundstück. Das Gericht gab nach vielem Hin und Her dem Nachbarn recht. Ich weiß es nicht mehr so genau. Worum es mir geht, ist ...«

Sie erstarrte, mit deutlich sichtbarer Zungenspitze und schräg gelegtem Kopf.

»Hast du etwas gehört?«

»Nein. Kannst du nicht ...«

Sie schluckte und holte tief Luft, dann redete sie weiter.

»Der Punkt ist, daß der Nachbar tot aufgefunden wurde, gleich nachdem die letzte Instanz ihr Urteil gefällt hatte. Seine Zunge war herausgeschnitten und steckte in einem säuberlich gefalteten Umschlag aus dem Titelblatt von *House & Garden*. Einer Zeitschrift ...«

»Über Haus und Garten«, sagte Yngvar ungeduldig. »Kannst du dich nicht bitte setzen? Du frierst. Komm her.«

»Hörst du mir nicht zu?«

»Doch, aber ...«

»Die Zunge war herausgeschnitten! Und ordentlich verpackt. Das überdeutliche, vulgärsymbolische ...«

»Ich bin sicher«, fiel er ihr mit gedämpfter Stimme ins Wort, »daß es auf der ganzen Welt Beispiele für derart geschändete Leichen gibt, Inger Johanne. Ohne daß das auch nur das geringste mit dem Mord an Fiona Helle zu tun hätte. Du sagst es doch selbst: Es ist lange her, und du weißt nicht mehr so ...«

»Das Schlimme ist doch, *daß* ich es weiß«, sagte sie heftig. »Ich weiß es jetzt. Kannst du nicht versuchen zu verstehen, Yngvar? Verstehen, wie ... *schwer* es ist, sich zu zwingen, sich an etwas zu erinnern, was man verzweifelt zu vergessen versucht hat? Wie ... wie entsetzlich weh es tut ...«

»Es ist schwer, etwas zu verstehen, was ich nie erfahren habe«, sagte Yngvar und bereute das sofort. »Ich meine ... ich sehe ja, daß es für dich schmerzhaft ist. Da ist es nicht schwer, zu ...«

»Komm mir ja nicht so«, schrie sie fast. »Ich will nie, nie darüber sprechen, was passiert ist. Ich versuche nur, dir eine Erklärung dafür zu geben, warum diese Geschichte sich vor mir versteckt hat. Alles lag zum Greifen nah, war so ...«

Er erhob sich. Er packte ihre Handgelenke und merkte, wie mager sie geworden war. Die Armbanduhr, die während der letzten Monate der Schwangerschaft zu eng gewesen war, drohte jetzt über ihren Handrücken zu rutschen. Willenlos ließ sie sich von ihm festhalten. Er streichelte ihren Rücken. Die Wirbel fühlten sich durch ihren Pullover hindurch scharf an.

»Du mußt essen«, sagte er, das Gesicht in ihren toten, zerzausten Haaren vergraben. »Du mußt essen und schlafen, Inger Johanne.«

»Und du mußt mir zuhören«, weinte sie. »Kannst du dir meine Geschichte nicht einfach anhören? Ohne zu fragen, was … ohne alles zu vermischen …«

Wütend richtete sie sich auf und legte die Hände gegen seinen Brustkasten.

»Kannst du nicht aufhören, danach zu fragen, was mit mir zu tun hat? Kannst du das vergessen und mir einfach zuhören?«

»Das ist schwer. Irgendwann mußt du …«

»Niemals. Okay? Niemals. Du hast versprochen …«

»Wir wollten am nächsten Tag heiraten, Inger Johanne. Ich hatte Angst, du könntest die ganze Hochzeit abblasen, wenn ich nicht auf deine Forderungen einginge. Aber jetzt ist alles anders.«

»Nichts ist anders.«

»Doch. Wir sind verheiratet. Wir haben ein Kind. Du wirst nach und nach … Du quälst dich, Inger Johanne. Du leidest wegen etwas, in das du mir die Einsicht verweigerst. Und das lasse ich mir ganz einfach nicht gefallen.«

»Das mußt du.«

Er ließ sie los. So blieben sie stehen, dicht beieinander, aber ohne sich zu berühren. Er war fast einen Kopf größer als sie. Inger Johanne hob das Gesicht. In ihren Augen lag eine Dunkelheit, die ihm fremd war, und sein Puls beschleunigte sich für einen Moment, als er etwas zu sehen glaubte, das Ähnlichkeit hatte mit … Haß.

»Inger Johanne«, flüsterte er.

»Ich liebe dich«, sagte sie leise. »Aber du *mußt* diese Sache auf sich beruhen lassen. Vielleicht werde ich dir irgendwann einmal erzählen können, was zwischen Warren und mir passiert ist. Aber nicht jetzt. Noch lange nicht, Yngvar. Ich habe die letzten Wochen dafür gebraucht, mich aus dem Vergessen herauszukämpfen. Es war eine schwere Reise. Ich kann nicht mehr. Ich will zurück. Zu dem Leben hier. Mit dir und den Kindern. Uns.«

»Natürlich«, sagte er heiser, noch immer hämmerte sein Herz.

»Ich habe eine Geschichte mitgebracht, und die möchte ich gern erzählen. Den Rest schließe ich bis auf weiteres weg. Vielleicht für sehr lange Zeit, vielleicht für immer. Aber du mußt... du mußt dir anhören, was ich zu sagen habe.«

Er schluckte und nickte.

»Wollen wir uns setzen«, schlug er vor, seine Stimme klang noch immer rauh.

»Sei nicht so«, sagte Inger Johanne und fuhr ihm über die Haarstoppeln. »Kannst du nicht ...«

»Du hast mir angst gemacht«, sagte er und wollte ihre Augen nicht loslassen.

Sie waren jetzt wieder normal. Freundlich. Inger Johannes normale, freundliche, eigentliche Augen.

»Das wollte ich nicht.«

»Wir setzen uns, ja?«

»Kannst du das nicht lassen ...«

»Was denn?«

»Es tut mir leid, daß ich dich erschreckt habe. Du brauchst mich aber deshalb nicht wie einen zufälligen Gast zu behandeln.«

Ihr Blick war für einen Moment feindselig gewesen. Nicht haßerfüllt, wie er es zuerst empfunden hatte, sondern aggressiv und feindselig.

»Unsinn«, sagte er und lächelte. »Dann ist das abgemacht. Wir lassen dich und... dich und Warren beiseite. Und jetzt erzähl.«

Er holte noch eine Tasse, füllte beide Tassen mit Kaffee, setzte sich auf das Sofa und klopfte aufmunternd neben sich auf das Kissen.

»Na komm«, sagte er mit aufgesetzter Munterkeit.

»Ganz sicher?« fragte sie und griff nach der frischgefüllten Tasse, ohne sich zu setzen.

»Absolut.«

Ihr Lächeln hatte ihre Augen noch immer nicht erreicht.

»Na gut«, sagte sie langsam. »Der zweite Fall war ein Mord in einer Kleinstadt in Kalifornien. Oder... ja. Kalifornien. Dort wurde ein Lokalpolitiker mit Bibelzitaten erstickt, im wahrsten Sinne des Wortes. Wurde an die Wand genagelt, den Mund vollgestopft mit feuchtem Papier, das aus der Bibel dieses armen Teufels herausgerissen worden war.«

Inger Johanne ließ ihren Blick durch das Zimmer wandern, als müsse sie Halt bei der sicheren, vertrauten Umgebung suchen, um weitererzählen zu können. Die Dunkelheit umschloß das Haus wie ein isolierender Umhang; es war so still, daß Yngvar glaubte, den Lärm seiner eigenen Gedanken hören zu können. Die wirbelten ihm durch den Kopf, verwirrend und ohne Struktur. Was war das hier? Was erzählte sie ihm da für eine absurde Geschichte? Wie konnten drei Morde im Norwegen des Jahres 2004 in Zusammenhang stehen mit einer vergessenen und verdrängten Vorlesung, die dreizehn Jahre zuvor in den USA gehalten worden war?

Damals die Bibel. Jetzt der Koran.

Hübsch verpackte Zungen. Damals wie heute.

»Warum wurde er umgebracht«, das war alles, was ihm zu sagen einfiel.

»Ein Pastor, der eine eigene verschrobene Gemeinde hatte, meinte, dieses Mitglied des Stadtrates habe den Tod verdient, weil er gottlosen Rassismus vertrat. Er überredete ein Gemeindemitglied dazu, den Mord zu begehen. Einen Schwachsinnigen. Der während der gesamten Verhandlung selig grinste, das hat... das wurde uns erzählt.«

Rassismus, dachte Yngvar.

Vibeke Heinerback war keine Rassistin gewesen. Sondern Finanzpolitikerin. Während der Ermittlungen hatten sie diese Problematik kaum berührt. Sie hatten nach Motiven in der Politik gesucht; nach unpopulären Einsparungen und brutalem Machtkampf. Rassismus wurde rasch als mögliches Motiv ausgeschlossen, trotz des Korans. Die junge Parteivorsitzende war diesem Thema aus dem Weg gegangen und klug genug gewesen, allgemeine, harmlose Antworten zu geben, wenn Presseleute sich nicht mit vagem Gerede über die Kosten der Zuwanderung und die Probleme der vorhandenen Mittel abspeisen ließen.

»Aber Vibeke Heinerback hatte so manchen Parteigenossen«, sagte Yngvar zögernd, »dem man nicht vorwerfen kann, daß er unseren neuen Landsleuten gegenüber höflich bleibt.«

Er hatte seinen Kaffee nicht angerührt. Jetzt beugte er sich über den Couchtisch. Seine Hand zitterte.

»Das waren zwei Fälle«, sagte er und ließ die Tasse stehen. »Du hast gesagt, ihr hättet von fünf gehört.«

»Ein Journalist wurde ermordet«, sagte Inger Johanne. »Er hatte irgendwelche Unstimmigkeiten im Finanzgebaren einer Firma an der Ostküste ans Licht gebracht, ich weiß nicht mehr genau, worum es dabei ging. Aber diese Geschichte hat ihn das Leben gekostet.«

»Aber er wurde nicht mit einem … *Kugelschreiber* erstochen?«

»Nein.«

Sie lächelte müde.

»Er wurde mit einer Schreibmaschine erschlagen. Einer riesigen, altmodischen Remington …«

Yngvar hörte nicht mehr zu. *Eine Schreibmaschine auf den Kopf,* dachte er. *Einen Kugelschreiber ins Auge. Zwei Journalisten, damals wie heute, ermordet mit ihrem Werkzeug. Ein Politiker und eine Politikerin, damals wie heute, gekreuzigt und mit religiösen Schriften geschändet. Zwei Zungen. Zwei Menschen, die angeblich gelogen haben.*

»Oh verdammt«, flüsterte er.

Inger Johanne zog eine rote Stoffpuppe aus dem Regal neben dem Fernseher. Der Puppe fehlte ein Arm. Ihr Gesicht war schmutziggrau, und die roten Haare waren ebenso verschossen wie das Kleid, fast schon rosa nach zahllosen Runden in der Waschmaschine.

»Das alles wurde mir vor vielen Jahren an einem heißen Frühlingstag erzählt«, sagte sie leise und fuhr mit den Fingern über die absurd langen Puppenbeine. »An sich waren diese Fälle nicht weiter interessant. In der Verbrechensgeschichte der USA gibt es wesentlich spektakuläre Fälle als diesen hier.«

Plötzlich schleuderte sie die Puppe in die Spielkiste.

»Das Interessante für uns ist, daß irgendwer hierzulande das Ganze neu inszeniert. Wir dürfen uns nicht in der Vergangenheit vergraben, wir müssen uns konzentrieren auf… auf Fiona Helle, Vibeke Heinerback und Vegard Krogh. Auf heute. Auf unsere eigenen Morde. Nicht wahr?«

Er hätte gern genickt. Am liebsten hätte er gelächelt und ihr zugestimmt. Ihr Bericht war schon nützlich, so, wie sie ihn präsentiert hatte; in Umrissen und ungenau. Sie könnten die Sache darauf beruhen lassen.

Beide wußten, daß das unmöglich war.

Sie hatte ihm eine wichtige Geschichte erzählt und zugleich einen Keil zwischen sie getrieben. An den nächsten Tagen würde er Himmel und Hölle in Bewegung setzen, um jedes Detail über diese Fälle in Erfahrung zu bringen. Er mußte internationale Organisationen einbeziehen. Sie brauchten Abschriften, Urteilsbegründungen, Vernehmungsprotokolle. Sie brauchten Namen und Daten.

Sie brauchten Warrens Hilfe.

»Ich glaube«, sagte er und zögerte einen Moment, ehe er hinzufügte: »Ich glaube, wir hören für heute abend auf. Morgen wird ein langer Tag.«

»Ich weiß«, sagte sie und ging in die Hocke; Jack war aufgewacht und rieb sich an ihr. »Wir taugen jetzt beide nicht mehr viel. Geh du einfach schlafen.«

»Komm mit.«

»Das hat keinen Sinn, Yngvar. Leg dich hin.«

»Nicht ohne dich.«

»Ich will nicht. Kann nicht.«

»Hast du Hunger?«

»Ich weiß, daß du mit Warren sprechen wirst. Ich verstehe ja, daß das sein muß.«

»Soll ich uns ein Omelett machen?«

»Du bist wie Mama. Glaubst, daß Essen alle Probleme löst.«

Sie bohrte die Nase in den warmen, scharfen Geruch nach schmutzigem Hund und murmelte:

»Tu nicht so, als wäre ich dumm, Yngvar.«

Wieder wußte er nicht, was er sagen sollte.

»Natürlich ist mir klar, wie du mit den Informationen, die du von mir bekommen hast, weitermachen mußt«, sagte sie dann. »Ich verlange auch keinen Dank dafür, daß ich tief in eine Vergangenheit hinuntergetaucht bin, die ich vergessen möchte, aber das mindeste, was ich verlangen kann, ist irgendeine Form von Respekt. So zu tun, als sei alles bestens, als hätte ich dich mit einer Gutenachtgeschichte unterhalten, finde ich … gemein.«

Sie hob den Hund hoch und verbarg ihr Gesicht in seinem Fell.

Wir müßten glücklich sein, dachte er. *Wir sollten uns über Ragnhild freuen. Über Kristianes Fortschritte. Über uns. Wir haben es gut, wir zwei. Wir vier. An jenem Morgen vor einem Monat, vor einer Ewigkeit, als Kristiane geglaubt hat, wir hätten eine Thronerbin bekommen. War ich da nicht zufrieden? Glücklich? Das Kind war gesund. Du hattest ein bißchen Angst und hast dich schrecklich gefreut. Ich möchte die Zeit zurückdrehen und das Fremde und Geheime vergessen, das diese Distanz zwischen uns schafft. Dein Blick war feindselig, und jetzt entziehst du dich mir.*

»Halt mich einfach aus der Sache raus«, sagte Inger Johanne. »Tu, was du tun mußt, aber halt mich ganz heraus. Okay?«

Er nickte.

Jack zappelte mit den Beinen und wollte auf den Boden.

»Er wird nicht gern getragen«, sagte Yngvar.

»Ist Mats Bohus ausgeschlossen?«

»Was?«

»Steht es hundertprozentig fest, daß Mats Bohus nicht hinter allen Morden stecken kann?«

»Ja.«

Der König von Amerika strampelte sich los und landete mit dumpfem Knall auf dem Parkett. Er fiepte jämmerlich und lief mit eingekniffenem Schwanz in die Ecke.

»Was kann es denn sonst sein?« fragte Inger Johanne und setzte sich auf das andere Sofa.

»Du meinst vielleicht, wer«, sagte er tonlos.

»Tja … was und wer.«

»Ich kann das nicht ertragen«, sagte er.

»Was denn?«

»Deine Kälte.«

»Ich bin nicht kalt.«

»Doch.«

»Du bist hoffnungslos. Ich soll die ganze Zeit munter und warm und voll da sein. Aber das ist unmöglich. *Grow up.* Wir sind zwei erwachsene Menschen mit erwachsenen Problemen. Das braucht doch nicht gefährlich zu sein.«

Sie hatte gesagt, »das braucht nicht gefährlich zu sein«. Yngvar wollte hören, »das ist nicht gefährlich«. Er faltete die Hände und starrte seine Fingerknöchel an, die jetzt weiß wurden. In vierzehn Monaten wurde er fünfzig. Das Alter zeichnete sich immer deutlicher ab, die Haut lag trocken und schlaff über seinem Handrücken, auch wenn er die Faust ballte.

»Kann es irgend jemanden geben, der das alles steuert«, sagte sie zweifelnd.

»Jetzt hör aber auf«, murmelte er und öffnete die rechte Hand.

Sie sah Jack an, der noch immer Runden um sein Kissen drehte, ohne zur Ruhe zu kommen.

»Kann es jemanden geben, der draußen steht und andere dazu bringt, zu morden«, sagte sie mehr zu sich selbst, als denke sie laut. »Jemand, der diese alten Geschichten kennt und aus irgendeinem Grund versucht, sie noch einmal ...«

Endlich legte der Hund sich hin.

»Ich werde verrückt«, murmelte sie.

»Wir gehen schlafen«, sagte er.

»Ja«, sagte sie.

»Du hast fünf gesagt«, sagte er.

»Fünf was?«

»Fünf Morde. Alle Beispiel für das, was Warren ... *proportional revenge* genannt hat.«

»*Retribution.*«

»Worum ging es bei den letzten beiden Fällen?« fragte er, ohne den Blick von seiner Hand zu heben.

Inger Johanne nahm die Brille ab. Das Zimmer verschwamm, und mit halbgeschlossenen Augen putzte sie langsam die Gläser.

»Wer wurde ermordet?« fragte er. »Und wie?«

»Ein Sportler.«

»Was ist mit ihm passiert?«

»Er bekam einen Speer ins Herz.«

»Einen Speer ... so einen, mit dem man wirft?«

»Ja.«

»Warum?«

»Der Täter war ein Konkurrent. Er fühlte sich bei der Vergabe von Leichtathlektikstipendien bei einer Ivy League-Schule übergangen. So ungefähr. Ich weiß es nicht mehr genau. Ich bin müde.«

»Also können wir nur herumsitzen«, sagte er. »Total hilflos... und darauf warten, daß ein Sportstar auf brutale Weise umgebracht wird.«

Noch immer rieb und wienerte sie ihre Brille mit einem Hemdenzipfel, ziellos und zerstreut.

»Und der letzte?« sagte er fast unhörbar.

Inger Johanne hielt ihre Brille Richtung Stehlampe und schloß ein Auge. Sie blinzelte abwechselnd durch beide Gläser ins Licht, mehrmals. Dann setzte sie die Brille langsam auf. Zuckte mit den Schultern.

»Weißt du, ich glaube, ich will jetzt wirklich versuchen, zu schlafen. Es ist schon ...«

»Inger Johanne«, fiel Yngvar ihr ins Wort und leerte den restlichen Kaffee in einem Zug.

Die Tasse knallte auf den Tisch.

Ein kräftiges Licht zeichnete sich an der Decke ab, der Kegel wanderte langsam von der Küche zur Balkontür in der Südwand. Das Dröhnen eines Lastwagenmotors ließ die Fensterscheiben klirren.

»Die Müllabfuhr«, sagte Yngvar wütend. »Also?«

Wenn er nicht so erschöpft gewesen wäre, hätte er vielleicht gesehen, daß Inger Johanne den Atem anhielt. Wenn er sie angesehen hätte, statt zum Fenster zu gehen und nachzusehen, wer es sich erlaubte, mitten in der Nacht in einer Wohngegend einen Lastwagenmotor laufen zu lassen, dann hätte er möglicherweise bemerkt, daß ihr Mund halboffen stand und ihre Lippen bleich waren. Er hätte gesehen, daß sie angespannt dasaß, den Blick auf die Diele gerichtet, auf die Schlafzimmer der Kinder.

Aber Yngvar stand am Fenster und hatte Inger Johanne den Rücken zugekehrt.

»Abiturienten«, sagte er resigniert, als der Motorenlärm sich langsam entfernte. »Im Februar. Die fangen auch immer früher an.«

Er zögerte einen Moment, dann setzte er sich wieder auf das Sofa, Inger Johanne genau gegenüber.

»Der letzte«, sagte er. »Was ist mit dem letzten passiert?«

»Das hat nicht geklappt. Warren hatte das Beispiel dazugenommen, weil ...«

»Wen hat er zu ermorden versucht, Inger Johanne?«

Sie griff nach den beiden Tassen und stand auf. Er hielt sie fest, als sie an ihm vorbeiwollte.

»Das spielt keine Rolle«, sagte sie. »Er hat es nicht geschafft.«

Die Bewegung, mit der sie sich losriß, war unnötig abrupt.

»Inger Johanne«, sagte er, ohne ihr zu folgen; er hörte, wie die Tassen in die Spülmaschine gestellt wurden. »Jetzt bist du ziemlich schwierig.«

»Sicher.«

»Wen wollte er umbringen?« fragte Yngvar noch einmal.

Überrascht hörte er das Gurgeln der Spülmaschine. Er zog seinen Ärmel zurück und sah auf die Uhr. Fast halb zwei. Inger Johanne machte sich an Schubladen und Schränken zu schaffen.

»Was machst du da eigentlich?« fragte er und ging zu ihr hinaus.

»Aufräumen«, sagte sie kurz.

»Jetzt?« sagte er und schaute auf die Wanduhr. »Langsam gewöhnst du dich an das Leben in einer Villa, scheint mir.«

»Das ist ein Zweiparteienhaus«, sagte sie. »Das kann man ja wohl kaum als Villa bezeichnen.«

Die Besteckschublade fiel klirrend zu Boden. Inger Johanne kniete sich hin und versuchte, Gabeln und Messer, Löffel und anderes Besteck aufzulesen.

»Es war ein Familienvater«, schluchzte sie, »dem nach einem Hausbrand ein Versicherungsbetrug vorgeworfen wurde. Er hat ... er hat das Haus des Polizisten angesteckt. Des Ermittlers. Während die ganze Familie schlief.«

»Komm her.«

Er faßte ihren Arm, energisch und freundlich, zog sie hoch; sie wehrte sich.

»Niemand wird dieses Haus anzünden«, sagte Yngvar. »Niemand wird jemals unser Haus anzünden.«

12

Seit Jahrhunderten wanderten Menschen durch die engen Straßen, zwischen niedrigen, schiefen Häusern, die sich aneinander klammerten. Die Treppen schlängelten sich die schmalen Gassen hoch. Hier waren Füße auf Steinstufen getroffen, immer an derselben Stelle, Jahr um Jahr, und hatten einen glattpolierten Steig hinterlassen, auf dem sie mehrere Male in die Hocke ging, um ihn zu berühren. Die blanken Vertiefungen fühlten sich kalt unter ihren Fingern an. Sie führte die Finger zum Mund und schmeckte einen Hauch von Salz auf der Zungenspitze.

Sie beugte sich über die Mauer nach Süden. Der graublaue Dunst ließ Himmel und Meer verschwimmen. Draußen gab es keinen Horizont, es gab nur eine perspektivlose Unendlichkeit, bei deren Anblick ihr schwindlig wurde. Sogar hier oben auf dem Berggipfel war es windstill. Eine klamme Feuchtigkeit umschloß die mittelalterliche Stadt Eze. Sie war allein.

Im Sommer mußte es hier unerträglich sein. Trotz der vorgelegten Fensterläden und der winterfest verschlossenen, abweisenden Türen der Geschäfte waren die Spuren des Sommertourismus unverkennbar. Die Andenkenläden lagen dicht an dicht, und auf den winzigen Plätzen, die sich in der Stadtmitte hier und da öffneten, sah sie die Narben von Stühlescharren und zahllosen, auf dem Pflaster ausgetretenen Zigaretten. Während sie allein an der Mauer zum Meer entlangging, stellte sie sich den Lärm der Horden im Sommerhalbjahr vor; plappernde Japaner und lärmende, rotgesichtige Deutsche.

Sie war jetzt wirklich zur Wanderin geworden. Nach und nach hatte sie die Wege gefunden und gelernt, den bürgersteiglosen, lebensgefährlichen Hauptstraßen mit ihrem ewigen donnernden Verkehr auszuweichen.

Der neue Dufflecoat war warm, aber nicht zu eng. Sie hatte ihn in Nizza gekauft, zusammen mit drei Hosen, vier Pullovern, einer Handvoll Hemden und einem Kostüm, von dem sie eigentlich nicht wußte, ob sie jemals wagen würde, es anzuziehen. Als sie kurz vor Weihnachten nach Frankreich gekommen war, hatte sie zwei Paar Schuhe bei sich gehabt. Die lagen jetzt unten auf der Straße im Abfall. Am Vorabend hatte sie sie entschlossen in eine Plastiktüte gesteckt und in einen Container fallen lassen, obwohl das eine Paar erst ein knappes halbes Jahr alt gewesen war. Sie waren braun und solide. Laufschuhe, wie sie gut zu einem alternden Weib paßten.

Der Dufflecoat war beige, die Camper-Schuhe waren wunderbar zum Laufen. Die Verkäuferin im Laden hatte nicht einmal erstaunt gewirkt, als sie sie hatte anprobieren wollen. Neben ihr, auf einem knallgelben Puff, hatte ein Junge von achtzehn gesessen und die gleichen Schuhe anprobiert. Als er ihren Blick bemerkte, lächelte er freundlich. Nickte anerkennend. Sie kaufte zwei Paar. Und beide saßen sehr gut.

Sie wanderte.

Das Gehen erleichterte das Denken. Bei ihren langen, langsamen Wanderungen am Meer entlang, in den Bergen und an den steilen Hängen zwischen Nizza und Cap d'Ail hatte sie vor allem das Gefühl, daß ihr Leben lebendig geworden war. Ab und zu, oft abends, wenn sie nach Hause kam, empfand sie die Müdigkeit ihrer Muskeln als segensreiche Erinnerung an ihre eigene Kraft. Sie konnte sich ausziehen und nackt durch das Haus laufen und sich dabei von ihrem Spiegelbild im Fenster bestätigen lassen, welche Veränderung sie durchmachte. Sie trank Wein, aber niemals viel. Das Essen schmeckte ihr, ob sie nun selbst kochte oder in ein Restaurant ging, wo sie erkannt wurde, immer wurde sie jetzt erkannt, von höflichen Kellnern, die ihr den Stuhl zurechtrückten und wußten, daß sie als Aperitif gern ein Glas Champagner trank.

An den letzten Tagen hatte sie Dankbarkeit verspürt.

Von Kopenhagen, wo ihr Auto auf einem anonymen Parkplatz gestanden hatte, während sie mit der Fähre nach Oslo und zurück reiste, war sie ohne Zwischenhalt zurückgefahren. Die Passagierlisten der dänischen Reederei waren ein Witz. Sie hatte sich als Eva Hansen eingetragen und war in ihrer Kabine geblieben. Auf beiden Strecken. Nach einer Nacht im Hotel fühlte sie sich den fünfunddreißig Stunden hinter dem Lenkrad gewachsen und war nicht einmal sonderlich müde. Bei den kurzen Pausen, kleinen Abstechern von der Hauptstraße, um Diesel zu tanken, um in einem deutschen Dorf oder einem kleinen Ort an der Rhône zu essen, spürte sie zwar, wie steif ihre Muskeln und Glieder waren. Aber Schlaf brauchte sie nicht.

Sie lieferte das Auto bei dem marokkanischen Kellner im Café de la Paix ab. Er wurde gut für die Mühe bezahlt, es unter seinem Namen gemietet zu haben. Er glaubte ihre Erklärung vielleicht nicht so ganz; sie sei schrecklich erkältet gewesen, als sie das Auto benötigte, und habe sich die Fahrt nach Nizza ersparen wollen. Aber da er bald nach Marokko zurückkehren wollte, wo sein Vater ein Restaurant eröffnet hatte, nahm er das Geld mit einem Lächeln und ohne zu fragen entgegen.

Dann ging sie zu Fuß nach Hause. Dort schlief sie ein, kaum daß sie den Kopf auf die kühle Bettwäsche hatte sinken lassen, und war traumlos elf Stunden lang weg.

In all diesen Jahren mit genauer Planung, sorgfältiger Informationsbeschaffung und gewissenhafter Recherche, hatte sie in ihrer Arbeit doch keine andere Freude gefunden als eben diese: Das hier war ihre Arbeit. Es war eine Notwendigkeit, um die Aufgabe ausführen zu können, für die sie bezahlt wurde. Sie war tüchtig und wurde nie bei einem Fehler ertappt. Niemand konnte behaupten, sie begehe Fehler, schlampe herum, nehme die Sache zu leicht oder überspringe den Zaun an der niedrigsten Stelle.

Sie war trotz allem dankbar für diese leblosen Jahre.

Die hatten ihr Wissen und Erkenntnis gebracht.

Obwohl ihre Kartei in Norwegen stand, reichte ihre Erinnerung doch aus. Der riesige Stahlschrank enthielt Informationen über Menschen, denen sie nachgeforscht hatte. Über Bekannte und Unbekannte. Berühmtheiten und Prominente Seite an Seite mit dem Briefträger aus Otta, der ihren Postkasten immer mit Reklame vollstopfte, trotz des Schildes, auf dem sie sich das verbat. Sie hatte Schwächen und Routinen der Menschen registriert, hatte ihre Gelüste und Bedürfnisse beobachtet, hatte ihr Liebesleben, ihre Geheimnisse und Bewegungen aufgezeichnet und alles in einem großen, grauen Metallschrank gelagert.

Sie schlampte nicht. Das Geheimnis ihrer Arbeit war das Wissen. Ihr Gedächtnis ließ sie nie im Stich.

Die toten Jahre waren keine vergeudete Zeit. Jetzt war sie dafür dankbar. Sie konnte mit verbundenen Augen eine AG-3 zusammensetzen und innerhalb von dreißig Sekunden eine Autozündung kurzschließen. Sie würde weniger als eine Woche brauchen, um sich einen falschen Paß zu beschaffen, und sie hatte einen Überblick über den skandinavischen Heroinmarkt, der der Polizei ein beifälliges Nicken entlocken würde. Sie kannte Menschen, die sonst niemand kennen wollte, sie kannte sie gut, aber keiner von diesen Menschen wollte sie kennen.

Es war kälter geworden. Ein tückischer Wind fegte die Hänge hinab und löste den Dunst über dem Meer auf. Der Dufflecoat beschützte sie nicht gut genug, und rasch lief sie den Bergpfad hinunter. Es war zu kalt, um den langen Weg nach Hause zu Fuß zurückzulegen. Wenn der Bus fahrplanmäßig kam, würde sie damit fahren. Wenn nicht, konnte sie sich immer noch ein Taxi gönnen.

Am Nordhimmel war plötzlich ein Farbfleck zu sehen. Ein Mensch wiegte sich unter einem orangen Paraglider rhythmisch hin und her. Noch ein Schirm tauchte über dem Hügel auf, rot und gelb mit grüner Schrift, die nicht zu entziffern war. Eine plötzliche Turbulenz ließ den Schirm flattern. Er verlor den Auftrieb und stürzte fünfzig oder sechzig Meter ab, ehe der Flieger ihn wieder unter Kontrolle bringen konnte und langsam in das Tal unter ihr schwebte.

Sie ließ ihn nicht aus den Augen und lachte leise.

Diese Leute glaubten, das Schicksal herauszufordern.

Extremsport hatte sie immer provoziert, vor allem, weil sie seine Betreiber lächerlich fand. Natürlich war nicht allen ein spannendes Leben beschieden. Im Gegenteil. Die allermeisten der sechs Milliarden Erdbewohner, der überwiegende Teil der Europäer und so ungefähr die gesamte norwegische Bevölkerung führten ein ereignisloses Leben. Ob nun der Kampf ums Dasein darin bestand, genug Essen zum Überleben zu beschaffen, Gesundheit für die Kinder, eine bessere Stelle oder das neueste Auto der Nachbarschaft; die Existenz des Menschen war und blieb eine triviale Bagatelle. Daß verweichlichte, verwöhnte Jugendliche es deshalb für notwendig hielten, durch allerlei Sprünge den Tod herauszufordern, an steilen Felshängen und in hohem Tempo, war ein Ausdruck westlicher Dekadenz, den sie immer schon verachtet hatte.

Überdruß.

Sie litten an einem Lebensüberdruß, weil sie sich einbildeten, etwas anderes und Besseres verdient zu haben, etwas mehr als das, was das Leben für die aller-, allermeisten eigentlich war: ein belangloses Stück Zeit zwischen Geburt und Tod.

Sie glauben, sie könnten der Sinnlosigkeit des Daseins entrinnen, dachte sie. *Indem sie sich unter einem Schirm aus unzuverlässigen Textilien den Trollveggen hinabstürzen. Einen Pol überqueren. Einen unbezwingbaren Berg besteigen. Sie wollen höher, länger und kühner hinaus. Sie sehen die Langeweile nicht, die sie immer verfolgt, graugekleidet und feixend. Sie sehen sie erst, wenn sie gelandet sind, wenn sie geborgen wieder zu Hause sitzen. Dann wiederholen sie ihren Einsatz, machen etwas anderes, Gefährlicheres, immer noch Gewagteres, bis sie entweder begreifen, daß das Leben sich nicht herausfordern läßt, oder sie bei dem Versuch, das Gegenteil zu beweisen, dem Tod begegnen.*

Die Paraglider hatten jetzt fast den Boden erreicht, sie setzten zur Landung an einem Hang an, auf dem lange Reihen von kurzbeschnittenen Rebstöcken standen. Sie glaubte, ihr Lachen zu hören. Einbildung, natürlich, der Wind wehte in die falsche Richtung, und es war weit bis ins Tal. Trotzdem konnte sie sehen, wie die beiden einander auf die Schultern schlugen und vor Begeisterung auf und ab hüpften. Zwei Frauen kamen die Weinterrassen hochgelaufen. Sie winkten glücklich.

Noch immer empfand sie Abscheu vor dem Zufallsspiel mit dem Tod.

Die Spieler riskierten nur ihr Leben.

Zu sterben war nichts anderes als ein angenehmes Ende der Langeweile. Sterben sorgte außerdem für einen verschönerten Nachruhm, da die Sprache der Nachrufe die der Huldigung war, nicht die der Wahrheit. Wer jung starb, wurde vom Leben nicht alt und unschön gemacht, fett oder klapperdürr. Wer nicht alt wurde, hinterließ ein tragisches Denkmal; einen verschönenden, versöhnlichen Bericht, in dem das Traurige spannend und das Häßliche schön wurde.

Vegard Krogh, dachte sie und biß sich auf die Zunge.

Sie wollte nichts mehr über ihn lesen. Die Artikel waren verlogen. Presseleute und Bekannte, Freunde und Familie, alle trugen dazu bei, ein Bild des Künstlers Krogh zu malen. Eines kompromißlosen, unbestechlichen Vorkämpfers für das Echte und Wahre. Einer facettenreichen Seele, eines unerschütterlichen Soldaten im Dienst der bedeutsamen, unbestechlichen Kultur.

Sie fluchte laut und lief den Weg hinunter. Der Bus blinkte schon und wollte von der Haltestelle auf die Hauptstraße fahren, hielt aber noch einmal, als sie angerannt kam. Sie bezahlte und ließ sich auf einen freien Platz fallen.

Bald würde sie für immer nach Norwegen zurückkehren.

Auf jeden Fall mußte sie das Haus in Villefranche verlassen. Ihr Mietvertrag lief bis zum 1. März, Verlängerung war nicht möglich. In knapp einer Woche würde sie obdachlos sein, falls sie nicht nach Hause fuhr.

Sie sah die Wohnung vor sich, geschmackvoll eingerichtet und zu groß für einen einzigen Menschen. Nur der Stahlschrank im Schlafzimmer brach mit dem sanften Stil, den sie aus einer Zeitschrift für Wohnkultur hatte. Das meiste hatte sie bei IKEA gekauft, aber sie hatte auch den einen oder anderen eher exklusiven Gegenstand im Sonderangebot aufgetan.

Sie paßte nicht in ihre Wohnung.

Sie hatte nur selten Gäste und brauchte den Platz nicht. Wenn sie zu Hause war, saß sie meistens in ihrem chaotischen Arbeitszimmer und hatte deshalb kaum Freude daran, daß die restliche Wohnung so gut aussah. Eigentlich hatte sie sich dort nie zu Hause gefühlt, sie kam sich vor wie im Hotel. Auf ihren vielen Reisen durch Europa hatte sie durchaus schon in Hotelzimmern logiert, die ihr persönlicher, wärmer und behaglicher vorgekommen waren als ihr eigenes Wohnzimmer.

Sie paßte einfach nicht nach Norwegen. Norwegen war nichts für Menschen wie sie. Sie fühlte sich erstickt von dem großen, egalitären Gedanken. Fühlte sich verstoßen von der engstirnigen, ausgrenzenden Elite. Norwegen war nicht groß genug für eine von ihrem Format, sie wurde nicht als die gesehen, die sie war, und deshalb hatte sie beschlossen, sich mit einem anonymen Umhang aus Unzugänglichkeit zu beschützen. Mit Unsichtbarkeit. Die anderen wollten sie nicht sehen. Also wollte sie sich ihnen auch nicht zeigen.

Der Bus schaukelte gen Westen. Die Federung war französisch und viel zu weich. Sie mußte die Augen schließen, um die Übelkeit zu unterdrücken.

Den Tod zu riskieren, war keine große Leistung. Die Gefahr, der sie sich aussetzten, die Gipfelbezwinger und Luftakrobaten, die einsamen Ruderer, die in einer Nußschale den Atlantik überquerten und die Motorradfahrer mit ihren halsbrecherischen Übungen vor einem Publikum, das begeistert auf einen katastrophalen Fehler wartete, war begrenzt durch die Zeit, die sie in Anspruch nahm. Drei Sekunden oder acht Wochen, eine Minute oder vielleicht ein Jahr.

Sie selbst setzte das Leben an sich ein. Es war die Spannung die darin lag, nie zu landen, nie das Ziel zu erreichen, die sie einzigartig werden ließ. Das Risiko wuchs mit jedem Tag, und das wünschte sie sich und wollte es so. Es war immer da, intensiv und lebensspendend. Die Gefahr, eingeholt und entlarvt zu werden.

Sie lehnte die Stirn an die Fensterscheibe. Es wurde Abend. An der Strandpromenade tief unter ihr brannten die Laternen. Ein leichter Regen färbte den Asphalt dunkel.

Nichts deutete darauf hin, daß sie näher kamen. Trotz der Spuren, die sie ausgelegt hatte, der klaren Einladung in das Muster, für das sie sich entschieden hatte, tappte die Polizei im dunkeln. Das ärgerte sie, und deshalb wußte sie, wie es weitergehen sollte. Natürlich war es ein Strich durch ihre Rechnung gewesen, daß dieses Weibsbild gerade ein Kind bekommen hatte. Es war kein optimaler Zeitpunkt, das hatte sie schon gewußt, als sie das ganze anfing, aber es gab Grenzen dafür, was sie selbst steuern konnte.

Vielleicht war es gut, nach Hause zu fahren. Dichter an alles heranzukommen.

Größere Risiken einzugehen.

Der Bus hielt, und sie stieg aus. Es goß jetzt in Strömen, und sie lief den ganzen Weg nach Hause. Inzwischen war es Dienstag, der 24. Februar, abends.

13

»Irgendwer könnte dahinter stehen und die Sache manipulieren«, sagte Yngvar Stubø mitten beim Hähnchen in Yoghurtsoße. »Das ist ihre neueste Theorie. Aber ich weiß nicht so recht.«

Er lächelte mit vollem Mund.

»Wie denn?« fragte Sigmund Berli. »Daß irgendwer andere Leute dazu bringt, diese Morde zu begehen? Daß irgendwer diese Leute an der Nase herumführt?«

Er brach ein Stück Nan-Brot ab, hielt es zwischen Daumen und Zeigefinger und musterte es skeptisch.

»Ist das eine Art Fladenbrot, oder was?«

»Nan«, sagte Yngvar. »Probier mal. Diese Theorie ist gar nicht so dumm. Ich meine, sie ist natürlich logisch. Irgendwie. Wenn wir davon ausgehen, daß Mats Bohus zwar Fiona Helle umgebracht hat, die anderen beiden aber nicht, dann liegt es doch nahe, daß irgendwer hinter allem steckt. Eine lenkende Hand. Eine Hand mit einem übergeordneten Motiv, könnte man sagen. Aber zugleich ...«

Sigmund kaute und kaute. Brachte den Bissen nicht hinunter.

»Verdammt«, flüsterte Yngvar und beugte sich über den Tisch. »Reiß dich zusammen. In Norwegen gibt es seit dreißig Jahren indische Restaurants. Das ist Brot, Sigmund. Einfach nur Brot.«

»Der da ist kein Inder«, murmelte der Kollege und nickte zum Kellner hinüber, einem Mann mittleren Alters mit gepflegtem Schnurrbart und gelassenem Lächeln. »Das ist ein Pakki.«

Der Griff von Yngvars Messer knallte auf den Tisch.

»Hör auf damit«, zischte er. »Ich bin dir sehr viel schuldig, Sigmund, aber nicht genug, um diesen Dreck hinzunehmen. Ich hab dir schon tausendmal gesagt, halt deine Scheiß...«

»Pakistani, habe ich gemeint. Tut mir leid. Aber er ist doch ein Pakistani. Und kein Inder. Und mein Magen kann so scharfe Gewürze nicht vertragen.«

Er zog eine Grimasse, übertrieben und manieriert, und legte sich dramatisch die Hand auf den Bauch.

»Was du bestellt hast, ist doch ganz mild«, brummte Yngvar und nahm sich Raita nach. »Wenn du das da nicht mal vertragen kannst, verträgst du auch keinen Hammeleintopf. Jetzt iß.«

Sigmund spießte vorsichtig ein Stück Fleisch auf. Zögerte. Schob es langsam in den Mund. Kaute.

»Aber mir will das einfach nicht so ganz in den Kopf«, sagte Yngvar. »Es ist so ... unnorwegisch. Uneuropäisch. Daß irgendwer auf die Idee kommen könnte, unglückliche Menschen als Figuren in einem großen Mörderspiel einzusetzen.«

»Jetzt mach mal halblang«, sagte Sigmund, er schluckte und nahm noch einen Bissen. »Nichts ist heute noch unnorwegisch. Kriminell gesehen, meine ich. Die Lage hier ist nicht eine Spur besser als anderswo. Schon seit Ewigkeiten nicht mehr. Und das liegt an den vielen ...«

Er riß sich zusammen, dachte nach und fügte hinzu:

»Russen. Und den verdammten Banditen vom Balkan. Diese Jungs haben doch keinen Anstand im Leib. Denen strahlt die Gemeinheit nur so aus den Augen.«

Yngvars Miene ließ ihn die Handflächen heben.

»Es ist ja wohl kein Rassismus, die Wirklichkeit zu beschreiben«, protestierte er heftig. »Das sind Leute wie wir. Dieselbe Rasse und so. Aber du weißt doch selbst, wie ...«

»Hör auf. In diesem Fall kommen keine Ausländer vor. Die Opfer waren durch und durch norwegisch. Und sogar allesamt blond. Und das gilt auch für den einen armen Wicht von Täter, den wir gefunden haben. Vergiß die Russen. Vergiß den Balkan. Vergiß vor a...«

Er zuckte zusammen und griff sich an die Wange.

»In die Backe gebissen«, murmelte er. »Mann, tut das weh.«

Sigmund zog seinen Stuhl dichter an den Tisch heran. Er legte sich die Serviette auf die Knie und griff zu Messer und Gabel, wie um die gesamte Mahlzeit noch einmal beginnen zu lassen.

»Gib zu, daß die Sache mit Inger Johannes Vorlesung ganz schön unheimlich ist«, sagte Sigmund unberührt von Yngvars Zurechtweisung. »So ein bißchen wie *Akte X*. Zeitschleifen und so was. Aber was hältst du davon?«

»Nicht besonders viel«, gab Yngvar zu.

»Aber was denn?«

»Es kann natürlich auch ein Zufall sein.«

»Zufall«, schnaubte Sigmund. »Aber klar doch! Da sitzt deine Frau vor dreizehn Jahren auf der anderen Seite des Erdballs und läßt sich was über stark symbolisch aufgeladene Morde erzählen, und dann taucht derselbe Modus, genau dieselbe Symbolik im Jahre 2004 in Norwegen auf. *Dreimal!* Soll den Zufall doch der Teufel holen, sag ich da nur. Von wegen, Zufall.«

»Dann hast du vielleicht eine Erklärung. Wo du doch *Akte X* siehst, meine ich.«

»Das läuft nicht mehr. Wurde am Ende doch ein bißchen zu absurd.«

»Aber was glaubst du?«

Yngvar nahm sich aus der kleinen Eisenpfanne nach. Der Reis klebte am Löffel. Er schüttelte ihn. Der weiße, zähe Klumpen fiel mit feuchtem Klatschen in die Soße. Sein Hemd bekam ein paar rötliche Spritzer ab.

»Ich glaube, es gibt da draußen irgendwo einen Arsch«, sagte Sigmund ruhig. »Einen Arsch, der dieselben Vorlesungen gehört hat. Und der die witzig fand. Der mit dem Gedanken gespielt hat, mit uns zu spielen.«

Yngvar spürte, wie ihm ein kalter Schauer über den Rücken lief.

»Aha«, sagte er langsam und hörte auf zu essen. »Und sonst?«

»Die Symbolik ist zu stark. In den ursprünglichen Fällen waren die Täter ein bißchen einfältig, jedenfalls so, wie du das bisher erzählt hast. Idioten entscheiden sich für überdeutliche Symbolik. Aber unser Mann ist kein Idiot. Unser Mann hat …«

Sigmunds Lächeln war jetzt fast kindlich, er sah eine neue, bisher nicht gekannte Anerkennung in Yngvars zusammengekniffenen Augen und seinem leichten Kopfnicken.

»Wenn wir davon ausgehen«, fuhr Sigmund fort, »daß Inger Johanne recht hat und da draußen irgendwer an den Fäden zieht, damit andere für ihn morden …«

Eine Furche teilte seine zusammengewachsenen Augenbrauen.

»...und zwar auf eine ganz spezielle Weise, dann haben wir es bestimmt nicht mit jemandem zu tun, dessen Begabung begrenzt ist. Im Gegenteil.«

Es wurde still. Sie waren jetzt die einzigen Gäste. Der Kellner war in einem Hinterzimmer verschwunden. Nur eine leise orientalische Melodie war aus einem Lautsprecher am anderen Ende des Lokals zu hören. Bei den höchsten Tönen knackte er überanstrengt.

»Himmel«, sagte Yngvar endlich und hob beifällig sein Glas mit Mineralwasser. »Das war wirklich nicht schlecht. Aber wenn dieser Mr. X dieselbe Vorlesung gehört hat, muß es sich doch um jemanden handeln, den... den Inger Johanne von damals kennt und...«

»Nein«, unterbrach Sigmund ihn und versuchte noch ein Stück Brot. »Es ist inzwischen zwar schon eine ganze Weile her, daß ich auf der Polizeihochschule war, aber an einiges kann ich mich doch erinnern. Es waren immer die gleichen Vorlesungen, Jahr für Jahr. Die Dozenten drehen einfach nur ihren Papierstapel um. Ich habe mir damals die Notizen von einem Freund ausgeliehen, der ein Jahr vor mir da gewesen war. Alles Blaupausen. Dieses Brot hier schmeckt immerhin gut.«

»Probier mal das Tandoori«, sagte Yngvar. »Du vergißt, daß wir es nicht mit irgendeinem Feld-, Wald- und Wiesenlehrer zu tun haben. Warren Scifford ist legendär. Er würde wohl kaum...«

»Als ob die guten Lehrer in dieser Hinsicht auch nur um ein Haar besser wären als die schlechten«, sagte Sigmund und starrte seine Gabel an, ehe er sie ins Fleisch bohrte. »Im Gegenteil, möchte ich meinen. Wenn eine Vorlesungsreihe ein Erfolg ist, gibt es doch erst recht keinen Grund, sie zu ändern. Studenten kommen und gehen. Die Dozenten bestehen. Haben wir den Typ eigentlich schon erreicht?«

»Warren?«

»Ja.«

»Nein. Wenn du das nicht essen willst, dann kann ich gern...«

»Bitte sehr.«

Sigmund schob seinen Teller über den Tisch.

»Das FBI hat nach dem 11. September 2001 seine Tagesordnung gelinde gesagt verändert«, sagte Yngvar. »Jetzt dreht sich alles nur noch um Terrorbekämpfung und psst, psst um jeden Preis. Warren aufzuspüren hat sich als schwieriger erwiesen, als wir dachten. Früher hätte ich einfach zum Telefon greifen und ihn dreißig Sekunden später an der Strippe haben können. Jetzt ...«

Er zuckte mit den Schultern.

»Irak, tippe ich«, sagte er leichthin.

»Irak? Die Gerichtsbarkeit des FBI ist doch begrenzt! Müssen die nicht auf ihrem eigenen Territorium bleiben? Innerhalb der USA?«

»Im Prinzip ja. In Wirklichkeit jein.«

Abermals ein leichtes Schulterzucken.

»Bei Warrens Kompetenz ... da kann man sich doch vorstellen, daß sie ihn in dem Hexenkessel da unten brauchen können.«

»Was kann er denn eigentlich?«

Yngvar lachte laut und fuhr sich mit einer gestärkten Stoffserviette über den Mund.

»Frag lieber, was der Mann nicht kann. Ursprünglich hat er seinen Doktor in Soziologie gemacht. Außerdem ist er Jurist. Das wichtigste aber ist wohl, daß er seit über dreißig Jahren der eindeutig besten Polizeiorganisation der Welt angehört. Der Mann ist ein Star.«

»Und jetzt ist er also im Irak.«

»Ich weiß nicht, ob er im Irak ist«, korrigierte Yngvar. »Aber so, wie es den Amerikanern da unten ergeht, würde es mich nicht wundern, wenn die dort ihre allerbesten Männer brauchten. Ob es sich dabei nun um FBI-Leute handelt oder um andere. Aber ich habe den Versuch, ihn zu erreichen, noch nicht aufgegeben ...«

Der Kellner war wieder da. Höflich übersah er die Tatsache, daß vor Yngvar jetzt zwei Teller standen.

»Noch mehr zu trinken?«

»Wasser«, sagte Sigmund übellaunig und stemmte die Ellbogen auf die Tischplatte.

»Ja, bitte«, sagte Yngvar mit einem Lächeln und ließ ein Kompliment über das Essen folgen. »Mineralwasser für mich. Mit Kohlensäure, bitte.«

Er drückte die Zunge gegen die Wunde in seiner Wange.

»Tut weh«, murmelte er.

»Glaubst du an meine Theorie«, fragte Sigmund. »An Inger Johannes Theorie?«

Yngvar zögerte.

»Ich kann mir nicht so recht ... ich kann mir nicht so ganz vorstellen, wie es möglich sein sollte, andere auf diese Weise zu manipulieren. Andererseits ...«

Der Kellner füllte die Gläser, lächelte und zog sich zurück.

»Es kann auch daran liegen, daß ich es nicht richtig wage«, gestand Yngvar und trank. »Wenn ihr recht habt, dann bedeutet das, daß unsere Ermittlungen noch ... schwieriger werden. Es bedeutet unter anderem, daß der eigentliche Drahtzieher nicht unbedingt in irgendeiner sichtbaren Verbindung zu den Opfern stehen muß. Sondern nur zu den Tätern. Und von denen haben wir bisher nur einen zur Hand.«

»Einen lallenden Irren in der Anstalt«, seufzte Sigmund.

Yngvars erhobene Gabel ließ ihn eilig hinzufügen:

»Einen Gemütsleidenden, der sich in einer Klinik aufhält, meine ich. Was sollen wir jetzt tun? Sollen wir diese ... Theorie verfolgen?«

»Wir werden sie jedenfalls im Hinterkopf behalten«, sagte Yngvar. »Da wir ja ohnehin weiter nach Verbindungen zwischen den drei Opfern suchen müssen, bedeutet es nicht schrecklich viel mehr Arbeit, wenn wir Mats Bohus mit ins Bild holen.«

»Hä? Das versteh ich jetzt nicht richtig. Er ist doch nicht ermordet worden, er ist ...«

»Er ist der einzige, den wir haben, falls du und Inger Johanne irgendwie richtig liegt. Während wir weiter nach Verbindungen zwischen Fiona Helle, Vibeke Heinerback und Vegard Krogh suchen, können wir zugleich nachsehen, ob es zwischen Mats Bohus und den beiden letzteren irgendeinen verborgenen Zusammenhang gibt. *Long shot,* aber trotzdem. Das Problem ist, daß Mats Bohus nicht mehr ansprechbar ist. Er ist total fertig. Das letzte Verhör am Samstag war zuviel für ihn. Dr. Bonheur hatte recht. Und wir müssen jetzt die Rechnung bezahlen; der Typ ist in der geschlossenen Abteilung. Es wird nicht leicht, herauszufinden, mit wem er Kontakt gehabt hat, um das mal so zu sagen.«

Er griff zum letzten Stück Brot und steckte es in den Mund.

»Satt«, murmelte er. »Gehen wir?«

»Vielleicht noch einen Kaffee«, sagte Sigmund.

»Davon möchte ich abraten. Der Kaffee hier ist nicht gerade ...«

Sein Telefon klingelte. Yngvar fischte es aus der Tasche und bedeutete dem Kellner, daß er die Rechnung wünschte.

»Stubø«, sagte er kurz.

Als er nach anderthalb Minuten das Gespräch beendete, ohne mehr als ja und ach gesagt zu haben, wirkte er aufrichtig besorgt. Seine Augen waren schmaler denn je, und um seinen Mund lag ein müder, trauriger Zug.

»Was ist los?« fragte Sigmund.

Yngvar bezahlte und stand auf.

»Was zum Teufel ist los«, wiederholte Sigmund ungeduldig, als sie auf die Arendalsgate hinaustraten; ein Bus donnerte vorüber.

»Trond Arnesen hat gelogen«, sagte Yngvar und ging auf Myrens Verksted zu, wo sein Wagen vor den alten Fabrikhallen stand.

»Was«, rief Sigmund und lief neben ihm her.

Ein LKW hielt vor einer roten Ampel. Der Lärm war ohrenbetäubend.

»Trond Arnesen ist nicht so ein Unschuldsengel, wie ich dachte«, brüllte Yngvar zurück. »Er hatte nebenbei ein Verhältnis.«

Die Ampel sprang auf Grün, und der LKW fuhr los und verschwand in Richtung Torshov.

»Hä?«

»Zu einem Mann«, sagte Yngvar und lief über die Straße. »Einem jungen Burschen.«

»Habe ich es nicht schon immer gesagt«, sagte Sigmund und machte lange Schritte, um mit seinem Kollegen Schritt zu halten. »Traue niemals einem Arschficker.«

Yngvar brachte es nicht über sich, zu antworten.

Er hatte felsenfest an Trond Arnesens Unschuld geglaubt.

Inger Johanne wurde von Schritten auf der Treppe geweckt. Die Angst jagte ihr in die Glieder. Ragnhild lag auf ihr, zwischen ihrem linken Arm und ihrem Körper. Das Kind schlief tief. Draußen war es noch immer hell. Es mußte Tag sein. Nachmittag. Wie lange war sie weggewesen? Jemand trat näher.

»Hast du geschlafen? Wie schön.«

Ihre Mutter lächelte und trat an das Sofa heran.

»Mama«, stöhnte Inger Johanne. »Du hast mir angst gemacht. Du kannst doch nicht einfach ...«

»Doch, das kann ich«, sagte die Mutter energisch; erst jetzt fiel Inger Johanne auf, daß sie ihren Mantel nicht abgelegt hatte. »Ich habe mir erlaubt, den Ersatzschlüssel zu benutzen, den ihr bei uns hinterlegt habt. Um ehrlich zu sein, hatte ich ein wenig Angst, du würdest nicht aufmachen, wenn ich klingle und du durch das Küchenfenster siehst, daß ich es bin.«

»Natürlich würde ich ...«

Ingvar Johanne setzte sich auf dem Sofa auf und gab sich Mühe, Ragnhild nicht zu wecken.

»Nein, nein, Herzchen. Du würdest nicht aufmachen. Wie lange hast du geschlafen?«

Inger Johanne warf einen Blick auf ihre Armbanduhr.

»Zwölf Minuten«, sagte sie gähnend. »Warum bist du hier?«

»Keine Panik«, sagte ihre Mutter und verschwand in der Küche.

Schubladen und Schränke wurden geöffnet. Die Kühlschranktür ging auf und wieder zu. Inger Johanne hörte klirrende Flaschen und das dumpfe Dröhnen der Tiefkühltruhe, die geöffnet wurde. Sie kam mühsam auf die Beine.

»Was machst du«, murmelte sie verärgert.

»Ich packe«, sagte ihre Mutter.

»Du packst ...?«

»Gut, daß du soviel Muttermilch da hast. So.«

Mit geübten Fingern wickelte sie die gefrorenen Flaschen in Zeitungspapier.

»Was *treibst* du da eigentlich, Mama?«

»Kannst du nicht ein braves Mädchen sein und ein paar Kleidungsstücke zurechtlegen? Ihren Schlafanzug. Windeln. Nein, das nicht, dein Vater hat schon welche gekauft. *Libero*, nicht wahr? Pack eine kleine Tasche, ja? Und leg auf jeden Fall zwei zusätzliche Schnuller dazu, bitte.«

Inger Johanne versuchte, das Kind anders zu fassen. Ragnhild bewegte die Augen und wimmerte.

»Ich gebe dir Ragnhild nicht mit, Mama.«

»Doch, genau das tust du.«

Ihre Mutter steckte die jetzt gut isolierten Flaschen in eine Kühltasche mit Coca-Cola-Logo.

»Kommt nicht in Frage.«

»Jetzt hörst du mir mal zu, Inger Johanne.«

Wütend zog die Mutter den Reißverschluß zu und stellte die Tasche in die Kücheninsel. Dann fuhr sie sich mit den Fingern durch das graue Haar, starrte ihrer Tochter in die Augen und erklärte:

»Das bestimme nun wirklich ich.«

»Du kannst nicht …«

»Sei still.«

Ihre Stimme war scharf, aber leise. Ragnhild zeigte keine Reaktion.

»Ich weiß sehr gut, daß du mich meistens ziemlich unmöglich findest, Inger Johanne. Wir zwei waren nicht immer die besten Freundinnen auf der Welt. Aber ich bin deine Mutter, und ich bin durchaus nicht so dumm, wie du glaubst. Ich habe nicht nur gesehen, daß du bei dem Essen am Sonntag todmüde warst, ich habe auch etwas entdeckt, das ich nur als … Angst deuten kann.«

Inger Johanne holte Luft, um zu widersprechen.

»Sei still«, schimpfte die Mutter. »Ich habe nicht vor, dich zu fragen, was dir solche Angst macht. Du erzählst mir ja doch nie etwas. Aber zu Schlaf kann ich dir immerhin verhelfen. Jetzt nehme ich meine Enkelin mit mir nach Hause, und du legst dich ins Bett. Es ist …«

Sie warf einen schnellen Blick zur Wanduhr hinüber.

»… halb drei. Ich habe Isak gebeten, Kristiane von der Schule abzuholen. Yngvar sagt, daß er heute bis in den späten Abend arbeiten muß. Er wird dann bei uns übernachten, damit du nicht gestört wirst. Du ...«

Ihr ausgestreckter Finger zitterte.

»... gehst schlafen. So dumm bist du nicht, daß du nicht begreifst, daß Ragnhild bei mir in den besten Händen ist. Bei uns. Du wirst dich richtig ausschlafen. Von mir aus kannst du auch die ganze Nacht Bücher lesen, wenn dich das in bessere Laune versetzen kann. Aber ich glaube ... aber Herzchen!«

Inger Johanne verbarg ihr Gesicht in dem kleinen Bündel. Sie roch den weichen Duft von sauberem Stoff und schluchzte auf. Die Mutter strich ihr über die Haare und befreite Ragnhild vorsichtig aus den Armen ihrer Tochter.

»Da siehst du's«, sagte die Mutter. »Du bist übermüdet. Geh schlafen, ich suche mir schon zusammen, was ich brauche.«

»Ich kann ... du kannst nicht ...«

»Zwei Kinder habe ich großgezogen. Ich habe das Examen an der Haushaltsschule gemacht. Mein Leben lang habe ich mich um Haus und Heim gekümmert. Ich werde ja wohl ein oder zwei Nächte lang einen Säugling betreuen können.«

Das Parkett knarrte, als die Mutter mit energischen Schritten Richtung Kinderzimmer verschwand. Inger Johanne wollte hinterherlaufen, hatte aber nicht die Kraft dazu.

Schlaf. Viele, viele Stunden Schlaf.

Fast hätte sie sich auf den Boden gelegt. Statt dessen nahm sie eine halbvolle Wasserflasche von der Anrichte und trank. Dann trottete sie ins Schlafzimmer. Sie hatte kaum noch genug Kraft, um ihre Kleider abzustreifen. Die Bettwäsche fühlte sich angenehm und kühl auf der Haut an. Das Zimmer war kalt. Die Decke war warm. Einige Minuten lang hörte sie noch, wie ihre Mutter leise auf ihr Enkelkind einsprach. Schritte, die hin und her gingen, zum Badezimmer, zurück in die Küche, in Ragnhilds Zimmer.

»Die Salbe«, murmelte Inger Johanne. »Du darfst die Salbe für ihren Po nicht vergessen.«

Aber sie schlief schon und wachte erst sechzehn Stunden später wieder auf.

»Ich bin nicht so«, sagte Trond Arnesen verzweifelt. »Eigentlich bin ich gar nicht so.«

Auf dem Tisch zwischen ihm und Hauptkommissar Yngvar Stubø lagen fünf hübsche Briefumschläge, die mit einem alten Haargummi zusammengebunden waren. Alle waren an Ulrik Gjemselund adressiert. Die steilen Blockbuchstaben waren die gleichen wie die auf dem ersten Blatt des Filofax, der neben dem Briefstapel lag.

»Trond Arnesen«, las Yngvar Stubø vor und tippte mit dem Zeigefinger auf das Blatt. »Du hast eine charakteristische Schrift. Wir können wohl davon ausgehen, daß hier keine Schriftanalyse nötig ist, oder? Linkshänder?«

»Ich bin wirklich nicht so. Das müssen Sie mir glauben!«

Yngvar kippelte mit seinem Stuhl vor und zurück. Er verschränkte die Hände im Nacken. Strich mit den Daumen über seine Speckwülste. Die starren Haarstoppeln bohrten sich in seine Finger. Er ließ den Stuhlrücken rhythmisch gegen die Wand schlagen. Er musterte den jungen Mann, ohne etwas zu sagen. Seine Miene war ausdruckslos und neutral, als warte er auf irgend jemanden oder irgendwas und langweile sich.

»Sie müssen mir glauben«, flehte Trond. »Ich war nie mit … mit einem anderen Mann zusammen. Ehrenwort! Und dieser Abend, das war das absolut *letzte Mal*. Ich wollte doch heiraten und …«

Große Tränen kullerten über sein Gesicht. Aus einem Nasenloch floß Rotz. Er wischte ihn sich mit dem Ärmel ab, konnte aber nicht aufhören zu heulen. Er schluchzte wie ein kleines Kind. Yngvar kippelte immer noch. Sein Stuhl schlug gegen die Wand. Tam. Tam. Tam.

»Bitte, hören Sie damit auf«, bat Trond. »Bitte.«

Yngvar kippelte weiter. Er sagte noch immer nichts.

»Ich war so betrunken«, sagte Trond. »Ich war schon gegen neun Uhr blau. Ich hatte Ulrik lange nicht mehr gesehen und da … so gegen halb elf wollte ich nur kurz frische Luft schnappen. Deshalb habe ich die Kneipe verlassen, um einen klaren Kopf zu bekommen. Und von da war es ja nicht weit. Bis zur Huitfeldts gate, meine ich. Und dann …«

Yngvars Stuhlbeine knallten zurück auf den Boden. Der junge Mann fuhr heftig zusammen. Die Plastiktasse voll Wasser, aus der er gerade getrunken hatte, kippte um. Der Polizist zog die Briefe zu sich heran. Er streifte das Gummiband ab und blätterte noch einmal die Umschläge durch, ohne sie jedoch zu öffnen. Dann zog er den Gummi vorsichtig wieder darüber und verstaute den ganzen Stapel in einer grauen Aktentasche. Trond erkannte den freundlichen Polizisten von der Tatort-Begehung nicht wieder. Es war unmöglich, in seinen Augen zu lesen, und er sagte ja fast nichts.

»Es war ziemlich schwierig«, sagte Trond kleinlaut und holte schluchzend Luft. »Ulrik war ... er sagt, daß er ... Ich wollte es ja eigentlich erzählen. Ich wollte die Wahrheit sagen, aber als mir dann aufging, daß Sie glaubten, ich sei den ganzen Abend im Smuget gewesen, da wußte ich nicht so ganz, warum ich ... Ich dachte ...«

Plötzlich legte er den Kopf in den Nacken.

»Können Sie denn nichts sagen«, jammerte er, dann warf er sich plötzlich nach vorn und schlug die Handflächen auf die Tischplatte. »Können Sie denn nicht endlich was sagen!«

»Du bist derjenige, der hier reden soll.«

»Aber ich habe nicht mehr zu sagen! Es tut mir schrecklich leid, daß ich nicht sofort alles erzählt habe, aber ich ... Ich habe Vibeke geliebt! Sie fehlt mir entsetzlich. Wir wollten heiraten, und ich war so ... Sie glauben mir nicht!«

»Im Moment ist es auch nicht interessant, was ich glaube«, sagte Yngvar und zupfte sich am Ohrläppchen. »Aber ich möchte zu gern wissen, wie lange du dich nun wirklich von dem Abschiedsabend entfernt hast.«

»Anderthalb Stunden, hab ich doch gesagt. Von halb elf bis zwölf. Mitternacht. Ehrenwort. Fragen Sie doch die anderen, fragen Sie meinen Bruder.«

»Als wir sie zuletzt gefragt haben, haben sie sich ja offenbar geirrt. Oder sie haben gelogen, einer wie der andere. Sie haben geschworen, daß du den ganzen Abend bei ihnen warst.«

»Das haben sie ja auch geglaubt. Herrgott, da war der Bär los, und ich war doch nicht lange weg. Ich hätte es sofort sagen müssen, aber ich war… es war mir peinlich. Ich wollte doch heiraten.«

»Das wissen wir«, sagte Yngvar hart. »Das hast du jetzt schon einige Male gesagt.«

»Ich hätte es erzählen müssen«, jammerte der junge Mann. »Es war nur so… ich dachte…«

»Du dachtest, du würdest damit durchkommen«, sagte Yngvar Stubø, und seine Stimme hatte einen fremden Klang. »Oder was?«

Er erhob sich, legte die Arme in den Rücken und drehte langsame Runden durch das Zimmer. Trond duckte sich; er zog den Kopf ein und machte den Rücken krumm, als rechnete er mit Schlägen.

»Das Interessante«, sagte Yngvar, seine Stimme hatte jetzt etwas aufgesetzt Väterliches, einen halb freundlichen, halb strengen Tonfall. »Das Interessante ist, daß du mir eben etwas erzählt hast, was wir noch nicht wußten.«

Der Junge weinte jetzt nicht mehr. Er wischte sich mit dem Hemdenzipfel Rotz und Tränen ab und wirkte für einen Moment eher verwirrt als verzweifelt.

»Jetzt begreife ich nicht, was Sie meinen«, sagte er und schaute dem Polizisten in die Augen. »Ihr habt offenbar mit Ulrik gesprochen, und an diesem Abend…«

»Du irrst dich«, sagte Yngvar. »Ulrik will nicht mit uns sprechen. Er sitzt in einer Zelle in Grønland und hält die Klappe. Und das ist ja auch sein gutes Recht. Die Klappe zu halten, meine ich. Daß du uns also in Bezug auf dein Alibi belogen hast, wußten wir gar nicht. Bis jetzt.«

»In einer Zelle? Was hat er getan? Ulrik?«

Yngvar blieb einen Meter vor dem jungen Mann stehen. Er legte den rechten Ellbogen in die linke Hand und strich sich nachdenklich über den Nasenrücken.

»So dumm bist du nicht, Trond.«

»Ich…«

»Ja?«

»Ehrlich gesagt, ich habe keine Ahnung, worum es hier geht.«

»So, so. Aha. Ich soll dir also glauben, daß du mit Ulrik zusammen warst… und das nicht nur auf oberflächliche Weise, könnte man sagen…«

Yngvar nickte zu der Aktenmappe hinüber. Die Briefe lugten haarscharf über die Kante. Tronds Gesicht wurde blutrot.

»…ohne etwas von Ulriks Umgang mit verbotenen Drogen zu ahnen«, fügte Yngvar hinzu. »Und mit Verlaub, das kann ich nur mit Mühe glauben.«

Trond sah aus, als sei ihm der Leibhaftige erschienen, mit Hörnern auf der Stirn und brennendem Schweif. Er riß Augen und Mund weit auf, und wieder strömte der Rotz, ohne daß er versucht hätte, ihn abzuwischen. Seine Worte wurden zu sinnlosen kurzen Silben. Yngvar biß sich nachdenklich in die Fingerknöchel und machte keine Anstalten, ihm zu Hilfe zu kommen.

»Drogen«, brachte Trond endlich heraus. »Davon hatte ich keine Ahnung. Ehrenwort.«

»Ich habe ein kleines Mädchen zu Haus«, sagte Yngvar und lief wieder los, mit langen, langsamen Schritten, hin und her in dem engen Verhörszimmer. »Sie ist fast zehn und besitzt eine beneidenswerte Phantasie.«

Er blieb stehen und lächelte.

»Sie lügt die ganze Zeit. Aber du sagst häufiger Ehrenwort als sie. Und das stärkt nicht gerade deine Glaubwürdigkeit.«

»Ich geb's auf«, murmelte Trond, und er schien das wirklich zu meinen; er ließ sich auf dem Stuhl zurücksinken und wiederholte: »Ich geb's verdammt noch mal auf.«

Seine Arme hingen schlaff herunter. Er legte den Kopf in den Nacken. Schloß die Augen. Spreizte die Beine. Er saß da wie ein übergroßer Zehnjähriger.

»Du hast sicher auch nicht gewußt, daß Ulrik sich prostituiert«, sagte Yngvar ruhig, er ließ die unbeholfene Gestalt nicht aus den Augen, um keine Gemütsbewegung zu verpassen.

Nichts passierte. Trond Arnesen saß einfach nur da, mit halboffenem Mund, weit offenen Knien und rhythmisch pendelnden Händen.

»Ein Prostituierter von der eher exklusiven Sorte«, sagte Yngvar.

»Aber auch das hast du natürlich nie gewußt. Denn du brauchtest ja nie zu bezahlen.«

Auch jetzt zeigte der junge Mann keine Reaktion. Lange blieb er bewegungslos sitzen. Sogar seine Hände hingen still nach unten. Nur ein Zucken seiner Augenlider verriet, daß er zugehört hatte. In dem stickigen Vernehmungszimmer waren nur Yngvars regelmäßige Atemzüge und das leise Rauschen der Klimaanlage zu hören.

»Du hättest diese Briefe nicht schreiben dürfen«, sagte Yngvar leise und eindringlich, er wußte selbst nicht so recht, warum. »Wenn du diese Briefe nicht geschrieben hättest, wäre jetzt alles in Ordnung. Du könntest bei dir zu Hause sitzen. In deinem Haus. Die Sympathie aller wäre dir sicher. Das Leben hätte früher oder später wieder anfangen können. Du bist jung. In einem halben Jahr wäre das Schlimmste überstanden gewesen, und du hättest weitergehen können. Aber du mußtest diese Briefe schreiben. Nicht gerade clever, Trond.«

Jetzt bin ich gemein, dachte er und zog eine Aluminiumhülse mit einer dicken Zigarre aus seiner Brusttasche. *Ich bestrafe ihn, weil ich so enttäuscht bin. Weshalb bin ich enttäuscht? Weil er gelogen hat? Weil er Geheimnisse hatte? Alle lügen. Alle haben Geheimnisse. Es gibt keine stromlinienförmigen Leben ohne Schandflecken, ohne irgendeinen Makel. Ich bestrafe ihn nicht wegen seiner Unmoral, dafür habe ich zuviel gesehen und genug verstanden. Ich bin enttäuscht, weil ich an der Nase herumgeführt worden bin. Ein einziges Mal wollte ich glauben. Ich lebe meinen Beruf in Lügen und Betrug, in Ausflüchten und Verrat der anderen. Aber dieser Junge, dieser unreife Mann hatte etwas an sich. Etwas Glaubwürdiges. Echtes. Aber da hatte ich mich geirrt, und deshalb bestrafe ich ihn jetzt.*

Er roch an der Zigarre. Drehte die Hülle ein wenig auf und schnupperte.

Langsam stand Trond von seinem Stuhl auf. Seine Augen standen voller Tränen. Ein feiner Speichelfaden rann aus seinem linken Mundwinkel. Schluchzend holte er Luft.

»Ich habe nie bezahlt«, sagte er und schlug die Hände vors Gesicht. »Ich wußte nicht, daß er von anderen Geld genommen hat. Ich wußte nicht, daß er andere hatte … außer mir.«

Dann wurde er vom Weinen überwältigt. Er ließ sich nicht trösten, nicht von Yngvars zögernder Hand auf seiner Schulter, nicht von der Umarmung seiner Mutter, als sie, außer sich und verängstigt, eine halbe Stunde später zu ihm gelassen wurde, nicht von der unbeholfenen Umarmung seines Bruders auf dem Parkplatz, ehe sie ihm auf den Rücksitz halfen.

»Er ist volljährig«, antwortete Yngvar auf die vielen Fragen der Mutter. »Fragen Sie ihn, worum es geht.«

»Aber ... Sie müssen doch sagen ... ob er das war ... der ...«

»Trond hat Vibeke nicht umgebracht. Da können Sie ganz beruhigt sein. Aber es geht ihm nicht gut. Kümmern Sie sich um ihn.«

Yngvar stand noch auf dem Parkplatz, als die roten Rücklichter von Bård Arnesens Auto schon längst verschwunden waren. Es war um ein oder zwei Grad kälter geworden, während er ohne Mantel dort gestanden hatte; es schneite wieder. Er stand ganz still da, ohne den Gruß der Menschen zu erwidern, die aus dem Gebäude kamen und ihm zunickten, ehe sie fröstelnd in ihre Autos stiegen, um nach Hause zu fahren, zu ihren Familien, zu ihrem eigenen, schiefen Leben.

In solchen Momenten wurde er daran erinnert, warum die Leidenschaft, die er früher einmal für seine Arbeit empfunden hatte, zu einem gedämpften und nur zeitweise auftretenden Gefühl von Zufriedenheit geworden war. Noch immer hielt er seine Arbeit für wichtig. Noch immer bedeutete sie tägliche Herausforderungen. Er nutzte seine große Erfahrung und wußte, daß sie wertvoll war. Auch seine Intuition war mit den Jahren stärker und präziser geworden. Yngvar Stubø war ein altmodischer Vorkämpfer für das, was gerecht und richtig war, und er wußte, daß er niemals etwas anderes sein könnte als Polizist. Trotzdem empfand er keinen Triumph und keine überwältigende Freude mehr, wenn er einen Fall klären konnte, so, wie das in jüngeren Jahren der Fall gewesen war.

Mit dem Alter wurde es immer schwieriger, mit den Zerstörungen zu leben, die mit jeder Ermittlung einhergehen. Er stellte Leben auf den Kopf, stülpte Schicksale um. Deckte Geheimnisse auf. Verborgene Seiten der Menschenleben wurden aus Schubladen und vergessenen Schränken gezerrt.

Im nächsten Jahr würde Yngvar Stubø fünfzig werden. Seit achtundzwanzig Jahren war er bei der Polizei, und er wußte, daß Trond Arnesen am Mord an seiner Verlobten unschuldig war. Yngvar war im Laufe der Jahre vielen Trond Arnesens begegnet, mit ihren Schwächen und Lebenslügen; normalen Menschen, denen unglücklicherweise mit dem Scheinwerfer in jeden dunklen Winkel des Daseins geleuchtet wurde.

Trond Arnesen log, wenn er sich bedroht fühlte, und wich aus, wenn er glaubte, daß sich das lohnen könne. Er war wie die meisten Menschen.

Es schneite heftiger, und es wurde immer noch kälter.

Yngvar stand einfach nur da und spürte, wie gut es tat, im Schneegestöber barhäuptig und dünngekleidet auf einem offenen Platz zu stehen.

Wie gut es tat, zu frieren.

Kari Mundal, die ehemalige First Lady der Partei, blieb wie immer einen Moment stehen, um die Fassade zu betrachten, ehe sie die steinerne Treppe hinaufstieg. Sie war stolz auf das Parteibüro. Anders als ihr Mann, der glaubte, so etwas wie ein verabscheutes fünftes Rad am Wagen zu werden, wenn er sich nicht fernhielt, schaute Frau Mundal jede Woche mehrmals vorbei. In der Regel hatte sie keinen bestimmten Grund, ja, es kam vor, daß sie auf ihren häufigen und ziemlich umfassenden Einkaufstouren durch die Osloer Innenstadt einfach nur ihre Taschen abstellen wollte. Und immer blieb sie dann einige Sekunden stehen und genoß den Anblick der frisch renovierten Fassade. Alle Details machten ihr Freude; die Gesimse an jedem Stockwerk, die Heiligenfiguren in den Nischen über den Fenstern. Vor allem gefiel ihr Johannes der Täufer, der über der Tür stand und mit einem lebensecht aussehenden Lamm in den Armen auf sie herunterblickte. Die Treppe war dunkel und breit, und sie atmete schwer, als sie die Hand auf die Klinke legte, die Tür aufzog und hineinging.

»Ich bin's«, zwitscherte sie. »Da bin ich wieder.«

Die Empfangssekretärin lächelte. Sie erhob sich halbwegs, um über den hohen Empfangstresen zu blicken, und nickte beifällig.

»Toll«, sagte sie. »Aber ist es ratsam, sie bei diesem Wetter zu tragen?«

Kari Mundal musterte ihre neuen Stiefeletten, streckte geziert den Fuß nach vorn, drehte den Knöchel und schnalzte leise mit der Zunge.

»Bestimmt nicht«, sagte sie. »Aber die sind doch so schön. Was sitzt du eigentlich so spät noch hier, Herzchen? Du solltest machen, daß du nach Hause kommst.«

»Heute abend sind noch so viele Besprechungen«, erwiderte die andere, die groß und massig war und eine unkleidsame Brille trug. »Und da habe ich es für besser gehalten, noch ein bißchen zu bleiben. Die Leute rennen aus und ein und nehmen das mit dem Abschließen nicht so ganz genau, wenn ich ehrlich sein soll. Aber so lange ich hier sitze, ist das nicht so schlimm.«

»Du bist ein richtig treues Arbeitstier«, sagte Kari Mundal. »Aber bitte, warte nicht auf mich. Bei mir kann es ziemlich spät werden. Ich sitze im Gelben Zimmer, wenn etwas sein sollte.«

Sie beugte sich verschwörerisch über den Tresen und flüsterte:

»Aber ich möchte lieber nicht gestört werden.«

Die Hände voller Einkaufstüten trippelte sie dann über das Spiralenmuster des Bodens. Wie immer warf sie einen Blick auf die goldene Tafel mit dem Motto der Partei und lächelte warm, ehe sie Kurs auf den Fahrstuhl nahm.

»Hast du alles gefunden, was ich mir gewünscht habe?« fragte sie dann plötzlich und drehte sich noch einmal zur Eingangstür um.

»Ja«, sagte die üppige Dame hinter dem Tresen. »Jetzt müßte alles da sein, mit Anlagen und allem. Hege von der Buchhaltung arbeitet heute länger, du kannst einfach bei ihr vorbeischauen. Sonst habe ich es niemandem gesagt.«

»Tausend Dank«, sagte Kari Mundal. »Du bist einfach ein Schatz.«

Auf dem breiten Treppenabsatz im ersten Stock, der Ausblick auf das Foyer bot, in dem der Kronleuchter brannte und alles in warmes gelbes Licht tauchte, hatte einige Sekunden lang Rudolf Fjord gestanden. Jetzt zog er sich leise zur Wand zurück, zu einer beeindruckenden Palme neben seiner eigenen Zimmertür. Die Angst, die er bisher hatte verdrängen können, die Furcht, die seit dem Tag verstummt war, an dem er das vorbehaltslose Vertrauen der Partei entgegengenommen hatte, loderte wieder auf; er hatte es gewußt, auch wenn er zu Gott gebetet hatte, daß sie ihn niemals wieder quälen möge.

»Ich weiß deine Diskretion zu schätzen«, hörte er Kari Mundal rufen, ehe ein Klicken und ein fast unhörbares Sausen ihm verrieten, daß der Fahrstuhl unterwegs nach oben war.

Vegard Kroghs Witwe öffnete die Tür und lächelte halbherzig. Yngvar Stubø hatte vorher angerufen und ihre Stimme außergewöhnlich sympathisch gefunden. Er hatte sich eine dunkle Frau vorgestellt. Hochgewachsen vielleicht, mit großem Mund und trägen Bewegungen. Aber sie entpuppte sich als klein und blond. Ihre strähnigen Haare waren zu zwei tristen Rattenschwänzchen geflochten. Ihr Pullover schien aus einer Zeitkapsel aus den siebziger Jahren gefischt worden zu sein, er war braun-orange gestreift und am Hals geschnürt.

»Nett von Ihnen, mich zu empfangen«, sagte Yngvar und reichte ihr seinen Mantel.

Sie führte ihn ins Wohnzimmer und bot ihm Platz auf einem hellen, fleckigen Sofa an. Yngvar schob ein Kissen beiseite, hob ein Buch weg und setzte sich. Sein Blick wanderte durch das Zimmer. Die Regale waren vollgestopft und chaotisch. Ein Zeitungskorb quoll über, er erkannte zwei Exemplare von *Information* und eine zerrissene Ausgabe von *Le Monde Diplomatique.* Der Glastisch zwischen dem Sofa und zwei nicht zueinander passenden Sesseln war schmutzig, und auf einem Stapel Zeitschriften, deren Namen ihm nichts sagten, balancierte ein Rotweinglas mit getrockneten Weinresten.

»Entschuldigen Sie das Chaos hier«, sagte Elsbeth Davidsen. »Aber ich hatte in letzter Zeit einfach keine Kraft zum Aufräumen.«

Ihre Stimme paßte wirklich nicht zu ihr. Sie war tief und melodiös und ließ die Zöpfchen wie einen Witz wirken. Ihr Gesicht war ungeschminkt, ihre Augen die blauesten, die Yngvar je gesehen hatte. Er lächelte verständnisvoll.

»Ich finde es hier gemütlich«, sagte er ehrlich. »Von wem ist das?« Er nickte zu einer Lithographie über dem Sofa hinüber.

»Inger Sitter«, murmelte sie. »Kann ich Ihnen etwas anbieten? Ich habe nicht viel im Haus, aber … Kaffee? Tee?«

»Ein Kaffee würde mir jetzt schmecken«, sagte er. »Wenn es nicht zu große Umstände macht.«

»Aber nein. Der ist erst eine halbe Stunde alt.«

Sie zeigte auf eine Thermoskanne von Alessi und ging eine Tasse holen.

»Nehmen Sie Milch oder Zucker?« hörte er sie aus der Küche rufen.

»Beides«, lachte er. »Aber meine Frau erlaubt das nicht, deshalb lieber schwarz.«

Als sie zurückkam, fiel ihm auf, daß sie unter ihrer schäbigen Kleidung eine gute Figur hatte. Die Jeans hätten gewaschen werden müssen, und die Pantoffeln stammten sicher von Vegard. Aber ihre Taille war schmal und ihr Hals lang und schlank. Sie bewegte sich graziös, als sie die Tassen hinstellte und einschenkte.

»Ich hatte gedacht, ich wäre fertig mit euch«, sagte sie, ohne jedoch unfreundlich zu wirken. »Und da frage ich mich doch, was Sie von mir wollen. Ein Bekannter, er ist Jurist, sagt, es kommt nur selten vor, daß Sie Leute zu Hause aufsuchen. Er hat gesagt …«

Ein undeutbares Lächeln. Ein dünner Finger fuhr langsam über die linke Braue. Ihr Blick war fast neckisch, als er seinem begegnete.

»… daß die Polizei die Leute zu sich holt, um sie zu verunsichern. Auf der Wache haben Sie Heimvorteil, nicht ich. Hier fühle ich mich sicher. Sie nicht.«

»Ich fühle mich hier aber auch nicht gerade bedroht«, sagte Yngvar und probierte seinen Kaffee. »Ihr Freund hat aber nicht ganz unrecht. Sie können also folgern, daß ich nicht vorhabe, Sie zu verunsichern. Mir geht es eher um …«

»Ein Gespräch«, sagte sie. »Ihr kommt nicht weiter, und Sie sind der Typ Polizist, der sich in der Landschaft orientiert, um sich einen besseren Gesamteindruck zu verschaffen, einen größeren Überblick. Um vielleicht neue Herangehensweisen zu finden. Wege und Spuren, die Sie bisher noch nicht entdeckt hatten.«

»Hmmm«, sagte er überrascht. »Das kam der Wahrheit ziemlich nahe.«

»Mein Kumpel. Der kennt Sie. Sie scheinen berühmt zu sein.«

Sie lachte kurz. Yngvar Stubø unterdrückte den Drang, sich nach diesem Freund zu erkundigen.

»Ich kann mir kein richtigen Bild von Ihrem Mann machen«, sagte er.

»Bitte nennen Sie ihn nicht ›meinen Mann‹. Wir haben nur aus einem einzigen Grund geheiratet: Es sah aus, als müßten wir ein Kind adoptieren, wenn wir eins haben wollten. Sagen Sie lieber Vegard.«

»Na gut. Ich kann mir kein richtiges Bild von Vegard machen.«

Wieder das kurze Lachen, dunkel und klangvoll.

»Das ist wohl kaum jemandem gelungen.«

»Ihnen auch nicht?«

»Mir ganz bestimmt nicht. Vegard hatte viele Persönlichkeiten. Das haben wir natürlich alle, aber er war ... schlimmer als die meisten anderen. Oder besser. Es kommt darauf an, wie Sie das sehen wollen.«

Die Ironie war deutlich. Wieder war Yngvar von ihrer Stimme überwältigt. Elsbeth Davidsen verfügte über ein großes Spektrum von Ausdrucksweisen; winzige, vielsagende Bewegungen im Gesicht und vorsichtige, aber doch erkennbare Änderungen in ihrer Stimme.

»Erzählen Sie«, sagte er.

»Erzählen? Über Vegard zu erzählen ...«

Zerstreut zupfte sie an einem Riß über ihrem Knie herum.

»Vegard wollte so viel«, sagte sie. »Alles auf einmal. Er wollte ein Geheimtip sein, literarisch und alternativ. Erneuernd und provozierend. Einzigartig. Zugleich besaß er eine Sehnsucht nach Anerkennung, die sich nur schwer mit dem Verfassen von Essays und schwer zugänglichen Punktromanen verbinden läßt.«

Jetzt lachte Yngvar. Als er seine Tasse hinstellte und sich noch einmal im Zimmer umsah, wurde ihm bewußt, daß diese Frau ihm gefiel.

»Vegard war eine große Begabung«, sagte sie nachdenklich. »Früher einmal. Ich will nicht sagen, er ... habe sich verzettelt. Aber er ... er war zu lange ein zorniger junger Mann. Früher hatte er so viel Charme. Und so viel Kraft! Ich war fasziniert von der Kompromißlosigkeit und Stärke in allem, was er tat. Aber dann ... er ist nie darüber hinausgewachsen. Er glaubte, gegen alle anderen zu kämpfen und wollte nicht einsehen, daß er im Laufe der Jahre nur noch gegen sich selbst anrannte. Er keilte in alle Richtungen aus, ohne zu entdecken, daß die, nach denen er trat, schon längst weitergegangen waren. Es wurde ...«

Yngvar hatte nicht darauf reagiert, daß die Frau bisher vom nun fast zwei Wochen zurückliegenden Tod ihres Mannes fast unberührt gewirkt hatte. Eine sinnvolle Strategie, hatte er gedacht, unter diesen Umständen. Sie sprach schließlich mit einem fremden Polizisten. Jetzt aber konnte er sehen, daß ihre Unterlippe zitterte.

»Eigentlich war es ziemlich erbärmlich«, sagte sie und schluckte. »Und es war verdammt übel, es mit ansehen zu müssen.«

»Auf wen hatte er es denn vor allem abgesehen?«

Ihre Hand schlug schlaff auf ein schmutzigrotes Kissen.

»Auf alle, die den Erfolg hatten, den er selbst verdient zu haben glaubte«, sagte sie. »Um den er sich ... sozusagen betrogen sah. Vegard war in dieser Hinsicht das klassische Künstlerklischee. Er war der Mißverstandene. Der Übersehene. Zugleich ... zugleich versuchte er, einer von ihnen zu sein. Mehr als alles andere wünschte er sich, *einer von ihnen zu sein.*«

Sie beugte sich vor und hob ein Blatt Papier auf, das auf den Boden gefallen war. Sie reichte es ihm.

»Das kam ein oder zwei Tage vor seinem Tod«, sagte sie und zog sich an einem Zöpfchen. »Ich habe Vegard nie so glücklich gesehen.«

Der Bogen war cremegelb und mit einem schönen königlichen Monogramm geschmückt. Yngvar versuchte, ein Lächeln zu unterdrücken, und legte ihn vorsichtig auf die Glasplatte.

»Lachen Sie nur«, sagte sie traurig. »Wir haben uns wegen dieser Einladung schrecklich gestritten. Ich konnte nicht verstehen, warum es ihm so wichtig war, Zugang zu dieser Clique zu bekommen. Um ehrlich zu sein, habe ich mir Sorgen gemacht. Er schien fast besessen von der Vorstellung zu sein, endlich ›etwas zu werden‹, wie er sagte.«

Ihre Finger malten Gänsefüßchen in die Luft.

»Haben Sie sich oft gestritten?«

»Ja. Jedenfalls in den letzten Jahren. Als Vegard wirklich nicht mehr weiter kam und definitiv nicht mehr als jung und vielversprechend bezeichnet werden konnte. Wir waren sooooo ...«

Sie hielt Daumen und Zeigefinger einen Millimeter übereinander.

»... dicht vor einer Trennung. Einige Male.«

»Aber Sie wollten trotzdem Kinder haben?«

»Wollen das nicht alle?«

Er gab keine Antwort. Aus dem Treppenhaus war plötzlich Lärm zu hören. Etwas Schweres fiel zu Boden, und zwei Stimmen knallten wütend gegen die Betonwände. Yngvar glaubte zu erkennen, daß sie Urdu sprachen.

»Schön hier in Grønland«, sagte sie trocken. »Aber ab und zu doch ein wenig zu sehr multikulti. Jedenfalls für Leute wie uns, die sich keine Wohnung in den neuen Stadthäusern kaufen können.«

Die Stimmen draußen wurden endlich leiser und verschwanden dann ganz. Nur das monotone Rauschen der Stadt drang durch die undichten Fenster und füllte das Schweigen zwischen ihnen.

»Wenn Sie sich einen aussuchen sollten«, sagte Yngvar endlich. »Einen Feind von Vegard ... einen, der wirklich Grund hatte, ihm zu grollen, für wen würden Sie sich dann entscheiden?«

»Das ist unmöglich«, antwortete sie ohne zu zögern. »Vegard hat so viele verletzt und in so hohem Bogen mit Dreck um sich geworfen, daß es nicht geht, nur einen auszusuchen. Außerdem ...«

Wieder spielte sie am Loch über ihrem Knie herum. Die Haut darunter leuchtete winterbleich durch den blauen Stoff.

»Wie gesagt, ich bin nicht sicher, ob er überhaupt noch irgendwen beleidigen konnte. Früher konnte er mit seiner Kritik überaus treffsicher sein. Jetzt war es vor allem ... Dreck, wie gesagt.«

»Ist es trotzdem möglich«, Yngvar machte noch einen Versuch, »einen ... oder meinetwegen eine Gruppe zu benennen ... Eine Gruppe, die mehr Grund als andere dazu hatte, sich auf die Zehen getreten zu fühlen? Boulevardjournalisten? Fernsehpromis? Politiker?«

»Kriminalschriftsteller!«

Endlich ein strahlendes, echtes Lächeln. Die Zähne waren klein und perlweiß, mit einem winzigen Zwischenraum mitten in der oberen Reihe. In der einen Wange tauchte ein Grübchen auf, ein ovaler Schatten vergessenen Lachens.

»Wie bitte?«

»Vor einigen Jahren, als seine vielen Einfälle noch Aufmerksamkeit erregten, hat er eine komische Paraphrase über drei damalige Bestseller geschrieben. Blödsinn, aber ziemlich witzig. Danach hatte er Blut geleckt. Das war dann einige Jahre lang gewissermaßen sein Markenzeichen. Kriminalschriftsteller anzupöbeln, meine ich. Auch in Zusammenhängen, wo es absolut fehl am Platze war. Eine Art persönlicher Variante von ›ansonsten meine ich, daß Karthago zerstört werden muß‹.«

Wieder zeichneten ihre Finger Häkchen in die Luft. Draußen vor dem Fenster knallte ein defekter Auspuff. Im Hinterhof hörte Yngvar einen Hund bellen. Er hatte Rückenschmerzen, seine Schultern taten weh. Seine Augen waren trocken, er rieb sie mit den Fingerknöcheln, wie ein schläfriges Kind.

Was machen wir eigentlich, überlegte er. *Was mache ich hier? Ich jage Gespenster und Schatten. Finde nichts. Es gibt keine Zusammenhänge, keine Parallelen, keinen Weg weiter. Nicht einmal einen überwucherten, unsichtbaren Pfad. Wir schlagen blindlings um uns, ohne weiterzukom-*

men, ohne etwas anderes zu entdecken als neues, unwegsames Gestrüpp. Fiona Helle war beliebt. Vibeke Heinerback hatte politische Gegner, aber keine Feinde. Vegard Krogh war ein lächerlicher Don Quijote, der in einer von Despoten, Fanatismus und drohenden Katastrophen geprägten Zeit Krieg gegen Unterhaltungsschriftsteller geführt hat. Was für ein Mensch …

»Ich muß gehen«, murmelte er. »Es ist spät.«

»So bald schon?«

Sie wirkte enttäuscht.

»Ich meine … natürlich.«

Sie holte seinen Mantel und war zurück, noch ehe er sich aus den tiefen Kissen hochgekämpft hatte.

»Es tut mir wirklich leid für Sie«, sagte Yngvar, nahm den Mantel und zog ihn an. »Es tut mir leid, was passiert ist, und daß ich Sie hier belästigen mußte.«

Elsbeth Davidsen gab keine Antwort. Schweigend ging sie voraus in die Diele.

»Danke dafür, daß ich kommen durfte«, sagte Yngvar.

»Ich habe mich zu bedanken«, sagte Elsbeth Davidsen ernst und reichte ihm die Hand. »Es war schön, Sie kennenzulernen.«

Yngvar spürte ihre Wärme; die trockene, weiche Handfläche, er ließ sie einen Moment zu spät los. Dann drehte er sich um und ging. Der Hund im Hinterhof hatte Gesellschaft bekommen. Die Köter machten einen Lärm, der ihn bis zu seinem Auto verfolgte, das er einen Block weiter geparkt hatte. Beide Spiegel waren abgebrochen und quer über die Türen auf der rechten Seite hatte jemand einen Abschiedsgruß aus Oslo Ost eingeritzt:

Fuck you, you fucker!

Immerhin war alles richtig geschrieben.

14

»Wenn ich das sagen darf, Inger Johanne, dann siehst du heute abend umwerfend aus. Das muß ich dir wirklich lassen. Prost!«

Sigmund Berli hob sein Cognacglas. Es schien ihn nicht zu stören, daß er hier als einziger trank. Rote Flecken umgaben seine Augen wie Ausschlag, und er lächelte strahlend.

»Unglaublich, was eine Nacht voll Schlaf ausrichten kann«, sagte Yngvar.

»Eher ein Dreivierteltag«, murmelte Inger Johanne. »Ich glaube, ich habe seit dem Abi nicht mehr so lange geschlafen.«

Jetzt stand sie hinter Sigmunds Rücken und fragte stumm, mit Grimassen und Gebärden, was er sich dabei gedacht habe, den Kollegen schon wieder an einem normalen Werktagsabend mit nach Hause zu schleifen.

»Sigmund ist im Moment Strohwitwer«, sagte Yngvar laut und fröhlich. »Und der Mann ist zu dumm zum Essen, wenn es nicht fertig vor ihn hingestellt wird.«

»Wenn ich wenigstens jeden Tag ein Essen wie dieses bekäme«, sagte Sigmund und unterdrückte einen Rülpser. »Solche Pizza hab ich noch nie gegessen. Wir kaufen immer Grandiosa. Ist es schwer, Pizza zu machen? Glaubst du, ich könnte für meine Frau das Rezept haben?«

Er schnappte sich den letzten Bissen, als Yngvar gerade das Backblech wegnehmen wollte.

»Möchtest du nicht lieber ein Bier?« fragte Inger Johanne resigniert und sah zur Cognacflasche auf der Fensterbank hinüber. »Falls du noch mehr essen möchtest, meine ich. Wäre das nicht … passender?«

»Cognac paßt so ungefähr zu allem«, sagte Sigmund und kaute zufrieden. »Es ist verdammt nett bei euch. Danke für die Einladung.«

»Nichts zu danken«, sagte Inger Johanne matt. »Hast du noch Hunger?«

»Wenn, dann auf das Leben«, sagte der Gast grinsend und spülte die Pizza mit dem restlichen Cognac hinunter.

»Herrgott«, murmelte Inger Johanne und ging aufs Klo.

Sigmund hatte recht. Der Schlaf hatte ihr gutgetan. Die Ringe unter ihren Augen waren nicht mehr so blau, auch wenn sie im grellen Licht des Spiegels deutlicher hervortraten, als es ihr lieb war. Am Morgen hatte sie sich Zeit für ein Wannenbad genommen. Und für eine Haarkur. Sie hatte sich die Nägel geschnitten und lackiert. Sich geschminkt. Als sie sich dann endlich bereit gefühlt hatte, um Ragnhild zu holen, hatte sie sich hingelegt und noch anderthalb Stunden geschlafen. Die Mutter forderte ihre Enkelin für das Wochenende zurück. Inger Johanne hatte den Kopf geschüttelt, aber das Lächeln der Mutter hatte angedeutet, daß sie nicht locker lassen würde.

Was ist das nur mit Müttern, dachte Inger Johanne. *Werde ich auch so? Werde ich ebenso hoffnungslos projizierend, provozierend und ebenso segensreich gut darin sein, meine Kinder zu durchschauen? Sie ist die einzige, der ich die Kinder geben kann, ohne mich zu fürchten und ohne mich zu schämen. Sie macht mich wieder zum Kind. Und ich brauche das; ich muß frei von Verantwortung sein dürfen, frei von Anforderungen, ein seltenes Mal. Ich will nicht werden wie sie. Ich brauche sie. Was ist das nur mit Müttern?*

Lange, lange ließ sie sich kaltes Wasser über die Hände laufen.

Sie wäre am liebsten zu Bett gegangen. Der gute Schlaf der letzten Nacht hatte ihren Körper daran erinnert, daß es möglich war zu schlafen; er schrie nach mehr. Aber es war erst neun Uhr. Sie trocknete sich gründlich ab, setzte die Brille auf und ging widerwillig zurück in die Küche.

»...oder was sagst du dazu, Inger Johanne?«

Sigmunds Mondgesicht lächelte ihr erwartungsvoll entgegen.

»Wozu denn?« fragte sie und versuchte, sein Lächeln zu erwidern.

»Ich behaupte, daß es jetzt leichter sein müßte, ein Profil dieses Täters zu entwickeln. Wenn wir alle deine Theorien ernst nehmen, meine ich.«

»Alle meine Theorien? So viele hab ich doch gar nicht.«

»Sei nicht so pingelig«, sagte Yngvar. »Sigmund hat recht, oder etwa nicht?«

Inger Johanne griff zu einer Flasche Mineralwasser und trank. Dann schraubte sie den Deckel wieder zu, dachte nach, lächelte flüchtig und sagte:

»Wir haben jetzt jedenfalls wesentlich mehr Anhaltspunkte als bisher. Da stimme ich dir zu.«

»Also los!«

Sigmund schob ihr Papier und Stift hin. Seine Augen strahlten, er war erwartungsvoll wie ein Kind. Inger Johanne starrte gereizt auf die leeren Seiten.

»Das Problem ist Fiona Helle«, sagte sie langsam.

»Wieso?« fragte Yngvar. »Ist sie nicht die einzige, die *kein* Problem für uns ist? In ihrem Fall haben wir einen Täter, ein Geständnis und ein hervorragendes Motiv, das das Geständnis des Mörders erklärt.«

»Genau«, sagte Inger Johanne und setzte sich auf den freien Barhocker. »Und deshalb paßt er nicht ins Bild.«

Sie nahm sich drei Blätter und legte sie nebeneinander auf die Anrichte. Mit Filzstift schrieb sie auf das erste FH und schob es zur Seite. Sie nahm sich das zweite, schrieb in großen Buchstaben VH darauf und legte es vor sich hin. Dann nagte sie eine Weile an ihrem Stift herum, ehe sie auf den letzten Bogen VK schrieb und ihn neben die anderen legte.

»Drei Morde. Zwei sind nicht aufgeklärt.«

Sie sprach mit sich selbst. Nagte am Stift. Dachte nach. Die Männer schwiegen. Plötzlich schrieb sie »Dienstag, 20. Januar«, »Freitag, 6. Februar« und »Donnerstag, 19. Februar« unter die Initialen.

»Unterschiedliche Wochentage«, murmelte sie. »Kein Rhythmus in den Intervallen.«

Yngvars Mund bewegte sich, als er nachrechnete.

»Siebzehn Tage zwischen Mord eins und Mord zwei«, sagte er. »Und dreizehn zwischen den beiden letzten. Dreißig zwischen dem ersten und dem letzten.«

»Das ist immerhin eine runde Zahl«, meinte Sigmund.

Inger Johanne schob den FH-Bogen zur Seite. Zog ihn dann wieder zurück.

»Etwas stimmt hier nicht«, sagte sie »Etwas hier stimmt vorn und hinten nicht.«

»Können wir nicht versuchen, von dem Gedanken auszugehen, daß jemand dahintersteht?« fragte Yngvar ungeduldig und schob den Bogen zur Seite. »Stellen wir uns doch vor, daß irgendwer Mats Bohus beeinflußt hat. Und daß diese Person danach andere dazu gebracht hat, Vibeke Heinerback und Vegard Krogh umzubringen. Stellen wir uns ...«

Inger Johanne rümpfte die Nase.

»Das klingt doch total an den Haaren herbeigezogen«, sagte sie. »Ich begreife nicht ...«

»Aber laß es uns doch einfach versuchen«, beharrte Yngvar. »Wen siehst du vor dir? Was für eine Sorte Mensch könnte ...«

»Es muß ein Mensch sein, der ungewöhnlich viel über die menschliche Psyche weiß«, sagte sie, wieder schien sie vor allem mit sich selbst zu sprechen. »Psychiater oder Psychologe. Vielleicht auch ein erfahrener Polizist. Ein verrückter Geistlicher? Nein ...«

Die Finger tippten auf den Bogen mit Fiona Helles Initialen. Sie biß sich in die Lippe. Kniff die Augen zusammen und rückte ihre Brille zurecht.

»Ich schaffe es einfach nicht«, sagte sie leise, »hier den eigentlichen Zusammenhang zu entdecken. Nicht, falls ... was, wenn ...«

Dann sprang sie auf. In einem Regalfach neben dem Fernseher lag der Ordner mit ihren Notizen. Sie blätterte eifrig darin, als sie zu den Männern zurückging, und zog Fiona Helles Foto heraus. Als sie sich wieder setzte, legte sie das Foto auf das Blatt mit den Initialen des Opfers.

»Dieser Fall ist eigentlich purer *clean cut*«, sagte sie. »Fiona Helle hat ihren Sohn im Stich gelassen. Wir können ihr kaum Vorwürfe für das machen, was 1978 geschah, als Mats geboren wurde und Fionas Mutter einen Entschluß faßte, der für drei Generationen schicksalhafte Folgen haben sollte. Aber ich bin sicher nicht die einzige, die für Mats Bohus' heftige Reaktion ein gewisses Verständnis aufbringt. Man kann über diesen seltsamen Drang mancher Menschen, ihren biologischen Ursprung zu finden, denken, wie man will …«

Ihr Blick wollte das Foto nicht loslassen. Inger Johanne nahm die Brille ab, hob das Foto hoch und sah es an.

»Es geht um Träume und große Erwartungen«, sagte sie leise. »Oft jedenfalls. Wenn etwas schiefgeht und das Leben zu anstrengend wird, kann die Vorstellung, daß es dort draußen etwas gibt, was dein eigentliches Ich ist, ungeheuer verlockend wirken. Es wird zu einem Trost. Einem Traum und manchmal zu einer Besessenheit. Mats Bohus hatte ein schwereres Leben als die meisten anderen. Und daß er dann von seiner Mutter endgültig und ganz und gar abgewiesen wurde, muß … eine Katastrophe gewesen sein. Diesmal hatte sie alles zu bieten, aber nichts zu geben. Mats hatte ein Motiv für diesen Mord. Und er hat den Mord begangen.«

Nachdenklich legte sie das Bild auf das Blatt Papier. Sie befestigte es mit einer Büroklammer daran. Als seien die anderen nicht mehr anwesend, saß sie schweigend da und starrte das Foto des schönen Fernsehstars mit den faszinierenden Augen, der geraden Nase und dem herausfordernden, sinnlichen Mund an.

Sigmund schaute verstohlen zur Flasche auf der Fensterbank hinüber. Yngvar nickte.

»Was, wenn«, setzte Inger Johanne wieder an, ihre Stimme klang jetzt eifrig. »Was, wenn wir uns vorstellen, daß es sich hier *nicht* um drei Fälle in einer Serie handelt?«

»Wie jetzt«, sagte Yngvar.

»Hä?« sagte Sigmund und füllte sein Cognacglas.

»Wir sollten wohl …«, begann Yngvar.

»Moment«, sagte Inger Johanne mit scharfer Stimme.

Sie stellte die Blätter zu einer Pyramide zusammen. Ihre Handfläche legte sich über Fiona Helles Gesicht.

»Dieser Fall ist geklärt«, sagte sie. »Ein Mord. Eine Ermittlung. Ein Verdächtiger. Der Verdächtige hat ein Motiv. Er gesteht. Das Geständnis wird von den übrigen Gegebenheiten in diesem Fall untermauert. *Case closed.*«

»Ich begreife wirklich nicht, worauf du jetzt hinauswillst«, sagte

Yngvar. »Heißt das, wir stehen wieder am Anfang? Meinst du, daß alles nur auf Zufällen beruht und daß wir es hier mit drei unabhängigen …«

»Aber was ist mit der Symbolik«, fiel Sigmund ihm ins Wort. »Was ist mit der Vorlesung, die du vor dreizehn Jahren gehört hast und die …«

»Wartet. Wartet!«

Inger Johanne war aufgesprungen. Sie lief im Kreis durch das Zimmer. Ab und zu blieb sie beim Fenster stehen. Schaute mit leerem Blick auf die Straße hinaus, als halte sie ohne große Erwartung nach jemandem Ausschau.

»Die Zunge«, sagte sie. »Die abgeschnittene Zunge ist der Ausgangspunkt. Der Schlüssel.«

Sie drehte sich zu den beiden Männern um. Kreisrunde Flecken zeichneten sich auf ihren Wangen ab, direkt unter den Rändern der beschlagenen Brille. Yngvar und Sigmund saßen ganz still da, in tiefer Konzentration, wie die Zuschauer bei einer bevorstehenden gefährlichen Zirkusnummer.

»Wir waren schon am ersten Tag da«, sagte Inger Johanne angespannt. »Am allerersten Tag, als Fionas Zunge gefunden wurde, herausgeschnitten und schön verpackt, schon damals waren wir da. Wir haben gesagt, es sei so einfach. Eine so schlichte, leicht verständliche Symbolik, wie aus einem billigen Indianerbuch entsprungen. Du hast es neulich selbst gesagt, Yngvar … du hast gesagt, daß es in der Weltgeschichte sicher unzählige Beispiele für Leichen mit abgeschnittenen Zungen gibt. Du hast recht. Du hast ganz recht. Der Mord an Fiona Helle hat nichts mit der Vorlesung zu tun, die ich an einem Sommertag in einem Hörsaal in Quantico gehört habe. Es ist so …«

Sie schlug die Hände vors Gesicht und wiegte sich langsam hin und her.

»… banal«, sagte sie mit halberstickter Stimme. »So einleuchtend. Mein Gott.«

Yngvar starrte sie verwirrt an.

»Faß mich nicht an«, sagte Inger Johanne. »Laß mich weiterreden.«

Sigmund trank nicht mehr. Er hatte den Mund halb geöffnet, mit feuchten, roten Lippen. Sein Blick huschte zwischen Inger Johanne und Yngvar hin und her. Jack, der König von Amerika, war jetzt ins Wohnzimmer gekommen. Auch der Hund stand steif und bewegungslos da, mit geschlossenem Maul und vibrierenden Nasenlöchern.

»Diese drei Fälle«, sagte Inger Johanne endlich und ließ die Hände sinken, »weisen eine Reihe von Gemeinsamkeiten auf. Aber statt nach weiteren zu suchen, sollten wir uns fragen: Worin unterscheiden sie sich voneinander? Was macht den Fall Fiona Helle so anders als die beiden anderen?«

Yngvar hatte sie nicht aus den Augen gelassen, seit sie ihre Wanderung durch das Wohnzimmer begonnen hatte. Erst jetzt gestattete er sich, nach der Wasserflasche zu greifen. Seine Hände zitterten ein wenig, als er den Verschluß aufschraubte.

»Der ist gelöst«, sagte er kurz.

»Genau!«

Inger Johanne zeigte mit beiden Händen auf ihn.

»*Genau! Der hat sich lösen lassen!*«

Jack wedelte mit dem Schwanz und rieb sich an ihren Beinen. Aus Versehen trat sie ihm auf die Pfote, als sie zur Anrichte zurücklief. Der Hund jaulte auf.

»Im Mordfall Fiona Helle habt ihr Antworten gefunden«, sagte sie, ohne auf den Hund zu achten, und griff nach dem Foto. »Ihr mußtet euch ein wenig abmühen, seid gestolpert und auf Irrwege geraten. Aber die Antwort lag da. Im Obduktionsbericht standen Dinge, die zu einer alten, traurigen Geschichte führten, und die wiederum führte zu Mats Bohus. Zu dem Mörder. Zu Motiv und Möglichkeit. Alles lag dort, Yngvar. Alles. Wie es das in der Regel tut. So, wie hierzulande Mordfälle in der Regel aufgeklärt werden.«

Sigmund griff zu seinem Glas und trank.

»Hallo«, sagte er. »Ich bin auch noch da.«

»Aber seht euch die anderen Fälle an«, sagte Inger Johanne und warf das Bild auf die Anrichte, ehe sie zu den Bögen mit den Großbuchstaben VH und VK griff. »Hast du in deiner ganzen

Laufbahn jemals einen Fall gehabt, in dem es dermaßen an Verdächtigen fehlte? In dem es ein solches Chaos aus falschen Spuren und Umwegen gab? Trond Arnesen …«

Sie spuckte diesen Namen über die Anrichte.

»Ein Junge. Er hat Dreck am Stecken, wie alle anderen auch. Aber natürlich hat er sie nicht umgebracht. Sein Alibi ist gut genug, selbst mit einer Lücke von einer oder zwei Stunden für ein illegales Schäferstündchen.«

»Rudolf Fjord ist noch immer ein interessanter Name«, wandte Sigmund ein.

»Rudolf Fjord«, seufzte sie. »Herrgott. Auch der ist sicher kein Engel. Engel gibt es nicht. Überhaupt …«

Yngvar legte seine Hand auf ihre; sie lehnte an der Anrichte und hatte die Fäuste um zwei Bögen geschlossen. Er streichelte ihre gespannte Haut.

»In diesen beiden Fällen«, sagte sie und riß sich los, »werdet ihr niemals etwas anderes erreichen, als auf Menschenleben herumzutrampeln. Da die Polizei sich nie geschlagen gibt, werdet ihr Menschenschicksale auf den Kopf stellen, die sich immer weiter weg von den Ermordeten befinden. Ehe ihr aufgebt, ehe ihr endlich einseht, daß ihr den Mörder niemals finden werdet, habt ihr so viele Menschen vernichtet, so viele Leben ruiniert, so viele …«

»Jetzt beruhige dich doch endlich, Inger Johanne. Setz dich. Ich nehme an, du möchtest, daß wir dich verstehen. Aber dann mußt du ein wenig langsamer vorgehen.«

Widerstrebend setzte sie sich hin. Vergeblich schob sie sich die Haare hinter die Ohren. Immer wieder fielen sie nach vorn, und ihr Pony war viel zu lang.

»Du brauchst einen Drink«, sagte Sigmund. »Das ist es, was du brauchst.«

»Nein, danke.«

»Hier ist Wein angesagt«, entschied Yngvar. »Ich will jedenfalls ein Glas.«

Draußen fuhr quietschend ein Auto vorbei. Jack hob den Kopf und knurrte. Yngvar nahm eine Flasche aus dem Eckschrank, hielt sie auf Armeslänge von sich und nickte zufrieden. Ruhig, ohne etwas zu sagen, stellte er drei Gläser auf den Tisch und öffnete die Flasche. Er schenkte sich und Inger Johanne ein.

»Ich finde den Unterschied richtig, den du da machst«, sagte er und nickte. »Der Fall Fiona Helle ist eher… ein normaler Fall, könnte man sagen. Mehr als die beiden anderen.«

»Was heißt schon normal«, sagte Sigmund und füllte sein Glas bis an den Rand. »Is ja wohl nich grad normal, Leuten die Zunge aus der Fresse zu schneiden.«

Yngvar achtete nicht auf ihn, trank einen Schluck, stellte sein Glas hin und verschränkte die Arme vor der Brust.

»Ich verstehe nur nicht, welchen Zusammenhang du siehst, wenn du…«

Er lächelte sie freundlich an, als habe er Angst davor, sie zu provozieren. Das provozierte sie.

»Hör zu«, sagte sie, noch immer mit etwas höherer Stimme als normal, mit einer dünnen Spitze aus Angst, Eifer und Zorn. »Der erste Fall hat die beiden anderen ausgelöst. Nur so geht das alles auf.«

»Ausgelöst«, wiederholte Yngvar.

»Ausgelöst?«

Sigmund schien sich jetzt zusammenzureißen, er schob die Gläser ein wenig von sich fort.

»Ich kann sonst keine Erklärung finden«, sagte Inger Johanne. »So, wie ich das sehe, ist der erste Mord genau so geschehen, wie er sich uns darstellt. Fiona Helle hat Mats Bohus' Träume zerschlagen. Er hat sie umgebracht und ihr die Zunge herausgeschnitten und gespalten, als ein Symbol für das, was er fühlte. Sie hat über die wichtigsten Dinge im Leben gelogen. Nach außen hin erschien sie als Helferin der Sehnsüchtigen, als Retterin der Leute mit den größten Problemen. Aber als ihr eigener Sohn sie brauchte, stellte sich heraus, daß alles nur Fassade war. Eine gediegene Lüge, so mußte er das doch einfach sehen.«

Jack bellte. Zugleich, als sei hier die Rede von Ursache und Wirkung, öffnete sich das Küchenfenster. Ein kalter Luftzug blies die Kerzen aus. Yngvar sprang auf und fluchte.

»Wir müssen diese Fenster auswechseln lassen«, sagte er und

drückte das Fenster fest zu, ehe er ein Streichholz anriß und die Kerzen wieder anzündete.

»Also muß da draußen jemand sein«, sagte Inger Johanne, als sei nichts gewesen; ihr Blick richtete sich auf einen unsichtbaren Punkt an der Wand. »Jemand, der Warrens Vorlesung über *Proportional retribution* gehört hat. Und der danach beschlossen hat, das zu kopieren. Und es auch tut.«

Es wurde totenstill.

Die Stille währte lange.

Noch immer flackerten die Kerzen leicht im Luftzug. Jack hatte sich wieder beruhigt. Sigmund atmete mit offenem Mund. Aromatischer Cognacduft hing zwischen den drei Menschen am Küchentisch.

So muß es sein, dachte Inger Johanne. *Irgendwer hat sich … inspirieren lassen. Irgendwer hat die Chance genutzt, als ein Mord geschehen und eine Zunge herausgeschnitten und eingepackt worden war. Der erste Schritt war getan. Mats Bohus war ein unwissender, zufälliger Auslöser.*

Noch immer schwiegen alle.

So etwas habe ich noch nie gehört, dachte Yngvar. *In all meinen Jahren, bei all meiner Erfahrung, bei allem, was ich gelesen und studiert habe, habe ich nie, nie von einem solchen Fall gehört. Das kann nicht stimmen. Es kann ganz einfach nicht stimmen.*

Die Stille dauerte an.

Sie ist eine wunderbare Frau, dachte Sigmund. *Aber jetzt ist sie total durchgedreht.*

»Na gut«, sagte Yngvar endlich. »Und welches Motiv sollte dahinterstecken?«

»Das weiß ich nicht«, sagte Inger Johanne.

»Versuch es«, sagte Sigmund.

»Das Motiv kenne ich nicht.«

»Aber welche Sorte …«

»Er muß weit über den Durchschnitt hinaus intelligent ein. Und über ein weit mehr als durchschnittliches Wissen verfügen. Er muß …«

Fast unmerklich rückte sie an den Tisch heran, näher an die beiden anderen.

»Es geht hier um einen Menschen, der sich ungeheuer gut mit polizeilicher Arbeit auskennt. Mit Ermittlungen, sowohl technischer als auch taktischer Art. Mit Prozeduren und Routinen. Bisher habt ihr nicht eine einzige biologische Spur von Bedeutung gefunden. Nichts. Ich nehme an, daß ihr auch keine finden werdet. Taktisch gesehen steckt ihr fest. Er ist offenbar ein Mann ohne …«

Mit abwesender Miene nahm sie ihre Brille ab.

»Ein Mann ohne Empathie«, sagte sie. »Ein beschädigter Mensch. Mit gestörter Persönlichkeit. Aber gut angepaßt, vermute ich. Er braucht nicht vorbestraft zu sein. Und ich kann mich von dem Verdacht nicht befreien …«

Der Blick, den sie Yngvar zuwarf, vage und suchend, war geprägt von einer wachsenden Verzweiflung.

»Er muß ein Polizist sein«, sagte sie verzweifelt. »Oder zur Not jemand, der … wie ist es möglich, daß er soviel weiß? Er muß doch Warrens Vorlesung gehört haben? Es kann doch kein Zufall sein, daß er sich für dieselbe Symbolik entscheidet?«

Sie hielt den Atem an. Langsam stieß sie ihn wieder aus, durch zusammengebissene Zähne.

»Wir suchen eine Person mit Verbrechen als Fach«, sagte sie leise und tonlos. »Einen verschrobenen, tüchtigen Wissensspeicher.«

»Also hat er doch nicht andere zum Morden gebracht?« sagte Sigmund fragend. »Haben wir diese Theorie jetzt aufgegeben?«

»Er hat es selbst getan. Ganz bestimmt.«

Inger Johanne ließ Yngvars Blick nicht los.

»Er verläßt sich auf niemanden«, sagte sie dann. »Er verachtet andere. Vermutlich lebt er ein Leben, das andere als einsam bezeichnen würden, steht aber nicht ganz am Rand von allem. Menschen interessieren ihn eigentlich nicht. Seine Taten an sich sind so grotesk und seine Nachahmung der Symbolik so krank, daß …«

Langsam fuhr sie mit der Hand über die Tischplatte und schlug die Augen nieder.

»Er braucht nicht einmal wirklich etwas gegen Vibeke Heinerback oder Vegard Krogh gehabt zu haben«, sagte sie.

»Was letzteren betrifft«, murmelte Yngvar, »war der Mörder dann jedenfalls der einzige. Der nichts gegen ihn hatte, meine ich. Aber wenn es denn so war, was sollte sein Motiv sein? Was zum Teufel könnte er für ein Motiv haben, um zu ...«

»Warte!«

Inger Johanne packte Yngvars Hand und drückte sie.

»Das Motiv braucht nichts mit Vibeke oder Vegard zu tun zu haben«, sagte sie, eifrig und rasch, wie um einen Gedanken herbeizuzwingen, der ihr entwichen war. »Sie können aus dem einfachen Grund ausgewählt worden sein, daß sie bekannt waren. Der Mörder wollte, daß die Morde Aufsicht erregten, wie der erste das getan hat, der Mord an Fiona Helle. Dieser Fall hat ...«

»Vegard Krogh war kein Promi«, fiel Sigmund ihr ins Wort. »Ich zum Beispiel hatte nie von dem Kerl gehört, bevor er ermordet wurde.«

Inger Johanne ließ Yngvars Hand los. Setzte sich die Brille wieder auf. Nahm ihr Weinglas und trank.

»Da hat du recht«, sagte sie. »Da hast du wirklich recht. Ich begreife nicht so ganz, wie ...«

»In gewissen Kreisen war er ziemlich bekannt«, sagte Yngvar. »Er war im Fernsehen gewesen und ...«

»Sigmund hat aber nicht unrecht«, sagte Inger Johanne. »Das ist eine Schwäche meiner Theorie, daß Vegard Krogh nicht berühmter war. Andererseits ...«

Sie verstummte mit nachdenklicher Miene, als versuche sie, etwas zu erfassen, was zu vage und unklar war, um mit den anderen geteilt zu werden.

»Aber das Motiv«, wiederholte Yngvar. »Wenn er es gar nicht auf Vibeke oder Vegard abgesehen hatte, was wollte er dann? Mit uns spielen?«

»Psst! *Psst!*«

Inger Johanne war nun wieder wach und zur Stelle.

»Habt ihr das gehört? War das ...«

»Das ist nur Kristiane«, sagte Yngvar und stand auf. »Ich gehe hin.«

»Nein. Laß mich.«

Inger Johanne versuchte, leise zu sein, als sie auf den Flur ging. Ragnhild konnte bis zum nächsten Füttern noch eine Stunde schlafen. Aus Kristianes Zimmer hörte Inger Johanne Geräusche, die sie nicht deuten konnte.

»Was machst du denn da, Herzchen?«

Sie flüsterte, als sie die Tür öffnete.

Kristiane saß mitten in ihrem Bett. Sie hatte Strumpfhose und Wollpullover angezogen. Auf dem Kopf trug sie einen Filzhut, einen grünen Tirolerhut mit Feder, den Isak ihr einmal aus München mitgebracht hatte. Um sie herum im Bett lagen vier Barbiepuppen. In der Hand hielt die Kleine ein Messer, und sie lächelte ihre Mutter an.

»Was … Kristiane! Was machst du …«

Inger Johanne setzte sich auf das Bett und löste vorsichtig das Messer aus der Hand ihrer Tochter.

»Du darfst doch nicht … das ist gefährlich …«

Erst jetzt entdeckte sie die Puppenköpfe. Die Barbies waren geköpft worden. Ihre Haare waren abgeschnitten und lagen wie bleichgoldene Reste von altem Christbaumschmuck überall auf der Bettdecke herum.

»Was hast du …«

Inger Johanne stammelte.

»Warum hast du deine Puppen kaputtgemacht?«

Ihre Stimme klang wütender, als sie beabsichtigt hatte. Kristiane brach in Tränen aus.

»Einfach so, Mama. Ich hab mich eben gelangweilt.«

Inger Johanne legte das Messer auf den Boden. Sie zog die Tochter an sich, nahm sie auf den Schoß, streifte ihr den albernen Hut vom Kopf, drückte das Kind an sich. Wiegte es hin und her. Küßte die strähnigen Haare.

»So was darfst du nicht, Schätzchen. So was darfst du einfach nicht machen.«

»Hab mich bloß so schrecklich gelangweilt, Mama.«

Das Fenster stand offen. Das Zimmer war eiskalt. Inger Johanne spürte, wie sich ihr ganzer Körper mit Gänsehaut überzog. Dann warf sie die Puppenreste in eine Ecke, schob das Messer weiter unter das Bett und hob die Decke an. Sie legte sich neben das Kind, den Bauch an den Rücken ihrer Tochter geschmiegt. So blieb Inger Johanne liegen und flüsterte Kristiane liebevolle Worte ins Ohr, bis endlich der Schlaf das weinende Kind einholte.

Kari Mundal kannte sich mit Buchführung nicht aus. Sie besaß jedoch einen klugen Kopf und einen hochentwickelten gesunden Menschenverstand, außerdem wußte sie so ungefähr, wonach sie suchte. Nicht, weil irgendwer ihr das erzählt hätte, sondern weil sie in den Wochen nach Vibeke Heinerbacks Tod ihre langen Spaziergänge morgens, von genau zehn nach sechs bis Punkt sieben, wenn sie zu ihrem Mann und frisch aufgebrühtem Kaffee zurückkehrte, zum Denken genutzt hatte.

Vibeke Heinerback war ursprünglich Kari Mundals Projekt gewesen. Die ältere Frau hatte das Talent des Mädchens entdeckt, als Vibeke erst siebzehn war. Während der vergangenen fünfzehn Jahre waren in der Partei die mutmaßlichen Kronprinzen gekommen und gegangen. Keiner hatte das gehalten, was er anfangs versprochen hatte. Zwei waren dem alten König, Kjell Mundal, ganz offen in den Rücken gefallen. Raus mit ihnen. Andere hatten sich auf Extremliberalismus verlegt, was unvereinbar war mit dem eifrigen Versuch der Partei, zur neuen Volkspartei zu werden, zur eigentlichen Partei des Volkes; mit strengen, staatlichen Reglementierungen in wichtigen gesellschaftlichen Bereichen. Wie bei der Zuwanderung.

Raus mit den Liberalisten also, und wer übrig blieb, war Vibeke Heinerback.

Kari Mundal hatte sie entdeckt. Die Siebzehnjährige aus der Satellitenstadt Grorud kaute Kaugummi und hatte ihre gebleichten Haare zu einem lächerlichen Pferdeschwanz gebunden. Aber ihr Blick war blau und wach, und sie besaß einen scharfen Verstand. Und nachdem Kari Mundal ihr eine neue Frisur und eine Garderobe in rosa Pastelltönen verpaßt hatte, sah sie noch dazu gut aus.

Und sie war Kjell gegenüber loyal, unerschütterlich loyal.

Es war nicht so leicht, aus Vibeke schlau zu werden. Obwohl

sie sich jahrelang fast täglich gesehen hatten, waren Kari und Vibeke niemals wirklich vertraut miteinander geworden. Nicht in persönlicher Hinsicht. Vielleicht lag es am Altersunterschied. Andererseits: Vibeke Heinerback war so gut wie keinem Menschen gegenüber offenherzig gewesen, so, wie Kari Mundal das sah. Nicht einmal diesem feschen Verlobten gegenüber, den sie sich zugelegt hatte. Der Junge war doch ein Waschlappen, fand Frau Mundal, hielt aber wohlweislich den Mund. Die beiden waren immerhin ein schönes Paar. Das war doch schon etwas.

Politisch sah die Sache anders aus. Wenn Vibeke Heinerback sich überhaupt offen dazu geäußert hatte, wie sie ihre politische Zukunft und die der Partei sah, dann nur zusammen mit Kjell und Kari Mundal. Vor langer Zeit schon hatten die drei eine langfristige Strategie für die Partei entwickelt; abseits des Programms, außerhalb der Fraktion. Ein Teilziel hatten sie bereits erreicht, als Vibeke Heinerback zur Nachfolgerin des scheidenden Parteivorsitzenden Kjell Mundal gewählt worden war. Nach der Parlamentswahl 2005 könnte die Partei zum ersten Mal in ihrer Geschichte an der Regierung beteiligt sein, und dann würde der Alte als Minister sein politisches Comeback erleben. 2009 müßte das Land dann reif für eine junge Regierungschefin aus dieser Partei sein.

Rudolf Fjord aber konnte zu einem Problem werden.

Das hatten sie schon im vergangenen Sommer erkannt, als eine beunruhigende Welle des Wohlwollens von der Parteibasis her über diesem Mann geschwappt war. In den Distrikten war er beliebt. Er reiste viel und war Spezialist für Kommunalpolitik. Es war leicht, Milliarden zu versprechen, so lange man in der Opposition saß, und Rudolf war ein Künstler in seinem Fach. Eine Zeitlang sah es aus, als könne es zwischen Kandidat und Kandidatin für die Parteiführung ein knapperes Rennen geben, als es dem Ehepaar Mundal lieb sein konnte. Aber Kari wußte Rat. Sie flüsterte in ausgewählte Ohren einige wohlüberlegte Worte über Rudolfs Frauengeschichten, und damit war die Sache erledigt. Der Mann schien doch einfach unfähig zu irgendeiner Bindung zu sein. Sein Auftauchen auf Premieren und Prominentenpartys hatte etwas Unklares, immer hatte er eine neue Frau im Arm.

Und das gehörte sich einfach nicht für einen Mann in seinem Alter.

Vibeke hatte gemeint, Rudolf sei notwendig für die Partei, und schien trotz allem zufrieden mit ihm als Stellvertreter gewesen zu sein. Kari Mundal mit ihrer spitzen Nase, ihrem durch ein Menschenalter als Kjells engste Beraterin trainierten und immer wieder nachjustierten Riecher, begriff dennoch, daß Vibeke etwas verbarg. Sie wurde immer hellwach, wenn Rudolf in der Nähe war. Sie hatte ein Funkeln in den Augen, eine Wachsamkeit, die Kari nie richtig zu fassen bekam und die Vibeke nicht erklären wollte, als Kari zweimal näher nachgefragt hatte.

»Der soll froh sein, daß alle sich zu sehr über das neue Haus freuen, um ihm genauer auf die Finger zu sehen«, sagte Vibeke bei ihrem ersten Gespräch. »Rudolf hat als Leiter des Baukomitees gute Arbeit geleistet, aber er sollte trotzdem verflixt vorsichtig sein.«

Sie war wütend, als sie das sagte. Rudolf Fjord hatte an einer Fernsehdiskussion teilgenommen und ganz offen eine mit Vibeke getroffene Absprache gebrochen. Sie hatten sich darauf geeinigt, bis auf weiteres eine freundliche Haltung der Regierung gegenüber an den Tag zu legen, denn es war nicht mehr lange hin, bis der Staatshaushalt neu beschlossen werden sollte. Sie hatten einen Plan. Eine Abmachung. Die hatte er gebrochen, und ihre Augen waren schwarz, als sie wiederholte:

»Der Mann sollte vorsichtig sein. Ich kann ihn zerdrücken. Wie eine Laus, wenn ich will. Der Boden unter seinen Füßen wird schon heiß. Oder die Luft über seinem Kopf, buchstäblich gesagt.«

Dann mußte sie zu einer Besprechung davoneilen, und Kari hatte nie erfahren, was sie gemeint hatte. Zwei Wochen darauf, in denen sie sich nicht wiedergesehen hatten, war Vibeke tot. Als Kari Rudolf während der Trauerfeier bei ihr zu Hause auf Snarøya mit Vibekes Ausbruch konfrontierte, beteuerte er, nicht zu begreifen, wovon sie redete. Aber er hatte hektische Flecken im Gesicht und schien sich auffallend unwohl in seiner Haut zu fühlen, als ihnen im Foyer der verirrte Polizist über den Weg lief.

Erst vor drei Tagen, als sie in Frogner bei Rudolf Fjord vorbeigeschaut hatte, um ihm einige Unterlagen von Kjell zu bringen, hatte sie endlich in Vibekes Ausbruch einen möglichen Sinn entdeckt. Sie hatte gefragt, ob sie seine Toilette benutzen dürfe. Er hatte wütend auf die Uhr geschaut, konnte aber nicht ablehnen. Und als sie dort das warme Wasser über ihre mageren, sehnigen Hände voller Seifenschaum laufen ließ, war ihr plötzlich aufgegangen, wo sie suchen mußte.

Gegenüber von Rudolf Fjords Büro befand sich die Buchhaltungsabteilung. Diese Bezeichnung trog, es war gar keine Abteilung, sondern nur ein hübscher kleiner Raum mit cremegelben Tapeten und Archivschränken aus Kirschbaumholz. Das Licht fiel durch das große, zum Hinterhof gelegene Fenster, über dem Schreibtisch, an dem Hege Hansen halbtags ganz allein saß und die Buchführung erledigte, für die Partei und für die Betriebsgesellschaft *Haus in der Quadratur AG*.

»Der Boden unter seinen Füßen wird schon heiß«, hatte Vibeke gesagt. »Oder genauer gesagt, die Luft über seinem Kopf.«

Es war spät, und das Haus war fast leer. Kari Mundal hatte eine ganze Thermoskanne Tee geleert. Sie war den Umgang mit Ziffern und Zahlenkolonnen nicht gewöhnt. Sie machte nicht einmal ihre Steuererklärung selbst. Um so etwas kümmerte Kjell sich. Die Neugier hatte sie aber dennoch dazu gebracht, sich durch die Abrechnungen für die gewaltige Renovierungsarbeit zu kämpfen, von Ordner zu Ordner, vom Hauptbuch bis zur letzten kleinen Anlage. Hier und da machte sie eine Pause, rückte die Brille auf der Spitze ihrer scharfen Nase gerade, starrte für einige Sekunden irgendeine Rechnung besonders sorgfältig an, schüttelte kurz den Kopf und blätterte weiter.

Dann hielt sie inne.

Div. Klempnerarbeiten
PStark Porzellan
Arm. usw.
Arb. Se ok 03
Insg. 342 293,-
Mwst. 82 150,32
Zu bez. 424 443,32

Von all den hoffnungslos unklaren und milde ausgedrückt nichtssagenden Anlagen, in die sie sich in den vergangenen fünf Stunden vertieft hatte, war diese hier die schlimmste. Die Wörter Porzellan und Klempnerarbeit waren ja kein Problem, aber sie brauchte einen Moment, um zu begreifen, daß Arm. Armatur bedeuten mußte, und daß es zwischen Se und ok und 03 Zwischenräume gab. Hatte jemand sich diese Arbeit angesehen und sie im Jahre 2003 für okay befunden? Was bedeutete PStark? Post Scriptum Tark? Und warum sollte fast ganz oben in der Rechnung ein PS stehen?

Die Mehrwertsteuer war berechnet und bezahlt worden.

Die Rechnung war verbucht.

Se ok 03.

Se ok 03, überlegte Kari Mundal.

September-Oktober 03, vielleicht? Eine seltsame Abkürzung.

Sie dachte zurück an den Herbst des Vorjahres, als die Arbeiten am Haus einfach nicht weiterzugehen schienen. Keller, Dach und Fassade waren das größte Problem. Sie hatten sich den falschen Anstrich ausgesucht. Das Mauerwerk konnte nicht atmen, und alles mußte noch einmal gemacht werden. Und mit den Abflüssen stimmte etwas nicht. Nach einem unglaublichen Wolkenbruch war der Keller voll Wasser gelaufen. Der Fußboden im Erdgeschoß hatte aufgrund von Wasserschäden herausgerissen und neu gelegt werden müssen, eine teure und zeitraubende Aktion, die dem Plan, zu Weihnachten eine großartige Einweihungsfeier zu veranstalten, fast ein Ende gesetzt hätte.

Die Toiletten waren schon im Juni fertig gewesen.

PStark.

Philippe Starck.

Als sie ihr großes Haus auf Snarøya renovierten, hatte die jüngste Tochter sie mit Einrichtungszeitschriften überschüttet. Neu denken, Mama, hatte sie gequengelt und auf Badewannen gezeigt, die Karin Mundal entsetzlich fand, auf Toiletten, die wie Eier aussahen. Sie habe keine Lust, sich wie ein Huhn vorzukommen, wenn sie auf die Toilette müsse, hatte sie deshalb abgewehrt.

Das große Haus in der Quadratur war mit behutsamer,

respektvoller Hand restauriert worden. Die Toiletten waren altmodisch, mit Spülkästen unter der Decke und Porzellangriffen an goldenen Ketten.

Bei Rudolf dagegen, in dessen frischrenoviertem Badezimmer, war alles dem Zeitgeist gefolgt. Philippe Starck. Sie war dort gewesen, sie hatte es gesehen, und die Erkenntnis dessen, was sie soeben entdeckt hatte, ließ ihr an den Handflächen den Schweiß ausbrechen, ehe sie resolut den letzten Schluck lauwarmen Tee trank.

Dann nahm sie die Aufstellung aus dem Ordner und machte sich auf die Suche nach dem Schlüssel zum Kopierraum. Als sie die Tür öffnete, kam ihr die Stille auf dem Gang wie eine kompakte Wand vor. Sie zögerte einen Moment, horchte. Sie schien allein zu sein.

Konnte Rudolf Vibeke umgebracht haben?

Nicht wegen einer untergeschobenen Rechnung über 424443,32 Kronen. Das konnte er nicht getan haben. Oder vielleicht doch?

Wußte er, daß sie es gewußt hatte? Hatte sie ihn bedroht? War deshalb am Ende alles so glatt gelaufen, vor der Wahl, als Rudolf seine Kandidatur zurückgezogen und seine Anhänger gebeten hatte, für Vibeke zu stimmen?

Rudolf Fjord konnte Vibeke nicht ermordet haben. Oder doch?

Kari Mundal steckte die Kopie in eine kleine braune Handtasche, dann sortierte sie alle Unterlagen wieder ein und verließ leise das prachtvolle Haus in der Quadratur.

Die Frau, die den Winter an der Riviera verbracht hatte, war auf dem Weg zurück nach Norwegen. In gewisser Weise freute sie sich. Zuerst erkannte sie dieses Gefühl nicht wieder. Es erinnerte sie an etwas Seltenes aus ihrer Kindheit, etwas Unspezifisches und Vages; sie wußte nicht einmal, ob es etwas Angenehmes war. Eine Unruhe, das spürte sie, ein unbehagliches Gefühl, daß die Zeit zu langsam verging. Erst als das Flugzeug steil hinauf in den Himmel stieg und sie die langgestreckte Baie des Anges unter einer stahlblauen Wolkendecke verschwinden sah, lächelte sie. Nun wußte sie, daß es Erwartung war, was sie erfüllte.

Inzwischen war es Freitag, der 27. Februar, und das Flugzeug war nur halbvoll. Sie hatte die Sitzreihe für sich, und sie nahm dankend an, als die Flugbegleiterin ihr Wein anbot. Der Wein war zu kalt. Sie schob die Flasche zwischen ihre Oberschenkel und ließ sich im Sessel zurücksinken. Schloß die Augen.

Es gab keinen Weg zurück.

Alles würde jetzt dichter werden. Intensiver.

Gefährlicher, und besser.

Ulrik Gjemselund war außer sich vor Angst. Der verrückte Riese, der ihn vor fast einer Woche festgenommen hatte, war selbst gekommen, um ihn aus dem Gefängnis abzuholen. Ulrik hatte versucht zu protestieren. Er wollte lieber in seiner Zelle verfaulen, als auch nur eine Sekunde mit einem riesengroßen, glatzköpfigen Mann zu zu verbringen, der offenbar auf alles und alle schiß. Vor allem auf Ulrik Gjemselund und die Rechte, die er in einem Rechtsstaat doch trotz allem besaß.

Verdammt, dachte er, als man ihn in ein kahles Vernehmungszimmer im Osloer Polizeipräsidium schob. *Ich hatte ein bißchen Kokain und einen blöden Joint. Eine Woche! Eine ganze Woche! Wann wollen die mich endlich wieder laufenlassen? Warum unternimmt meine Anwältin nichts? Die hat doch versprochen, daß ich noch vor dem Wochenende aus der U-Haft komme. Ich muß mich von jemand anderem vertreten lassen. Ich will eine von den Kanonen. Ich will raus hier. Sofort.*

»Du wunderst dich sicher darüber, daß wir dich so lange festhalten«, sagte der Polizist überraschend freundlich und zeigte auf einen Stuhl. »Das kann ich verstehen. Aber weißt du, wir können die Richter eigentlich zu allerlei überreden. Wenn wir nicht ganz zufrieden mit dem kleinen Gauner sind, den wir erwischt haben. Einmal hatte ich ...«

Er lachte dröhnend und schloß die Tür hinter sich, ehe er sich auf einen Stuhl setzte, der nicht so aussah, als könne er sein Gewicht wirklich aushalten.

»... einen kleinen Wichser. Hatte durchaus Ähnlichkeit mit dir.

Den hab ich mit drei Gramm Hasch in der Tasche erwischt. Drei Gramm, merk dir das. Der hat vierzehn Tage hier gesessen. Unten im Hinterhof. Hatten im richtigen Gefängnis einfach keinen Platz für ihn. Vierzehn Tage hat er da gehockt. Für drei Gramm. Bloß weil er nicht kapieren wollte, daß ...«

Plötzlich beugte er sich vor und lächelte. Seine Zähne waren gleichmäßig und überraschend weiß.

»... daß ich eigentlich sehr nett bin.«

Ulrik schluckte.

»Nett«, wiederholte der Polizist. »Ich bin dein allerbester Freund auf der Welt, jedenfalls im Moment. Und da enttäuscht es mich, weißt du, wenn ...«

Er fuhr sich mit gekränkter Miene über den Schädel.

»... wenn du mich immer nur abweist. Meine Fragen nicht beantworten willst und so.«

Ulrik spielte an seinem Pulloverärmel herum. Ein Faden hatte sich gelöst. Den wickelte er sich um die Finger, versuchte, ihn zwischen die beiden lockeren Maschen zu stecken.

»Deine Anwältin hat dir sicher verdammt viel versprochen«, sagte der Polizist jetzt. »Die sind eben so. Aber für die bist du einer von vielen. Ein kleiner Wichser. Die hat anderes zu tun als ...«

»Ich nehme mir einen neuen Anwalt«, sagte Ulrik laut und zog sich weiter zur Wand zurück. »Ich will Tor Edvin Staff.«

Wieder lachte der Polizist.

»Tor *Erling* Staff«, korrigierte er und grinste breit. »So ein Staranwalt hat aber spannendere Fälle auf der Warteliste, stell ich mir vor. Aber hör mal her ...«

Jetzt beugte er sich so weit über den Tisch, daß Ulrik seinen Atem riechen konnte. Knoblauch und alter Tabak. Der Gefangene preßte den Kopf an die Wand und umklammerte die Tischkante.

»Du möchtest sicher wissen, warum ich dich hier festhalte«, sagte der Mann, und wieder wirkte er versöhnlich, fast schon freundlich. »Und das verstehe ich gut. Du hast ja nicht gerade einen Mord begangen. Aber ich werde dir was erzählen. Es geht um etwas, das ich als ... *feine Ökologie der Kriminalität* bezeichne.«

Endlich richtete er sich auf. Er wirkte überrascht, als habe er selbst nicht richtig verstanden, was er gesagt hatte. Ulrik ließ seinen Stuhl auf den Boden knallen und wagte wieder, Atem zu holen.

»Eleganter Ausdruck«, sagte der Mann zufrieden. »*Die feine Ökologie der Kriminalität*. Den hab ich noch nie benutzt. Du weißt, alles hängt mit allem zusammen. Da draußen, auf freier Wildbahn.«

Er zeigte vage mit seiner Riesenpranke auf die Wand, als verberge sich hinter den Gipsplatten ungezähmte Natur.

»Wenn es viele Mücken gibt, können die Vögel sich sattfressen. Wenn die Vögel sich sattfressen können, legen sie Eier. Die Eier werden von Schlangen und Mardern gefressen. Wenn es viele Marder gibt, geht es der Pelzindustrie gut. Wenn es der Pelzindustrie gutgeht… übrigens, die züchten doch solche zahmen Marder? Nerze heißen die, glaube ich, oder?«

Für einen Moment schaute er Ulrik nachdenklich an. Sein blaues Auge war dabei fast geschlossen. Das braune blinzelte. Dann zuckte er mit den Schultern und schüttelte kurz den Kopf.

»Du weißt schon, was ich meine«, behauptete er. »Alles hängt zusammen. So ist es auch mit der Kriminalität. Noch der letzte kleine Scheißjunkie hängt mit dem übelsten Bankräuber zusammen, dem brutalsten Mörder. Oder vielleicht sollte ich sagen… ihre *Taten* hängen zusammen. Es ist ein Netz, verstehst du. Ein unvorstellbar feinmaschiges Netz aus…«

Er krümmte sich zusammen, hob die Ellbogen und kratzte mit den Fingern in der Luft, als spiele er »Jetzt hole ich dich« mit einem kleinen Kind.

»Scheiße«, zischte er. »Du kaufst Stoff. Irgendwer muß den einführen. Diese Typen verdienen sich eine goldene Nase. Werden gierig. Stehlen. Töten, wenn es sein muß. Verkaufen den Stoff. Jugendliche werden süchtig. Rauben auf der Straße alte Damen aus.«

Noch immer war er ein Riesenkrebs. Die Finger fuchtelten vor Ulriks Augen herum. Die Nägel waren bis aufs Blut abgekaut.

Der Mann ist wahnsinnig, dachte Ulrik. *Weiß irgendwer, daß ich hier bin? Er hat die Tür abgeschlossen. Die ist zu.*

»Und damit wären wir«, sagte der Mann und war plötzlich wieder normal, »bei dem Grund dafür angekommen, warum du nicht einfach in die Welt zurückhüpfen durftest, nachdem ich am vorigen Samstag deine Personalien aufgenommen hatte. Verstehst du jetzt?«

Ulrik wagte nicht, zu antworten. Das spielte aber offenbar keine Rolle.

»Denn als der Name Trond Arnesen fiel, wuchs die Sache gleich über Partydrogen und einen Joint hinaus«, sagte der Polizist. »Denn alles ...«

Er verstummte und machte mit der rechten Hand eine auffordernde Drehbewegung.

»... hängt mit allem zusammen«, murmelte Ulrik.

»Gut! Genau! Jetzt kommen wir doch endlich weiter. Junge! Und deshalb zeige ich dir jetzt etwas, was ich neulich bei dir zu Hause gefunden habe. Mußte da noch mal hin. Nach oben in deine schöne teure Wohnung.«

Er klopfte seine Hinterbacken ab. Dann strahlte er und zog ein Notizbuch aus der Brusttasche.

»Da haben wir es«, sagte er zufrieden. »Also, mir ist schon klar, daß das hier deine kleine Buchhaltung ist.«

Ulrik öffnete den Mund, um zu widersprechen.

»Mach die Klappe zu«, fauchte der Mann. »Solche wie dich habe ich schon eingebuchtet, da hatte dein Vater noch nicht mal Haare am Sack. Das ist dein Buch, und das hier sind deine Kunden.«

Der Zeigefinger tippte auf die Initialen am Rand einer zufällig aufgeschlagenen Seite.

»Hier haben wir Telefonnummern und alles, viele hab ich also schon identifiziert. Komisch, nicht wahr, welche Geheimnisse die Leute so mit sich rumschleppen. Aber mich überrascht eigentlich kaum noch was.«

Er schnalzte mit der Zunge und schüttelte den Kopf. Er schien total in das Büchlein vertieft zu sein.

»Aber nicht alle«, sagte er dann. »Mir fehlen drei Namen. Ich will wissen, wer AC ist. Und APL und RF. Und, Ulrik ...«

Er erhob sich langsam. Er kratzte sich am Schnurrbart, reckte sich. Lächelte und wurde dann plötzlich ernst. Beide Handflächen klatschten auf den Tisch. Ulrik fuhr auf seinem Stuhl im wahrsten Sinne des Wortes in die Höhe.

»Erzähl mir jetzt keinen Scheiß«, sagte der Mann. »Versuch es nicht mal. Das hier sind deine Kunden, und ich will wissen, wer sie sind. Okay? Wir können hier sitzenbleiben, bis der Mond vom Himmel fällt, aber das wäre doch verdammt unbequem. Für uns beide. Vor allem für dich. Also rede jetzt. Erzähl.«

Seine Hand schloß sich behutsam um Ulriks Nacken. Sie drückte zu. Nicht zu hart. Lockerte dann ihren Griff, blieb aber liegen, riesig und glühendheiß.

»Vergeude jetzt nicht unsere Zeit.«

»Arne Christiansen und Arne-Petter Larsen«, sagte Ulrik atemlos.

»RF«, sagte der Mann. »Wer ist RF?«

»Rudolf Fjord«, flüsterte Ulrik. »Aber den hab ich schon lange nicht mehr getroffen. Seit zwei Jahren nicht mehr. Mindestens.«

Die Hand strich ihm jetzt sachte über den Hinterkopf, dann entfernte sie sich.

»Braver Junge«, sagte der Mann. »Was hab ich dir gesagt?«

Ulrik starrte ihn stumm an, das Blut dröhnte an seinem Trommelfell, er schwitzte.

»Was hab ich dir erzählt?« wiederholte der Mann freundlich. »Jetzt sei doch nicht so schwer von Begriff.«

»Daß alles zusammenhängt«, flüsterte Ulrik schnell.

»Alles hängt zusammen«, sagte der Mann und nickte. »Merk dir das. Für's nächste Mal.«

»Der hätte Mutter Theresa dazu gebracht, einen dreifachen Mord zu gestehen«, sagte Sigmund Berli skeptisch und tippte mit dem Finger über den Bericht, den der Polizist über das Verhör von Ulrik Gjemselund geschrieben hatte. »Oder Nelson Mandela dazu, einen Völkermord zu gestehen. Oder Jesus …«

»Ich hab's schon verstanden, Sigmund. Gleich beim ersten Mal sogar.«

Sie gingen spazieren. Yngvar hatte auf einem Abstecher in den Frognerpark bestanden. Sie hatten nicht viel Zeit. Schneeregen fiel. Es war schweinekalt. Sigmund hatte dünne Schuhe an, und seine Frau war sauer wegen seiner vielen Überstunden. Er konnte nicht begreifen, warum sie zwanzig Minuten in einem Park voller scheußlicher Statuen und wütender, frei herumlaufender Hunde verschwenden mußten.

»Ich brauche Luft«, sagte Yngvar. »Ich muß nachdenken. Okay? Und das fällt mir verdammt schwer, wenn du wie ein Fünfjähriger losplapperst. Halt jetzt den Rand. Genieß die Bewegung. Die können wir beide gebrauchen.«

Inger Johanne irrt sich, dachte er und ging schneller. Er spürte einen fremden Schmerz unter dem Brustkasten. Noch nie hatte er an ihren Fähigkeiten gezweifelt. Er bewunderte diese Fähigkeiten. Brauchte sie. Er brauchte Inger Johanne, und sie, sie entglitt ihm. Ihre Instinkte irrten sich. Ihr Intellekt hatte Schaden genommen durch die durchwachten Nächte und einen gierigen Säugling. *Die Theorie stimmt nicht. Wenn der Mörder wirklich Aufmerksamkeit wollte, Lärm und Aufregung, dann hätte er sich nicht Vegard Krogh ausgesucht. Vibeke Heinerback, na gut. Alle haben sie gekannt. Aber Vegard Krogh? Einen verlorenen Künstler, einen quasi-intellektuellen Narren? Von dem kaum jemand gehört hatte? Inger Johanne irrt sich, und wir stehen mit leeren Händen da. Wir wissen nicht, wo wir sind. Und wohin es geht.*

»Warum holen wir uns den Typen nicht einfach«, fragte Sigmund sauer.

Er hatte kurze Beine und lief in hastigen Schritten neben seinem Kollegen her.

»Warum müssen wir die ganze Zeit zu den Leuten nach Hause gehen? Verdammt, Yngvar, wir werfen das Geld der Steuerzahler zum Fenster raus, wenn wir soviel Zeit verschwenden.«

»Die Steuergelder der Leute gehen für schlechtere Dinge drauf als unsere Versuche, aus diesem Sumpf herauszufinden«, sagte Yngvar. »Jetzt gib endlich Ruhe. Wir sind bald da.«

»Ich glaube dem jungen Gjemselund nicht. Rudolf Fjord ist kein Schwuler, so sieht er nicht aus. Warum zum Teufel sollte er für Sex mit jungen Männern blechen? Häh? Großer gutaussehender Kerl mit super Schlag bei den Weibern! Meine Frau liest alle diese Zeitschriften, weißt du, mit Bildern von Festen und Premieren und so, und der Mann ist kein Homo.«

Yngvar blieb stehen. Er holte tief Luft. Die Kälte tat seiner Kehle weh.

»Sigmund«, sagte er ruhig. »Ab und zu kommst du mir strohdumm vor. Und da ich weiß, daß das nicht stimmt, kann ich dich nur bitten ...«

Er wärmte sich mit beiden Händen die Ohren. Holte noch einmal tief Luft und brüllte plötzlich:

»*Halt die Fresse!*«

Dann setzte er sich wieder in Bewegung.

Schweigend gingen sie durch das reichverzierte Tor zum Kirkevei. Zwei Reisebusse hatten schräg vor dem Zaun geparkt. Yngvar band sich seinen Schal fester um den Hals. Eine Gruppe Afrikaner in traditionellen weiten, bunten Gewändern bestieg gerade den einen Bus. Warum Touristen überhaupt nach Norwegen kamen, war so schon kaum zu verstehen, überlegte Sigmund. Im Februar, mit eisigem Wind von allen Seiten und Schneematsch bis zu den Knien, war es erst recht unbegreiflich.

»Du mußt jedenfalls zugeben, daß diese Kittel albern sind«, murmelte er.

»Mit Lederlappen am Hintern, knallrotem Bolero und Silberschnallen auf den Schuhen siehst du auch nicht gerade toll aus«, sagte Yngvar. »Aber das hindert dich meines Wissens nicht daran, in Tracht herumzulaufen. Das ist bestimmt irgendein offizieller Besuch. Wie spät ist es?«

»Gleich sechs«, klagte Sigmund. »Ich frier mir den Arsch ab. Und es ist gar kein Bol... Bolero. Sondern eine Wolljacke.«

Elf Minuten später ließ Yngvar seinen Zeigefinger über die Reihe der Namen auf einer Stahlplatte neben einer grauen Tür wandern.

»Rudolf Fjord«, murmelte er und drückte auf den Knopf.

Niemand öffnete. Sigmund schlug die Füße gegeneinander und murmelte etwas Unverständliches. Dann kam eine junge

Frau mit einer Schultertasche. Sie angelte ein Schlüsselbund heraus und lächelte Yngvar strahlend an.

»Hallo«, sagte sie wie zu einem Bekannten.

»Hallo«, sagte Yngvar.

»Rein?«

Sie hielt die Tür auf, und er griff danach. Die Frau hatte rote Haare. Sie hinterließ einen Duft von frischer Luft und Parfüm, als sie die Treppe hochlief, pfeifend wie ein kleines Mädchen.

»Schönes Wochenende«, zwitscherte sie, und die beiden Männer hörten, wie eine Tür geöffnet wurde und ins Schloß fiel.

»Drin wären wir immerhin«, sagte Sigmund und schaute nach oben.

»Dritter«, sagt Yngvar und ging zu einem uralten Fahrstuhl mit schmiedeeisernem Gitter. »Ich bin nicht sicher, daß er uns beide tragen kann.«

»Maximal zweihundertfünfzig Kilo«, las Sigmund auf einer emaillierten Plakette. »Wir lassen es darauf ankommen, ja?«

Es klappte. Gerade eben so. Der Fahrstuhl ächzte und stöhnte und blieb eine halbe Stufe unter dem dritten Stock hängen. Yngvar gab sich alle Mühe, die Tür zu öffnen. Das Gitter klemmte am Boden fest.

»Ich glaube, runter nehm ich die Treppe«, stöhnte er, als er endlich aussteigen konnte.

Es war ein schönes Haus, auch wenn der Fahrstuhl uralt war. Das Treppenhaus war breit und mit Teppichen ausgelegt. Die Fenster zum Hinterhof hatten rote und blaue Quadrate aus Bleiglas, die Farbflecken an die Wände warfen. Im dritten Stock gab es drei Wohnungstüren. Dazwischen hing ein gerahmtes Bild unter Glas, eine gelbbraune Landschaft aus Südeuropa.

Noch ehe Yngvar bei Rudolf Fjord klingeln konnte, wurde die Tür gegenüber aufgerissen.

»Hallo«, sagte eine Frau von Mitte Siebzig.

Sie sah auf eine gutbürgerliche Art attraktiv aus, fand Sigmund. Schlank und ziemlich klein. Gepflegte Frisur. Rock und Pullover und adrette Lederpantoffeln. Sie rieb die Hände aneinander und schien sich gar nicht wohl in ihrer Haut zu fühlen.

»Ich will mich ja wirklich nicht einmischen«, sagte sie, erst jetzt fiel Yngvar auf, daß sie trotz ihrer altmodischen, fast untertänigen Erscheinung lebhafte Augen hatte. Die beiden Männer waren längst gewogen und geschätzt worden.

»Sind Sie mit Herrn Fjord befreundet? Oder vielleicht seine Kollegen?«

Ihr Lächeln war echt, und die Sorge in ihrer gerunzelten Stirn wirkte ehrlich.

»Ich muß zugeben, ich horche schon seit einer Weile, ob jemand kommt«, sagte sie, ehe die Männer antworten konnten. »Und ausnahmsweise bin ich wirklich dankbar dafür, daß der da solchen Krach macht.«

Ein dünner Finger mit gepflegtem Nagel zeigte auf den Fahrstuhl.

»Sie müssen wissen, Rudolf ist wirklich ein Segen für unser Haus. Er paßt auf. Kümmert sich um alles. Als ich mir vor Weihnachten das Bein gebrochen hatte ...«

Sie hob die linke Wade ein wenig an. Die war hübsch, schlank und unversehrt.

»... da hat er jeden einzigen Tag für mich eingekauft. Wir sind gute Nachbarn, Rudolf und ich. Aber jetzt bin ich... Verzeihung.«

Mit geübtem Griff blockierte sie das Schnappschloß und kam zwei Schritte auf die Männer zu.

»Haldis Helleland«, stellte sie sich vor.

Die beiden Männer murmelten ihre Nachnamen.

»Ich mache mir solche Sorgen«, sagte die Frau. »Gestern abend ist Rudolf gegen neun nach Hause gekommen. War mit einer Freundin im Theater gewesen. Rudolf und ich plaudern immer ein wenig, wenn wir uns begegnen. Ab und zu kommt er auf eine Tasse Kaffee zu mir. Oder auf ein Gläschen. Er ist immer so ...«

Sie hat Ähnlichkeit mit einem Hermelin, dachte Rudolf. *Mit einem lebhaften, neugierigen Hermelin, mit schnellen Händen und einem hin und her huschenden Blick. Sie kriegt alles mit.*

Sie zupfte an ihrer Frisur und räusperte sich leise.

»... nett«, sagte sie dann.

»Aber nicht gestern«, sagte Yngvar fragend.

»Nein. Er hat kaum auf das geantwortet, was ich sagte. Kam mir blaß vor. Ich fragte, ob er krank sei, aber das hat er abgestritten. Nun ist es ja so, daß …«

Ihr Lächeln machte Haldis Helleland zehn Jahre jünger. Hier und da blitzte es golden in dem gepflegten Gebiß, und sie hatte tiefe Lachgrübchen.

»Er ist ein Mann in den besten Jahren, und ich bin eine betagte Witwe. Ich habe absolut Verständnis dafür, daß er nicht immer die ganz große Lust hat, seine Zeit mit mir zu verbringen, aber …«

Sie zögerte.

»Das gestern war doch ungewöhnlich«, half Yngvar aus. »Er war wirklich ganz anders als sonst.«

»Genau«, sagte Frau Helleland dankbar. »Und seither habe ich ein wenig gelauscht, das muß ich zu meiner Schande gestehen.«

Sie schaute Yngvar in die Augen.

»Das schickt sich natürlich nicht, aber es ist hier wirklich hellhörig, und ich finde, wir sollten alle … Verantwortung füreinander tragen.«

»Da bin ich ganz Ihrer Ansicht«, sagte Yngvar mit einem Nicken. »Und was haben Sie gehört?«

»Nichts«, sagte sie aufgeregt. »Das ist doch gerade das Problem. Sonst höre ich Schritte in seiner Wohnung. Musik. Vielleicht den Fernseher. Das einzige …«

Jetzt hatte sie die Stirn wieder gerunzelt.

»Das Telefon hat geklingelt«, erklärte sie. »Viermal. Geklingelt und geklingelt.«

»Vielleicht ist er wieder aus dem Haus gegangen«, schlug Sigmund vor.

Haldis Helleland musterte ihn vorwurfsvoll, als habe er angedeutet, sie könne auf ihrem Wachposten eingeschlafen sein. Sie zeigte auf zwei Zeitungen vor Fjords Wohnungstür.

»Morgenausgabe und Abendausgabe«, sagte sie vielsagend. »Dieser Mann ist zeitungssüchtig. Wenn er sich nicht heute nacht aus dem Haus geschlichen hat, als ich schlief, dann ist er in seiner Wohnung. Und holt nicht einmal seine Zeitungen herein!«

»Das kann er doch getan haben«, sagte Yngvar. »Er kann heute nacht aus dem Haus gegangen sein.«

»Ich rufe die Polizei an«, sagte die Frau entschlossen. »Wenn Sie nicht imstande sind zu begreifen, daß ich Rudolf Fjord gut genug kenne, um zu wissen, daß hier etwas nicht stimmt, dann muß ich eben die Polizei anrufen.«

Sie fuhr herum und trippelte auf ihre Wohnungstür zu.

»Warten Sie«, sagte Yngvar ruhig. »Frau Helleland, wir sind von der Polizei.«

Sie fuhr abermals herum.

»Was?«

Dann strichen die raschen Hände über ihr Haar, ehe sie erleichtert lächelte und hinzufügte:

»Natürlich. Es geht um diese entsetzliche Geschichte mit Vibeke Heinerback. Grauenhaft. Das hat Rudolf sehr mitgenommen. Und darüber wollen Sie natürlich mit ihm sprechen. Aber dann ...«

Ihr Kopf wippte hin und her, kurz und rasch. Jetzt sah sie wirklich aus wie ein Hermelin, mit spitzer Nase und kleinen, lebhaften Augen.

»Dann gehen wir rein«, entschied sie. »Ich muß Sie aber bitten, sich auszuweisen. Einen Moment, ich hole nur schnell den Schlüssel.«

Ehe die beiden Polizisten etwas sagen konnten, war sie verschwunden.

»Diese Vorstellung gefällt mir gar nicht«, sagte Yngvar.

»Was für eine Vorstellung denn?« fragte Sigmund. »Sie hat doch einen Schlüssel. Ich weiß nicht, was du willst, was sie gesagt hat, klang doch durchaus vernünftig.«

»Mir gefällt die Vorstellung nicht, was wir vielleicht finden werden.«

Haldis Helleland war wieder da. Sie schaute kurz auf die Dienstausweise der beiden Männer, dann nickte sie.

»Rudolf hat im vergangenen Herbst sein Badezimmer renovieren lassen«, erklärte sie und steckte den Schlüssel ins Schloß. »Es ist wunderschön geworden. Da hier die Handwerker ein und aus gingen, war es nur sinnvoll, wenn ich den Schlüssel hatte. Man weiß doch nie, auf wen man sich verlassen kann. Und dann ist er einfach bei mir liegengeblieben. So.«

Die Tür stand offen.

Yngvar ging hinein.

Der Flur war dunkel. Alle Zimmertüren waren geschlossen. Yngvar tastete nach einem Lichtschalter und fand ihn.

»Das Wohnzimmer ist geradeaus«, sagte Frau Helleland, jetzt besorgter.

Sie schlüpfte unter Yngvars Arm hindurch und lief durch die Diele. Dann blieb sie vor einer doppelten Tür stehen.

»Es ist wohl besser, wenn ...«, sagte sie und nickte Yngvar zu.

Der öffnete die Tür.

Auf dem Eßtisch lag ein Kronleuchter. Die Prismenketten waren ineinander verwickelt. Ein einsames Glasstück hing über die Tischkante. An dem Haken in der Decke, an dem wohl vor kurzem noch der Leuchter befestigt gewesen war, im Zentrum einer gewaltigen Stuckrosette, hing Rudolf Fjord in einer Schlinge. Seine Zunge war blau und groß. Die Augen standen offen. Die Leiche hing ganz still da.

»Jetzt gehen Sie zurück in Ihre eigene Wohnung und warten dort«, sagte Yngvar. Haldis Helleland hatte sich noch nicht in das Zimmer getraut.

Ohne zu fragen, ohne auch nur den Versuch zu machen, einen Blick in das Wohnzimmer zu werfen, gehorchte sie. Die Wohnungstür blieb hinter ihr offen stehen. Sie hörten ihre Schritte im Treppenhaus. Dann fiel ihre Wohnungstür ins Schloß.

»Verdammt«, sagte Sigmund Berli und ging zu dem Toten hinüber.

Er schob Rudolf Fjords Hosenbein nach oben und befühlte die weiße Haut.

»Ganz kalt.«

»Siehst du einen Brief?«

Yngvar rührte sich nicht. Stand nur ganz still da und beobachtete die leichte Bewegung, die Sigmund verursacht hatte. Unendlich langsam drehte die Leiche sich um ihre eigene Achse.

Ein umgekippter Stuhl lag auf dem Boden.

In einem hat Inger Johanne jedenfalls recht, dachte Yngvar. *Darin, daß dieser Fall kostet. Er kostet zuviel. Wir tappen im dunkeln. Heben hier einen Zipfel eines Menschenlebens hoch, ziehen dort an einem Faden. Dann löst sich alles auf. Das Gesuchte finden wir nicht. Aber wir können weitermachen. Das hat Rudolf Fjord nicht geschafft. Wer hat ihm Bescheid gesagt? Ulrik vielleicht? Hat Ulrik ihn angerufen, um einen alten Kunden zu warnen, um ihm zu sagen, daß das Geheimnis entlarvt sei? Daß es keinen Sinn mehr habe, sich mit Damen zu zeigen und den Mann von Welt zu spielen?*

»Hier liegt jedenfalls kein Brief.«

»Such weiter.«

»Aber ich habe …«

»Such weiter. Und ruf die Bereitschaft an. Sofort.«

Rudolf Fjord hat Vibeke Heinerback nicht umgebracht, dachte Yngvar; er konnte sich kaum rühren. *Zum Zeitpunkt des Mordes saß er mit Parteikollegen in Bærum beim Essen. Das Alibi steht. Er stand nie unter Verdacht. Trotzdem konnten wir ihn nicht in Ruhe lassen. Wir können niemanden jemals in Ruhe lassen.*

»Hier gibt es keinen Brief«, sagte Sigmund Berli gereizt. »Er hat sich aufgehängt, weil er Angst davor hatte, mit heruntergelassener Hose erwischt zu werden. Und so was schreibt man vielleicht nicht auch noch auf.«

»Und genau das«, sagte Yngvar und ging endlich zur Leiche hinüber, die sich jetzt nicht mehr bewegte. »… daß Rudolf Fjord sich möglicherweise Sex von Trond Arnesens Liebhaber gekauft hat, werden wir verschweigen. Es muß doch Grenzen dafür geben, wie weit wir die Leben der Menschen zerstören und …«

Er schaute hinauf in Rudolf Fjords Gesicht. Das breite, maskuline Kinn wirkte jetzt breiter, die Augen waren blutunterlaufen. Er sah aus wie ein gestrandeter Tiefseefisch.

»… und was wir mit ihrem guten Ruf anstellen«, fügte Yngvar hinzu. »Das behalten wir für uns. Okay?«

»Okay«, sagte Sigmund. »Schon in Ordnung. Die Kollegen sind unterwegs. Zehn Minuten, haben sie gesagt.«

Sie brauchten nur acht.

Als Kari Mundal vier Stunden später ans Telefon ging, verärgert, weil jemand an einem Freitagabend um halb elf anrief, verging nur eine Minute, dann ließ sie sich langsam in einen Sessel neben dem kleinen Mahagoniregal in der Diele sinken. Sie hörte sich an, was der Parteisekretär mitzuteilen hatte, und konnte kaum die passenden Antworten auf seine wenigen Fragen geben. Nach dem Gespräch blieb sie sitzen. Der Sessel war unbequem, und es war halbdunkel und kühl dort, wo sie saß. Trotzdem schaffte sie es nicht, aufzustehen.

Gestern hatte sie Rudolf Fjord angerufen. Das hatte sie einfach tun müssen. Nach einer schlaflosen Nacht von Mittwoch auf Donnerstag, in der Vor- und Nachteile dieser Vorgehensweise durch ihren Kopf gewirbelt waren, hatte sie ihren Entschluß gefaßt.

Und der war fatal gewesen, das sah sie jetzt ein.

Ohne bereits zu wissen, ob sie die Sache verfolgen wollte, hatte sie ihn angerufen. Ohne überlegt zu haben, ob die Partei, und damit Kjell Mundal, einen solchen Skandal ertragen könnte, hatte sie ihn mit ihrem Wissen konfrontiert.

Ich war so wütend, dachte sie und hörte ihren eigenen Atem, schnell und flach. *Ich war so enttäuscht und zornig. Konnte nicht klar denken. Er sollte bloß nicht glauben, die Gefahr sei vorüber. Er sollte wissen, daß sein Geheimnis nicht mit Vibeke ins Grab gesunken war. Ich war so wütend. So entsetzlich enttäuscht.*

»Was ist denn los, Liebes?«

Kjell Mundal war aus dem Wohnzimmer gekommen. Das Licht fiel durch die Doppeltür und blendete sie fast. Ihr Mann wurde zu einer dunklen Gestalt, mit einer Pfeife in der einen und einer Zeitung in der anderen Hand.

»Rudolf ist tot«, sagte sie.

»Rudolf?«

»Ja.«

Ihr Mann kam näher. Noch immer hörte sie nur ihren eigenen Atem, ihren eigenen Puls. Er machte Licht, und das tat in ihren Augen weh. Sie weinte.

»Was sagst du da?« fragte er und packte ihre Hand.

»Rudolf hat sich umgebracht«, flüsterte sie. »Sie wissen nicht genau, wann. Gestern vielleicht. Ich weiß es nicht.«

»Sich umgebracht? *Sich umgebracht?*«

Kjell Mundal brüllte.

»Aber warum in aller Welt hat der Idiot sich das Leben genommen?«

Es sei kein Brief gefunden worden, hatte der Parteisekretär erzählt. Nicht in der Wohnung und auch nicht im Computer. Natürlich würden sie weitersuchen, aber bisher hätten sie nichts gefunden.

»Niemand weiß etwas«, sagte Kari Mundal und ließ seine Hand los. »Bisher weiß niemand etwas darüber.«

Ich hoffe, daß du keinen Brief geschrieben hast, Rudolf. Ich hoffe, daß deine Mutter, dieser arme Mensch, niemals erfahren wird, warum du nicht mehr leben wolltest.

»Ich brauche einen Schnaps«, sagte Kjell Mundal und fluchte. »Und du auch.«

Sie folgte ihm wortlos.

Es wurde ein geschäftiger Abend, mit Telefongesprächen und viel Besuch. Niemandem fiel auf, daß die schmächtige Frau zum ersten Mal in ihrem langen Leben stumm blieb. Alle redeten, einige verzweifelten. Manche weinten. Die Leute kamen und gingen, bis spät in die Nacht. Kari Mundal kochte Kaffee und Tee, mixte starke Drinks und schmierte um Mitternacht Butterbrote. Aber sie sagte nichts.

Gegen Morgen, nachdem Kjell endlich eingeschlafen war, stand sie auf und ging hinunter ins Erdgeschoß. In ihrer Handtasche, in einem Fach ihrer umfangreichen Brieftasche, lag die Kopie einer fehlerhaften Rechnung. Sie nahm sie heraus und ging zum Kamin. Dort riß sie ein Streichholz an. Erst als das Feuer ihre Finger beleckte, ließ sie das Papier los. Zwei Tage darauf erfand sie abermals einen Grund, warum sie in den alten Rechnungen etwas nachsehen müsse. Sie fand das Gesuchte sofort. Die Originalrechnung wurde in Fetzen gerissen und im zweiten Stock in die Toilette geworfen, eine altmodische Toilette mit Spülkasten an der Wand und einem Porzellangriff an einer goldenen Kette.

Es wurde nie ein Abschiedsbrief gefunden. Zwei Polizisten glaubten noch eine Weile zu wissen, warum Rudolf Fjord sich in seinem eigenen Wohnzimmer aufgehängt hatte, nur kurze Zeit, nachdem er zum Vorsitzenden einer der größten Parteien des Landes gewählt worden war. Sie sprachen nie darüber. Nach einigen Jahren dachten sie nicht mehr an diese Episode, sie vergaßen sie.

Eine ältere Dame auf Snarøya im Westen von Oslo war die einzige, die den wirklichen Grund für den Selbstmord kannte.

Sie vergaß es nie.

15

»Schießjahr!« rief Kristiane. »Peng, peng!«

»Das heißt Schaltjahr, und wir wollen hier keine Spielzeugwaffen im Haus haben«, sagte Inger Johanne und nahm ihr den Teigschaber ab, mit dem sie gezielt hatte.

»Das kannst du ja wohl nicht als Spielzeugwaffe bezeichnen«, sagte Yngvar gereizt.

»Peng, peng! Was ist ein Schaltjahr?«

»Das ist ein Jahr, das einen Tag wie heute hat«, sagte Yngvar und ging in die Hocke. »Einen 29. Februar. Solche Tage lassen sich nur alle vier Jahre sehen. Vielleicht genieren sie sich?«

»Genieren«, wiederholte Kristiane. »Schaltjahr! Salzzar! Peng!«

Dann strich sie sich die Haare hinter die Ohren, genauso, wie sie es vorhin bei ihrer Mutter gesehen hatte.

»Aber was ist die wissenschaftliche Erklärung«, fragte sie dann sehr erwachsen. »Das möchte ich verstehen, statt hier herumzujuxen.«

Die Erwachsenen tauschten Blicke, Inger Johannes war ängstlich, der von Yngvar stolz.

»Die ist, daß … die Erde braucht ein wenig mehr als 365 Tage, um …«

Er fuhr sich mit der Hand über den Schädel und schaute Inger Johanne hilfesuchend an.

»Um sich um sich selbst zu drehen?«

»Das dauert einen Tag, Yngvar.«

»Für eine Runde um die Sonne?«

Inger Johanne lächelte nur und wrang einen Lappen aus.

»Für eine vollständige Runde um die Sonne«, sagte Yngvar voller Überzeugung zu Kristiane. »Das wird also ein Jahr genannt, das etwas länger ist als … dann müssen wir die überzähligen Stunden zusammensuchen und einen Tag daraus machen, so ab und zu. Alle vier Jahre. Und dann war da noch was mit Gregor und Julius, aber das weiß ich nicht mehr.«

»Du bist tüchtig«, sagte Kristiane. »Julius ist ein Schimpanse im Zoo von Kristiansand, Yngvar. Ich will nachher bei Leonard Schaltjahr spielen. Heute kommt Papa mich holen. Du bist nicht mein Papa.«

»Nein, aber ich habe dich sehr lieb.«

Sie stürzte davon, dicht gefolgt von Jack. Die kleinen Füße jagten die Treppe hinunter, eine Tür fiel knallend zu. Yngvar schnaufte und erhob sich mühsam.

»Ich wüßte ja gern, wir oft wir uns noch den Spruch anhören müssen, daß ich nicht ihr Papa bin«, sagte er. »Und wir müssen bald regeln, wann sie bei wem ist. In diesem Winter war alles nur Chaos. Müßte sie eigentlich nicht am Freitag zu Isak?«

»Was ist los mit dir?« fragte Inger Johanne und strich ihm über den Kopf. »Liegt es nur an der Sache mit Rudolf Fjord oder ...«

»Nur? *Nur?*«

Er zog seinen Kopf ein wenig zu heftig zurück.

»Wir können nicht einfach von *nur* reden, wenn unsere Arbeit Leute in den Tod treibt.«

»Du hast niemanden in den Tod getrieben, Yngvar. Und das weißt du sehr gut.«

Er setzte sich auf den nächststehenden Barhocker. Eine halbgegessene Selleriestange lag auf einem schmutzigen Teller. Er griff danach und steckte sie in den Mund.

»Das weiß ich eben nicht«, sagte er und biß ein Stück ab.

»Liebster«, sagte sie, und er mußte lächeln.

Sie küßte sein Ohr, seinen Hals.

»Du bringst niemanden um«, flüsterte sie. »Du bringst Spinnen hinaus in den Garten, wenn du sie gefangen hast. Rudolf Fjord hat sich das Leben genommen. Er wollte sterben. Das ist natürlich ...«

Sie richtete sich auf und schaute ihm in die Augen.

»Das ist natürlich nicht deine Schuld. Das weißt du.«

»Du fehlst mir«, sagte er und kaute Sellerie.

»Ich fehle dir? Dussel. Ich bin doch hier.«

»Nicht ganz«, sagte er. »Wir sind beide nicht ganz hier. Nicht so wie früher.«

Alles wird besser, dachte sie. *Bald. Jetzt schlafe ich endlich wieder. Nicht viel, aber viel mehr. Der Frühling kommt näher. Ragnhild wächst. Wird kräftiger. Alles wird besser. Wenn dieser Fall nur erst zu Ende ist …*

»Hast du schon mal überlegt, dir freizunehmen?« fragte sie und fing an, benutztes Geschirr in die Spülmaschine zu stellen.

»Frei?«

»Elternurlaub zu nehmen, aber richtig.«

»Als ob wir uns das leisten könnten …«

Er kaute und kaute und musterte die grüne, abgenagte Stange.

»Ich könnte wieder arbeiten«, sagte sie. »Wäre es nicht schön, diesen Fall loszusein? Ihn zu vergessen? Sollen andere den übernehmen, andere könnten …«

»Red keinen Unsinn.«

Er kratzte sich im Schritt.

»Ist es nicht seltsam«, sagte er und kniff die Augen zusammen. »Ist es nicht wirklich seltsam, lieber sterben zu wollen als …«

»Weich jetzt nicht aus. Hast du dir diese Möglichkeit überhaupt überlegt?«

»Du hast Anspruch auf den größeren Teil des Elternurlaubs, Inger Johanne. Was auch nur gut und richtig ist. Du hast sie geboren, du stillst. Und das ist gut für Ragnhild. Es ist gut für uns.«

Wie um zu betonen, daß die Diskussion hiermit beendet sei, warf er die Selleriestange nach dem Mülleimer im offenen Fach unter dem Spülbecken. Er warf daneben.

»Ist es nicht verdammt seltsam«, sagte er und öffnete die Hände. »Daß ein Mensch sich entscheidet, sich das Leben zu nehmen, weil die Gefahr besteht, daß er als Homosexueller entlarvt werden könnte? Im Jahre 2004? Ja, verdammt, die sind doch überall. Bei der Arbeit haben wir jede Menge Lesben, und die machen nicht den Eindruck, als würden sie gemobbt oder schikaniert, und wir …«

»Darüber weißt du im Grunde gar nichts«, sagte Inger Johanne und hob den Sellerie auf. »Du kennst sie doch gar nicht weiter.«

»Wir haben in diesem Land einen schwulen Finanzminister, Mensch! Und niemand regt sich darüber auf.«

Inger Johanne lächelte. Das ärgerte ihn.

»Der Finanzminister ist ein … distinguierter Mann aus dem Westend«, sagte sie. »Diskret, seriös und nach dem wenigen, was über ihn bekannt ist, ein hervorragender Koch. Er lebt seit hundert Jahren mit demselben Mann zusammen. Und das ist ja wohl ein klein bißchen …«

Sie hielt in einer übertriebenen Geste Daumen und Zeigefinger aneinander.

»… was anderes«, fügte sie hinzu. »Als einer, der Knaben kauft, aber mit einer Blondine am Arm umherstolziert, wann immer eine Kamera in der Nähe ist.«

Yngvar sagte nichts. Er legte den Kopf auf die Arme.

»Willst du nicht ein bißchen schlafen?« fragte sie leise und streichelte seinen Rücken. »Du warst die ganze Nacht wach.«

»Ich bin nicht müde«, murmelte er.

»Was bist du dann?«

»Ich habe alles satt.«

»Kann ich etwas für dich tun?«

»Nein.«

»Yngvar …«

»Das allerschlimmste ist, daß Rudolf ja schon früh aus dem Fall herausgecheckt worden ist«, sagte er wütend und richtete sich auf. »Sein Alibi war in Ordnung. Nichts deutete darauf hin, daß er etwas mit der Sache zu tun hatte. Im Gegenteil, seinen Parlamentskollegen zufolge war er völlig fertig. Warum konnten wir den Mann also nicht in Ruhe lassen? Scheiße, was geht es denn uns an, mit wem er vögelt?«

»Yngvar«, sie machte noch einen Versuch und legte beide Hände um seinen Nacken.

»Hör mir zu«, sagte er und schob sie weg.

»Ich höre. Es ist nur nicht so leicht zu antworten, wenn das, was du sagst, nicht … nicht gerade vernünftig ist. Ihr hattet allen Grund, Rudolf Fjord genauer auf die Finger zu sehen. Nicht zuletzt wegen seines Streits mit Kari Mundal. Bei der Trauerfeier draußen auf …«

»Daran kann ich mich durchaus erinnern«, unterbrach er sie übellaunig. »Aber es ist erst … fünf Tage her, seit du uns das Profil eines Mörders gezeichnet hast, der rein gar nichts mit Rudolf Fjord zu tun hat. Warum mußte ich da also ...«

»Du hast nicht an dieses Profil geglaubt«, sagte sie kurz und griff zum Spülmittel. »Nicht vor fünf Tagen und nicht heute. Und ich finde ehrlich gesagt, du solltest jetzt mit dem Gejammer aufhören.«

»Gejammer? *Gejammer?*«

»Ja. Du jammerst. Tust dir selber leid. Hör auf damit.«

Sie schaltete die Spülmaschine ein, stellte die Schachtel mit dem Geschirreiniger in ein darüber hängendes Regal und drehte sich zu ihm um. Sie stemmte die rechte Hand in die Hüfte und lächelte strahlend.

»Dummkopf«, murmelte er und lächelte widerwillig zurück. »Außerdem hast du selbst gesagt, daß dein Profil noch Schwächen aufweist. Vegard Krogh paßt nicht hinein. Er war nicht bekannt genug.«

Inger Johanne hob Sulamit auf, die auf dem Boden herumlag. Die Augen im Kühler hatten die Pupillen verloren und starrten sie blind an. Sie spielte an der zerbrochenen Leiter herum.

»Ich habe mir die Sache noch ein wenig weiter überlegt«, sagte sie.

»Ja, und?«

»Weißt du noch ... weißt du noch, wie wir hier mit Sigmund gesessen haben? Nicht jetzt am Dienstag, sondern vor einigen Wochen?«

»Natürlich.«

»Da hat er gefragt, was der schlimmste vorstellbare Mörder wäre.«

»Ja.«

»Ich habe geantwortet, das müßte jemand in Richtung Täter ohne Tatmotiv sein.«

»Ja?«

»So was gibt es nicht.«

»Ach nein? Aber was hast du dann eigentlich gemeint?«

»Ich habe gemeint ... ich meine, daß meine Überlegung durchaus stichhaltig ist. Wer seine Opfer vollkommen zufällig aussucht, ohne Motiv für jeden einzelnen Mord, wird sehr schwer zu finden sein. Wenn noch eine Reihe anderer Faktoren stimmt, natürlich nur. Wie beispielsweise, daß der Täter ganz einfach gute Arbeit leistet.«

»Schon …«

Er nickte und griff sich an den Bauch.

Sie knallte Sulamit auf den Tisch.

»Du hast jetzt keinen Hunger. Du hast erst vor weniger als einer Stunde gegessen. Hör jetzt zu.«

»Ich höre«, sagte Yngvar.

»Das Problem ist, daß man sich eine vollständig zufällige Opferreihe nur schwer vorstellen kann«, sagte Inger Johanne und setzte sich auf den Barhocker neben ihm. »Menschen handeln nun einmal nicht in einem Vakuum. Wir sind niemals unparteiisch, wir haben unsere *likes and dislikes,* wir …«

Sie legte die Fingerspitzen aneinander. Die Hände wurden zu einem Zelt, und sie schob die Nasenspitze in die Öffnung.

»Wenn wir uns«, sagte sie dann, ihre Stimme klang durch ihre Finger hindurch nasal, »einen Mörder vorstellen, der unbedingt töten will. Aus irgendeinem Grund. Darauf können wir noch zurückkommen. Aber er beschließt nun einmal, zu morden. Nicht, weil er irgendwem ans Leder will, sondern weil er …«

»Es ist schwer, sich vorzustellen, daß irgendwer kaltblütig ermordet wird, ohne daß der Mörder ihn tatsächlich tot sehen will.«

»Wir tun es aber trotzdem«, sagte sie ungeduldig; sie faltete die Hände und drückte so fest zu, daß ihre Knöchel weiß wurden. »Der Mörder nimmt vielleicht den erstbesten, einfach so. Wie wir, als Kinder, wenn wir einfach mit zugekniffenen Augen den Globus gedreht haben. Und die Stelle, die der Finger traf …«

»… mußte man in fünfundzwanzig Jahren besuchen«, sagte er. »Ich hab sogar mal ein Kinderbuch gelesen, in dem das eine Rolle spielte. *Das bindende Versprechen.*«

»Weißt du noch, was beim zweiten Versuch immer passiert ist?«

»Ich hab geschummelt«, sagte er lächelnd. »Hab durch die Augenlider gespinxt, um eine spannendere Stelle zu treffen als mein Kumpel.«

»Am Ende habe ich mit offenen Augen gezielt«, gestand Inger Johanne. »Ich wollte nach Hawaii.«

»Und das alles soll sagen ...«

»Ich habe gelesen«, sagte sie und ließ ihn ihren Handrücken streicheln, »daß die Zeitungen diese Morde als perfekte Verbrechen bezeichnen. Kein Wunder, wenn man sieht, wie ohnmächtig die Polizei ist. Ich glaube aber trotzdem, wir sollten unsere Blickrichtung ändern und lieber feststellen, daß wir es hier mit dem *perfekten Mörder* zu tun haben. Aber ...«

Sie nagte an ihrer Unterlippe und streckte die Hand nach einer Schale mit Kapern aus.

»Es geht mir darum, daß es so etwas nicht gibt«, sagte sie und musterte den Stiel. »Der perfekte Mörder ist einfach aus jeglichem Zusammenhang gerissen. Der perfekte Mörder empfindet nichts, keine Angst, keine Furcht, keinen Haß und schon gar keine Liebe. Wir neigen dazu, uns verrückte Mörder als ganz und gar gefühllos vorzustellen, vollkommen unfähig, sich in andere lebende Wesen hineinzuversetzen. Wir vergessen, daß sogar Marc Dutroux, der Inbegriff des pädophilen Monsters, verheiratet war. Hitler hat sechs Millionen Juden in das entsetzlichste Leid und in den Tod geschickt, aber angeblich hat er seinen Hund über alles geliebt. Vermutlich kann man sogar annehmen, daß er ihn gut behandelt hat.«

»Er hatte einen Hund?«

Sie zuckte mit den Schultern.

»Glaub schon. Du verstehst, worauf ich hinaus will, ja?«

»Nein.«

Langsam stand sie auf. Noch immer kaute sie auf der störrischen Kaper herum. Sie schaute sich im Zimmer um und ging dann zu Kristianes Spielzeugkiste hinüber.

»Ich bin eine Person, die beschlossen hat, zu töten«, sagte sie und schluckte, ehe sie seinem Einwand zuvorkam. »Vergiß für den Moment, warum.«

Sie hob einen roten Ball auf und hielt ihn mit der rechten Hand in dramatischer Geste von sich gestreckt, wie Hamlet seinen Totenschädel. Yngvar schmunzelte.

»Lach nicht«, sagte sie tonlos. »Das ist meine Welt. Ich weiß viel über Verbrechen. Das ist mein Fach. Ich kenne den Zusammenhang zwischen Motiv und Aufklärung. Ich weiß, daß ich mit einem Mord leichter durchkomme, wenn niemand die Beziehung zwischen mir und dem Opfer nachweisen kann. Deshalb drehe ich die Welt ...«

Sie schloß die Augen und schlug blindlings mit dem Finger auf das rote Gummi.

»Ich habe mir ein ganz zufälliges Opfer ausgesucht«, sagte sie. »Und das bringe ich jetzt um. Alles geht gut. Niemand kommt mir auf die Schliche. Ich habe Blut geleckt.«

Ihre Augen öffneten sich.

»Aber in gewisser Hinsicht bin ich verändert. Alle Taten, alle Ereignisse, beeinflussen uns. Ich fühle mich ... erfolgreich. Ich möchte es wieder tun. Ich fühle mich ... lebendig.«

Sie erstarrte. Yngvar öffnete den Mund.

»Psst«, sagte sie plötzlich. »Psst!«

Sie hörten, wie die Kinder im Erdgeschoß von einem Zimmer ins andere rannten. Jack bellte aufgeregt. Eine erwachsene Stimme war gedämpft und wütend durch den Fußboden zu hören.

»Vielleicht sollte ich sie holen«, sagte Yngvar. »Offenbar ...«

»Psst«, wiederholte sie; ihr Blick war abwesend, und sie war in einer komischen, theatralischen Haltung erstarrt, ein Bein geziert vor das andere gestellt. Der Ball ruhte noch immer in ihrer rechten Hand.

»Lebendig«, wiederholte sie, es war, als lasse sie sich dieses Wort auf der Zunge zergehen.

Plötzlich griff sie den Ball mit beiden Händen und warf ihn auf den Boden. Er sprang zum Kamin und stieß dabei eine Zimmerpflanze um, ohne daß Inger Johanne darauf reagierte.

»Lebendig«, sagte sie zum dritten Mal. »Diese Morde sind wie eine Form von ... Extremsport.«

»Was?«

Yngvar starrte Inger Johanne an. Er versuchte, in sie hineinzublicken, hinter diesen fremden, beängstigenden Blick vorzudringen, das ungewohnte Verhalten; sie schien in Trance zu verharren.

»Extremsport«, wiederholte sie, ohne auf ihn zu achten, »ist eine Möglichkeit, sich lebendig zu fühlen. So beschreiben es die, die ihn ausüben. Der Adrenalinkick. Das Tempo. Das Gefühl, den Tod herauszufordern, und ihn zu überwinden. Immer wieder. Beinahe zu sterben wird zu einer Art, die Gegenwart des Lebens zu spüren. Stärker, sagen sie. Besser. Wir anderen fragen uns: Warum? Warum zwingt man sich auf den Gipfel des Mount Everest, wenn der Weg dorthin im wahrsten Sinne des Wortes mit Leichen gepflastert ist? Was ist der Grund, aus dem manche sich freiwillig von hohen Felsen in Mexiko stürzen, wo doch die winzigste Fehlberechnung der Wellen dafür sorgt, daß man gegen die Felswand geschmettert wird?«

»Inger Johanne«, begann Yngvar und hob die Hand.

»Sie behaupten, es gebe ihnen das Gefühl, zu leben«, beantwortete sie ihre eigene Frage.

Noch immer sah sie ihn nicht an. Sie nahm Kristianes Stoffpuppe von der Fensterbank. Sie zog die Puppe an den Beinen und drückte sie dann an sich, hart und lange.

»Inger Johanne«, sagte er noch einmal.

»Ich verstehe es einfach nicht«, flüsterte sie. »Aber das ist ihre Erklärung. Das sagen sie, wenn alles vorbei ist und sie in die Kamera lächeln, ihre Freunde anlächeln. Sie drehen dem Leben eine lange Nase. Und lachen. Und dann machen sie das Ganze noch einmal. Und noch einmal. Und noch ...«

Jetzt stand er auf. Ging zu ihr hinüber. Riß ihr die Puppe aus den Händen und nahm sie in die Arme. Er wußte nicht, ob sie weinte, und er blieb ganz still.

»Als ob das Leben an sich nicht wertvoll genug wäre«, murmelte sie an seiner Brust. »Als wäre das triviale Menschliche nicht unheimlich genug. Lieben, Kinderkriegen, Altwerden, als ob das alles nicht schon beängstigend genug wäre.«

Sie schob ihn fort. Er wollte sie nicht loslassen, aber sie sträubte sich und drückte ihn weg. Immerhin sah sie ihm in die Augen, als sie hinzufügte:

»Wir sehen es überall, Yngvar. Immer öfter, in immer neuen Formen. *Jackass-Stunts* für Jugendliche. Sie zünden sich selber an, fahren mit dem Rad Hausdächer hinunter. Die Leute langweilen sich. *Die Leute langweilen sich zu Tode!*«

Sie schrie jetzt fast und schlug mit der flachen Hand gegen seinen Brustkasten. Ihre Stimme zitterten, als sie hinzufügte:

»Hast du gewußt, daß manche eine Art russisches Roulette mit der HIV-Ansteckung spielen? Andere bringen sich durch Strangulation zum Orgasmus. Manchmal sind sie tot, ehe es ihnen kommt. Tot!«

Jetzt lachte sie, hektisch. Ging zurück zur Kochinsel und stieg auf einen Hocker. Schlug die Hände vors Gesicht.

»Der Tod ist die einzige wirkliche Neuheit für die Menschen von heute«, sagte sie. »Ich weiß nicht mehr, wer das gesagt hat, aber es stimmt. Der Tod ist das exklusiv Prickelnde, denn er ist das einzige, was wir niemals verstehen werden. Das einzige, worüber wir nichts wissen.«

»Du meinst also«, sagte Yngvar in dem Versuch, sie zum Konkreten zurückzuführen, »daß wir es mit einem Mörder zu tun haben, der ... sich langweilt?«

»Ja. Sein Motiv liegt nicht darin, wer umgebracht wird, sondern *daß* sie umgebracht werden.«

»Inger Johanne ...«

»So muß es sein«, beharrte sie. »Zu töten ist die extremste aller extremen Handlungen. Dieser Mörder ist ... das paßt, Yngvar. Das paßt zu der Theorie, daß er mit dem Mord an Fiona Helle nichts zu tun hatte. Er saß einfach nur da. Irgendwo. Hat sich gelangweilt. Dann ermordet Mats Bohus seine Mutter, auf groteske Weise, und Norwegen dreht durch. Dieser Mord hatte alles: Ein prominentes Opfer. Rituelle Züge. Starke Symbolik. Es gab einen Höllenlärm. Ich kann mir kaum etwas Prickelnderes vorstellen, etwas, das mehr zur Nachahmung anregt als so ein Mord. Vor allem, weil er große Parallelen zu dem ersten Mord in einer anderen Serie aufwies, in einem anderen Bericht über ...«

»Aber hör dir an, was du jetzt behauptest«, sagte Yngvar eindringlich, er wurde jetzt lauter. »Wenn wir dein Profil zusammenfassen, dann bekommen wir folgendes: A ...«

Er berührte den linken Daumen mit dem Zeigefinger der rechten Hand.

»Der Mörder weiß so ungefähr alles über Verbrechen, was sich zu wissen überhaupt lohnt. B: Zu irgendeinem Zeitpunkt hat er Warrens Vorlesung über *Proportional retribution* gehört.«

»Oder *davon* gehört«, sagte Inger Johanne.

»Was bedeutet, daß nicht sicher ist, ob wir es überhaupt mit einem Norweger zu tun haben«. Yngvar schnitt eine Grimasse. »Drittens: Dieser Täter mordet als eine Art Zeitvertreib, als Ausweg aus einem langweiligen, inhaltslosen Leben. Er wählt ...«

»... seine Opfer mit einer versuchsweise zufälligen Herangehensweise«, fügte sie hinzu, ihre Wangen waren rot, und ihre Augen glänzten. »Auf jeden Fall das erste. Da hatte er nur ein Kriterium: Das Opfer mußte bekannt sein. Er will maximales Aufsehen erregen. Ihm geht es um Spannung. Er spielt, Yngvar.«

»Und damit sind wir wieder am Anfang«, sagte er und fuhr sich resigniert über das Kinn. »Vegard Krogh war nicht berühmt.«

»Er war berühmt genug«, widersprach sie eifrig. »Auch bei ihm hat es ganz schön viel Geschrei gegeben, meine Güte. Vor allem, weil er Nummer drei in einer Reihe von prominenten Ermordeten war. Das hat der Mörder gewußt. Er wußte, daß Vegard Krogh bekannt genug war, und deshalb hat er auf ... auf das Zufallsprinzip verzichtet.« »Was?«

»Nur ein Computer kann eine vollkommen zufällige Auswahl treffen, Yngvar. Wir Menschen lassen uns lenken, bewußt oder unbewußt. Vegard Krogh kam an die Reihe, weil er ...«

Wieder wurde ihr Blick abwesend und trüb. Sie griff nach einer Haarsträhne und kaute darauf herum. Der Lärm im Erdgeschoß war längst verstummt. Die Kinder waren zum Spielen hinaus in den Regen geschickt worden; Yngvar konnte ihr Johlen im Garten hören.

»Der Mörder wollte Vegards Tod«, sagte sie langsam. »Und sein Motiv war in erster Linie ... Spiel. Das Spiel. Die Herausforderung, Leben zu nehmen und ungeschoren davonzukommen. Aber diesmal hat der Mörder sich in Versuchung führen lassen. Und sich jemanden ausgesucht, dem er übel gesinnt war.«

»Alle waren Vegard Krogh übel gesinnt«, stöhnte Yngvar. »Und dein Profil paßt zu keinem der Menschen, mit denen wir zu tun hatten, mit denen wir gesprochen haben oder gegen die auch nur ein Hauch von Verdacht bestand. Weißt du, wie viele das insgesamt sind? Wie viele Zeugen wir vernommen haben?«

»Viele, möchte ich annehmen.«

»Hunderte! Fast tausend Vernehmungen! Und nicht ein einziger von all diesen Menschen paßt zu deiner Beschreibung von … Was sollen wir jetzt machen? Wo steckt er, was ist nötig, um …«

»Er wird nicht aufhören. Noch nicht. Vermutlich müssen wir einfach warten.«

»Worauf warten?«

»Auf …«

»Die beste Mama auf der Welt«, rief Kristiane.

Sie hatte noch ihre Daunenjacke an. Ihre Stiefel waren pitschnaß. Das Wasser schwappte darin, als sie durch das Zimmer lief und sich in die Arme ihrer Mutter warf. Jack kam hinterher. Mitten im Raum, zwischen dem Wohnbereich und der offenen Küche, blieb das Tier stehen und schüttelte sich. Ein feiner Regen aus Pfützenwasser umstob Jack. Sand und Kies fielen klirrend auf das Parkett.

»Der beste Hund auf der Welt«, sagte Kristiane. »Die beste Kristiane auf der Welt. Und Papa. Und Yngvar. Und das Haus. Und …«

»Hallo, alle zusammen! Ich bin einfach reingekommen! Ist ihre Tasche fertig?«

Isak lachte und streichelte den fiependen, mit dem Schwanz wedelnden Hund.

»Ich war segeln«, sagte Isak. »Und bin ebenso naß wie Kristiane. Tolles Segelwetter, Leute! Arschkalt. Klasse Wind. Aber dann kam der Regen. So ein Mist. Komm, mein Mädel! Heut wollen wir Go-Kart fahren. Spitzenspaß!«

Er latschte in seinen verdreckten Schuhen durch das Zimmer. Packte den Feuerwehrwagen, grinste breit und steckte ihn in die Tasche.

»Mach's gut, Mama. Mach's gut, Yngvar.«

Die Kleine tanzte hinter ihrem Vater her. Yngvar und Inger Johanne blieben schweigend sitzen und hörten, wie die beiden in Kristianes Zimmer herumwühlten. Er legte ihr die Hand auf das Knie und hielt sie zurück, als sie aufspringen wollte, um zu helfen. Fünf Minuten darauf hörten sie Isaks Audi TT in ziemlichem Tempo davonfahren.

»Ich wette, daß er Schlafanzug und Zahnbürste vergessen hat«, sagte Inger Johanne und versuchte, Yngvars resignierten Seufzer zu überhören, als er sagte:

»Zahnbürsten kann man an jeder Tankstelle kaufen, Inger Johanne. Und sie kann im T-Shirt schlafen. Isak hat an Sulamit gedacht, und das ist das wichtigste. Mach nicht soviel …«

Sie sprang auf und lief ins Badezimmer.

Ich bin langweilig, dachte sie und füllte schmutzige Wäsche in die Waschmaschine. *Ich bin öde und trutschig. Das weiß ich. Ich übernehme Verantwortung, und ich bin nur selten impulsiv. Ich bin langweilig.*

Aber ich langweile mich jedenfalls nie.

Der Mann, der in einem Sessel saß, eine Zielscheibe mit einer Sicherheitsnadel auf der Brust befestigt, war ein unbeliebter Star. Seine langen Haare waren zu einem Pferdeschwanz gebunden. Der Haaransatz bildete eine diabolische Spitze auf der Stirn. Der wulstige Vorsprung über den Augen hatte etwas Urmenschenhaftes. Seine Augenbrauen waren zusammengewachsen, eine fette Borstenraupe, die quer über sein Gesicht kroch. Seine Nase war feingezeichnet, gerade und schmal. Seine Lippen waren füllig. Ein Spitzbart ragte unkleidsam unter seinem Mund hervor. Die Zunge war zwischen den spitz zurechtgeschliffenen Eckzähnen gerade noch zu erkennen. Seine Mundwinkel waren zu einer unschönen Grimasse verzogen. Über seinem Kopf befand sich ein Zinkeimer, der mit dem Boden an die Wand genagelt worden war.

Håvard Stefansen war Biathlet von Beruf. Zwei Silbermedaillen in der Einzelwertung bei der Weltmeisterschaft waren seine bisher höchste Leistung. In der vergangenen Saison hatte er drei Worldcupsiege eingeheimst. Und da er erst vierundzwanzig war, galt er als eine der größten Hoffnungen Norwegens für die Olympischen Spiele in Toronto 2006.

Wenn er sich nur am Riemen reißen könnte, hatte ihn der Teamchef erst sechs Wochen zuvor in aller Öffentlichkeit ermahnt.

Innerhalb von zwei Saisons in der Nationalmannschaft der Herren war Håvard Stefansen viermal von Wettbewerben und Turnieren nach Hause geschickt worden. Er war ein arroganter Sieger und ein ungewöhnlich schlechter Verlierer. In der Regel machte er ganz offen die Konkurrenten dafür verantwortlich, wenn etwas nicht so lief wie erhofft. Die waren gedopt. Die pfuschten. Ausländern und den eigenen Teamkameraden brachte er nur Verachtung entgegen. Håvard Stefansen war ungehobelt und egozentrisch, und niemand mochte mit ihm das Zimmer teilen. Aber das schien ihm egal zu sein.

Auch das Publikum mochte ihn nicht, und er hatte niemals persönliche Sponsoren gehabt. Protzerei und bedrohliche Tätowierungen hatten nichts in der Sportart zu suchen, die er sich ausgesucht hatte. Auf den Loipen wurde er mit Buhrufen oder Schweigen empfangen, und in gewisser Weise schien ihm das zu gefallen. Er lief immer schneller, schoß jeden Monat besser und machte keinerlei Versuch, sein ramponiertes Image zu verbessern.

Jetzt war es zu spät.

Inzwischen war es Dienstag, der 2. März, abends, und die Zielscheibe über dem Herzen des Mannes war ins Schwarze getroffen worden. Sein Blick war glasig. Als Yngvar Stubø sich über die Leiche beugte, glaubte er, über den Augenlidern leichte blaue Flecke sehen zu können, so als habe irgendwer sie mit Gewalt geöffnet.

»Er ist nicht hier drinnen umgebracht worden«, sagte sein Kollege von der Osloer Polizei, dessen knallrote Haare unter seiner Papierkapuze hervorragten. »Das scheint festzustehen. Jemand hat ihm ein Messer in den Rücken gerammt. Im Schlaf, nehmen wir an. Keine Hinweise auf einen Kampf, aber sein Bett ist voll Blut. Die Spuren bis hierher sind deutlich. Die Kleider scheinen ihm mehr oder weniger achtlos übergestreift worden zu sein. Wir glauben, daß er im Schlaf getötet, hierher geschleift, angezogen und dann dort in den Sessel plaziert worden ist.«

»Dieses Einschußloch«, murmelte Yngvar, ihm wurde schwindlig.

»Das ist Bleischrot«, sagte der andere. »Er ist mit einem Luftgewehr erschossen worden. Das hier ist ganz einfach ein Hallenschießstand.«

Er zeigte auf den Eimer, über dessen Öffnung eine Zielscheibe befestigt war.

»Aber natürlich nur für Luftgewehre. Die Schüsse werden vom Eimer aufgefangen. Das Gewehr macht einfach nur puff. Das erklärt, warum niemand etwas gehört hat. Wenn der Typ noch gelebt hätte, als die Schüsse gefallen sind, hätte es vermutlich verdammt weh getan. Mehr nicht. Das da allerdings ...«

Der Polizist, der sich vorhin als Erik Henriksen vorgestellt hatte, zeigte auf Håvard Stefansens rechte Hand. Die ruhte halboffen und entspannt in seinem Schritt. Der Zeigefinger war verschwunden. Ein zerfetzter Stumpf war alles, was davon noch übrig war.

»Der Abzugsfinger«, sagte Henriksen. »Und schau her ...«

Er ging durch den Flur. Sein Papieroverall knisterte bei jeder Bewegung. Ein Luftgewehr war mit Stricken und Klebeband an einem Holzklotz befestigt. Der Lauf balancierte auf einem schräggestellten Besenstiel. Über dem Abzugshahn eines Gewehres, das auf Håvard Stefansens Herz zielte, lag Håvard Stefansens Zeigefinger. Er war bläulich, und der Nagel war eine Spur zu lang.

»Ich muß raus«, sagte Yngvar. »Tut mir leid. Ich muß nur eben ...«

»Obwohl das unser Fall ist«, sagte Erik Henriksen, »hielt ich es doch für besser, wenn ihr von der Zentrale auch mal einen Blick darauf werft. Das hat doch eine verdächtige Ähnlichkeit mit ...«

Ein Sportler, dachte Yngvar verzweifelt. *Genau das, worauf wir gewartet haben. Ich konnte nichts tun. Konnte nicht alle Spitzensportler im Land überwachen lassen. Konnte keinen Alarm schlagen. Das hätte nur Panik ausgelöst. Und ich wußte doch nichts. Inger Johanne glaubte und meinte und fühlte, aber wir wußten nichts sicher. Was hätte ich tun sollen? Was soll ich tun?*

»Wie ist der Täter hereingekommen?« preßte er hervor und beschloß, durchzuhalten. »Einbruch? Fenster?«

»Wir sind im vierten Stock«, brachte Henriksen leicht gereizt in Erinnerung; dieser Typ von der Zentrale schien seinem tollen Ruf so gar nicht zu entsprechen. »Aber sieh her.«

Obwohl die Wohnung in einem älteren Mietshaus lag, schien die Eingangstür neu zu sein, sie hatte ein solides, modernes Schloß. Henriksen zeigte mit einem Kugelschreiber darauf.

»Alter Trick, eigentlich. Da sind Holzsplitter sowohl in das Schlüsselloch gesteckt worden als auch hier…«

Der Kugelschreiber tippte den Schnapper an.

»Der ist festgeklemmt«, sagte er. »Vermutlich mit Streichhölzern.«

»Himmel«, murmelte Yngvar. »Ein simpler Bubenstreich.«

»Vorläufig nehmen wir an, daß die Tür unverschlossen gewesen ist, so lange Håvard Stefansen zu Hause und wach war. Irgendwer hat das Schloß ruiniert. Die Wohnung ist groß genug, um so was hier draußen durchzuführen, während Stefansen zum Beispiel gerade etwas aß. Und da wir uns im obersten Stock befinden, ist das Risiko, ertappt zu werden, doch eher gering.«

Er steckte den Kugelschreiber in die Brusttasche seines weißen Overalls.

»Ob Håvard Stefansen überhaupt versucht hat, die Tür abzuschließen, ehe er schlafen gegangen ist, steht nicht fest. So ein harter Hund wie er, mit einem Haus voller Waffen, leidet wohl nicht gerade unter Verfolgungswahn. Aber wenn er es versucht hätte, wäre es ihm doch schwergefallen.«

Er wird frecher, dachte Yngvar, er hatte hämmernde Kopfschmerzen und kniff die Augen zusammen. *Er traut sich immer mehr. Will mehr. Wie ein Bergsteiger, der immer höher hinaus muß, steilere Strecken bezwingen, gefährlicher leben. Er kommt jetzt näher. Dieses Opfer war ihm körperlich überlegen. Das wußte er, und er hat seine Vorsichtsmaßnahmen getroffen. Er hat Håvard Stefansen im Schlaf umgebracht. Mit einem schnöden Angriff aus dem Hinterhalt. Ohne Symbolik, ohne Fi-*

nesse. Für ihn spielt das keine Rolle; wir sind es, die die Botschaft verstehen sollen. Die Umwelt. Nicht der Tote. Wir sollen von diesem Tableau schockiert werden, von dem Sportler, der auf sein eigenes hartes Herz zielt. Uns will er provozieren. Uns. Mich?

»Schläft der Kerl mit Pferdeschwanz?« fragte Yngvar, vor allem, um überhaupt etwas zu sagen.

»Sieht doch scharf aus.«

Kommissar Henriksen zuckte mit den Schultern und fügte hinzu:

»Kann sein, daß der Täter ihm den gebunden hat. Damit der Tote … irgendwie er selbst ist. Um die Illusion zu verstärken. Was ja auch geklappt hat, um das mal so zu sagen. Verdammte Sch …«

Er unterdrückte die Verwünschung noch rechtzeitig. Vielleicht aus Respekt vor dem Toten. Ein Kollege schaute vom Treppenhaus her in die Wohnung.

»Hallo«, flüsterte er. »Erik! Die Frau ist hier. Die uns informiert hat. Die die Leiche gefunden hat.«

Erik Henriksen nickte und hob die Hand, um anzudeuten, daß er gleich zu sprechen sein werde.

»Hast du genug gesehen?« fragte er.

»Mehr als genug.« Yngvar nickte und folgte ihm aus der Wohnung.

Auf dem Treppenabsatz stand eine hochgewachsene Frau. Ihre Haare waren dunkel und fielen in großen, unordentlichen Locken auf ihre Schultern. Ihre Haut war von einer Farbe, die vermuten ließ, daß sie sich viel im Freien aufhielt. Ihr Alter war schwer zu schätzen. Sie trug Jeans und einen weiten, grünen Pullover. Das Deckenlicht spiegelte sich in ihrer schmalen Brille, was es schwer machte, ihre Augen zu sehen. Yngvar kam ihre Gestalt irgendwie bekannt vor.

»Das ist Wencke Bencke«, sagte der Polizist, der eben den Kopf durch die Tür gesteckt hatte. »Sie wohnt einen Stock tiefer. Wollte ein paar Koffer auf den Dachboden bringen. Die Tür hier stand offen, deshalb hat sie …«

»Ich habe geklingelt«, fiel die Frau ihm ins Wort. »Als niemand kam, habe ich es mir gestattet, hineinzuschauen. Ich gehe davon aus, daß Sie jetzt wissen, was ich gesehen habe. Ich habe sofort danach bei der Polizei angerufen.«

»Wencke Bencke«, sagte Erik Henriksen und streifte sich die komische Kapuze vom Kopf. »Die Kriminalschriftstellerin Wencke Bencke?«

Sie lächelte vielsagend und nickte.

Nicht in Richtung von Henriksen, der diese Frage gestellt hatte. Ihr Lächeln galt auch nicht dem uniformierten Polizisten, der aussah, als könne er jeden Moment einen Zettel hervorziehen und um ein Autogramm bitten.

Sie sah Yngvar an. Sie wandte sich an ihn, als sie die Hand ausstreckte und sagte:

»Yngvar Stubø, nicht wahr? Nett, dich endlich kennenzulernen.«

Ihr Händedruck war fest, fast hart. Ihre Hand war groß und breit, ihre Haut ungewöhnlich warm. Er ließ die Hand eilig los, fast so, als habe er sich verbrannt.

16

Der Prominentenmörder war jetzt zum Monster geworden.

Die Presse hatte sich zwar ein wenig beruhigt, nachdem Fiona Helles Mörder sich als Patient einer psychiatrischen Klinik erwiesen hatte, mit einem Motiv, das die meisten doch immerhin verstehen konnten. Für kurze Zeit hatte es ausgesehen, als seien auch die Presseleute auf den Gedanken gekommen, daß man es hier vielleicht mit einer Art Ansteckungseffekt zu tun hatte. Es könne vielleicht gar nicht die Rede von einem Serienmörder sein, gaben die Kommentatoren zu, sondern eher von einem erschreckenden Zusammentreffen einzelner grotesker Morde. Als Rudolf Fjord dann Selbstmord verübte, verhielten die Medien sich überraschend zurückhaltend, fast nüchtern, was ihre Berichte über diesen tragischen Todesfall anging.

Aber als Håvard Stefansen ermordet und als Zielscheibe zurechtgemacht in seinem eigenen kleinen Wohnungsschießstand aufgefunden wurde, drehte Norwegen durch.

Wieder meldeten sich die Psychologen zu Wort. Ihnen folgten Privatdetektive und ausländische Polizeichefs, Forscher und Kriminalanalytiker. Die Fachleute deuteten und erklärten, über viele Spalten hinweg und auf allen Sendern. Innerhalb eines Tages war der Serienmörder wieder in aller Munde. Er war ein Ungeheuer. Ein abgestumpfter Psychopath. Im Laufe von zwei Tagen wuchs der Promi-Mörder zu einer mythischen Gestalt mit Charakterzügen heran, wie man sie sonst nur in düsterer Gothic-Literatur finden konnte.

Die königliche Familie begab sich ins Ausland, das Schloß konnte keine näheren Auskünfte darüber erteilen, wann sie zurückzukehren gedachte. Gerüchte wollten wissen, daß im Parlament die Wachbesatzungen verdoppelt wurden, auch wenn der Sicherheitschef, zackig und ernst, jeglichen Kommentar verweigerte. Theaterpremieren wurden abgesagt. Geplante Konzerte verschoben. Die vielbeachtete Hochzeit eines profilierten Politikers mit einer bedeutenden Managerin wurde nur drei Tage vor der Trauung abgeblasen. Auf den Herbst verschoben, sagte ein wortkarger Bräutigam und beteuerte, daß die Liebe weiterhin blühe.

Auch normale Menschen, die große Mehrzahl, die niemals ihren Namen in der Zeitung oder ihr Gesicht in einer Illustrierten gesehen hatten, warfen Kinokarten in den Papierkorb und beschlossen, das Wochenende doch lieber zu Hause zu verbringen. Eine Stimmung aus Schock und Neugier, Angst und Spannung, Schadenfreude und aufrichtiger Verzweiflung sorgte dafür, daß die Menschen in ihren Nestern blieben.

Dort waren sie am sichersten.

Inger Johanne Vik und Yngvar Stubø waren ebenfalls zu Hause. Es war jetzt Donnerstag, der 4. März, und die Uhr ging auf halb neun Uhr abends zu. Ragnhild schlief. Der Fernseher lief, wenn auch nur leise; sie hörten beide nicht zu.

Sie hatten seit zwei Tagen kaum miteinander gesprochen. Beide empfanden so große Angst, daß sie sie unmöglich miteinander teilen konnten. Der Mörder hatte sich diesmal einen Sportler gesucht. Nur ein Fall aus Warren Sciffords Vorlesung über *Proportional retribution* stand noch aus, und Inger Johanne und Yngvar umkreisten einander mit einer steifen, aufgesetzten Freundlichkeit. Das Leben im Zweiparteienhaus in Tåsen war hektisch. Im Alltag konnte die Angst getarnt werden.

Eine Zeitlang jedenfalls.

Yngvar brachte im Badezimmer Regale an. Die hatten seit einem halben Jahr in der Abstellkammer gestanden. Johanne rechnete jeden Moment damit, Ragnhild schreien zu hören; dieses Gehämmer konnte ja Tote zum Leben erwecken. Aber sie brachte es nicht über sich, ihn zurechtzuweisen. Sie saß auf dem Sofa und blätterte in einem Buch. Lesen war unmöglich.

»... daß die Sendung RedaktionEins heute abend eine Stunde länger dauert«, sagte der kaum hörbare Ansager.

Inger Johanne griff zur Fernbedienung. Die Stimme wurde lauter. Die Erkennungsmelodie ertönte.

Der Moderator trug schwarz, wie zu einer Beerdigung. Er

lächelte nicht, was er sonst zu Sendebeginn immer tat. Inger Johanne konnte sich nicht erinnern, diesen erfahrenen Fernsehmann je mit Krawatte gesehen zu haben.

Auch die Polizeichefin hatte sich dem Anlaß entsprechend gekleidet. Ihre Uniform saß etwas locker, die früher schon gertenschlanke Frau war in den letzten Wochen noch mehr abgemagert. Sie saß gerade und verkrampft in ihrem Sessel, als sei sie in höchster Alarmbereitschaft. Ausnahmsweise konnte sie die ihr gestellten Fragen nicht klar beantworten.

»Yngvar«, sagte Inger Johanne. »Komm doch mal.«

Wütendes Klopfen aus dem Badezimmer.

»Yngvar!«

Sie ging ihn holen. Er lag auf allen vieren und versuchte, zwei Regale voneinander zu lösen.

»Scheißdreck«, sagte er wütend. »Diese Gebrauchsanweisungen taugen doch einfach nichts.«

»Es kommt eine Sondersendung über deinen Fall«, sagte sie.

»Das ist nicht *mein Fall*. Er gehört mir nicht.«

»Red keinen Unfug. Jetzt komm und sieh dir das an. Die Regale laufen dir nicht weg.«

Er legte den Hammer hin.

»Sieh mal«, sagte er kleinlaut und zeigte auf den Boden. »Ich habe eine Fliese zerbrochen. Tut mir leid. Ich hatte nicht daran gedacht, daß ...«

»Komm«, wiederholte sie und ging zurück ins Wohnzimmer.

»... und wir haben natürlich eine Reihe von Spuren in diesem Fall«, sagte die Polizeichefin im Fernsehen. »Oder in den Fällen, wie ich wohl eher sagen sollte. Aber eindeutig sind die nicht. Wir werden Zeit brauchen, um ihnen nachzugehen. Wir haben es hier mit einem sehr großen Komplex an Fällen zu tun.«

»Spuren«, murmelte Yngvar, der Inger Johanne gefolgt war und sich jetzt auf das andere Sofa fallen ließ. »Dann zeig sie mir doch mal! Zeig mir diese Spuren!«

Er fuhr sich mit einem Hemdzipfel über das Gesicht und nahm sich vom Couchtisch eine warmgewordene Bierdose.

»Können Sie verstehen«, fragte der Moderator, er beugte sich vor und ruderte resigniert mit den Armen, »daß die Leute Angst haben? Todesangst? Nach vier grotesken Morden? Während die Ermittlungen offenbar *keinen Millimeter vorankommen?*«

»Sie werden erlauben, daß ich das korrigiere«, sagte die Polizeichefin und räusperte sich hinter vorgehaltener Hand. »Wir reden hier von drei Fällen. Drei! Der Mord an Fiona Helle ist nach Ansicht der Polizei und der Anklagebehörden aufgeklärt. Auch in diesem Fall müssen noch etliche Dinge geklärt werden, aber die Frage einer eventuellen Anklage wird im Laufe von …«

»Drei Fälle«, fiel der Moderator ihr ins Wort. »So weit, so gut. Aber was haben Sie in diesen Fällen für Spuren?«

»Ich bitte um Verständnis dafür, daß ich nicht näher auf die ermittlungstechnischen Entscheidungen eingehen kann, die wir die ganze Zeit treffen müssen. Ich kann nur sagen, daß wir alle Mittel aufwenden, um …«

»Verständnis«, fiel der Moderator ihr abermals ins Wort. »Sie bitten um *Verständnis* dafür, daß Sie mit leeren Händen dastehen? Daß die Leute sich zu Hause verbarrikadieren und …«

»Er hat Angst«, sagte Yngvar und trank den letzten Rest des schalen Bieres. »Sonst wird er niemals wütend. Ist es nicht eher sein Stil, zu locken und zu schmeicheln? Zu lächeln, und zuzusehen, wie die Leute sich ganz von allein blamieren?«

Inger Johanne antwortete damit, daß sie den Fernseher noch lauter drehte.

»Er ist außer sich vor Angst«, murmelte Yngvar. »Er und noch ein paar tausend andere Norweger, die in diesem Kasten da leben.«

Er zeigte mit der leeren Dose auf den Fernseher.

»Sei doch mal still.«

»Komm her.«

»Was?«

»Kannst du nicht herkommen? Dich zu mir setzen?«

»Ich …«

»Bitte.«

Endlich war die Polizeichefin erlöst. Während die anderen Gäste im Studio nacheinander zu Wort kamen, sollte ein Bericht aus dem Mietshaus gesendet werden, in dem drei Tage zuvor Håvard

Stefansen ermordet und verstümmelt aufgefunden worden war. Aber das Video hakte. Der Schwenk von der Haustür zu einem Fenster im vierten Stock erstarrte mitten in der Bewegung und gefror zum undeutlichen Foto einer Frau, die geschockt hinter einem Vorhang in der dritten Etage hervorlugte. Der Ton war unsauber. Etwas quietschte. Plötzlich war der Moderator wieder zu sehen.

»Wir bedauern die technischen Probleme«, sagte er und räusperte sich. »Ich glaube, wir sollten jetzt …«

»Wir werden immer zusammensein«, murmelte Yngvar und schnupperte an ihren Haaren, sie schmiegte sich jetzt an ihn und hatte die Decke über sie beide gezogen.

»Vielleicht«, sagte Inger Johanne und strich langsam mit dem Finger über seinen Unterarm. »Wenn du versprichst, nie mehr praktisch sein zu wollen.«

»Willkommen bei uns im Studio, Wencke Bencke.«

»Was?« sagte Yngvar.

»Psst!«

»Danke«, sagte Wencke Bencke, ohne zu lächeln.

»Sie sind Autorin von nicht weniger als siebzehn Kriminalromanen«, sagte der Moderator. »Die alle von Serienmorden handeln. Sie gelten in dieser Hinsicht als Expertin und ernten hohe Anerkennung für Ihre gründlichen Vorarbeiten und Ihre umfassende Recherche. Auch bei der Polizei, wie wir heute feststellen konnten. Von Haus aus sind Sie Juristin, richtig?«

»Das stimmt«, sagte sie noch immer ernst. »Aber von der Juristin ist nicht mehr viel übrig. Ich schreibe seit 1985 Romane.«

»Und wir freuen uns besonders darüber, daß Sie heute abend gekommen sind, da Ihr letztes Interview bereits zwölf Jahre zurückliegt. Natürlich sind es tragische Umstände, die Sie heute hergeführt haben. Aber ich muß doch zu Anfang eine scherzhafte Frage stellen dürfen: Wie viele haben *Sie* in all diesen Jahren umgebracht?«

Er beugte sich erwartungsvoll zu ihr vor, als rechne er damit, in ein tiefes Geheimnis eingeweiht zu werden.

»Das weiß ich nicht mehr«, sagte sie und lächelte; ihre Zähne waren ungewöhnlich weiß und regelmäßig für eine Frau, die sicher schon Mitte Vierzig war. »Ich komme mit dem Zählen nicht mehr nach. Aber Qualität ist ja doch wichtiger als Quantität, auch in meinem Fach. Ich konzentriere mich auf die Finessen, nicht auf die Anzahl. Ich finde in einem originellen Dreh mein … meinen Genuß, könnte man sagen.«

Sie strich sich die Haare aus der Stirn. Sofort fielen sie wieder zurück.

Inger Johanne befreite sich aus Yngvars Armen, er hatte sie fast erdrückt. Er hatte eben *Dagbladet* vom Couchtisch genommen, sich irgend etwas angesehen und die Zeitung dann zu Boden fallen lassen. Sie drehte sich ein wenig zu ihm hin und fragte:

»Was ist los?«

»… Sie haben also das letzte Opfer gefunden«, hörten sie vom Fernseher her, *»nämlich Ihren Nachbarn. Sie, als unbestrittene Fachfrau, was kann Ihrer Meinung nach hinter …«*

»Was ist los, Schatz?«

» .. dem Wunsch stecken, als etwas anderes gesehen zu werden als …«

»Yngvar!«

Seine Haut war feucht. Grau.

»Yngvar«, schrie sie und warf sich über das Sofa. »Was ist los mit dir?«

»… erinnert an Fälle von anderen Orten als unserem heimatlichen Kontinent. Nicht nur aus den USA, sondern auch aus Frankreich und nicht zuletzt aus Deutschland kennen wir …«

Inger Johanne hob die Hand. Schlug zu. Traf mit der flachen Hand seine Wange, damit er endlich aufschaute.

»Sie ist es«, sagte er.

»… nur sehr vorsichtig Schlußfolgerungen in Richtung …«

»Was ist los mit dir!« schrie Inger Johanne. »Ich dachte schon, du hättest einen Herzinfarkt. Ich habe dir tausendmal gesagt, daß du abnehmen mußt, nicht soviel Zucker essen und …«

»Sie ist es«, sagte er. »Die da.«

»… unter dem Vorbehalt, daß ich in den letzten Monaten im Ausland war und diesen Fall nur per Internet und ab und zu durch eine Zeitung verfolgen konnte, möchte ich behaupten …«

»Hast du den Verstand verloren«, sagte Inger Johanne. »Bist du komplett verrückt geworden? Warum sollte …«

Noch immer zeigte er auf den Fernsehschirm. Seine Gesichtsfarbe wurde langsam wieder normal. Er atmete ruhiger. Inger Johanne drehte sich langsam zum Fernseher um.

Wencke Bencke trug eine randlose Brille. Das grelle Scheinwerferlicht warf Reflexe, die es schwierig machten, ihre Augen zu erkennen. Ihr Kostüm war ein wenig zu eng, sie schien es in der Hoffnung gekauft zu haben, daß sie bald abnehmen würde. An ihrem Revers war eine kleine Brosche befestigt. Eine schmale Goldkette funkelte an ihrem Hals; sie wirkte braun für diese Jahreszeit.

»Das sehe ich ziemlich düster«, antwortete sie auf eine Frage, die Inger Johanne nicht gehört hatte. »Da die Polizei offenbar immer noch keine Ahnung hat, worum es hier geht, dann kann ich mir kaum etwas anderes vorstellen, als daß die Chance einer Aufklärung sehr klein ist.«

»Meinen Sie das wirklich?« fragte der Moderator und machte eine Geste, als bitte er um eine ausführlichere Antwort.

»Ich verstehe nicht«, sagte Inger Johanne, wieder drehte sie sich um und versuchte, Yngvars Aufmerksamkeit zu erregen.

»Bitte«, bat er. »Laß mich zuhören.«

»Unsere Sendezeit ist gleich um«, sagte der Moderator. »Lassen Sie mich nur noch schnell fragen, vor dem Hintergrund der jüngsten entsetzlichen Ereignisse im wirklichen Leben: Bekommen Sie das niemals satt? Zur Unterhaltung Morde und Verbrechen zu ersinnen?«

Wencke Bencke rückte ihre Brille gerade. Ihre Nase war zu klein für ihr breites Gesicht, die Brille drohte die ganze Zeit, nach unten zu rutschen.

»Doch«, gab sie zu. »Das bekomme ich satt. Manchmal sogar schrecklich satt. Aber ich kann eben nur Kriminalromane schreiben. Ich werde auch nicht jünger. Und …«

Sie hob den stumpfen Zeigefinger und warf einen Blick in die Kamera. Ihre Augen waren plötzlich deutlich zu sehen. Sie waren braun und leuchteten in einem Lächeln auf, das in ihren Wangen tiefe Lachgrübchen öffnete.

»… der Stundenlohn ist schwindelerregend hoch. Das hilft natürlich.«

»Dann sagen wir danke …«

Klick.

Inger Johanne legte die Fernbedienung weg.

»Wie hast du das gemeint«, flüsterte sie. »Du hast mir einen Riesenschrecken eingejagt, Yngvar. Ich dachte, du stirbst.«

»Wencke Bencke hat Vibeke Heinerback umgebracht«, sagte er und drückte die Bierdose zusammen. »Sie hat Vegard Krogh getötet. Und sie hat auch ihren Nachbarn Håvard Stefansen umgebracht. Sie ist der Promimörder. So muß es sein.«

Inger Johanne setzte sich langsam an den Couchtisch. Im Haus war alles still. Von draußen war nicht das leiseste Geräusch zu hören. Die Nachbarn unten waren verreist. Inger Johanne und Yngvar waren allein, und im Haus gegenüber erlosch eine Lampe.

Aus dem Kinderzimmer war plötzlich Weinen zu hören, das gellende, jähzornige Geschrei eines sechs Wochen alten Säuglings.

Wencke Bencke ging langsam durch die Schwingtüren der Rezeption von NRK-TV nach draußen. Der Märzabend war kühl. Ein frischer Wind wehte. Als sie zum Himmel hinaufschaute, sah sie die Venus in einem tiefblauen Feld zwischen vorüberjagenden dunklen Wolken funkeln. Sie lächelte die Presseleute an und ließ sich noch einige Male fotografieren, dann setzte sie sich in das wartende Taxi und nannte dem Fahrer eine Adresse.

Alles war jetzt anders. Ganz anders, als sie es jemals hatte erhoffen können. Sie hatte es schon am vergangenen Freitag in Gardermoen gemerkt, als sie sich mit strahlendem Lächeln von der Flugbegleiterin verabschiedet hatte. Während sie früher gebeugt und mit schweren Schritten davongegangen war, hielt sie jetzt den Kopf hoch erhoben. Sie schlenderte über die endlos langen Gänge, und in ihrer Hand baumelte die Tüte mit den zollfreien Einkäufen. Sie hob den Blick. Registrierte die Details in dem ansehnlichen Gebäude; die riesigen Leimholzträger, das Farbenspiel der Kunstwerke an der Treppe, die hinunter in die Ankunftshalle führte. Sie wartete geduldig auf ihr Gepäck und plauderte mit einem rothaarigen Kind, das neugierig ihren Laptop anfaßte. Sie lächelte den Vater des Kindes an und strich das Revers des neuen Armani-Mantels glatt, den sie in den Galeries Lafayette in Nizza gekauft hatte und der sie so neu aussehen ließ, wie sie sich tatsächlich fühlte.

Sie war stark.

Und jetzt war sie wunderbar sicher.

Vor vielen Jahren, als sie ihr erstes Manuskript eingereicht und festgestellt hatte, daß sie damit weitermachen würde, hatte sie gleichzeitig einen Entschluß gefaßt. Sie wollte Expertin für Verbrechen werden. Spezialistin für Morde. Die Literaturkritiker waren ein unzuverlässiges Volk. Die Dialektik der Medien war vorhersagbar und entsetzlich; sie bauten auf und rissen dann wieder ein. Der Verlagslektor hatte sie damals gewarnt. Hatte sie mit unbeschreiblich traurigen Augen angesehen, als begebe Wencke Bencke sich mit ihrem Debüt als Krimiautorin in ein ewig währendes Fegefeuer. Und da faßte sie ihren Entschluß:

Niemals, niemals eine Rezension zu lesen.

Niemals, niemals einen Fehler zu machen.

Sie wollte den perfekten Plot entwickeln. Niemals würde sie die Wirkung einer Waffe falsch einschätzen. Sie wollte alles über die menschliche Anatomie wissen, über Messerstiche und Faustschläge, über Schußwunden und Vergiftungen. Über Ermittlung und Taktik. Chemie, Biologie und Psychologie. Sie würde sich Kenntnisse über die ganze verbrecherische Nahrungskette zulegen, von den mächtigen Organisationen bis hinab zu den elenden Junkies, die zusammengekrümmt und mit erhobenen Handflächen ganz unten in der Hierarchie saßen: *Hassu ma'ne Krone, ey?*

Das erste Versprechen konnte sie nicht halten.

Sie las die Rezensionen gleich nach ihrem Erscheinen.

Aber niemand sollte jemals sagen können: Wencke Bencke weiß nicht, wovon sie da redet.

Das sagte aber auch niemand.

Seit 1985 hatte sie studiert und gelesen. Hatte Felduntersuchungen angestellt. War gereist. Hatte beobachtet und geforscht. Nach und nach sah sie ein, warum Theorie die Praxis niemals ersetzen kann. Sie mußte konkret werden. Ihr fiktives Universum wurde zu wenig greifbar. Das wirkliche Leben war voller Details und unvorhergesehener Ereignisse. Am Schreibtisch war es schwer, das Gewimmel aus scheinbaren Nichtigkeiten und trivialen Ereignissen zu überblicken, die dennoch in einem Mordfall von entscheidender Bedeutung sein konnten.

Sie fing an, echte Menschen zu kartieren.

Ihr Archiv wurde 1995 angelegt. Für das Buch, das sie damals schrieb, brauchte sie eine Kinderheimleiterin und einen Polizisten mit einem leicht lädierten Ruf. Sie war schockiert darüber, wie leicht es war, diese Leute zu finden. Menschen zu überwachen, war natürlich langweilig, Stunden des Wartens und der unwichtigen Beobachtungen. Die Notizen wurden trocken und leidenschaftslos.

Aber das Schreiben wurde leichter.

Die Rezensionen waren positiv. Buch Nummer acht wurde wie damals ihr Erstling mit einer gewissen Begeisterung empfangen. Zwei Kritiker betonten, Wencke Bencke wirke frischer denn je, fast schon erneuert.

Sie irrten sich.

Sie langweilte sich ärger denn je. Sie lebte neben der Welt her. Sie kartierte das Leben anderer Menschen, ohne sich jemals daran zu beteiligen, und ihr Archiv wuchs. Sie kaufte sich einen Stahlschrank, eine feuerfeste Konstruktion, die in ihrem Schlafzimmer Platz fand.

Manchmal saß sie nachts im Bett und blätterte den Inhalt ihrer Mappen durch. Oft ärgerte sie sich darüber. Die Menschen lebten dermaßen identische Leben. So ein Leben bestand aus Arbeit und Kindern, aus Untreue und Suff. Da gab es Hausrenovierungen und Scheidungen, finanzielle Turbulenzen und Flohmärkte für die Fußballmannschaft. Ganz gleich, ob ihre Objekte nun Politiker oder Zahnärztinnen waren, Reiche oder Sozialfälle, Männer oder Frauen, alle waren sich so verdammt ähnlich.

Ich bin einzigartig, dachte sie und ließ sich in dem bequemen Taxipolster zurücksinken. *Und jetzt sehen sie mich. Endlich werde ich als die gesehen, die ich bin. Als eine Expertin, wie es sie nicht häufig gibt. Keine, die in jedem Buchherbst zu übelwollendem Gespött ihr Examen ablegt. Ich kann. Ich weiß. Und ich provoziere.*

Er hat mich gesehen. Er hatte Angst. Ich habe es gespürt; er hat seine Hand zurückgerissen und sich abgewandt. Sie sehen mich jetzt, aber nicht so, wie ich sie sehe. Nicht so, wie ich diese Frau sehe. Ihr Ordner ist dick. Ihr Ordner ist der umfangreichste, den ich habe. Ich beobachte sie schon lange, und ich kenne sie.

Sie sehen mich jetzt, aber sie können nichts tun.

»Sieh dir das an!«

Yngvar zeigte ihr *Dagbladet,* aufgeschlagen auf Seite fünf. Noch immer war er bleich, aber er sah nicht mehr so bedrohlich krank aus.

»Wencke Bencke«, sagte Inger Johanne, sie lief mit Ragnhild an ihrer Schulter durch das Zimmer. »Na und?«

»Sieh dir die Anstecknadel an. An ihrem Revers.«

Sie reichte ihm vorsichtig das Kind, griff nach der Zeitung und machte zwei Schritte auf die Stehlampe zu.

»Das stimmt alles«, sagte er und wiegte Ragnhild hin und her. »Es stimmt beinahe zuviel von deinem Profil. Wencke Benckes Metier ist das Verbrechen! Eine international anerkannte Krimiautorin. Wenn es um Serienmorde geht, ist sie den meisten überlegen. Eigen und übellaunig, wenn man den Portraits glauben soll, die die Zeitungen da zusammengeschustert haben, auch wenn sie nicht mit der norwegischen Presse reden mag. Oder das erst jetzt wieder macht. Etwas muß sich geändert haben. Sie war lange eine Eigenbrötlerin. Genau wie du gesagt hast. So, wie dein Profil das beschrieben hat.«

Ragnhild plinkerte mit den Augen. Er strich ihr über die Stirn und sagte: »Sieh dir ihre Nadel an!«

Das Bild in *Dagbladet* war nicht besonders gut. Wencke Bencke wollte gerade etwas sagen; ihr Mund stand offen, und die Augen unter ihrer gefährlich auf der kleinen Stupsnase balancierenden

Brille sahen kugelrund aus. Die Nadel am linken Revers der Kriminalschriftstellerin war deutlich zu sehen.

»Sie hat gewußt, wer ich bin«, sagte er ins Leere. »Sie hat sich nur für mich interessiert.«

»Es ist schlimmer, als du denkst«, sagte Inger Johanne.

»Schlimmer ...«

»Ja.«

»Wie meinst du das?«

Ohne zu antworten ging sie ins Schlafzimmer. Er hörte, wie sie die Schubladen der großen Kommode durchwühlte. Eine Schranktür fiel zu. Ihre Schritte gingen weiter, zur Abstellkammer, wie er annahm.

»Sieh dir das an.«

Sie hatte das Gesuchte gefunden. Sie nahm ihm Ragnhild ab und legte sie auf den Rücken unter ein Baby-Mobile, das auf dem Boden stand. Das Kind gurgelte und streckte die Hände nach den bunten Figuren aus. Inger Johanne reichte Yngvar das Ringbuch, das sie gefunden hatte. Es war weiß, und auf dem Umschlag prangte ein großes rundes Zeichen.

»Der FBI-Logo«, sagte er und runzelte die Stirn. »Das kenne ich doch. Ich habe so eine Plakette im Büro. Darum geht es mir ja, deshalb habe ich ...«

Er zeigte auf das Bild in der Zeitung.

»Ja«, sagte sie. »Aber es ist eben schlimmer, als du glaubst.«

Sie setzte sich neben ihn auf die Sofakante.

»Die Amerikaner lieben ihre Symbole«, sagte sie und schob mit dem Zeigefinger ihre Brille zurecht. »Die Flagge, die *Pledge of Allegiance.* Ihre Denkmäler. Nichts ist zufällig. Dieses Blaue ...«

Sie zeigte auf den dunklen Grund des Emblems.

»... symbolisiert, zusammen mit der Waage oben auf dem Schild in der Mitte, die Gerechtigkeit. Der Kreis enthält dreizehn Sterne und steht für die dreizehn Gründerstaaten der USA. Die roten und weißen Streifen hier stammen von der Flagge. Rot steht für Mut und Stärke. Weiß für Reinheit, Licht, Wahrheit und Frieden.«

»Sie halten Mut und Stärke offenbar für wichtiger als Wahrheit und Frieden«, sage Yngvar. »Da es mehr rote Streifen als weiße sind, meine ich.«

Inger Johanne war zu keinem Lächeln in der Lage.

»So ist es auch im *Starspangled Banner*«, sagte sie. »Ein roter Streifen mehr als weiße. Die zackige Kante um das Emblem symbolisiert die großen Herausforderungen, denen das FBI sich gegenübersieht, und die Stärke der Organisation.«

Ragnhild strampelte und zappelte. Die Holzfiguren schlugen gegeneinander.

Yngvar kratzte sich am Hals und murmelte:

»Beeindruckend. Aber ich verstehe nicht so ganz, worauf du hinauswillst.«

»Siehst du diese beiden Zweige?«

Sie ließ ihren Nagel an den Ranken entlangwandern, die den innersten, rotweißen Schild füllten.

»Lorbeer«, sagte sie. »Mit einem Vergrößerungsglas könntest du genau sechsundvierzig Blätter zählen. So viele, wie es 1908, als das FBI gegründet wurde, in den USA an Staaten gab.«

»Ich bin noch immer beeindruckt«, sagte Yngvar. »Aber ... «

»Dann sieh dir das hier an.«

Sie hielt das Zeitungsfoto von Wencke Bencke ins Licht.

»Ihre Nadel. Lorbeerumkränzt. Siehst du das?«

»Das ist kein Lorbeer.«

Er kniff die Augen zusammen.

»Nein«, sagte sie.

»Das sind ... Federn?«

»Ja.«

»Federn anstelle von Lorbeer? Warum?«

»Das sind Adlerfedern«, sagte sie.

»Adlerfedern ... «

»Wer verwendet Adlerfedern?«

»Indianer.«

»Häuptlinge.«

»Häuptlinge«, wiederholte er zaghaft und verständnislos.

Inger Johanne ging durch den Raum. Vorsichtig hob sie Ragnhild hoch und legte sie sich an die Schulter. Sie nahm Seifenduft und Kackegestank wahr. Ein brauner Fleck breitete sich auf dem Hosenboden der Kleinen aus. Sie drückte das Kind an sich.

»*The chief*«, sagte sie. »Warren Scifford. Eine Clique von Studierenden hat damals diese Nadel anfertigen lassen. In hundert Exemplaren. Die Hölle war los, als das herauskam. Man juxt nicht mit dem Wappen des FBI herum. Danach wurden diese Nadeln ziemlich wertvoll. Man trug sie auf der Innenseite des Revers. Als eine Art Mitgliedsausweis, als Zeichen dafür, daß man dazugehörte. Zu Warrens Jüngern. Er... er fand das natürlich wunderbar. Wollte nichts davon wissen, aber... fand es wunderbar.«

»Und das bedeutet also, daß...«

»Das bedeutet, daß Wencke Bencke Warren aus irgendeinem Grund kennt. Entweder ist sie ihm begegnet, sie hat ihn gehört oder sie hat mit jemandem gesprochen, der ihn kennt.«

»Was nun wieder bedeutet...«

»Daß sie von uns gesehen werden will«, sagte Inger Johanne.

»Wie bitte?«

»Sie lädt uns ein. Fordert uns heraus. Tritt nach zwölf Jahren des Schweigens im Fernehen auf. Läßt sich fotografieren. Redet. Sie bringt ihren Nachbarn um und verständigt die Polizei. Sie will sich nicht verstecken. Sie hat sich viele Jahre lang versteckt und fand es unerträglich. Sie will ins Scheinwerferlicht hinein, nicht daraus heraus. Und sie trägt dieses Zeichen, in der Hoffnung, gesehen zu werden. Von uns. In der Hoffnung, daß wir begreifen. Sie spielt mit uns.«

»Mit uns? Mit uns beiden?«

Inger Johanne gab keine Antwort. Sie schnitt angesichts des immer stärker werdenden Gestanks eine Grimasse und ging ins Badezimmer. Er kam hinterher.

»Wie meinst du das?« fragte er leise.

Noch immer wollte sie keine Antwort geben. Sie ließ das Wasser laufen und bückte sich nach einem Waschlappen, wobei sie Ragnhild, die auf dem Wickeltisch lag, mit einer Hand festhielt. Die Kacke war grün und flüssig, und Yngvar hielt sich die Nase zu.

»Ist nicht ein Buch verschwunden?« fragte Inger Johanne.

»Ein Buch?«

»Nicht die Nase zuhalten, Yngvar. Das hier ist schließlich dein Kind.«

Sie ließ Wasser über Ragnhilds Po laufen und fügte hinzu:

»Bei Trond Arnesen. Er vermißte ein Buch. Und eine Uhr. Die Uhr hat sich gefunden. Aber ist das Buch wieder aufgetaucht? Gib mir die Salbe.«

Er wühlte in einem Korb neben dem Waschbecken herum.

»Da war etwas mit einem Buch«, sagte er langsam und hielt inne; in der einen Hand hielt er eine Tube Zinksalbe und in der anderen eine saubere Windel. »Das stimmt. Ich habe mich eine Zeitlang für diese Uhr interessiert. Das Buch habe ich vergessen. Vollkommen. Vor allem, als Trond diese verdammte Uhr wiedergefunden hat. Das Buch kam mir total bedeutungslos vor. Es war ein Kriminalroman, glaube ich, Trond behauptete, es habe auf seinem Nachttisch gelegen, aber ...«

»Wencke Bencke«, sagte sie. »Benckes letzter Roman.«

Ihre Hände waren ungewöhnlich schnell, fast abrupt, als sie die Windel unter das Kind schob und befestigte.

»Das war ihr erster Mord«, sagte sie ebenso schnell. »Sie war vorsichtig. Vibeke Heinerback lebte in einem abseits gelegenen Haus und war an diesem Abend allein. Was alle, die sich ihre Homepage ansahen, wissen mußten. Ein risikofreier Mord. Wencke Bencke weiß, was sie tut. Dann nahm sie das Buch. Das war ein Zeichen, Yngvar, aber niemand hat es entdeckt. Niemand begriff, was es bedeutete. Und beim nächsten Mal ...«

Das Unterhemd des Babys war widerspenstig. Inger Johanne bekam den rechten Arm nicht in den Ärmel, und Ragnhild fing an zu schreien.

»Laß mich«, murmelte Yngvar und übernahm diese Aufgabe.

Inger Johanne setzte sich auf den Klodeckel, stützte die Ellbogen auf die Knie und das Gesicht in die Hände.

»Beim nächsten Mal ist sie weiter gegangen. Dichter heran.«

Inger Johanne schien sich vor ihren eigenen Schlußfolgerungen zu fürchten. Ihre Stimme war leise, und sie sprach jetzt langsamer. Sie richtete sich auf und biß sich in den Daumen. Yngvar zog Ragnhild einen sauberen Schlafanzug an, und Ragnhild blubberte zufrieden, als er sie bäuchlings über seinen Unterarm legte und sie an sich drückte.

»Beim zweiten Mal«, sagte Inger Johanne, die keine Anstalten machte aufzustehen. »Beim zweiten Mal hat sie sich Vegard Krogh ausgesucht. Den sie verachtete. Auf den sie vermutlich stocksauer war. Er hatte sie seit Jahren verspottet. Hatte alles lächerlich gemacht, wofür sie stand. Wencke Bencke wußte, daß Vegard Kroghs ...«

Sie schlug sich die Hand vor die Stirn.

»... närrischer Feldzug«, stöhnte sie, »einen kleinen Hinweis in ihre Richtung geben würde. Keinen übermäßig deutlichen. Das definitiv nicht. Er hatte viele Feinde. Aber trotzdem ...«

Endlich erhob sie sich. Ein flüchtiges Lächeln huschte über ihr Gesicht, als sie Ragnhilds Kopf küßte.

»Dann ist sie bis zum Ende gegangen. Hat ihren Nachbarn umgebracht, hat die Polizei angerufen. Hat sich auf diese Weise in die Ermittlungen einbeziehen lassen. Sie geriet ins Scheinwerferlicht, Yngvar. Sie steht jetzt mitten im Strahlenglanz. Mitten im Flutlicht, und das genießt sie. Sie dreht uns eine lange Nase und weiß, daß sie gewonnen hat.«

»Gewonnen? Sie hat noch nicht gewonnen. Nun wissen wir doch, was ...«

Sie legte sich den Zeigefinger an die Lippen und sagte »schhh«. Dann strich sie vorsichtig mit der Hand über Ragnhilds Nacken.

»Sie schläft«, flüsterte sie. »Bitte, leg du sie ins Bett.«

Sie ging ins Wohnzimmer. Aus dem Schrank in der Ecke nahm sie eine Flasche Wein. Öffnete sie. Nahm sich das schönste Glas, das sie besaßen, ein Kristallglas aus dem Sommerhaus ihrer Großeltern. Vor vielen Jahren hatte sie vier davon gehabt; große Gläser mit feiner Ziselierung und dünnem Blattgold am Rand. Drei waren zerbrochen. Dieses eine wurde nie benutzt. Vielleicht einmal im Monat nahm sie es hervor. Wischte den Staub ab, schaute sich im Licht der Deckenlampe das Muster an. Es erinnerte sie an lange Sommer und Baden im Meer, an den Großvater auf der Terrasse, mit süßem Weißwein im Glas, einer vor Sonne und Glück roten Nase, mit Kuchenkrümeln im Bart. Er ließ sie immer kosten. Mit einer Grimasse feuchtete sie ihre Zunge an und spuckte dann wieder aus. Dann lachte er, jedesmal, und gab ihr Limonade, obwohl es mitten in der Woche war.

Sie goß ein und ließ den Wein im Glas kreisen.

»Wieso meinst du, daß sie gewonnen hat?« fragte Yngvar.

»Schläft sie?«

Er nickte und stutzte, als er sah, welches Glas sie sich ausgesucht hatte. Er holte sich ein anderes aus der Küche und schenkte ein.

»Wie meinst du das«, fragte er noch einmal. »Jetzt sind wir sicher, daß sie es war. Wir wissen, in welche Richtung es geht. Auf irgendeine Weise ...«

»Das schaffst du nicht«, sagte sie und trank.

»Wie meinst du das?«

Sein Glas stand unberührt auf dem Küchentisch. Inger Johanne drehte sich zum Fenster um. Der Garten sah trist aus, mit einzelnen Schneeflecken auf dem gelben, triefnassen Rasen. Die Straßenlaternen im Hauges vei hatten endlich neue Birnen bekommen. Ein Mann in einer gelben Regenjacke führte seinen Hund gassi. Der Hund war nicht angeleint und lief schnuppernd von einer Straßenseite auf die andere. Bei Inger Johannes altem Golf blieb er stehen und hob ein Hinterbein. So stand er lange da, danach folgte er schwanzwedelnd seinem Herrchen.

»Sie war in Frankreich«, sagte sie. »Als Vibeke Heinerback ermordet wurde. Und als Vegard Krogh in dem Wäldchen in Asker überfallen wurde. Das hast du offenbar vergessen.«

»Natürlich nicht«, sagte er leicht gereizt. »Aber du und ich wissen, daß sie nicht in Frankreich gewesen sein *kann*. Falls sie keinen Helfer hatte, irgendwen ...«

»Wencke Bencke hatte keinen Helfer. Sie agiert allein. Sie tötet, um sich lebendig zu fühlen, um Stärke zu zeigen. Um zu ... wachsen. Um zu beweisen, wie tüchtig ... wie unübertroffen sie ist.«

»Jetzt mußt du dich entscheiden«, sagte er. »Wenn sie in Frankreich war, kann sie sie nicht umgebracht haben. Was meinst du nun eigentlich?«

»Sie war natürlich nicht da. Nicht die ganze Zeit. Auf irgendeine Weise ist sie hin und her gereist. Wir können darüber spekulieren, wie sie das geschafft hat. Durch Theorien und Rekonstruktionen. Das einzige, was feststeht, ist, daß wir es nie herausfinden werden.«

»Ich verstehe nicht, wie du so was sagen kannst«, sagte er und legte den Arm um sie. »Wieso bist du dermaßen überzeugt? Wie kannst du ...«

»Yngvar«, fiel sie ihm ins Wort und schaute ihm ins Gesicht.

Seine Augen waren so klar. Seine Augenbrauen fingen an, sich auf seiner Stirn zu optimistischen Altmännerhörnern zu biegen. Seine Haut war rein und glatt. Der breite Mund stand halb offen, sie spürte seinen Atem an ihrem; Wein und einen Hauch von Knoblauch. Sie legte den Zeigefinger auf die tiefe Kerbe in seinem Kinn.

»Das habe ich noch nie gesagt«, flüsterte sie. »Und ich hoffe, daß ich es nie wieder sagen muß. Ich bin *Profilerin.* Warren hat immer gesagt, ich sei die geborene *Profilerin.* Ich sei etwas, dem ich niemals entkommen könne.«

Sie lachte leise und fuhr mit dem Finger über seine Lippen.

»In all diesen Jahren habe ich versucht, das zu vergessen, Weißt du noch, wie widerwillig ich war, vor vier Jahren im Frühling? Als diese Kinder entführt wurden und du wolltest ...«

Sie flüsterte nicht mehr. Vorsichtig biß er ihr in die Fingerspitze.

»Ich habe damals an meinen Forschungen gearbeitet. Habe mich hineinvertieft. Ich hatte genug zu tun, mit Kristiane und ... Dann kamst du. Unser Leben hier, und Ragnhild. Mehr will ich nicht. Was glaubst du, warum ich trotzdem hier gesessen habe, Nacht für Nacht, und einen Mordfall bearbeitet habe, der mich strenggenommen gar nichts angeht?«

»Weil du mußt«, sagte er, ohne ihren Blick loszulassen.

»Weil ich muß«, nickte sie. »Und das hier sage ich dir, weil ich es muß: Wencke Bencke hat gewonnen. In all diesen Wochen habt ihr nicht eine einzige Spur gefunden, die auf sie hinweist. Nichts. Sie will nicht entlarvt werden. Sie will gesehen werden, aber nicht überführt.«

»Ich muß es trotzdem versuchen«, sagte Yngvar, es hörte sich an wie eine Frage, als bitte er um ihren Segen.

»Du mußt es trotzdem versuchen«, nickte sie. »Und die einzige Chance, die du hast, ist, sie mit den Tatorten in Verbindung zu bringen. Zu beweisen, daß sie nicht in Frankreich war.«

Das schaffst du nicht, dachte sie noch einmal, aber sie sagte es nicht. Statt dessen leerte sie ihr Weinglas und sagte:

»Die Kinder können nicht hier bleiben. Wencke Bencke hat noch einen Fall offen. Wir müssen die Kinder wegbringen.«

Dann ging sie ihre Mutter anrufen, obwohl es schon fast Mitternacht war.

»Du meinst also«, sagte der Chef der Kripo und kratzte sich mit dem kleinen Finger im Ohr, »daß wir die gesamte Ermittlung umkrempeln sollen, nur wegen eines verschwundenen Kriminalromans und eines Knopfs? Eines *Knopfs?*«

»Einer Brosche«, korrigierte Yngvar. »Oder einer… Anstecknadel.«

Der oberste Kripochef war stark übergewichtig. Sein Bauch hing wie ein Mehlsack über dem strammen Gürtel. Er hatte geschwiegen, als Lars Kirkeland und Yngvar Stubø gesprochen hatten. Sogar, als die wenigen anderen Anwesenden mehr als eine halbe Stunde darüber diskutierten, hatte der Chef den Mund gehalten. Nur seine kleinen Wurstfinger hatten ihn verraten, sie trommelten ungeduldig auf der Tischplatte herum, wenn jemand länger als zwanzig Sekunden sprach.

Jetzt wogte sein Doppelkinn vor Empörung. Mit großer Mühe kam er auf die Beine. Ging zum Flipchart, auf dem der Name Wencke Bencke mit roter Schrift unter einer Zeitleiste mit drei Datumsangaben stand. Er blieb stehen und schnaufte mehrere Male. Yngvar wußte nicht so recht, ob aus Verachtung oder weil er Atemprobleme hatte. Mit der rechten Hand strich er die sorgsam auf seinem Kopf verteilten Haare glatt, dann riß er den Bogen vom Block und knüllte ihn gründlich zusammen.

»Laß es mich mal so sagen«, sagte er und bohrte den Blick seiner kleinen scharfen Augen in Yngvar. »Du bist einer meiner meistgeschätzten Mitarbeiter. Deshalb habe ich jetzt über eine Stunde hier gesessen und mir diesen …«

Er zwirbelte sich den Schnurrbart, der sich munter über seinen Mundwinkeln krümmte und ihn normalerweise wie einen dicken und lieben Onkel aussehen ließ.

»… Unfug angehört«, fügte er hinzu. »Mit Verlaub.«

Niemand sagte etwas. Yngvar ließ seinen Blick durch die Runde wandern. Sechs der erfahrensten Ermittler Norwegens saßen mit niedergeschlagenen Augen um den Tisch. Spielten an einer Tasse herum. Machten sich an einer Brille zu schaffen. Lars Kirkeland rechnete, er schien zutiefst konzentriert zu sein. Nur Sigmund Berli schaute auf. Er war rot und hektisch und schien aufspringen zu wollen. Dann aber hob er nur die Hand, als wollte er formell ums Wort bitten.

»Wäre es nicht einen Versuch wert? Ich meine, in allen anderen Richtungen kommen wir doch auch nicht weiter. Wenn ihr mich fragt, dann ist das …«

»Dich fragt aber keiner«, sagte der Chef. »Was in diesem Fall zu sagen ist, ist schon gesagt worden. Lars hat sehr gründlich über die bisherigen Ermittlungen referiert. Alle hier wissen, daß es bei polizeilicher Arbeit kein … Hokuspokus gibt. Gründlichkeit, Leute. Geduld. Niemand weiß besser als wir, daß harte Arbeit und systematische Bewertung aller Fundstücke der einzig gangbare Weg sind. Wir sind eine moderne Organisation. Aber nicht so modern, daß wir Wochen von intensiver, guter polizeilicher Ermittlung über den Haufen werfen, bloß weil irgendein hergelaufenes Frauenzimmer fühlt und denkt und glaubt, vielleicht etwas zu meinen.«

»Du redest hier von meiner Frau«, sagte Yngvar ruhig. »Ich lasse mit die Bezeichnung hergelaufenes Frauenzimmer nicht gefallen.«

»Inger Johanne ist ein hergelaufenes Frauenzimmer«, erwiderte der Chef ebenso ruhig. »In diesem Zusammenhang ist sie das. Es tut mir leid, wenn du meine Wortwahl anstößig findest. Ich habe den allergrößten Respekt vor deiner Frau, und ich weiß nur zu gut, wie nützlich sie vor einigen Jahren bei diesen Entführungsfällen war. Deshalb war ich doch auch …«

Wieder fuhr er sich mit der Hand über den Schädel. Die dünnen Haarsträhnen schienen auf seine Kopfhaut aufgemalt zu sein.

»... so nachsichtig«, sagte er. »Was deinen ein wenig ... achtlosen Umgang mit offiziellen Unterlagen angeht. Aber der Fall sieht doch jetzt ganz anders aus.«

»Anders«, sagte Sigmund wütend. »Wir wissen doch nichts! Nicht einen verdammten Scheiß! Alles, was Lars hier vorgelegt hat, ist eine endlose Reihe technischer Funde, die uns nicht weiterbringen, und taktischer Überlegungen, bei denen es im Grunde nur um eins geht: Daß wir total auf dem Schlauch stehen. Verdammt, wir ...«

Er riß sich zusammen.

»Tut mir leid«, sagte er kleinlaut. »Aber hör doch mal ..«

Der Chef hob die Hand.

»Nein«, sagte er. »Das letzte, was wir jetzt brauchen, ist noch mehr Kritik in den Medien. Wenn wir uns über diese Wencke Bencke hermachen ...«

Er schaute zum Mülleimer hinüber, als liege dort die Kriminalschriftstellerin, zusammen mit ihrem in Rot geschriebenen Namen.

»Wenn wir auch nur einen Blick in ihre Richtung werfen, bricht die Hölle los. Sie wird im Moment doch mächtig populär, wenn ich das richtig verstanden habe. Gestern habe ich sie zweimal im Fernsehen gesehen, und offenbar wird sie heute abend in einer Talkshow als wichtigster Gast erscheinen.«

Er saugte an seinen Zähnen. Dieses Geräusch ging den anderen auf die Nerven. Dann schnalzte er erleichtert mit der Zunge und zwirbelte seinen Schnurrbart zwischen Daumen und Zeigefinger.

»Und sollte doch allen Annahmen zum Trotz an deiner Hypothese etwas dran sein«, fügte er hinzu und sah Yngvar an, »an dieser absurden, vagen Theorie über alte Vorlesungen und Langeweile, dann wäre die Dame eine harte Nuß zum Knacken.«

»Ergo ist es besser, das gar nicht erst zu versuchen«, sagte Yngvar und schaute ihm in die Augen.

»Erspar mir deinen Sarkasmus.«

»Aber du möchtest lieber drei ungeklärte Morde als Ärger in den Medien«, sagte Yngvar und zuckte mit den Schultern. »Na, von mir aus.«

Der Kripochef fuhr sich über seinen Schmerbauch. Schob den Daumen unter seinen engen Gürtel. Saugte wieder an seinen Zähnen. Zog an der Hose, die sofort zurück unter den Wanst schnellte.

»Na gut«, sagte er endlich. »Ich gebe dir zwei Wochen. Drei. In diesen drei Wochen hast du keine andere Aufgabe, als ein genaues Bild von Wencke Benckes Bewegungen in der Zeit um diese Morde zu erstellen. Das ist alles. Hörst du?«

Yngvar nickte.

»Keine anderen Bocksprünge. Kein Herumwühlen in anderen Teilen ihres Lebens. Ich will keinen Ärger, okay? Stell fest, ob ihr Alibi nicht vielleicht doch Risse zeigt. Mein Tip ist: Fang mit dem letzten Mord an. Mit Håvard Stefansen. Als er ermordet wurde, war sie ja immerhin in der Nähe.«

Wieder nickte Yngvar.

»Wenn ich auch nur ein Wort darüber höre, daß gegen die Frau ermittelt wird ...«

Sein Gesicht war jetzt tiefrot, auf der Stirn brach ihm der Schweiß aus.

»... von anderen als denen, die hier sitzen und gefälligst ...«

Die fette Patschhand knallte auf die Tischplatte.

»*... allen anderen gegenüber die Fresse halten werden ...*«

Er holte Atem, tief, und ließ ihn langsam durch die zusammengebissenen Zähne entweichen.

»... dann werde ich sauer«, fügte er endlich hinzu. »Und ihr wißt, was das bedeutet.«

Alle nickten, wie eine eifrige Grundschulklasse.

»Du«, sagte der Chef und zeigte auf Sigmund. »Wenn du auf Leben und Tod als Yngvars Knappe fungieren willst, dann von mir aus. Drei Wochen. Nicht einen Tag mehr. Und ansonsten laufen die Ermittlungen wie bisher, Lars. Die Besprechung ist beendet.«

Stühle scharrten über den Boden. Jemand öffnete ein Fenster.

Irgendwer lachte. Sigmund lächelte glücklich und teilte durch Gesten mit, daß er jetzt zum Telefonieren in sein Büro gehen wollte.

»Yngvar«, sagte der Chef und hielt ihn zurück, während der Raum sich leerte.

»Ja?«

»Diese letzte Sache gefällt mir nicht«, sagte der Chef leise.

»Håvard Stefansen?«

»Nein. Der letzte Fall in dieser alten Vorlesung. Der, der noch aussteht. Der Brand. Das brennende Haus des Polizisten.«

Yngvar gab keine Antwort. Er kniff nur die Augen zusammen und schaute abwesend aus dem Fenster.

»Ich habe die Kollegen von der Streife gebeten, einige Extrarunden zu drehen«, sagte der Chef jetzt. »Nachts. Im Hauges vei.«

»Danke«, sagte Yngvar und streckte die Hand aus. »Vielen Dank. Wir haben die Kinder weggebracht.«

»Gut«, murmelte der Chef und wollte gehen.

Für einen zögernden Moment blieb er dann aber doch stehen und hielt Yngvars Hand in seiner.

»Aber nicht etwa, weil ich auch nur ein einziges Wort von eurem Profil glauben würde«, sagte er. »Nur als Sicherheitsmaßnahme, okay?«

»Okay«, sagte Yngvar sehr ernst.

»Außerdem«, sagte der Chef und schnappte sich die Zigarrenhülse aus Yngvars Brusttasche. »Die nehm ich. Kannst du nicht damit aufhören, im Büro zu rauchen? Ich kriege so verdammt viel Ärger mit dem Betriebsschutz.«

»Okay«, sagte Yngvar noch einmal, und jetzt lächelte er breit.

Er hatte sich alles viel glamouröser vorgestellt. Vielleicht nicht ganz wie in Hollywood, wo die Namen der Stars an den Garderobentüren glitzerten, aber doch mit einer Art strahlender Aura. Aber der fahle Raum am Ende einer langen Treppe, mit lauwarmem Kaffee in einer Druckthermoskanne und Teebeuteln in Pappbechern, hatte nichts Großartiges an sich. An zwei Wänden standen kantige Sofas, auf denen fünf Menschen saßen und auf irgend etwas warteten. Yngvar Stubø begriff nicht, welche Funktion sie hatten. Sie waren nicht berühmt, sie taten auch nichts. Sie saßen einfach nur da, in schlampiger Kleidung, und nippten an ihrem Kaffee, während sie immer wieder auf die Uhr schauten. Auf einem Monitor oben in der Ecke, gleich unter der Decke, konnte er das Studio sehen. Leute mit Kopfhörern schlenderten hin und her und schienen alle Zeit der Welt zu haben.

»Hallo«, murmelte er den beiden uniformierten Polizisten zu, die an der Treppe standen und fehl am Platze aussahen, der eine versteckte hinter seinem Rücken einen Keks und hörte auf zu kauen, als Yngvar kam.

Da man im Sendegebäude die Sicherheitsvorkehrungen verschärft hatte, war es einfach gewesen, sich Zugang zum Studio zu verschaffen. Er hatte nur einem Knaben an der Rezeption seinen Dienstausweis zu zeigen brauchen, um in die richtige Richtung geleitet zu werden. Er nickte und lächelte, aber darauf schien niemand zu achten. Einige plauderten, andere liefen in dem überfüllten Raum hin und her. Ein Stuhl mit Blick auf den Monitor war frei. Yngvar setzte sich und griff nach einer Zeitung, um nicht vollständig hilflos zu wirken.

»Yngvar Stubø«, sagte eine Stimme; jemand berührte seine Schulter.

Er sprang auf. Drehte sich zu der Stimme um.

»Wencke Bencke«, sagte er.

»Ich habe langsam das Gefühl, daß du mich verfolgst«, sagte sie lächelnd.

»Durchaus nicht. Das sind nur diese verschärften Sicherheitsvorkehrungen.«

Er hob die Hand in Richtung der beiden Uniformierten.

»Das kann man wirklich als solide Sicherheitstaktik bezeichnen«, sagte sie und rückte ihre Brille gerade. »Einen erfahrenen und verdienstvollen Ermittler bei den Aufnahmen zu einer Unterhaltungssendung als Bodyguard einzusetzen, das ist wirklich beeindruckend. Aber vielleicht doch nicht ein ganz vernünftiger Einsatz eurer Mittel?«

Noch immer lächelte sie. Ihre Stimme war freundlich, beinahe munter und neckend. Hinter der Brille sah er aber dennoch ein Funkeln, das ihn veranlaßte, die Schultern zu straffen.

»Wir müssen das nehmen, was wir haben, wissen Sie.«

Er schwitzte und zog den Mantel aus.

»In diesen Zeiten«, fügte er hinzu.

Er warf seinen Mantel auf den Stuhl, von dem er eben aufgestanden war.

»In diesen Zeiten«, echote sie. »Und was sind das für Zeiten?«

»Ein Mörder läuft frei herum«, sagte er.

»Oder mehrere«, sie lächelte. »Wenn ich das richtig verstanden habe, dann wißt ihr ja nicht einmal mit Sicherheit, ob es hier immer um denselben Mann geht.«

»Ich bin sicher«, sagte er. »Ein Täter. Oder eine Täterin. Um nicht geschlechtsspezifisch zu sein. In diesen Zeiten.«

Die Lachgrübchen teilten ihre Wangen von den Augen bis zum Kinn.

»Sicher ist sicher«, nickte sie.

Sie wollte nicht gehen. Der Moderator kam die Treppe hoch, grüßte nach allen Seiten, ließ sich von einer zierlichen Frau die Nase noch einmal pudern und verschwand im Studio. Wencke Bencke rührte sich nicht. Ihr Blick hing an Yngvars fest.

»Interessante Brosche, die Sie da haben«, sagte er langsam.

»Die?«

Sie klopfte sich auf die Brust, noch immer, ohne den Blick zu senken.

»Hab sie in einem Trödelladen in New York gekauft.«

»Sie hat eine ganz besondere Geschichte«, sagte er.

»Ja«, sie nickte. »Deshalb habe ich sie gekauft.«

»Dann wissen Sie also ... warum der Lorbeer ersetzt wurde durch ...«

»Adlerfedern? *The chief,* natürlich.«

Ihr Lachen war weich und dunkel. Das Stimmengewirr im Raum war jetzt gedämpft, das Gespräch schien noch andere als die beiden Betroffenen zu interessieren.

»*The chief*«, wiederholte Yngvar. »Kennen Sie ihn?«

»Warren Scifford? Nein. Das wäre eine gewaltige Übertreibung. Ich weiß natürlich sehr gut, wer er ist. Habe vermutlich alles gelesen, was er geschrieben hat. Einmal hatte ich das Vergnügen, ihm zu begegnen. Im St. Olaf's College. In Minnesota. Da habe ich mir eine Vorlesungsreihe angehört. Er würde sich bestimmt nicht an mich erinnern. Aber es ist unmöglich, Warren Scifford zu vergessen.«

Endlich schaute sie auf ihr Revers hinunter. Strich mit einem gedrungenen Zeigefinger über die Nadel.

»Frag nur deine Frau«, sagte sie leichthin, ohne ihren Blick zu heben. »Warren ist ein Mann, den keine Frau je vergißt.«

Yngvar wurde es schwindlig. Sein Kopf fühlte sich leicht an; er griff sich an den Hals und versuchte zu schlucken.

»Aber … kennen?«

Sie schaute an die Decke und schien dieses Wort auszukosten.

»Nein.«

Dann beugte sie sich zu ihm vor. Ihr Gesicht war nur eine Handbreit von seinem entfernt.

»Was machst du hier, Stubø? Eigentlich, meine ich?«

Es war unangenehm still. Nur das Geplapper der Kosmetikerinnen aus dem Nebenzimmer füllte den Raum wie ein leises Summen. Ihre Augen waren jetzt dunkler, sie waren fast schwarz hinter den klaren Brillengläsern. Sie hatte über der Iris einen Fleck, das sah er jetzt, ein weißes Feld, das sich über das linke Auge ausbreitete, er konnte nichts anderes sehen als den gelbweißen Defekt in Wencke Benckes starrendem Auge.

»Wir sollten jetzt hinüber gehen«, flüsterte eine Frau mit großen Kopfhörern und einem Zeitplan unter dem Arm. »Es geht gleich los.«

Wencke Bencke richtete sich auf. Strich sich den Pony aus der Stirn, er fiel zurück.

»Kommen Sie?« fragte die Inspizientin und zupfte sie am Ärmel.

»Auf St. Olaf's sind viele Norweger«, sagte Wencke Bencke, ohne sich in Bewegung zu setzen. »Und Nachkommen von Norwegern. Vielleicht liegt es daran …«

»Verzeihung, aber wir müssen jetzt ...«

Die Frau legte ihr die Hand auf den Arm. Wencke Bencke machte drei ruhige Schritte rückwärts.

»Vielleicht beendet Warren seine Vorlesungen deshalb immer mit der Bemerkung ...«

»Kommen Sie«, sagte die Frau mit den Kopfhörern, die jetzt sichtlich gereizt war.

»... daß Inger Johanne Vik die beste *Profilerin* ist, die er je kennengelernt hat. Aber vielleicht stimmt es ja auch ganz einfach.«

Dann verschwand sie im Studio. Die schwere Stahltür schloß sich langsam hinter ihr.

»Ist alles in Ordnung?« fragte der jüngere Polizist. Er schien besorgt und bot ihm ein Glas Wasser an.

Aber der Hauptkommissar starrte auf den Monitor. Das Intro der Sendung erschien, ein Hase und eine Schildkröte tanzten durch ein psychedelisches Labyrinth und zwangen Yngvar dazu, sich auf die Stuhllehne zu stütztzen. Der Moderator erschien zum ohrenbetäubenden Applaus eines genau instruierten Publikums.

Wencke Bencke setzte sich.

Ihr Kostüm war dunkelrot.

Der Moderator lachte über etwas, das sie gesagt hatte. Yngvar hörte nicht zu. Er starrte eine kleine Anstecknadel an, die auf dem Monitor kaum zu erkennen war. Nur ab und zu funkelte das Metall im Studiolicht auf, wenn die Autorin sich bewegte; wenn sie sich vorbeugte, so wie der Moderator es tat. Sie waren vertraulich vor einer Million Zuschauer, undYngvar hörte nichts, ehe der blonde Mann dann fragte:

»Was haben Sie da unten gemacht? An der Riviera mitten im Winter, meine ich.«

»Ich habe geschrieben«, sagte sie. »Ich arbeite an einem Roman über eine Kriminalschriftstellerin, die anfängt zu morden, weil sie sich langweilt.«

Alle lachten. Sie lachten im Studio; es war zu spüren wie ein Zittern, ein Dröhnen im Boden. Alle in dem kleinen Raum, in dem Yngvar stand, stimmten ein, sie lachten laut und lange, am herzlichsten und längsten lachte der Moderator.

»Denn Sie können sagen, was Sie wollen«, sage Wencke Bencke, als es endlich wieder still wurde, sanft und mütterlich legte sie dem Mann die Hand auf den Oberschenkel. »Wenn jemand alles über das Töten weiß, dann sind wir das. Und nicht zuletzt wissen wir ...«

Sie lächelte breit und fügte hinzu:

»... wie man ungeschoren davonkommt.«

»Verflixt, Yngvar. Das ist ja vielleicht eine Geschichte.«

In einem Haus im Sagvei, gleich hinter den alten Spinnereien am Akerselv, brannte ein munteres Feuer in einem gemauerten Kamin. Es war spätnachts, Yngvar saß zurückgelehnt in einem Ohrensessel. Wenn er die Augen schloß, hörte er den Wasserfall bei den alten Mühlen, wo der Fluß frühlingsschwer dem Fjord entgegenströmte, der einige Kilometer weiter südlich begann. Die Dunkelheit hinter den Fenstern war gesättigt von Regen. Im Haus war es warm, er wäre fast eingenickt.

Yngvar hatte die Geschichte erzählt, die nicht erzählt werden durfte.

»Ja«, sagte er. »Das ist sie wirklich.«

Der andere erhob sich und holte zwei Gläser aus der Küche. Yngvar hörte das Klirren von Eiswürfeln.

»Hier«, sagte Bjørn Busk und reichte ihm einen soliden Whisky, ehe er ein Holzscheit in den Kamin legte und sich in den anderen Sessel setzte. »Ist Inger Johanne allein zu Hause?«

»Nein. Sie übernachtet heute bei ihren Eltern. Aber nur heute. Sie hat es sich in den Kopf gesetzt, daß Wencke Bencke immer weiß, wo wir uns aufhalten. Deshalb will sie nicht unter demselben Dach schlafen wie die Kinder. Wenn überhaupt, dann hat dieses Frauenzimmer es auf uns abgesehen. Nicht auf die Kinder. Wir bleiben zu Hause, Kristiane ist erst einmal bei Isak untergebracht. Inger Johannes Mutter kümmert sich um Ragnhild. Nachts, meine ich. Die Götter mögen wissen, wie lange wir so weitermachen können.«

Bjørn Busk legte die Füße auf einen Puff und nippte an seinem Glas.

»Du bist wirklich davon überzeugt«, sagte er nachdenklich.

»Davon, daß sie es auf uns abgesehen hat? Nein. Aber ich bin hundertprozentig sicher, daß sie Vibeke Heinerback, Vegard Krogh und Håvard Stefansen umgebracht hat. Und das habe ich wirklich noch nie ...«

Er verstummte und musterte das Spiel der goldenen Flüssigkeit.

»... gesagt«, fügte er hinzu. »Daß ich mir in der Schuldfrage sicher bin, meine ich. In einem Fall, dem es an Beweisen so ganz und gar fehlt, jedenfalls.«

»Gut, daß du das selbst sagst«, sagte Bjørn Busk lächelnd. »Wenn ich das richtig verstanden habe, dann gibt es nicht einmal einen vagen Grund zu einem echten Verdacht.«

»Weshalb ich ja zu dir gekommen bin. Mitten in der Nacht. Unangemeldet.«

»Ist schon gut. Seit Sara ausgezogen ist, da ...«

»Tut mir leid, Bjørn. Ich hätte mich melden sollen, als ich davon gehört habe. Ich hätte ...«

»Vergiß das jetzt. So ist das Leben. Wir rennen durch die Gegend. Haben es eilig. Unser eigenes Leben reicht uns, wir brauchen uns nicht auch noch mit den Problemen der anderen zu befassen. Mir geht es gut, Yngvar. Ich bin auf eine Art ... darüber hinweg. Und ich weiß es wirklich zu schätzen, daß du heute abend gekommen bist.«

Bjørn Busk lächelte und stellte sein Glas zwischen ihnen auf einen kleinen Tisch. Er war ein hochgewachsener Mann in Yngvars Alter. Sie waren schon befreundet gewesen, als sie mit kurzen Haaren und blauen Ranzen über schmalen sommerbraunen Schultern im Jahre 1962 ihr erstes Klassenzimmer betreten hatten.

»Man kann sagen«, sagte er nachdenklich, »daß unsere Strafprozeßordnung zu wenig Rücksicht auf motivlose Morde nimmt. Wenn es sonst nur wenige oder vage Spuren gibt, dann bauen wir auf dem Motiv auf. Ich habe das noch nie so betrachtet, aber ...«

Er trank, mit tief gerunzelter Stirn.

»… da die Bürger sehr weitgehend vor willkürlicher Einmischung durch die Anklagebehörden geschützt sind, indem hohe Ansprüche an den Grad des Verdachts gestellt werden, ehe eine effektive Ermittlung gebilligt werden kann …«

»Jetzt bist du ein bißchen zu juristisch, Bjørn. Der springende Punkt ist, daß wir einfach rein gar nichts tun können, wenn kein Motiv zu erkennen ist. Falls der Täter nicht mit blutigem Messer, heruntergelassener Hose oder drei Zeugen mit Kamera erwischt wird.«

»Deine Darstellung ist vielleicht ein wenig übertrieben. Aber so ungefähr hatte ich das auch gemeint.«

Sie lachten ein wenig. Verstummten.

»Du bittest mich eigentlich, etwas Ungesetzliches zu tun«, sagte Bjørn.

Yngvar öffnete den Mund, um zu protestieren.

Nicht ungesetzlich, dachte er. *Ich bitte dich nur, das Gummi ein wenig auszudehnen. Fünfe gerade sein zu lassen. Es darauf ankommen zu lassen, im Namen der Gerechtigkeit.*

»Ja«, sagte er statt dessen. »So ist das wohl.«

»Die Bedingungen für eine Auskunft über geschützte Daten sind nicht erfüllt. Ganz und gar nicht. Eigentlich kann hier überhaupt keine Datenauskunft gestattet werden, um das genauer zu sagen.«

»Ohne eine solche Erlaubnis habe ich aber keine Möglichkeit, ihr Konto zu überprüfen«, sagte Yngvar, er spürte, wie der Alkohol seine Wangen glühen ließ. »Und ohne ihr Konto zu überprüfen, habe ich nicht die geringste Chance, herauszufinden, wo sie war, als die Morde passierten.«

»Kannst du sie nicht einfach fragen?«

Bjørn schaute ihn über den Brillenrand an.

»Sie fragen … ha!«

»Ob du ihr Konto überprüfen kannst, meine ich. Nicht, wo sie gewesen ist. So, wie du sie beschreibst, würde es mich nicht wundern, wenn sie ja sagt. Deine Geschichte handelt von einer Frau, die gesehen werden will. Die sich dir in kurzen Momenten zeigen will, außerhalb deiner Reichweite, aber trotzdem … *da.* Anwesend. Wie eine Elfe im Wald. Wenn man eine gesehen hatte, kann man beschwören, daß es Elfen gibt. Aber man kann es niemals beweisen.«

Es knisterte im Kamin. Ab und zu loderten die Flammen zu blaugelben Zungen auf. Der leichte Duft von verbranntem Kienholz mischte sich unter den des rauhen Malzwhiskys; Teer und verbrannte Rinde. Bjørn nahm einen Holzkasten aus einem Regal und öffnete den Deckel.

»Nimm dir eine«, sagte er, und Yngvar merkte, daß seine Augen feucht wurden.

»Danke«, sagte er. »Tausend Dank.«

Sie machten schweigend ihre Zigarren bereit. Yngvar zündete seine mit einem groben Streichholz an und mußte ein wohliges Stöhnen unterdrücken.

»Das mußt du über Wencke Bencke wissen«, sagte er und ließ einen Rauchring zur Decke hochsteigen. »Nämlich, daß sie an alles denkt. Ich weiß nicht, ob ihre Kontoauszüge etwas hergeben. Vermutlich nicht. Allem Anschein nach hat sie das hier vorausgesehen. Sie ist intelligent und beherrscht ihr Metier. Es wäre unbegreiflich, wenn sie ihre Spuren nicht verwischt hätte, auch die elektronischen. Aber wenn das nicht der Fall war …«

Er steckte die Zigarre in den Mund. Der trockene, feine Tabak blieb an seinen Klippen kleben. Der Rauch war mild und fühlte sich an seinem Gaumen fast kühl an.

»Wenn sie entgegen aller Erwartung doch einen dermaßen zentralen Punkt übersehen haben sollte, dann gerade, weil sie ihn *nicht* übersehen hat.«

Er lachte ein wenig und musterte seine dicke, stumpfe Zigarre.

»Dann ist das ganze ein Teil des Spiels. Sie ist so sicher, so heilig überzeugt davon, daß wir niemals etwas finden werden, was uns eine rechtliche Handhabe erlaubt, daß sie sich sicher fühlt. Sie weiß, daß wir ohne ihre Zustimmung keinen Einblick nehmen können. Oder nur dann, wenn triftige Verdachtsgründe bestehen. Aber das ist nicht der Fall. Und das weiß sie.«

Bjørn schob ihm einen Aschenbecher hin.

»Ich brauche diese Genehmigung«, sagte Yngvar und streifte am

Aschenbecherrand Asche von seiner Zigarre. »Ich weiß, daß ich sehr viel von dir verlange. Aber du mußt verstehen, daß ...«

Der Wind hatte gedreht. Jetzt kam er von Westen. Der Regen war in heftigen Schneeregen übergegangen. Ein Blitz leuchtete blau über dem Garten auf. Die nackten Zweige waren für einen Moment zu sehen, scharf, mit flachen Schatten, wie auf einem mißlungenen Foto. Der Donner folgte in der nächsten Sekunde.

»Jetzt ein Gewitter«, murmelte Bjørn. »Bißchen früh, findest du nicht? Und bei dieser Kälte?«

»Du bist Richter«, sagte Yngvar und zog an seiner Zigarre. »Du arbeitest jetzt seit... seit wieviel Jahren in der Justiz?«

»Seit achtzehn. Plus zwei Jahren als Referendar. Also seit zwanzig.«

»Zwanzig Jahre. Ist dir jemals, in all diesen Jahren, das... Böse begegnet? Ich meine nicht die situationsbedingte Bosheit, den materiell bestimmten Opportunismus. Ich meine nicht Jämmerlichkeit, Charakterschwächen oder Egoismus. Ich meine das wirkliche, eigentliche Böse. Hast du das jemals gesehen?«

»Gibt es das?«

»Ja.«

Sie tranken schweigend. Der Rauch hing wie ein behaglicher, duftender Teppich unter der Zimmerdecke.

»Hast du jemanden, der den Antrag stellen kann?« fragte Bjørn.

»Wozu hat man denn junge Juristen, die leicht zu manipulieren sind?«

Sie lächelten, ohne einander anzusehen.

»Sorg dafür, daß der Antrag am Mittwoch im Gericht eintrifft«, sagte Bjørn Busk. »Nicht früher und nicht später. Dann besteht immerhin eine gewisse Chance, daß er auf meinem Tisch landet. Aber ich kann nichts versprechen.«

»Danke«, sagte Yngvar und wollte aufstehen.

»Bleib sitzen«, bat Bjørn. »Bleib noch bißchen, ja? Wir haben noch etwas im Glas, und der Kasten ist noch voll.«

Seine Finger trommelten auf dem Holzdeckel herum. Yngvar ließ sich im Sessel zurücksinken. Er legte die Beine auf den Puff zwischen ihnen.

»Wenn du darauf bestehst«, sagte er und schloß die Augen. »Wenn du es wagst, mich bei dir zu behalten.«

»Draußen gießt es in Strömen«, sagte Bjørn Busk. »Dieses Haus wird heute nacht nicht abbrennen.«

17

Darin, daß sie Angst hatten, lag eine gewisse Befriedigung.

Sie hatte ihre Angst gesehen, auch wenn sie sich nicht mehr die Mühe gab, sie immer wieder zu überprüfen. Jeden Abend gegen sieben trugen sie das kleine Kind zum Auto und fuhren die zwei Kilometer zu Inger Johannes Elternhaus. Diese komische Göre, die immer ein Feuerwehrauto, für das sie doch längst zu alt sein müßte, mit sich herumschleppte, wohnte bei ihrem Vater. Sie kam oft zu Besuch in den Hauges vei, aber wenn Wencke Bencke das richtig beobachtet hatte, dann übernachtete sie nicht dort.

Das spielte keine besondere Rolle.

Die Dinge hatten sich verändert.

Alle Dinge.

Es war jetzt Sonntag, der 21. März, und sie lief durch ihre Wohnung und räumte auf. Die letzte Zeit war hektisch gewesen. Nicht nur hatte sie hart an ihrem Manuskript gearbeitet, auch Fernsehauftritte und Interviews verlangten ihre Zeit. An den letzten Tagen war sie eigentlich nur nach Hause gekommen, um sich umzuziehen, und ihre Kleider hingen wahllos über Stühlen im Wohnzimmer und lagen auf dem Schlafzimmerboden herum.

Alte Freunde hatten sich wieder gemeldet. Nicht, daß die mit der Zeit interessanter geworden wären, aber sie hatten immerhin ihre Haltung geändert. Eigentlich hatte das keine Bedeutung. Sie zuckte mit den Schultern angesichts der vielen Leute, die jetzt wieder an ihre Tür klopften, aufgeregt über die viele Aufmerksamkeit, die Wencke Bencke zuteil wurde.

Wichtig war, daß sie endlich ernst genommen wurde. Sie war die Expertin. Nicht für Fiktionen, sondern für die Wirklichkeit. Sie war nicht mehr der Inbegriff von Kommerz und Leichtfertigkeit, das Kennzeichen einer im Verfall begriffenen Kultur. Jetzt war sie zur Gegenkraft und zur Skeptikerin geworden, zur autoritätskritischen, kenntnisreichen und verbal eleganten Diskussionspartnerin.

Sie war kaum noch wiederzuerkennen. Nicht einmal für sich selbst.

Im Badezimmer blieb sie stehen. Schaute in den Spiegel. Sie wirkte jetzt älter. Sicher weil sie abgenommen hatte. Die Falten öffneten sich jetzt nicht mehr nur als lächelnde Fächer um ihre Augenwinkel. Sie liefen auch quer über ihre Wangenknochen, als sei die Gesichtshaut ein wenig zu schwer.

Es spielte keine Rolle. Das Alter gab ihren Analysen zusätzliches Gewicht, verstärkte die vielen Kommentare, um die sie gebeten wurde und die sie gerne abgab. Es ging jetzt nicht mehr nur um die Mordserie. Ein verschwundener Mensch in Westnorwegen, eine brutale Vergewaltigung in Trondheim, ein sensationeller Bankraub in Stavanger; Wencke Bencke war die Expertin, deren Meinung alle hören wollten.

Und der Mord an Fiona Helle hatte alles ausgelöst.

Wencke Bencke öffnete die Schublade mit ihren neuen Schminkutensilien. Sie war an diese Dinge nicht gewöhnt. Vorsichtig hob sie das Bürstchen mit der Wimperntusche an ihre kurzen Wimpern.

Sie traf daneben.

Beim Gedanken an Fiona Helle zitterten ihr immer die Finger. Sie versuchte, ruhiger zu atmen, und öffnete den Wasserhahn. Als das kalte Wasser über ihre Handgelenke lief, konnte sie wieder klarer denken.

Sie hatte sich eigentlich nicht über diesen Mord gefreut, als sie, vor einem ganzen Leben, wie es ihr jetzt schien, darüber gelesen hatte. Das Gefühl damals war eher eine erlösende Wut gewesen, auf das Opfer. Der Abend war ihr seltsam klar in Erinnerung. Es war ein Mittwoch im Januar. Die Luft roch nach Asphalt, eine Arbeitsmannschaft hatte die Straße oberhalb des Hauses ausgebessert. Sie war unruhig, aber sie konnte nur vor dem großen Aussichtsfenster mit Blick auf die Bucht und auf Cap Ferrat von einem Stuhl zum anderen laufen.

Die elende Internetverbindung hatte es fast unmöglich gemacht, sich die aktuellen Nachrichten aus Norwegen anzusehen. Als sie sich endlich eingeloggt hatte, blieb sie die ganze Nacht im Web.

Etwas passierte.

Wenn sie früher gereizt und ein seltenes Mal provoziert gewesen war, empfand sie jetzt einen allesverzehrenden Zorn.

Fiona Helle verkaufte fremde Schicksale, um ihren eigenen Erfolg zu schüren. Die Show traf *sie*, Wencke Bencke, wenn im Fernsehen mit Biologie und lebenslangen Lügen gespielt wurde. *Sie* war es, auf die Fiona Hella im Verlauf eines einstündigen, federleichten Fernsehprogramms spuckte, das die Zuschauer mit den Träumen verletzlicher Menschen unterhielt, mit *Wencke Benckes Träumen*, so, wie sie einmal gewesen waren, ohne daß sie jemals gewagt hätte, das zuzugeben.

Ich muß das lernen, sagte sie und zog die kleine Bürste durch den fetten, schwarzen Inhalt des silberblanken Zylinders. *Ich bin noch nicht alt. Ich habe noch viel zu tun, und ich verändere mich dauernd. Ich bin keine Beobachterin mehr, ich werde beobachtet. Ich muß lernen, dabei gut auszusehen.*

Vor zehn Jahren, als ihre eigentliche Geschichte in einem vergilbten Dokument auftauchte, war sie bereits gelähmt gewesen. Sie war im Begriff, unsichtbar zu werden. Sie gehörte nirgendwo hin. Niemand wollte etwas von ihr wissen; sie schrieb Bücher, die alle lasen, zu denen sich aber niemand bekennen wollte. Ihr Vater war ein Schmarotzer, er wollte Geld, Geld, Geld. Die falsche Mutter redete kaum mit ihr und begriff nichts davon, was sie *Wenckes schreckliche Schreibereien* nannte.

Die eigentliche Mutter, die Frau, die sie unter Schmerzen geboren hatte und danach gestorben war, wäre sicher stolz auf sie gewesen. Sie hätte sie geliebt, trotz des plumpen Körpers, des unschönen Gesichtes und des immer verschlosseneren Wesens.

Ihre Mutter hätte ihre Romane in ihr Wohnzimmerregal gestellt und vielleicht ein Album mit Zeitungsausschnitten angelegt.

Sie hatte nicht die Kraft gehabt, noch mehr herauszufinden. Wencke Bencke wußte nichts über die Frau, die zwanzig Minuten nach der Geburt ihrer Tochter gestorben war. Also fing sie an, andere Menschen zu kartieren. Sie wurde zu einer besseren Autorin.

Und sie wurde immer unsichtbarer.

Die Welt ging sie nichts an, so wie sie offenbar die Welt nichts anging.

Aber das war damals. Nicht heute.

Es brachte nichts, sich zu schminken. Ihre Hände sahen zu groß aus, sie waren den Umgang mit der kleinen Bürste im Lidschattenbehälter nicht gewöhnt. Und der Lippenstift war zu heftig, zu rot.

Es hatte nach Asphalt gestunken, das wußte sie noch, an jenem Abend in Villefranche. Nach feuchtem, zähen Teer, vermischt mit salzigem Meer und Nachtregen. Gegen Morgen war sie ins Bett gegangen, hatte aber nicht schlafen können. Ein Gedanke war da, der sich nicht greifen lassen wollte, und sie hatte acht Tage gebraucht, um zu verstehen. Alle diese Jahre, hatte sie gedacht, alle diese Jahre voll lustloser Arbeit, die ihr nur Geld und Unbehagen eingebracht hatten. Aber dann lag es da, genau vor ihr, wie eine glänzende, neue Möglichkeit. Alle Vorbereitungen waren schon getroffen. Sie brauchte nur noch anzufangen. Fiona Helles Zunge war herausgeschnitten und hübsch verpackt worden. Wencke Bencke lächelte kalt, als sie das las; sie lachte wütend und dachte an einen anderen Fall, in einer anderen Welt, sechs Jahre zuvor. Sie dachte an einen Mann mit intensiven Augen, extremer Energie und faszinierenden Geschichten. Sie dachte daran, wie sie bei jeder Vorlesung im Hörsaal weiter nach vorn gerückt war, mit Fragen und klugen Überlegungen. Er lächelte nur flüchtig und beugte sich über eine fesche Brünette, zitierte Longfellow und zwinkerte. Wencke Bencke gab ihm ein Buch, mit respektvoller Widmung. Er vergaß es auf dem Pult. Abends folgte sie ihm, er zog von Kneipe zu Kneipe und erzählte lauthals seine Anekdoten, umringt von Frauen, die ihn abwechselnd mit nach Hause nahmen.

Sie war schon damals zu alt gewesen. Sie war unsichtbar, und er protzte mit Inger Johanne Vik.

Sie hatte sich an alles erinnert und endlich begriffen, was sie zu tun hatte. Sie wollte nicht mehr auf das warten, was niemals passieren würde. Sie wollte die sein, die alles passieren ließ.

Das war ihr gelungen.

Und jetzt wollte sie lernen, sich zu schminken, sich auf neue

Weise zu zeigen. Sie durfte nur nicht zuviel rückwärts denken, sich zu sehr aufregen.

Vergiß Fiona Helle!

Wencke Bencke schloß die Schublade im Bad und ging ins Wohnzimmer. Unterwegs sammelte sie Kleidungsstücke auf. Ihre Garderobe wuchs jetzt immer weiter. Sie ging oft einkaufen, fast jede Woche, und sie hatte keine Angst mehr davor, die Verkäuferinnen um Rat zu bitten.

Im Aktenschrank hinten an der Wand lagen über hundert Menschenleben. Sie fuhr mit der Hand über den eiskalten Griff. Legte die Finger ans Schloß. Lehnte sich an den soliden, schweren Stahl.

Die Gewohnheiten und Unsitten der Menschen, ihre Gelüste und Bedürfnisse, waren beobachtet, analysiert und katalogisiert worden. Wencke Bencke kannte diese Menschen besser, als sie sich selber kannten, sie war die Klinikerin, die kalt Registrierende. Über mehr als hundert Menschen wußte sie genug, um sie, leicht getarnt, mit Stift und Papier ums Leben zu bringen. Sie kannte ihre Leben auswendig. Als sie an einem sonnigen Januarmorgen in Villefranche aufgewacht war und beschlossen hatte, aus ihrer Fiktion Wirklichkeit werden zu lassen, hatte sie einfach nur zuzugreifen brauchen.

Sie wußte damals wie heute, daß sie zufällig auswählen mußte, randomisieren, wie es in der Soziologensprache hieß. Aber die Versuchung wurde zu groß. Vibeke Heinerback war ihr immer schon auf die Nerven gegangen, auch wenn sie nicht ganz verstanden hatte, warum. Das wichtigste war, daß sie als Rassistin durchgehen konnte. Alles mußte stimmen. Inger Johanne Vik mußte eine Möglichkeit haben, zu verstehen. Wenn nicht nach dem ersten Mord, dann jedenfalls später.

Außerdem würde Rudolf Fjord stürzen.

Der Mann war doch erbärmlich.

Wencke Bencke öffnete den Stahlschrank. Nahm einen Ordner heraus. Las. Sie lächelte, weil ihre Erinnerung so gut funktioniert hatte, weil es so leicht war, alles abzurufen, was sie gesehen und aufgeschrieben hatte.

Rudolf Fjord war ein Widerling. Nie würde er im Scheinwerferlicht der Polizei bestehen können. Wenn er nicht aus dem einen Grund stürzte, dann gab es genug andere, die ihm das Genick brechen würden. Sein Ordner war fast ebenso umfangreich wie der von Inger Johanne Vik. Für einen kurzen Moment hatte sie mit dem Gedanken gespielt, ihn als ihr nächstes Opfer auszusuchen. Aber diese Idee hatte sie wieder aufgegeben. Das wäre zu einfach. Sollte Rudolf Fjord doch seinen eigenen Kurs steuern.

Sie hatte recht behalten. Er hatte dem Sturm nicht standhalten können.

Wencke Bencke schloß den Ordner. Sie griff zu einem anderen, viel dünneren. Sie sah den Namen an, öffnete den Ordner aber nicht. Gleicht darauf legte sie ihn zurück und ließ die Schranktür ins Schloß fallen.

Vegard Krogh hatte den Tod verdient. Sie konnte den Gedanken an ihn fast nicht ertragen. Jetzt war er nicht mehr da.

Wencke Bencke ging ins Wohnzimmer. Das war jetzt ordentlicher, und ein Blumenstrauß, der einige Tage zu lange hier stand, roch unangenehm intensiv; sie hatte ihn nach einer Diskussion über chemische Kastration in der Universität bekommen.

Sie öffnete die Verandatür. Die kalte Luft liebkoste ihr Gesicht, sie schien die Runzeln auszuwischen, die Wencke Bencke eben noch im grellen Licht vor dem Spiegel untersucht hatte.

Aus irgendeinem Grund konnte sie sich mit der Nutte in Stockholm als Opfer nicht so richtig abfinden. Eine Hure mehr oder weniger auf dem Brunkebergs torg, das hatte natürlich überhaupt keine Bedeutung. Trotzdem hatte sich etwas eingestellt, das wie eine Gemeinschaft zwischen ihnen gewirkt hatte. Vielleicht lag es an der äußeren Ähnlichkeit. Sie hatte nicht lange gebraucht, um sie zu finden, Nutten gab es in fast allen Farben und Formen. Diese Frau war groß und kräftig, trotz der kargen Kost, von dem sie sich allem Anschein nach ernährte. Ihre Haare waren kurz und lockig. Sogar die Brille, die so exklusiv gewesen war, daß sie einfach gestohlen sein mußte, ähnelte der von Wencke Bencke.

Und die Frau fiel auf alles herein.

Sie war nicht mit der Kreditkarte durchgebrannt. Sie hätte Unmengen ausgeben können, ehe die Karte gesperrt wurde, um dann einfach zu verschwinden. Aber sie glaubte dem Versprechen, daß sie eine größere Summe erhalten würde, wenn sie nur die Wünsche der Auftraggeberin erfüllte: Gut zu Abend essen. Ein Taxi nehmen. An ein oder zwei Kiosken einkaufen und dann kurz vor Mitternacht wieder im Hotel sein. Gesehen werden, aber kein Wort sagen.

Als sie sich am nächsten Morgen trafen, wirkte die Nutte fast glücklich. Sie war sauber. Sie hatte gut gegessen. Sie hatte eine ganze Nacht geschlafen. Ohne Freier, in einem warmen Bett.

Natürlich bekam sie kein Geld.

Wie erwartet drohte sie mit der Polizei; ihr war schon klar, daß das Angebot nicht ganz astrein gewesen war. Wie erwartet unternahm sie dann nichts, so lange sie sich nicht den von Wencke Bencke angebotenen Schuß Heroin gesetzt hatte, eine freundliche Belohnung für gute Arbeit.

Wie erwartet war das ihr Tod.

Nun war sie tot und eingeäschert und ruhte vermutlich in einem anonymen Grab.

Wencke Bencke stand auf ihrer Terrasse und runzelte beim Gedanken an die tote Nutte die Stirn. Dann hob sie ihr Gesicht zum Himmel und beschloß, der Hure nie mehr einen Gedanken zu widmen.

Nieselregen setzte ein. In Oslo roch es nach Frühling, Auspuffgasen und verfaulendem Abfall.

Håvard Stefansens Tod war ganz einfach eine Notwendigkeit gewesen. Inger Johanne Vik hatte sie enttäuscht, sie hatte das Muster nicht begriffen. Es mußte deutlich gemacht werden, und Wenche Bencke trat endlich ins Licht.

Und dort war sie geblieben.

Sie wurde jetzt auf der Straße erkannt. Die Leute lächelten ihr zu, manche baten um ein Autogramm. Eine große Boulevardzeitung hatte ein dreiseitiges Portrait der Kriminalitätsexpertin und international anerkannten Autorin Wencke Bencke gebracht, in ihrem chaotischen Arbeitszimmer vor dem Computer, an ihrem gediegenen und schön gedeckten Eßtisch mit einem Weinglas in der Hand, auf dem Balkon, wo sie vor dem Hintergrund der Stadt in die Kamera lächelte. Dabei war ihr eine Stylistin behilflich gewesen.

Ihr Schlafzimmer hatten sie nicht betreten dürfen.

Wieder ging sie ins Wohnzimmer. Der Duft der Blumen war ekelerregend. Sie trug die Vase in die Küche. Goß das Wasser aus und stopfte den Strauß in eine Plastiktüte.

Ihr Buch war fast fertig.

Und unten im Schrank, wo ihn niemand finden würde, bevor sie nicht tot war, lag der wichtigste Ordner. Darauf hatte sie mit großen, gleichmäßigen Blockbuchstaben geschrieben:

ALIBIS.

Seit siebzehn Jahren forschte und überlegte sie. Ein gutes Alibi war die Voraussetzung für ein erfolgreiches Verbrechen, es war die eigentliche Grundlage eines guten Kriminalromans. Sie erschuf und konstruierte, durchdachte und verwarf. Langsam wuchs der Ordner. Ehe sie nach Frankreich gereist war, hatte sie durchgezählt. Vierunddreißig Dokumente. Vierunddreißig denkbare Alibis. Einige hatte sie schon genutzt, andere warteten auf ein neues Manuskript, eine passendere Geschichte. Keins war perfekt, denn das perfekte Alibi gab es nicht.

Aber ihre Konstruktionen waren sehr, sehr gut.

Drei davon würde sie niemals in einem Buch verwenden können.

Aber sie hatten einem besseren Zweck gedient.

Da sie nicht vollkommen waren, hielten sie sie wach und am Leben. Jeden Morgen verspürte sie diese gute Angst. Wenn die Türglocke ging, wenn das Telefon klingelte, wenn ein Fremder auf der anderen Straßenseite stehenblieb und kurz stutzte, um dann auf sie zuzukommen, dann empfand sie diese Furcht; sie wurde daran erinnert, wie wertvoll ihr Leben geworden war.

Als sie ins Treppenhaus ging, um die toten Blumen in den Müllschacht zu werfen, blieb sie stehen und zögerte. Das Buch, das sie aus Vibeke Heinerbacks Schlafzimmer mitgenommen hatte, lag im Schuhschrank in der Diele. Sie hatte in der vergangenen Nacht darin geblättert. Hatte die Blätter betastet, hatte es spannend gefunden, dasselbe Papier zu berühren, das die junge Politikerin mit ins Bett genommen hatte; vielleicht hatte sie heimlich während langweiliger Plenarsitzungen und sinnloser Wartezeit im Parlament darin gelesen.

Es war Rudolf Fjords Exemplar.

Sie wollte es wegwerfen. Sie riß es an sich und ließ es zusammen mit den Blumen in den Schacht fallen. Sie blieb stehen und lauschte auf das Geräusch des schweren Buches, das gegen die Metallwände schlug, leiser und leiser, bis alles mit einem dumpfen, fast unhörbaren Klatschen aufschlug.

Jemand könnte es finden. Jemand könnte sich fragen, was ein Buch mit Rudolf Fjords Exlibris in einem Müllraum in dem Haus zu suchen hatte, in dem Wencke Bencke wohnte und Bücher schrieb. Sie hatte es nicht zerstört; hatte die Seite mit dem Namen des Besitzers nicht herausgerissen. Sie hätte das Buch verbrennen oder es anderswo wegwerfen können.

Aber das hätte ihr keinerlei Spannung gebracht.

Wencke Bencke lebte in einem ewigen Schweben. Sie war von der allerhöchsten Klippe gesprungen.

»Drei Wochen«, sage Sigmund Berli. »Unsere drei Wochen sind vorbei.«

»Ja«, sagte Yngvar Stubø. »Und wir haben nichts. Rein gar nichts.«

Vor ihm auf dem Schreibtisch lagen zwei Stapel mit Papieren. Der eine bestand aus den Auszügen von Wencke Benckes drei Konten im Zeitraum 1. Januar bis 2. März, dem Tag, an dem Håvard Stefansen ermordet worden war. Der andere enthielt eine Aufstellung über ihre Telefongespräche in dieser Zeit.

»Als Vibeke Heinerback umgebracht wurde«, sagte Yngvar, »war Wencke Bencke in Stockholm. Wie sie es ja auch in mehreren von diesen ...«

Er versetzte einem Zeitungsstapel auf dem Boden einen Tritt.

»... verdammten Interviews gesagt hat. Wie geschockt sie war, als sie von diesem Mord gehört hat, wo ... Sie ist teuflisch schlau.«

Drei Wochen lang hatten sie jetzt allein gearbeitet. Sigmund

und Yngvar. Sie hatten mit einer phantasievoll formulierten und teilweise erlogenen Begründung die Genehmigung zur Beschaffung geschützter Daten erlangt. Seither hatten sie Wencke Benckes Leben untersucht, Tag und Nacht, sie waren höchsten nach Hause gegangen, um frische Wäsche anzuziehen und einige Stunden unruhig zu schlafen, ehe sie sich wieder an die mühselige Arbeit gemacht hatten, aufgrund des Geldverbrauchs, der getätigten Telefonate und der Surfspuren im Internet das Leben eines Menschen zu rekonstruieren.

Wencke Bencke hatte Geld genug, gab aber überraschend wenig aus. Sie hatte sich zwar neu eingekleidet, ehe sie die Heimreise angetreten hatte, aber in der Weihnachtszeit hatte sie schockierend wenig ausgegeben. Sie rief selten jemanden an und wurde kaum je von anderen als ihren Verlagen überall in Europa angerufen. Mit ihrem Vater hatte sie vor Weihnachten zuletzt gesprochen.

In Stockholm hatte sie ihren Verleger getroffen, das hatte sie den Zeitungen erzählt; eine kurze Stippvisite, um die Lesereise des kommenden Herbstes zu planen. Sigmund rief beim Verlag an und gab sich als Journalist aus. Er erhielt eine Bestätigung für Wencke Benckes Besuch und wirkte beängstigend unberührt von den vielen Lügen, zu denen sie immer wieder greifen mußten. Yngvar dagegen litt sehr darunter. Nicht nur, daß sie die ihnen gesetzten Grenzen sehr freizügig auslegten; sie verstießen gegen alles, was er gelernt und wofür er während eines Menschenalters in der Polizei gestanden hatte.

Wencke Bencke war zur Besessenheit geworden.

Acht ganze Tage hatten sie damit verbracht, Reisemöglichkeiten zwischen Stockholm und Oslo zu suchen, die sie am 6. Februar hätte wahrnehmen können. Tag und Nacht hatten sie mit Zeitpunkten jongliert, hatten Karten angestarrt und Passagierlisten studiert, die Sigmund den Fluggesellschaften mit List, Schmeichelei und Bedrohungen entlockt hatte. Nachts waren sie durch die Gänge gelaufen und hatten gelbe Zettel mit Uhrzeiten an die Wände gepappt. Hatten versucht, die Abstände zwischen den Zetteln zu verkürzen. Löcher und Fehler zu finden; eine winzige kleine Leerstelle in der kompakten Mauer aus unmöglichen Zeitpunkten, die durch Wencke Benckes Kontoauszüge errichtet wurde.

»Geht nicht«, hatte Sigmund jeden Morgen gegen vier festgestellt. »Das geht ganz einfach nicht.«

Sie hatte gegen drei Uhr nachmittags in einem Hotel eingecheckt. Hatte um siebzehn nach fünf an einem Kiosk eingekauft. Um kurz vor sieben hatte sie ein Taxi genommen. Fünfundzwanzig Minuten vor Mitternacht, als Vibeke Heinerback dem Obduktionsbericht zufolge in ihrem Haus in Lørenskog ermordet worden war, hatte Wencke Bencke in einem Restaurant in Theaternähe mitten in Stockholm eine saftige Rechnung bezahlt.

Eines Morgens, nach sechzehn Stunden ununterbrochener und vergeblicher Arbeit, hatte Sigmund sich voller Wut in einen Flieger nach Stockholm gesetzt. Noch am selben Nachmittag kehrte er mit hängenden Ohren zurück: Der Nachtportier glaubte mit Sicherheit sagen zu können, daß Wencke Bencke in der fraglichen Nacht gegen Mitternacht ins Hotel zurückgekehrt war. Er hatte zu dem Bild genickt, das Sigmund ihm gezeigt hatte. Nein, miteinander geredet hatten sie nicht, aber er glaubte sich zu erinnern, daß die Dame aus Zimmer 237 sich am Automaten im Foyer Eiswürfel geholt hatte. Der war defekt, und er hatte Wasser vom Boden wischen müssen, als sie gegangen war. Außerdem hatte sie nachmittags einige Kleidungsstücke waschen lassen. Als er die am nächsten Morgen früh vor ihrer Zimmertür deponierte, hatte er aus dem Zimmer laute Musik gehört.

Gegen zehn Uhr hatte sie ausgecheckt.

Das einzig auffällige an Wencke Benckes Aufenthalt in Stockholm war ihr überraschend großzügiger Geldverbrauch.

Ansonsten war alles hieb- und stichfest. Yngvar und Sigmund hatten alles auf eine Karte gesetzt und saßen jetzt mit leeren Händen da. Und ihre Frist war abgelaufen.

»Was machen wir«, sagte Sigmund leise.

»Ja, was machen wir …«

Yngvar fingerte an den Auszügen herum. Als Vegard Krogh ermordet worden war, hatte Wencke Bencke sich allem Anschein nach in Frankreich aufgehalten. Zwei Tage zuvor hatte sie eine größere Summe abgehoben, dann gab es vier Tage lang keine Bewegungen auf ihrem Konto. Die nächste Ausgabe war in einem Fischladen in der Altstadt von Nizza gebucht.

Sigmund und Yngvar waren über diese Zeitlücke überaus erregt gewesen und hatten mehrere Tage gebraucht, um sie zu erforschen. Theoretisch hätte sie mit diesem Geld nach Norwegen und zurück reisen können. Abgesehen davon, daß ihr Name auf keiner Passagierliste stand und sie in Nizza auch keinen Wagen gemietet hatte.

In Stockholm war es schwieriger, die Listen zu bekommen. Aber sie hätte ja auch einen Wagen stehlen können. Das einzige, was die beiden Ermittler wußten, nachdem sie mehr als drei Wochen lang Tag und Nacht im Büro gesessen hatten, war dasselbe, wovon sie schon vorher überzeugt gewesen waren: Wencke Bencke hatte sich zu den Zeitpunkten der Morde in Oslo aufgehalten.

Aber sie hatten noch immer keine Ahnung, wie sie das geschafft hatte.

Sie könnten weitersuchen, sich gründlicher umsehen.

Das müßten sie tun. Beide wollten unbedingt weitermachen.

Aber dann mußte die Ermittlung offiziell werden.

Ihre Frist war schon abgelaufen, und die Kollegen machten sich jetzt lustig über sie. Sie grinsten breit, wenn Yngvar und Sigmund zum Mittagessen erschienen, bleich und verhärmt; sie saßen allein und aßen schweigend.

Als Håvard Stefansen ermordet worden war, hatte Wencke Bencke einen Stock tiefer an ihrem Computer gesessen. Sie hatte als Zeugin ausgesagt, und zwar sehr gründlich. Hatte nichts Außergewöhnliches gehört oder gesehen, so vertieft, wie sie in ihre Arbeit gewesen war. Stundenlang war sie im Internet unterwegs gewesen, um mehr über südamerikanische Spinnen zu erfahren. Erst als sie nach ihrem langen Aufenthalt im Ausland ihre Koffer auf den Dachboden bringen wollte, war ihr die offene Tür aufgefallen, woraufhin sie in die Wohnung geschaut und die Leiche entdeckt hatte. Und dann hatte sie die Polizei angerufen. Diese

Geschichte stimmte mit den Auszügen über ihre Telefongespräche überein. Als Alibi konnte das kaum bezeichnet werden, aber es gab ihnen auch keinen Grund zu weiteren Nachforschungen.

Und Wencke Bencke blühte noch immer auf. Sie war überall, und große Erwartungen richteten sich auf den im Herbst erscheinenden Roman.

Plötzlich stand Yngvar auf. Er raffte die Unterlagen zusammen und legte sie zu einem dicken Stapel aufeinander.

»Wir haben verloren«, erklärte er und warf den Stapel in einen Karton, der für den Reißwolf bestimmt war.

Dann strich er sich über den Kopf und fügte hinzu:

»Wencke Bencke hat gewonnen. Das einzige, was bei diesen Wochen voller Plackerei herausgekommen ist, ist der Beweis ...«

Er lachte, leise und widerwillig, er wollte den Satz nicht beenden.

»... daß die Frau unschuldig ist«, sagt Sigmund langsam. »Wir haben drei Wochen lang sozusagen rund um die Uhr gearbeitet, ohne jetzt mehr beweisen zu können, als ... daß dieses Weib unschuldig ist. *Wir haben Wencke Benckes Unschuld bewiesen!*«

»Genau das haben wir«, sagte Yngvar und gähnte ausgiebig. »So hatte sie das aber auch geplant. Und sie wußte, daß das passieren würde. Und du ...«

Er ging um seinen Schreibtisch herum. Für einen Moment blieb er stehen und sah Sigmund an, der dünner geworden war. Noch immer war sein Gesicht rund. Das Kinn war weiterhin füllig, aber seine Kleider hingen lose an seinem Körper. Um die Nasenwurzel zeichneten die Falten sich tiefer und deutlicher ab als früher. Die Augen waren rotunterlaufen, und er stank nach Schweiß, als Yngvar seine Hand nahm und ihn aus dem Sessel hochzog.

»Du bist mein bester Freund«, sagte er und legte die Arme um ihn. »Du bist wirklich mein Sancho Pansa.«

Freitag, 4. Juni 2004

Der Sommer stand kurz vor der Tür.

April und Mai waren gekommen und gegangen und hatten ungewöhnlich heißes, sonniges Wetter gebracht. Bäume und Blumen blühten früh und ließen diesen Frühling zu einer Hölle für Allergiker werden. Dänemark und Spanien feierten die Hochzeiten ihrer Kronprinzen. In Portugal wurde die Fußballeuropameisterschaft vorbereitet, und in Athen kämpfte man verbissen gegen die Uhr, damit die Olympischen Spiele im August planmäßig eröffnet werden konnten. Die Welt ließ sich von den Gefangenenmißhandlungen in Abu Ghraib schockieren, allerdings landeten die Bilder nur selten auf norwegischen Titelseiten. Auch die historische Erweiterung der EU nach Osten interessierte das kleine, reiche Land am Rande des Kontinents nicht weiter. Da war schon mehr zu holen in einem langen Streik der Transportarbeiter, der zu leeren Supermarktregalen und Handgemengen um Klopapier und Windeln führte. Rosenborg verlor ein Spiel nach dem anderen, und der revidierte Staatshaushalt wurde ohne politische Dramen angenommen. Ab und zu, wenn man gut hinschaute, konnte man noch immer den einen oder anderen Artikel über die unaufgeklärten Morde an Vibeke Heinerback, Vegard Krogh und dem Biathleten Håvard Stefansen finden. Aber nicht oft. Jetzt waren sie schon seit über vierzehn Tagen nicht mehr erwähnt worden.

Eine Frau saß am Akerselv auf einer Bank und las Zeitungen.

Inger Johanne Vik hatte den Frühling mit dem Versuch verbracht, zu vergessen. Darin hatte sie ja gute Übung. Als die Wochen und Monate vergingen und nichts passierte, wurde es unerträglich, die Kinder zu verstecken. Eine Zeitlang war das Haus im Hauges vei von der Polizei überwacht worden. Auch das wirkte schließlich unnötig, jedenfalls auf jene, die die Verantwortung für das knappe Budget der Osloer Polizei trugen. Jetzt fuhren nachts keine Streifenwagen mehr durch den Hauges vei.

Und niemand hatte versucht, das kastenförmige, weiße Zweiparteienhaus anzuzünden, in dem die Familie Stubø-Vik mit Kindern, Hund und freundlichen Nachbarn wohnte.

Sie schlief jetzt auch wieder einigermaßen. Sie hatte einen täglichen Rhythmus gefunden. Sie ging spazieren.

Neben ihr stand ein Kinderwagen. Das Kind war mit einer Baumwolldecke zugedeckt und schlief. Die Mutter schaute ab und an zum Himmel hoch, offenbar würde das gute Wetter nun doch bald ein Ende nehmen.

Sie saß gern hier. Sie tat das jeden Tag. An der Tankstelle im Maridalsvei kaufte sie Zeitungen. Wenn sie die Bank unter der Weide erreichte, dort, wo der Fluß zwischen Sandaker und Bjølsen einen Bogen machte, schlief das Kind. Und die Mutter hatte eine Stunde für sich.

Eine andere Frau kam den Weg entlang. Sie war wohl Mitte Vierzig. Ihre Haare lockten sich im leichten Wind, und sie trug eine Sonnenbrille.

Inger Johanne ist so verdammt vorhersagbar, dachte sie. *Hat sie denn gar nichts gelernt? Jeden einzelnen Tag sitzt sie hier, wenn es nicht regnet. Sie scheint keine Angst mehr zu haben. Sie haben die Kinder nach Hause geholt. Es ärgert mich, daß ich sie überschätzt habe.*

»Hallo«, sagte diese Frau und blieb stehen. »Ist das nicht Inger Johanne Vik?«

Die Mutter des kleinen Kindes starrte sie an. Wencke Bencke lächelte, als sie den Arm über den Wagen legte und die Finger auf der gehäkelten Decke spreizte.

»Deinem Mann bin ich zweimal begegnet«, sagte die Autorin. »Darf ich mich einen Moment setzen?«

Inger Johanne gab keine Antwort. Rührte sich nicht.

»Wencke Bencke heiße ich. Wir haben auch gemeinsame Bekannte. Außer deinem Mann, meine ich.«

Sie setzte sich. Ihr Oberarm berührte Inger Johannes, dann setzte sie sich bequemer hin und schlug die Beine selbstsicher übereinander. Sie ließ die obere Schuhspitze wippen.

»Schreckliche Geschichte«, sagte sie und schüttelte den Kopf. »Diese Promimorde. Beim letzten war ich Zeugin. Das weißt du vielleicht noch. Ansonsten scheinen die armen Opfer ja so langsam in Vergessenheit zu geraten.«

Sie nickte zu den Zeitungen hinüber, die zwischen ihnen lagen.

»So ist das. Wenn es keinen konkreten Verdacht gibt, dann wissen die Zeitungen nicht, was sie schreiben sollen. In diesen Fällen da ...«

Wieder nickte sie zu den Zeitungen hinüber; Inger Johanne Vik saß steif und unbeweglich da, jetzt am anderen Ende der Bank.

»... sind sie wohl endgültig festgefahren. Die Polizei, meine ich. Seltsam. Es gibt offenbar keine Spuren. Sie haben nichts in der Hand, ganz einfach nichts.«

Inger Johanne Vik hatte sich endlich gefaßt. Sie versuchte, auf die Beine zu kommen und hielt zugleich krampfhaft den Wagen und eine Tasche mit Babysachen fest.

»Warte«, sagte Wencke Bencke freundlich und faßte sie am Arm. »Bleib doch noch einen Moment. Nur ein paar Minuten. Wir haben so viele Gemeinsamkeiten. Ich habe so viel zu erzählen.«

Bleibt sie wohl aus Neugier sitzen, fragte sie sich. *Oder wollen ihre Beine sie nicht tragen?*

Inger Johanne saß still da, die Tasche auf dem Schoß, die Arme schützend über ihre Tochter gelegt.

Wencke Bencke setzte sich bequemer hin und schaute die jüngere Frau an.

»Habt ihr irgendwann noch andere außer mir verdächtigt?« fragte sie, noch immer freundlich.

Sie antwortet nicht. Sie hat keine Ahnung, was sie sagen soll. Jetzt ist sie nicht mehr neugierig. Sie hat Angst. Warum ruft sie nicht? Aber was sollte sie rufen?

»Ich habe so einen Brief bekommen, weißt du.«

Wencke Bencke zog einen zusammengefalteten Bogen aus der Tasche. Sie faltete ihn auseinander und legte ihn auf ihr Knie.

»Eine Mitteilung, daß Auskunft über meine geschützten Daten erteilt wurde«, erklärte sie. »Vom Gericht. Ganz nach dem Gesetz, mit Hinweisen darauf, wie ich Klage einreichen kann, weil dein Mann seine Nase in meine Angelegenheiten gesteckt hat.«

Sie hielt für einen Moment den Brief hoch. Dann schüttelte sie den Kopf und steckte ihn wieder in die Tasche.

»Aber dazu hab ich keine Lust. Ist ja eigentlich in Ordnung, daß meine Unschuld schon erwiesen ist, falls später noch mal irgendein Verdacht auftaucht. Die Arbeit ist erledigt, könnte man sagen.«

Ihr Lachen war dunkel, und sie versuchte, sich die Haare hinter die Ohren zu streichen.

»Diese Fahrt nach Stockholm scheint euch arg zugesetzt zu haben«, sagte sie, dann zog sie den Brief wieder aus der Tasche.

Sie legte ihn auf ihre rechte Handfläche und zerknüllte ihn. Dann erhob sie sich und trat vor den Wagen.

»Reizendes Kind«, sagte sie und beugte sich über Ragnhild. »Sie hat ein Grübchen im Kinn.«

»Gehen Sie weg. *Gehen Sie weg!*«

Wencke Bencke trat einen Schritt vor.

»Ich will ihr doch nichts tun«, sagte sie lächelnd. »Ich will niemandem etwas tun.«

»Ich muß los«, sagte Inger Johanne und kämpfte mit den Bremsen des Wagens. »Ich will nicht mit Ihnen reden.«

»Natürlich. Ich will mich auch nicht aufdrängen. Ich wollte dich wirklich nicht aus der Fassung bringen. Ich wollte nur reden. Über gemeinsame Interessen und gemeinsame …«

Die Bremsen klemmten. Inger Johanne zerrte den Wagen hinter sich her. Die Gummiräder kreischten über den Asphalt. Ragnhild wachte auf und schrie wütend los. Wencke Bencke lächelte und nahm die Sonnenbrille ab. Ihre Augen waren leicht geschminkt, sie sahen jetzt größer und dunkler aus.

Sie wird niemals verschwinden, dachte Inger Johanne. *Sie wird niemals verschwinden. So lange sie lebt. Erst, wenn ich es schaffe …*

»Mein Buch ist übrigens fertig«, sagte Wencke Bencke, sie schlenderte langsam hinter dem Wagen her. »Es wird gut. Ich kann dir ein Exemplar schicken, sowie es aus der Druckerei kommt.«

Inger Johanne blieb stehen und öffnete den Mund zu einem Schrei.

»Aber um Himmels willen«, sagte Wencke Bencke und hob abwehrend die Hände. »Du brauchst mir die Adresse nicht zu geben. Ich weiß doch, wo du wohnst.«

Dann nickte sie kurz, machte kehrt und ging weiter den Weg entlang, gen Süden.

Nachbemerkung

Dieses Buch beginnt mit einem Zitat von Walter Benjamin aus »Zentralpark«, ich fand es in einem Essay des norwegischen Autors Lars Fr. H. Svendsen, das mich bei der Arbeit an diesem Roman sehr inspiriert hat.

Auf S. 194 wird ohne Quellenangabe zitiert: »Und du stirbst so langsam ...« Diese Zeile stammt aus einem Gedichtband von Bertrand Besigye (Gyldendal Verlag, Oslo, 1993).

Ich danke Alexander Elgurén für unermüdlichen Enthusiasmus. Und Randi Krogsveen für unschätzbare Hilfe.

Dieses Buch ist für Dich, Tine, denn alle meine Bücher sind für Dich.

Oslo, 18. Juni 2004 Anne Holt